Rachel Givney
Das verschlossene Zimmer

RACHEL
GIVNEY

DAS
VERSCHLOSSENE
ZIMMER

ROMAN

Übersetzung aus dem Englischen
von Ute Leibmann

Lübbe

Die Bastei Lübbe AG verfolgt eine nachhaltige Buchproduktion.
Wir verwenden Papiere aus nachhaltiger Forstwirtschaft und
verzichten darauf, Bücher einzeln in Folie zu verpacken. Wir stellen
unsere Bücher in Deutschland und Europa (EU) her und arbeiten mit
den Druckereien kontinuierlich an einer positiven Ökobilanz.

MIX
Papier | Fördert
gute Waldnutzung
FSC® C014496

Vollständige Taschenbuchausgabe
der bei Bastei Lübbe erschienenen Hardcoverausgabe

Text Copyright © Rachel Givney, 2021
Titel der australischen Originalausgabe:
»Secrets My Father Kept«
First published by Penguin Random House Australia Pty Ltd.
This edition published by arrangement with Penguin Random House
Australia Pty Ltd via Michael Meller Literary Agency GmbH, München.

Für die deutschsprachige Ausgabe:
Copyright © 2023 by Bastei Lübbe AG, Schanzenstraße 6 –20, 51063 Köln

Vervielfältigungen dieses Werkes für das Text- und Data-Mining bleiben
vorbehalten.

Textredaktion: Dr. Ulrike Brandt-Schwarze, Bonn
Umschlaggestaltung: Sandra Taufer, München
Einband-/Umschlagmotive: © Trevillion Images: Matilda Delves;
© shutterstock: Kate Mykhailova
Satz: Dörlemann Satz, Lemförde
Gesetzt aus der Minion
Druck und Einband: GGP Media GmbH, Pößneck

Printed in Germany
ISBN 978-3-404-19223-6

2   4   5   3

Sie finden uns im Internet unter luebbe.de
Bitte beachten Sie auch: lesejury.de

Allen Müttern und Ärzten gewidmet,
die ich kenne

1

HOLZDIELEN

Krakau, Polen, Februar 1939

Als Marie versuchte, ins Schlafzimmer ihres Vaters einzubrechen, plagte sie das schlechte Gewissen. Wie konnte sie ihn nur derart hintergehen! Ihr alter Herr war ein angesehener Bürger der Stadt, der für sich blieb und achtmal in der Woche zur Kirche ging (täglich in der Früh und sonntags sogar zweimal). Neben der Begeisterung für das heilige Sakrament und einem ausgeprägten Interesse am Fortpflanzungsverhalten von Bakterienstämmen besaß er keinerlei ungewöhnliche Neigungen. Ein derart respektloses Verhalten seiner einzigen Tochter hatte er nicht verdient. Doch Marie konnte das brennende Verlangen, etwas – egal, was – über ihre Mutter herauszufinden, nicht länger unterdrücken, und jener Mittwochnachmittag, an dem der Regen auf das Pflaster vor dem Haus prasselte und herrliche Pfützen entstehen ließ, schien ihr für diesen Vertrauensbruch so gut geeignet wie jeder andere Tag.

Man sieht nur, was man sehen will, hatte Maries Vater ihr immer wieder erklärt. Er gab nur selten väterliche Ratschläge; dieser Spruch blieb sein einziger Ausflug in die Welt der Floskeln. Wenn man einem Individuum oder einer Sache nur eine eng begrenzte Bestimmung einräumte, machte das die Welt gleich zu einem sehr viel beschränkteren und weniger interessanten Ort.

Marie war sich nicht ganz sicher, was ihr Vater mit diesem Ausspruch meinte und warum er ihn so gern verwendete, aber sie würde sich die Redewendung heute zunutze machen, um in sein Schlafzimmer einzudringen. Sie zog eine Haarnadel aus ihrem blonden Haar. Bisher verfügte sie über keinerlei Erfahrungen als Einbrecherin, doch Olaf, ein ortsansässiger Tunichtgut, der zusammen mit ihr in der Straßenbahn zur Schule fuhr – wenn er denn mal dorthin fuhr –, hatte sich ihr gegenüber in dieser Woche damit gebrüstet, dass es ein Leichtes sei, ein Schloss mit einem schmalen Metallstück aufzubrechen. »Einfach nur reinschieben und ein bisschen hin und her ruckeln«, hatte er geprahlt und dann von seinem Zigarillo husten müssen. Marie musterte den Messingdraht und lächelte. In der Regel sahen die Leute in einer Haarnadel nur ein Accessoire, mit dem man seine Frisur bändigen konnte. Marie sah darin etwas anderes – einen Schlüssel.

Sie hatte keine genaue Vorstellung, was sie im Schlafzimmer ihres Vaters finden würde, doch ihr war klar, dass dort *irgendetwas* sein musste. Briefe oder eine Adresse, unter der ihre Mutter jetzt lebte. Ihr Vater schloss kein anderes Zimmer im Haus ab, nicht einmal sein Arbeitszimmer, wo seine wichtigen Forschungsaufzeichnungen lagen. Eine Tür versperrte man nur, wenn sich etwas Wertvolles dahinter befand.

Während sie die Treppe zu den Räumen ihres Vaters hinaufstieg, hörte sie von draußen ein vertrautes Geräusch, das sich wohl am besten als dumpfes Knallen beschreiben ließ. Frau Nowak von nebenan schichtete mal wieder Sandsäcke auf, einen über den anderen. Die beleibte Dame, kaum einen Meter fünfzig groß, war von der fixen Idee besessen, dass Herr Hitler in den nächsten Tagen einmarschieren würde. Seit drei Jahren schon warnte sie Nachbarn, Freunde und jeden, der ihr zuhörte, dass der Besuch des »Führers« jeden Augenblick bevorstehe. Die Leute schüttelten den Kopf und erklärten sie für verrückt, aber sie ließ sich nicht von ihrem Vorhaben abbringen und errichtete einen Wall vor ihrer Haustür, um sich nachts dahinter zu verbarrikadieren – zusammen mit den anderen Mietern des Hauses, egal ob diese es wollten oder nicht. Tag für Tag verrichtete sie dieselbe Zeremonie und türmte neue Sandsäcke auf, sobald sie derer habhaft werden konnte. Selbst der Regen hielt sie nicht davon ab, ebenso wenig wie ein Sturm es würde. Obwohl Marie das Klatschen der Sandsäcke draußen auf die Nerven ging, verlangte nun ein anderes Vorhaben ihre volle Aufmerksamkeit. Sie stand vor dem Schlafzimmer ihres Vaters und bückte sich, um die Tür genauer zu untersuchen.

Das Schloss befand sich im Türknauf selbst, eine technische Neuerung. Kein anderer Türgriff im Haus besaß ein Schloss, daher vermutete sie, dass ihr Vater es nachträglich eingebaut hatte. Sie zog eine weitere Haarnadel aus ihrer Frisur, denn laut dem Nachwuchskriminellen Olaf bedurfte es zweier Drähte, um ein Schloss zu knacken. Eine Haarsträhne, die sich beim Herausziehen der Nadel gelöst hatte, fiel ihr über das linke Auge und störte ihr Blickfeld. Sie pustete sie weg und schob die Haare hinters Ohr. Sie steckte die beiden Nadeln ins Schloss, zunächst eine in den unteren Teil, dann die andere gleich darüber, und ruckelte mit den beiden Nadeln hin und her, wie Olaf es beschrieben hatte.

Sie ruckelte und ruckelte. Sie ruckelte so stark, dass ihr der Ellbogen wehtat. Nichts geschah. Zwar schien sich der Türknauf etwas zu lockern, aber das Schloss selbst gab nicht nach. Was sollte sie tun? Sie schaute zur Standuhr am Ende des Flurs hinüber. Die Zeiger standen auf kurz vor sechs. Bald würde ihr

Vater nach Hause kommen. Sie würde ihr Vorhaben aufgeben müssen. Marie verfluchte sich und die Haarnadeln, in die sie so große Hoffnungen gesetzt hatte, sie verfluchte Olaf wegen seiner nutzlosen Anweisungen und Frau Nowak, die draußen immer noch mit ihrem Wall aus Sandsäcken beschäftigt war. Sie würde es zu einem anderen Zeitpunkt noch einmal versuchen, wenn ihr mehr als ein paar Minuten Zeit blieben, um ihr Vorhaben auszuführen. Sie versuchte, die Nadeln wieder aus dem Schloss zu ziehen. Eine löste sich und fiel ihr in die Hand, die andere dagegen bewegte sich nicht. Marie zog noch einmal, doch das Schloss hielt den Metalldraht wie ein Raubtiergebiss umklammert.

Sie stemmte die Füße in den Boden, packte die Haarnadel und zerrte mit aller Kraft daran. Vor lauter Anstrengung fiel sie rücklings zu Boden, und die Nadel kam frei. Leider löste sich auch der Türknauf, und plötzlich lag die ganze Konstruktion samt Schloss und der noch darin steckenden Haarnadel in Maries Hand. Dort, wo vorher der Knauf gewesen war, klaffte nun ein Loch in der Tür.

Sie sah noch einmal zur Uhr hinüber: Die Zeiger standen auf zwei Minuten nach sechs. Um 6.14 Uhr rechnete sie mit der Rückkehr ihres Vaters, und er war ein sehr pünktlicher Mensch.

Marie überlegte kurz, ob eine Chance bestand, dass er die Tat gar nicht bemerken würde. Er arbeitete als Chirurg in der städtischen Klinik, und seine liebste Freizeitbeschäftigung bestand darin, winzige Organismen unter dem Mikroskop zu untersuchen. Die Wahrscheinlichkeit, dass er ein zehn Zentimeter großes Loch in seiner Schlafzimmertür nicht bemerken würde, ging gegen null.

Sie hockte sich hin und wollte den Knauf wieder an seinen ursprünglichen Platz zurückschieben, als sich die Tür knarrend einen Spalt breit öffnete und sie einen Blick in das dahinterliegende Schlafzimmer ihres Vaters werfen konnte. Durch das Fenster am anderen Ende des Raumes fiel ein Streifen nachmittägliches Licht herein. Schon oft hatte sie sich ausgemalt, wie dieses Zimmer wohl aussehen mochte. Wenn sie nachts im Bett lag, hörte sie manchmal die Dielen knarren und stellte sich vor, was ihr Vater wohl gerade dort drinnen tat. Schrieb er heimlich Briefe an ihre Mutter und flehte sie an zurückzukommen? Sie schaute noch einmal auf die Uhr und huschte dann rasch hinein, ehe sie sich eines Besseren besinnen konnte. Sie würde sich nur kurz umschauen und dann die Tür in Ordnung bringen.

Marie schaute sich im Zimmer um. Holzdielen bedeckten den Boden. Die Bettwäsche verströmte den Duft von Karbolseife, und die Laken schienen von einem ganzen Pfund Stärke in Form gehalten zu werden. Am Kopfende des Bettes thronte ein Kissen, das so unbehaglich wirkte, als hätte ihr Vater es mit Steinen gefüllt. Kein Staubkörnchen verunreinigte die Fensterbänke, kein Krumen Dreck die Bodendielen – hier sah es aus wie in einem Krankenhauszimmer, das unter der Aufsicht einer besonders Furcht einflößenden Oberschwester stand. Marie war enttäuscht, zugleich aber auch ein wenig erleichtert. Insgeheim hatte sie sich schon gefragt, ob sie im Schlafzimmer ihres Vaters womöglich eine Lasterhöhle finden würde, ob er dort drinnen vor einem Altar dem Teufel huldigte oder Akten geheimer Missionen als stalinistischer Doppelagent versteckte. Stattdessen stellte sich heraus, dass er sich im ganz privaten Raum ebenso verhielt wie im öffentlichen: als bescheidener, eher asketischer Mann, der wenige Vergnügungen kannte, die Blusen von Maries Schuluniform ausbesserte, Brot für sie buk und hinter verschlossenen Türen genau so war, wie er nach außen erschien – ein beruhigender, stützender Mensch, dessen Art man wohl auch langweilig hätte nennen können. Seine Korrektheit stand in scharfem Kontrast zu dem offenbar liederlichen Verhalten ihrer Mutter, die allem Anschein nach die Familie aus irgendwelchen selbstsüchtigen Beweggründen verlassen hatte, die nur sie allein kannte.

Ihr Vater schlief in einem Einzelbett. Auf dem Nachttisch stand ein einziges Foto in einem braunen Lederrahmen, das Marie als lächelnde Sechsjährige zeigte. Als hätte sie nicht ohnehin schon ein schlechtes Gewissen gehabt, gab ihr dieses Bild nun den Rest. Anscheinend war Marie die einzige Frau im Leben ihres Vaters – und nun hatte sie ihn hintergangen, indem sie sich Zutritt zu seinem Schlafzimmer verschafft hatte.

An der Wand stand eine Kommode aus stumpfem Rotholz. Marie zog die oberste Schublade auf und durchstöberte Socken und Unterwäsche, die in zwei ordentlichen Reihen eingeräumt waren. Es war ein seltsames Gefühl, die Socken ihres Vaters, die sie bisher immer nur an seinen Füßen gesehen hatte, so aufgerollt zu betrachten. Der Kleiderschrank enthielt steif gestärkte Kleidung und ein Ersatzkorsett, das ihr Vater tragen musste, um eine Skoliose zu korrigieren, die er sich in Kindertagen zugezogen hatte. Im Schuhfach standen zwei Paar Lederschuhe, die zu einem bescheidenen Glanz poliert waren.

Marie legte alles, was sie angefasst hatte, wieder an seinen Platz zurück. Das war nicht schwierig, denn ihr Vater hatte die Sachen mit geradezu mathematischer Präzision geordnet. Deshalb konnte sie alles genau so hinterlassen, wie sie es vorgefunden hatte. Sie fragte sich, weshalb ihr Vater sich überhaupt die Mühe machte, die Tür abzuschließen. Hier gab es nichts, was sich zu verbergen lohnte.

Doch dann berührte ihr Fuß eine Bodendiele, auf die sie zuvor noch nicht getreten war, und es knarrte unangenehm laut. Sie hielt inne. Dann trat sie noch einmal auf die Diele. Sie schien lose zu sein. Marie eilte ins untere Stockwerk und holte ein Buttermesser, um das Brett hochzustemmen. Es ließ sich mühelos anheben. Sie legte es zur Seite und spähte in das Loch, das sich am Boden aufgetan hatte. Unter ihr befand sich ein größerer Hohlraum, aber im Dunkeln war nichts zu erkennen. Ihr Atem ging schneller. Sie fasste mit der Hand hinein, und warme, trockene Luft kribbelte auf ihrer Haut. Sie tastete ungelenk umher und schob den Arm tiefer in das Loch.

Sie ließ den Arm kreisen und befühlte den Untergrund. Ihre Finger zuckten zurück, als sie die watteähnliche Textur von Spinnweben berührte. Angeekelt zog sie den Arm wieder heraus und stellte fest, dass ihre Hand mit weißen Fäden überzogen war.

Sie wischte die Spinnweben an ihrem Rock ab, biss die Zähne zusammen und schob die Hand noch einmal energisch unter die Dielen. Schaudernd malte sie sich aus, dass irgendwo dort unten die Bewohnerin des Spinnennetzes lauerte, und wollte die Hand gerade wieder zurückziehen, als ihre Finger einen rechteckigen Gegenstand berührten. Sie klopfte mehrmals dagegen, vergewisserte sich, dass er nicht lebte, und zog ihn dann aus dem Hohlraum hervor.

Sie betrachtete den Gegenstand in ihrer Hand von allen Seiten. Es war ein kleiner Schmuckkasten, bezogen mit verblichenem kastanienbraunen Samt. Das Herz schlug ihr bis zum Hals: Diese Schatulle gehörte einer Frau.

Sie wollte sie öffnen, zögerte dann aber. Wollte sie wirklich wissen, was sich darin befand? Die Holzdiele, das Schloss – auf einmal ergab alles einen Sinn. Dann hörte sie plötzlich von unten ein wohlbekanntes Geräusch, das sie zusammenfahren ließ. Ein Schlüssel, ein richtiger Schlüssel, wurde in ein anderes Schloss geschoben. Sie hörte, wie ihr Vater die Vordertür öffnete und das Haus betrat.

»Marie?«, rief er.

Marie schien das Blut in den Adern zu gefrieren. Sie schob das braune Kästchen in die Rocktasche, legte die Bodendiele wieder an ihren ursprünglichen Platz und verließ fluchtartig das Zimmer.

Der Türknauf lag immer noch am Boden. Entsetzt zog sie die Luft ein. Tatsächlich bestand er aus zwei Teilen, was ihr zuvor nicht aufgefallen war. Das eine Teil war der Knauf, der nach außen zeigte, das andere der entsprechende Gegenpart von der Innenseite der Tür.

»Marie?«, rief ihr Vater wieder.

Sie musste irgendetwas antworten. »Ich komme gleich, Papa«, rief sie mit aufgesetzter Fröhlichkeit.

»Ich will dir etwas zeigen!« Aus der Küche erklang das Klappern von Töpfen. Marie flehte ihren Vater im Stillen an, bloß dort unten zu bleiben.

»Ich bin gleich bei dir, Papa«, versicherte sie. Die Chancen standen nicht gut, dass sie diese Situation unbeschadet überstehen würde. In der Tür zum Schlafzimmer ihres Vaters klaffte ein Loch. Und dafür gab es keine andere vernünftige Erklärung als die Wahrheit.

Marie fragte sich, was geschehen würde, wenn er bemerkte, dass sie sich Zutritt zu seinem privaten Bereich verschafft hatte. Sie hatte ein so gutes, von Warmherzigkeit geprägtes Verhältnis zu ihrem Vater wie wohl nur wenige Mädchen in der Stadt. Dominik Karski kümmerte sich liebevoll um seine Tochter und umsorgte sie. Er beschäftigte sich in einer Weise mit ihrer Ernährung und ihrem Wohlbefinden, die weit über seine Berufsehre als Arzt hinausging und schon an übertriebene Besorgtheit grenzte. Jedes Mal, wenn sie über Kopfschmerzen klagte oder Krankheit vorschützte, holte er gleich sein Stethoskop hervor und hörte sie ab, untersuchte minutenlang ihre Atemgeräusche und Herztöne, bis es selbst Marie zu langweilig wurde. Wie immer stellte er dann die Diagnose, dass sie bei bester Gesundheit sei, und sammelte die Aufzeichnungen ihrer tadellosen Vitalfunktionen in einer Heftmappe. Sie stellte sich seine Miene vor, wenn er entdeckte, dass sie in sein Schlafzimmer eingedrungen war. Ihr liebenswerter, großherziger Vater. Er würde keinen Zorn zeigen, sondern etwas weitaus Schlimmeres: Er würde enttäuscht aussehen. Der Gedanke ließ sie schaudern – das durfte einfach nicht passieren.

Sie hob die beiden Einzelteile des Türknaufs auf und betrachtete sie. An dem einen Teil hingen zwei lose Schrauben. Sie hatte nicht etwa das Schloss aufgebrochen, sondern die ganze Konstruktion aus der Tür gerissen. Sie schob die beiden Knäufe an ihre ursprüngliche Position zurück, so gut es ging, und schraubte sie mit dem Buttermesser zusammen.

»Der heilige Bartholomäus ist fertig! Das wurde auch langsam Zeit!«, rief ihr Vater aus dem Untergeschoss. Marie fuhr zusammen und ließ das Messer fallen. Das Geklapper der Töpfe unten hörte auf. Sie schluckte. Während er weiter von der Kirche erzählte, wurde seine leise Stimme lauter, die Schallwellen kürzer. Ihr Vater kam die Treppe herauf. Maries Hände schwitzten, und sie fluchte leise, denn sie hatte erst eine Schraube festgedreht. Sie hob das Messer auf und begann die zweite festzuschrauben, aber da tauchte ihr Vater bereits am Ende der Treppe auf. Marie fuhr hoch und stopfte die Schraube in die Tasche.

Doch er schaute gar nicht sie an, sondern nur das Faltblatt in seiner Hand. Er reichte es ihr. »Bitte schön.« Das Blatt informierte über die Fertigstellung eines Fensters in der Kirche, die sie und ihr Vater immer besuchten. Ein Foto zeigte eine kunstvolle Buntglasdarstellung des heiligen Bartholomäus, wie er bei lebendigem Leibe von seinem Henker gehäutet wurde. Obwohl sich die Haut in blutigen Spiralen löste wie Rinde von einem Baum, war das Gesicht des Heiligen heiter und abgeklärt, und er schaute mit verzücktem Lächeln empor zu Gott. Marie bemühte sich, eine ähnliche Gelassenheit auszustrahlen.

»Halleluja«, sagte sie und versuchte, ihren Atem zu beruhigen. »Die haben sich auch lange genug Zeit gelassen.«

»Es hätte sogar noch länger dauern können«, erwiderte ihr Vater. Er gehörte dem Komitee an, das sich um die Fertigstellung des Fensters kümmerte, und hatte zusammen mit Stadtverwaltung und Priestern an zahlreichen Besprechungen teilgenommen. Marie musterte sein Gesicht, um festzustellen, ob er ihr Vergehen entdeckt hatte, aber sein Blick blieb auf die Abbildung des gehäuteten Heiligen gerichtet, und seine Stimme behielt die übliche ruhige, leise Tonlage. »Was ist denn das?«, fragte er plötzlich und deutete auf Maries Seite. Ihr wurde flau. Der Augenblick war gekommen – er hatte sie ertappt. Doch seine Hand blieb oberhalb ihrer Rocktasche und fasste nach ihrem Blusenärmel.

»Erdbeermarmelade«, erwiderte Marie mit mühsam verhohlener Erleichterung. Sie hatte sich irgendwann vorhin den Mund an der Manschette ihrer Bluse abgewischt. »Tut mir leid, Papa.«

Ihr Vater teilte ihr mit, dass es wie immer um sieben Uhr Abendessen geben würde, und da er sagte, er wolle die Bluse mit dem Erdbeerfleck über Nacht einweichen, ging sie in ihr Schlafzimmer, um sich umzuziehen.

Das Herz schlug ihr bis zum Hals. Sie hatte keine Ahnung, wie es ihr gelungen war, ungestraft davonzukommen. Sie wartete immer noch darauf, dass ihr Vater jeden Moment hereinkommen und sie des Einbruchs beschuldigen würde. Bestimmt würde er die fehlende Schraube bemerken. Oder irgendetwas anderes, das sie nicht wieder an den richtigen Platz zurückgelegt hatte. Aber er kam nicht. Mit einem erleichterten Seufzer zog sie die Bluse aus.

Dann holte sie das kastanienbraune Kästchen hervor, das ihr während des Gesprächs mit ihrem Vater die ganze Zeit in der Tasche gebrannt hatte. Sie würde schon eine Möglichkeit finden, es irgendwann wieder in das Zimmer des Vaters zurückzulegen, doch im Augenblick interessierte sie nur, was darin war. Sie betrachtete die kleine Schatulle, drehte und wendete sie und versuchte dann, sie zu öffnen. Der Deckel war fest verschlossen, zwar nicht mit Kleber, aber mit irgendetwas anderem. Sie zog noch einmal, diesmal fester, und der Deckel ließ sich öffnen.

Ihr Blick fiel auf ein Bündel Haare.

Sie nahm es heraus. Das Haar ähnelte in der Farbe ihrem eigenen gelbblonden, es war allerdings viel länger und dicker. Ihre Haare konnten es nicht sein, denn sie waren niemals so lang gewesen. Diese Haare waren nicht auf einem Kinderkopf gewachsen. Es waren keine weichen, dünnen Locken, wie sie Eltern nach dem ersten Haarschnitt eines Kindes aufhoben, sondern dicke blonde Strähnen, die zu einem festen Zopf geflochten waren, schwer wie Tauwerk. Und irgendjemand hatte den Zopf eingerollt und in das Kästchen gestopft. Dieses Haar stammte vom Kopf einer erwachsenen Frau.

Ihr schwindelte bei der Vorstellung, dass sie ein Teil von irgendjemandem versteckt unter den Bodendielen ihres Vaters gefunden hatte. Abgeschnittene Haare ohne den dazugehörigen Kopf – selbst Babyhaare – hatten etwas Abstoßendes. Obwohl sie Ekel empfand, verspürte sie den unwiderstehlichen Drang, den Zopf zu berühren und daran zu riechen. Sie schwelgte geradezu in ihrem Abscheu – es war ähnlich wie der Drang, sich im Schlamm zu wälzen oder an verdorbener Milch zu riechen, nur um etwas bisher Unbekanntes zu erfühlen. Sie rieb die Haare zwischen ihren Fingern. Die Strähnen gaben nach und teilten sich. Staubkörnchen rieselten ihr in den Schoß. Ein wunderbarer Duft nach Rosenwasser stieg empor und verzauberte die

Luft. Der süße, frische Duft von Rosenblättern führte sie zurück in die Zeit, als sie ihre Mutter zum letzten Mal gesehen hatte – nun erinnerte sie sich, dass sie nach Rosenwasser gerochen hatte. Eine der wenigen Erinnerungen an sie, die Marie noch hatte. Sie holte tief Luft, als ihr der Zusammenhang klar wurde.

Diese Haare hatten ihrer Mutter gehört.

Marie war, als hielte sie ihre Mutter lebendig in den Händen. Wenn sie noch einmal an den Haaren roch, würde sie sie lachen hören. Plötzlich fühlte sie sich unvollständig, wie ein halber Mensch, dem ein Stück seiner Selbst vom Leib getrennt worden war. Marie war Linkshänderin, ihr Vater schrieb mit der Rechten. Wer war diese Linkshänderin, die die Hälfte ihrer Erbanlagen an Marie weitergegeben, die fünfzig Prozent von ihr erschaffen hatte? Maries Finger waren ganz anders geformt als die ihres Vaters. Ihre Nägel waren länglich und liefen in eleganten Halbmonden aus, während die seinen quadratisch und rechtwinklig im Nagelbett saßen. Hatte sie die Finger ihrer Mutter? Und es gab noch tiefergehende Eigenschaften als Fingernägel und Händigkeit. Marie ähnelte ihrem Vater einfach nicht, weder vom Aussehen noch vom Charakter. Während er niemals laut wurde, verlor Marie rasch die Geduld und schrie. Sie lachte gern und viel, wohingegen ihr gutmütiger, aber freudloser Vater niemals lächelte. Er war ein tiefes Wasser, ein tausendjähriger See, dessen Oberfläche sich niemals kräuselte. Marie lebte wie ein Feuer, das sich seinen Weg durch den Wald brannte. Manchmal betrachtete sie ihn und fragte sich, ob sie ihn überhaupt kannte. Sie sehnte sich danach, den Menschen zu treffen, der ihr sein Feuer verliehen hatte.

Marie war kaum zwei Jahre auf der Welt gewesen, als ihre Mutter fortging. Sechzehn Jahre lang hatte ihr Vater die Geschichte aufrechterhalten, dass die Mutter sie aus unbekannten Gründen verlassen hätte. Mehr Worte verlor er über dieses

Thema nicht, und bohrende Fragen führten nur dazu, dass er sich ganz verschloss. Warum hatte er das Haar seiner Frau die ganzen Jahre über aufgehoben? Er war Marie nie als romantisch veranlagter Mensch erschienen. Sehnte er sich insgeheim nach ihrer Mutter? Liebte er sie noch?

Sie wischte die Tränen weg, die sich in einem Auge bilden wollten, rollte den Zopf ein und packte ihn in das Kästchen zurück. Dann drückte sie den Deckel fest zu.

In der folgenden Nacht öffnete sie das Kästchen noch dreimal, roch an den Haaren und befühlte die einzelnen Strähnen. Am nächsten Tag, während ihr Vater noch bei der Arbeit war, brachte sie die Haare an den ursprünglichen Platz unter den Bodendielen zurück und reparierte die Tür zu seinem Zimmer.

Marie war dort in der Hoffnung eingedrungen, irgendwelche Informationshäppchen zu finden, die ihr erlaubten, den Nachbarn mitzuteilen, dass die Mutter sie aus gutem, rechtschaffenem Grund verlassen hatte. Wie gern hätte sie den Makel getilgt, den ihr Verschwinden auch bei Marie selbst hinterlassen hatte. Doch nun hatte sie etwas gefunden, das einmal ihrer Mutter gehört hatte, und das stillte nicht etwa Maries Wunsch, in den Augen der Leute als anständig zu gelten, sondern rief ein neues Verlangen hervor, das hundert Mal stärker war. In ihr hatte sich plötzlich eine tiefe Höhle der Sehnsucht aufgetan, sie hatte ein Ungeheuer freigesetzt. Der überraschende Fund der Haare – eigenartig und makaber zugleich – änderte alles. Nichts konnte je wieder so werden, wie es vorher war. Nun war es für sie nicht mehr so wichtig herauszufinden, warum die Mutter sie verlassen hatte, sondern es ging ihr vor allem darum, sie ausfindig zu machen.

Hätte Marie Karska in diesem Moment geahnt, was sie im Laufe des Jahres 1939 alles erfahren würde, hätte sie es sich womöglich anders überlegt. Aber in diesem Augenblick war sie sich einer Sache sicher: Sie würde nicht eher aufhören zu suchen, bis sie herausgefunden hätte, was mit ihrer Mutter geschehen war.

2

BAKTERIZID

In nahezu sechs Monaten hatte Dominik Karski keinen einzigen Patienten verloren, was in dem Krankenhaus, in dem er arbeitete, einem Rekord gleichkam. Die Stadt Krakau, wo er lebte, war berüchtigt für ihre hohe Zahl an Todesopfern, denn sie wurde von allen verbreiteten Seuchen und Krankheiten ebenso heimgesucht wie von einigen selteneren. Außerdem bestand ein Gutteil der Bevölkerung aus Bauern, die keinen Zweikampf mit ihren Erntegeräten ausließen. Trotzdem hatte es Dominik 174 Tage lang geschafft, nicht eine der Seelen zu verlieren, die sich in seiner Obhut befunden hatten. Das war eine außerordentlich lange Erfolgsserie. Mittlerweile schlossen die Krankenschwestern sogar Wetten ab, wie lange diese Glückssträhne noch anhalten würde, und sammelten Einsätze wie bei einer Lotterie. Als Dominik nun aber das Kind im Bett und die verzweifelte Mutter daneben sah, befürchtete er, dass es bald zu einer Ausschüttung des Wetteinsatzes kommen würde.

Der Junge lag matt im Krankenhausbett, und seine Mutter wischte ihm zitternd mit einem Flanelllappen die Stirn. Schwester Emilia hatte Dominik aus der Visite geholt und ihn zur Kinderstation geschleppt. »Wir dachten, Sie sollten sich das vielleicht mal anschauen, Herr Doktor«, murmelte sie und wich seinem Blick aus, vielleicht weil es ihr unangenehm war, seine Erfolgsserie nun zu beenden.

Dominik trat ans Bett des Jungen und schob sich die Brille auf dem Nasenrücken hoch. Da das Kind flach im Bett lag, hockte er sich hin. »Wie heißt du, junger Mann?«

Schlaff wandte der Junge ihm den Kopf zu und erwiderte mit düsterer Stimme: »Daniel.« Seine Luftröhre war voller Schleim. Beim Sprechen stieg ein fauliger Geruch aus seinem Mund. Doch Dominik wich nicht vor dem Atem zurück, sondern beugte sich näher zu dem kranken Kind und atmete durch die Nase ein, um die Art der Infektion genauer einzugrenzen.

»Darf ich mal deine Lunge abhören, Daniel?« Das Kind nickte. Dominik griff nach dem Stethoskop, das er um den Hals hängen hatte, öffnete das Nachthemd des Jungen und musterte seinen Oberkörper. Eine Gestalt, zart wie ein Vogelgerippe, aus dem sich ein ballonartiger Bauch hervorblähte. Über den vorspringenden Schlüsselbeinen spannte sich dünne Haut, die Rippen ragten gut sichtbar empor wie ein Zeltgewölbe. Ihre Form erinnerte Dominik an eine Zeit in seinem Leben, die er glücklicherweise lange hinter sich gelassen hatte.

Er hauchte gegen das Bruststück des Stethoskops, um es zu erwärmen, dann schob er es unter das Hemd des Jungen und forderte ihn auf, tief einzuatmen. Das tat Daniel ohne große Mühe, aber beim Ausatmen verzog er schmerzvoll das Gesicht. Dominik hörte sich das Geräusch genau an. Der Atem eines gesunden Menschen hallt wider und rauscht, was zeigt, dass die Luft die Atemwege ungestört passieren kann. Die Atmung dieses Kindes klang vollkommen anders: Sie prasselte wie Reifen über einen Schotterweg. Man weiß das Glück einer mühelosen Atmung erst zu würdigen, wenn sie einem genommen wird. Für diesen Jungen musste sich jedes Luftholen anfühlen, als würde er durch ein nasses Tuch atmen.

Jeder Arzt ist auf die Zeichen des nahenden Todes vorbereitet, und es sind stets dieselben: Die Atmung wird schneller
und flacher, Gliedmaßen und Eingeweide erschlaffen. Und ein
weiteres, weniger greifbares Zeichen, das allein den Säugetieren
eigen ist: Der Blick geht ins Leere und zeigt, dass der Körper
zur Kapitulation bereit ist – ein Stimmungswechsel, das Einge-
ständnis, dass das Leben nun gehen will. Anders als gemeinhin
angenommen, gehen die meisten Sterbenden leicht. Sie lassen
keinen Zorn erkennen, sondern fügen sich ins Unvermeidliche.
Dieses Kind hingegen zeigte alle Posten der Einkaufsliste des
Todes außer dem einen. Statt ins Leere zu starren und demü-
tig auf den Tod zu warten, wollte dieser kleine Junge offenbar
keineswegs gehen. Sein Blick signalisierte keine sanfte Hingabe,
vielmehr starrten zwei dunkelblaue Augen, rund wie Murmeln
und farbkräftig wie das Gefieder eines Blaukehlchens, Dominik
rebellisch an. Seine Augen wanderten wütend und verzweifelt
über sein Gesicht und zeigten keinerlei Bereitschaft, ins Jenseits
zu gehen. Kurz schaute der Junge trotzig an Dominiks Schulter
vorbei, als stünde dort der Tod persönlich in seinem Kapuzen-
mantel und würde seine Sense schwenken – *Nein, heute holst du
mich nicht!*, dachte er wohl –, dann wandten seine Augen sich
wieder in zorniger Verzweiflung an Dominik, als wollte er ihn
zu einem Pakt auffordern. *Hilf mir*, schien er zu sagen. *Versuch
alles.* Dieser bohrende Blick des Kindes, selten genug in einer
solchen Situation, brachte Dominik derart aus der Fassung, dass
er sich zum Handeln genötigt sah.

»Zeig mir mal, ob du dich aufsetzen kannst, junger Mann«,
forderte Dominik ihn auf.

Daniel sah ihn unsicher an.

»Er ist erschöpft, Herr Doktor«, sagte die Mutter.

Ihm war klar, dass es paradox erschien, einen Sterbenden
zum Hinsetzen aufzufordern. »Ich weiß, das ist anstrengend.

Aber du bist doch ein starker Kerl, oder? Ich wette, du kannst ganz schnell rennen und hoch springen?«

Bei der Anspielung auf seine Sportlichkeit nickte der Junge und versuchte, sich in eine sitzende Position zu bringen. Seine dünnen Ärmchen wackelten und zitterten, er schwitzte vor Anstrengung – es gelang ihm nicht. Er schob die Zunge in den Mundwinkel und versuchte es noch einmal. Mit eiserner Anstrengung stemmte er sich auf seine Ellbogen und richtete sich schließlich auf. Beifall heischend schaute er Dominik an.

»Ein ganzer Kerl!«, sagte Dominik. Die Atmung des Kindes verbesserte sich schlagartig, ein klareres, trockeneres Atemgeräusch löste das schwere, feuchte Rasseln ab. »Schwester, Fowler-Lagerung!« Schwester Emilia eilte ans Bett und brachte das Kopfende in eine 45-Grad-Neigung, sodass der Junge aufrecht sitzen blieb.

Die Mutter des Jungen, die Schwester Emilia als »Ruth« angesprochen hatte, lächelte glücklich.

Angesichts des kleinen Fortschritts erlaubte sich Dominik ein kurzes Nicken, wandte sich dann aber wieder seinem Patienten zu, denn die Lösung würde nicht von Dauer sein. Die infektiöse Flüssigkeit, die sich nun am Grund seiner Lunge sammelte, würde rasch zunehmen und ohne eine weitere Behandlung das ganze Organ überschwemmen. Der Patient würde gleichsam in seinen eigenen Körperflüssigkeiten ertrinken.

»Das hat doch keinen Zweck. Ein aussichtsloser Fall«, verkündete eine Männerstimme hinter ihm. Dominik kannte die Stimme und verkniff sich ein Seufzen. Igor Wolanski näherte sich mit wütendem Gesicht und schwellender Stirnader. »Er hat die Influenza, in fortgeschrittenem Stadium«, sagte er. Bei diesem Wort erschauderte Daniels Mutter, als hätte er geflucht oder Gott gelästert. Eine ganze Generation von Polen war dieser Seuche erlegen. »Das wird ihn umbringen«, fügte Wolanski unnötigerweise hinzu. »Da kann man nichts mehr machen. Warum setzen Sie ihn aufrecht hin? Er sollte liegen, damit er in Frieden sterben kann. Das hier ist meine Station, und das ist mein Patient. Gehen Sie auf Ihre eigene Station zurück, Dominik.«

Dominik arbeitete als Chirurg, aber immer öfter forderte man seine Hilfe bei Infektionen an. Aus einer Wundnaht konnte sich binnen weniger Stunden eine Sepsis entwickeln, wenn sie nicht richtig versorgt wurde. Er hatte sich auf diesem Feld zu einer Art Fachmann entwickelt, und die Schwestern der Infektionsstation – ja, eigentlich von jeder Station – baten ihn häufig, sich ihre Patienten anzuschauen. Oftmals untersuchte er auch die von Staphylokokken oder Streptokokken geplagten Patienten auf der Station für Geschlechtskrankheiten, der Lungenstation und gelegentlich eben auch auf der Kinderstation.

Hier jedoch betrachtete sich Wolanski als ausgewiesener Experte, er war der Kinderarzt, und Dominik war in sein Revier eingedrungen. Ein anderer Arzt hätte sich wahrscheinlich für die Hilfe bedankt. Nicht so Wolanski. Die Situation würde wohl in einem Machtkampf enden.

»Was wurde bisher verabreicht?«, fragte Dominik die Schwester, ohne Notiz von seinem Kollegen zu nehmen.

»Laudanum. Vier Tropfen«, erwiderte sie.

Dominik schwieg. Eine derartige Menge Opiumtinktur hätte selbst einen Erwachsenen niedergestreckt.

»Das Laudanum hat seinen Husten gestillt«, sagte Wolanski scharf. »Und die Schmerzen. Kein Kind sollte leiden müssen. Ich verwehre mich dagegen, meine Entscheidungen zu rechtfertigen«, fügte er hinzu, womit er eben dies tat.

»Schmerz kann sehr nützlich sein«, erwiderte Dominik mit einem Nicken und deutlich sanfterer Stimme. »Er zeigt uns, dass etwas nicht in Ordnung ist. Auch der Husten ist wichtig.

Er reinigt den Körper von Giftstoffen.« Er sprach in dem leisen, ruhigen Tonfall, den er gegenüber Wolanski immer an den Tag legte, bemüht, ihn nicht zu verärgern. »Ihrer ersten Aussage stimme ich voll zu, den anderen dagegen nicht, bei allem Respekt.«

Wolanski starrte Dominik wütend an.

»Vielleicht sollten wir diese Unterhaltung unter vier Augen weiterführen«, schlug Dominik mit einem Seitenblick auf die Mutter des Jungen vor, die das Streitgespräch erwartungsvoll beobachtete.

»Auf keinen Fall«, erwiderte der Kinderarzt. »Meine Diagnose und Behandlung sind korrekt. Wenn es Ihnen an Wissen und Erfahrung auf diesem Gebiet mangelt, dann ist das Ihr Problem.«

»Wie Sie möchten.« Dominik rückte seine Brille zurecht und setzte das Gespräch am Krankenbett des Kindes fort. »Ihr kleiner Patient hat eine fortgeschrittene Influenza. Aber es ist nicht die Influenza, die ihn umbringen wird. Und man kann etwas dagegen tun.«

Wolanski lachte. »Sie wollen mir weismachen, dass die Influenza nicht tödlich ist? Dass diese Seuche, die ein Viertel unserer jungen Soldaten – unsere besten und stärksten Männer – im Großen Krieg dahingerafft hat, nicht tödlich ist?« Er hielt häufiger solche Reden und warf dabei mit Statistiken und historischen Anspielungen um sich, als sei er kein Arzt, sondern ein Politiker, der sich ans Volk wandte und für ein öffentliches Amt bewarb.

»Die Influenza allein ist selten tödlich«, entgegnete Dominik. Diese Behauptung löste üblicherweise Hohn und Spott aus, und auch diesmal gab es keine Ausnahme. Dr. Wolanski lachte mit ironischer Missbilligung, während die Mutter des Jungen Dominik anstarrte, als wäre er plötzlich verrückt geworden.

Sogar Daniel auf seinem Krankenbett hob fragend eine Augenbraue. »Dieser Junge wird nicht an Influenza sterben. Aber er stirbt.«

Wolanski verschränkte die Arme. »Woran wird er denn dann sterben?«

»An einer Lungenentzündung.« Dominik blickte die anderen Anwesenden an. Da niemand etwas sagte, fuhr er fort: »Das Influenzavirus hat sein Immunsystem angegriffen und geschwächt. Opportunistische Bakterien haben die Gelegenheit genutzt und sich in seiner Lunge angesiedelt.«

Wolanski winkte ab. »Na gut, dann hat er eben auch noch eine Lungenentzündung. Was macht das für einen Unterschied – eine Lungenentzündung ist ebenso tödlich wie die Influenza. Dagegen gibt es keine medikamentöse Behandlung. Bald wird er *tot* sein.«

Wolanski hatte das deutsche Wort »tot« verwendet, und Dominik ärgerte sich über die Angewohnheit des Kinderarztes, immer mal wieder deutsche Wörter in seine Argumentationen zu streuen. Wolanski bewunderte die gegenwärtige Gesundheitspolitik im Deutschen Reich und ihre Maßnahmen, die man jedoch auch als gesellschaftsfeindlich bezeichnen konnte.

»Ich habe eine Behandlung gegen Lungenentzündung«, erwiderte Dominik.

»Wie bitte?«, fragte Wolanski.

»Ein neues Medikament.« Dominik schaute zu Boden. »Ich habe es selbst entwickelt.«

Nun brüllte Wolanski vor Lachen. »Hier ist Ihr Retter, gnädige Frau!«, sagte er zu Ruth. »Ein verrückter Wissenschaftler, der in seinem Hinterzimmer Zaubertränke anrührt! Hören Sie nicht auf ihn, hier können wir nichts mehr tun. Ersparen Sie Ihrem Jungen lieber unnötige Schmerzen.«

Dominik schüttelte den Kopf. »Verzeihen Sie, Doktor, aber

wenn wir den bisherigen Kurs weiterverfolgen, wird das Kind sterben.«

Wolanski richtete sich weiter an die Mutter des Kindes. »Die Entscheidung liegt bei Ihnen, gute Frau. Wollen Sie die Behandlung fortführen, die Ihr behandelnder Arzt eingeleitet hat und die seit Jahrzehnten zur Schmerzlinderung eingesetzt wird? Oder soll dieser Verrückte mit seinem Zaubertrank Ihrem Sohn noch weiteres Leiden zufügen?«

Dominik sah, wie sie unschlüssig von einem Arzt zum anderen blickte. Ginge sie allein nach der äußeren Erscheinung, dann war es wohl keine Frage, wie sie sich entscheiden würde. Dominik hätte als Kinderarzt kaum bestehen können; er kannte keine Witze, und sein ernster Gesichtsausdruck konnte die Milch sauer werden lassen. Er war von kleiner, drahtiger Gestalt und trug ein sperriges Brillengestell mit dicken Gläsern. Außerdem lächelte er nie. Er sah aus wie jemand, vor dem Mütter ihre Kinder warnen – ein Bösewicht aus dem Märchen, ein Kinderfänger.

Sein Kollege dagegen besaß eine oberflächliche Fröhlichkeit. Solange man ihn nicht gut kannte, konnte man ihn ohne Weiteres für einen Retter der Kinder halten. Dr. Wolanskis Wangen leuchteten rosig, sein Gesicht war beinahe kreisrund. Seine Arme und die ganze Statur waren angenehm pummelig und strahlten Gemütlichkeit aus. Ein buschiger blonder Haarschopf zierte seinen Kopf, und hätte er sich den Bart länger wachsen lassen, wäre er eine ideale Besetzung für den heiligen Nikolaus gewesen. Ginge man allein nach dem Äußerlichen, lief es auf eine Entscheidung zwischen einem Kinderfänger und dem Nikolaus hinaus, und Dominik hätte es niemandem ernsthaft verübeln können, sich für Letzteren zu entscheiden. Zum Unglück für die Mutter würde dieser Nikolaus ihr Kind allerdings mit Opium einschläfern, während der Kinderfänger wenigstens versuchen wollte, ihm das Leben zu retten.

Daniels Mutter schaute Wolanski an, dann ging ihr Blick zu Dominik und wieder zurück. »Vielen Dank, Herr Doktor«, sagte sie schließlich an Wolanski gewandt. Sie sprach mit leiser, bescheidener Stimme. »Wir können Ihnen niemals zurückzahlen, was Sie für uns getan haben.« Dominik erkannte den Tonfall nur zu gut – das war die wohlkalkulierte Bescheidenheit einer Frau, die ein klares Ziel verfolgte. »Ich bin bloß die Tochter eines Flickschusters«, sagte sie. »Ich würde es gern mit dem Zaubertrank versuchen.«

Wolanskis Gesicht lief puterrot an. Er atmete tief ein und wieder aus, dann nickte er. Es war, als sei ein Sturm kurz durch ihn hindurchgefegt und dann genauso schnell vorübergezogen, wie er gekommen war. So verhielt er sich oft, fahrig, in einem Augenblick von einem Thema besessen, im nächsten schon wieder einem neuen zugewandt, als wäre nichts geschehen. »Arme Frau. Sie wissen ja nicht, was Sie tun. Ich bete für die Seele Ihres Kindes.« Er murmelte Dominik missvergnügt zu: »Dann sei es so. Sie werden den Tod des Kindes zu verantworten haben.« An die Schwester gewandt sagte er deutlich lauter: »Schwester, nun, wo dieser Fall nicht mehr unter meine Verantwortung fällt, achten Sie bitte darauf, dass auf dem Totenschein als Ursache eingetragen wird: Mord, verursacht durch Doktor Karski.«

Dominik spielte kurz mit dem Gedanken zu erwähnen, dass auf einem Totenschein normalerweise kein Platz vorgesehen war, wo der Name des Mörders vermerkt wurde, hielt dann aber seine Zunge im Zaum. Wolanski stürmte durch den Flur davon und stieß unterwegs gegen einen Rollwagen mit medizinischem Besteck, woraufhin metallisches Klappern über die ganze Station hallte.

Fairerweise musste man einräumen, dass Dominik gegenüber Wolanski in zweierlei Hinsicht im Vorteil war: Erstens hatte er vor langer Zeit schon viele ähnlich gelagerte Fälle gesehen. Und zweitens hatte Dominik in den letzten elf Jahren eine heimliche Liebschaft mit Bakterien unterhalten, diesen noch gar nicht so lange entdeckten Organismen, die kleiner waren als ein Stecknadelkopf, aber einen Elefanten niederstrecken konnten. Er bewunderte ihre Fähigkeiten und untersuchte ihre eigentümlichen Bewegungen über Gewebegrenzen hinweg, entlang der Arterien und Venen. Manchmal unterhielt er sich sogar in seinem Labor mit ihnen, wenn die Schwestern nach Hause gegangen waren. »Du bist mir ein schlaues Bürschchen«, sagte er dann zu einer grampositiven Staphylokokkenzelle.

Die Schwester beugte sich zu ihm hinüber. »Was haben Sie vor, Doktor Karski?«

»Ich werde ihm eine Medizin geben«, erwiderte Dominik mit zitteriger Stimme.

»Eine, die Sie selbst hergestellt haben?«

Er nickte.

»Woraus haben Sie sie gemacht?«

»Aus Schimmel.« Er räusperte sich.

»Schimmel?«, wiederholte die Schwester, als ob die Äußerung durch bloße Wiederholung rückgängig gemacht werden könnte. »Sie wollen dem Kind *Schimmel* injizieren?« Sie starrte ihn fassungslos an.

»Holen Sie das Fläschchen mit dem gelben Etikett aus dem Kühlschrank. Ziehen Sie 390 mg auf.« Er prüfte die Größe des Kindes und überlegte kurz. »520 mg. 26 G-Kanüle.«

Schwester Emilia seufzte und machte sich auf den Weg durch den Flur.

Genau wie wohl jeder andere Arzt in Europa hatte Dominik die Abhandlung des Schotten Alexander Fleming gelesen, in der dieser beschrieb, wie man Bakterien mithilfe von Schimmel abtöten konnte. Die meisten hatten den Aufsatz achtlos beiseitegelegt, doch Dominik hatten Flemings Ausführungen in ihren

Bann geschlagen. Da er ein Wissenschaftler alter Schule war, der an den Grundsatz *nullius in verba* glaubte und Annahmen lieber nachprüfte, probierte er Flemings Entdeckung selbst aus. Als Erstes stellte er fest, dass Fleming grundlegende Fertigkeiten in organischer Chemie fehlten. Der Schimmel hatte nach dem Einbringen in die Petrischale die Bakterien nicht getötet, wie es der Arzt vorausgesagt hatte. In einigen Fällen hatte er sogar die Lebensdauer der Bakterien heraufgesetzt. Aber dort, wo Fleming sich beim Zählen der Kohlenstoffmoleküle womöglich vertan hatte, hatte Dominik richtiggelegen. Er hatte die Lösung mehrfach neu angemischt, und beim zwölften Versuch hatte sein Penicillium-Schimmel die Bakterien abgetötet – weniger ein Erfolg moderner Wissenschaft als vielmehr simples Handwerk. Der Schimmelpilz war durch die Zellwand gedrungen, hatte die Zelle geschwächt und abgetötet.

Dominik betrachtete die Mutter des Jungen. Sie trug keine Strümpfe. Dort, wo eigentlich ihr linker Schneidezahn hätte sein sollen, klaffte eine schwarze Lücke. »Ich kann Ihnen nicht garantieren, dass die Behandlung funktionieren wird, gnädige Frau«, sagte er. »Es könnte auch sein, dass Ihr Sohn dabei stirbt.«

Der fehlende Zahn verlieh ihr eine spröde Härte, wie bei einem kampfesmüden Soldaten, der schon zu viele Freunde hat sterben sehen. »Wird er sonst nicht sowieso sterben?«, fragte sie.

»Ja«, erwiderte er.

Die Frau schwieg und schlang den Mantel fester um sich. Der Stoff erschien ihm zu dünn für Februar. Der Frühling stand bevor, doch nachts hatte es noch Bodenfrost gegeben. Hatte sie etwa den ganzen Winter über nur diesen fadenscheinigen Mantel getragen? Er hörte, wie ihre Zähne klapperten, und stellte sich vor, wie es war, monatelang zu frieren und nie richtig warm zu werden. Sie begegnete Dominiks Blick und schien ihn ebenso prüfend zu betrachten wie zuvor ihr Sohn und tief in sein Inneres zu schauen.

Dominik stellte sich vor, sein eigenes Kind würde dort liegen. Er wusste, wie sich Eltern fühlten, und verstand genau, was die Frau in diesem Augenblick durchmachte: Sie stellte sich der sehr realen Möglichkeit, dass sie bald ihren Sohn verlieren könnte, und ahnte die Sinnlosigkeit, die ihr Leben von da an begleiten würde. Sie wäre dann keine Mutter mehr. Dominik schluckte schwer angesichts der Bürde, das Leben eines anderen Menschen in der Hand zu haben.

»Tun Sie's«, sagte sie schließlich mit einem Nicken. »Geben Sie ihm die Medizin!«

Schwester Emilia kam mit der Spritze zurück. Sie ging jedoch nicht zum Krankenbett, sondern wartete am Ende des Flurs darauf, dass Dominik Mutter und Sohn am Bett zurückließ und zu ihr kam. »Haben Sie schon mal gesehen, wie das gemacht wird?«, fragte sie leise.

»Ich habe es schon mal ausprobiert. An einem Schwein.«

»Und was ist dabei herausgekommen?«

Er hüstelte. »Das Tier ist gestorben.« Die Schwester verzog das Gesicht, als bereute sie es, den Patienten an Dominik weitergeleitet zu haben. »Allerdings könnte ich nicht mit Sicherheit sagen, ob wirklich der Schimmel der Grund dafür war«, versuchte er, sie mit fröhlicher Stimme zu beruhigen. »Aus einer Studie, die nur ein einziges Schwein umfasst, würde ich keine wissenschaftlichen Schlüsse ziehen wollen.«

»Meinen Sie nicht, Sie sollten das vielleicht erst einmal an einem Menschen ausprobieren, ehe Sie es einem Kind verabreichen?«

Dominik seufzte. »Eine klinische Studie würde einige Monate dauern, Schwester. Der Junge wird noch heute Nachmittag sterben, ob ich ihm nun die Spritze gebe oder nicht.« Die Schwester schwieg. Er schaute sie eine Zeitlang an und seufzte schließlich.

Er nahm die Spritze, bog um die Ecke in einen Behandlungsraum, machte eine Pobacke frei und stach sich die Nadel ins Fleisch. Er drückte den Kolben nach unten, und sein Präparat verteilte sich im Gewebe, wo die Blutgefäße es aufnahmen und über die Venen zum Herzen befördern würden, welches dann wiederum den giftigen Schimmel durch seinen Körper pumpte, in jedes Organ und jede einzelne Zelle.

Er kehrte zur Schwester zurück.

»Was haben Sie getan?«, fragte sie mit einem Blick auf die leere Spritze.

»Wie verlangt, habe ich die Arznei erst an einem Menschen ausprobiert, ehe ich sie dem Kind gebe.«

Sie starrte ihn mit weit aufgerissenen Augen an. »Und was passiert jetzt?«

»Wir warten eine halbe Stunde.« Dominik sah auf seine Uhr. »Wenn es mich dann nicht umgebracht hat, verabreichen Sie dem Jungen die halbe Dosis.«

Schwester Emilia schaute ebenfalls auf ihre Uhr, die von einer Kette an ihrer Brust hing. »Lassen Sie uns lieber eine Stunde warten. Sie sind größer als er.« Sie lächelte. »Es könnte länger dauern, Sie umzubringen als den Jungen.«

Dominik nickte und verließ die Kinderstation, um seine Visite fortzusetzen. Er sah nach einem Patienten, dem er am Vortag die Galle entfernt hatte, und nach einer Schwangeren, deren Kind sich in Steißlage befand, was möglicherweise einen Kaiserschnitt erforderlich machte. Während er prüfte, ob der Fötus sich inzwischen gedreht hatte, malte er sich aus, wie der injizierte Schimmel durch seinen Körper wanderte und in die Zellen eindrang. Er stellte sich die Art von Schimmel vor, die man vom Brot abkratzte, graugrüne, flaumige Kreise, die nun durch seine Blutbahn schwammen. Als er nach einer Stunde immer noch lebte, kehrte er auf die Kinderstation zurück. Schwester Emilia verabreichte dem Jungen nach seiner Anweisung 260 Milligramm des Penicillium-Pilzes.

»Und jetzt?«, fragte die Schwester wieder.

»Jetzt warten wir ab«, erwiderte Dominik. Beide beobachteten sie den Jungen.

Plötzlich fuhr das Kind in einem fürchterlichen Hustenanfall empor.

»Was ist los?«, rief die Mutter. »Er erstickt!«

»Doktor?«, fragte Schwester Emilia in vorwurfsvollem Ton, als hätte er das Kind bereits umgebracht. »Hat der Schimmel bei dem Jungen womöglich eine Nebenwirkung ausgelöst, die es bei Ihnen nicht gab?«

Der Junge rang qualvoll nach Luft, sein Gesicht war rot angelaufen, und er fasste sich an die Kehle, als wollte er einen Geist abwehren, der ihn strangulierte.

Dominik schüttelte den Kopf. »Das glaube ich nicht.« Er machte die Brust des Jungen frei und hörte ihn nochmals mit dem Stethoskop ab. »Das liegt nicht am Penicillium. Die Wirkung des Laudanums lässt nach – es hat die Bronchospasmen unterdrückt, aber nun kommt der Husten wieder. Das ist auch gut so.« Das Kind hustete schwerfällig. »Wir müssen das Sputum lösen, ehe er daran erstickt.«

Schwester Emilia wusste, was zu tun war. Sie griff nach einer Metallschüssel. »Spuck rein!«, befahl sie. Das Kind richtete sich mit fragendem Blick auf, als wolle es sich vergewissern, ob sie diese Aufforderung zu ungezogenem Verhalten wirklich ernst meinte. Die Schwester nickte, und der kindliche Trieb übertrumpfte den Schmerz. Er spuckte in die Schüssel, einen großen braunen Schleimpfropf. Dann begaffte er den schleimigen Klumpen und grinste.

»Gut gemacht!«, rief Dominik. Stolz reckte das Kind die schwache, gepeinigte Brust. »Mach weiter, bis du alles rausgehustet hast!«

»Los, noch mal!«, befahl nun auch die Schwester dem Jungen, als sei sie ein General, der seinem kampferprobten tapfersten Unteroffizier einen Befehl erteilt.

Sie klopfte ihm mit rhythmischen Bewegungen kräftig auf den Rücken, eine Art Marsch.

Das Kind umklammerte die Schüssel. Noch einmal hustete es sich die Seele aus dem Leib, diesmal noch länger und kräftiger. Wieder klatschte eine Schleimkugel in die Schüssel. Im Laufe der nächsten Stunde produzierte das Kind weitere zehn Klumpen grünlich-braunen Schleims.

Dominik ging nach Hause, um das Abendessen für seine Tochter zu bereiten, und kehrte ins Krankenhaus zurück, sobald sie zu Bett gegangen war. Bei seinem Eintreffen schlief das Kind friedlich, und das Fieber war gesunken. Da die erste Spritze den Jungen nicht umgebracht hatte, verordnete Dominik eine weitere, diesmal mit der doppelten Dosis, die ihm gegen Mitternacht gegeben werden sollte. Dominik holte den ledernen Ohrensessel aus seinem Büro und verbrachte die Nacht im Schwesternzimmer. Um sieben wurde er von der Oberschwester der Frühschicht geweckt.

»Sie sollten mal lieber nach Ihrem Patienten sehen, Herr Doktor«, sagte sie und legte ihm die Hand auf die Schulter. Dominik schluckte schwer, während er in kleinen, aber schnellen Schritten hinüberlief, bemüht, sich seine Panik nicht anmerken zu lassen. Falls der Junge tot war, würde jede Menge Arbeit anfallen. Die Maßnahmen müssten überdacht und verändert werden, und er würde alle seine Schritte rückverfolgen müssen. Als er das Ende des Flurs erreicht hatte, bog er mit so großer Geschwindigkeit um die Ecke, dass er die letzten Meter förmlich auf das Kopfende des Bettes zuglitt. Der Junge saß aufrecht im Bett und trank eine Tasse Brühe. Seine Wangen waren rosig. Dominik schickte ein kleines Dankgebet gen Himmel.

Vier Tage später wurde Daniel aus dem Krankenhaus entlassen. In der Hand hielt er einen glasierten Apfel, den Schwester Emilia ihm zum Abschied geschenkt hatte, und er leckte begeistert daran.

Nur einer von zehntausend Ärzten in ganz Europa hatte Flemings Technik bisher ausprobiert. Die amerikanische Armee entwickelte offenbar etwas Vergleichbares, ebenso die Deutsche Wehrmacht. Im Laufe der Jahrhunderte hatten diese Bakterien etwa eine Milliarde Menschen getötet. Nun hatte Dominik in seinem Ein-Mann-Labor eine Möglichkeit gefunden, sie mithilfe von Küchenschimmel aufzuhalten. *Antibiotikum,* so nannten die Amerikaner das Mittel.

Als sie sich verabschiedeten, fiel die Mutter vor Dominik auf die Knie wie ein Ritter vor seinem König. Die Patienten in den umliegenden Betten drehten sich zu ihnen um und quittierten das unschickliche Bild mit missbilligendem Tuscheln.

»Bitte stehen Sie doch auf, gnädige Frau«, bat Dominik sie.

Kopfschüttelnd blieb sie vor ihm am Boden knien, dann löste sie einen Anhänger aus Zinnblech von ihrem Hals und drückte Dominik das Schmuckstück in die Hand. Zwei Dreiecke, eines aufrecht, das andere in umgekehrter Richtung darüber, formten den Davidstern. »Wer auch nur ein einziges Leben rettet, rettet die ganze Welt«, sagte sie. Dominik erkannte das Zitat aus dem Talmud wieder, er hatte es schon einmal gehört.

Er hielt den Stern vorsichtig fest und strich mit dem Daumen darüber. Das billige Blech schimmerte in der Morgensonne, die durch die Bleiglasfenster der Station hereinfiel. Er wollte ihr den Anhänger wieder zurückgeben, aber die Frau wehrte vehement ab. »Meine Bezahlung«, sagte sie. Der Wert des Schmuckstücks würde kaum ein Zehntel der Arztrechnung decken.

Dominik nickte zur Antwort, dann half er der Frau auf. Nach den feinen Falten in ihrem Gesicht zu urteilen, mochte sie etwa dreißig sein, aber wahrscheinlich war sie sehr viel jünger. Ihr spitzer Ellbogen stach ihn wie eine Nadel, als er ihren Arm fasste. Sie wog wahrscheinlich gerade einmal vierzig Kilo. »Den Rest der Schulden werde ich abarbeiten«, sagte sie.

»Alles ist abgegolten, gnädige Frau. Nun bringen Sie Ihren Sohn nach Hause.«

Dominik nahm wohlwollendes Händeschütteln der Ärzteschaft entgegen. Die Schwestern gratulierten ihm euphorisch dazu, dass seine Erfolgsserie andauerte, dann zog er sich in sein Büro zurück, um die Rettung dieses Menschenlebens in aller Stille zu feiern. Er ließ sich in seinen Sessel sinken und genoss eine Weile das gute Gefühl, aber dann wanderten seine Gedanken unweigerlich zu seinem eigenen Kind, zu Marie, wie es früher oder später immer geschah. Wegen seiner Tochter war er in diese Stadt gekommen; was er tat, tat er nur für sie. Und dann schlich sich die Erinnerung an das herein, was er vor so vielen Jahren getan hatte, als er seinem Kind die Mutter nahm. Ein wohlbekanntes düsteres Gefühl überkam ihn, also schob er seine Brille zurecht und trat ans Fenster, um es zu verscheuchen. Es war ihm zutiefst unangenehm, dass die Erinnerung an jenes Ereignis ihn nun wieder heimsuchte. An Tagen wie diesen, wenn er eine gerettete Seele in die Waagschale werfen konnte, sollte ihm doch eigentlich zu sagen erlaubt sein, dass die fragwürdige Tat, die er vor fünfzehn Jahren begangen hatte, es wert gewesen war.

3

MEINE REISEN
DURCH DEUTSCHLAND

Zwei Wochen zuvor hatte der Medizinische Leiter – das war der hochtrabende Titel des obersten Flickschneiders des Krankenhauses – Dominik eröffnet, dass er zum Ende des Sommers in den Ruhestand gehen würde. Es war ein wohlverdienter Rückzug. Jerzy Maklewski war fünfundsiebzig und hätte der Stadt keinen besseren Dienst erweisen können als durch seine Arbeit. Der Professor, ein Gentleman und Chirurg der alten Schule, hatte immer noch einen wachen Geist, und seine Hände zitterten nicht, doch er war erschöpft und wollte seinen Lebensabend zu Hause mit Büchern und seiner Frau verbringen, die eine reizende Dame war, wenn man sie erst einmal besser kennengelernt hatte. Dominik hatte miterlebt, wie Maklewski eine Aorta mit lediglich drei Stichen repariert und einen Kaiserschnitt in unter sieben Minuten durchgeführt hatte. Er würde ihn bedenkenlos als herausragenden Arzt bezeichnen.

Der alte Herr hatte Dominik in seinem Büro aufgesucht, um ihm die Neuigkeit mitzuteilen. Dominik äußerte sein Bedauern über das Ausscheiden des Mannes, aber auch seinen Dank dafür, dass er unter einem so hervorragenden Chirurgen hatte arbeiten dürfen. Er wünschte ihm alles Gute für seinen wohlverdienten Ruhestand. Danach trödelte Maklewski noch einige Zeit in Dominiks Büro herum, als wollte er ihm etwas sagen. Er studierte Dominiks Bücherregal, ohne ein Buch herauszuziehen, schaute ziellos aus dem Fenster und blätterte durch ein paar Patientenakten, die er aber wohl kaum lesen konnte, da sie verkehrt herum lagen. Dominik bot ihm Tee an, aber er lehnte ab. Schließlich räusperte er sich und holte zu einer Art Ansprache aus.

»Sie sind wie ein Sohn für mich, Dominik«, begann er.

Dominik hob die Augenbrauen. »Das will nicht viel heißen, Herr Professor. Schließlich haben Sie nur Töchter.«

Der Professor zuckte mit den Schultern. »Ja, das stimmt. Aber deshalb ist es nicht weniger wahr. Und ich glaube, Sie freuen sich auch, wenn ich das sage.« Er lächelte. »Ich hätte gern, dass Sie meine Position übernehmen, wenn ich gehe. Den Posten als Chefarzt.«

»Ich fühle mich geschmeichelt«, erwiderte Dominik verblüfft. Er nahm sich einen Moment, um diese Ehre zu genießen, dann jedoch schlug er das Angebot des alten Herrn umgehend aus. »Das kann ich natürlich nicht annehmen. Es wäre gegen jede Gepflogenheit.«

Dominik war die Nummer drei im Krankenhaus. Vor ihm in der Reihe stand noch Igor Wolanski, der Kinderarzt und Laudanumfreund, der dem Nikolaus so ähnelte. Er hatte kürzlich seinen fünfundfünfzigsten Geburtstag gefeiert. Dominiks Personalakte dagegen konnte man entnehmen, dass er erst vierundvierzig war. Außerdem hatte Wolanski schon mehr als zehn Jahre im Krankenhaus gearbeitet, ehe Dominik dort anfing. Wenn der jüngere Arzt den älteren, erfahreneren Mediziner in der Hierarchie einfach übersprang, würde es einen Skandal geben – oder zumindest eine sehr peinliche Situation.

»Ich möchte diese Arbeit ohnehin nicht übernehmen«, fuhr

Dominik fort. »Zu viel Verwaltungsarbeit und Teilnahme an Besprechungen. Diese Zeit würde ich lieber mit der Behandlung von Patienten verbringen. Ich bin froh, wenn ein Kollege diese Bürde auf sich nimmt. Und ich werde Doktor Wolanski meine volle Unterstützung anbieten.«

Maklewski nickte. Dominik hatte eigentlich erwartet, dass er die Absage annehmen würde, und war überrascht, als der Professor auf seiner Bitte beharrte. »Ich kann Ihnen versichern, dass Sie keine Zeit für Ihre Patienten verlieren werden. Wir würden Ihnen einen Sekretär für die Verwaltungstätigkeiten zur Verfügung stellen.«

Dominik zog ein finsteres Gesicht. Warum zeigte sich sein Mentor so uneinsichtig und bestand auf seinem Vorschlag? »Das ist sicherlich eher etwas für Doktor Wolanski«, sagte er rundheraus. »Ich käme mir albern dabei vor, ihn aus einer Position zu verdrängen, die ich gar nicht haben will.«

Endlich kam Maklewski zum Punkt. »Wir glauben, dass Sie eine bessere Besetzung für das Krankenhaus wären«, sagte er. Er blickte an seinem Kittel hinab und versuchte, einen gelblichen Fleck vom Aufschlag zu kratzen, Quark vielleicht. Er aß täglich Quark und war davon überzeugt, dass dessen Bekömmlichkeit für den Darm der Schlüssel zu einem langen Leben war. Wenn man sich das Alter und die Behändigkeit des Professors anschaut, kann da durchaus etwas Wahres dran sein, dachte Dominik.

»Sagen Sie, haben Sie sich jemals einen von Wolanskis Vorträgen angehört?«, fragte der alte Herr. »Einmal in der Woche spricht er über medizinische Themen. Im Piłsudski-Auditorium – der Eintritt ist frei.«

»Das Vergnügen hatte ich noch nicht«, erwiderte Dominik. Die Vorstellung, Wolanski dabei zuzuhören, wie er über medizinische Themen aufklärte, jagte ihm einen Schauer über den Rücken.

Maklewski lächelte. »Ich bin ein- oder zweimal da gewesen.«
»Habe ich etwas verpasst?«

»Ja, in der Tat. Aber keine Sorge – Sie werden bald einen dieser Vorträge hören. Ich würde gern etwas mit Ihnen vereinbaren, mein Sohn. Besuchen Sie mit mir diese Veranstaltung – und hinterher sagen Sie mir, ob Sie immer noch meinen, dass Doktor Wolanski für den Posten geeignet ist. Wenn Sie dann immer noch denken, dass er für die Stelle passt, werde ich kein Wort mehr über das Thema verlieren. Sollten Sie ihn hingegen nicht mehr für geeignet halten, dieses Krankenhaus zu leiten, werden Sie sich selbst auf die Position bewerben. Abgemacht?«

Dominik überlegte einen Moment, der Vorschlag machte ihn neugierig. »Also gut.«

Der Professor hielt ihm die Hand hin. »Lassen Sie uns darauf einschlagen.« Dominik zögerte. Der Handschlag verlieh der Absprache eine Verbindlichkeit, mit der er nicht gerechnet hatte. Dann griff er nach Maklewskis Hand und schüttelte sie. Die Handfläche des Professors fühlte sich so schlaff und weich an wie die eines lieben Großvaters, aber sein Griff war fest.

»Kommen Sie mit. Der Vortrag fängt gleich an.«

Dominik folgte ihm ins Piłsudski-Auditorium. An der Tür prangte ein handgeschriebenes Schild: *Meine Reisen durch Deutschland.*

»Oje«, sagte Dominik. »Müssen wir uns jetzt Doktor Wolanskis Schnappschüsse aus dem Urlaub anschauen? Will er uns etwa Fotos zeigen, auf denen er mit den Flamingos im Tiergarten posiert?«

»So ähnlich«, erwiderte der Professor und schob ihn in den Raum. Das Piłsudski-Auditorium hatte vorn einen Bereich, in dem Operationen oder Autopsien durchgeführt werden konnten. Davor erhob sich ein stufenförmiges halbrundes Auditorium, von wo aus Krankenschwestern und Ärzte dabei zuschauen konnten. Aber diesmal lag kein Patient auf dem Operationstisch, und man sah auch keine Tabletts mit vorbereitetem Präparierbesteck. Die Bühne war leer, bis auf Wolanski und eine Staffelei, die geheimnisvoll mit einer baumwollenen Krankenhausdecke verhüllt war, sodass man nicht sehen konnte, was sich darunter verbarg.

Wolanski strahlte, als er sie das Auditorium betreten sah. »Herzlich willkommen! Ich freue mich, dass Sie es einrichten konnten. Endlich werden meine Forschungen gebührende Anerkennung erfahren! Herr Professor, gleich hier vorn ist ein Platz für Sie, bitte setzen Sie sich doch. Und für Sie ist dort sicher auch noch Platz, Dominik.«

Etliche Menschen hatten bereits etwa ein Drittel der Plätze besetzt. Einige Mitarbeiter des technischen Hauspersonals saßen in einer Reihe gleich neben der Tür.

»Ich habe vorhin mitbekommen, wie Doktor Wolanski sie aufgefordert hat teilzunehmen«, flüsterte Maklewski und nickte zu den Reinigungskräften hinüber. Wolanskis Sekretärin und ein paar Krankenschwestern füllten eine weitere Reihe, nach dem Ausdruck ihrer Gesichter zu schließen offenbar nicht ganz freiwillig.

Alle ließen sich auf ihren Plätzen nieder. Wolanski schloss die Tür und begann mit seinem Vortrag.

»Ich möchte Ihnen ein interessantes Projekt vorstellen, das ich auf meiner Reise nach München kennenlernen durfte«, ließ er die Zuhörer wissen und trat neben die Staffelei. »Im letzten Herbst hatte ich das Glück, eine Ausstellung besuchen zu können, die mir die Augen für eine große Tragödie geöffnet hat. Ich habe die Ausstellung als Ehrengast der Reichskulturkammer besucht – einer meiner Freunde ist dort Mitglied.« Stolz lächelnd warf er sich in die Brust. »Wir haben uns im letzten Jahr bei einer Konferenz kennengelernt, und ich habe den Kontakt gehalten. Er hat mir äußerst interessante Unterlagen gezeigt. Sehen Sie selbst!« Theatralisch zog er die Decke von der Staffelei.

Darunter befand sich ein Plakat.

Es zeigte einen clownesken, in einen schwarzen Kaftan gekleideten Mann. Ein schwarzer Bart hing ihm in langen Zotteln bis weit unter das Kinn herab. In der rechten Hand hielt er drei Goldmünzen, in der linken eine Peitsche. Auf dem Kopf trug er ein kleines schwarzes Käppi, wie es im Osten des Landes, Richtung Russland, üblich war. Fettige Haarlocken umrahmten sein Gesicht, und die riesige, fleischige Nase war auf groteske Weise gekrümmt. Eine Gestalt, wie sie die Antisemiten fürchteten: ein gieriger Zinseintreiber, der Süßigkeiten in der Tasche trug, um junge Mädchen anzulocken; ein Dämon, der blonde Babys zermahlte, um daraus sein Matzenbrot zu backen. Es war eine lachhafte Karikatur, die in Wolanski jedoch offenbar einen geneigten Betrachter fand.

»Sehen Sie sich diesen Mann genau an«, sagte er zu der kleinen Gruppe von Zuhörern. »Jagt er Ihnen Furcht ein?« Einige der Zuhörer nickten ernsthaft. Der Professor hob eine Augenbraue und sah Dominik an. Dominik rutschte unbehaglich auf seinem Platz hin und her.

Wolanski trat zu seinem Diaprojektor und schaltete ihn ein. Auf der Leinwand erschien das Foto eines Kindes. Es kauerte im Rinnstein neben einer Reihe rußgrauer Mietskasernen. Der kleine Junge trug eine zerrissene kurze Hose, ein dünnes Hemdchen und war barfuß. Ein dünner Flaum bedeckte seinen Kopf. Irgendjemand hatte ihm kürzlich das Haar geschoren und ihn dabei offenbar am Scheitel verletzt, denn man sah eine schorfige Kruste. Normalerweise ließen sich Kinder gern fotografieren. Heutzutage, wo es mit den modernen Kameras schnell ging und niemand mehr lange stillstehen musste, drängten sie sich geradezu, mit einem Lachen vor der Linse zu posieren. Doch dieser Junge lachte nicht. Er blickte auch nicht in die Kamera, sondern daran vorbei, den dahinterstehenden Fotografen an und streckte ihm bettelnd die Hand entgegen.

Dominik hatte solche Kinder während der Hungersnot nach dem Großen Krieg gesehen und wusste aus eigener Erfahrung, wie es war, Hunger zu leiden. Die Knie dieses Jungen wirkten an seinen streichholzdünnen Beinen groß wie Untertassen. Dominik hielt es für ziemlich wahrscheinlich, dass dieses Kind schon kurz nach der Aufnahme gestorben war, vielleicht noch am gleichen Nachmittag, nachdem der Fotograf zum Essen in seine Unterkunft zurückgekehrt war.

»Betrachten Sie nur diesen erbärmlichen Anblick!«, sagte Wolanski zu seinem Publikum. »Dieses Kind sammelt Müll und ist vom Typhus gezeichnet. Sparen Sie sich Ihr Mitleid – dieser Junge verdingt sich als Dieb, und seine Mutter hätte der Welt einen großen Gefallen erwiesen, wenn sie ihn schon bei der Geburt erstickt hätte!«

»Doktor Wolanski kann doch wohl kaum erwarten, dass wir ihn ernstnehmen?«, flüsterte Dominik dem Professor zu. Der alte Herr antwortete nicht.

»Ich habe schockierende Beispiele von Krankheit und Degeneration gesehen«, erklärte Wolanski in angeekeltem Tonfall. Der Diavortrag ging weiter mit Bildern russischer Dörfer ohne Kanalisation, Nahaufnahmen von Freiluftlatrinen und noch mehr abgemagerten, barfüßigen Kindern, die die Kamera ignorierten und dem Fotografen ihre bettelnden Hände entgegenstreckten.

»Ich wünschte, Sie hätten das mit eigenen Augen sehen können«, sagte Wolanski allen Ernstes, während er das nächste Dia einschob. »Diese Bilder werden der ursprünglichen Ausstellung nicht einmal gerecht. Ich war entsetzt über die Sittenlosigkeit und Verderbtheit! Über das völlige Fehlen jeglicher Hygiene in diesen jüdischen Dörfern. Wir müssen solche Einflüsse unbedingt aus unserem Krankenhaus fernhalten. Es wäre leichter, auf einem Schiff voller Ratten die Pest in den Griff zu bekommen!«

Die Dias liefen weiter und zeigten beinahe pornografische Bilder, ein Tableau menschlichen Leidens. Abgemagerte Körper lagen im Rinnstein, zahnlose Menschen bettelten mit verzweifeltem Blick um Nahrung. Dann war der Vortrag zu Ende.

Dominik verzog das Gesicht und flüsterte: »Eine mehr als merkwürdige Darbietung!«

Nach der Veranstaltung trat Wolanski zu ihrer Sitzreihe. »Und – wie fanden Sie es?«

»Eine gründlich recherchierte Darstellung. Ich hatte gar keine Ahnung, dass Sie solche … äh … Interessen haben«, sagte Dominik.

Wolanski nickte, unsicher erst, aber dann entschied er sich wohl, die Äußerung als Kompliment aufzufassen. »Vielen Dank. Und hat es Ihnen gefallen, Herr Professor?«

»Ja, Doktor Wolanski. Interessant.«

»In der Mitte bin ich ein wenig zu schnell geworden – ein paar der gezeigten Bilder waren leider auch nicht meine besten. Hätte ich gewusst, dass Sie kommen, dann hätte ich einen längeren Vortrag vorbereitet. Bitte kommen Sie noch mit in mein Büro – ich würde Ihnen gern noch meine Aufklärungsschrift zeigen.«

Dominik befürchtete, nicht viel mehr ertragen zu können. »Wir wären gern gekommen, aber leider haben wir noch eine andere Verpflichtung«, sagte er und wollte gehen.

Doch Maklewski hielt ihn am Ärmel fest. »Das kann warten. Er soll uns gern sein Projekt zeigen.«

Dominik folgte ihnen zu Wolanskis Büro. Als der Arzt sie hineinführte, hielt Dominik kurz die Luft an. Er war noch nie in Wolanskis Büroräumen gewesen – und es sah dort aus, als wäre ein Sturm hindurchgezogen. Überall lagen Papiere herum, sogar auf dem Boden. In einer Schreibmaschine steckte ein halb beschriebenes Blatt, aus irgendeinem Gefäß war Tinte auf den Schreibtisch gelaufen. Noch mehr Stapel mit maschinengeschriebenen Seiten türmten sich auf den Fensterbänken. Zwischen den Papierstapeln und in den Bücherregalen standen halb volle Teetassen, auf denen sich schon Schimmel bildete. Angeekelt, aber auch mit einem gewissen fachlichen Interesse spähte Dominik in eine der Tassen – womöglich wuchs dort eine geeignete Kultur für seine Forschungen. Der ganze Raum roch nach verdorbenem Essen. Das hier war nicht das Büro eines Arztes, sondern eher die Höhle eines Wahnsinnigen, der sich verbarrikadiert hatte, um sein Manifest zu schreiben. Dominik fragte sich, wie dieser Mann überhaupt noch Zeit fand, nach seinen Patienten zu sehen.

Wolanski bot ihnen Tee an, den sie höflich akzeptierten, worauf er ihnen zwei schmutzige, mit einer lauwarmen schwarzen Flüssigkeit gefüllte Tassen reichte. Dann wühlte er weiter mit hektischen Bewegungen in seinen Unterlagen. »Ja, hier ist es ja!«, rief er plötzlich. »Meine Sekretärin, die dumme Kuh, hat die Unterlagen einfach versteckt! Hier, bitte, nehmen Sie!« Er drückte jedem von ihnen ein auf Schreibmaschinenpapier gedrucktes Pamphlet in die Hand.

»Bitte, setzen Sie sich doch, und lesen Sie!«, sagte er. Er räumte einen Stapel Papier von einem Stuhl und bot ihn dem Professor an. Dominik bekam kein solches Angebot. Maklewski setzte sich, während Dominik neben ihm stehen blieb. Beide vertieften sich schweigend in ihren Lesestoff. Dominik verlagerte sein Gewicht von einem Fuß auf den anderen.

»Das verstehe ich nicht ganz, Doktor Wolanski. In dieser Schrift wird anscheinend verlangt, dass wir keine jüdischen

Patienten mehr in unserem Krankenhaus behandeln sollen«, meinte der Professor.

»Ganz genau!«, erwiderte Wolanski zufrieden lächelnd. »Das ist zwar noch nicht Usus, aber es wird eine der Veränderungen zum Positiven sein, die ich durchzuführen gedenke, wenn ... ähem ... wenn es dann so weit ist.«

»Das ist absurd«, sagte Dominik. »Wir behandeln ohnehin gar nicht so viele von ihnen. Die meisten gehen doch in die jüdischen Krankenhäuser.«

»Doch, doch, das tun wir! Es ist Ihnen vielleicht nicht aufgefallen, weil Sie nicht so darauf achten wie ich. Zwanzig Prozent unserer Patienten sind Juden. Manchmal sogar dreißig. Es ist eine Schande!«

»Was spielt es denn für eine Rolle, wie viele Juden oder Angehörige anderer Religionen wir behandeln?«, fragte der Professor.

»Juden verbreiten Krankheiten. Das war doch das Thema meines Vortrags gerade. Es wirft kein gutes Licht auf unsere Klinik, wenn sie halb tot hier ankommen und dann sterben. Das drückt unsere Erfolgszahlen.«

»Ich habe noch nicht bemerkt, dass es größere Krankheitsausbrüche gegeben hat«, beharrte Dominik.

»Ja, aber Sie haben die Ausstellung auch nicht gesehen!«, entgegnete Wolanski verärgert.

Dominik dachte an die Patienten, die er in letzter Zeit behandelt hatte. »Allerdings leben in dieser Stadt vermutlich auch dreißig Prozent jüdische Einwohner. Von daher ist diese Zahl nicht erstaunlich. In unserer Region leben auch ungefähr fünfzig Prozent Bauern – wenn Sie die Krankheitsfälle reduzieren wollen, dann müssten Sie eher die Landwirte abweisen. Die exotischsten Ausschläge und Furunkel, die wir hier zu sehen kriegen, wachsen alle auf den Hinterteilen der Landarbeiter.«

Er beugte sich nochmals über das Pamphlet. »Schicken Sie Ihre jüdischen Patienten ruhig zu mir. Ich behandle sie gern.«

»Vielen Dank, Doktor Wolanski. Sehr erhellend, nun ist uns vieles klarer geworden!«, sagte der Professor und versuchte, von seinem Stuhl aufzustehen.

Wolanski eilte herbei, um ihm zu helfen, packte seinen Arm und zerrte ihn hoch – viel zu grob für einen Arzt, der eigentlich wissen müsste, wie man mit alten Muskeln und Knochen umging. Der alte Mann verzog schmerzvoll das Gesicht.

Dominik und der Professor verließen das chaotische Büro und zogen sich in Maklewskis Räume zurück, wo Dominik ihnen einen weiteren Tee aufbrühte. Er ließ die Blätter zwei Minuten ziehen, so wie es der Professor mochte.

»Verstehen Sie jetzt, warum ich so beunruhigt bin?«, fragte Maklewski. »Vielen Dank«, fügte er hinzu, als Dominik ihm den Tee eingoss.

»Das kann er doch nicht wirklich ernst meinen!« Dominik deutete auf das judenfeindliche Pamphlet, das unbeachtet auf einem Kartentisch lag. »Ein furchtbares Machwerk. ›Hygiene‹ hat er zweimal falsch geschrieben – auf Deutsch und auch auf Polnisch. Wer hat das für ihn getippt? Wer hat es gedruckt?«

»Sicher nicht die Mandelbaums«, erwiderte der Professor schmunzelnd.

»Nein, bestimmt nicht. Moshe Mandelbaum kann so schöne Bücher binden. Doktor Wolanski hat das irgendwo ganz billig drucken lassen. Furchtbarer Schriftsatz!«

Maklewski nippte an seinem Tee und nickte. Er wirkte besorgt.

Dominik tat sein Bestes, um ihn zu beruhigen. »Ich bin sicher, dass Doktor Wolanski viel zu beschäftigt mit den ärztlichen Tätigkeiten sein wird, um irgendwelche politischen Maßnahmen in Gang zu setzen«, sagte er. »Das sind alles bloß

Flausen – er denkt womöglich, Sie wollten so etwas hören, und meint, es würde seine Ernennung fördern. Wenn er den Posten erst mal hat, wird er sich darum kümmern, sein Prestige und das Prestige der Klinik zu wahren, und wohl kaum Patienten ablehnen. Das ist doch eine völlig unausgegorene Idee!«

»Im Gegenteil – ich vermute, Sie wissen durchaus, dass er kaum mehr ärztlich arbeiten wird«, sagte der Professor. »Ich glaube, er ist froh, wenn er kein Stethoskop mehr anfassen muss. Er ist die schlimmste Spezies Arzt, die man sich vorstellen kann – ein Misanthrop und Träumer, noch dazu denkfaul. Keine Beharrlichkeit, keinerlei Durchhaltevermögen. Ich habe schon mitbekommen, wie er einem Kind die doppelte Dosis Laudanum verabreicht hat, nur um es ruhigzustellen. Er kommt ständig zu spät zur Visite, und wenn er einen Fehler macht, schiebt er ihn immer auf die anderen. Er würde einen schlechten Fensterputzer abgeben – der Dreck wäre immer auf der anderen Seite der Scheibe! Wenn es ihm gelingt, in meine Position aufzusteigen, dann wird er sein Konzept auch verwirklichen!« Der Professor deutete auf das Pamphlet.

»Aber er wird gar nicht die Befugnisse dazu haben.«

»Er ist nur Arzt in diesem Krankenhaus, weil wir ihn nicht mehr loswerden. Seine Familie spendet der Klinik viel Geld. Er kennt alle wichtigen Leute in der Stadt. Lassen Sie sich das gesagt sein – er wird seine Kumpane und die Geschäftsfreunde seines Vaters in die Krankenhausleitung setzen, und die werden dann alles abnicken, was er vorschlägt. Längst nicht alle finden seine Ideen anstößig. Viele in dieser Stadt suchen nach einem Sündenbock, den sie für ihre Schwierigkeiten verantwortlich machen können.«

»Ich kenne auch viele einflussreiche Leute in dieser Stadt«, empörte sich Dominik. »Ich bin nicht ohne Freunde, ich genieße hohes Ansehen.«

»Ja, genau«, sagte der alte Herr. »Sie sind der Einzige, der mächtig genug ist und ausreichend Respekt genießt, um es mit ihm aufzunehmen. Niemand anders kann seine Pläne zunichtemachen.«

»Ich bin kein ehrgeiziger Mensch«, meinte Dominik und kratzte sich am Kopf.

Der Professor lächelte. »Sie sind der ehrgeizigste Mann, den ich kenne.« Er rückte seine Fliege zurecht. »Schon gut, Dominik – das habe ich als Kompliment gemeint. Sie haben Ehrgeiz, das ist Ihnen sicherlich klar. In Ihnen brennt das Verlangen, immer der Beste zu sein. Glücklicherweise sind Sie das auch. Sie warten ab und denken erst einmal nach, bevor Sie den Mund aufmachen. Sie hören den Patienten zu. Sie betrachten immer beide Seiten. Sie verfügen über Durchhaltevermögen – Sie sind ein begnadeter Operateur und ein anständiger Mensch. Nun ist der Zeitpunkt gekommen, um diese Gaben einzusetzen. Sie müssen Wolanskis Pläne aufhalten!«

Dominik seufzte, er war schon jetzt erschöpft. »Ich möchte nicht in politische Fragen verwickelt werden. Ich möchte einfach nur Arzt sein.«

Maklewski legte ihm die Hand auf den Arm. »Ich würde Sie nicht bitten, wenn ich mir nur Sorgen machen würde, dass er sich dem Pflegepersonal gegenüber wie ein Despot verhält und überlange Mittagspausen einlegt. Aber er könnte großen Schaden anrichten. Wenn er es auf diesen Posten schafft, wird er Patienten abweisen, die dann sterben werden. Also – bewerben Sie sich?«

Dominik trat zum Fenster, wog das Für und Wider ab und kam zu dem Schluss, dass wohl kein Weg daran vorbeiführte, das Angebot des Professors anzunehmen. »Also gut«, sagte er. »Schlagen Sie mich für den Posten vor.«

»Sehr gut!«, erwiderte Maklewski. »Im Sommer gibt es eine

Auswahlveranstaltung. Alle Kandidaten sollen dann vor mir und dem derzeitigen Krankenhausvorstand einen Vortrag halten. Machen Sie sich keine Sorgen. Wolanski wird sich Ihnen gegenüber eine Zeit lang kratzbürstig zeigen, wenn er den Posten an Sie verliert, aber er wird sich schon wieder beruhigen.«

Dominik nickte und schwieg. Eine unangenehme Stimmung zwischen ihm und seinem Kollegen bereitete ihm noch die geringsten Sorgen. Mit Wolanskis wütendem Blick und etwaigen peinlichen Begegnungen in der Cafeteria konnte er umgehen.

Ihn beschäftigte ein viel schwerwiegenderes Problem: Falls der Krankenhausvorstand ihn als Chefarzt auswählte, würde man seine Vergangenheit genau unter die Lupe nehmen – man würde wissen wollen, wen man sich da als ärztlichen Leiter aussuchte – und das zu Recht. Sie würden ihn zumindest bitten, die Studiennachweise der Universität und seine Geburtsurkunde vorzulegen, ebenso Bescheinigungen über seine militärische Laufbahn. Man würde ihm Fragen über seine Tochter stellen – und über deren Mutter. Man würde fragen, was mit ihr geschehen war. Eine Frage, auf die Dominik keine gute Antwort hatte.

Er machte sich mit dem Gedanken vertraut, dass er von nun an diese Flure als Toter durchschritt.

4

DER GRUSELIGSTE TEIL
DER BIBLIOTHEK

Marie eilte durch den Park. Auch heute regnete es in dicken Tropfen, und ihre Stiefel waren schon durchnässt, aber das machte ihr nichts aus. Der Weg zu ihrer Mutter war kürzer geworden. Marie würde sie nun selbst finden. Die Weltbevölkerung hatte die Zahl von zwei Milliarden überschritten, doch wenn es nötig war, würde Marie jeden einzelnen Menschen befragen. Beginnen würde sie in der Bibliothek.

»Guten Morgen, Lolek«, begrüßte sie den Bibliothekar, nachdem sie das riesige Gebäude am Rande des Parks betreten hatte. Der junge Mann am Empfangstresen las eine Zeitung, und Marie betrachtete die Titelseite. *Was hat Herr Hitler heute wieder vor?*, las sie.

»Hier siehst du, was das Problem mit ihm ist«, erwiderte Lolek und deutete auf das Foto unter der Schlagzeile. Der Mann mit dem eigenwilligen Oberlippenbart brüllte etwas zu irgendwem oder irgendetwas von einem Balkon herunter. »Die Architektur ist schuld! So wie sie die Neue Reichskanzlei gebaut haben, zeigt der Balkon genau nach Osten. Jedes Mal, wenn der Führer eine Rede hält, schaut er direkt in unsere Richtung. Würde der Balkon nach Norden zeigen, dann hätten wir diesen

Schlamassel nicht! Dann hätte nur das Meer Probleme – die armen Fische in der Ostsee müssten sich bewaffnen und kleine Helme tragen.«

»Vielleicht solltest du ihm etwas vom Allerheiligsten verabreichen, Lolek!«, schlug Marie vor.

Lolek nickte. Mit seinen roten Wangen und dem goldblonden Haar sah er aus wie der Inbegriff eines Messdieners. Das machte er sich zunutze, indem er Pater Wiktor allmorgendlich in der St.-Peter-und-Paul-Kirche half. Marie mochte ihn am liebsten von allen Ministranten, nicht wegen seines unschuldigen Aussehens oder des besonders geschickten Umgangs mit dem Weihrauchfässchen, sondern weil er den Wein für das Allerheiligste immer reichlich bemaß. Pater Wiktor war einer jener Priester, die in ihren leidenschaftlichen Predigten gern das Fegefeuer heraufbeschworen. Wenn er von der Kanzel geiferte und allen eine Woche voller Gewissensbisse und Scham wünschte, flog schon mal der ein oder andere Spucketropfen. Doch seitdem Lolek bei der Gabenbereitung assistierte, hatte Pater Wiktor nach der Kommunion rosige Wangen, lächelte milde vor sich hin und wünschte seiner Herde einen schönen Tag. Einmal hatte er während der inneren Einkehr sogar ein Nickerchen gehalten.

»Zu unserem Pech trinkt Herr Hitler nicht«, erwiderte Lolek. »Übrigens eine interessante Sprache, das Deutsche.« Er deutete auf seine Zeitung, die auf Deutsch geschrieben war.

»Wie viele Sprachen kannst du inzwischen, Lolek? Elf? Zwölf?«

»Du liebe Güte, nein«, erwiderte er. »Zehn.«

»Kennst du jedes Buch in dieser Bibliothek?«

»Ich wünschte, es wäre so«, sagte er. »Im vierten Stock gibt es ein Regal mit Geometriebüchern – von denen könnte ich dir nicht mal drei Titel nennen. Mathematik war immer schon meine Schwachstelle. Pythagoras hatte deutlich mehr Geduld mit Dreiecken als ich!«

»Aber du kennst die Bücher mit Geschichten? Die Mythen und Legenden? Die Kindermärchen?«

»Die kenne ich.«

»Dann ist das bestimmt eine leichte Aufgabe für dich. Ich suche nach einem Märchen. Einem Kinderbuch.«

»Äsops Fabeln? Die Brüder Grimm?«

»Ich suche ein ganz bestimmtes Märchen. Es geht um einen Mann. Er steigt irgendwo rauf.« Marie runzelte die Stirn. An mehr konnte sie sich nicht erinnern.

»*Hans und die Bohnenranke?*«, schlug Lolek vor. »Wie der Titel schon sagt – der Junge klettert an einer Bohne hoch. Vielleicht ein bisschen weit hergeholt, aber es ist ein Märchen.«

»Nein, es geht um einen erwachsenen Mann. Er ist auf einer Wanderung und sucht etwas.«

»Wohin geht er denn?«

»Das weiß ich nicht.«

»Und was sucht er?«

»Weiß ich auch nicht genau.«

»Welche Haarfarbe hat er?«

»Keine Ahnung.« Marie biss sich auf die Unterlippe. Sie konnte sich an viel weniger erinnern, als sie zuerst gedacht hatte – kein guter Ausgangspunkt. Traurig ließ sie den Kopf hängen.

»Mach dir nichts draus. Jesus hatte auch keine Landkarte – und trotzdem hat er den Weg aus der Wüste gefunden.« Lolek lächelte fröhlich und führte sie in den hinteren Teil des Gebäudes. »Ich muss dich warnen, Marie. Hier ist der gruseligste Teil der ganzen Bibliothek, obwohl es der Kinderbereich ist.« Als sie dort ankamen, deutete er mit einer ausladenden Armbewegung um sich. »Achtung! Hier befindet sich das kollektive Unterbewusstsein der westlichen Welt. Und ein Gutteil der östlichen gleich mit. In diesen Regalen kannst du alles finden – Albträume, Moral und Hoffnung!«

Marie blickte sich um. In der Ecke stand eine Spielzeugkiste, in der ordentlich gestapelt ein paar Holzeisenbahnen und Puppen lagen. »Das soll der Kinderbereich sein? Wo sind denn die Kinder?«

Lolek lachte. »Sie kommen nie hierher. Wenn wir Vorlesetag haben, wird der immer vorn abgehalten.« Marie runzelte fragend die Stirn. »Die Kleinen glauben, dass es hier hinten spukt – und ich bin geneigt, ihnen zuzustimmen.« Er deutete auf die hintere Längswand. Marie holte tief Luft. Irgendein wohlmeinender, aber fehlgeleiteter Hobbymaler hatte die Wand mit einer Collage aus Märchenfiguren dekoriert. In einer Ecke jagte der Wolf mit gebleckten, gelblich schimmernden Reißzähnen Rotkäppchen durch den Wald. In der anderen schob die Hexe aus *Hänsel und Gretel* Kinder in ihren Backofen. Und in der Mitte stand der *Struwwelpeter*. Seine langen Fingernägel reichten bis zum Boden und wirkten scharf wie Messer. Mit der einen Hand holte er nach oben, mit der anderen nach unten aus, als wollte er ein Kind köpfen. Es überraschte Marie kaum, dass die Kinder sich hier nicht aufhalten wollten – diese Bilder konnten selbst einem Erwachsenen Angst einjagen. Tatsächlich machten sie auch ihr Angst.

In den Regalen standen stapelweise staubige Bücher unterschiedlichster Größe mit rissigen Lederrücken.

»Ich würde hiermit anfangen«, sagte Lolek. Er zog *Grimms Märchen* aus dem Regal, drückte ihr den Band in die Hand und wünschte ihr viel Erfolg.

Marie suchte das Märchen aus einem ganz bestimmten Grund. Bis gestern hatte sie nur eine einzige Erinnerung an ihre Mutter gehabt: Diese hatte ihr etwas vorgelesen, als sie klein war. An die Geschichte selbst konnte sie sich nicht mehr genau erinnern, weder an die Figuren noch an die Handlung, und sie hatte die Geschichte auch seitdem nicht mehr gehört. Das Märchen war gar nicht so wichtig – viel wichtiger war das, was ihre Mutter nach dem Vorlesen zu ihr gesagt hatte, denn kurz darauf war sie für immer aus ihrem Leben verschwunden.

Ihre Mutter hatte ihr erzählt, wo sie hinging und warum.

Seither hatte Marie an diesem Moment festgehalten. Sechzehn Jahre lang hatte sie immer wieder versucht, sich zu erinnern, was sie damals zu ihr gesagt hatte. Und nun hatte der Duft von Rosenwasser, der für sie mit ihrer Mutter verbunden war, diese Erinnerung wieder geweckt und ihre Hoffnungen beflügelt. Wenn sie das Märchen wiederfinden könnte, könnte sie vielleicht auch den Tag in ihrer Erinnerung rekonstruieren.

Marie versuchte, sich in den Körper des Kindes von damals zurückzuversetzen und die Szene von damals durch seine Augen zu sehen. Die Einzelheiten, die sie von jenem Tag noch im Gedächtnis hatte, waren verschwommene Bilder von Möbeln und Gefühle. Ein heruntergebranntes Feuer, ein Stück glühende Kohle. Sie konnte ihrer Mutter weder ein Gesicht noch Kleidung verleihen, aber nach dem Fund unter den Bodendielen konnte sie ihren Kopf mit blonden Haaren schmücken. Das Bild saß irgendwo in ihrem Gehirn und ärgerte sie – jedes Mal, wenn sie danach greifen wollte, verschwand es. Doch wenn sie das Märchen wiederfand, könnte sie dem groben Rahmen vielleicht nach und nach weitere Details hinzufügen, und irgendwann würde ihr alles wieder einfallen – und damit auch das, was ihre Mutter zu ihr gesagt hatte.

Marie holte tief Luft und schlug das Buch auf. Der Buchrücken knarrte. Sie brannte innerlich vor Aufregung, als hätte sie einen Feuerwerkskörper verschluckt. War dies vielleicht sogar genau der Band, aus dem ihre Mutter ihr vorgelesen hatte?

Mit Erstaunen betrachtete sie die lange Entleihliste, die hinten in den Buchdeckel geklebt war. Einige Namen erkannte sie wieder, darunter Dr. Igor Wolanski, einen Arzt aus dem Krankenhaus, in dem ihr Vater arbeitete. Sie hatte den Verdacht, dass ihr Vater ihn nicht besonders mochte. Der Kinderarzt hatte das Buch gleich zweimal für jeweils einen Monat ausgeliehen. Die anderen Namen auf der Liste überraschten sie ebenso. In einer Zeile stand ein Ratsmitglied, in anderen mehrere Priester sowie drei Mitglieder des Lagers der Nationalen Einheit. Es war schon eigenartig, wie viele Würdenträger der Stadt Interesse an deutschen Volksmärchen hatten. Kopfschüttelnd blätterte sie weiter und überflog den Inhalt der Geschichten auf der Suche nach einem Märchen, in dem ein Mann einen Berg bestieg.

Marie las das Buch von vorn bis hinten. Gute wie böse Feen kamen zu Wort. Männer lockten Kinder mit Flötenspiel und hielten sie dann in dunklen Kerkern gefangen. Ungeheuer fraßen Kinder, Riesen rissen Bäume aus und schlugen damit aufeinander ein. Sie musste sich zwingen, jedes einzelne schreckenerregende Märchen zu lesen – wahrscheinlich würde sie danach einen Monat nicht mehr richtig schlafen können.

Als Kind hatte sie sich im Dunkeln gefürchtet. Ihre Heimatstadt jagte ihr immer noch Angst ein. Die europäischen Könige waren der Reihe nach in Krakau einmarschiert, hatten Burgen und Häuser gebaut, waren dann wieder abgezogen und hatten den Bewohnern lediglich Ruinen, verschmutzte Flüsse und eine baufällige Burg hinterlassen. Drachenköpfige Wasserspeier aus fünf verschiedenen Großreichen hingen von jedem bröckelnden Mauerturm herab und knurrten die Vorübergehenden in den Sprachen ihrer Herren an: Deutsch, Schwedisch, Russisch. Der Ruß aus Tausenden Kohlekaminen hatte die Mauern der Häuser schwarz verfärbt und ließ die Umrisse schauerlicher Gestalten entstehen. Aus Abwasserkanälen stieg heißer, stinkender Dampf empor und blieb in den Haaren hängen. Ständig hing Nebel in der Luft. Und wie um das Böse abzuwehren, das überall zu lauern schien, hatte man an jede Straßenecke eine Kirche gebaut. Doch der Katholizismus mit seinen Heiligen und Märtyrern, gehäutet oder mit heißem Öl übergossen, mit den Gebeinen und Reliquien, machte Marie nur noch mehr Angst. In der Bibliothek, in der sie gerade saß, gab es sogar ein Buch, das in menschliche Haut gebunden war, hergestellt von den geschickten Händen des ein oder anderen Ketzers.

Lange Zeit hatte Marie geglaubt, dass ihr schwer fassbares Unbehagen – die Albträume und Ängste, die Unruhe und Beklemmungen, die sie auch tagsüber empfand – durch die schauerlichen Details und die bedrohliche Stimmung in der Stadt ausgelöst wurde. Aber nun kam sie zu dem Schluss, dass die Ursache ganz woanders lag. Die wahren Gründe dafür, dass sie sich unsicher und haltlos fühlte, waren das Verschwinden ihrer Mutter und die Weigerung ihres Vaters, darüber zu sprechen. Die Wasserspeier an den Dächern und die Bücher aus Menschenhaut verstärkten lediglich ein Empfinden, das sich längst eingeschlichen hatte. Deshalb zwang sie sich auch weiterzulesen. Keine Gräueltat, die sich auf diesen Seiten fand, konnte schlimmer sein als eine verschwundene Mutter und ein Vater, der ihre Haare unter den Bodendielen versteckt hielt.

Um sechs Uhr abends fand Lolek sie auf dem Boden sitzend, umgeben von Bücherstapeln. Marie hatte jedes einzelne Märchen der Bibliothek gelesen. Doch in dem Kanon von Helden und Bösewichtern hatte sie keine Geschichte gefunden, in der ein Mann einen Berg bestieg.

Er bot ihr Brot und eine Kanne Tee an. »Kannst du dich noch an den Buchdeckel erinnern? War der Einband bunt? Aus Stoff oder Leder?«

Marie schüttelte den Kopf. »Ich weiß es nicht.« Sie schloss die Augen. »Vielleicht habe ich mir alles auch bloß eingebildet.«

Gleich würde die Bücherei schließen. Ginge es nach ihm, sagte Lolek, könnte sie so lange bleiben, wie sie wollte, aber in einer Viertelstunde würde der Hausmeister den Heizofen abschalten, und dann würde sich das Innere des Gebäudes bald den polnischen Außentemperaturen annähern. Selbst so kurz vor Frühjahrsbeginn stellte das ein Problem dar. Einmal hatte Lolek seine Suppe auf dem Tisch stehen lassen und am nächsten Morgen gefroren vorgefunden.

Marie stand vom Fußboden auf. Sie half Lolek, alles abzuschließen, dann begleitete er sie durch den Park nach Hause. Es regnete immer noch in Strömen, der Regen war wie eine kalte Dusche. Die eiskalte Luft biss ihr in die Nase, und sie zog den Mantel fester um sich. Während sie den gewundenen Pfad zwischen den Birken entlanggingen, rechnete sie jeden Augenblick damit, dass eines der Ungeheuer, über die sie gerade gelesen hatte, aus der Dunkelheit springen und sie erdrosseln würde. Dabei hatte der Nachmittag so vielversprechend begonnen. Sie war den gleichen Weg entlanggekommen, entschlossen und voller Tatendrang, aber nun schien die Idee, die ihr so schlau vorgekommen war, banal und unausgegoren.

»Warum hast du eigentlich nach dieser Geschichte gesucht?«, fragte Lolek, als sie vor ihrem Haus angekommen waren.

»Jemand hat sie mir als kleines Kind vorgelesen«, erwiderte sie mit brüchiger Stimme.

»War es denn sehr wichtig?«, fragte er.

»Für mich war es das«, meinte sie und versuchte zu lächeln. »Eigentlich blöd.«

Lolek nickte und gab ihr zum Abschied einen Handkuss. Er wandte sich Richtung Straße, doch dann hielt er inne.

»Was ist?«, fragte sie.

»Vielleicht könntest du Benjamin Rosen fragen.«

Marie erstarrte. »Wen?« Ihr Atem ging schneller. Sie wusste genau, wen er meinte, auch wenn sie diesen Namen schon einige Jahre nicht mehr gehört hatte. Plötzlich hatte sie einen Kloß im Hals. Sie schluckte zweimal, aber das Engegefühl ging nicht weg. Sie blinzelte, ihr Herz raste.

»Ben Rosen«, sagte Lolek. »Du kennst ihn doch, oder?«

»Ach … ich …«, stotterte Marie. »Kann sein, dass ich ihn kenne.« Das war gelogen; sie kannte ihn sehr gut.

»Er hat polnische Literatur studiert. Er musste auch eine Arbeit über Volksmärchen schreiben. Vielleicht kennt er deine Geschichte.«

»Ich hatte keine Ahnung, dass er auf die Universität gegangen ist.« Kaum hatte Marie das gesagt, kam ihr die Äußerung dumm vor. Schließlich hatte sein Leben ja nicht einfach aufgehört, bloß weil sie nichts mehr mit ihm zu tun hatte.

Lolek blickte von seinen behandschuhten Händen auf, vielleicht um zu sehen, wie sie reagierte. »Er hat vor ein paar Jahren seinen Abschluss gemacht.«

Marie winkte ab. »Ich weiß ja gar nicht, wie ich ihn erreichen kann. Ich kenne nicht mal seine Adresse, um ihm zu schreiben. Er ist vor vielen Jahren hier weggezogen.«

»Er ist wieder zurück.«

Marie schlug das Herz bis zum Hals. Er war zurück? Ben Rosen, ihr Freund und Gefährte aus Kindertagen, der eines Tages einfach weggezogen war, ohne sich zu verabschieden. »Das glaube ich kaum, Lolek. Wenn du mir schon nicht helfen kannst, dann hat das wohl alles keinen Zweck. Ich möchte ihn nicht belästigen. Er hat bestimmt viel zu tun.« Sie rückte ihren Hut zurecht.

»War ja nur ein Vorschlag«, meinte Lolek schulterzuckend. »Jedenfalls wohnt er jetzt in der Josefstraße.«

5

ALTE FREUNDE

Am nächsten Tag machte sich Marie auf den Weg nach Kazimierz, zum jüdischen Viertel am Rande der Altstadt. Ihr Mund war wie ausgetrocknet, als sie sich vorstellte, ihn nach so langer Zeit wiederzutreffen. Unterwegs begegnete sie Frau Goldfarb, die ihre Vortreppe mit einem Strohbesen kehrte. »Schau dir mal diesen Fleck hier an, mein Kind«, sagte sie und reckte ihr den Arm entgegen, auf dem sich eine zwei Zentimeter große Hautflechte befand. »Was ist das bloß für eine Seuche, was meinst du?«

»Guten Tag, Frau Goldfarb. Das weiß ich auch nicht genau.«

»Ich würde sagen, es wird schlimmer. Erst war es nur auf meinem Unterarm. Jetzt wandert es schon Richtung Kopf. Also – noch ist es ja am Ellbogen, aber ich glaube, es wächst immer weiter. Meinst du nicht auch?«

»Kann schon sein.« Marie musterte den kleinen Fleck. Die Leute behelligten Marie oft und befragten sie wegen ihrer Krankheiten. Die freundliche Gelassenheit und Fachkenntnis, die ihr Vater gegenüber Patienten zeigte, waren ein Nährboden für jeden Hypochonder, und viele nahmen an, dass Marie über ähnliche medizinische Kenntnisse verfügte. Das tat sie nicht, würde es aber eines Tages gern, und deshalb ärgerten sie diese kurzen Begegnungen mit Patienten zwar jedes Mal, aber sie schmeichelten ihr auch ein bisschen.

»Präg dir doch bitte die Form ein und beschreib sie deinem Vater. Und frag ihn, was ich machen soll.«

»Ich glaube, Sie brauchen keine Angst zu haben, Frau Goldfarb. Das scheint mir ein gutartiger Ausschlag zu sein. Aber für eine genaue Diagnose muss mein Vater es sich anschauen«, entgegnete Marie.

Frau Goldfarbs Gesicht war runzlig wie eine Dörrpflaume. »Sag's ihm aber auf jeden Fall, mein Kind«, beharrte die alte Dame. »Ich mache mir Sorgen, wie sich diese Pest entwickelt! Sag ihm das, bitte!«

Marie versprach, ihrem Vater von dem Ausschlag zu berichten, und eilte dann weiter die Straße entlang. Sie bog um die nächste Ecke und kam ins eigentliche Zentrum von Kazimierz.

Die Häuser hier trugen einen Mantel aus Ruß, anders als die im Stadtzentrum, wo sie lebte und wo jeden Mittwoch geschrubbt wurde. Ein schwacher Geruch von Abwasser stieg ihr in die Nase. Da die Behausungen tiefer lagen als die der umliegenden Viertel, sammelten sich Wasser und Unrat und verursachten diesen Gestank. Es hatte geregnet, und weil sie eine lehmige Straße entlanggekommen war, hing nun an ihren Stiefeln Matsch. Sie streifte die Absätze an einem spitzen Pflasterstein ab, und dicke Schlammklumpen lösten sich.

Zwei Tage, nachdem Marie mit ihrem Vater in das Haus eingezogen war, in dem sie jetzt noch wohnten, war sie Ben zum ersten Mal begegnet. Damals war Marie acht Jahre alt gewesen. Während sie ihre Puppe ins Haus trug, hatte sie eine Nachbarin flüstern hören, dass Marie keine Mutter habe. Sie hatte sich wütend zu der alten Frau umgedreht und dabei einen Jungen von ungefähr vierzehn entdeckt, der aus einem der Nachbarfenster schaute. Er hatte ihr zugewinkt. Marie hatte den Kopf hinter ihrer Puppe verborgen und sein Winken nicht erwidert.

Ein paar Wochen später hatte Janina Polaczuk Marie eingeladen, mit ihr Murmeln zu spielen, und dann behauptet, Marie sei in Wahrheit ein Junge. Die anderen Mädchen aus der Straße kamen dazu, und der Streit gipfelte darin, dass Janina Marie eine Murmel an den Kopf warf. Die Steinkugel prallte gegen Maries Stirn, worauf warmes Blut aus der Platzwunde über ihrem Auge lief. Von irgendwoher war der Junge aufgetaucht, der ihr beim Einzug zugewinkt hatte, und er schleppte Marie zu ihrem Vater, der die Wunde mit drei Stichen nähte. Die kleine Narbe trug sie immer noch über der Augenbraue.

»Ich habe keine Mutter«, hatte Marie zu Ben gesagt, während er sie auf dem Arm wegtrug. »Gut, ich habe nämlich keinen Vater«, hatte er darauf erwidert. Er hatte gelächelt und beim Gehen vor sich hin gepfiffen.

Marie bog um eine weitere Ecke und erreichte die Josefstraße. Als Ben noch ihr Nachbar war, hatte er in einem herrschaftlichen vierstöckigen Stadthaus in bester Lage gewohnt. Bens Mutter Rachel war die Tochter von Otto Blumfeld, dem Eigentümer der Berliner Spielzeugfirma Blumfeld. Bens Vater hatte in den Tuchhallen am Marktplatz mit Textilien gehandelt, ein sehr einträgliches Geschäft. Sie hatten zu den reichsten Familien der Stadt gehört. Bens neue Wohnung lag dagegen in einem staubigen Gebäudekomplex mit zwanzig Wohnungen. Die Adresse, die Lolek ihr gegeben hatte, befand sich offenbar im zweiten Stock, und sie musste eine Außentreppe aus brüchigem Beton emporsteigen, um dort hinzugelangen.

Sie klopfte an die Wohnungstür und wartete. In der Nachbarwohnung ließ jemand scheppernd einen Kochtopf fallen und fluchte. Eine alte Frau kam aus der Gemeinschaftstoilette, die eine halbe Treppe tiefer lag, und zog sich den Unterrock zurecht. Es war ein Fehler gewesen hierherzukommen. Marie wandte sich gerade zum Gehen, als die Tür hinter ihr aufging.

»Wo willst du denn hin?«

Marie erkannte die Stimme sofort wieder, obwohl sie inzwischen tiefer klang. Sie drehte sich um. Der Sprecher lehnte mit verschränkten Armen am Türrahmen. Es war ganz eigenartig: Im Körper eines erwachsenen Mannes sah sie das Gesicht des Jungen, den sie einmal gut gekannt hatte. Genau wie früher fiel ihm das Haar in braunen Wellen in die Stirn, doch der Körper darunter war gewachsen. Sie fragte sich, ob er sie wiedererkannte.

»Hallo, Professor Challenger«, sagte er. Fast zehn Jahre lang hatte sie niemand mehr so genannt.

Einen Tag, nachdem Ben sie vor dem Murmelangriff durch Janina Polaczuk gerettet hatte, klopfte die achtjährige Marie an seine Tür. Sie drückte ihm eine Schaufel in die Hand und verlangte, er solle in ihren Garten mitkommen.

Während der vorangehenden Nacht hatte sie bei Kerzenlicht den Roman *Die vergessene Welt* gelesen, der gerade frisch ins Polnische übersetzt worden war. Ihr Vater hatte ihr das Buch geschenkt, zur Belohnung, weil sie beim Nähen der Stirnwunde so tapfer stillgehalten hatte. Sie hatte die Geschichten über Professor Challengers tollkühne Expeditionen in Südamerika und seine Knochenfunde von Dinosauriern und anderen Urtieren verschlungen und wollte es ihm nun nachtun. Im *National Geographic* hatte gestanden, dass man in Colorado den Kopf eines Tyrannosaurus Rex ausgegraben hatte. Wenn es so etwas in Amerika gab, dann würde sie vielleicht auch einen in ihrem Garten finden. Sie deutete auf den Rasen und befahl, mit den Ausgrabungsarbeiten zu beginnen. Ben protestierte und äußerte Bedenken, den Garten ihres Vaters einfach so umzugraben, aber sie versicherte ihm, das sei kein Problem. Er hätte genug Zeit, die Erde wieder an ihren Platz zurückzubefördern, ehe ihr Vater nach Hause käme.

Sie gruben den halben Garten um, fanden aber keine Dinosaurier. Ben redete auf sie ein, die Erde wieder zurückzuschaufeln, denn ihr Vater käme innerhalb der nächsten Stunde nach Hause. Sie weinte, und er konnte sie nicht trösten. Sie wollte einfach nicht akzeptieren, dass sie dort keine Knochen finden würden.

Marie hatte nie den Ausdruck auf seinem Gesicht vergessen, nachdem er die ganze Erde wieder zurückgeschaufelt hatte. Dieser Junge, sechs Jahre älter als sie, ein Teenager schon, der vermutlich genügend Freunde in seinem Alter und Besseres zu tun hatte. Mit hängenden Schultern hatte er dagestanden und ganz bekümmert dreingeschaut. Es schien ihn ernsthaft zu betrüben, sie so traurig zu sehen, als würde das Mädchen, das er behutsam zu dessen Vater getragen hatte, einen besonderen Platz in seinem Herzen einnehmen. Ein mutterloses Mädchen für diesen vaterlosen Jungen. »Wein doch bitte nicht! Ich kann's doch auch nicht ändern.«

Am nächsten Tag hatte Ben ihr vorgeschlagen, noch einmal in den Garten zu gehen. »Komm. Wir versuchen's noch in der anderen Hälfte«, sagte er. Marie protestierte, sie hatte inzwischen schon die Lust an diesem Vorhaben verloren, aber als Ben zu graben begann, machte sie mit. Er grub immer tiefer, und irgendwann schlug seine Schaufel hörbar gegen etwas Hartes. Marie wühlte mit ihren Händen an der Stelle weiter, beförderte einen Schwung Erde nach dem anderen empor und hatte schließlich einen Knochen freigelegt. Er war riesig, viel größer als Hunde- oder Katzenknochen, und schimmerte weiß in der Nachmittagssonne. Sie umklammerte ihn und zerrte ihn aus dem Erdreich.

»Professor Challenger«, nannte er sie daraufhin, und sie strahlte über das ganze Gesicht.

Später hatte sie ihrem Vater den Knochen gezeigt. »Schau mal, Papa«, sagte sie stolz. »Ein *Tyrannosaurus Rex*!«

»Eher *Equus ferus caballus*«, erwiderte ihr Vater. »Der Oberschenkelknochen eines Pferdes. Ich erkenne nicht nur die Gattung wieder, sondern habe auch den Verdacht, dass ich sogar genau dieses Pferd kenne. Die alte Kary – die Stute der Ginsbergs. Sie hat sich vor drei Wochen das Bein gebrochen, und man hat sie zum Abdecker gebracht. Schau mal, hier kannst du noch die Bruchstelle sehen«, sagte er und deutete auf einen Riss im Knochen.

»Das ist nicht bestimmt nicht Kary! Der Knochen war in unserem Garten. Kary ist nie in unserem Garten gewesen, und sie ist bestimmt nicht dort gestorben!« Dann hielt sie inne, weil ihr klar wurde, was geschehen war.

Marie ließ sich nie anmerken, dass sie wusste, dass Ben den Knochen dort vergraben hatte. Auch er verlor später kein Wort mehr darüber. Mit einem ordentlichen Dinosaurierbegräbnis vergruben sie den Knochen wieder im Garten und bastelten sogar einen Grabstein aus einer Holzlatte. *Hier ruht Tyrannosaurus*, war darauf zu lesen.

Als Marie in jenem September nach den Sommerferien wieder in die Schule zurückkehrte, herrschte unter den Mädchen der Klasse eine Art Hysterie, da sie nun endlich mit Füllfederhalter schreiben durften und nicht mehr nur mit Bleistift. Alle Mädchen übten ihre Unterschriften. Sie schrieben ihre Namen in Schönschrift in die Schulhefte und verzierten sie mit Schnörkeln. Janina Polaczuk, die die Murmel nach Marie geworfen hatte, setzte ihren Namen als *Janina Fairbanks* in ihr Rechenheft, denn sie würde bald den Filmstar Douglas Fairbanks heiraten. Anstelle von Punkten schwebten Herzchen über den beiden *I*s. Sie waren nämlich verlobt, Janina und er, Douglas wusste es bloß noch nicht.

Weronika Katura unterschrieb mit *Weronika Wozniak*, denn sie fühlte sich dem Mathematiklehrer ihres Bruders verbunden. Sie malte allerdings keine Herzchen, sondern zeigte einen etwas dezenteren Stil.

Die Mädchen forderten Marie auf, ebenfalls ihre Unterschrift zu üben. Marie fiel nur ein einziger Name ein. Mit schwarzer Tinte schrieb sie ordentlich *Marie Rosen*, denn sie würde Ben heiraten.

Die anderen lachten sie aus. »Marie Rosen!«, riefen sie. »Du kannst doch keinen schmutzigen Juden heiraten!«

An diesem Abend fragte Marie ihren Vater, warum die Juden schmutzig seien.

Er blickte von seiner Zeitung auf und runzelte die Stirn. »Vielleicht haben sie vergessen, sich vor dem Essen die Hände zu waschen? Aber macht nichts – ich bin sicher, dass sie bald daran denken werden«, antwortete er mit einem überzeugten Nicken.

Marie sah kein Problem darin, jemanden mit schmutzigen Fingern zu heiraten. Sie vergaß selbst oft genug, sich vor den Mahlzeiten die Hände zu waschen. Deshalb übte sie auch heimlich weiter ihre Unterschrift als *Marie Rosen*. Einmal erzählte sie Ben davon. Er sagte nichts dazu, lächelte bloß traurig und ging nach Hause.

Ihr letzter gemeinsamer Sommer war einer der heißesten Sommer überhaupt gewesen, und sie verbrachten diese Zeit wie in einem Traum. In der Luft hing der süße Duft der Lindenblüten, und von den Bäumen fielen mehr Äpfel, als irgendjemand aufheben konnte. Jeden Morgen schwammen sie in der Weichsel, Marie in ihrem wollenen Badeanzug, der sie bei jedem Brustschlag in die Tiefe zog, und Ben in kurzer Hose. Sie pflückten bergeweise Aprikosen und aßen sie, bis ihnen der Bauch wehtat. Sie unterhielten sich über Dinosaurier, Filme und Baseball. Ben wollte unbedingt eines Tages sehen, wie Babe Ruth einen Curveball schlug – was für ein Schlag! Während der Sommer sich neigte, hoffte Marie, er würde niemals enden.

An besagtem Tag hatten sie sich zum Schwimmen im Fluss verabredet. Marie wollte Ben endlich gestehen, dass sie ihn liebte. Es hieß jetzt oder nie, denn in der folgenden Woche würde die Schule wieder anfangen. Sie hatte sich genau überlegt, was sie ihm sagen wollte, und sich Notizen auf einer Karte gemacht. Drei Stunden wartete sie mit klopfendem Herzen am Fluss auf Ben, ihre Karte fest umklammert.

Er kam nicht.

Sie fühlte sich schlecht. Vielleicht hatte er Wind von ihrer geplanten Liebeserklärung bekommen und ging ihr nun aus dem Weg. Mit dem Gefühl, verlassen worden zu sein, machte sie sich auf den Heimweg und überquerte die Brücke, unter der sie sich zum Schwimmen verabredet hatten. Sie hatte doch hoffentlich den Ort richtig verstanden? Ein frischer Wind war aufgekommen, Böen kräuselten das dunkelgrüne Wasser, und weiße Schaumkronen schlugen ans Ufer. Als sie zu Hause ankam, war ihr Vater dabei, die Hauswand der Rosens zu streichen.

»Papa, was machst du denn da?«

»Ich dachte mir, sie hätten vielleicht gern eine andere Farbe.«

»Kann ich dir helfen?«

Er nickte, und Marie holte rasch ihren eigenen kleinen Pinsel aus dem Federkasten.

»Du hast die falsche Farbe genommen, Papa«, sagte Marie, während sie mit ihrem Pinsel über die Wand strich.

»Ich weiß«, erwiderte er.

»Jetzt müssen wir die ganze Wand damit streichen.«

Frau Polaczuk, die Mutter der murmelschleudernden Janina, kam vorbei und sprach ihren Vater an. »Machen Sie sich keine Mühe mit der Farbe – die Arbeit ist erledigt!«

Marie musste über den Kommentar lachen. Das war ein schlechter Rat, denn die Arbeit war erst halb erledigt – die alte Farbe leuchtete noch immer unter der frischen durch. Frau Polaczuk hatte offenbar keine Ahnung vom Anstreichen.

»Ich hole Ben, damit er uns hilft«, sagte Marie. »Dann geht es schneller.« Ihr Vater erwiderte, Ben sei nicht zu Hause.

Während sie mit ihrem kleinen Pinsel die Wand strich, übermalte sie die Umrisse einiger Buchstaben. Mit zusammengekniffenen Augen versuchte sie zu lesen, was da stand, konnte es aber nicht mehr erkennen. Sie übermalte noch ein paar Buchstaben, tief enttäuscht und zugleich verärgert, dass Ben sich noch nicht hatte blicken lassen. Ihre Pinselstriche wurden immer langsamer, sie hatte keine Lust, die ganze Arbeit allein zu machen. Sie verlangte noch einmal, man solle endlich Ben dazuholen, aber ihr Vater sagte, er wisse nicht, wo Ben sei.

Sie hatte ihn nie wiedergesehen. Bis jetzt.

Als er sie damals bei ihrer ersten Begegnung ins Haus getragen hatte, hatte sie gespürt, wie stark seine Arme und seine Brust waren. Damals war er erst vierzehn gewesen, doch er war ihr wie ein erwachsener Mann erschienen. Sie erinnerte sich, dass sie immer irgendwelche Gründe gesucht hatte, um vor die Tür zu gehen, als er noch nebenan wohnte. Sie hatte angeboten, Milch vom Markt zu holen oder andere Besorgungen zu machen, nur um an seinem Haus vorbeizukommen und ihn vielleicht zu sehen, wie er hinter seinem Fenster am Schreibtisch saß und lernte. Einmal hatte sie extra einen halben Liter Milch in die Spüle gekippt, damit sie Ersatz holen konnte – nur um an seinem Haus vorbeizugehen. Leider umsonst, wie sie dann feststellen musste, denn er hatte gar nicht in seinem Zimmer gesessen. Sie hatte sich alle möglichen Forschungsmissionen ausgedacht, auf die man sie vielleicht gemeinsam schicken würde. Mit acht Jahren hatte sie alles Freud und Leid der Liebe in ihrem kleinen Herzen empfunden. Weder vorher noch nachher hatte sie je wieder Vergleichbares gefühlt. Niemand war ihr so vertraut erschienen.

Plötzlich ging Marie auf, dass sie wohl einige Zeit stumm vor sich hin gestarrt hatte.

»Kann ich dir helfen?«, fragte Ben.

Marie schüttelte den Kopf, wie um die Erinnerung abzuschütteln. »Du hast Märchen studiert?«

»Was für eine komische Frage nach so langer Zeit!«, sagte er und lachte. »Du bist immer schon gleich zum Punkt gekommen.«

Ihre Blicke trafen sich. Sie hätte am liebsten alles darüber erfahren, wo er gewesen war, und verwünschte sich, dass sie mit einer solchen Frage das Gespräch eingeleitet hatte.

»Ich habe tatsächlich Märchen studiert«, erwiderte er. »Obwohl ich ungefähr 94,2 Prozent der Zeit verschlafen habe. Es war total öde – ein blödes Seminar. Ein Pflichtkurs. Inzwischen müssen es alle belegen, genau wie bei den Deutschen. Die Regierung zeigt plötzlich Interesse an der Pflege und Erhaltung unseres Volkstums. Na ja, wahrscheinlich sollte ich dankbar sein, dass ich überhaupt studieren durfte. Heute würden sie mich vielleicht gar nicht mehr annehmen.«

Marie schreckte vor seinem verbitterten Tonfall zurück. Ben war immer ein guter Schüler gewesen. Vielleicht hatte er sein Studium vernachlässigt? Sie wollte lieber das Thema wechseln, es gab doch andere, angenehmere Dinge, über die sie sprechen konnten.

»Warum fragst du?«, erkundigte er sich.

»Ich suche nach einem Märchen«, erwiderte sie.

»Warum?«

Marie zuckte mit den Schultern. Diese Frage mochte sie ihm nicht beantworten. »Es geht um einen Mann, der irgendwo raufsteigt.«

Ben nickte. »Wie heißt das Märchen?«

»Das weiß ich nicht!« Plötzlich war Marie wütend. »Deswegen frage ich dich doch. Eigentlich wollte ich dich nicht mal fragen. Das mache ich bloß, weil Lolek aus der Bibliothek es mir vorgeschlagen hat. Ich bin nur hierhergekommen, um ihm den Gefallen zu tun.«

Er nickte wieder. Ein Windhauch wehte ihm die Haare aus der Stirn. Die Sonne kam hinter einer Wolke hervor und tauchte die Straße in ihr Licht. Ein Sonnenstrahl fiel auf die Bartstoppeln an seinem Kinn und die kurzen stacheligen Haare, die auf seiner Wange wuchsen.

»Du bist einfach verschwunden, ohne mir zu sagen, wohin!«, sagte Marie.

»Es tut mir leid. Wir sind weggezogen.«

»Aber warum? Ihr hattet ein schönes Haus.«

»Ja. Die Straße ist eine der besten Adressen der Stadt. Nur die vornehmsten und besten Menschen leben dort.« Er lächelte. Marie war sich nicht sicher, ob eine gewisse Aggression aus seiner Stimme klang oder ob er nur älter geworden war.

»Jetzt bist du wieder hier«, stellte sie fest.

»Offensichtlich.« Er schluckte. Marie sah ihn scharf an. »Hör mal, es bringt Unglück, sich auf der Türschwelle zu unterhalten«, sagte er und lachte unsicher. »Willst du nicht reinkommen?« Maries Herz machte einen Satz angesichts der Einladung, die Wohnung dieses erwachsenen Mannes ganz allein zu betreten. Aber die ganze Situation war so eigenartig und enttäuschend, dass sie ablehnte.

»Danke, ich stehe hier ganz gut«, entgegnete sie, obwohl sie sich bewusst war, wie albern das klang. Im Stillen überschlug sie, wie viele Jahre des Unglücks sie wohl über ihr Leben bringen würde, wenn sie sich auf einer Türschwelle unterhielt – eine der vielen abergläubischen Vorstellungen, die in Polen herrschten und über die sie sich einerseits lustig machte, die sie insgeheim aber durchaus ernst nahm.

»Warum hast du mir denn nicht gesagt, dass du zurück bist?«, fragte sie. »Warum hast du mich nicht mal besucht?«

Er starrte sie an, dann wandte er den Blick ab und pulte einen Holzsplitter vom Türrahmen. »Ich hatte zu tun.«

»Seit wann bist du denn wieder zurück?«

»Im März 1936 bin ich in die Stadt zurückgekommen.«

Marie klappte der Unterkiefer herunter. »Das ist schon drei Jahre her!«

»Rechnen konntest du schon immer gut.«

»Du bist seit drei Jahren wieder hier! Warum hast du mich nicht mal besucht?«

»Wie gesagt, ich hatte viel zu tun«, erwiderte er.

»Aber ich dachte … Ich dachte, wir wären Freunde!«

»Das ist lange her.« Er schnaubte. »Was willst du nun über Märchen wissen?«

Sein abweisendes Verhalten tat ihr weh. Sie war froh, dass sie die Einladung in die Wohnung nicht angenommen hatte, auch wenn ihr der Aufenthalt auf der Türschwelle Unglück bringen würde. »Ich versuche, ein ganz bestimmtes Märchen zu finden. Ich bezweifle allerdings, dass du es kennst«, sagte sie und bemühte sich, nicht allzu verletzt zu klingen. »Lolek kannte es auch nicht, und er weiß sonst alles.«

»Das stimmt. Aber vielleicht erzählst du mir das Märchen erst mal, ehe du darüber urteilst, was ich alles *nicht* weiß.«

Sein Tonfall ließ Marie erstarren. Offenbar versuchte er, ihr gegenüber unfreundlich zu wirken, doch sein Gesicht gehorchte ihm nicht, denn er lächelte die ganze Zeit. Unruhig verlagerte er sein Gewicht von einem Fuß auf den anderen, so wie er es früher immer getan hatte, wenn er begeistert über die New York Yankees sprach.

»Was machst du zurzeit? Hast du eine Arbeit?«, fragte sie.

»Ich bin Lehrer«, sagte er. »Und du?«

»Ich gehe noch zur Schule«, erwiderte sie. »Im Mai mache ich meine Abschlussprüfung. Habe ich mich sehr verändert?«

»Dein Lächeln ist immer noch das gleiche«, entgegnete er. »Aber andere Stellen haben sich verändert.« Sie bemerkte, wie sein Blick an ihrem Körper hinabglitt, während er das sagte, dann schaute er verlegen weg. Sie blinzelte. »Warum willst du dieses Märchen finden?«

»Egal.«

»Suchst du deine Mutter?«

Marie starrte ihn an, Wut stieg in ihr auf. Wie konnte er es wagen, sich erst so kühl ihr gegenüber zu benehmen, und dann diese Frage stellen? »Vielleicht kennst du das Märchen gar nicht. Du hast so lange studiert und kennst es trotzdem nicht.« Sie stemmte angriffslustig die Hände in die Hüften, was ihn zu belustigen schien.

»Du hast mir auch kaum Hinweise gegeben, Marie. Ich würde deshalb niemandem einen Vorwurf daraus machen, der nicht weiß, wovon du sprichst.«

»Ich hab dir reichlich Hinweise gegeben«, sagte sie mit erhobener Stimme. »Ein Mann steigt irgendwo rauf. Es ist keine Bohnenranke. Er ist auf der Suche nach etwas und muss Aufgaben lösen.« Sie zählte die einzelnen Punkte an den Fingern ab: erstens, zweitens, drittens. »Er sucht etwas, aber keine Gans. Irgendwas geschieht ihm, aber am Ende erreicht er sein Ziel. Alles klar? Das sind doch wohl mehr als genug Informationen. Du hast dein Studium damit verbracht, etwas über Märchen zu lernen, und kannst dich trotzdem nicht erinnern? Mir scheint, du hast deine Zeit verschwendet … Du hast recht, man hätte dich gar nicht zulassen dürfen. Du hast anderen den Studienplatz weggenommen!«

Ben starrte sie wieder an. »Dann lass es besser und frag mich nicht. Wenn du deine Mutter finden willst, geh lieber zum Standesamt. Die können dir besser helfen als ich!«

»Das kann ich nicht.«

»Klar kannst du das, es ist ganz einfach. Das Amt liegt an der Straße gleich hinter dem Marktplatz. Sag ihnen einfach den Namen deiner Mutter, und bitte sie, dir alles zu zeigen, was sie über deine Mutter haben.«

»Das kann ich nicht«, sagte Marie noch einmal. »Ich *weiß nicht*, wie sie heißt.«

Ben lachte. Als er ihr schockiertes Gesicht sah, wurde seine Stimme freundlicher. »Machst du Witze?«

»Nein. Ich weiß nicht, wie meine Mutter heißt.«

»Kennst du ihren Vornamen nicht oder den Nachnamen?«

»Keinen von beiden.« Sie ließ den Kopf hängen. »Ich kenne weder ihren Vornamen noch ihren Geburtsnamen. Ich bin siebzehn Jahre alt und habe den Namen meiner Mutter noch nie gehört.« Ihre Wangen brannten.

Ben lehnte sich wieder an den Türrahmen. »Ach, Marie«, sagte er nur. Er hob die Hand, als wollte er sie an der Schulter berühren, zögerte dann aber. Sie hätte sich seine Berührung gewünscht. Als sie Kinder waren, hatte er sie oft so berührt und jedes Mal ein leichtes Zittern bei ihr ausgelöst – und die Sehnsucht, er möge es noch mal tun. Sie fragte sich, ob sie noch dasselbe empfinden würde. Doch dann erinnerte sie sich an die frostige Stimmung ihrer Wiederbegegnung und wich ein Stück zurück. Er ließ die Hand sinken, und sie bedauerte ihre Bewegung, aber nun war es zu spät.

»Du brauchst mich nicht zu bemitleiden.«

»Das würde ich nie wagen – du würdest mich verhauen!«

»Ich wollte bloß ein wenig Hilfe bei der Suche nach meiner Mutter. Weißt du, wie es ist, mit nur einem Elternteil aufzuwachsen?«

»Das weiß ich«, erwiderte er.

»Dann könntest du ruhig ein bisschen hilfsbereiter sein …« Sie wandte sich um und wollte gehen.

»Marie, warte. Es tut mir leid.«

Sie wartete nicht. Stattdessen ging sie, lief weg von ihrer ersten Begegnung mit ihm nach über acht Jahren, ohne sich zu verabschieden.

Erst im Alter von etwa sieben Jahren war Marie bewusst geworden, dass Erwachsene auch Vornamen hatten, als sie hörte, wie ein anderer Mann ihren Vater mit »Dominik« ansprach. Davor war er nur »Papa« gewesen. Sie wäre nie auf die Idee gekommen, er könnte einen Vornamen haben, so wie die Kinder in ihrer Klasse. Ein paar Tage später hatte sie ihn auf dem Weg zur Straßenbahn gefragt: »Haben alle Erwachsenen Vornamen?«

»Ja«, entgegnete er. »Deine Lehrerin, Frau Sobieski, heißt Klaudia. Frau Sezlack heißt Paulina.«

Marie hatte ihn aufgeregt unterbrochen. »Hat Mama auch einen Namen?«

Darauf hatte er ziemlich lange geschwiegen. Als sie das Ende der Straße erreichten, hatte er ihr immer noch keine Antwort gegeben. Sie stiegen in eine Straßenbahn, und ihr Vater hatte mit Herrn Powolski – Paweł hieß er mit Vornamen – über seinen Klumpfuß gesprochen, der wegen der Kälte steif war und schmerzte. Dann waren sie ausgestiegen und nach Hause gelaufen. Immer noch hatte er nicht geantwortet.

»Frag mich das bitte nie wieder«, sagte er schließlich, als sie vor der Haustür angekommen waren.

»Aber ...« Marie holte Luft, um ihn zu fragen, warum nicht.

»Deine Mutter hat dich verlassen«, erwiderte er so brüsk, dass ihr die Worte im Hals stecken blieben. »Es hat keinen Zweck, über Dinge zu sprechen, die dir nur Schmerz bereiten. Vergiss sie.«

Er schloss die Tür auf und trat ins Haus.

Diese wenigen Sätze waren das Einzige, was er je über ihre Mutter gesagt hatte. Marie verbrachte den Nachmittag und einen Gutteil der nächsten Woche damit, seine Aussage hin und her zu wenden, den Tonfall zu analysieren und die unterschiedlichsten Bedeutungsmöglichkeiten zu finden. Jedes Mal betonte sie ein anderes Wort und versuchte, sich zu erinnern, wie er es gesagt hatte. War es »Deine Mutter hat *dich* verlassen« oder »Deine Mutter hat dich *verlassen*«? Inzwischen versuchte sie nicht mehr, seinen Satz daraufhin zu deuten, ob ihr Vater nun meinte, ihre Mutter habe sie verlassen, weil sie Marie nicht mochte, oder ob ihre Mutter aus irgendeinem anderen schändlichen Grund gegangen war, den nur sie selbst kannte. Es gab eine bessere Möglichkeit, um zu entschlüsseln, was ihr Vater gemeint hatte: Sie würde ihre Mutter finden und sie selbst fragen. Sie verdrängte Ben aus ihren Gedanken und beschloss, es auf einem anderen Weg zu versuchen.

6

EIN TANZVERGNÜGEN FÜR GESUNDE JUNGE LEUTE

»Das sieht doch interessant aus«, sagte Maries Vater ein paar Tage später beim Abendessen zu ihr. Er legte einen Handzettel neben ihren Teller mit Rindereintopf und Kartoffelpuffern.

Marie schluckte ihren Bissen hinunter und las die Überschrift laut vor: »*Tanzvergnügen für gesunde junge Leute*«. Sie lachte. »Papa, das kann nicht dein Ernst sein!«

Das Flugblatt warb für eine Tanzveranstaltung in der Kirchengemeinde, der sie angehörten. Unter dem verheißungsvollen Titel war das Bild eines jungen Mannes und einer jungen Frau zu sehen, beide in Tracht gekleidet, die in unverfänglicher Umarmung Walzer tanzten. Sie blickten einander nicht an, sondern starr geradeaus. Im Hintergrund, an der Wand über ihren Köpfen, prangte ein Kreuz. Jesus Christus hielt den Kopf geneigt, was vor allem wohl den Strapazen der Kreuzigung geschuldet war, aber der Winkel erlaubte es Gottes Sohn zugleich, von seinem Kreuz aus das junge Paar genau im Auge zu behalten, als müsste er die Keuschheit ihres Tanzes überwachen.

»Was ist verkehrt daran?«, fragte ihr Vater und deutete mit der Gabel auf das Flugblatt. »Hier steht's: ›*Ein unterhaltsamer*

Abend für junge Polen und Polinnen‹. Du bist doch eine junge Polin.«

»Was verkehrt daran ist?«, erwiderte Marie. »Moment, ich such dir gleich das ein oder andere heraus.« Sie überflog das Blatt noch mal. »Zunächst einmal muss ich in Trachtenkleidung erscheinen. ›*Kommen Sie in der traditionellen Kleidung der Bergbauern‹*, steht da. Das heißt Trachtenkleidung – geblümter Wollrock, Goralenschuhe und eine blumenbestickte Weste.«

»Wo liegt das Problem?«

»Warum soll ich mich anziehen wie ein Bauernmädchen?«

»Es zeigt, dass du stolz darauf bist, polnisch zu sein. Das Ganze kann doch sehr vergnüglich werden.« Ihr Vater versuchte sich an einem fröhlichen Grinsen, um zu zeigen, *wie* vergnüglich die Veranstaltung werden könnte. Seine Mundwinkel hoben sich seltsam starr, als seien sie gänzlich ungeübt in dieser Bewegung. Er hielt das Lächeln ungefähr drei Sekunden, dann glitt der Mund wieder in seine normale Position zurück – eine schnurgerade waagerechte Linie.

Marie lachte. »Ich kann da nicht hingehen. Ich besitze gar keine Tracht.«

»Auf der Bracka-Straße gibt es ein schönes Geschäft«, sagte ihr Vater rasch, als hätte er den Widerspruch schon geahnt. »Die beste Schneiderin der Stadt wird dir eine erstklassige Tracht aus den besten Stoffen und Ledern fertigen.«

Marie schüttelte den Kopf. »Eine richtige Tracht muss selbst genäht sein. Von der Familie. Das weiß ja sogar ich. Ich kann da nicht hin – meine Mutter müsste mir das Kleid nähen.«

Sie schluckte. Das verbotene Wort »Mutter« hing in der Luft. Seit Jahren hatte sie es nicht mehr vor ihm ausgesprochen. Die Entdeckung der Haare hatten sie so dreist werden lassen. Während sie vorher stets die Rolle der pflichtbewussten, schüchternen Tochter erfüllt hatte, die die Darstellung ihres Vaters nie anzweifelte, hatte der Fund des Zopfes unter den Bodendielen etwas in ihr zerrissen, und eine Risikobereitschaft war zutage getreten, die sie zugleich erschreckte und begeisterte. Sie sah ihren Vater an. Zu ihrer Bestürzung zeigte er gar keine heftige Reaktion.

Er schüttelte nur den Kopf und sagte mit leiser, ruhiger Stimme: »Die Tradition will, dass das Kleid selbst genäht wird, das ja. Und es muss von der Familie gemacht werden. Aber nirgendwo heißt es, dass die Mutter es nähen muss. Jedes Familienmitglied kann das Kleid nähen.«

Sie ärgerte sich über seine gelassene Antwort. »Ich habe auch keine Großmutter. Auch keine nette alte Tante oder ältere Schwester, die nähen kann. Außer dir habe ich gar keine Familie, oder?«

Sie hatte damit gerechnet, dass ihr Vater das Gesicht verziehen oder heftig schlucken und auf diese Weise Schuldbewusstsein bekunden würde, aber wieder zeigte er sich ungerührt. Sein Blick blieb ruhig und wich ihr nicht aus. Entweder war er ein geschickterer Lügner als der Teufel selbst, oder es rührte ihn wirklich nicht, dass sie die Mutter erwähnt hatte. Jedenfalls ging das Gespräch ganz normal weiter, und Marie brütete wieder einmal über dem unlösbaren Rätsel, das ihr Vater für sie darstellte.

»Ich kann das Kleid machen«, sagte er.

»Papa, so habe ich das nicht gemeint.«

Er schüttelte den Kopf. »Du hast ein handgenähtes Kleid verdient – und das sollst du auch bekommen. Ich werde es nähen.«

»Du kannst doch gar nicht nähen!«, spottete Marie.

»Ich kann sehr wohl nähen«, erwiderte er. »Erst heute Morgen habe ich Jan Borowskis Flanke mit fünfundzwanzig Stichen genäht. Schwester Emilia meinte, das seien die kleinsten und feinsten Stiche, die sie in ihrer Laufbahn je gesehen hätte. Es wird kaum eine Narbe zurückbleiben.«

»Haut nähen und Stoff nähen ist wohl nicht dasselbe.«

»Da bin ich anderer Ansicht.«

»Das wird eine Blamage – ich will doch nicht wie eine geflickte Sehne aussehen!«

»Abgemacht. Ich nähe dir ein Kleid. Wenn du darin aussiehst wie eine junge Schönheit aus den Bergen, dann gehst du zu dem Tanz. Solltest du aussehen wie eine geflickte Sehne, darfst du zu Hause bleiben.«

Marie fielen keine Argumente ein, mit denen sie ihm noch widersprechen konnte. »Na gut«, sagte sie. Ihr Vater versuchte sich wieder an einem Lächeln und scheiterte. Marie kniff die Augen zusammen und wandte sich ihrer Mahlzeit zu. Wie immer hatte ihr Vater das Rindfleisch perfekt gekocht, es war ganz zart. Er schob sich mit der Gabel sorgfältig ein Stück in den Mund und kaute.

»Warum willst du denn unbedingt, dass ich zu dieser Tanzveranstaltung gehe?«, erkundigte sich Marie.

»Die ganze Stadt wird da sein«, erwiderte er. »Junge Leute in deinem Alter, aus ähnlichen Familien. Es wird dir gefallen.«

»Das bezweifle ich«, erwiderte Marie mit einem verächtlichen Schnauben. Sie nahm ein Stück Brot von ihrem Beilagenteller und bestrich es mit Butter.

»Vielleicht findest du dort ja einen Mann«, schlug er vor. Dann hüstelte er verlegen und blickte zur Seite.

»Hab ich's doch geahnt!« Marie schaute ihn wütend an. »Ich bin erst siebzehn!«

»Dieses Jahr wirst du achtzehn. Ich habe mit zwanzig geheiratet.« Er schluckte einen Bissen Kohl herunter. »Und ich bin ein Mann. Frauen heiraten jünger.«

»Wozu die Eile?«, sagte Marie. »Ich bin noch nicht mal mit der Schule fertig.«

»Aber bald – und was willst du dann machen? Verglichen mit den meisten anderen Mädchen bist du schon eine Ewigkeit auf diese Schule gegangen! Deine Spielkameradinnen heiraten bereits. Wahrscheinlich sind inzwischen nur noch halb so viele Mädchen in deiner Klasse wie früher, oder? Es sieht mittlerweile komisch aus, wenn du deine Schuluniform trägst – eine erwachsene Frau im Kleid einer Klosterschülerin. Bald bist du mit der Schule fertig – und dann sitzt du untätig zu Hause herum. Da ist es doch viel besser zu heiraten!«

Marie holte tief Luft. »Ich will nicht heiraten. Ich möchte studieren. Ich will auf die Universität gehen.« Das Herz schlug ihr bis zum Hals, als sie ihrem Vater den Plan verkündete, den sie noch niemandem gestanden hatte.

Ihr Vater runzelte die Stirn. »Warum denn das?«

»Ich möchte Medizin studieren«, sagte sie, während Panik in ihr aufstieg. Plötzlich fühlte sie sich ungerecht behandelt.

Er lachte leise. »Wozu?«

Marie wurde wütend. Wie konnte es sein, dass er das nicht wusste? Ja, sie hatte ihren Plan bisher für sich behalten und sich noch nicht getraut, ihn laut zu äußern, aber eigentlich hätte sie erwartet, dass ihr Vater zumindest ahnen würde, was sie wollte. »Ich möchte Ärztin werden!«

»Oh.« Er senkte den Blick und schien nachzudenken. Dann schaute er sie prüfend an. »Glaubst du, dass du dafür intelligent genug bist?«

Ihr war, als hätte jemand die ganze Luft aus ihrem Körper gepresst. Niemals hätte sie damit gerechnet, dass er so etwas zu ihr sagen könnte. Sie hatte immer geglaubt, dass ihr Vater große Stücke auf sie hielt – dass er ihre Klugheit, ihr analytisches Urteilsvermögen und ihren gesunden Menschenverstand schätzte. Nun war ihr, als hätte ihr Wesenskern einen Riss bekommen. »In der Schule habe ich überall die besten Noten – immer schon!«, verteidigte sie sich und ärgerte sich über den weinerlichen Klang ihrer Stimme.

»Ja, aber du gehst auf eine Mädchenschule«, sagte er. »Da will das nicht viel heißen.«

Mit einem heftigen Ruck schob Marie den Stuhl vom Tisch zurück. Wer war dieser Mann, den sie für ihren Freund und Fürsprecher gehalten hatte? Schließlich rief sie mit schriller Stimme, für die sie sich hinterher schämte: »Traust du mir etwa nicht zu, dass ich ausreichend Verstand habe, um Arzt zu werden – um das zu tun, was du selbst tust?«

Er seufzte. »Ich weiß es nicht.«

Marie nickte knapp und starrte aus dem Fenster.

»Es ist keineswegs so, dass ich dir nicht die erforderliche Intelligenz zutrauen würde.« Ihr Vater hob hilflos die Schultern. »Ich konnte nur noch nicht beobachten, wie du sie einsetzt. Es ist mir völlig neu, dass du vorhast, noch weiter zu lernen. Du musst mir Zeit geben, mich an den Gedanken zu gewöhnen.«

Marie wurde wieder zornig. Das konnte sie so nicht stehen lassen. »Warum, glaubst du denn, habe ich dich gefragt, ob ich dich während der Ferien ins Krankenhaus begleiten darf? Und warum habe ich mir wohl dein *Merck Handbuch* ausgeliehen?« Ihr war nicht klar, ob er sich bloß dumm stellte oder es wirklich nicht begriffen hatte. »Kennst du mich denn gar nicht, Papa?« Sie war den Tränen nahe und hielt sie zurück – nur wenn es ihrer Sache dienlich wäre, würde sie ihnen freien Lauf lassen. Ihr brach das Herz bei dem Gedanken, dass ihr Vater sie so wenig einschätzen konnte.

»Komm schon, Marie, das ist kein Grund für theatralisches Getue.«

Marie verschränkte die Arme vor der Brust. »Ich bestehe darauf, dass du mir jetzt sagst, was du von mir hältst!«

Ihr Vater sah ihr in die Augen. »Ich glaube nicht, dass es dir an der nötigen Intelligenz mangelt«, sagte er schließlich.

»Dann erlaube mir zu studieren.«

»Ich sehe keinen Sinn darin. Auch wenn du die erforderliche Klugheit besitzt, um das Studium zu absolvieren, ist das gar nicht der entscheidende Punkt. Es gibt ein viel größeres Hindernis als die Frage nach deinen kognitiven Fähigkeiten.«

»Tatsächlich?«, erwiderte sie. »Sag's mir!«

Er stellte die Teller übereinander und trat an den Spültisch. »Als ich an der Universität studiert habe, waren in meinem Studienjahr neben hundert Männern auch drei weibliche Studenten. Eine dieser Damen brach das Studium nach dem vierten Semester ab, um zu heiraten, die anderen beiden schlossen ihr Studium mit der Approbation ab. Beide heirateten innerhalb der nächsten zwei Jahre ebenfalls und gründeten eine Familie. Keine von ihnen praktiziert heute als Ärztin, sie haben jeweils mehrere Kinder, die ihre ganze Aufmerksamkeit und Fürsorge verlangen. Selbst wenn die Kinder erwachsen sind, werden diese Frauen nicht arbeiten, denn in der Zwischenzeit hat eine neue Generation von Ärzten studiert und ihren Platz eingenommen. Und selbst wenn sie ihre Ehemänner auf wundersame Weise überzeugen könnten, sie als vierzigjährige weibliche Assistenzärzte arbeiten zu lassen, würde ihnen niemand eine Stelle anbieten. Frauen bekommen einfach keine Anstellung als Ärzte.« Er ließ Wasser in die Spüle laufen und begann das Geschirr abzuwaschen. »Ich habe mir diese Regeln nicht ausgedacht.«

Marie holte tief Luft, wohl wissend, dass sie dieser Argumentation kaum etwas entgegensetzen konnte. Sie kratzte an der Tischdecke herum. »*Du* könntest mir doch eine Stelle geben«, schlug sie dann vor.

Er schüttelte den Kopf. »Das entscheide nicht ich. Das ist Aufgabe des Krankenhausvorstands. Sie würden keine Frau einstellen. Nicht, solange es einen Mann gibt, der die Arbeit machen kann – und die gibt es reichlich. Männer, die eine Familie ernähren müssen.«

Marie hatte das Gefühl, an ihrem eigenen Atem zu ersticken. Noch nie hatte sie die Ansichten ihres Vaters zu diesem Thema gehört. Obwohl seine Aussagen sie entsetzten, war sie auch dankbar, dass er mit ihr darüber sprach. Zum ersten Mal hatten sie sich annähernd wie zwei Erwachsene unterhalten.

»Ich sage das nicht, weil ich grausam sein möchte, Marie. Ich will dich nur vorwarnen. Ich möchte nicht, dass du hinterher todunglücklich bist.«

»Todunglücklich werde ich nur, wenn ich nicht studieren kann.«

Ihr Vater nickte. »Es tut mir leid, aber ich will nicht, dass du studierst. Ich möchte, dass du heiratest.«

»Warum hast du es so eilig, mich zu verheiraten?«, fragte sie.

Ihr Vater blickte aus dem Fenster und schwieg.

»Papa?«, fragte Marie, als er nicht antwortete.

»Vielleicht bin ich ja nicht für immer da«, meinte er schließlich.

»Wo willst du denn hin?«, fragte sie.

»Nirgendwohin.« Er zuckte mit den Schultern. »Falls mir etwas passieren sollte ...«

»Was soll dir denn passieren? Du verlässt ja das Haus gar nicht.« Sie lachte.

»Doch, das tue ich«, beharrte er.

»Wann denn? Außer, um zur Arbeit zu gehen? Wann gehst du denn schon mal raus?«

»Ich gehe Tennis spielen.«

»Ich kann mir kaum vorstellen, dass du auf dem Tennisplatz dein Leben verlierst.«

»Es stehen uns noch andere Dinge bevor«, sagte er.

»Deutschland droht doch schon seit Jahren, hier einzumarschieren«, schnaubte Marie. »Das werden sie nicht wagen.«

Ihr Vater rückte sich die Brille zurecht und schien ihren Einwand zu ignorieren. »Wenn es Krieg gibt, kann ich dich vielleicht nicht mehr so beschützen wie jetzt. Deshalb musst du heiraten.« Er räumte den letzten Teller auf das Abtropfgestell und setzte sich wieder.

»Als Ärztin könnte ich im Feld den verletzten Soldaten helfen«, sagte Marie und setzte sich ebenfalls.

»Sprich nicht so vom Krieg, als wüsstest du, wie es ist. Stell dir die schlimmsten Qualen vor, die du dir denken kannst!«, fauchte er. »Der Krieg ist noch hundertmal schlimmer.«

Marie scheute vor seinem verbitterten Tonfall zurück, wünschte sich jedoch zugleich, mehr zu erfahren. Es war das erste Mal, dass ihr Vater überhaupt einige Worte über den Großen Krieg verloren hatte. Eigentlich sprach er kaum je über etwas, was ihm selbst widerfahren war. Sie musterte sein Gesicht. Es bestand aus einer eigentümlichen Mischung von Merkmalen – weiche Züge, wo man harte vermutet hätte, und harte, wo es hätte weich sein sollen.

»Wonach hältst du Ausschau?«, fragte ihr Vater, ohne aufzublicken.

»Nach nichts«, erwiderte sie, starrte ihn aber weiterhin an.

»Du starrst mich an.«

»Du hast so ein eigenartiges Gesicht«, sagte sie.

Er wollte vom Tisch aufstehen, schien es sich dann aber anders zu überlegen, wandte sich ihr zu und begegnete ihrem Blick. Zwei grüne Kreise fixierten sie. »Schau mich ruhig genau an, so lange du willst,«

Das Herz klopfte in der Brust. Sie war verunsichert durch seine eigenartige Aufforderung. Das hatte nichts mehr mit den Gesprächen zu tun, die sie sonst beim Abendessen führten. Marie forderte sich gern selbst mit allerlei Aufgaben heraus, um zu prüfen, wie viel Unbequemlichkeiten ihr Körper aushalten konnte. Gelang es ihr, zwei Tage ohne Schlaf auskommen?

Konnte sie zehn Minuten in eiskaltem Wasser sitzen bleiben? Das Angebot ihres Vaters, sich sein Gesicht genau anzuschauen, war eine noch schwerere Herausforderung. »Nein, danke«, erwiderte sie mit aufgesetzter Gleichgültigkeit und sah zur Seite. Der Rindereintopf stieß ihr auf und schmeckte plötzlich bitter und blutig. Sie stand auf und ging zum Fenster.

Ihr Vater räumte Salz und eingelegte Gurken vom Tisch. »Wenn du heiratest, kannst du studieren«, sagte er schließlich.

Marie drehte sich zu ihm um.

»Eine zweite Abmachung«, fuhr er fort. »Wenn du heiratest, erlaube ich dir, auf die Universität zu gehen.«

»Meinst du das ernst?«

Er nickte. »Dann werde ich dir auch die Studiengebühren bezahlen.«

»Also muss ich heiraten? Und wenn ich niemanden finde, der mich will?«

»Ich glaube nicht, dass das passieren wird«, sagte er. Marie nickte. Sie hatte die Blicke gespürt, die die Männer ihr in der Straßenbahn und auf dem Marktplatz hinterherwarfen. »Haben wir eine Abmachung?« Er hielt ihr die Hand hin. »Lass uns darauf einschlagen wie Erwachsene.«

»Das ist doch albern, Papa.«

»Schlag ein!«, beharrte er. »Ich erlaube dir, Medizin zu studieren, und im Gegenzug heiratest du. Wir bekommen beide, was wir uns wünschen.«

Schließlich streckte Marie widerwillig die Hand aus. Ihr Vater ergriff sie und schüttelte sie. Sie hatte ihrem Vater noch nie die Hand geschüttelt. Seine Finger waren stark und feingliedrig. Die Hand eines Chirurgen.

»Abgemacht!«, sagte er freundlich, aber entschlossen. Die Stimme ihres Vaters vereinte immer beides.

7

NEUE FREUNDE

Am nächsten Morgen sollte ein neuer Facharzt seine Arbeit im Krankenhaus beginnen, und Dominik hatte sich mit ihm am Schwesternzimmer verabredet. Er hieß Jan Grüner.

Dominik hatte dringend Unterstützung nötig. Nun, da der Professor in den Ruhestand ging, war er der Einzige, der einen Blinddarm entfernen oder eine Aorta nähen konnte. In einer Stadt, wo die Leute offenbar Gefallen daran fanden, sich mit Pflugschwertern und anderen Gegenständen zu verletzen, war es jedoch erforderlich, dass es nicht nur einen fähigen Chirurgen gab, der Operationen durchführen konnte. Und falls die Deutschen eines Tages tatsächlich einfielen, würde der Bedarf an Händen, die zerrissenes Fleisch flicken konnten, weiter wachsen.

Dominik bewegte sich mit raschen, aber kontrollierten Schritten zum Schwesternzimmer, bemüht, sich die freudige Erwartung nicht allzu sehr anmerken zu lassen. Ein Fischhaken in Paweł Radikovas Daumen hatte ihn länger als geplant aufgehalten – es hatte eine halbe Stunde gedauert, den Haken wieder herauszuoperieren. Dominik bog um die Ecke und nahm seine Brille ab, um sie sauber zu wischen. Am Schwesternzimmer wartete jedoch kein Arzt auf ihn. Stattdessen lehnte Errol Flynn am Empfangstresen im Eingangsbereich.

Natürlich stand dort nicht wirklich Errol Flynn. Der Filmstar hatte seine Hollywoodkarriere keineswegs aufgegeben, um als Allgemeinchirurg in einer polnischen Klinik anzufangen. Aber der Mann im weißen Kittel, der fröhlich mit der Krankenschwester plauderte, ähnelte auf frappierende Weise jenem Schauspieler, der in den Filmmatineen im Kino Verbrechen aufklärte und Damen umwarb. Dominik schwor sich, dass er dem Mann sein gutes Aussehen nicht zur Last legen würde, solange dieser eine komplikationslose Darmresektion durchführen konnte. Energisch ging er auf ihn zu und streckte ihm die Hand entgegen.

»Doktor Grüner«, begrüßte er ihn. »Ich bin Dominik Karski, der leitende Oberarzt der Chirurgie. Entschuldigen Sie bitte die Verspätung. Ich freue mich schon darauf, mit Ihnen zusammenzuarbeiten. Wo würden Sie gern beginnen?«

Der junge Mann schlang seine große, warme Handfläche um Dominiks Hand und schüttelte sie zweimal, dann ließ er sie wieder los. »Schön, Sie kennenzulernen, alter Knabe. Nennen Sie mich ruhig Johnny.«

Dominik schauderte innerlich. *Johnny!* Niemals würde er einen Arzt, den er gerade erst kennengelernt hatte, mit seinem Vornamen ansprechen, und schon gar nicht mit einer derart albernen ausländischen Kurzform. Er überhörte den Vorschlag geflissentlich. »Darf ich Sie vielleicht zu Ihrem ersten Patienten begleiten, Doktor Grüner? Ich könnte Sie bei der Gelegenheit gleich ein bisschen herumführen.«

»Hab mir die Patientin schon angeschaut«, erwiderte der neue Arzt. »Frau Blumenhut. Brustuntersuchung. Alles tipptopp. Sie ist schon wieder nach Hause.«

Dominik war sich nicht sicher, ob der Mann es ernst meinte oder bloß herumwitzelte. Grüner stützte sich mit einem strahlenden Lächeln auf den hohen Tresen vor dem Schwesternzimmer.

»Frau wer?«, fragte Dominik.

»Die Dame mit dem Blumenhut.« Grüner deutete auf seinen Kopf.

»Frau Katura«, ergänzte Oberschwester Skorupska, die an einem Tisch im Schwesternzimmer saß. Sie tippte auf die vor ihr liegende Patientenakte.

»Was machen Sie da, Oberschwester?« Dominik runzelte die Stirn. »Was schreiben Sie denn da? Ist das Frau Katuras Akte?«

Oberschwester Skorupska nickte.

»Und warum füllen Sie den Bereich aus, der für die Arztnotizen vorgesehen ist?«

»Ich helfe Johnny bloß ein bisschen, Doktor Karski. Es ist doch sein erster Tag hier.« Sie schaute Grüner an und errötete.

»Sprechen Sie den neuen Kollegen bitte mit ›Doktor Grüner‹ an, Oberschwester.«

»Ich habe sie gebeten, mich Johnny zu nennen«, sagte der Arzt unbekümmert. »Das ist mir lieber. Sie sollten mich auch so nennen.«

Dominik versuchte, Ruhe zu bewahren, aber er spürte, wie eine Ader an seiner Schläfe zu pochen begann. Er trat näher und blickte noch einmal in die Patientenakte, um sich zu vergewissern, dass er nicht halluzinierte. Aber das tat er nicht. »Oberschwester? Erledigen Sie etwa die Dokumentation für Doktor Grüner?«

Grüner grinste. »Kein Problem, Doktorchen. Sie kennt Frau Blumenhut und hat angeboten, es für mich zu erledigen. Es geht schneller, wenn sie's macht, und sie macht's gern.« Er hatte ein selbstzufriedenes Lächeln aufgesetzt.

Dominik sah ihn finster an. Der neue Arzt trug seinen weißen Kittel wie einen modischen Gehrock. Er hatte den Kragen hochgeschlagen, als wollte er sich hier drinnen vor einem nicht vorhandenen Wind schützen. Ein goldener Siegelring am kleinen Finger ließ seine Abstammung aus altem preußischen Adel ahnen. Vermutlich war er der mittlere Sohn eines verarmten Grafen, der irgendwo in einem verfallenen Schloss wohnte. Sein ganzes Auftreten kündete von einem privilegierten Leben in Trägheit und Müßiggang. Dominik hatte einen Arzt angefordert – stattdessen hatte man ihm einen Freibeuter geschickt.

»Das ist ein Unding«, wandte sich Dominik an den neuen Kollegen. »Die Krankenschwestern erledigen doch nicht Ihre administrative Arbeit, Doktor. Sie sind Arzt, Sie haben einen Eid abgelegt. Und dazu gehört auch, dass Sie Ihre Schreibarbeit selbst erledigen. Es tut mir leid, wenn Sie sich unter der Arbeit hier etwas Glamouröseres vorgestellt haben, aber so ist es nun mal.«

»Herr Doktor. Johnny will Sie zum Essen einladen«, warf die Oberschwester ein.

Grüner nickte. »Das stimmt, alter Knabe! Weil Sie mich hier mitmachen lassen. Ich fühle mich geehrt. Ich habe gehört, Sie sollen ein Genie sein.«

In Dominik sträubte sich alles. Er hatte kein Problem damit, wenn ihn jemand als Genie bezeichnete – aber aus dem Munde dieses Individuums, das bereits das Pflegepersonal zwangsverpflichtet hatte, für ihn die Patientenakte auszufüllen, klang das Kompliment ziemlich hohl.

»Nein, vielen Dank«, sagte er und wollte sich zum Gehen wenden.

»Aber Doktor Karski, Sie haben doch noch gar nicht gehört, wohin er Sie einladen will.« Dominik wandte sich zu Oberschwester Skorupska um. »Ins *Kamińskis*.« Sie sprach den Namen des Restaurants so ehrfürchtig aus wie den eines Heiligen. Der neue Arzt reckte stolz die Brust und grinste. Er schien zu erwarten, dass Dominik sich beeindruckt zeigte.

Dominik verzog das Gesicht. Das *Kamiński*s war ein nobles Restaurant, hinter dem Marktplatz gelegen, wo die Hautevolee Krakaus ein- und ausging. Man servierte dort Amselpastete und Schokoladensuppe, und für den Preis eines kleinen Automobils konnte man sich auch einen ganzen gebratenen Pfau samt Federkleid auftischen lassen. Die Stammkundschaft rauchte mit Opium versetzte Zigarren und arrangierte die Landesgrenzen Europas neu, während sie die Tänzerinnen betrachtete. Im Laufe des Abends ließ man ordentlich die Korken knallen – womöglich würde der Besuch in eine Orgie münden.

»Zu meinem Bedauern kann ich nicht mitkommen«, erklärte Dominik kategorisch. »Ich muss nach Hause, um meiner Tochter Abendessen zu kochen.«

»Bringen Sie sie doch einfach mit. Dann lade ich Sie beide ein!«

Oberschwester Skorupska schnappte schwer beeindruckt nach Luft, als hätte der neue Arzt zu einer Reise auf dem Fliegenden Teppich geladen und nicht zu einem Essen für drei in einem überteuerten Restaurant. »Sie und Marie. Da spricht wohl nichts gegen, Doktor Karski!«, sagte sie.

Dominik betrachtete den jungen Arzt. Dieser blickte ihn Beifall heischend an und grinste auf eine Art und Weise, die Dominik unerträglich fand. Er glaubte offenbar, er könne Dominik um den Finger wickeln und mit seiner Einladung zu einem noblen Abendessen beeindrucken.

»Vielen Dank für das großzügige Angebot, Doktor Grüner, aber ich muss leider ablehnen. Ich habe Sie schließlich zum Arbeiten hierher bestellt und nicht, um mit Ihnen essen zu gehen. Ich habe einen neuen Chirurgen gesucht, da einer unserer Kollegen – ein ganz hervorragender Arzt, wenn ich das hinzufügen darf – in den verdienten Ruhestand geht und wir dringend Unterstützung brauchen. Statt mich in ein Restaurant einzuladen, sollten Sie also lieber Ihre Arbeit verrichten, den eigenen Papierkram eingeschlossen. Sehen Sie sich dazu imstande?«

Grüner zog ein langes Gesicht. Er sah ernsthaft betrübt aus, doch Dominik war sich sicher, dass das alles nur aufgesetzt war. »Gute Idee, Doktor Karski«, sagte er dann. »Das werde ich tun. Tut mir leid, dass ich Sie aufgehalten habe – Sie haben bestimmt viel zu tun.«

»Das habe ich.«

»Danke, dass Sie sich vorgestellt haben.« Grüner hatte ein professionelles Lächeln aufgesetzt, der schelmische Ausdruck von vorhin war verschwunden. »Ich freue mich auf die Zusammenarbeit mit Ihnen.«

»Die Freude ist ganz meinerseits. Doktor Grüner«, erwiderte Dominik, auch wenn es nicht der Wahrheit entsprach. »Wenn Sie mich nun entschuldigen würden, ich muss mich um meine Patienten kümmern.«

Auf dem Weg zur Station blickte ihm sein Spiegelbild aus einem Fenster entgegen, und er erlaubte sich den kurzen Luxus, es mit dem neuen Arzt zu vergleichen. Während Grüners Arztkittel weich und unbekümmert an ihm herabhing, war sein eigener so steif gestärkt, dass er von ganz allein hätte stehen können. Dominik hatte sein Haar mit der Präzision eines Schweizer Uhrmachers gescheitelt, man sah eine schnurgerade Linie weißer Kopfhaut, die lotrecht über seinem rechten Augapfel begann und bis zu seinem Oberkopf reichte. Dominik nickte, zufrieden mit seinem Bild. Im Gegensatz zu Grüner, der wie ein Geck auftrat, wirkte er selbst solide, ordentlich und professionell – so wie man es von einem Arzt erwartete. Er wandte sich wieder seinen Patienten zu.

Als Dominik an diesem Abend zur Straßenbahnhaltestelle ging, entdeckte er Grüner auf dem Parkplatz hinter dem Krankenhaus. Er gab ein eigenartiges Bild ab, wie er da ganz allein auf einem umgestürzten Baumstamm saß. Dominik verdrehte die Augen und wollte erst so tun, als hätte er ihn nicht gesehen, aber dann ging er doch hinüber.

»Was machen Sie denn hier? Wissen Sie nicht, wie Sie zum *Kamińskis* kommen? Die Linie 4 fährt direkt beim Restaurant vorbei.« Er zögerte einen Moment und machte dann einen Vorschlag, den er eigentlich gar nicht machen wollte. »Ich gehe auch zur Haltestelle. Ich kann Ihnen zeigen, wo die Bahn hält.«

»Ich habe mir das mit dem Restaurantbesuch anders überlegt«, erwiderte Grüner. »Eine blöde Idee. Ich mag da auch nicht ganz allein beim Essen sitzen.«

»Ihre Frau wartet doch sicher auf Sie.« Dominik warf einen Blick auf seine Uhr. Er musste dringend nach Hause. Marie rechnete schon mit dem Abendessen.

»Ich habe keine Frau mehr.«

Dominik verzog das Gesicht. »Dann haben Sie niemanden, der Sie erwartet?« Ein betrübter Ausdruck überzog Grüners Gesicht, als würde er tiefen Schmerz empfinden. Dominik verdrehte innerlich die Augen. Der Mann lieferte eine bühnenreife Vorstellung ab – vielleicht war er ja tatsächlich Schauspieler.

»Das stimmt. Ich bin allein, alter Knabe. Gestern bin ich hier in der Stadt angekommen, und ich kenne keine Menschenseele.« Er setzte ein klägliches Lächeln auf.

»Ich bin sicher, Sie werden bald Anschluss finden«, sagte Dominik mit voller Überzeugung, schließlich besaß Grüner ein ungezwungenes Auftreten und reichlich oberflächlichen Charme, um die Leute zu beeindrucken.

Der preußische Adlige nickte und zündete sich eine Zigarette an. »Bis morgen dann.«

Dominik ging weiter in Richtung Straßenbahnhaltestelle. Plötzlich hörte er hinter sich einen ärgerlichen Aufschrei. Er drehte sich um und sah, dass Grüner seinen Schuh abrieb. »Was ist passiert? Alles in Ordnung?«

»Ich habe Asche auf meinen Schuh fallen lassen. Ich habe sie gerade neu!«

Dominik seufzte. Er sah den anderen Arzt auf dem Baumstamm sitzen und sich den teuer aussehenden unpraktischen Schuh polieren. Die Dämmerung schritt voran, gleich würde der Parkplatz im Dunkeln liegen. Außerhalb des Krankenhauses, ohne den lässig flatternden Arztkittel, schien der neue Arzt plötzlich viel weniger Raum einzunehmen. Dominik stellte nun fest, dass seine Hose viel zu locker saß. Der Bund bauschte sich am Bauch wie eine zusammengeknüllte Papiertüte, und offenbar hatte er den Gürtel kürzlich drei Loch enger schnallen müssen, damit er hielt, denn man sah noch, welches Loch er zuvor genutzt hatte. Er musste erheblich an Gewicht verloren haben.

An dieser Stelle beging Dominik den Fehler, sich auszumalen, wie der Abend des neuen Kollegen wohl verlaufen würde: wie er in eine kalte, leere Wohnung zurückkehren würde, vermutlich nichts essen und an die Wand starren würde, bis es Zeit wäre, das Licht auszuschalten. Er schloss die Augen und bereute schon, was er gleich sagen würde: »Wenn Sie den Abend sowieso allein zu Hause verbringen, könnten Sie ebenso gut zu mir zum Abendessen kommen. Wie gesagt – zu *Kamińskis* kann ich Sie nicht begleiten, weil ich für meine Tochter kochen muss. Wir werden ziemlich langweilige Kost essen, vermutlich Würstchen und Kohl. Aber das ist immer noch besser, als Sie Ihrem Hunger zu überlassen!«

Grüners Miene hellte sich auf, und er erhob sich rasch von dem Baumstamm. »Meinen Sie das ernst?«

Dominik knirschte mit den Zähnen. Eigentlich stand er nicht wirklich hinter der Einladung, aber er fand ein paar freundliche

Worte: »Als Chirurg nützen Sie mir auch nichts, wenn Ihnen die Kraft fehlt, ein Skalpell zu führen.«

»Ja, dann komme ich gern.« Grüner strahlte und schritt fröhlich in die falsche Richtung los – er wusste offensichtlich nicht, wo die Straßenbahnhaltestelle war.

»Gut. Aber es geht in die andere Richtung«, sagte Dominik.

»Warum nennen Sie mich nicht einfach Johnny?«, fragte der Arzt ihn auf dem Weg. »Alle nennen mich so.«

Die kleinlaute, zerknautschte Gestalt, die auf dem Baumstamm gesessen hatte, war verschwunden und hatte dem großtuerischen Maulhelden vom Vormittag Platz gemacht. »Ich wette, Sie werden mich eines Tages Johnny nennen.«

»Das bezweifle ich doch sehr«, entgegnete Dominik mit einem verächtlichen Schnauben. Er bereute schon, dass er die Einladung ausgesprochen hatte. Er hatte sich von dem mitleiderregenden Bild des abgemagerten Mannes, der einsam auf dem Baumstamm saß, täuschen lassen. Nun würde er einen ganzen Abend mit diesem Menschen aushalten müssen. Die Straßenbahn kam heran. »Da ist die Linie 5«, sagte Dominik. »Falls Sie immer noch zu uns zum Abendessen kommen möchten ...«

»Aber natürlich!«, erwiderte Grüner. Er sprang in die Bahn, begrüßte den Fahrer überschwänglich, als wären sie alte Freunde, und strahlte die anderen Passagiere an. Dann suchte er einen freien Platz und signalisierte Dominik, sich zu ihm zu setzen, indem er auf die Bank neben sich klopfte. Dominik seufzte und setzte sich. Die Straßenbahn fuhr los und rumpelte über die kopfsteingepflasterten Straßen, vorbei an baufälligen Mietshäusern und heruntergekommenen Gebäuden, in Richtung Altstadt.

»Ich möchte mich noch wegen heute Vormittag entschuldigen«, sagte Grüner. »Ich lasse keineswegs immer die Schwestern meinen Schriftkram erledigen.«

»Was Sie nicht sagen«, erwiderte Dominik und richtete seinen Blick durch das gegenüberliegende Fenster.

»Es stimmt aber. Manchmal hole ich mir dafür auch einen Assistenzarzt. Oder den Pförtner.«

Dominik spürte, wie sich einer seiner Mundwinkel hob – was sollte das werden? Etwa ein Grinsen? Er war entsetzt über sich selbst. Er zwang den Mundwinkel wieder in seine ernste Ausgangsposition zurück.

»Sie haben also eine Tochter? Erzählen Sie mir von ihr«, sagte Dr. Grüner.

»Sie heißt Marie. Sie möchte Arzt werden«, erwiderte Dominik mit einem spöttischen Schnauben. Dann ärgerte er sich, dass ihm diese Information herausgerutscht war; das war gedankenlos gewesen. Eigentlich wollte er mit niemandem über Marie sprechen.

Grüner lachte. »Eine absurde Vorstellung. Frauen haben Gefühle und sind dem Druck nicht gewachsen. Es ist unpassend und unanständig, wenn eine Frau einen Männerberuf ausübt.«

»Da stimme ich Ihnen zu«, erwiderte Dominik. Die Straßenbahn bog um eine Kurve und rollte durch ein Stück unbebautes Land, das zwischen dem Krankenhaus und der Altstadt lag. »Obwohl Marie Curie natürlich eine Frau ist.«

Grüner sah ihn an. »Ihr Nobelpreis war gänzlich Pierre zu verdanken, ihrem Ehemann«, erwiderte er. »Er war der Puppenspieler und sie seine Marionette.«

»Richtig. Allerdings wurden die meisten ihrer Entdeckungen erst nach Pierres Tod gemacht.«

»Das ist doch gar nicht der Punkt«, meinte Grüner. »Frauen sind nicht in der Lage, Verknüpfungen zu bilden. Sie haben kleinere Gehirne. Sie sind nicht so kräftig.«

Dominik runzelte die Stirn. »Sicher. Obwohl die fehlende Kraft meiner Tochter beim Kohleschaufeln natürlich nicht gleichbedeutend ist mit mangelnder Geschicklichkeit am Skalpell.«

Er war sich der absurden Situation bewusst. Er führte gerade dieselben Argumente ins Feld, die seine Tochter zuvor ihm gegenüber gebraucht hatte. »Es wäre doch eine Beleidigung für alle Beteiligten, wenn man die Tüchtigkeit eines Menschen in der Arbeitswelt nur an seinen Körperkräften bemessen würde.«

»Wie wahr. Zumal die Menschen, die körperlich arbeiten müssen, um ihren Lebensunterhalt zu verdienen, alle vor der Zeit altern«, erwiderte Grüner. »Der Trick besteht darin, sein Hirn einzusetzen, um Geld zu verdienen. Aber genau das ist mein Punkt. Ihre Tochter hat dieses Hirn nicht. Ich bin noch keiner Frau begegnet, die so intelligent gewesen wäre wie wir Männer. Frauen sind auch nachgiebiger.«

Dominik schmerzten diese Aussagen. Im Großen und Ganzen stimmte er ihnen zwar zu, natürlich tat er das. Aber dieser Mann war Marie noch nie begegnet. Die Straßenbahn hielt an. Dominik hörte seine eigene Stimme auf unangenehme Weise lauter werden, aber nun war er in Fahrt geraten. »Vielleicht ist Nachgiebigkeit manchmal auch eine gute Sache«, sagte er und sah über Grüners Lachen hinweg. »Manche würden sagen, die Medizin ist die perfekte Verbindung von männlichem und weiblichem Gehirn.« Am liebsten hätte er sich für diese verrückte Äußerung geohrfeigt, denn er war sich durchaus bewusst, wie unausgegoren seine Argumentation klang. »Die Verbindung der analytischen Fähigkeiten des männlichen Gehirns mit der Menschlichkeit des Weiblichen. Um Krankheiten zu heilen, muss man beides können – attackieren und nähren. Der Dichter Coleridge hat einmal gesagt, ein großer Geist müsse androgyn sein.«

»Coleridge. Es heißt, er habe Gonorrhö gehabt, ziemlich heftig sogar.« Grüner zündete sich eine Zigarette an, inhalierte den

Rauch und schnippte die Asche aus dem Fenster der Straßenbahn. »Frauen können keine Männerarbeit verrichten.«

»In den abgelegenen Bergdörfern Albaniens gibt es häufig Frauen, die als Männer leben«, erzählte Dominik, »aus wirtschaftlichen Gründen. Wenn eine Familie nur mit Töchtern geschlagen ist, kann eine von ihnen bei den Dorfältesten vorstellig werden und bitten, dass sie fortan als Mann leben darf. Weil Töchter dort kein Land erben können, nimmt sie das männliche Geschlecht an und führt dann den Hof der Familie. Einzige Bedingung ist, dass sie niemals heiraten darf.« Er räusperte sich verlegen, weil ihm bewusst wurde, dass er wie ein Anthropologe klang.

»Ja, genau«, erwiderte Grüner und grinste. »Diese Albanier!«, schnaubte er dann. »Das ist doch unanständig!«

»Aber was, wenn eine Frau einen Durchbruch erzielen könnte, auf den wir alle gewartet haben? Wenn sie zum Beispiel die Fähigkeit besäße, Polio zu heilen – oder Krebs. Wäre es dann nicht ein Gewinn für alle?«

Grüner schaute ihn nachdenklich an, »Wenn sie das kann, dann kann es mit Sicherheit auch ein Mann.«

Dem konnte Dominik nicht widersprechen. »Die nächste Haltestelle ist unsere«, sagte er.

8

SIEBEN SÄTZE
GEGEN GÖRING

»Marie, bist du da?«, rief Dominik beim Betreten des Hauses unsicher. Er hatte noch nie einen Kollegen zum Abendessen eingeladen – eigentlich überhaupt noch niemanden. Womöglich würde Marie vor Schreck aufschreien, wenn sie plötzlich einen fremden Menschen im Haus sah, schließlich war sie nicht daran gewöhnt.

Seine Tochter kam die Treppe herunter, sie trug noch ihre Schuluniform. Verwundert schaute sie den Mann an, der hinter Dominik im Türrahmen stand.

»Das ist Doktor Grüner«, stellte Dominik ihn vor.

»Sie können mich ruhig Johnny nennen.«

»Johnny.« Sie hob eine Augenbraue und warf Dominik einen fragenden Blick zu.

»Er wird zum Abendessen bleiben, Marie. Aber ich kann auch gern mit ihm in ein Restaurant gehen, wenn es dir unangenehm ist.«

Marie lachte und wandte sich an den jungen Arzt. »Möchten Sie etwas trinken, Johnny?«

»Gern ein Wasser.«

Sie nickte, ging in die Küche und kehrte mit einem Glas Wasser wieder. Dominique schnaubte leise über die ungezwungene Gastfreundschaft, die sie gegenüber diesem Besucher zeigte, den er nur aus Mitleid eingeladen hatte.

Grüner schaute auf die Zeitung, die auf dem Tisch lag. »Gegen ihn habe ich mal Tennis gespielt«, sagte er und deutete auf den rundlichen Mann, der auf der Titelseite abgebildet war.

Dominik betrachtete das Bild. »Gegen wen? Hermann Göring?« Grüner nickte eifrig.

Dominik schloss die Augen. Nicht genug, dass er einen Aristokraten eingeladen hatte – der Mann war auch noch Nazi!

»Wir hatten ein kleines Turnier auf dem Landgut meines Vaters«, erklärte Grüner. »Herr Göring war auch da.«

Dominik stellte sich die Szenerie vor: Cocktails auf dem frischgemähten Rasen, Landjunker, die die Bedienungen herumscheuchten, Opium und Hakenkreuze.

»Wer hat gewonnen?«, fragte Marie.

»Göring«, erwiderte seufzend. »Für einen so beleibten Mann war er überraschend agil. Aber ich habe ihn ganz schön ins Schwitzen gebracht – er hat mich erst im siebten Satz im Tiebreak bezwungen!«

Marie lachte und wirkte kein bisschen schockiert. Tatsächlich schien sie sich gut zu amüsieren. Ehe Grüner jedoch die nächste Anekdote erzählen konnte – womöglich, wie er Hitlers Hund spazieren geführt oder mit Eva Braun geflirtet hatte –, führte Dominik ihn rasch ins Wohnzimmer, bot ihm einen Sessel an und bat Marie, ihm in der Küche zu helfen.

»Ich hatte eine wunderbare Kinderfrau«, verkündete Grüner und schob sich eine weitere halbmondförmige Pirogge in den Mund. Er war schon bei seinem zweiten Teller Piroggen – den ersten hatte er innerhalb einer Minute geleert. Dominik hatte ihm etwas irritiert einen Nachschlag angeboten, den er begeistert akzeptierte. »Sie hieß Dorota. Sie hatte einen riesigen Busen.«

Marie musste lachen. Dominik verdrehte die Augen.

»Sie hat mich immer an diese herrlichen Berge gedrückt und in den Schlaf geschaukelt. Meinen Vater habe ich nie zu sehen bekommen – auch meine Mutter nicht.« Plötzlich überzog ein Hauch von Traurigkeit sein Gesicht, dann lächelte er wieder. »Aber Dorota hat mich großgezogen. Sie konnte so wunderbar kochen – genau wie das Essen hier. Wie bekommen Sie bloß den Teig so herrlich dünn hin? Dominik, Sie sind ein Genie!«

»Man muss das Mehl mit heißem Wasser anrühren statt mit kaltem, um den Teig zu machen«, erklärte Dominik. Grüner blickte ihn überrascht und interessiert an. Er schien darauf zu warten, dass Dominik fortfuhr. Dominik rückte sich die Brille auf der Nase zurecht. »Das ist bloß einfache Chemie«, sagte er mit einem Schulterzucken. »Die Wärme macht den Teig geschmeidiger, dann lässt er sich dünner ausrollen –«

»Sie haben viel mehr angewendet als bloß einfache Chemie«, unterbrach ihn Grüner strahlend. »Das war schon eher Alchemie! Diese Piroggen haben einen goldbraunen Farbton. Sie sind nicht so fade und schwer wie andere. Was haben Sie noch gemacht?«

»Ich habe sie am Schluss in der Pfanne mit ein bisschen Butter leicht angebraten«, erwiderte Dominik eifrig und bedauerte seine Antwort sogleich, denn kaum hatte er sie ausgesprochen, kam es ihm so vor, als hätte er eine Banalität verraten, die gar nicht so wundersam war. Er sollte besser nicht so viel reden.

»Sie schmecken wie kleine Päckchen, frisch vom Himmel gefallen«, rief Grüner aus. »Kleine Wunderkissen! Sind Sie etwa mal meiner Dorota begegnet?«

»Was hat sie denn noch gekocht?«, fragte Marie. »Ich wette,

Papa kann es auch zubereiten!« Dominik warf ihr einen warnenden Blick zu, sie solle lieber den Mund halten.

Grüner schnappte nach Luft »Können Sie etwa auch Reibekuchen machen?«

»Aber natürlich«, erwiderte Dominik mit einem Nicken.

»Dorota kam ursprünglich aus ... aus ... Der Name des Ortes fällt mir gerade nicht ein.«

»Der Küche nach zu urteilen, die Sie da beschreiben, stammte sie aus dem Osten des Landes.«

»Ja, da kam sie tatsächlich her! Was ist mit diesem Gebäck«, Grüner überlegte, »wie eine Schnecke gerollt, mit Hefeteig und diesen schwarzen Samen?«

»Mohnkuchen«, sagte Dominik rasch und rief sich dann selbst zur Ordnung.

»Ja, genau!« Grüner lachte.

»Den kann Papa auch backen«, sagte Marie. »Sie müssen einfach jeden Mittwoch kommen. Dann kann Papa mittwochs immer ein Gericht aus Ihrer Kindheit kochen!« Grüners Gesicht leuchtete auf. Er sah so glücklich aus wie ein Junge am letzten Schultag vor den Ferien.

Dominik sah seine Tochter noch einmal warnend an. »Nein, Marie«, sagte er kopfschüttelnd. »Wir können nicht einfach so über Doktor Grüners Freizeit verfügen.«

»Nein, natürlich nicht. Entschuldige, Johnny«, sagte Marie.

»Ich finde, das klingt nach einem sehr guten Plan«, erwiderte Grüner. »Aber natürlich nur, wenn dein Vater einverstanden ist. Schließlich hat er die ganze Arbeit mit dem Kochen – und das wird ihm bestimmt zu viel.«

»Ganz und gar nicht«, sagte Dominik. »Ich muss ohnehin für Marie und mich das Abendessen zubereiten.« Er konnte selbst kaum glauben, was er da sagte.

»Dann ist ja alles abgemacht!«, meinte Marie fröhlich.

Dominik graute jetzt schon vor den nächsten Wochen. Nach dem Nachtisch und einer Tasse Tee begleitete er Grüner zur Tür. »Tut mir leid, wenn der Abend eher langweilig war – verglichen mit einem Besuch im *Kamiński*s. Obwohl es wahrscheinlich immer noch besser war, als allein und hungrig zu Hause zu sitzen und Löcher in die Wand zu starren.« Er schob mit dem Fuß einen kleinen Stein auf dem Treppenabsatz beiseite und warf dann einen prüfenden Blick auf Grüners Miene.

»Ja, der Abend verlief natürlich etwas anders«, erwiderte der junge Arzt. Er trat nach draußen unter das Vordach. Die kühle Nachtluft ließ Dominik frösteln, und er verschränkte die Arme vor der Brust.

Grüner zog sein Zigarettenetui aus der Tasche und deutete damit auf Dominik. »Ich kenne Ihr Geheimnis! Ich bin Ihnen auf die Schliche gekommen!«, sagte er dann mit einem breiten Grinsen.

Dominik schluckte schwer und schaute ihn erschrocken an. Grüner schob sich die Zigarette in den Mundwinkel, schüttelte das Streichholz aus und sog den Rauch ein, dann blies er ein paar Kringel in die Luft.

»Sie nörgeln gern rum und setzen ein strenges Gesicht auf«, sagte er schließlich. »Aber wissen Sie, was ich glaube?«

»Vermutlich werde ich es gleich erfahren«, entgegnete Dominik leicht gereizt.

»Ich glaube, Sie sind gar nicht so schlecht gelaunt und böse, wie Sie tun. Ich glaube, unter dieser harten Schale verbirgt sich ein weicher Kern. Sie haben ein gutes Herz!«

»Da täuschen Sie sich«, erwiderte Dominik brüsk.

»Meinen Sie wirklich?« Grüner lächelte breit. Er blies noch mehr Zigarettenrauch aus dem Mundwinkel, von Dominik weg in die andere Richtung. »Dann darf ich also nächste Woche wiederkommen?«

Dominik schnaubte. »Von mir aus können Sie ruhig jeden Mittwoch kommen. Ehe Sie allein zu Hause rumsitzen.«

»Und Löcher in die Wand starre, ja. Sehr gut.« Grüner schritt hinaus in die Nacht.

Dominik sah ihm hinterher, doch als er die Straße erreicht hatte, wandte sich Dr. Grüner noch einmal um. »Das hätte ich fast vergessen«, sagte er. »Ihre Tochter.«

Dominik runzelte die Stirn. »Was ist mit ihr?«

»Ich habe mich geirrt – bei unserem Gespräch in der Straßenbahn vorhin. Ich habe irgendwelche Binsenweisheiten darüber von mir gegeben, warum sie kein Arzt werden könne. Das habe ich gesagt, bevor ich sie kannte.«

»Und jetzt, wo Sie sie kennen?«

»Muss ich zugeben, dass ich mich gewaltig getäuscht habe. Sie würde einen ganz hervorragenden Arzt abgeben. Genau wie ihr Vater. Gute Nacht, Domek«, sagte er, die Verkleinerungsform nutzend, mit der man vertraute Menschen ansprach.

In Dominik sträubte sich alles. Er würde niemals jemanden, den er kaum kannte, mit einer solchen Koseform anreden. Er hob die Hand und winkte ihm hinterher. »Gute Nacht, Doktor.«

Grüner nickte und wandte sich wieder um. Er schnippte die Asche in ein Gebüsch und verschwand in der Dunkelheit.

Die Stadtverwaltung hatte angeordnet, dass alle Straßenlaternen gelöscht werden sollten. Irgendjemand hatte sich wohl gedacht, es könnte die Deutschen davon abhalten, in die Stadt einzumarschieren, wenn alles dunkel war.

Als Dominik wieder ins Haus trat, lächelte Marie ihn an. »Papa, du hast mir gar nicht erzählt, dass du jemanden zum Abendessen mitbringen wolltest.«

»Ich hatte Mitleid mit Doktor Grüner. Ich habe ihn nur eingeladen, weil er einsam und allein auf einem Baumstamm herumsaß und nicht wusste, wohin.«

»Wie auch immer, ich bin froh!«

»Worüber?«

»Ich freue mich, dass du einen Freund gefunden hast.«

Er versuchte vergeblich, ihre Miene zu deuten. »Er ist kein Freund – er ist ein armer Kerl, mit dem ich Mitleid habe. Außerdem brauche ich keine neuen Freunde. Ich habe genug«, protestierte Dominik.

»Du hast einen einzigen Freund«, sagte sie mit sanftem Spott, »und der ist fünfundsiebzig. Du hast keine Freunde in deinem Alter. Alle mögen und respektieren dich – aber niemand ist dein Freund. Und warum nicht? Du hast weder schlechten Atem noch ein cholerisches Auftreten. Für meinen Geschmack redest du manchmal ein bisschen viel über die Kirche, aber in der Stadt gibt es mehr als genug Leute, mit denen du dich darüber unterhalten könntest. Du bist jemand, der wirklich viele Freunde haben könnte. Aber trotzdem lehnst du ständig Einladungen ab und gehst nie unter die Leute. Dieser Mann könnte dein Freund werden. Deshalb freue ich mich. Das Leben muss kein Trauerspiel sein. Du könntest dir schon ab und zu ein bisschen Spaß gönnen.«

»Manchmal redest du Unsinn. Darf ich jetzt zu Bett gehen?«, fragte er.

»Geh nur«, sagte Marie mit einem Lächeln, und er stieg die Treppe hinauf.

Es war keineswegs so, dass er sich nicht Freunde gewünscht hätte – er wollte nur nicht, dass jemand Eingang in die ganz privaten Räume seines Hirns und Herzens fand, wo ihm ein Fehler unterlaufen und er zu viel von sich preisgeben könnte. Er wollte verhindern, dass jemand womöglich die Wahrheit über ihn herausfand. Hoffentlich würde er einen Weg finden, um die geplanten Essen an den Mittwochabenden wieder abzusagen. Das würde nicht gutgehen. Er hätte sich dafür ohrfeigen können, dass er so leichtsinnig gewesen war, Grüner zu sich nach Hause einzuladen. Von nun an wollte er ihm lieber aus dem Weg gehen und ausreichend Distanz wahren. Ein Mann wie er durfte ihm auf gar keinen Fall zu nahe kommen und erkennen, wer er war.

9

ICH HATTE MAL EIN PFERD WIE SIE

Jeden Freitag bereitete Dominik zum Abendessen gebackene Forellen zu – ein Gericht, das die Kirche an diesem Wochentag erlaubte und außerdem Maries Lieblingsessen war. An diesem Freitag war er gerade dabei, Kohl und Zwiebeln in der Pfanne anzubraten, als es an der Tür klingelte. Piotr Strawiński, einer seiner Patienten, stand mit durchnässtem Mantel auf der Vortreppe. Da es in der Familie Strawiński eine familiäre Veranlagung für Krebs gab, vermutete Dominik, dass er gekommen war, um ihm über Blut im Stuhl oder irgendein anderes medizinisches Detail zu berichten, das nicht mehr bis zum Montag warten konnte.

»Guten Abend, Doktor Karski. Ich hoffe, ich störe nicht.« Er deutete schmunzelnd auf die Küchenschürze, die Dominik über seinem hellen Anzug trug.

»Kommen Sie doch rein, Herr Strawiński. Womit habe ich die Ehre verdient?«, sagte Dominik, obwohl er genau wusste, dass gleich sein medizinischer Rat gefragt sein würde.

»Die Ehre ist ganz meinerseits. Als ich hörte, dass Ihr Nachwuchs im Herbstsemester mit dem Medizinstudium an unserer kleinen Fakultät beginnen will, wollte ich selbst mal vorbeischauen. Meine Bürokraft Hanna hat es mir erzählt.«

Nun endlich wurde Dominik der Zusammenhang klar. Bisher hatte er Strawiński vor allem als möglichen Träger von Darmtumoren gekannt, aber natürlich war er in der Zulassungsstelle der Krakauer Universität für die Neuaufnahmen der Studenten zuständig. »Sie stören überhaupt nicht. Bitte setzen Sie sich doch.« Strawiński ließ sich auf dem Stuhl am Esstisch nieder, der sonst Dominik vorbehalten war. »Möchten Sie vielleicht zum Abendessen bleiben? Haben Sie schon gegessen?«

»Mit Vergnügen. Es duftet ganz wunderbar. Verzeihen Sie, Doktor Karski, aber ich habe gar nicht gewusst, dass Sie überhaupt Kinder haben. Ich hielt Sie immer für einen eingefleischten Junggesellen.«

»Es sei Ihnen verziehen. Sie können ja nicht jeden in dieser Stadt genau kennen.«

»Wie auch immer – jedenfalls ist es mir eine Ehre. Sie als einer unserer herausragenden Absolventen – und der intelligenteste Mann der Stadt! Da ist uns Ihr Nachwuchs natürlich jederzeit herzlich willkommen!«

»Darf ich Ihnen etwas zu trinken anbieten?«

»Unbedingt! Wenn Sie haben, gern einen Wodka. Bier tut es aber auch.«

Dominik holte aus dem Buffetschrank die kleine Flasche Wodka, die er extra für solche Gelegenheiten vorhielt, wenn es darum ging, gesellschaftliche Gewandtheit zu demonstrieren und das Gespräch aufzulockern. Er selbst trank nicht, was für einen Polen geradezu skandalös war; einige seiner Kollegen hatten schon zum Frühstück das erste Gläschen Wodka intus. Doch er zeigte seine Abstinenz nicht offen, aus Angst, man könnte ihn womöglich für geisteskrank halten. Wenn man ihn auf das Thema ansprach, stellte er sich regelmäßig als den durchschnittlichen Eine-Flasche-die-Woche-Trinker dar. Er goss Strawiński und sich jeweils ein Glas ein. Er würde daran nippen, um nicht ungesellig zu erscheinen. Mehr trank er nie, nicht etwa, weil er den Geschmack nicht mochte, sondern weil der Kontrollverlust, den das Trinken mit sich brachte – wie gering auch immer, und sei es nur eine gelockerte Zunge oder ein unkontrollierter Blick – in seiner Situation ein zu hohes Risiko darstellte.

Die Haustür ging auf, und Marie trat ein. »Guten Abend, Papa. Oh, guten Abend, mein Herr«, begrüßte sie dann mit einem höflichen Nicken den Mann, der auf dem Stuhl ihres Vaters saß.

Strawiński sprang auf und strich sich eine Haarsträhne aus dem Gesicht. »Guten Abend, Mademoiselle«, sagte er, während er sein Jackett zurechtzog. Seine Stimme klang belegt – das passierte den Männern öfter, wenn Marie einen Raum betrat.

»Herr Strawiński, das ist meine Tochter Marie.«

Strawiński verschlang sie mit den Augen. »Sie sind eine Schönheit, junge Frau. Ich hatte mal ein Pferd wie Sie. Ich weiß, das klingt komisch, aber das hatte ich wirklich. Ein prachtvolles Geschöpf. Eine Fuchsstute mit honigfarbenem Fell. Magda hieß sie.« Er sprach mit gedämpfter, ehrfürchtiger Stimme und starrte dann einen Moment wie abwesend ins Leere.

Marie presste die Zähne zu einem gequälten Lächeln zusammen und blickte Dominik an.

»Herr Strawiński arbeitet an der Universität«, erläuterte er und nannte den Namen der Institution, die er selbst besucht hatte. Vor einigen Tagen hatte er dort angerufen. »Herr Strawiński leitet die Zulassungsstelle.«

»Oh«, sagte Marie. Sie lächelte freundlich und ließ die Schultern sinken, die sie vorher verkrampft hochgezogen hatte. »Kann ich Ihnen etwas zu trinken anbieten? Bleiben Sie zum Abendessen?«

Strawiński lachte. »Ich hatte schon ein Gläschen, aber ich

nehme gern noch eins. Und Ihr Vater hat mich bereits zum Essen eingeladen, danke. Sehr gastfreundlich! Was kochen Sie denn da Schönes?«, fragte er sie.

»Keine Ahnung«, erwiderte Marie. »Riecht wie Forelle.«

Strawiński verzog das Gesicht. »Kümmert sich Ihr Vater immer um das Essen? Wahrscheinlich wäre es auch nicht angebracht, diese hübschen, zarten Hände mit Fett zu beschmieren! Wo haben Sie nur Ihre Schönheit her, Mademoiselle?«

Marie blickte ratlos und ein wenig verlegen zur Seite. »Ich weiß nicht. Wahrscheinlich von meiner Mutter? Jedenfalls nicht von meinem Vater!« Sie sah Dominik hilfesuchend an, doch er reagierte nicht.

Einen Moment herrschte betretenes Schweigen, dann brach Strawiński in schallendes Gelächter aus. »Das stimmt, mein Kind! Nehmen Sie's mir nicht krumm, Doktor Karski, aber da ist was Wahres dran!«

»Nichts für ungut«, erwiderte Dominik und ging die Zwiebeln umrühren.

»Wir Männer brauchen auch gar kein gutes Aussehen, was?«, rief Strawiński. »Das wäre an Ihnen bloß verschwendet – ein Arzt und Genie muss vor allem seriös wirken und nicht wie ein Geck! Niemand will sich von einem Dandy behandeln lassen. Dann würde man ihn nicht mehr ernst nehmen. Kommen Sie, meine Liebe, und setzen Sie sich zu mir«, forderte Strawiński Marie auf, nahm wieder Platz und klopfte auf den Stuhl, der neben seinem stand. Marie nickte und setzte sich.

Dominik beobachtete neugierig und angewidert zugleich das Gebaren des korpulenten Besuchers. Menschliches Balzverhalten wirkte immer ein wenig anstößig, vor allem, wenn man weder der Empfänger der Komplimente war noch derjenige, der sie aussprach, sondern bloß unbeteiligter Zeuge. Dominik sorgte sich um seine Tochter, als sie sich plötzlich innerhalb der Reichweite Strawińskis befand. Konnte sie sich allein gegen diese Lüsternheit zur Wehr setzen? Was wusste sie überhaupt von der Welt? Die letzten Jahre in Maries Leben, die von der amerikanischen Werbung neuerdings als »Teenagerzeit« bezeichnet wurden, hatten ihn verstört und auch ein wenig traurig gemacht. Verschwunden war das kleine Mädchen, und an seine Stelle war ein Wesen mit ganz eigenen Vorstellungen getreten.

»Was für ein Glück, wenn man solche Kinder hat«, verkündete Strawiński. »Aber wo steckt nun Ihr Stammhalter, Doktor Karski? Wo ist das Wunderkind? Ich bin schon gespannt darauf, das junge Genie endlich kennenzulernen!«

»Es sitzt neben Ihnen«, sagte Dominik. In der sich anschließenden Stille hörte man nur das Spritzen des Fettes in der Zwiebelpfanne.

»Ein guter Witz!«, sagte Strawiński schließlich. »Nein, ich meine, wo Ihr Sohn steckt. Der, der Medizin studieren will.«

»Ich habe keinen Sohn. Ich habe nur ein einziges Kind. Eine Tochter.« Dominik deutete auf Marie.

»Ja, aber …« Strawiński verstummte und starrte Dominik mit offenem Mund an, verwirrt und zugleich ein wenig verärgert.

Dominik hüstelte. »Meine Tochter möchte Medizin studieren.«

Marie lächelte den Mann aus der Universitätsverwaltung gewinnend an. Während er vorhin genüsslich seine Augen an ihrem Körper geweidet hatte, schien er nun nicht mehr in der Lage zu sein, sie überhaupt anzusehen.

»Wir alle möchten so manches«, sagte er an Dominik gerichtet. »Das heißt aber noch lange nicht, dass das dann auch passiert.«

»Sie haben doch vorhin gesagt, dass Ihnen mein Nachwuchs jederzeit herzlich willkommen ist!«

»Ja, aber das war auch vorher.« Strawiński gluckste in sich hinein.

»Vor was, mein Herr?«, fragte Marie und schenkte ihm ein süßes Lächeln.

»Nichts, vergessen Sie's«, erwiderte Strawiński, während ein seltsamer Ausdruck sein Gesicht überzog. Seine Miene wirkte gequält, als würde der innere Kampf zwischen Lust und Prinzipien ihn zerreißen. Wäre Dominik ein anderer Mensch gewesen, hätte er wohl gelacht. Doch Lachen lag ihm nicht – es könnte zu viel von ihm enthüllen –, und deshalb behielt er einen gleichmütigen Gesichtsausdruck.

»Dann bin ich Ihnen willkommen?«, fragte Marie nach.

Wieder schaute Strawiński Dominik an, der jedoch nichts sagte. Strawiński wechselte sein Glas von einer Hand in die andere, dann starrte er hinein, als würde die Antwort in der Tiefe liegen. »Ja, selbstverständlich«, erwiderte er schließlich. »Aber natürlich müssen Sie zuerst die Aufnahmeprüfung bestehen.«

Marie verzog das Gesicht. »Die Aufnahmeprüfung?«

Dominik hob den Kopf, das war auch ihm neu.

Strawiński winkte lässig ab. »Bloß ein kurzer Test«, erklärte er. »Um zu prüfen, was Sie wissen. Wenn Sie bestehen, dürfen Sie sich einschreiben.«

»Als ich studiert habe, gab es keine Aufnahmeprüfung«, sagte Dominik.

»Die Dinge haben sich seitdem geändert.« Strawiński zuckte mit den Schultern. »Sie hatten damals auch ein Stipendium – als ehemaliger Soldat.«

Dominik spürte Maries bohrenden Blick. »Ja, das hatte ich«, sagte er.

Strawiński lächelte und leerte sein Glas. »Wie auch immer, ich muss mich jetzt auf den Weg machen.« Er erhob sich.

»Ach, schade, können Sie nicht noch zum Essen bleiben?«
Marie nahm ihm das Glas ab.

»Nein, ich habe noch eine Verabredung. Das hatte ich ganz vergessen«, fügte er rasch hinzu.

»Ich hole Ihren Mantel.« Marie nahm den Mantel vom Garderobenhaken im Flur. Sie hielt ihn Strawiński hin, dieser schob seine Arme hinein und schenkte ihr zum Dank ein knappes Nicken, ohne sie dabei anzusehen. Es war, als würde ihn plötzlich etwas an diesem reizvollen jungen Körper mit dem hübschen Gesicht abstoßen: Der Körper, der zuvor zum gefälligen Verzehr bereitstand, hatte plötzlich eigene Pläne geäußert.

»Wann soll ich denn zur Universität kommen, Herr Strawiński?«, fragte Marie freundlich.

»Wozu?«, fragte er und schaute sie verwundert an.

»Um die Aufnahmeprüfung zu machen?«

»Ach ja«, grummelte er und knöpfte sich den Mantel zu. Strawiński begegnete Dominiks Blick und schien sich ziemlich unbehaglich zu fühlen. Aber Dominik sah ihm in die Augen und nickte auffordernd. Auch Marie lächelte ihn weiter unbeirrt an. Strawiński schaute von einem zum andern – die beiden hatten ihn in die Enge getrieben.

»Am Dienstag«, sagte er schließlich.

»Diesen Dienstag?«, bedrängte Marie ihn hartnäckig.

Er seufzte und erwiderte: »Nein ... Nicht diesen ... Kommende Woche Dienstag.« Dann hastete er zur Tür wie eine Ratte, die das sinkende Schiff verlässt, murmelte einen Abschiedsgruß und verschwand nach draußen in die Dunkelheit.

»Ich wusste gar nicht, dass du im Großen Krieg mitgekämpft hast, Papa«, sagte Marie.

Dominik nickte.

»Darüber würde ich gern mehr erfahren.«

»Da gibt's nichts zu erzählen.« Er holte die Forelle aus dem

Ofen, und der salzige Geruch des heißen Fischs durchzog das Zimmer.

»Was hat meine Mutter gemacht, während du im Krieg warst?«, fragte sie mit ihrer unschuldigsten Stimme.

Dominik rührte die Zwiebeln in der Pfanne. Er hatte sie während des Gesprächs vernachlässigt, und nun erforderten sie dringend Aufmerksamkeit, damit sie nicht anbrannten. »Keine Ahnung, ich war ja nicht da.«

»Wie lang hat meine Geburt gedauert?«, fragte sie wagemutig.

»Warum fragst du solchen Unsinn? Bist du verrückt geworden?«, sagte er. Er hielt den Blick fest auf die Zwiebeln gerichtet.

»Nicht verrückt«, erwiderte sie mit ruhiger Stimme. »Neugierig.«

»Das ist doch lächerlich«, murmelte er. Er ging in die Speisekammer, um frische Butter zu holen, teilte ein kleines Stück ab und legte es in die Zwiebelpfanne, wo es wie auf Kommando zischend auseinanderfloss. Marie sagte nichts und wartete ab. Er verzog das Gesicht. »Wie gesagt, ich war nicht da. Ich habe dich zum ersten Mal gesehen, als du schon ein Jahr alt warst.«

Marie musterte ihn.

»Du hast eine Aufnahmeprüfung vor dir«, sagte Dominik, in der Hoffnung, damit endlich das Thema zu wechseln.

»Ich weiß«, erwiderte Marie. »Ich werde dafür lernen.«

»Gut – dann werden wir sehen, ob du bestehst.«

Die Butter schmolz goldbraun, die Zwiebeln schienen fürs Erste gerettet. Er bat Marie, in den Garten zu gehen und noch etwas Dill für die Forelle abzuschneiden. Sie verdrehte genervt die Augen, beklagte sich, dass er schon mehr als genug Kräuter habe, und rührte sich nicht vom Fleck. Offenbar wollte sie sich noch länger unterhalten, aber Dominik wandte sich wieder dem Herd zu und sagte nichts mehr, während er im Stillen betete, sie möge endlich hinausgehen. Schließlich seufzte sie und verschwand mit einem Öllämpchen und einer Schere in den Garten.

Dominik wartete, bis sie draußen war, dann stieß er den Atem in einem tiefen Seufzer aus. Noch nie hatte sie ihm solche Fragen über ihre Mutter gestellt. Mit jedem Tag schienen ihre Ungeduld und ihre dreiste Neugier zu wachsen. Er wusste nicht, wie lange die Dinge noch so bleiben konnten, wie sie waren. Sie war inzwischen zu alt, zu intelligent, um sich mit der Ungewissheit abzufinden. Das bestätigte ihn nur in der Überzeugung, dass es das Beste wäre, sie zu verheiraten – und das möglichst bald. Wenn man ihn eines Tages enttarnte und die Wahrheit darüber ans Licht käme, was mit Maries Mutter geschehen war, dann wäre seine Tochter wenigstens geborgen in der Sicherheit ihrer neuen Familie. In einem neuen Zuhause bei ihrem Ehemann und dessen Familie könnte sie den Skandal, der unweigerlich folgen würde, vielleicht ohne allzu großen Schaden überstehen.

Das hieß trotzdem nicht, dass Schande und Schmach sie gänzlich verschonen würden. Es war sehr unwahrscheinlich, dass sie völlig ohne Makel aus seiner schändlichen Geschichte davonkommen würde. Doch wenn Marie erst einmal in eine gute Familie eingeheiratet hätte, die in der Stadt hochangesehen war, würden die Leute wenigstens noch mit ihr sprechen, und ihre neue Familie würde sie behüten – und sei es nur, um sich und die eigenen Interessen zu schützen. Und wenn Marie ihnen einen Sohn und Erben schenkte, würden sie sie restlos in den Schoß der Familie aufnehmen, und ihr Geburtsname und jegliche Verbindung, die sie einmal zu Dominik Karski gehabt hatte, wären schnell vergessen.

Die Schwierigkeit würde sein, jemanden aus guter Familie zu finden, der bereit wäre, sie zu heiraten. Die Schönheit seiner Tochter konnte den Autoverkehr zum Stillstand bringen, doch sie besaß auch eine extrem störrische Veranlagung, die sie von ihrer Mutter geerbt hatte. Sie würde sich rundweg weigern, sich von jemandem den Hof machen zu lassen, den sie nicht liebte. Darin würde das eigentliche Problem liegen. Wie sollte er sie überzeugen, bei diesem Brautwerben mitzuspielen – sich zurückzunehmen, zu unterwerfen, sich liebreizend zu zeigen und höflich zuzuhören, auch wenn der Gesprächspartner ein Schwachkopf war? Reiche Männer – und auch deren Söhne – neigten zu Trägheit und Nutzlosigkeit, und Marie würde einen von ihnen um den Finger wickeln müssen. Bisher jedoch ließ sie keinerlei Neigung erkennen, bei diesem Plan mitzumachen. Er würde sie nach Kräften ermuntern und ihr möglichst viele reiche Männer vorsetzen müssen.

10

DIE LÖSLICHKEIT
DER PRODUKTE

Wie geplant erschien Marie am Dienstag der Folgewoche bei der Zulassungsstelle der Universität, um ihre Aufnahmeprüfung abzulegen. Sie setzte ein höfliches, aber bestimmtes Lächeln auf, als sie das Büro betrat, und sagte: »Guten Tag.«

Eine Sekretärin schaute vom Empfangstresen auf. Sie schien nicht besonders beeindruckt von Maries Begrüßung zu sein, sondern wirkte eher verärgert, dass man sie von ihrer Zeitschrift abgelenkt hatte. Die Frau, die laut Namensschild auf dem Schalter Hanna Sadka hieß, betrachtete Marie irritiert durch ihre kleine Brille. »Was möchten Sie?«, fragte sie.

»Ich heiße Karska«, erwiderte Marie. »Herr Piotr Strawiński hat mich hierher eingeladen.«

Die Sekretärin musterte sie einen Moment lang. Sie schob die Brille auf dem Nasenrücken hinab und beäugte Marie darüber hinweg mit einem Ausdruck sichtlicher Verwirrung. Schließlich zuckte sie mit den Schultern und bat Marie zu warten. Sie verließ den Empfangstresen und verschwand durch eine Tür, die sie hinter sich schloss.

Marie sah an ihrer Kleidung hinunter und fragte sich, ob diese der Grund für den skeptischen Blick der Sekretärin war.

Sie hoffte, dass sie korrekt angezogen war und wie ein künftiger Arzt wirkte. Ihr Vater trug immer ein weißes Hemd, eine beigefarbene Hose und darüber seinen weißen Arztkittel, auf dessen Brusttasche sein Name und Titel eingestickt waren. Marie besaß keine Hose und auch keinen weißen Arztkittel. Sie hatte überlegt, sich einen von ihrem Vater auszuleihen, doch das hätte womöglich komisch ausgesehen. Also hatte sie entschieden, sich stattdessen wie eine Ärztin zu kleiden – allerdings wusste sie nicht, was Ärztinnen trugen, denn ein solcher Menschenschlag schien nicht zu existieren. Sie hatte ihr schlichtestes Kostüm ausgewählt, eine petrolgrüne Jacke mit passendem Rock. Den Blusenkragen mit dem gestickten Edelweiß hatte sie unter dem Kragen der Jacke verborgen, weil sie fand, dass die feminine Blumenzier nicht zu einem Arzt passte. Nun wirkte ihre Kleidung so unweiblich, wie es nur möglich war.

Die Sekretärin kehrte mit Strawiński im Gefolge aus dem Nebenzimmer zurück. Er schien verärgert, aber als er Marie sah, hellten sich seine Gesichtszüge schlagartig auf, und er lächelte freundlich. »Guten Morgen, Mademoiselle, kennen wir uns?«, fragte er höflich, wirkte aber etwas verwirrt über ihre Anwesenheit.

Sie rückte ihren Hut zurecht. »Ich bin Marie Karska, Herr Strawiński. Dominik Karskis Tochter.«

Er machte ein langes Gesicht. »Oh. Was möchten Sie denn?«

»Ich bin hier, um die Aufnahmeprüfung abzulegen.« Sie lächelte.

Er musterte sie, dann lächelte er ebenfalls. »Was will ein Püppchen wie Sie denn mit einer Aufnahmeprüfung?«, fragte er in neckendem Tonfall.

Marie wich zurück. Sie sah ihr Spiegelbild im Bürofenster; das Rot des Lippenstifts schimmerte ihr entgegen. Sie kam sich dumm vor. Sie hätte kein Make-up auflegen dürfen. Das hatte sie nur getan, um erwachsener auszusehen, doch es sendete die falschen Signale aus und kündete nicht von männlicher Führungsgewalt, sondern weiblicher Unterwerfung. Sie hatte sich solche Mühe gegeben, die gestickte Blume auf ihrer Bluse zu verbergen – und nun pries sie ihre Weiblichkeit marktschreierisch mit roten Lippen an.

»Wie wäre es, wenn wir die ganze Sache einfach vergessen?«, schlug Strawiński vor. »Das würden Sie doch am liebsten, oder? Sie sehen ganz nervös aus. Ich weiß doch, dass Sie diese Prüfung gar nicht machen wollen. Ich verspreche Ihnen auch, dass ich Ihrem Vater nichts davon erzählen werde.« Er legte einen Finger auf die Lippen: *unser kleines Geheimnis.*

Maries Mut sank. »Aber ich *will* die Prüfung machen. Ich gebe ja zu, dass ich nervös bin. Aber ich habe gelernt. Ich habe mich vorbereitet.«

Er neigte den Kopf und sprach, als würde er ein Kind trösten: »Die Universität ist eine gewichtige, ernsthafte Einrichtung. Es wird Ihnen hier nicht gefallen. Sie könnten mit Ihrer Zeit Besseres anfangen.« Er lachte. »Ich sage das nur, um Ihnen zu helfen.« Er kam hinter dem Eingangstresen hervor und drückte ihre Schulter.

Marie bemühte sich, bei der Berührung nicht zusammenzuzucken. »Ich verspreche Ihnen, dass ich mich anstrengen werde«, sagte sie.

Er schüttelte verärgert den Kopf. Dann sah er auf seine Uhr und schlug einen anderen Kurs ein, indem er von einem beruhigenden in einen gereizten Tonfall wechselte. »Sie verschwenden meine Zeit.«

Marie wäre am liebsten davongelaufen. Sie presste die Zähne aufeinander und atmete langsam aus. »Nicht mein Vater hat mich geschickt. Ich bin aus eigenem Antrieb hier. Sie haben doch gesagt, dass eine Aufnahmeprüfung abzulegen ist. Lassen Sie mich die Prüfung machen, und ich falle Ihnen nicht länger auf die Nerven.«

Die Sekretärin, die sich um einige Papiere auf ihrem Schreibtisch gekümmert hatte, warf ihrem Vorgesetzten einen Seitenblick zu.

Strawiński holte tief Luft. »Gut, die Aufnahmeprüfung. Ja. Bitte setzen Sie sich.« Er verschwand wieder hinter der Tür. Marie nahm auf einem Stuhl am Fenster Platz. Sie wünschte, sie hätte ihre Vorbereitungsnotizen mitgebracht, dann hätte sie noch einmal hineinschauen können.

Es dauerte über eine halbe Stunde, bis Strawiński wiederkam, so lange, dass Marie die Sekretärin schon gebeten hatte, einmal nachzuschauen, ob er vielleicht unpässlich geworden sei. Doch schließlich begleitete er Marie durch die Tür in einen Gang und sagte, sie könne nun die Prüfung ablegen. Er führte sie in ein kleines Büro, das anscheinend normalerweise von jemandem genutzt wurde, der aber an diesem Tag nicht da war. Sie setzte sich an den Schreibtisch. Am Fenster stand eine Pflanze in einem Messingtopf, deren Blätter mit schwarzen Flecken überzogen waren. Marie hob die Augenbrauen. Warum saß sie nicht in einem Saal, so wie in ihrer Klosterschule, wenn die Abschlussprüfungen stattfanden?

»Bin ich die Einzige, die diese Prüfung ablegt?«, fragte sie.

Strawiński wischte sich mit einem Taschentuch den Schweiß von der Stirn. »Ja, natürlich«, erwiderte er. »Die anderen kommen an anderen Tagen.«

»Ach so«, sagte Marie entschuldigend, obwohl sie misstrauisch geworden war. Sie zwang sich jedoch, ihn nicht weiter auszufragen, damit er es sich nicht noch anders überlegte und sie womöglich der Universität verwies.

Er legte ein Heft vor sie und gab ihr einen Stift. Marie starrte auf die erste Seite und kniff die Augen zusammen, als könnte sie, wenn sie nur fest genug hinstarrte, sehen, was darunter lag.

»Jemand hat das Deckblatt abgetrennt«, sagte sie und deutete auf die gezackte Papierkante an der Bindung des Heftes.

Er öffnete den Mund, um etwas zu sagen, schien es sich dann aber anders zu überlegen und winkte lässig ab. »Machen Sie sich darüber mal keine Sorgen.« Er klang verärgert. »So ist das hier üblich.«

Während sie den Stift nahm, öffnete er die Tür und wollte gehen. »Warten Sie!«, rief Marie. »Wie viel Zeit habe ich denn?«

»Ach so.« Er blickte auf die Uhr und zuckte mit den Schultern. »Bis halb eins?«

Marie nickte. »Danke.«

Er nickte ebenfalls, verließ das Büro und zog die Tür hinter sich zu.

Marie holte tief Luft und schlug das Heft auf. Sie überflog die Seite und las die erste Frage.

Ihr wurde eiskalt.

Sie hatte sich bei Lolek nach der Aufnahmeprüfung erkundigt, sobald sie erfahren hatte, dass sie eine ablegen sollte. Er studierte an der Universität, deshalb dachte sie, er hätte vielleicht noch Unterlagen, mit denen sie sich vorbereiten konnte.

Lolek erzählte ihr daraufhin, dass er nie eine Aufnahmeprüfung hatte machen müssen. Allerdings studierte er Philosophie, Ethik und Literatur – bei Medizin sei das vielleicht anders. Er befragte seinen Bruder, der vor einigen Jahren auf die Universität gegangen war, erfuhr aber nur, dass auch dieser keine Aufnahmeprüfung hatte ablegen müssen. Marie bekam Panik und befürchtete, dass sie gar kein Material finden würde, um sich vorzubereiten, doch zwei Tage später brachte Lolek ihr einen Stapel Aufnahmetests einer Warschauer Universität, in denen es um Logik und Allgemeinwissen ging. »Ein Intelligenztest«, erklärte er. »Vielleicht werden die so etwas zur Einstufung heranziehen. Ich bin sicher, du wirst das gut machen!«, hatte er mit einem Lächeln hinzugefügt.

Marie hatte einen erleichterten Seufzer ausgestoßen. Nun hatte sie Unterlagen, mit denen sie üben konnte. Sie hatte sich mit Feuereifer in die Vorbereitung gestürzt, so wie sie es eigentlich mit den meisten Dingen tat, hatte die alten Aufnahmetests durchgearbeitet und die Aufgaben so oft gelöst, dass sie sie auswendig kannte. »Finden Sie die Figur, die aus der Reihe tanzt« war eine und »Wie viele Dreiecke sehen Sie?« eine andere. Logikaufgaben und Übungen, die allgemeine Eignungen und Fähigkeiten prüften: Neun Tage lang hatte sie jeden Abend solche Aufgaben geübt. Nur hatten die Fragen, die nun vor ihr lagen, nicht die geringste Ähnlichkeit mit dem, womit sie sich beschäftigt hatte.

1. Welches ist die korrekte Schreibweise für das Löslichkeitsprodukt von Ag_3PO_4?

A. $K_{sp} = [3Ag^+]^3 [PO_4^{3-}]$

B. $K_{sp} = [Ag^+]^3 [PO_4^{3-}]$

C. $K_{sp} = [Ag^+] [PO_4^{3-}]$

D. $K_{sp} = 3[Ag^+]^3 [PO_4^{3-}]$

E. $K_{sp} = [Ag^+] [PO_4^{3-}]^3$

Die Buchstaben und Zahlen tanzten ihr vor den Augen. Die Seite hätte ebenso gut verkehrt herum liegen können, so wenig verstand sie davon. Das war eine naturwissenschaftliche Prüfung – so viel konnte sie erkennen –, die anscheinend Vorkenntnisse in Chemie verlangte. Sie zwang sich, ruhig zu bleiben und nicht gleich in Panik zu verfallen, und blätterte das restliche Heft durch. Die Prüfung umfasste vierzig Fragen, alles Multiple-Choice-Fragen ähnlich der ersten. Nun überkam sie doch Panik. Alle Fragen waren gleich – eine Reihe willkürlich scheinender Buchstaben und Zahlen, die sie nicht entschlüsseln konnte. Das war kein Intelligenztest. Hier musste man über theoretisches Vorwissen verfügen und Formeln auswendig können.

Sie verließ das Büro und ging zu der Sekretärin. »Ich habe den falschen Test bekommen«, sagte sie.

Die Sekretärin schaute von ihrer Zeitschrift auf. »Er ist zum Mittagessen gegangen.«

»Wann kommt er denn wieder?«

»Morgen? Nächste Woche?« Hanna Sadka lachte. »Bei ihm weiß man das nicht so genau!«

Marie blieben die Worte in der Kehle stecken. »Er kommt nicht wieder, wenn die Zeit abgelaufen ist? Was soll ich denn jetzt machen?«

»Geben Sie Ihr Bestes!« Die Sekretärin zuckte mit den Schultern. »Beantworten Sie so viele Fragen, wie Sie schaffen.«

»Das ist unmöglich!«, rief Marie. Am liebsten hätte sie laut geschrien. »Ich habe die theoretischen Kenntnisse gar nicht! Ich werde durchfallen!«

Die Sekretärin blickte sie an, dann schüttelte sie den Kopf. »Hören Sie, es tut mir leid, ja? An dieser Universität gibt es keine Aufnahmeprüfung für Medizin.«

Marie schluckte. »Das verstehe ich nicht«, sagte sie, aber nur aus Höflichkeit, denn plötzlich verstand sie genau, was los war.

Die Sekretärin seufzte. »Er hat den Test von einem Stapel mit Abschlussklausuren genommen – ich habe ihn dabei beobachtet. Er hat Ihnen den Test nur hingelegt, damit Sie Ruhe geben. Medizinstudenten müssen keine Aufnahmeprüfung machen, um zu studieren. Sie werden aufgrund ihrer Abschlussnoten aus der Schule und eines persönlichen Aufnahmegesprächs zugelassen.«

»Was soll ich denn jetzt machen?«, rief Marie entsetzt. »Sollen wir ihn noch mal herholen?«

»Um ihm was zu sagen?«

»Um ihm die Meinung zu sagen. Und ihn damit zu konfrontieren, was er getan hat«, erwiderte Marie. Sie verschränkte empört die Arme.

»Und glauben Sie, dass Sie dann Ihrem Ziel näher kommen?«, meinte die Sekretärin und sah Marie fragend über ihre Brille an.

»Vielleicht kommt er dann zur Einsicht!«

»Oh ja!« Die Sekretärin lachte. »Er ist ein sehr einsichtiger Mann!«

Marie betrachtete das Heft mit den absurden Fragen und unverständlichen Zeichen. »Diese Prüfung sieht aus, als wäre sie für die Studenten im ersten Studienjahr Organische Chemie.«

»Sie ist für das zweite Jahr«, erwiderte die Sekretärin. »Diese Prüfung legen die Studenten nach ihrem zweiten Jahr ab, bevor sie ins Examen gehen. Wenn sie bestehen, gehen sie drei Wochen später als Praktikanten zur IG Farben und raffinieren Erdöl.«

»Und was soll ich nun machen?«, fragte Marie immer verzweifelter.

»Gehen Sie. Weglaufen ist wahrscheinlich die beste Lösung.«

Marie starrte aus dem Fenster und kämpfte gegen die Tränen an. Vom Dach des gegenüberliegenden Gebäudes starrte ihr ein steinerner Wasserspeier entgegen. Er hatte den riesigen Mund zu einem grotesken Grinsen verzogen und schien sie auszulachen. Sie wandte sich wieder zur Sekretärin. »Das will ich nicht.«

»Dann gibt es noch eine andere Möglichkeit.« Die Sekretärin lächelte und hob aufmunternd die Augenbrauen. Sie sah Marie einen Moment schweigend an, ein Blick, der wie eine

Herausforderung wirkte. Marie wartete, dass sie weitersprach. »Sie könnten versuchen, die volle Punktzahl zu erreichen!«, sagte sie. Dann wandte sie sich wieder ihrer Zeitschrift zu und schaute nicht mehr auf.

Marie seufzte. Sie kehrte in das fremde Büro zurück und setzte sich vor das Prüfungsheft.

1. Welches ist die korrekte Schreibweise für das Löslichkeitsprodukt von Ag_3PO_4?

A. $K_{sp} = [3Ag^+]^3 [PO_4^{3-}]$

B. $K_{sp} = [Ag^+]^3 [PO_4^{3-}]$

C. $K_{sp} = [Ag^+] [PO_4^{3-}]$

D. $K_{sp} = 3[Ag^+]^3 [PO_4^{3-}]$

E. $K_{sp} = [Ag^+] [PO_4^{3-}]^3$

Marie durchforstete sämtliche Erinnerungen an die aufgeschlagenen Lehrbücher auf dem Schreibtisch ihres Vaters, jede Reaktionsgleichung, die ihr untergekommen war. Sie sah auf die Uhr. Die Zeiger zeigten elf. Neunzig Minuten blieben ihr noch, bis sie den Test abgeben musste – womöglich, ohne etwas geschrieben zu haben. Am liebsten hätte sie sich gleich aus dem Fenster gestürzt. Wenn sie diese Prüfung nicht bestand, würde ihr Vater sie auch nirgendwo anders studieren lassen.

Sie schaute sich die Frage noch einmal an. Ag_3PO_4. Wofür standen die Buchstaben? Ag war Silber, das kannte sie aus dem Periodensystem. Gut, so viel wusste sie schon mal. Und Ag_3 – das bedeutete drei Silberatome. PO_4 – was war das für eine geheimnisvolle Sache? Ganz und gar nicht geheimnisvoll! Es war Phosphor, P, und Sauerstoff, O – vier Atome, 4 –, die zusammen Phosphat ergaben. Ja. Dann stellte sie sich drei Teilchen Silber und ein Teilchen Phosphat vor. Phosphat war ein Salz der Phosphorsäure, das wusste sie. Unter anderem wichtig für starke, gesunde Knochen. Das hatte ihr Vater ihr einmal erzählt.

Sie versuchte, sich an alles zu erinnern, was er ihr über Chemie beigebracht hatte. *Chemie ist der Transport und die Bewegung von Teilchen*, hatte er gesagt. *Alles ist miteinander verbunden.* Und sein Lieblingssatz war: *Das Periodensystem bildet das gesamte Universum ab. Der ganze Kosmos ist darin enthalten.*

Marie blätterte ans Ende des Prüfungsheftes. Auf der letzten Seite war das Periodensystem abgebildet. Sie schnappte vor Freude nach Luft – das hatte sie zuvor noch gar nicht gesehen. Und dann las sie die erste Frage noch einmal. Gefragt wurde nach der Schreibweise für ein Löslichkeitsprodukt. Löslichkeit – das kannte sie. Damit war gemeint, wie viel Wasser benötigt wurde, um etwas vollständig aufzulösen. Hier wurde danach gefragt, wie man Silber und Phosphat löste. Wie viel wogen drei Silberatome? Das wiederum stand im Periodensystem! Sie betrachtete die verschiedenen Antwortmöglichkeiten. Der Koeffizient, der die Anzahl der Teilchen angab, erschien oberhalb des Buchstabens, ebenso wie eine Ladung. Der Koeffizient wurde dann noch einmal geschrieben, aber aus welchem Grund?

Weil das die Regel war! Aha. Sie kannte diese Regel noch nicht, aber nun lernte sie sie. Konnte sie sich selbst ein Konzept der Chemie beibringen, während sie in einer Prüfung saß? Natürlich nicht. Unmöglich. Doch nun saß sie einmal hier, hatte Papier und Stift zur Verfügung, also wählte sie Antwort B aus. Antwort B sah richtig aus, nach allem, was sie über Löslichkeit und Koeffizienten wusste – und unter Berücksichtigung der Dinge, die sie sich neu angeeignet hatte, während sie über den Prüfungsunterlagen saß.

Während sie sich mithilfe dieser uneleganten Methode, die jedoch ihren Zweck erfüllte, weiter durch den Test arbeitete, fiel ihr etwas auf. Die Multiple-Choice-Antworten zu den Fragen waren alle ähnlich, mit den gleichen Buchstaben und Zahlen; sie wurden lediglich in anderen Kombinationen arrangiert.

Der Autor dieser Prüfung war faul gewesen, als er sich die Aufgaben überlegt hatte – er hatte dieselbe Struktur für jede einzelne Aufgabe verwendet, sodass man durch ein simples Ausschlussverfahren auf die richtige Antwort kommen konnte. Unter vier Antwortmöglichkeiten waren immer zwei, die völlig unpassend waren und die man deshalb rasch aussortieren konnte – dann blieben noch zwei, die in einem winzigen, aber entscheidenden Detail voneinander abwichen. Sie musste nur noch diesen Unterschied herausfinden. Jetzt, wo sie tatsächlich den Inhalt der Fragen verstanden hatte, wurde alles viel einfacher.

Sie schaute auf die Uhr: Es blieben ihr noch eine Stunde und zehn Minuten. Sie hatte geschlagene zwanzig Minuten für die erste Seite gebraucht. Sie würde sich mehr anstrengen müssen. Sie beeilte sich. Einige Fragen verlangten nur einfache Rechnungen, Addition und Subtraktion, obwohl auch dort chemische Zusammensetzungen vorkamen. Hier hatte es sich derjenige, der den Test entworfen hatte, wieder einfach gemacht – und das kam ihr nun zugute. Sie machte rasch weiter.

Als die Zeit abgelaufen war, legte Marie den Stift hin. Sie wartete darauf, dass die Sekretärin kam und das Prüfungsheft einsammelte, aber sie tauchte nicht auf. Marie wartete weitere fünf Minuten; immer noch kam niemand. Sie schlug das Heft wieder auf, um die Zeit zu nutzen und die Antworten noch einmal zu überprüfen. Sie blätterte mehrmals um, entschied, dass alles vollständig war und sie keine weitere Zeit brauchte. Sie marschierte aus dem Büro und überreichte das Testheft der Sekretärin, die an ihrem Schreibtisch sitzen blieb und Akten abstempelte.

»Oh, vielen Dank«, sagte Hanna Sadka. Sie war nicht überrascht und wirkte keineswegs, als hätte sie vergessen, Marie rechtzeitig abzuholen. Es kam Marie eher so vor, als hätte die Sekretärin sie absichtlich so lange über der Prüfung sitzen lassen, wie sie wollte.

»Haben Sie alle Fragen beantwortet?«, erkundigte Hanna Sadka sich und blätterte durch das Heft.

»Das habe ich«, erwiderte Marie und spürte plötzlich das Verlangen, ihr das Heft wieder aus der Hand zu nehmen und die Antworten noch einmal zu überprüfen. Ihr wurde klar, dass sie ohne Weiteres noch eine Stunde in dem Büro hätte sitzen bleiben und ihre Antworten überprüfen, vielleicht ihre Fehler entdecken und verbessern können, ohne dass die Sekretärin sie geholt hätte. Doch dann nahm diese das Testheft und steckte es in einen Umschlag.

»Ich sorge dafür, dass er es bekommt«, sagte sie und nickte beeindruckt. »Alles Gute für Sie!«

Marie verließ das Verwaltungsgebäude. Wie auch immer das Ergebnis ausfallen mochte, nun war es geschafft. Es gab nichts mehr, worüber sie sich noch grämen musste, also ging sie nach Hause. Ihrem Vater erzählte sie nicht, was passiert war – er sollte es nicht erfahren. Es würde ihm nur einen weiteren Grund liefern, Nein zu sagen. *Warum willst du denn unbedingt irgendwo studieren, wo die Leute dich nicht haben wollen?*, würde er fragen.

11

DIE DREIECKSNAHT

Als Marie eine Woche später nach der Schule nach Hause ging, sah sie auf dem Marktplatz zum ersten Mal Menschen mit Gasmasken. Die Zeitungen berichteten, dass Hitlers Armee in die Tschechoslowakei einmarschiert war, in das Land, das sich auf der Karte gleich unterhalb von Polen befand. Die Regierungschefs von Frankreich und Großbritannien hatten ihm das Sudetenland zugestanden, als gehörte es ihnen und sie könnten es verteilen. Sie hatten wohl geglaubt, das würde ihm genügen, aber er bedankte sich, indem er gleich nach der ganzen slawischen Nation griff und sie in Stücke zerlegte. In Krakau machte sich die Angst breit, dass er sich als Nächstes Polen einverleiben könnte.

Während Marie die rissigen Pflastersteine des Marktes überquerte, saßen die Menschen in Flanellanzügen und Arbeitskleidung bei Kaffee und Kuchen vor den Restaurants und trugen diese unheimlichen Kopfbedeckungen. Eine Frau blickte Marie durch die schwarzen Augenringe ihrer Maske an und atmete durch den Rüssel. Der Anblick jagte Marie einen kalten Schauer über den Rücken. Beim Betreten des Hauses musste sie sich zwingen, nicht mehr an das gruselige Bild zu denken. Sie musste sich jetzt mit etwas Belangloserem auseinandersetzen.

»Also, Papa – nächste Woche findet das Tanzvergnügen für gesunde junge Leute statt«, sagte sie, als sie ihren Vater lesend im Wohnzimmer antraf. »Aber ich habe bisher noch keine Tracht entdeckt. Du hast deinen Teil der Abmachung eingehalten und mir erlaubt, ein Studium anzufangen. Jetzt ist es eigentlich an der Zeit, dass ich meinen Teil einlöse und zu deinem Tanzvergnügen mit den potenziellen Ehemännern gehe. Aber leider, leider, werde ich diese Absprache nun wohl doch nicht einhalten können – und das völlig unverschuldet!«

Ihr Vater schaute von seinem Fachbuch auf und betrachtete sie wortlos über den Rand seiner Brille. Das Abendlicht, das durch die Vorhänge ins Zimmer fiel, ließ sein Gesicht blau erscheinen.

»Wenn du dich erinnerst«, fuhr sie fort, »will es der Brauch, dass die Tracht der Frauen von der Familie genäht wird. Da bisher noch keine selbst genähten Kleider aufgetaucht sind, kann ich mich dort wohl nicht sehen lassen. Deshalb muss ich mit dem größten Bedauern die Einladung zu diesem Ereignis absagen und mich stattdessen mit einem guten Buch zurückziehen. Wahrscheinlich war die Tracht doch zu schwer zu nähen. Heute habe ich in meiner Klasse mitgehört, wie sich zwei dumme Gänschen darüber unterhielten, welche Schwierigkeiten ihre Mütter beim Nähen hatten. Sie hätten ach so winzige Stiche setzen müssen! Und die Stickarbeiten seien soooo aufwendig gewesen! Aber mach dir nichts draus, dass du es nicht geschafft hast, die Sachen zu nähen – es konnte ja keiner ahnen, dass es so knifflig sein würde, mich wie ein Mädchen aus den Bergen aussehen zu lassen!«

Ihr Vater stand auf und verließ das Zimmer. Marie grinste zufrieden. Sie ließ sich auf dem Sessel nieder, den er gerade frei gemacht hatte, und las in seinem Fachbuch über Operationstechniken.

»Sei nicht so streng mit dir, Papa!«, rief sie ihm nach. Sie blätterte durch das Buch. Ihr Vater hatte gerade einen Beitrag über chirurgische Nähte gelesen. »Man kann auch kaum erwarten, dass du solche Kleidungsstücke anfertigst, wenn schon zwei Schneiderinnen …«

Sie hielt mitten im Satz inne, als ihr Vater mit einer Frauentracht über dem Arm ins Zimmer zurückkam. »Du musst das bitte noch anprobieren, damit ich es gegebenenfalls abändern kann.«

»Oh!« Marie stand der Mund offen. Sie legte das Fachbuch zur Seite.

»Würdest du das bitte anprobieren?«

In stummer Ehrfurcht betrachtete sie die Tracht. Sie hing flach von einem Bügel herab, deshalb konnte sie Schnitt und Form nicht genau erkennen, aber schon jetzt war deutlich zu erkennen, wie schön sie war. Winzige Stiche säumten die Ärmelbündchen. Der Perkalrock leuchtete in einem tiefen Kirschrot, die Bluse war aus weicher weißer Seide.

»Hast du das genäht?«, fragte sie leise.

Er nickte stolz. »Ich gehe raus, damit du dich umziehen kannst«, sagte er und hängte die Tracht an den Paravent.

Marie entledigte sich ihrer Schuluniform und legte sie auf einen Stuhl. Sie zog die Bluse über ihre Seidenunterhose, dann schlüpfte sie in den Rock und streifte die enge schwarze Samtweste über. Sie trat in die vordere Stube, wo ein großer Spiegel an der Wand hing. Sie stellte sich davor und schnappte verwundert nach Luft.

Sie hätte als Trachtenpuppe durchgehen können. Ein ausladender Rock aus festem roten Perkal blähte sich von ihrer Taille abwärts. Gestickte Baumwollrosen schmückten den schwarzen Rocksaum. Ihr Vater hatte sie im volkstümlichen Stil mit dichten, gefüllten Blättern in Orange und Gelb aufgestickt.

»Und, wird es eine Blamage?«, fragte er, während er den Kopf durch den Türspalt schob.

»Nein«, sagte Marie leise. Das war weniger ein Handarbeitsversuch als vielmehr eine handwerkliche Meisterleistung – Tausende winziger Stiche, die zu einem Gesamtkunstwerk verschmolzen.

»Sind diese Stiche deiner Meinung nach klein genug?«

»Das sind sie, Papa«, erwiderte sie.

Er nickte und deutete auf den Rock. »Und hier? Da habe ich nämlich ganz feines Baumwollgarn verwendet, ziemlich ähnlich unserem 6/0 Katgut-Nahtmaterial.« Er zeigte auf ihren Arm. »Und hier habe ich eine Dreiecksnaht gesetzt, um den Ärmel an der Schulterpartie zu befestigen, ähnlich wie wenn ich eine Aorta nähe.«

»Was ist das?« Sie fuhr mit dem Finger über die kleinen Buchstaben, die in die Bluse gestickt waren: MK.

»Deine Initialen. So will es die Tradition«, erwiderte er. Dann zeigte er noch einmal auf das Kleid. »Wird das so gehen?«

»Das wird es, Papa!«

»Dann gehst du also zu der Tanzveranstaltung?«

Marie nickte. In Anbetracht der wunderschönen, perfekt genähten Tracht blieb ihr keine andere Wahl, als sich an ihren Teil der Abmachung zu halten.

Ihr Vater rückte seine Brille gerade. »Wenn du kurz stillhältst, würde ich gern noch einige Änderungen abstecken, ehe du dich wieder umziehst.«

Marie beobachtete ihn, während er mit ein paar Stecknadeln an dem makellos genähten Kleid Fehler korrigierte, die nur er sah. Mit geschickten Fingern steckte er kleinste Stofffältchen ab, um es an der Taille noch einen Millimeter enger zu machen. Dabei zuckte sein Mund vor angestrengter Konzentration, als wäre er ein Kammerdiener, dessen Leben davon abhing, einer rachsüchtigen Königin das schönste Gewand im ganzen Land zu schaffen.

Als Marie am nächsten Tag über den Marktplatz ging, sah sie Ben Rosen vor einem Café sitzen. Er trug einen grauen Anzug und hatte seine Schultertasche für die Arbeit bei sich. Sie zögerte, als sie ihn sah, und erinnerte sich an die unangenehme Stimmung bei ihrem letzten Gespräch. Sie wollte sich hinter einen Pfeiler ducken, aber er hatte sie schon entdeckt, kam zu ihr und begrüßte sie. Sie nickte ihm flüchtig zu, schwieg jedoch. Sie hatte beschlossen, zwar nicht vor ihm davonzulaufen, aber auch nicht mit ihm zu reden.

Eine Minute verstrich, ohne dass einer von ihnen etwas sagte. Marie kam sich dumm vor, wollte aber auf keinen Fall nachgeben, indem sie als Erste sprach. Bei ihrer letzten Begegnung hatte er sie verletzt, sein schroffer Tonfall hatte sie gekränkt, und sie verstand nicht, weshalb er sich so abweisend verhalten hatte. Schließlich waren sie früher gute Freunde gewesen und fröhlich und ungezwungen miteinander umgegangen. Und als ob das nicht reichte, hatte er so salopp und ungerührt über ihre Mutter gesprochen. Die Glocken der Marienkirche läuteten mit tiefen Schlägen und verkündeten, dass es vier Uhr war. Die Passanten hielten inne und blickten empor.

»Sieh mal!« Ben deutete zum Glockenturm hinauf. Marie hob widerwillig den Kopf und schaute ebenfalls hoch. Ein Trompeter, gekleidet in einen hellbraunen Anzug und Hut, stand oben im Turm und blies in seine Trompete. Ein militärisches Klagelied, bestehend aus fünf Noten, schallte über den Platz – eine traurige Melodie, die besser zu einem Begräbnis gepasst hätte.

»Warum spielen die bloß immer so triste Melodien?«, meinte Ben und schüttelte den Kopf. »Dieser Trompeter ist übrigens ein Freund von mir.«

Marie verdrehte die Augen, denn sie glaubte ihm nicht.

»Es stimmt aber«, sagte Ben. »Er heißt Marcin. Von da oben hat er einen großartigen Ausblick, da sollte man doch denken, dass er etwas Lebhafteres spielen würde – vielleicht eine Mazurka.«

Marie starrte ihn wütend an, in der Hoffnung, er würde mit seinem Gerede aufhören. Plötzlich, mitten in einem Takt, brach der Trompeter sein Spiel ab. Der letzte Ton erstarb in einer Art unterdrücktem Ruf.

»Warum hören sie immer mittendrin auf?«, fragte Ben. »Das ist doch typisch für die Polen, findest du nicht? Wir gehen immer, bevor es richtig zu Ende ist …«

»Das sind keine trostlosen Melodien, im Plural«, fauchte Marie. »Es ist eine einzige traurige Melodie – immer dieselbe, jeden Tag, pünktlich zu jeder vollen Stunde. Sie bricht mittendrin ab zur Erinnerung an den Wächter, der die Stadt im dreizehnten Jahrhundert mit seinem Signal vor den Tartaren warnen wollte und dabei von einem Pfeil in die Kehle getroffen wurde.« Sie verschränkte aufgebracht die Arme.

Ben grinste. »Ich wusste doch, dass ich dich zum Reden bringen kann!«

Marie funkelte ihn wütend an und hätte sich ohrfeigen können, dass sie auf seine Finte hereingefallen war. Sie entschied, dass ein dramatischer Abgang vermutlich die größte Wirkung haben würde, und wollte gerade davonrauschen, als Ben sie am Arm fasste.

»Bitte geh nicht. Ich bin hierhergekommen, weil ich dich gesucht habe. Ich wollte mich entschuldigen«, sagte er. »Und ich weiß doch, dass du manchmal hier langgehst.«

»Ach so?« Sie musterte fragend sein Gesicht. Sie hatte keine Ahnung, woher er das wusste.

»Du hast mir neulich von deiner Mutter erzählt, und ich

habe sehr gedankenlos reagiert. Aber ... dich so wiederzusehen ... das hat mich ein bisschen durcheinandergebracht. Es tut mir sehr leid, dass ich mich so benommen habe. Es muss schrecklich für dich sein, nicht zu wissen, wo deine Mutter ist. Kannst du mir verzeihen?«

Marie sah ihn an und sagte nichts. Er hatte einen flehentlichen Ausdruck im Gesicht, und der sachte Wind fuhr ihm durch die braunen Locken.

»Ach, das hätte ich fast vergessen«, fügte er hinzu. »Das Märchen, das du suchst, das deine Mutter dir vorgelesen hat – darin kommt doch ein Mann vor, der irgendwo raufsteigt?«

»Ja.« Marie wartete, dass er fortfuhr.

»Er steigt auf einen Berg. Aus Glas«, sagte Ben. Marie zog die Luft ein und erinnerte sich plötzlich wieder. »Ja, das stimmt!«

»Genau genommen ist es in dem Märchen kein Mann, der den Berg raufsteigt, sondern ein Junge. Viele Männer wollen diesen gläsernen Berg bezwingen – starke Männer, tapfere Ritter. Alle scheitern. Schließlich versucht es ein Junge aus dem Dorf. Statt Muskelkraft setzt er seinen Verstand ein. Er trickst einen riesigen Falken aus und lässt sich von ihm zum Gipfel fliegen – und hat am Ende Erfolg! Er schafft es, auf den Berg zu kommen.«

Marie hüpfte vor Begeisterung auf der Stelle. »Genau das ist es! Das ist das Märchen! Jetzt erinnere ich mich wieder.« Während Ben erzählte, fügten sich weitere Einzelheiten zu dem undeutlichen Bild ihrer Mutter, das sie im Kopf trug. Sie erinnerte sich, wie sie auf ihrem Schoß gesessen hatte. In der Zimmerecke stand ein Reisigbesen. Und unter ihr war Holzfußboden. »Wie heißt das Märchen?«, fragte sie.

»*Der Glasberg*«, erwiderte er. Und als er den Titel des Märchens nannte, konnte sie plötzlich die Stimme ihrer Mutter wieder hören. Genau diese beiden Worte hatte sie auch zu Marie gesagt. Auf einmal hörte sie den Klang der Stimme wieder, der immer irgendwo in ihr geblieben war. Wenn Marie nun ihre Mutter besuchen wollte, musste sie nur an den Titel des Märchens denken, und sie würde ihr erscheinen – zwar nur mit ihrer Stimme, aber das war besser als nichts. Sie würde diese Worte in den folgenden Wochen wohl an die tausendmal aussprechen. Ein warmes Gefühl der Verzückung durchströmte sie, und sie schaute Ben mit einem strahlenden Lächeln an. Doch seine Miene wirkte gequält.

»Was ist denn?«, fragte sie.

»Du siehst so glücklich aus«, erwiderte er. »Was kann ich noch sagen, um dich zu einem solchen Lächeln zu bringen?«

»Hilf mir, meine Mutter zu finden«, erwiderte Marie.

»Einverstanden.«

Die Luft um sie herum schien leichter zu werden, ein neues, wohliges Gefühl breitete sich in ihr aus.

»Samstagabend gehe ich zu einer Tanzveranstaltung«, sagte Marie schließlich. »Das wird bestimmt schrecklich. Du solltest mitkommen.«

Ben trat nervös von einem Fuß auf den andern. »Oh, wo findet das denn statt?«

»Im Gemeindesaal der Kirche, nicht weit von hier.«

Er lachte. »Eine Veranstaltung der Kirche? Ich glaube, das ist keine gute Idee.«

Sie schaute ihn finster an. »Hast du etwa Angst? Oder kannst du nicht tanzen?«

»Natürlich kann ich tanzen. Ich kann Jitterbug, Charleston – und auch den Lambeth Walk und Lindy Hop.« Er bewegte die Arme vor und zurück und wippte auf der Stelle, als wollte er eine Kostprobe seiner tänzerischen Fähigkeiten geben.

Sie kicherte. »Kannst du auch die polnischen Tänze? Mazurka und Polka?«

»Ich glaube schon«, erwiderte er mit einem verlegenen Grinsen. Er betrachtete sie, seine Augen wanderten über ihr Gesicht.

»Dann musst du mitkommen«, sagte sie. »Wir sind doch jetzt Freunde.«

Er schaute sie unverwandt ein »Bist du sicher?«

Sie fühlte sich von seinem Blick entwaffnet. »Absolut. Ich bestehe darauf, dass du mitgehst.«

»Also gut«, sagte er und schluckte. Sie beschrieb ihm das Wie und Wo der Veranstaltung, und sie verabredeten sich dort um sechs Uhr. »Bis Samstag«, verabschiedete Marie sich und spürte, wie er ihr nachsah, während sie davonging.

12

EIN ABEND IN TRACHT

An jenem Samstagabend suchten dreihundert junge Gemeinde-
mitglieder den Gemeindesaal von St. Peter und Paul in Krakaus
Stadtmitte heim. Es war wahrlich ein bemerkenswerter Anblick.
Beinahe jeder junge Mensch der Stadt hatte sich, gekleidet in
traditionelle Bergbauerntracht, in das Gebäude gedrängt, ein
wogendes Meer aus Walkhosen, Goralenschuhen und roten Röcken.

Marie betrat den Saal zusammen mit Lolek, den Dominik
als eine Art Aufpasser engagiert hatte. Sie waren vom Park beim
Wawel-Schloss herübergelaufen und ein bisschen zu spät gekommen, sodass das Tanzvergnügen bereits in vollem Gange
war. Junge Männer wirbelten junge Mädchen zur Musik einer
Folkloregruppe umher, die ein ausgelassenes Volksmusikstück
nach dem anderen spielte. Einige der jungen Männer schwitzten
schon, hatten sich die Hemdsärmel aufgekrempelt und enthüll-
ten Unterarme und Ellenbogen, mächtig wie Schweinshaxen. Je
größer die Männer in diesem Teil Polens waren, desto kleiner
schienen die Frauen zu werden. Priester und Nonnen patrouil-
lierten im Saal, die Münder starr zu einem einladenden Lächeln
verzogen, während ihre Blicke aufmerksam nach links und
rechts huschten und die Tanzenden im Auge behielten. Kam

sich ein Tanzpaar zu nahe oder glitten Hände zu tief, wurde das mit einem entsprechenden Kommentar unterbunden.

Bei ihrem Eintreffen sah Marie, wie Pater Marek im Eingangsbereich Paweł Skorupski mit einer Gründlichkeit durchsuchte, die selbst die Gestapo beeindruckt hätte. In der linken Socke des jungen Mannes fand der Pater dann auch eine Taschenflasche, deren Inhalt nach selbst gebranntem Kirschwodka aussah. Paweł, ein junger Tunichtgut, der in einer Hütte am Weichselufer hauste, hatte sich einen Namen damit gemacht, diesen Wodka mit achtzigprozentigem Alkoholgehalt literweise zu produzieren. Der Priester warf ihm vor, er habe den Wodka heimlich in den Früchtepunsch kippen wollen, und komplimentierte ihn unter dem Beifall und Gejohle der Menge unsanft wieder nach draußen. Paweł Skorupski hätte sich allerdings gar nicht solche Mühe geben müssen. Obwohl Frau Pacek an der Erfrischungstheke nur alkoholfreien Früchtepunsch servierte, stank es im Saal nach Bier, und die Mundwinkel der jungen Männer waren rot verfärbt vom Kirschwodka, den sie sich schon vor Beginn der Veranstaltung genehmigt hatten. Das fröhliche Rumgehüpfe und die ungestüme Art, mit der sie die jungen Mädchen beim Tanzen umherschleuderten, ließen darauf schließen, dass viele von ihnen schon den Schnapsvorrat einer Woche intus hatten.

Lolek begab sich zur Garderobe, um die Mäntel abzugeben, während Marie in eine Ecke des Saales weiterging und unterwegs die Tanzenden musterte. Noch ehe sie sich einen Sitzplatz gesucht hatte, kam ein junger Mann auf sie zu. »Marie Karska? Ich bin Jozef Kowalski«, stellte er sich vor.

»Ja, ich kenne Sie, Jozef«, erwiderte Marie. Er wohnte in ihrer Nachbarschaft, ein paar Straßen weiter, in einer protzigen Villa mit Giebeln und verschnörkeltem Rokoko-Stuck. Sein Vater unterhielt geschäftliche Beziehungen zur IG Farben, und im Winter fuhr die Familie zum Skilaufen in die Hohe Tatra. Der Sohn besaß ein Coupé, das er vom Vater übernommen hatte und in dem er allabendlich mit seinen Kumpels johlend über den Marktplatz kurvte. Dort belästigten sie Passanten mit Hunden, Cafébesucher oder beliebige andere Menschen, die es wagten, in ihre Richtung zu blicken. Marie vermied es, so gut es ging, sich mit ihm zu unterhalten.

»Können Sie tanzen?«, fragte er.

Marie musste über die Frage lachen. »Das kann ich. Und Sie?«

»Ich denke schon. Dann mal los!« Er ergriff ihre Hand und zog sie Richtung Tanzfläche.

Marie stemmte sich ihm entgegen. »Also bitte!«, sagte sie ärgerlich und entzog ihm die Hand.

»Sie müssen mit mir tanzen! Mein Vater hat das so vereinbart.«

»Davon weiß ich nichts.« Als sie seinen verwirrten Gesichtsausdruck sah, ging ihr auf, dass ihr Vater offenbar an dieser Abmachung beteiligt war. Marie grollte innerlich. »Vielen Dank für Ihr reizendes Angebot, aber ich lehne dankend ab.«

Er ignorierte ihre Äußerung und blickte stattdessen in Richtung der Musikgruppe, die gerade das nächste Stück begann. Sein Haar war mit Pomade zurückfrisiert, wie es der Mode entsprach. Sie konnte den öligen Glanz der blonden Strähnen sehen, während er den Kopf seitlich abgewandt hielt. Über dem ledernen Gürtel seiner Trachtenhose wölbte sich bereits eine kleine Wampe. »Ach, nein«, sagte er dann. »Das ist die Polonaise. Die lass ich lieber aus. Wir warten auf den nächsten Tanz.« Er holte einen Stuhl und bedeutete ihr, sie möge sich setzen.

»Da habe ich ja noch mal Glück gehabt«, meinte Marie. Weil sie keine Szene machen wollte, setzte sie sich hin. Er setzte sich ebenfalls und rückte seinen Stuhl näher zu ihr. Innerlich vor Wut kochend sah sie sich nach dem Ausgang um. So sollte also der Abend ablaufen – sie sollte mit Grobianen tanzen, die ihr Vater vorher für sie ausgesucht hatte? Sie betete inständig, dass Lolek bald auftauchen und sie retten würde.

Vor der gegenüberliegenden Wand wogte ein Meer aus stämmigen Blondschöpfen, die sich am Rand der Tanzfläche lümmelten, miteinander rangelten und die Tanzpaare beobachteten. Dazwischen bewegte sich ein brauner Lockenkopf und schaute suchend nach links und rechts. Als die Menge sich teilte, wurde Ben Rosen sichtbar, höflich und bescheiden mit einem Glas Fruchtpunsch in der Hand.

Marie lachte erleichtert, als sie ihn entdeckte. Er trug ebenfalls eine Bergbauerntracht, eine cremeweiße, buntbestickte Tuchhose und braune Goralenschuhe. Ein Hemd aus handgesponnenem Flachs bedeckte seinen Oberkörper, gestickte weiße Rosen zogen sich über die Hemdsärmel bis zur Mitte der Hemdbrust. Der Hemdkragen wurde von einer metallenen Zierschnalle zusammengehalten. Er ähnelte einem wackeren Hirten aus den Bergen, der zu einer Bauernhochzeit ging oder an einer Militärparade teilnahm, um ein benachbartes slowakisches Dorf einzuschüchtern. Die Ärmelmanschetten trug er noch dort, wo sie hingehörten, an den Handgelenken – vielleicht aus Respekt vor der historischen Tracht. Er keuchte und schwitzte auch nicht wie die anderen jungen Männer, aber er hatte auch noch nicht getanzt. Stattdessen nippte er an seinem alkoholfreien Punsch und wippte verlegen von einem Fuß auf den anderen. Er sah einfach nur hinreißend aus. Je unwohler er sich zu fühlen schien, desto mehr Zärtlichkeit empfand sie für ihn. Ihr wurde klar, dass er nur ihrer Einladung wegen gekommen war und dieses absurde Kostüm nur ihr zuliebe trug.

Als sie aufstand, protestierte ihr Tanzpartner. »Wo wollen Sie denn hin?«, fragte Jozef Kowalski und schüttelte empört den pomadisierten Kopf.

»Ich muss mich kurz frischmachen«, erwiderte sie fröhlich und ging durch den Saal zu Ben hinüber. Seine Miene leuchtete auf, als er sie entdeckte. »Du bist gekommen!«, stellte sie fest und deutete dann auf seine Tracht. »Wo hast du denn die Kostümierung her?«

»Von einem Freund mit Sinn für Humor«, erwiderte Ben. Sie lächelte. »Ich komme mir ein bisschen albern vor«, meinte er. »Sehe ich aus wie ein Bauerntrampel?«

»Ganz und gar nicht. Du siehst sehr schmuck aus.«

»Und du siehst wunderschön aus.« Er musterte sie von oben bis unten. Es schien, als könnte er sich nicht entscheiden, ob er lächeln oder die Stirn runzeln sollte. Er zog die Brauen zusammen und ließ sie dann wieder locker. »Möchtest du tanzen?«, fragte er schließlich.

»Ja«, erwiderte sie.

Ben wollte ihre Hand nehmen. Marie hielt den Atem an. Sie hatten einander schon oft an den Händen gehalten – aber als Kinder. Nun waren sie ein Mann und eine Frau. Ihre Hände waren kurz davor, einander zu berühren, als sie von einer Stimme unterbrochen wurden.

»Guten Abend, Ben Rosen«, sagte Patryk Kowalski, Vater eben jenes Jozefs, der sich ihr zuvor als Tanzpartner präsentiert hatte. Die Tracht des älteren Herrn war deutlich aufwendiger als die der anderen Gäste. Zwar ähnelten Hemd und Hose denen der jüngeren Männer, doch er hatte dem Ganzen noch eine helle quastenverzierte Wildlederjacke sowie einen breiten, mit Messingornamenten geschmückten Gürtel hinzugefügt, ganz so, als hätten die Trachten irgendeine Bedeutung und er könnte sich durch seinen zusätzlichen Schmuck den Rang eines Stammeshäuptlings sichern, der alle anderen im Saal übertraf. Sein Sohn stand hinter ihm und schaute betreten zu Boden. Der Vater streckte Ben die Hand entgegen.

»Guten Abend, Herr Kowalski«, erwiderte Ben und schüttelte die dargebotene Hand.

»Sie sehen lächerlich aus!«, stellte der Vater mit scharfer Stimme fest.

»Vielen Dank!«, erwiderte Ben. »Habe ich die Tracht etwa verkehrt angezogen?«

Marie musste ein Kichern unterdrücken.

»Nein«, entgegnete Kowalski. »Ich meine damit, dass Sie nicht von hier sind!« Er beschrieb mit den Händen einen vagen Kreis, als erwartete er, dass Ben ihn verstehen würde. Einige der Umstehenden wandten ihre Aufmerksamkeit von den Paaren auf der Tanzfläche ab und hörten lieber dem Gespräch zu.

»Ich bin in der Senacka-Straße geboren«, erwiderte Ben. »Nur ein paar Straßen von hier.« Er sprach so freundlich und gelassen, dass Marie lächelte.

Patryk Kowalski seufzte. »Ja, aber Ihre Familie …«

»Meine Familie lebt seit 1456 hier«, sagte Ben. »Damals war Krakau noch Polens Hauptstadt. Kommen Sie nicht ursprünglich aus Litauen?«

Kowalski schnaubte. »Nein.« Dann fügte er schulterzuckend hinzu. »Ich meine, ich bin zwar dort geboren. Aber dann bin ich hierhergezogen.«

»Ach so.«

»Aber darum geht es doch gar nicht«, sagte Kowalski mit lauter werdender Stimme. »Es geht darum, dass Sie kein richtiger Pole sind.« Mittlerweile schauten noch mehr Leute zu ihnen herüber. Maries Augen brannten, während sie stumm und wie betäubt das Gespräch verfolgte.

»Kein richtiger Pole? Meine Tracht zeigt doch wohl etwas

anderes!«, erwiderte Ben und deutete auf seine Kleidung. Es gelang ihm, einen unbekümmerten Tonfall zu bewahren.

»Ja, aber Sie sind kein Patriot«, beharrte Kowalski. »Sie sind nicht in erster Linie Pole!«

Ben hob die Augenbrauen. »Mein Urgroßvater und sein Bruder haben beide 1863 im Januaraufstand gekämpft, Moshe hat dabei ein Bein verloren. Das wurde er nie müde zu erzählen. Moshe lebt immer noch, vierundneunzig ist er inzwischen. Wohnt in Białystok. Wenn das kein Nachweis für echtes Polentum ist – Vorfahren, die tapfer, aber vergeblich in einem Aufstand gekämpft haben, der von vornherein zum Scheitern verdammt war, dann weiß ich es auch nicht.«

Einige der Zuschauer lachten. Kowalski knirschte mit den Zähnen, gab aber nicht klein bei. »Schön und gut«, murmelte er. »Wir mögen Sie alle, Ben. Ich will nur sagen, dass eine bestickte Trachtenhose die Tatsache nicht ändern kann, dass Sie Jude sind.«

Unter den Zuhörern schnappte jemand hörbar nach Luft.

Ben blinzelte. »Ich verstehe nicht, wo das Problem liegt.«

»Natürlich nicht«, sagte Kowalski. »Das Problem? Das Problem ist, hier gibt es nichts für Sie zu holen!« Ben schwieg. »Warum wollen Sie Ihre und unsere Zeit verschwenden?«, fuhr Kowalski fort. »Dies ist eine Tanzveranstaltung für junge Katholiken – damit sie einander kennenlernen können. Eine durchaus ernste Angelegenheit. Sie sind Jude. Es ist schön und gut, wenn Sie mit ihr plaudern und lachen«, er deutete zu Marie hinüber, »aber wo soll das hinführen? Warum wollen Sie ihr etwas vormachen?«

Ben nickte. Der ältere Mann schien einlenken zu wollen und legte Ben in einer kameradschaftlichen Geste die Hand auf die Schulter. »Ich weiß ja, Sie gehören nicht zu denen mit den Schläfenlocken und Hüten, die einem nicht in die

Augen schauen«, sagte er aufgeräumt, »aber Jude sind Sie trotzdem!«

Marie war empört und starr vor Entsetzen.

Ben schaute Kowalski zornig an. »Ich trage zwar nicht die Kleidung, und ich halte die Regeln auch nicht so streng ein wie die Menschen, von denen Sie da sprechen. Aber dennoch bin ich genauso jüdisch.«

»Ganz genau!«, sagte Jozef Kowalskis Vater. »Dann sind wir ja einer Meinung. Hier gibt es für Sie nichts zu holen!«, wiederholte er und nickte triumphierend.

Ben öffnete den Mund, um noch etwas zu sagen, schien sich dann aber anders zu besinnen. Er wandte sich mit niedergeschlagener Miene an Marie. »Ich wünsche dir noch einen schönen Abend«, sagte er und lächelte schwach. »Danke für die freundliche Einladung. Wenn du mich jetzt entschuldigen würdest.«

Marie ließ ihn gehen und schämte sich sofort dafür. »Gut, Ben, auf Wiedersehen«, sagte sie nur und blieb wie festgewurzelt stehen.

Ben schritt zur Theke und gab sein Punschglas zurück. Er dankte Frau Pacek und ging dann zur Garderobe, um seinen Mantel zu holen.

Lolek, der Zeuge der Unterhaltung geworden war, kam zu Marie. »Tut mir leid, dass du das mitanhören musstest, Marie. Der alte Kowalski sollte sich schämen – allerdings bezweifle ich, dass er das tun wird.«

»Ben ist Jude?«, fragte Marie.

Lolek lachte. »Ja, der junge Ben ist mosaischen Glaubens. Wusstest du das denn nicht?«

»Hmm, ja, wahrscheinlich schon.«

Ihre Antwort klang lächerlich. Natürlich war er Jude, auch wenn sie es sich nie eingestanden hatte. Sie hatte nie gesehen, dass er Weihnachten feierte. Er hatte nie zusammen mit den anderen Kindern ihrer Straße Ostereier bemalt. Er unterrichtete an einer jüdischen Schule und wohnte in Kazimierz. Ihre Augen hatten die Anzeichen des Jüdischseins aufgenommen, aber ihr Gehirn hatte es vorgezogen, diese Sinnesdaten nicht weiterzuverarbeiten. Und dann war da noch sein Nachname Rosen, den sie als Kind ihrem eigenen Namen angefügt hatte. Er war so jüdisch wie das Sabbathalten, trotzdem war ihr das nie aufgefallen – sie hatte nur darauf geachtet, wie der Name neben ihrem eigenen aussah. Ihre Blindheit all diesen Dingen gegenüber rührte nicht etwa von irgendeinem idealistischen Standpunkt her, sie vertrat kein philosophisches Ideal, nach dem es nicht wichtig war, auf die Religion oder Volkszugehörigkeit eines Menschen zu achten. Nein, ihre Unfähigkeit, seinen andersartigen Glauben wahrzunehmen, entstammte einzig kindischer Dummheit und Ahnungslosigkeit. Es war ihr einfach nie in den Sinn gekommen, weil es sie nicht betroffen hatte. Ihn dagegen betraf sein Jüdischsein durchaus, in vielen, ganz unterschiedlich gearteten Situationen, jedenfalls nach dem Wortgefecht gerade zu urteilen. Aber weil sie noch nie eine vergleichbare Auseinandersetzung miterlebt hatte, hatte Bens Glaube sie auch nicht weiter interessiert.

Sie betrachtete Patryk Kowalski, einen wohlhabenden, angesehenen Bürger der Stadt, der trotz seines behaglichen Hauses und der Ferien in den Bergen nicht die Gelassenheit besaß, zwei junge Menschen, mit denen er eigentlich gar nichts zu tun hatte, miteinander tanzen zu lassen. Dass ihre Angelegenheiten ihn überhaupt kümmerten, erschien Marie fast bemitleidenswert. In seiner Stammesführertracht wirkte er mehr als lächerlich. Sie sah in ihm den kleinen Jungen, der von seinem Vater gedemütigt wurde, weil er ins Bett gemacht hatte, und nun seinerseits einen noch kleineren Jungen verdrosch. Wie sehr die Furcht vor dem Andersartigen in einigen Menschen emporkriechen konnte und sie in ihrem Leben einengte! In all denen, die weder die Stärke noch die Erziehung besaßen, die Vielfalt mit offenen Armen willkommen zu heißen. Wie viel trauriger wäre die Welt, wenn unterschiedslose Gleichförmigkeit siegte! Sie schaute zu Ben hinüber, der an der Garderobe auf seinen Mantel wartete, und schämte sich zutiefst.

»Kopf hoch, Mädchen«, sagte Kowalski zu ihr. »Als Nächstes tanzen Sie mit meinem Sohn. Das ist besser so. Es wäre doch tragisch, diese Schönheit an einen schmutzigen Juden zu vergeuden!«

Mit diesem Satz bewirkte der ältere Herr das Gegenteil dessen, was er beabsichtigt hatte. Marie erinnerte sich nun wieder, wie ihre Schulfreundinnen Ben einmal so bezeichnet hatten, als sie ihre zukünftigen Ehenamen in die Hefte schrieben. Sie dachte an Bens ursprünglichen Widerwillen, die Tanzveranstaltung zu besuchen. Er war dennoch gekommen, obwohl er genau gewusst hatte, dass eine solche Situation entstehen könnte. Daraufhin erwachte Marie aus ihrer duldsamen Rückgratlosigkeit und beschloss, Bens Tapferkeit mit einer kleinen Dosis ihres eigenen Mutes zu belohnen, wobei es sich in ihrem Fall weniger um echten Heldenmut als vielmehr einfache Sturheit handelte. Sie hatte immer schon eine gewisse Unverfrorenheit besessen, ein Verlangen, die Dinge aufzuwirbeln und zu provozieren. Diese Eigenschaften musste sie wohl von ihrer Mutter geerbt haben – von ihrem Vater hatte sie sie nicht. Er blieb stets still und widersetzte sich niemandem.

Jozef Kowalski kam auf Marie zu, und wieder drohte ein Tanz mit ihm. Sie sah, wie er vor sich hin zählte, als probe er im Geist vorab die Schritte.

»Oje! Verabschiede dich schon mal von deinen armen Zehen, Marie«, meinte Lolek. Doch Marie ging in die andere Richtung, zur Tür hin, und holte Ben ein, als er gerade seinen Mantel anziehen wollte.

»Ich dachte, du hättest mich zum Tanzen aufgefordert«, sagte sie.

Ben wandte sich um und musterte ihr Gesicht, als wollte er prüfen, ob sie es ernst meinte. »Ich glaube, du weißt ganz gut, dass ich jetzt gehen muss.«

»Du hast mir aber versprochen, mit mir zu tanzen«, erwiderte Marie. »Wenn du jetzt gehst, ist das ein Skandal. Einen einzigen Tanz, dann darfst du gehen.«

Die Musik wurde leiser, und Marie blickte sich im Saal um. Sechshundert blassgrüne Katholikenaugen beobachteten sie. Fünfhundertneunundneunzig, um genau zu sein, denn Tadeusz Nowak hatte beim Zusammenstoß mit einem aggressiven Birkenzweig ein Auge eingebüßt. Das verbliebene Auge allerdings war nun auf sie gerichtet.

Lolek erschien wieder an Maries Seite. »Bleib doch, Ben«, sagte der Ministrant mit lauter Stimme und lächelte. »Du hast damit geprahlt, wie gut du tanzen kannst. Das würde ich jetzt auch gern sehen.«

Marie dankte Lolek insgeheim. Ben schaute sich noch einmal im Saal um und seufzte. Dann gab er der Frau an der Garderobe zu ihrer Verwirrung den Mantel zurück, den sie ihm eben erst ausgehändigt hatte, und ging langsam mit Marie in Richtung Tanzfläche. Allerdings blieb er in einer Ecke, wohl weil er sich dachte, dass sie dort nicht so gut gesehen würden.

In Marie brodelte jedoch immer noch die Empörung, und sie drehte ihn trotzig in Richtung Saalmitte. »Wir gehen besser in die Mitte der Tanzfläche«, sagte sie. »Hier am Rand ist es zu eng.«

Er nickte wieder. Sie legte eine Hand auf seinen Rücken und schob ihn sanft vorwärts. Die Muskeln zwischen seinen

Schulterblättern spannten sich, und Marie holte tief Luft, als sie spürte, wie fest sie waren. Einmal mehr wurde ihr klar, dass Ben inzwischen ein erwachsener Mann war. Marie hatte eigentlich damit gerechnet, dass jemand sie aufhalten würde. Pater Marek sah zwar zu ihnen herüber, aber dann sprach ihn eine Nonne an, und er wandte sich ihr zu. Alle anderen schienen zu überrascht, um einzuschreiten. Selbst Patryk Kowalski tat nichts, blieb stumm und betrachtete sie nur mit starren Blick aus seiner Ecke neben der Tanzfläche. Während der selbst ernannte Stammeshäuptling ohne Zögern einen Juden, einen Außenseiter, einschüchterte, traute er sich offenbar nicht, der Tochter von Dominik Karski die Stirn zu bieten. In diesem Moment gewann Marie eine ganz neue Erkenntnis über die Menschen – an einem einzigen Abend lernte sie so viel Neues wie schon lange nicht mehr: Die Leute riskierten ihren Kopf nicht, um jemanden aufzuhalten, wenn keiner den Anfang machte. Die Menschen waren Mitläufer – und da niemand gewillt schien, sie und Ben aufzuhalten, suchten sie sich einen Platz auf der Tanzfläche und machten sich zum Tanzen bereit.

Ben wandte sich ihr zu, legte einen Arm auf ihren Rücken und nahm mit dem anderen ihre Hand. Bei der Berührung trafen sich ihre Blicke. Die Kapelle begann mit einem langsamen Walzer. Marie hielt kurz die Luft an. Das war der Kujawiak – der romantischste Tanz von allen – oder jedenfalls aus dem Repertoire dieser Volksmusikgruppe.

Der langsame, traurige Tanz wurde von Flöten im Dreivierteltakt gespielt – *eins-zwei-drei, eins-zwei-drei* – und ähnelte mit der sehnsüchtigen Melodie, den schmachtenden Tönen und langen Pausen eher einem Walzer aus Frankreich oder Spanien. Er bot die perfekte Gelegenheit, sich eng an den Tanzpartner zu schmiegen, den Duft seiner Haare zu riechen und festzustellen, welches Parfum er vielleicht trug. Im Veranstaltungsprogramm waren als Höhepunkte des Abends verschiedene Ansprachen und eine Segnung durch den Gemeindepfarrer angekündigt, doch für die jungen Leute stellte der Kujawiak den wahren Höhepunkt des Abends dar. Ein allgemeines Raunen ging durch die Menge, als die ersten Takte erklangen, und bereitwillig fanden sich neue Paare zusammen.

»Kennst du diesen Tanz?«, fragte Marie Ben. Sie war selbst nicht sicher, was sie mit der Frage gemeint hatte: ob er den Hintergrund des Tanzes und seine romantische Bedeutung kannte – oder bloß, ob er die Schritte beherrschte.

»Ja«, erwiderte er, und wieder war nicht klar, auf welche Frage er geantwortet hatte. Vielleicht auf beide.

Während seine Hand in der Wölbung ihres Rückens ruhte, berührten die Finger unweigerlich die feinen Stäbe ihres Samtkorsetts. Als Marie das Kleidungsstück zum ersten Mal betrachtet hatte, war ihr das Blut in die Wangen geschossen, denn sie hatte verstanden, welchem Ziel die feinen Stäbchen dienten, die ihr Vater eingenäht hatte: Sie sollten ihren Oberkörper formen und die Brust anheben. Marie fragte sich, ob Ben wusste, was er da gerade berührte, und den Zweck des Gestänges ahnte. Sie musterte sein Gesicht. Er lächelte und sah rasch zur Seite, bewegte die Finger ein kleines Stück, aber beließ sie auf dem Korsettstab. Er wusste es genau. Die ganze Zeit schon war sich Marie der Verwandlung Bens vom Kind zum Erwachsenen bewusst. Bestimmt nahm er inzwischen in gleicher Weise ihre Veränderung wahr.

Sie bewegten sich zur Musik vor und zurück, ohne dass Ben etwas sagte. Er war nah genug, dass sie sein Duftwasser riechen konnte. Es roch nicht so herb und schwer wie das der anderen jungen Männer, sondern hatte eine leichtere, frischere Note – Sandelholz vielleicht.

Aus lauter Nervosität plapperte Marie drauflos. »Du bist

so still«, stellte sie fest. Er nickte, gab aber immer noch keinen Ton von sich. Er schien sich zu konzentrieren. »Zählst du etwa heimlich mit?«, fragte sie. Das tat er nicht, aber sie fand es trotzdem lustig.

Er schwang sie in einer Drehung herum. Er war ein guter Tänzer und führte sie sanft, genau im richtigen Takt.

»Nicht übel«, meinte Marie.

»Sei doch mal still«, sagte er in leicht verärgertem Tonfall, der sie zum Lachen brachte.

»Du wirst nie so richtig wütend, oder? Selbst wenn du dich ernsthaft aufregst«, sagte sie. »Ich weiß noch – als wir Kinder waren, habe ich dich jeden Tag rumgescheucht. Du hast nie protestiert, bist nie ärgerlich geworden. Warum?«

Wieder antwortete er nicht.

Die traurige, eindringliche Melodie ging weiter. Sie tanzten geschmeidig durch den Saal, seine große Hand lag auf ihrer Taille und führte sie sanft. Ihr wurde bewusst, dass schon wieder alle Augen auf sie gerichtet waren – aber diesmal nicht, weil sich eine Nichtjüdin mit einem Juden zusammengetan hatte. Vielmehr fesselte etwas anderes die Zuschauer – sie folgten dem Tanz selbst, der Harmonie, in der sich das Paar über die Tanzfläche bewegte. Ben sah sie an, und in seinem Blick erkannte sie etwas, das sie nur als Verlangen deuten konnte. In dem Moment wurde ihr klar, warum er schwieg. Der Augenblick erforderte kein Reden.

»Ich bin jetzt still«, sagte sie.

»Gut«, erwiderte er.

Nach ein paar Tanzschritten sprach sie aber schon wieder: »Eines noch. Ich muss schon sagen, du tanzt ziemlich gut.«

»Danke.«

»Ich muss mich entschuldigen, falls meine Schritte den Anforderungen nicht genügen«, sagte sie. »Aber ich hatte nur ein paar Tage Zeit, um mich an deine neue Gestalt zu gewöhnen. Es war eine ziemliche Überraschung, dich als Erwachsenen zu sehen. Aber wahrscheinlich geht es dir mit mir genauso.«

»Ich hatte ein bisschen länger Zeit.«

Sie zog die Nase kraus. »Wie meinst du das?«

Er schüttelte den Kopf, und ihr wurde klar, dass sie im Moment besser nicht weiterfragen sollte. Sie tanzten weiter. Die Musik erreichte ihren Höhepunkt, und Ben nahm die Hand von ihrer Taille und legte sie auf ihren Hinterkopf: der berühmte Abschluss dieses Tanzes, der nicht leicht zu meistern war. Sie neigte den Kopf nach hinten, sodass das ganze Gewicht in seiner Hand lag. Er hielt ihren Kopf, sacht, aber sicher, und sie sah, wie er schluckte. Ihre Blicke trafen sich wieder. Die letzten Takte des Tanzes sprachen sie nicht mehr.

Der Abend verging in einer Art benommenem Taumel. Marie tanzte noch mehrmals mit Ben, Jigs und Polkas, und auch ein paar Märsche mit Lolek. Die ganze Zeit über ging ihr jedoch nicht mehr aus dem Kopf, wie Ben sie gehalten hatte, als sie zum ersten Mal tanzten – und wie er sie dabei angesehen hatte. Das hatte alles verändert. Und wenn sie im Laufe des Abends seine abwesende Miene betrachtete, ahnte sie, dass er das ebenfalls spürte.

Der Tanzabend ging dem Ende entgegen, und die Musikgruppe räumte die Instrumente zusammen. Marie saß auf einem Stuhl, Ben gleich neben ihr, während Lolek zur Garderobe unterwegs war, um ihre Mäntel zu holen und sie anschließend nach Hause zu bringen.

»Würdest du mich nach Hause begleiten?«, fragte sie Ben rasch, als Lolek sich mit den Mänteln näherte.

Ben schluckte. »Ich glaube nicht. Das würde keinen guten Eindruck machen.« Er schaute zu Boden. »Aber ich würde es gern.«

Marie war enttäuscht. Sie mochte Lolek wirklich gern, doch im Moment gab es nichts Schlimmeres als den Gedanken, dass er anstelle von Ben sie nach Hause begleiten könnte.

»Ich würde es auch gern«, sagte sie und berührte kurz seine Hand. Er warf ihr einen unsicheren Blick zu.

»Fertig, Marie?«, fragte Lolek.

»Ich übernehme das, Lolek«, sagte Ben. »Ich bringe sie nach Hause.«

Ihr Inneres zog sich in einer Mischung aus Nervosität und freudiger Erregung zusammen.

»Bist du sicher? Ist das nicht ein Umweg für dich?« An Marie gerichtet, fügte Lolek hinzu: »Ich habe es deinem Vater versprochen.«

»Du hast mein Wort. Ich bringe sie auf direktem Wege heim«, sagte Ben. Marie gab Lolek mit einem aufmunternden Lächeln zu verstehen, dass alles in Ordnung war. Schließlich stimmte Lolek zu, schüttelte Ben die Hand und verabschiedete sich von ihnen. Ben half Marie in den Mantel und ließ dabei kurz die Hand auf ihrer Schulter liegen. Ein wohliger Schauer lief ihr über den Rücken.

Sie verabschiedeten sich noch von einigen jungen Leuten und amüsierten sich gemeinsam über Pawel, dem es nicht gelungen war, seinen Wodka in den Früchtepunsch zu mischen. Dann traten sie hinaus auf die Straße, plötzlich ganz allein miteinander in der kühlen Nacht. Die meisten Straßenlaternen brannten nicht, nur ein paar hell erleuchtete Fenster und der Mond beschienen ihren Weg. Schweigend gingen sie durch die Gassen, einzig ihr Atmen war zu hören. Schließlich ergriff Marie das Wort.

»Du hast vorhin gesagt, du hättest ein bisschen länger Zeit gehabt, um dich an mich zu gewöhnen. Wie hast du das gemeint?«

Ben zuckte mit den Schultern. »Habe ich das? Ich habe nur rumgeblödelt.«

»Das glaube ich nicht«, erwiderte Marie.

Er rückte seinen Mantel zurecht. »Aber es ist jetzt auch egal.«

»Ist es nicht. Sag mir, was du damit gemeint hast.«

»Vergiss, was ich gesagt habe.«

Schweigend bogen sie um eine Straßenecke. »Ich werde laut schreien, wenn du es mir nicht sagst!«

»Das traust du dich nicht, Marie!«

»Doch!«, sagte sie und lief jetzt richtig warm. »Ich werde ganz laut die Nationalhymne singen.« Sie holte tief Luft und stimmte an: »*Noch ist Polen nicht verloren!*«, sang sie so laut, dass es durch die ganze Straße hallte. »*Solange wir leben!*« Ein Hund jaulte. In einem benachbarten Mietshaus trat ein Mann auf den Balkon und stimmte ein.

»*Was uns fremde Übermacht nahm*«, grölte der Mann mit betrunkener Baritonstimme in die Nachtluft hinaus. Er trug nur einen Morgenmantel.

»Vielen Dank, mein Herr!«, rief Marie zu ihm hinauf.

»*Werden wir uns mit dem Säbel zurückholen*«, sang er und schob dabei in einer frivolen Bewegung die Hüften vor.

Marie holte Luft, um weiterzusingen, aber bevor sie den nächsten Ton hervorbringen konnte, legte Ben die Hand auf ihren Mund. »Also gut, ich werde es dir erzählen. Aber bitte hör auf zu singen!«

Auf diese Weise zum Verstummen gebracht, nickte Marie, und er nahm die Hand wieder von ihrem Mund.

Nachdem sie ein paar Schritte weitergegangen waren, sagte er: »Auf dem Heimweg von der Arbeit lege ich nachmittags immer eine kleine Pause im Café Schwarzwald ein. Das ist ein Kaffeehaus am Markt.«

»Das kenne ich«, sagte Marie.

»Eines Tages, im Frühling vor ungefähr drei Jahren, hatte ich mir etwas zu trinken bestellt. Ich saß draußen an einem Tisch. Es war einer von diesen schönen ersten Frühlingstagen, wenn es nicht mehr ganz so kalt ist und die Sonne schon ein bisschen Kraft hat. Es roch nach Primeln. Ich war etwa drei Wochen zuvor nach Krakau zurückgekehrt und hatte gerade meine Stelle in der Schule angetreten. Als Kind bin immer mit meiner Mutter in diesem Kaffeehaus gewesen, musst du wissen. Aber nun war ich allein in Krakau; meine Mutter wollte in Berlin bleiben. Es war mein einundzwanzigster Geburtstag. Das Café hatte ich aus Sentimentalität aufgesucht – ein bisschen albern eigentlich. Jedenfalls hockte ich einsam und allein draußen an dem Tisch, an dem meine Mutter und ich früher immer gesessen hatten, und habe mich selbst bemitleidet. Plötzlich sah ich, wie eine junge Frau den Marktplatz überquerte. Sie trug einen blauen Blazer und einen Rock und bewegte sich so elegant und anmutig, dass ich sie auf fünfundzwanzig oder dreißig schätzte. Eine Deutsche vielleicht, die zu ihrer Arbeitsstelle im Büro eines Diplomaten ging – oder eine Schauspielerin auf dem Weg zur Theaterprobe. Als sie näher kam, stellte ich fest, dass sie sehr viel jünger war, als ich zuerst gedacht hatte. Irgendetwas an ihrem Gang fesselte mich. Die Art, wie sie bei jedem Schritt die Arme bewegte. Sie wusste genau, was sie wollte. Ihr Anblick irritierte mich auch irgendwie – sie kam mir bekannt vor, aber ich konnte sie nicht einordnen. Doch dann, als sie vielleicht fünfzig Meter entfernt war, wusste ich es plötzlich: Das warst du! Ich habe gesehen, wie du vorbeigegangen bist, und war furchtbar traurig.«

»Warum hast du mich denn nicht angesprochen?«, rief Marie. »Du hattest Geburtstag. Ich hätte dir ein Stück Kirschkuchen bestellt und dir ein Geburtstagsständchen gesungen. Und du hättest mir erzählen können, was du die letzten Jahre gemacht hast!«

Ben starrte zu Boden. Die Messingschnalle, die seinen Kragen zusammenhielt, glänzte im Mondlicht. »Ich habe mir geschworen, dass ich nie wieder in dieses Café gehen würde.«

Marie runzelte die Stirn. »Warum?«

Er beantwortete ihre Frage nicht. »Aber am nächsten Tag bin ich doch wieder hin. Ich habe mich an den gleichen Tisch gesetzt und einen Kaffee bestellt.«

»Ich gehe jeden Tag über diesen Platz.«

»Ich weiß. Ich habe drei Jahre lang jeden Tag dort gesessen – und jeden Tag bist du an mir vorbeigegangen.«

»Aber warum hast du mich nicht ein Mal begrüßt?«, fragte sie wieder. »Du hast mich drei Jahre lang beobachtet, wenn ich da langgegangen bin? Ben? Warum?«

Sein Gesicht nahm einen merkwürdigen Ausdruck an. Sie spürte, wie ihr Herz schneller schlug. Er starrte schweigend zum Mond empor. Marie wartete. Schließlich sah er sie an und sagte mit belegter Stimme: »Weil ich dich mag.«

Marie schluckte. »Ich mag dich auch.«

Der Mann war verschwunden, und an seine Stelle war wieder der vierzehnjährige Junge getreten. Noch Monate später erinnerte sie sich daran, wie er sie angeschaut hatte, als er diesen Satz zu ihr sagte, mit einem Blick voller Gefühl und Leidenschaft. Der Mensch, zu dem sie in ihrer Kindheit eine freundschaftliche, liebevoll-geschwisterliche Beziehung hatte. Sie hatte längst gewusst, dass er sie mochte wie eine Schwester oder gute Freundin – doch da war noch mehr.

Plötzlich überzog ein Ausdruck tiefer Verzweiflung seine Miene. »Ich bin Jude, und du bist katholisch – daraus kann nichts werden. Also, warum sollte ich das weiterverfolgen?«

»Tut mir leid, das mag jetzt vielleicht naiv klingen. Aber ich habe dich nie als Juden betrachtet.«

Er lachte leise. »Ich weiß.«

»Du siehst nicht aus wie ein Jude«, begehrte sie auf. »Ich meine, du trägst nicht diese Kleidung.«

»Vermutlich praktizierst du ja Polygamie?«, fragte er.

Sie schaute ihn aufgebracht an. »Was? Natürlich nicht!«

»Aber du bist Christin. Und Christen praktizieren Polygamie.«

»Tun sie nicht!«

»Die Mormonen schon.«

»Ich verstehe, worauf du rauswillst.« Sie verzog das Gesicht.

»Genau wie es verschiedene Richtungen des Christentums gibt, existieren auch unterschiedliche Ausprägungen des Judentums.«

Sie schämte sich ihrer Unkenntnis. »Und welche Art Jude bist du dann?«

»Welche Art Jude? Die schlimmste! Ich tue nur das, was Spaß macht. Ich halte mich an den Sabbat … wenn ich dran denke. Ich zünde Kerzen an, teile das Brot und singe die Lieder.« Verblüfft betrachtete sie ihn, während er über diesen Teil seines Lebens sprach, den sie noch nie gesehen hatte. »Wahrscheinlich könnte man mich als reformierten Juden bezeichnen. An Chanukka freue ich mich über die Geschenke. Beim Neujahrsfest esse ich mit Honig bestrichene Äpfel. An Jom Kippur faste ich, und zu Pessach gibt es ein festliches Essen. Ich esse jede Menge leckeres Essen in Beige.«

»Essen in Beige?«, wiederholte sie und lachte.

»Allerdings. Tscholent, Knishes, Kugel, Latkes. Alles sehr beige. Und alles sehr wärmend und lecker! Ich lasse es dich irgendwann einmal probieren!«

»Sehr gern«, sagte sie.

Er räusperte sich nervös. »Ja. Ich war sogar mal in Palästina, zur Landarbeit. Ich bin barfuß herumgelaufen, habe die nackten Zehen in den Sand gegraben und Kühe gemolken.«

»Wirklich?« Sie war überrascht.

Er nickte. »Mit zwanzig. Aber daran kannst du schon sehen, wie sehr ich Jude bin. Gott ist natürlich immer da, aber noch wichtiger sind die Menschen. Ich bin ein humanistischer Jude. In meinem Jüdischsein geht es um die Liebe zum Menschen.« Er blickte sie an.

Sie fühlte sich mitgerissen von seiner Begeisterung. Plötzlich sah sein Gesicht so lebendig aus, und ein inneres Leuchten schien von ihm auszugehen.

»Das Liebste ist mir genau genommen das Singen«, fuhr er fort.

»Du singst? So wie ich die Nationalhymne?«, witzelte sie. »Aber wahrscheinlich nicht so gut!«

»Nein, so gut nicht. Ich singe die Semirot, die jüdischen Gesänge. Und meine Stimme hört sich dabei an wie die meines Vaters. Wenn ich am Sabbat singe, sagen die Leute immer, dass es so klingt, als wäre mein Vater noch da. So habe ich ihn für ein paar Minuten wieder bei mir.«

»Sing eines für mich!«

»Was? Nein.«

»Doch, ich möchte dich singen hören.«

Er nickte schüchtern, dann räusperte er sich und stimmte zu ihrem Erstaunen die ersten Takte eines Liedes auf Hebräisch an: »*Adon olam, ascher malach.*« Die altertümlichen Worte kamen in einer tiefen, weichen Stimme aus seinem Mund, ein wenig zittrig erst, und er blickte sie unsicher an. Sie lächelte ihm aufmunternd zu, und er sang weiter. »*B'terem kol yetzir niv'ra.*« Die Worte schallten durch die kopfsteingepflasterte Gasse und hallten von den Häusern wider. Das Lied folgte einer seltsamen Melodie in einer Molltonart, ganz anders als die Jubelchöre, die sie aus ihrem katholischen Liederbuch kannte. Zuerst klang es für sie ziemlich disharmonisch, aber als er sich dem Ende näherte, fand sie, dass das langsam nachhallende, melancholische Lied das Schönste war, was sie je gehört hatte, und wünschte sich, es würde nie aufhören. Als die letzten Töne verklungen waren, konnte sie kaum glauben, dass er wirklich für sie gesungen hatte.

»Willst du mich küssen?«, fragte sie.

Er stockte. Zu ihrer Empörung lachte er erst, dann nahm sein Gesicht einen ernsten Ausdruck an, und er fuhr sich nervös mit der Hand durchs Haar. »Willst du mich küssen?«, fragte er zurück.

Sie schluckte und freute sich insgeheim über seinen Mut. Sie brannte darauf, dass endlich passierte, was sie gerade vorgeschlagen hatte. Sie nickte. Seine blauen Augen leuchteten. Er schien zu zögern, und Marie verzweifelte schon und flehte ihn innerlich an, es endlich zu tun. Vielleicht spürte er das, und es verlieh ihm den nötigen Mut, denn er neigte den Kopf zu ihr herab und presste seine Lippen auf die ihren.

Zu ihrer Überraschung wurde ihr Mund ganz feucht. Noch nie hatte sie jemanden geküsst, sie hatte es vorher auch nie gewollt. Als die anderen Mädchen mit den Jungen zum Knutschen hinter das Toilettengebäude gingen, war sie nie dabei gewesen. Keiner der Jungen hatte sie interessiert. Nun wurde ihr klar, dass es nie einen anderen gegeben hatte als Ben. Und das hier war kein Herumgeknutsche.

Was für ein eigenartiger Prozess doch so ein Kuss war! Zwei Menschen drückten die Vorrichtungen aufeinander, die sie sonst nutzten, um zu essen, zu sprechen, sich zu übergeben oder zu schreien. Und nun bekundeten sie einander damit ihre Zuneigung und ihr Verlangen. Andererseits – warum sollte es nicht ebendieses Organ sein, das sonst den grundlegendsten menschlichen Funktionen diente, um einander die Liebe zu zeigen? Denn was wäre intimer und einzigartiger gewesen, als seinen Mund auf den eines anderen zu pressen und zu sagen: *Hiermit atme ich, spreche und singe ich, das bin ich – sieh her, ich zeige es dir.*

Sie schob die Zunge in seinen Mund, und er stöhnte auf. Sie war froh, dass sie noch nie einen anderen geküsst hatte. Niemand anderes sollte diesen Teil von ihr kennenlernen. Er war einzig für ihn bestimmt.

13

VOM RUDEL VERSTOSSEN

Am nächsten Morgen überkam Marie ein ganz seltsames Gefühl.

Sie hatte stundenlang wach im Bett gelegen und an die Decke gestarrt. Ihre Gedanken kreisten einzig um den Kuss. Ben hatte sie nach Hause gebracht und ihr vor der Tür die Hand geküsst, unfähig, ihr ins Gesicht zu sehen. Sie war zu Bett gegangen, dankbar, dass ihr Vater ihr nicht im Haus begegnet war. Er war vielleicht noch im Krankenhaus gewesen oder schlief schon. Von draußen wehte ein leicht modriger Geruch durchs Fenster herein, nach feuchtem Gras von einem Komposthaufen, und eine eigenartige Erregung überkam sie. Sie starrte minutenlang an die Decke, dann hatte sie irgendwann auf die Uhr geschaut und festgestellt, dass sie tatsächlich fünf Stunden so dagelegen hatte.

Gegen sechs Uhr morgens musste sie endlich in einen unruhigen Schlaf gefallen sein, dann wachte sie um sieben wieder auf, so lebendig und voller Energie, als hätte sie eine ganze Woche geschlafen. Alles schien zu neuem Leben erwacht. Sie schob den Kopf aus dem Fenster und blickte sich um, sog die verschiedenen Düfte ein, die von der Straße emporstiegen, die einfachen und die ganz besonderen. Den honigsüßen Duft von frisch ge-

backenem Brot, der aus irgendeiner Küche herüberzog, den bei-
ßend bitteren Geruch einer geteerten Straße, den seifigen Duft
frischgewaschener Wäsche – sie roch alles zugleich. Es war, als
sende die ganze Welt plötzlich Sinnesreize aus. Sie hatte eine andere Ebene erreicht, wo alles intensiver, süßer und wärmer war.

Und alles seinetwegen. Er hatte diese Veränderung verursacht. Sie zog sich langsam an, ließ sich Zeit mit ihrem Nachthemd, ließ dabei hier und da einen Finger auf ihrer Haut liegen,
genoss das Gefühl und stellte sich vor, er würde sie so berühren.
Wie sehr sie sich nach ihm sehnte! Sie war von einer Krankheit
befallen – und die einzige Heilung bestand darin, ihn noch einmal zu küssen.

Nachdem sie eine Weile in solch müßiger, gedankenverlo-
rener Hingabe vertrödelt hatte, gab sie sich irgendwann einen
Ruck, kleidete sich für den Kirchgang an und schaffte es ins
untere Stockwerk. Dort wartete ein kleiner Haufen Zitronen-
schnitze auf der Arbeitsplatte – ihr Vater bereitete gerade eine
Zitronencreme zu. Sie stibitzte einen Zitronenhalbmond vom
Schneidbrett, schob ihn sich in den Mund und saugte daran.
Die Säure kribbelte auf Lippen und Zunge. Ihr Vater kam in
die Küche und fragte, was sie da mache. Sie fuhr zusammen,
murmelte eine Antwort und entschuldigte sich dann, sie müsse
noch einmal nach oben, einen anderen Mantel holen. Während
sie die Treppe hinauflief, ließ sie die Hände über das Treppen-
geländer gleiten, nur um das kühle, abgerundete Holz unter den
Fingern zu spüren.

Da sie für die Kirche schon reichlich spät dran waren, blieb
keine Zeit, ihrem Vater von der Tanzveranstaltung zu erzählen.
Ihre Trödelei hatte das verhindert. Sie war ganz froh darüber,
denn noch wollte sie am liebsten gar nicht darüber sprechen. In
der Kirche kehrte die sonntägliche Normalität wieder ein, befördert nicht zuletzt durch die Ansprachen und Segnungen der

Messe, durch Predigt und Einkehr. Das Gerede über das Lamm Gottes und die Sünden der Welt trieben Marie jegliche Sinnlichkeit aus und verbannten Zitronengeschmack und kühles Holz aus ihren Empfindungen.

Als sie wieder zu Hause ankamen, wurde ihr klar, dass sie ihrem Vater erzählen musste, was geschehen war. Es tat ihr leid, überhaupt darüber sprechen zu müssen. Am liebsten hätte sie ihr Erlebnis noch ein paar Tage oder wenigstens Stunden ganz für sich behalten, aber ihr Vater hatte nun schon mehrfach nachgefragt, und sie konnte ihn unmöglich länger hinhalten, es sei denn, sie liefe davon.

»Wie war's bei dem Tanzabend?«, fragte ihr Vater nun wieder, während sie die Mäntel aufhängten. Er klang ein wenig zaghaft, als rechne er mit schlechten Neuigkeiten, als sei er schon darauf vorbereitet, dass ihr ursprünglicher Widerwille gegenüber der Veranstaltung nun auch zu einem erwartbar unbefriedigenden Ergebnis geführt hatte. Er ließ sich in seinem Sessel im Wohnzimmer nieder.

Sie beschloss, ihn noch ein bisschen auf die Folter zu spannen, ehe sie ihm die gute Nachricht überbrachte. »Ich habe viele Komplimente für meine Tracht bekommen«, erwiderte sie. »Allerlei ist passiert.«

»Gut«, sagte ihr Vater und setzte sich aufrecht hin. »Was ist denn passiert?«

»Zum Beispiel hat jemand versucht, heimlich Alkohol in den Punsch zu kippen. Und noch ein paar andere lustige Sachen.«

Mit enttäuschtem Gesicht ließ er sich wieder in den Sessel zurücksinken. »Und du? Hast du dich gut amüsiert?«

Marie musste grinsen, weil es so einfach war, ihn zu ärgern. »Ich denke schon. Die Musikgruppe hätte noch eine zweite Flöte gebrauchen können. Keine Tracht war nur annähernd so schön wie meine. Und ich glaube, ich habe mich verliebt.«

Ihr Vater hatte mit düsterem Blick aus dem Fenster geschaut, doch bei ihrem letzten Satz fuhr sein Kopf herum, und er sprang auf.

»Ja! Warum hast du mir das denn nicht eher erzählt? Marie, du hast mir den Tag gerettet – nein, das ganze Jahr! Ich gebe zu, darauf hatte ich gehofft! Darf ich fragen, wer der Glückliche ist? Hast du zufällig mit Jozef Kowalski getanzt?«

Marie schüttelte grinsend den Kopf. »In den habe ich mich nicht verguckt!«

»Oh.« Ihr Vater setzte sich wieder. »Dann hat dir wahrscheinlich jemand anderes den Kopf verdreht. Egal, du hast bestimmt einen Besseren gefunden!«

»Das habe ich.«

»Aha. Und hat er dich verdient?«

Marie setzte sich auf den Sessel gegenüber. »Das hat er, Papa. Er ist ein wunderbarer Mann. Er sieht gut aus, ist nett und intelligent!«

»Was ist er von Beruf?«

»Lehrer.«

»Ein Lehrer? Dann wird er nicht so viel Geld haben wie die Kowalskis, aber immerhin hat er eine sichere Arbeit. Lehrer werden immer gebraucht. Solange ihr euch gut versteht. Allerdings wird er dir nie ein luxuriöses Haus bieten können, und es wird auch keine Ferien im Ausland geben.«

»Ich brauche auch keine Luxusvilla, Papa. Aber du musst dir in der Hinsicht keine Sorgen machen. Er ist zwar Lehrer, aber er kommt aus einer sehr wohlhabenden Familie.«

»Großartig! Dann wird er eines Tages ein Vermögen erben. Lass mich mal alle Lehrer durchgehen, die wir in der Stadt haben.« Er stand wieder auf und schritt im Zimmer auf und ab.

»Du kannst unmöglich jeden einzelnen Lehrer in Krakau kennen«, spöttelte Marie.

»Aber *fast* jeden. Gib mir doch bitte noch einen Tipp. Wie alt ist er?«

»Vierundzwanzig.«

»Vierundzwanzig? Ein gutes Alter. Dann muss er seit zwei oder drei Jahren in diesem Beruf arbeiten. Sehr gut. Dann wird er auch mehr verdienen als ein Lehramtsanwärter, der gerade frisch von der Universität kommt. Lass mich mal überlegen – welche Lehrer haben wir denn da? Da ist Jan Pilsudski – der Mathematiklehrer in St. Pauli Bekehrung ... Nein, er ist zu alt, er muss mindestens siebenundzwanzig sein. Jemand Jüngeres.«

Er sah nach oben, als wollte er hinter seiner Stirn die Antwort finden. Der Schädel ihres Vaters war vermutlich nicht groß genug für die vielen Dinge, die er wusste. Vielleicht suchte er auch gar nicht in seinem Kopf, sondern weiter oben, Richtung Himmel – vielleicht hatte er dort einige überzählige Gedanken abgelegt.

»Jetzt weiß ich's!« Er richtete den Zeigefinger auf Marie. »Michał Dobry, von St. Aloysius? Ich dachte eigentlich, er wäre in Warschau und würde seine Tanten besuchen.«

»Es ist nicht Michał Dobry, Papa.«

»Dann Aleksander Slamanski? Janusz Sadowski?«

»Nein und wieder nein.«

»Tut mir leid, Marie, aber ich brauche wohl noch einen Hinweis. In welcher Schule unterrichtet er? Sankt Aloysius? Sankt Thomas? Stella Maris?«

»In der hebräischen Mittelschule.«

Er kniff die Augen zusammen.

»Das ist eine jüdische Sekundarschule.«

»Das weiß ich.«

»Der Literatur- und Geschichtslehrer dort ist Ben Rosen.«

Draußen rumpelte ein Pferdefuhrwerk über das Kopfsteinpflaster. Das Pferd schnaubte und ließ die Hufe schleifen. Womöglich hatte es Gelenkprobleme, weil es den ganzen Tag über das harte, unebene Pflaster der Stadt laufen musste. Jede europäische Großmacht hatte Krakau irgendwann einmal eingenommen, hatte dort für ihre Adligen Paläste, Opernhäuser und Vergnügungstempel errichtet und war dann wieder abgezogen. Allerdings hatte niemand je die Straßen instandgesetzt – das blieb den Einheimischen überlassen.

»Bist du überrascht, Papa?«

»Nicht wirklich, nein. Du hattest schon immer was für diesen kleinen Jungen übrig.«

»Er ist kein kleiner Junge mehr, Papa. Wusstest du, dass er in die Stadt zurückgekehrt ist? Er ist schon seit drei Jahren hier.«

»Ja, das wusste ich.«

Marie holte tief Luft. »Und du hast es mir nie erzählt?« Er antwortete nicht. »Magst du Ben denn nicht?«

»Ganz im Gegenteil«, erwiderte er.

»Papa, du könntest dich schon ein bisschen mehr freuen. Ich habe mich verliebt!«

»Ich erlaube dir nicht, ihn wiederzusehen.«

Marie hätte beinahe aufgelacht, so albern klang der Satz aus dem Munde ihres Vaters. Er hatte ihr noch nie etwas verboten. »Ich dachte, du wolltest, dass ich mir jemanden suche.«

»Das will ich auch. Aber *das* kann ich trotzdem nicht erlauben. Du weißt, warum.«

Woher hätte sie das wissen sollen? Sie hatte diese Themen noch nie mit ihrem Vater besprochen – sie hatte nicht einmal geahnt, dass er in dieser Hinsicht irgendwelche Bedenken haben könnte. Aber kaum hatte er den Satz ausgesprochen, war klar, was er meinte. »Ich hätte dich niemals für einen intoleranten Menschen gehalten.«

»Das bin ich auch nicht. Aber hier geht es um dein Leben – und das ist etwas ganz anderes. Ich weiß aus eigener Erfahrung,

166

wie es ist, vom Rudel verstoßen zu werden. Ein solches Leben möchtest du nicht führen, Marie, glaub mir. Und ich möchte kein solches Leben für dich.«

Marie fragte sich einen Moment lang, was er mit »vom Rudel verstoßen« meinte, dann begann ihre Unterlippe zu zittern. Ihr Vater zog ein gequältes Gesicht. Sie hoffte, dass ihre Tränen ihn zum Einlenken bewegen würden, doch er sagte nichts und machte auch keine Anstalten, sie zu trösten. »Ich liebe ihn, Papa.«

Er schnaubte. »Quäl dich nicht selbst, Marie, ich werde meine Meinung nicht ändern. Tut mir leid. Wenn du vernünftig bist, dann triffst du ihn nicht mehr. Verlier nicht den Mut – ich bin mir sicher, dass der Sohn des Industriellen Kowalski dich noch nehmen wird!«

Ihr war, als hätte sie jemand aus luftigen Höhen gerissen und zu Boden geschmettert.

Sie stand auf und verließ das Zimmer.

Sie lief zu Bens Haus und klopfte an seine Wohnungstür. Als er öffnete und sie sah, strahlte er übers ganze Gesicht. »Komm rein.« Er blickte nach rechts und links, dann ließ er sie hinein. Scheu und aufgeregt zugleich folgte sie ihm durch den Flur. Sie war noch nie in seiner Wohnung gewesen. »Kann ich dir etwas zu trinken anbieten? Oder zu essen?«, fragte er und führte sie in ein Wohnzimmer.

»Nein, danke.« Sie schwiegen beide, plötzlich erfüllt von einer nervösen Verlegenheit. Sie waren allein miteinander. Marie wünschte, er würde sie noch einmal küssen.

Er schien das zu erwägen, denn er beugte sich etwas näher, und ihr Herz machte einen Satz. Aber dann rückte er wieder von ihr ab. »Was machst du hier?«

Marie musste sich erinnern, weshalb sie eigentlich gekommen war. »Ich bin vor meinem Vater geflohen. Du kannst dir nicht vorstellen, was er zu mir gesagt hat. Er hat gesagt, ich dürfte dich nicht mehr sehen!«

Er sah sie traurig an und schwieg einen Moment. »Dein Vater hat recht«, sagte er dann.

Ungläubig kniff sie die Augen zusammen. Er etwa auch? Seine Worte waren wie eine Ohrfeige. Marie wollte sie nicht hören. Der Mann, der sie geküsst hatte, schlug sich auf die Seite ihres Vaters? Das konnte doch nicht sein! In ihrer Verzweiflung fiel ihr nichts ein, was sie hätte erwidern können, also stand sie auf und rannte aus dem Zimmer.

An der Wohnungstür holte er sie ein und hielt sie am Arm fest. »Bitte, Marie, weine doch nicht!«

Sie schlug ihm mit der flachen Hand auf die Schulter. »Warum hast du mich drei Jahre lang auf meinem Nachhauseweg beobachtet, wenn du wusstest, dass daraus sowieso nichts werden kann?«

»Es ist mir nicht leichtgefallen, dich immer wieder zu sehen. Es hat mir wehgetan. Aber es war immer noch besser als die Alternative – dich gar nicht zu sehen. Lieber wollte ich ein winziges Stück von dir als überhaupt nichts. Aber ich bin Realist. Das Zusammensein mit mir würde dein Leben zerstören. Ich könnte mich selbst nicht mehr ertragen.«

»Ein Realist?«, rief sie wütend. »Du bist ein Feigling!«

Er senkte den Kopf. »Erinnere dich daran, was der alte Kowalski gestern Abend gesagt hat. Jedes Wort davon ist wahr. Wir können so viel tanzen und uns küssen, wie wir wollen, aber ich kann nicht mit einer Katholikin zusammen sein und du nicht mit einem Juden. Ich habe einen Onkel, Samuel. Er hat eine Katholikin geheiratet. Zuerst gaben sich beide Seiten Mühe – die jüdische und die katholische Familie. Aber dann haben die beiden ihre Kinder katholisch erzogen, weil sie dachten, das wäre einfacher. Ein Junge und ein Mädchen. Die katholische Schule wollte die Kinder nicht aufnehmen und erklärte sie für Juden, weil ihr Vater Jude ist. Samuel musste erst einen Priester bestechen, damit sie aufgenommen wurden. Danach akzeptierte die jüdische Seite seine Frau plötzlich nicht mehr. Weil sie Katholikin blieb, luden die jüdischen Frauen sie nie zu ihren Treffen ein, weil sie befürchteten, sie würde sich unter ihnen nicht wohlfühlen. Irgendwann bemühte Samuels Frau sich nicht mehr weiter um den Kontakt. Jedes Osterfest und jedes Chanukka wurde zu einer Herausforderung, weil sich jeweils ein Teil der Familie nicht willkommen fühlte. Bald haben sie ganz aufgehört, ihre Familien zu besuchen, um die Auseinandersetzungen zu vermeiden.«

Er fuhr sich mit der Hand durchs Haar. »Familie ist das Wichtigste überhaupt, Marie. Und diese armen Kinder gehörten nirgendwo richtig hin – nicht zu den Katholiken und nicht zu den Juden. Meine Großeltern haben die Enkel schmerzlich vermisst und sprechen inzwischen nur noch im Flüsterton über sie. Ich vermute, auf der anderen Seite der Verwandtschaft ist es dasselbe.« Er schüttelte resigniert den Kopf. »Ein Fisch kann einen Vogel lieben – aber wo sollen sie leben? Wenn wir dasselbe täten, würde es uns vielleicht eine Zeit lang wie ein großes Abenteuer vorkommen. Aber irgendwann wärst du die Anfeindungen leid. Dein Vater würde dich verstoßen und meine Mutter mich. Jedes Weihnachten und jedes Pessach wüssten wir nicht, wohin. Unsere Kinder würden wie Bastarde aufwachsen, nirgendwohin gehören und nirgendwo richtig leben können.«

»So wäre es bei uns nicht! Mein Vater würde dich immer willkommen heißen.«

»Bist du dir da so sicher? Immerhin hat er dir verboten, mich zu treffen.«

Da sie nicht widersprechen konnte, schwieg sie. Die Situation schien ihr verfahren und hoffnungslos zu sein, doch dann kam ihr eine Idee. Sie lächelte. »Ist dein Onkel Jude geblieben?«

»Wer, Samuel?«

»Ja, als er seine katholische Frau geheiratet hat.«

»Ja, natürlich.«

»Vielleicht ist es so gekommen, weil er nicht konvertiert ist«, sagte sie. »Wenn er Katholik geworden wäre, wenn er sich zusammen mit seinen Kindern hätte taufen lassen, dann hätte er wenigstens irgendwo hingehört!« Sie strahlte und erwärmte sich zusehends für den Gedanken. »Wäre das nicht die Lösung für uns?«

Seine Miene verfinsterte sich.

»Nein, hör zu«, redete sie auf ihn ein. »Wenn du Katholik würdest, ja, dann wäre vielleicht deine Familie verärgert. Sie würden dich womöglich sogar eine Zeit lang verstoßen – aber du würdest wenigstens irgendwo richtig hingehören, und zwar zu meiner Familie. Du könntest ein neues Leben anfangen.«

»Willst du mir vorschlagen, dass ich den jüdischen Glauben aufgeben soll, um mit dir zusammen zu sein?« Er blickte sie schmerzerfüllt an.

»Ach, du liebe Güte, Ben. Hab ich was Falsches gesagt?«

»Jude zu sein macht mich aus. Wenn ich mich von dieser Kultur lossagen würde, von der Jahrtausende alten Geschichte, den Liedern, der Sprache, meiner Familie, meiner Arbeit, was bliebe dann noch von mir?«

Sie hatte ihn verletzt. Plötzlich fühlte sie sich schrecklich. »Nein, tut mir leid. Das will ich natürlich nicht. Ich –«

»Es ist schwer, sich auf das Judentum einzulassen, aber unmöglich, es wieder abzulegen. Selbst wenn ich meinem Glauben abschwören und meine Familie verleugnen würde, wie du es von mir verlangst, wäre ich doch immer noch Jude. Die Menschen würden immer auf mein Jüdischsein pochen. Sie würden es mich niemals vergessen lassen. Einmal Jude, immer Jude.«

Draußen ertönte die laute Hupe eines Autos, und Marie fuhr zusammen und wankte. Ben hielt ihren Arm fest, um sie zu stützen. Sie stand so nah bei ihm, dass sie ihn atmen hörte. Sie stieß die Luft aus.

»Nun geh bitte, und such dir einen anderen«, sagte er. »Wir dürfen uns nie mehr wiedersehen. Klopf nicht mehr an meine Tür – ich werde nicht aufmachen. Ruf mich auch nicht an – du würdest dich nur quälen. Du musst mich vergessen. Pass auf dich auf.« Er öffnete die Wohnungstür, ging durch den Flur davon und ließ sie im Türrahmen stehen.

»Ben!«, rief sie.

Er wandte sich nicht um, ignorierte sie und verschwand in irgendeinem Zimmer der Wohnung, das sie noch nicht gesehen hatte. Sie dachte kurz daran, ihm zu folgen, aber entschied dann, dass es keinen Zweck hatte, obwohl ihr das Herz brach. Sie verließ Bens Wohnung und zog die Tür leise hinter sich zu.

Während sie die Außentreppen des Wohnblocks hinabstieg, drehte sie sich noch einmal um und sah, dass er am Fenster stand und ihr nachblickte. Sie würde einen Weg finden, um alles wieder in Ordnung zu bringen. Nach und nach wurde ihr klar, was sie tun musste.

14

KLEINE STICHE

Manche Tage im Krankenhaus dauerten so lange wie die übliche Arbeitszeit. Dann infizierten oder verletzten sich nur wenige Patienten und erschienen in höflich getakteten Zeitabständen durch den Haupteingang. Andere Tage dagegen wollten gar kein Ende nehmen und waren wie ein Gang durch den äußeren Kreis der Hölle. Dann erschien gefühlt jeder Einwohner Krakaus mit irgendeiner katastrophalen Verletzung oder biblischen Plage – und das nicht etwa einzeln, sondern alle wurden auf einmal hereingerollt. Diesmal erlebte Dominik einen Dienst der zweiten Sorte. Er hatte seit achtunddreißig Stunden nicht mehr geschlafen. Der Marathon hatte am Vortag begonnen, der für sich schon ziemlich lange dauerte. Dominik hatte drei Leistenbrüche operiert – leider hoben die Bauern immer wieder Getreidesäcke, die schwerer waren als sie selbst –, er hatte zwei gutartige Tumoren entfernt, vierundvierzig Patienten auf Station besucht und sich um einen Mann gekümmert, der zwar mit einem zerfleischten Bein gekommen war, aber vor allem Trost suchte, weil sein geliebter Hund tot war.

Dominik hatte völlig erschöpft das Ende dieser sehr langen Vierzehn-Stunden-Schicht erreicht, als er auch noch mit einer Reihe von Lebensmittelvergiftungen aus einem nahen Restaurant konfrontiert wurde. Dreiundzwanzig Kellner, Restaurant-gäste und Köche lagen jammernd auf fahrbaren Krankentragen und mussten mit Infusionen versorgt werden – und bei zwei von ihnen musste das Herz überwacht werden. Nachdem er alle über die Bedeutung ausreichender Handhygiene und die Gefahren aufgeklärt hatte, die von Lebensmittelbakterien drohten, stellte er beim Blick auf die Uhr fest, dass es bereits neun Uhr abends war – und zwar des nächsten Tages. Er war den ganzen Tag und die ganze Nacht wach gewesen, hatte das Krankenhaus nur kurz verlassen, um Maries Essen vorzubereiten, hatte dann einen stummen Verzweiflungsschrei ausgestoßen und war wieder zur Arbeit zurückgekehrt.

Nun wünschte er sich nichts sehnlicher, als einfach nur in einen Sessel neben den heimischen Kamin zu sinken und stumpf in die Flammen zu starren. Ihm fehlte die Energie, sich ein Bad einlaufen zu lassen, aber er könnte sich immerhin ans Feuer setzen und die Wärme genießen – das musste reichen. Deshalb hätte er sich auch am liebsten gar nicht umgedreht, als Oberschwester Skorupska ihm auf dem Weg Richtung Straßenbahn hinterherrief: »Doktor Karski, Sie müssen noch mal reinkommen! Sie werden dringend gebraucht!«

Er täuschte einen Anfall von akuter Taubheit vor und schritt unbeirrt weiter Richtung Haltestelle. Leider ließ das Klappern ihrer Holzschuhe auf dem Pflaster vermuten, dass sie ihm aus dem Krankenhaus nach draußen gefolgt war.

»Lassen Sie das doch bitte Doktor Wolanski machen, Oberschwester«, sagte er, ohne seinen Schritt zu verlangsamen.

»Das geht aber nicht, nicht mit ihm«, erwiderte sie, ihm auf dem Fuße folgend.

»Ich bestehe darauf, Oberschwester. Ich habe seit letzter Woche nicht mehr richtig geschlafen. Ich muss Sie bitten, jemand anderen zu holen. Selbst der Pförtner würde wahrscheinlich bei

den Patienten im Moment bessere Ergebnisse erzielen als ich –
immerhin kann er noch klar aus beiden Augen schauen!«

»Das ist es ja gerade«, sagte sie und hielt ihn am Arm fest. Er
ließ sich erweichen und blieb stehen, den Blick auf das unebene
Pflaster gerichtet. Die Steine erschienen ihm plötzlich weich wie
Wolken. Am liebsten hätte er sich augenblicklich daraufgelegt
und hundert Jahre geschlafen.

»Sie sollen sich keinen Patienten anschauen«, sagte sie.
»Es geht um Johnny.« Dominik sah sie fragend an. »Er ist verschwunden.«

»Wohin verschwunden?«

»Er ist irgendwo in den Wald gegangen. Am Ende seines
Dienstes hat er im Arztzimmer reichlich Alkohol getrunken.«

Dominik verdrehte die Augen. »Dann lassen wir ihn doch
am besten seinen Rausch ausschlafen – soll er sich unter eine
Birke legen!«

Die Oberschwester schüttelte den Kopf. »Er hat so traurige
Sachen gesagt …«

»Das tun manche Leute, wenn sie größere Mengen Alkohol
getrunken haben. Wenn Sie so besorgt um ihn sind, warum
sind Sie ihn dann nicht selbst suchen gegangen?«

»Das wäre doch unschicklich. Ich bin eine Frau! Suchen
Sie ihn, reden Sie mit ihm! Sie sind sein Freund. Er spricht die
ganze Zeit von Ihnen. Doktor Karski hier, Doktor Karski da.
›Fragen wir Doktor Karski, was er meint‹, sagt er immer, wenn
es um die Patienten geht.«

»Das würde ich eher als fachlichen Respekt verstehen – und
vielleicht als sein Bemühen, keinen Patienten umzubringen,
aber nicht als Freundschaft!« Dominik betrachtete noch einmal
sehnsüchtig das Kopfsteinpflaster.

»Bitte, Doktor Karski. Wir machen uns wirklich Sorgen.«

Dominik zog eine Grimasse. »Wenn ich vor Ärger oder Erschöpfung sterbe, sind Sie dafür verantwortlich, Oberschwester!«

»Ja, ja, schon gut!«, erwiderte sie lächelnd und schob ihn zurück in Richtung Krankenhaus. Als sie im Foyer waren, kam Schwester Emilia ihnen mit einer Flasche Kirschwodka entgegen. »Nehmen Sie den mit«, sagte sie.

Dominik musterte die Flasche, in der eine grellrote Flüssigkeit hin- und herschwappte. »Hat er denn nicht schon reichlich Alkohol getrunken?«

»Der ist nicht für ihn, Doktor Karski, sondern für Sie«, sagte Oberschwester Skorupska.

Dominik schnaubte missbilligend. »Und was soll ich ihm sagen?«

»Sie sind ein Mann. Er ist ein Mann«, sagte die Oberschwester. »Trinken Sie beide ein bisschen Wodka, und dann klären Sie, was zu klären ist.«

Dominik stieß einen langen Seufzer aus, während die Schwester ihm den Wodka und eine Taschenlampe reichte. Dann beschrieb sie ihm den Weg zu dem Wäldchen, wo Grüner zuletzt gesehen worden war. Dominik kletterte die Böschung hinauf, überquerte den kleinen Platz und ging in den Wald.

Das Aprilwetter war kalt genug, um ihn wach zu halten, aber nicht so kalt, dass er hätte erfrieren können. Im Moment erschien ihm Letzteres fast erstrebenswerter – dann hätte er wenigstens in aller Ruhe schlafen können. Er marschierte durch den dunklen Wald, leuchtete hier und da die Bäume oder Büsche an, in der Hoffnung, dass bei reichlicher Nutzung die Batterie bald leer wäre und er nach Hause zurückkehren könnte. Doch diese Hoffnung wurde zunichtegemacht, denn als er die Taschenlampe nach links schwenkte, tauchte der Gesuchte plötzlich in ihrem Schein auf und kam auf ihn zu.

»Gehen Sie weg!«, rief Grüner. »Lassen Sie mich allein.«

»Wenn Sie wollen, dass ich gehe, dann kommen Sie nicht weiter auf mich zugelaufen!«

»Domek! Ich bin erledigt!«, rief Grüner mit hysterischer Stimme aus. »Mir ist so warm!«, rief er. »Warum ist mir bloß so warm?«

»Schwer zu sagen, ohne genauere körperliche Untersuchung. Allerdings vermute ich, dass die Alkoholmenge, die Sie konsumiert haben, damit zu tun hat!«

Grüner überging seine Antwort, riss sich theatralisch den Mantel vom Leib und warf ihn über einen großen Stein. Dann taumelte er rückwärts gegen einen Baum und sank in die Knie, bis er schließlich auf dem Boden saß, mit dem Rücken an den Baumstamm gelehnt.

Dominik überlegte angestrengt, was er zu ihm sagen könnte, und erinnerte sich an Oberschwester Skorupskas Rat, ein Gespräch unter Männern zu führen. Aber welche Empfehlung konnte er ihm geben? »Sie sollten diese Hose in kaltem Wasser einweichen, damit die Grasflecken rausgehen«, sagte er mit einem Nicken.

»Vielen Dank für den Hinweis, Sie Waschfrau!«, erwiderte Grüner.

Dominik zuckte mit den Schultern und wollte gehen. »Passen Sie auf sich auf, Doktor Grüner.«

»Warum nennen Sie mich nicht Johnny?«, rief der Arzt ihm nach.

Dominik hielt inne und wandte sich um. »Sie sind mein ärztlicher Kollege. Es ist ein Zeichen meiner Achtung, wenn ich Sie mit Ihrem Titel anrede!«

»Ich betrachte das aber als *Miss*achtung! Ich habe Sie gebeten, mich Johnny zu nennen. Ich mag meinen Nachnamen nicht. Alle nennen mich Johnny. Alle außer Ihnen!«

Dominik verlor allmählich die Geduld und wollte weiter.

Grüner legte den Kopf in den Nacken und blickte nach oben. »Domek, die ganze Zeit, während wir geredet haben, ist es mir gar nicht aufgefallen. Ich sitze hier unter einem prachtvollen, ja geradezu erhabenen Baum! Leuchten Sie mal mit Ihrer Lampe rauf, wenn Sie mir nicht glauben!«

Dominik seufzte und hielt die Lampe nach oben. »Erhaben wohl kaum. Vielleicht ein bisschen größer als die anderen, das gebe ich zu.«

»Das ist der großartigste Baum, der je auf Erden wuchs!«, verkündete der junge Arzt. »Ich werde jetzt da raufklettern.«

»Nein, das ist keine gute Idee.« Aber Grüner hatte bereits einen Ast ergriffen und sich hinaufgeschwungen. »Sie sind betrunken und aufgewühlt. Die Gefahr ist groß, dass Sie runterfallen und sterben«, beschwor Dominik ihn.

»Ach was, ich kann ausgezeichnet klettern. Besser als Tarzan!« Er war schon auf halber Höhe angekommen. »Ich werde bis zur Spitze klettern!«, lallte er zu Dominiks Beunruhigung herab.

»Bitte kommen Sie runter, Doktor Grüner. Die Krankenschwestern lynchen mich, wenn Sie zu Tode kommen!«

»Aber Ihnen ist das doch egal!«, sagte er. »Schauen Sie nur – jetzt bin ich ganz oben!«

»Ja, das sind Sie!«, rief Dominik. »Grundgütiger!« Er leuchtete wieder an der Eiche empor. Nun musste er ihm wirklich recht geben. Dieser Baum hatte die Bezeichnung »erhaben« verdient. Das Krankenhaus hatte drei Stockwerke – dieser Baum war noch höher. Grüner balancierte auf dem zweiten Ast von oben. Dominik schluckte. »Ich flehe Sie an, kommen Sie runter. Und zwar vorsichtig!«

»Erst, wenn Sie mich Johnny nennen!«

Dominik erstarrte. »Seien Sie nicht albern. Nein!« Grüner hob einen Fuß vom Ast wie ein Seiltänzer und bewegte ihn hin und her. Der Ast wackelte und ächzte. »Großer Gott! Johnny!«, rief Dominik aus.

Der Arzt stellte seinen Fuß wieder auf den Ast zurück und grinste. »Kein Grund zu schreien!« Er holte eine Zigarette aus seiner Tasche und zündete sie an.

»Sie sind ja verrückt, kommen Sie jetzt da runter!«, rief Dominik nach oben. Ein Ast knackte laut. »Was war das?«

»Ich hab nichts gehört«, meinte Grüner. »Moment … oh …« Kaum hatte er das gesagt, gab der Ast unter ihm nach, und er stürzte hinunter.

»Gütiger Himmel!«, flüsterte Dominik. Der junge Arzt fiel von einem Ast zum nächsten. Jeder bremste seinen Fall einen Moment ab, ehe er selbst brach. Grüner fiel auf den nächsten Ast, hing dort einen Augenblick, dann ging es weiter nach unten. Er prallte noch einmal von einem Ast ab, bis es keine weiteren Äste mehr gab, und stürzte das letzte Stück im freien Fall abwärts und landete auf dem Boden.

Dominik rannte zu ihm. Er lag bewegungslos da. »Doktor Grüner? Johnny. Bitte sagen Sie doch was!« Er legte ihm die Hand auf den Hals und prüfte den Puls. Die Haut fühlte sich feucht und warm an. Unter Dominiks Fingern war der Puls zu spüren. Grüner stöhnte. Ein tiefer Riss lief unter seiner linken Augenbraue entlang. »Johnny, bitte sagen Sie doch was!«

»Ich glaube, ich bin blind.«

»Sie haben Blut im Auge«, seufzte Dominik. »Ihre Kopfwunde muss genäht werden.« Er half ihm auf die Beine und führte ihn langsam zurück durch den Wald zum Krankenhaus.

Die Uhr schlug zehn. Das Mondlicht fiel durch die Fenster und tauchte die Station mit den schlafenden Patienten in bläuliches Licht.

Oberschwester Skorupska saß im Schwesternzimmer und erledigte im Licht einer kleinen Lampe Büroarbeiten, Papier und Stifte vor sich. Aus dem Radio neben ihr erklang leise Musik: Radio Krakau spielte ein Konzert von Brahms. Sie lächelte die beiden Männer wortlos an, als sie hereinkamen, und wandte sich dann wieder ihren Papieren zu. Sie gingen weiter in Dominiks Büro.

»Ich war noch nie in Ihrem Büro, Domek«, sagte Grüner. »Es ist genau so, wie ich es mir vorgestellt habe.«

»Kalt und unpersönlich?«, fragte Dominik spöttisch.

»Warm und gescheit. Ihre Pflanze gefällt mir!« Grüner deutete auf das blühende Einblatt neben Dominiks Schreibtisch.

»Bitte nehmen Sie Platz«, sagte Dominik und bot ihm seinen Schreibtischstuhl an. Grüner setzte sich. Dominik legte Instrumente und Nahtmaterial auf dem Schreibtisch bereit. Er holte ein Vergrößerungsglas, befestigte es an einem Laborstativ und zog es dann vor Grüners Auge. Er hatte einige Fachbücher über plastische Chirurgie gelesen, eine neue Technik, die man während des Großen Krieges entwickelt hatte, um die entstellten Soldaten zu behandeln. Je kleiner die Stiche waren, desto besser. Er injizierte ein Lokalanästhetikum über Grüners Braue und begann mit der Arbeit.

»Sie müssen wissen, ich war nicht immer so betrunken«, sagte Grüner.

Dominik verknotete den ersten Stich und schnitt den Faden ab. »Ich glaube Ihnen aufs Wort.«

»Ich habe immer wieder diesen merkwürdigen Traum«, fuhr Grüner fort. »Und kann mir beim besten Willen nicht erklären, was er zu bedeuten hat. Bitte sagen Sie mir, dass Sie auch so einen Traum haben.«

»Gut«, erwiderte Dominik, obwohl es ihn innerlich schauderte. Es hatte ihm immer schon widerstrebt, sich die Träume anderer Menschen anzuhören, und er verstand auch nicht, wie man das gern tun konnte.

»In dem Traum stehe ich in der Sickergrube unter einem Plumpsklo, in vier Metern Tiefe«, sagte Grüner und lachte auf. »Es ist eine von diesen stabilen, tiefen Toiletten, wie man sie hinter den Dienstbotenquartieren findet, mit einer tiefen Grube im Boden. Ich stehe bis zum Hals drin, und um mich rum schwimmen Urin und Fäkalien. Über mir gehen dauernd Leute aufs Klo, die mich da unten nicht sehen, und lassen ihre Exkremente auf mich fallen. Ich will nach oben rufen, aber die Stimme versagt mir, kein Ton kommt raus. Die Exkremente steigen immer höher, und ich versuche rauszuklettern. Ich will nach oben. Ich klammere mich mit den Händen an der Wand fest, reiße mir die Fingernägel ein und haue mir die Knie auf, aber die Wände sind rutschig, alles ist mit braunem Schleim verschmiert.«

Dominik schauderte wieder, diesmal vor der grausigen Beschreibung. Er hatte damit gerechnet, dass Grüner ihm berichten würde, wie er von einer Riesenschlange verfolgt wurde oder ein Abendessen besuchte, das sich zu einer Orgie entwickelte. Aber der Traum, den er beschrieb, enthielt keines dieser Klischees. Dominik dachte darüber nach und wurde traurig. »Einen solchen Traum habe ich noch nicht gehabt«, sagte er.

»Ich versuche immer wieder hinaufzuklettern«, fuhr Grüner fort, »und will schreien. Aber dann schaue ich mir den See aus Exkrementen an, der mich umgibt, und die braun glänzenden Wände. Und dann denke ich mir – und das ist das Allerschlimmste –, dann denke ich mir: ›Und wenn ich mich jetzt einfach unter die Oberfläche sinken lasse und einatme ...‹«

Dominik legte die Nadel ab. Ein Ausdruck tiefer Verzweiflung überzog Grüners Gesicht. »Und, tauchen Sie dann unter?«, fragte Dominik. »Im Traum?«

»Das weiß ich nicht.« Grüner zuckte mit den Schultern. »Ich wache immer vorher auf.« Er verzog das Gesicht. »Ich hatte mal eine Frau. Und ein Kind, einen Sohn.«

Dominik erinnerte sich an sein Gejammer über die Frau, die ihn verlassen hatte. »Ich verstehe. Aber auch, wenn Ihre Frau nicht mehr da ist, gibt es doch immer noch Ihr Kind. Sie sollten versuchen, es zu treffen.«

»Mein Kind ist nicht mehr da. Mein Sohn hat Autos geliebt, genau wie ich. Er hat immerfort gequengelt, ich solle ihn mitnehmen. Er hat mich wahnsinnig gemacht mit seinen Forderungen.«

»Wie heißt denn Ihr Sohn?«

»Julian. Er hat viel besser ausgesehen als ich. Hat jede Großmutter in der Stadt um den Finger gewickelt. Nachmittags hatte er immer drei oder vier ältere Damen im Gefolge, die ihn von der Schule nach Hause begleitet haben – und hatte jedes Mal die Taschen voller Süßigkeiten.«

Dominik lächelte. »Sie sollten mit ihm Auto fahren. Sie dürfen gern mein Auto benutzen. Ich bin sicher, dass Ihre Frau nichts dagegen hätte, wenn Sie den Jungen mal einen Nachmittag im Auto mitnehmen.«

»Ich habe ihn im Auto mitgenommen. Und meine Frau auch. Ich habe mit ihr gestritten – und nicht aufgepasst. Ein Lastwagen fuhr über ein Stoppschild, er hatte uns nicht gesehen. Ich habe ihn auch nicht gesehen. Er ist seitlich ins Auto gefahren, hat den ganzen Lack zerstört, das Fahrwerk war total kaputt. Das Auto hatte ein Vermögen gekostet.«

»Das tut mir leid. Hat Ihre Frau Sie deswegen verlassen?«

»Sie hat mich nicht verlassen. Sie ist bei dem Unfall gestorben. Der Junge auch.«

Dominik wich zurück. »Mein Gott!«

Grüner holte tief Luft und zwang sich zu einem Lächeln. »Danach bin ich wohl eine Art Alkoholiker geworden.«

Dominik setzte sich. »Guter Mann ...« Er berührte ihn am Arm.

»Schauen Sie nicht so traurig – Sie bringen mich noch zum Heulen!«

Dominik war hilflos und schämte sich. Er hatte den Mann vollkommen falsch eingeschätzt. »Ich weiß nicht, was ich sagen soll.«

»Da gibt es auch nichts zu sagen«, sagte Grüner. »Das ist das Langweilige daran. Aber deshalb müssen Sie mir verzeihen, wenn ich manchmal ein bisschen zu viel trinke.«

»Wann war der Unfall?«

»Heute genau vor einem Jahr. Daher auch meine kleine Eskapade. Mein Vater, ein strenger Mann mit militärischem Hintergrund – hat einen größeren Schnurrbart als Otto von Bismarck –, sagt mir immer, ich soll mich zusammenreißen, und ich soll den Namen Grüner nicht länger mit meinen Erinnerungen und Tränen blamieren.«

»Aber es ist doch erst zwölf Monate her. Solche Dinge brauchen Zeit.«

»Meinem Vater war das lange genug. Er hat mich verstoßen. Er ist ein Nazi, wussten Sie das?«

»Ich hatte den Verdacht, als Sie erwähnten, dass Sie mit Göring Tennis gespielt haben«, erwiderte Dominik.

»Ja, in der Tat. Mein alter Herr ist ein Nazi. Und ein überaus eifriger dazu. Ich bin eine ziemliche Enttäuschung für ihn. In der Partei hat man nicht viel für Sentimentalität übrig – für das Betrauern von toten Frauen und Kindern. Ich habe versucht, über den Verlust hinwegzukommen, aber ich scheine stattdessen immer tiefer in die Sickergrube zu sinken!« Er lachte. »Eigentlich will ich gar nicht hier sein, verstehen Sie?«

»In diesem Krankenhaus?«

»Auf dieser Welt.«

Dominik verzog das Gesicht. Mit seiner von Schmerz und Schuldgefühlen geprägten Miene erinnerte Grüner ihn stark an jemanden, den er vor langer Zeit gekannt hatte und der nun nicht mehr war. Er musste etwas sagen. Dominik berührte ihn an der Schulter. »Bitte schwimmen Sie weiter. Bitte atmen Sie weiter. Sie haben doch das halbe Leben noch vor sich. Wenn Sie jetzt gehen, werden Sie nie erfahren, was noch hätte passieren können.«

Grüner starrte ihn an.

»Und als praktischen Hinweis würde ich Ihnen raten, Ihren Alkoholkonsum zu reduzieren. Wenn Sie das können.«

»Sind Sie wahnsinnig, Mann?«

»Das kann die Traurigkeit noch verstärken, vor allem am Folgetag.«

»Ja, aber das kann ich umgehen, indem ich gar nicht erst aufhöre. Es gibt keinen Morgen danach für mich, weil ich dann schon wieder mit dem Trinken angefangen habe. Sie trinken gar nicht, oder?«

»Nein«, erwiderte Dominik.

»Das ist sehr untypisch für einen Polen. Sind Sie nicht gesund?«

Dominik wurde klar, dass er gleich noch etwas von sich enthüllen würde. Aber es war zu spät – schließlich dachte der Mann darüber nach, sich umzubringen. Dominik wählte seine Worte mit Bedacht. »In meiner Jugend habe ich eine sehr düstere Zeit erlebt. Ich wurde Zeuge von grausamen und bedauernswürdigen Taten, zu denen der Täter durch den Genuss von Wodka gebracht wurde. Danach habe ich mir geschworen, dass ich nie wieder im Übermaß trinken würde. Ab und zu trinke ich einen Schluck, um nicht ungesellig zu erscheinen.«

Grüner kicherte. »Sie überraschen mich immer wieder, alter Knabe. Täglich entdecke ich eine neue Seite an Ihnen. Wie viele habe ich inzwischen schon gesehen? Sieben, acht? Die meisten Leute haben nicht mal eine!«

Dominik räusperte sich und wechselte das Thema. »Wie kann ich Ihnen helfen?«

»Flicken Sie mich grob zusammen, sodass ich eine ordentlich große Narbe bekomme. Die Damenwelt liebt Narben!«

»Ich fürchte, da muss ich Sie enttäuschen.« Er deutete auf einen Spiegel.

Grüner untersuchte sein Spiegelbild. »Verflucht, Domek – das sind die kleinsten Stiche, die ich je gesehen habe! Da wird kaum eine Narbe zu sehen sein.«

»Tut mir leid.« Dominik tupfte den Bereich mit einer antiseptischen Flüssigkeit ab. Er wusch sich die Hände in einem kleinen Waschbecken am Fenster. Draußen im Hof trieb ein frischer Wind die herabgefallenen Blätter im Kreis. »Ich kann Ihnen höchstens die andere Braue wegschneiden – oder Ihnen ein Ohr abnehmen, wenn das bei den Damen hilft.«

»Ich melde mich bei Bedarf!«

»Sehr gut.«

Grüner nahm seinen Mantel. »Vielen Dank, Domek. Für die schrecklich kleinen Stiche!«

»Sehr gern ... Johnny.«

Nun würde er ihn auch weiterhin so nennen müssen. Dominik bestand immer so lange wie möglich darauf, die Leute mit ihrem Titel und Nachnamen anzureden. Das half, sie auf einer Armeslänge Abstand zu halten. Doch es wäre unhöflich und grausam gewesen, diesen Mann weiterhin »Doktor Grüner« zu nennen, nachdem er vom Verlust seiner Familie erfahren und ihm das Gesicht genäht hatte. Unter anderen Umständen wäre es schön gewesen, einen Freund zu finden, aber in der augenblicklichen Situation bedeutete es eine Gefahr. Dominik erkannte deutlich, was dieser Mann für ein Mensch war, und nun war es nur eine Frage der Zeit, bis sein Kollege gleichfalls erkannte, was für ein Mensch Dominik war.

15

DAS REPTILIENHIRN

»Er wird es nicht wagen einzumarschieren!«, beharrte Ober-schwester Skorupska. »England und Frankreich würden ihm den Krieg erklären, und Deutschland würde zerstört.« Sie biss von ihrem Brot ab und kaute. »Polen hat zu viele Freunde.«

Dominik, Johnny und die Schwestern saßen in der Cafeteria des Krankenhauses. Auch Wolanski war dort. Die letzten Tage hatten Krakau warmes Wetter beschert, und in den Zeitungen wurde berichtet, dass man an der Nordgrenze des Landes einen deutschen Panzer gesichtet habe. Hitler hatte eine Rede gehalten, in der er seiner Sorge um die deutsche Minderheit in Polen Ausdruck verlieh, und verkündet, dass er als Retter seines Volkes einmarschieren werde. Die Leute redeten über nichts anderes mehr; Dominik hing das Thema schon zum Hals heraus. Als für drei Uhr eine Versammlung in der Cafeteria anberaumt wurde, um über die Vorgänge zu sprechen, hatte er dankend abgelehnt mit dem Hinweis darauf, dass er seine Nachmittags-visite um drei beginne. Er hatte damit gerechnet, dass man sich ohne ihn treffen würde – schließlich war seine Anwesenheit bei der Besprechung nicht unbedingt erforderlich –, musste aber zu seiner Bestürzung feststellen, dass man das Treffen in seine Mittagspause verlegt hatte, damit er teilnehmen konnte.

Niemand erwiderte etwas auf Oberschwester Skorupskas selbstbewusste Äußerung, dass Hitler es nicht wagen würde, in ihr schutzloses Heimatland einzumarschieren. Alle aßen schweigend ihr Mittagessen.

»Wie ergibt man sich denn eigentlich richtig?«, fragte Schwester Emilia schließlich. »Wenn man nicht umgebracht werden will. Hält man ein weißes Taschentuch hoch?«

»Das macht man nur in Büchern so, Schwester«, erwiderte Dominik. Er sah auf seine Uhr. Er musste bald wieder auf die Station zurück und sich um eine Patientin kümmern, die Anzeichen von Kindbettfieber erkennen ließ.

»Haben Sie im Großen Krieg gekämpft, Doktor Karski?«, fragte Emilia.

Alle richteten ihre Blicke auf ihn.

Dominik rutschte auf seinem Stuhl hin und her, unsicher, was er erwidern sollte. Er spürte, wie ihm ein Schweißtropfen den Nacken herunterrann, und hoffte nur, dass kein Schweiß auf seiner Stirn zu sehen war. Er sollte jetzt wirklich schnell zu seiner Patientin zurückkehren. »Ich wette, dass jeder Mann hier im Raum bei diesem schrecklichen Krieg mitgekämpft hat«, meinte er schließlich mit einem Schulterzucken.

»Ich schon«, sagte Wolanski, während er sich über den Teller mit dampfenden Reibekuchen hermachte, die ihm seine Frau ins Krankenhaus gebracht hatte. »Ich bin heldenmütig für Österreich-Ungarn ins Feld gezogen. Machen Sie sich mal keine Sorgen über die Kapitulation, Schwester«, fügte er hinzu und deutete mit seiner Gabel auf Schwester Emilia. »Das brauchen Sie nicht. Die Deutschen werden Krakau lieben. Die Stadt ist bekannt für ihre Raffinesse – ein Höhepunkt polnischer Kultur. Unser Stil und unsere Architektur werden die feinsinnigen Deutschen beeindrucken.«

Schwester Emilia verzog das Gesicht: »Unsere Stadt besteht

doch hauptsächlich aus den Ruinen, die die Eroberer hier hinterlassen haben. Ein italienisches Opernhaus, ein österreichischer Platz, ein schwedischer Turm. Hier sieht es aus wie in Wien, nicht wie in einer polnischen Stadt – aber Vergleiche gibt es ja nicht.«

»Wie auch immer.« Wolanski zuckte mit den Schultern. »Ich versichere Ihnen, dass es den Deutschen hier gefallen wird. Wenn wir freundlich zu ihnen sind und ihnen zeigen, dass wir mit ihrer Politik auf einer Linie liegen, dann lassen sie uns bestimmt leben. Vielleicht räumen sie hier sogar ein bisschen auf und sorgen für Ordnung.«

»Immer mit der Ruhe, alter Knabe«, sagte Johnny.

Wolanski wandte sich gereizt an Johnny. »Sprechen Sie eigentlich Deutsch? Ich finde, Sie sehen so aus.«

Johnny nickte. »Ja, aber ziemlich schlecht.«

»Keine falsche Bescheidenheit«, gluckste Wolanski. »Ich wette, Ihr Deutsch ist genauso gut wie das des Führers.«

»Das wäre ja auch nicht schwer«, erwiderte Johnny. »Der Kerl spricht ein schreckliches Deutsch. Er bringt die Meisterleistung fertig, mit vielen Wörtern nichts zu sagen. Er erzählt seinem Volk von dem epochalen Kampf, der ihm bevorsteht. Es gibt keinen Kampf. Hitler wurde von der Kunstakademie abgelehnt – und jetzt soll die Welt dafür bezahlen. Es wäre zum Lachen, wenn es nicht so traurig wäre.«

Wolanski blinzelte und überhörte geflissentlich den eigentlichen Inhalt der Äußerung. »Sie sind mir ja ein ganz Durchtriebener! Also sprechen Sie doch ausgezeichnet Deutsch! Wir müssen mal gemeinsam in den Club gehen und uns über Politik austauschen. Die meisten Menschen hier sind so schrecklich provinziell. Dominik hat gar kein politisches Interesse.«

Dominik nickte. »Das stimmt. Diese Themen interessieren mich nicht.«

Wolanski seufzte. »Da hören Sie's. Ich dagegen halte mich auf dem Laufenden. Am besten soll uns meine Sekretärin mal eine Reservierung zum Lunch machen!«

Johnny blickte mit erhobenen Augenbrauen zu Dominik hinüber.

Schwester Emilia wechselte das Thema. »Werden Sie denn kämpfen, Doktor Karski?«, fragte sie.

»Ich hoffe, man wird so vernünftig sein und mich als Arzt einsetzen«, erwiderte Dominik. »Und auch die anderen hier. Aber ich gehe natürlich dorthin, wo man mich hinschickt.« Er schluckte.

»Haben Sie im Großen Krieg gekämpft, Johnny?«, fragte Oberschwester Skorupska.

»Ja«, erwiderte Johnny. »Ich habe Rasputin umgebracht und dann die Kaiserin verführt. Mütterchen Russland war daraufhin so demoralisiert, dass sie sich gleich am nächsten Tag ergeben hat!«

Alle lachten. Das Gespräch wandte sich der Frage zu, was jeder von ihnen tun würde, falls es zum Krieg käme, und wohin sie dann gehen würden. Dominik sah auf die Uhr und legte sich in Gedanken eine Entschuldigung zurecht, um sich zu verabschieden.

»Ich glaube, ich würde in meinen Heimatort zurückkehren«, sagte Oberschwester Skorupska. »Dort lebt mein Sohn mit seiner Frau. Es ist nur zwanzig Minuten von hier mit dem Zug, aber außerhalb der Stadt. Das ist bestimmt sicherer. Diese Schweine werden Krakau womöglich dem Erdboden gleichmachen.«

»Wo kommen Sie her, Johnny?«, fragte eine andere Schwester.

»Aus dem Norden, aus dem Freistaat Preußen.«

»Wie aufregend!«, bemerkte Schwester Emilia. »Werden Sie wieder dorthin zurückkehren?«

»Ich glaube kaum.«

»Er wird hier gebraucht«, sagte Dominik und nickte bekräftigend.

»Und woher kommen Sie, Doktor Karski? Werden Sie nach Hause zurückkehren?«

»Ich komme auch aus dem Norden«, sagte er. »Aber ich werde hierbleiben.«

»Sie klingen gar nicht so, als kämen Sie aus dem Norden«, warf Wolanski angriffslustig ein. Dominik rutschte auf seinem Stuhl hin und her. Er wartete darauf, dass das Thema wechselte, aber das geschah nicht. Zum ersten Mal seit zwanzig Minuten unterbrach Wolanski seine Mahlzeit. »Sie klingen eher so, als kämen Sie aus dem Osten«, sagte er mit einem Grinsen. »Aus Lemberg – oder sogar noch weiter östlich. So wie Sie das *R* mit der Zunge rollen.«

Dominik lachte kopfschüttelnd, während sich in seinem Nacken noch mehr Schweiß bildete. Er zwang sich, ruhig und gleichmäßig zu atmen und ohne Stottern zu antworten. »Ich rolle meine Rs in keiner besonderen Weise.«

»Ich bin mir sicher – Sie stammen aus Lemberg!« Wolanski nahm die Gabel wieder auf und gestikulierte damit in Dominiks Richtung.

Schwester Emilia lachte. »Und woher wollen Sie das wissen, Doktor Wolanski?«

»Weil ich mal in Lemberg gewohnt habe!« Es wurde still. Wolanski blickte um sich und strahlte – nun konnte er sich einer aufmerksamen Zuhörerschaft gewiss sein. Er sprach selbstsicher weiter. »Mein Vater war Diplomat, und wir sind oft umgezogen, aber in Lemberg haben wir zwei Jahre gewohnt, als ich zur Schule ging. Mir ist das bisher nicht richtig aufgefallen, Dominik, weil Sie es zu verbergen versuchen – und das gelingt Ihnen auch sehr gut. Die meiste Zeit sprechen Sie ein hochgestochenes, überdeutliches Polnisch. Aber wenn Sie müde sind, verfallen Sie manchmal in den schmuddeligen, bäuerlichen Tonfall des Ostens. Hurra – ich wusste doch gleich, dass irgendetwas an Ihnen nicht ganz echt ist!«

»Irgendjemand hier ist nicht ganz echt, alter Knabe, das stimmt – aber es ist nicht Doktor Karski!«, sagte Johnny. Doch Wolanski ließ sich nicht von seinem Kurs abbringen. Er konnte gar nicht mehr still sitzen, schadenfroh wie ein Kind, das seinen kleinen Bruder im Schach besiegt hat. Er lachte zwar beim Sprechen, als sei alles nur ein Scherz, dabei unterstrich er aber jeden Satz, indem er mit der Gabel in Dominiks Richtung stach.

»Damals haben Familien aus dem Osten neben uns gewohnt, in der stinkenden Mietskaserne, die neben unserem Haus lag. Ich hatte kein Problem mit den Einwohnern Lembergs – das waren reizende, kultivierte Menschen. Aber die Einwanderer aus den Dörfern im Osten – die waren schlimm. Und Sie klingen wie die! An eine Familie kann ich mich noch besonders gut erinnern … Der Vater war ein Herumtreiber und ständig betrunken. Die Mutter hat sich für ein paar Münzen vor jeden Handelsreisenden der Stadt gekniet. Furchtbarer Abschaum. Die wären besser dahin zurückgekehrt, wo sie hergekommen waren. In meiner Stadt war kein Platz für sie. Manchmal rollen Sie die Rs so, wie der Vater dieser Familie … so wie es nur ein Bauerntölpel tut.« Er deutete wieder mit der Gabel auf Dominik und lachte brüllend. »Wusste ich's doch!«

Die Schwestern kicherten verlegen und wussten nicht, was sie sagen sollten. Alle wandten sich Dominik zu und warteten auf seine Reaktion. Aber Dominik saß stumm und wie erstarrt da.

»Ich glaube, Sie hatten zu viel Wodka zum Frühstück, mein Lieber«, sagte Johnny zu Wolanski und unterbrach damit zum Glück die Stille. »Ich komme aus dem Norden, und ich kann

Ihnen versichern, dass Dominik genauso klingt wie die Leute aus meiner Heimatstadt. Da, wo ich herkomme, sprechen alle so wie Doktor Karski.«

Die Umsitzenden nickten und konzentrierten sich wieder auf ihr Essen. Der Einzige, der nicht einverstanden schien, war Wolanski. Er starrte Dominik weiterhin mit einem wissenden Lächeln an. »Verstehe. Mein Fehler.«

Als sie die Cafeteria verließen, holte Johnny Dominik ein und begleitete ihn ein Stück den Flur entlang. »Wenn Sie so klingen wollen wie jemand aus dem Norden, dann müssen Sie tatsächlich mehr auf Ihre Rs achten.«

Dominik blieb schockiert stehen. Er merkte, wie ihm wieder im Nacken der Schweiß ausbrach.

»Mir fällt gerade der verdammte Ausdruck nicht ein«, sagte Johnny und kratzte sich am Kinn. »Guttural! Genau – das ist das Wort! Sie müssen die Rs stärker deutsch klingen lassen, mehr aus der Kehle. Meistens schaffen Sie das zwar ganz gut, aber hier hat unser Freund Doktor Wolanski ausnahmsweise mal recht – auch wenn er bei tausend anderen Dingen falschliegt: Wenn Sie nicht ganz so wachsam sind, wenn Sie sich beeilen, dann rollen Sie tatsächlich das *R*.« Er nickte Dominik freundlich zu.

»Oh.« Dominik schluckte.

Johnny bedachte ihn mit einem eigenartigen Blick, keineswegs unfreundlich, aber trotzdem neugierig, als wollte er tief in ihn hineinblicken. Dominik war ganz flau, weil Wolanski ihn so überrumpelt hatte – aber noch schlimmer war, dass Johnny ihn durchschaut hatte.

Johnny schien sein Unbehagen zu spüren. Er lächelte und tätschelte Dominiks Arm. »Keine Sorge, mein Freund. Keiner sonst würde es merken – und mir fällt es bloß auf, weil ich nunmal von dort komme.«

»Vielen Dank, Johnny.« Dominik entschuldigte sich hastig,

erwähnte die infizierte Patientin, um die er sich nun schnell kümmern müsse, und ließ seinen Freund auf dem Flur stehen.

Als Dominik sich später am Nachmittag in sein Büro zurückziehen wollte, traf er auf Wolanski, der in der Tür lehnte. »Darf ich bitte in mein Büro, Doktor Wolanski?«, fragte Dominik. Er wollte seitlich an dem dicken Mann vorbeigehen, aber Wolanski stellte sich ihm in den Weg. Er legte die Hand auf den Türrahmen, sodass sein riesiger Ellenbogen eine Schranke bildete, die Dominik nicht ohne Weiteres passieren konnte, es sei denn, er bückte sich, um darunter herzugehen.

»Sollen wir Limbo tanzen, Doktor Wolanski?«, versuchte Dominik es mit einem Witz. »Ich bin zwar beschäftigt, aber ein Tänzchen könnte ich vielleicht schaffen.« Er beugte den Rücken scherzhaft nach hinten und ging in die Knie, doch Wolanski bewegte den Arm tiefer und verstellte ihm wieder den Durchgang. Dominik musterte seine Miene. »Kann ich Ihnen irgendwie helfen, Doktor?«, fragte er. »Ich habe nämlich wirklich viel zu tun.« Wolanski öffnete den Mund und schloss ihn wieder. »Möchten Sie mir etwas sagen?«, fragte Dominik. »Ihnen scheinen die Worte zu fehlen. Geht es um einen Patienten? Oder haben Sie vielleicht einen Ausschlag, den ich diskret untersuchen soll?« Dominik versuchte noch einmal, an ihm vorbeizukommen, doch die Armschranke, die kurzzeitig ein Stück gesunken war, befand sich nun wieder quer über dem Eingang.

»Ich weiß, dass Sie ein Geheimnis haben«, sagte Wolanski.

Dominik lachte. »Ja, mein Geheimnis ist, dass ich Arbeit zu erledigen habe. Ich habe heute vierunddreißig Patienten gesehen und muss nun die Berichte schreiben. Darf ich jetzt bitte durch?«

Wolanski streckte den Rücken durch und fixierte Dominik mit misstrauischem Blick. Offenbar hatte Dominik etwas Falsches gesagt. Entweder hatte er ein bisschen zu laut gelacht oder zu schnell gesprochen. »Warum reden Sie nie darüber, wo Sie herkommen?«, fragte Wolanski.

»Das ist eine langweilige Geschichte.« Dominik zuckte mit den Schultern. »Sie würden nach zwei Minuten einschlafen.«

»Das bezweifle ich.« Wolanskis goldener Backenzahn glänzte im Licht der Leuchtstoffröhren. Obwohl der Zahn darauf schließen ließ, dass hier viel Geld investiert worden war, saß er in seinem Mund wie ein lackierter Kiesel zwischen zigarettengelben Schlackesteinen. »Sie sind aus dem Osten, ob Sie's nun zugeben wollen oder nicht.« Er wartete auf Dominiks Antwort. »Warum wollen Sie mir nicht sagen, wo Sie herkommen?«

Dominik musterte das Gesicht des Mannes. »Wo ich herkomme, ist allein meine Angelegenheit.«

»Nun ist es auch meine Angelegenheit. Es gibt nur einen Grund, warum ein Mann nicht über seine Vergangenheit spricht: wenn er sich ihrer schämt.«

»Wir schämen uns doch alle unserer Vergangenheit. Wenn ich daran denke, was wir für Kleidung getragen haben – du liebe Güte!«

»Lassen Sie es mich anders formulieren. Nicht, wenn er sich seiner Vergangenheit schämt. Sondern wenn er etwas zu verbergen hat.«

»Ich habe nichts zu verbergen, was meine Kleidung angeht – auch wenn mir die Klamotten von früher peinlich sind. Ich bringe Ihnen nächste Woche mal ein paar alte Fotos mit!«

Wolanski grinste wieder. »Ich glaube nicht, dass der Krankenhausvorstand begeistert ist, wenn er von Ihrer Vergangenheit erfährt.«

Nun wurde klar, worauf er abzielte. Dominik versuchte, sich nichts anmerken zu lassen, beging aber unwillkürlich einen entscheidenden Fehler. Er blinzelte, und Wolanski sah es.

Er stürzte sich sofort auf diese Reaktion. »Sie sind kein guter Lügner, Karski. Sie sind darin nicht besonders versiert. Aber wissen Sie, was der deutlichste Hinweis darauf ist, dass Sie mich anlügen, dass Sie etwas zu verbergen haben?«

»Klären Sie mich auf.«

»Ich stehe jetzt schon minutenlang vor Ihrer Tür. Wenn Sie nichts zu verbergen hätten, hätten Sie mich längst zum Teufel geschickt.«

Dominik biss sich auf die Lippe und blickte den Flur entlang. Niemand sonst war in der Nähe. »Verdammt noch mal, verpissen Sie sich!« Es war das erste Mal in ihrer zehnjährigen Zusammenarbeit, das Dominik vor ihm geflucht hatte.

Wolanski lachte und streckte sich. Er wirkte plötzlich viel gelöster. Er schien überzeugt zu sein, dass er endlich auf wertvolle Informationen gestoßen war. »Dann ist es Ihnen doch sicher recht, wenn ich ein bisschen in Ihrer Vergangenheit stöbere? Ich habe immer noch ein paar alte Schulfreunde in Lemberg. Ich brauche sie bloß anzurufen. Ich habe einen ganz besonderen Freund, ein ziemlich widerlicher Kerl – aber er kennt Gott und die Welt. Er arbeitet inzwischen dort im Kriegskommissariat.«

»Sicher. Rufen Sie ihn gern an!«, entgegnete Dominik.

»Sehr gern.« Wolanski ließ den Arm sinken, und Dominik trat in sein Büro. Die Übelkeit kehrte wieder, und sein Herz raste, während Wolanski davonging.

Er eilte zur Tür zurück. »Doktor Wolanski!«

Wolanski drehte sich um.

»Also gut. Was wollen Sie?«

Euphorie und Selbstgefälligkeit tanzten über Wolanskis Miene. »Hah! Ich gebe zu – ich habe ein bisschen geblufft. Aber nun sehe ich, dass ich ins Schwarze getroffen habe! Und da bin ich natürlich neugierig, was Sie getan haben!«

Dominik sank das Herz.

»Was haben Sie angestellt, Karski?« Wolanski kam langsam zu ihm zurück. »Hatten Sie eine Affäre mit der Tochter eines Adligen? Nein, das ist nicht Ihr Stil. Frauen sind nicht Ihre Schwäche. Aber was ist dann Ihr Schwachpunkt, frage ich mich? Jeder hat einen. Sie sind ein scheinheiliger Mann – gehen allem Ärger aus dem Weg. Vermutlich auch keine Veruntreuung.« Er starrte Dominik mit scharfem Blick an. »Sie sind einer von den Stillen. Aber warum sind Sie *so* still? Stille Wasser sind tief, wie es heißt. Die Verschwiegensten überraschen einen am Ende immer. Sie müssen irgendetwas Furchtbares getan haben. Es quält Sie tagtäglich. Was haben Sie getan, Karski? Haben Sie jemanden umgebracht?«

»Ich habe Sie gefragt, was Sie von mir wollen.«

Wolanski verschränkte die Arme. »Ich will, dass Sie Ihre Bewerbung als Chefarzt zurückziehen.«

Dominik richtete sich auf. »Das kann ich nicht.«

»Dann werde ich wohl meinen Freund anrufen müssen.«

»Also gut.« Dominik schloss die Augen. »Ich ziehe die Bewerbung zurück.«

»Sehr gut! Dann sage ich dem Krankenhausvorstand Bescheid!«

»Und Ihr Freund in Lemberg? Aus dem Kriegskommissariat?«, fragte Dominik nervös.

Wolanski zuckte mit den Schultern. »Welcher Freund? Ich kann mich gar nicht mehr an seinen Namen erinnern.« Er wandte sich um und ging. Für einen so schwergewichtigen Mann tänzelte er überraschend leichtfüßig davon, wie ein Kind auf dem Weg zu einer Geburtstagsfeier.

Als Dominik vor vielen Jahren an der Universität Neurologie belegte, hatte er sich mit dem Limbischen System beschäftigt, das einige Kommilitonen auch als »Reptilienhirn« bezeichnet hatten. Es waren die primitivsten Teile des Gehirns, die das

Triebverhalten steuerten: Angst, Aggression, Hunger und Geschlechtstrieb. Das Limbische System kannte weder Empathie noch Erbarmen, weder Humor noch Liebe, Freundschaft oder gar Selbstlosigkeit – oder irgendeine der anderen Eigenschaften, die ein menschliches Wesen ausmachten. Wolanskis Verhalten und seine Motivation wurden einzig vom Selbsterhaltungstrieb gesteuert. Dominik machte ihm daraus keinen Vorwurf. Jeder suchte sich seinen eigenen Weg, um zu überleben, und vor diesem Tag hatte ihn die stumpfe Gefühllosigkeit seines Kollegen nicht tangiert. Sie hatten als Arbeitskollegen nebeneinanderher existiert, oft nicht sehr harmonisch, aber die meiste Zeit über hatten sie nichts miteinander zu tun gehabt. Von nun an waren sie jedoch für immer verbunden durch Dominiks Geheimnis und die Macht, die Wolanski über ihn hatte. Nun, da er auf die Gnade eines Mannes angewiesen war, der sich von seinem Reptilienhirn leiten ließ, wusste er nicht, wie er je wieder zur Ruhe kommen sollte.

16

EIN COUSIN IN DRESDEN

»Ich hoffe, du bist jetzt zufrieden, Papa!«, rief Marie ihrem Vater zu, als sie ins Haus trat. Sie hatte ihn seit zwei Tagen nicht gesehen. »Alle deine Träume sind in Erfüllung gegangen! Ben Rosen macht mir nicht mehr die Tür auf und geht auch nicht ans Telefon.«

»Du hast die Aufnahmeprüfung nicht bestanden!«, gab Dominik zur Antwort. Er saß in dem alten Ledersessel, wo er immer saß, wenn er seine Post las.

Marie erstarrte. »Was?«

Ihr Vater las ihr aus dem Brief vor, den er in der Hand hielt. »Wir bedauern, Ihnen mitteilen zu müssen, dass Ihre Tochter, Marie Karska, die erforderliche Punktzahl nicht erreicht hat ...«

Marie riss ihm den Brief aus der Hand und überflog ihn. Sie setzte sich in den Sessel ihrem Vater gegenüber. »Das ist unmöglich!«, sagte sie, obwohl ihr ein bisschen bange wurde, wenn sie sich an den Verlauf der Prüfung erinnerte.

»Meine Liebe, warum hast du die Prüfung abgelegt, wenn du nicht gut vorbereitet warst?«

»Ich war gut vorbereitet! Ich kann Arzt werden, Papa!«

»Jetzt nicht mehr«, sagte er.

Marie war wie vor den Kopf geschlagen. »Ich sag dir eins,

Papa, diese Prüfung war unangemessen schwer. Sie war für fortgeschrittene Studenten ausgelegt.«

»Oder bloß zu schwer für dich.« Das war das Abscheulichste, was ihr Vater je zu ihr gesagt hatte. Er ging in die Küche. Sie folgte ihm und sah zu, wie er den Wasserkessel füllte und auf den Herd stellte.

Sie presste die Zähne zusammen. »Du hast mich nicht ausreden lassen«, sagte sie. »Das war eine fingierte Prüfung. Strawiński hat sie extra so angelegt, dass ich durchfalle! Er hat mir einen Test gegeben, der eigentlich für Chemiestudenten höherer Semester bestimmt ist. In der ersten Aufgabe wurde nach dem Löslichkeitsprodukt von Silber gefragt! Eine absurde Frage für eine medizinische Aufnahmeprüfung!«

»Dann verstehe ich, warum du durchgefallen bist. Nimm es nicht so schwer.«

»Das ist es ja gerade! Ich glaube nicht mal, dass ich wirklich durchgefallen bin! Ich glaube, ich habe diese Frage und noch eine ganze Reihe anderer richtig beantwortet!«

»Dein Glaube an dich selbst rührt mich, meine Tochter. Schön, dass du meinst, du hättest so gut abgeschnitten – das zeugt von einem großen Selbstbewusstsein! Trotzdem bleibt Tatsache, dass du durchgefallen bist. Die Antworten, die du für richtig gehalten hast, waren am Ende wohl doch nicht korrekt.« Er goss das kochende Wasser in eine Teekanne. »Möchtest du eine Tasse?«, fragte er dann. Zur Antwort schnaubte Marie nur. »Es tut mir leid für dich, Marie. Wahrscheinlich hast du dich nicht richtig auf die Prüfung vorbereitet. Mir ist klar, dass du nicht dumm bist. Aber weißt du, dass ich sogar ein bisschen erleichtert bin?«

Er nahm Tasse und Untertasse aus dem Wandschrank. Der bittere Geruch von Teeblättern zog durch die Küche. Am liebsten hätte sie ihn geschlagen. »Dein Studium schreckt einen zukünftigen Ehemann womöglich ab. Es ist nun wirklich das Beste für dich zu heiraten.« Er blickte auf. »Einen Katholiken, meine ich. Vorzugsweise vermögend. Diese Lektion habe ich vor zwanzig Jahren gelernt – und nichts, was ich seitdem erlebt habe, konnte mich von dieser Überzeugung abbringen.«

Sie sah ihm zu, wie er sich in aller Seelenruhe seinen Tee einschenkte, und spürte einen wütenden Aufschrei in ihrer Kehle emporsteigen. Ihr Vater nippte an seiner Teetasse und schob sich die Brille zurecht, und Marie wurde klar, dass sie nun etwas Waghalsiges tun musste.

Sie stieg in eine Straßenbahn, die sie in das Viertel südlich der Altstadt brachte. Allerdings ging sie nicht zu Bens Wohnung, sondern zu dem Haus eines Mannes, den sie noch nie persönlich getroffen hatte. Er war Patient ihres Vaters und wurde wegen eines Sarkoms behandelt – so hatte sie überhaupt von ihm erfahren –, doch eine engere Verbindung bestand zwischen ihnen nicht. Sie klopfte an die Tür. Ein dürrer alter Mann öffnete. »Ja?«, sagte er und blinzelte durch seine dicken Brillengläser.

»Rabbi Katz? Ich bin Marie Karska. Doktor Karskis Tochter.«

Er riss die Augen auf. »Meine Hautuntersuchung. Die war wohl nicht in Ordnung? Sagen Sie mir, liebes Mädchen, wie ist die Prognose?«

Mit dieser Reaktion hatte Marie nicht gerechnet. »Oh, das weiß ich gar nicht so genau.«

»Ihr Vater hat gestern ein Stück Epidermis abgetragen. Er sagte, er muss es unterm Mikroskop untersuchen. Ein kleines braunes Hautstück. Er sagte, er würde sich am nächsten Tag mit dem Ergebnis melden. Ist es so schlimm, dass er es mir nicht am Telefon mitteilen kann? Hat er Sie deshalb als Botin geschickt, um die schlechte Nachricht persönlich zu überbringen? Abigail, hör mal! Abigail?«

Man hörte rasche, leichte Schritte den Flur entlangkommen.

»Was?« Eine schrille Stimme gesellte sich zu den Schritten.

»Ich bin nicht deswegen hier«, protestierte Marie vergeblich.

Eine winzige Frau, kaum einen Meter fünfzig groß, erschien an der Tür. Ihr Haar war oben auf dem Kopf zu einem Knoten gesteckt, der an ein dickes schwarzes Wollknäuel erinnerte. Sie schob den Rabbi zur Seite und stellte sich neben ihn in den Türrahmen. Dann musterte sie Marie von oben bis unten. »Wie ist seine Prognose?«, wollte sie wissen. »Sagen Sie's uns nur – wir werden es schon verkraften! Ich hab doch geahnt, dass du verloren bist, Sol! Warum hast du bloß immer weiter die vielen Dörrpflaumen gegessen!«

»Dörrpflaumen sind gut für die Verdauung, Abi. Das hat der Doktor auch gesagt.«

»Aber du isst viel zu viele! Du bist der einzige Mann in Krakau, der es damit so übertreibt – du wirst dir die Gedärme noch kaputtmachen!«

Beide wandten sich wieder Marie zu. »Wie ist nun die Prognose? Sagen Sie's uns ruhig. Ich habe schon meinen Frieden damit gemacht«, sagte die Frau.

»Es tut mir leid. Ich kann Ihnen keine Neuigkeiten über den Gesundheitszustand Ihres Mannes mitteilen. Ich bin wegen einer ganz anderen Sache hier.« Sie räusperte sich. »Rabbi Katz. Ich möchte zu Ihrem Glauben übertreten.«

Es wurde so still, dass man eine Stecknadel hätte fallen hören können. Das Ehepaar starrte sie an. Frau Katz nahm ihrem Mann die Brille von der Nase und setzte sie sich selbst auf. Dann musterte sie Marie noch einmal von oben bis unten. Ihre Augäpfel erschienen durch die geschliffenen Gläser wie zwei riesige schwarze Kugeln.

»Sind Sie verrückt geworden?«, fragte sie. Dann hob sie Maries rechten Arm an und ließ ihn wieder fallen, als würde das eine Diagnose ihres Geisteszustands erlauben.

»Aber warum?«, fragte Rabbi Katz.

Marie zuckte mit den Schultern. »Brauche ich einen Grund?«

»Ja!«, erwiderte das Ehepaar wie aus einem Mund.

Für Marie war die Antwort offensichtlich. Sie hatte Ben verletzt, indem sie gedankenlos von ihm verlangte, seinen Glauben abzulegen, als sei es nicht der Rede wert. Wenn sie einen solchen Schritt als Lösung ansah, dann musste sie auch bereit sein, ihn selbst zu gehen. Einer von ihnen musste konvertieren – also konnte genauso gut sie es tun. Sie versuchte, den Gedanken zu verdrängen, was wohl ihr Vater dazu sagen würde.

Doch den wahren Grund konnte sie dem Rabbi kaum nennen. Es würde kindisch und berechnend klingen, wenn sie sagte, sie wolle ihren Glauben der Liebe wegen ändern.

Marie zog die Schultern zurück und suchte nach einer anderen plausiblen Erklärung. »Es ist eine wunderbare Religion!«, sagte sie.

»Nein, das ist es nicht«, erwiderte der Rabbi. »Die Menschen werfen auf der Straße Steine nach Ihnen, wenn Sie diesem Glauben angehören. Er ist stark, erhaben und voll Feuer. Aber wunderbar ist er nicht.«

»Kennen Sie die Bäckerei auf der Grodzka-Straße, kurz vor dem Marktplatz?«, fragte Frau Katz. Marie nickte. Dort gab es die besten Pączki von ganz Krakau.

»Dort will man mich nicht bedienen.« Sie schob in trotzigem Stolz das Kinn vor. »Kein Jude wird dort bedient.«

Marie blickte betreten zu Boden. Sie hatte nicht gewusst, dass solche Dinge passierten, aber nachdem sie bei der Tanzveranstaltung Zeugin geworden war, wie man Ben behandelt hatte, wurde ihr nun klar, dass so etwas oft geschah.

»Ich würde auch nicht sagen, dass das Judentum wunderbar ist«, sagte Frau Katz.

Der Rabbi nickte. »Nein, nicht wunderbar. Das wäre viel zu oberflächlich. Sie müssen schon mehr in die Tiefe gehen!«

Zwei Kinder mit Kippa und quastenverzierten Hemden spielten auf der Straße vor dem Haus mit Murmeln. Marie hatte nicht damit gerechnet, dass sie bei ihrem Wunsch zu konvertieren auf derartigen Widerstand stoßen würde. Sie hatte erwartet, dass man sie dabei unterstützen, sie vielleicht sogar mit offenen Armen empfangen würde. Das Ehepaar musterte sie aufmerksam. Marie suchte verzweifelt nach einem anderen Grund. »Hmmh … das jüdische Essen! Es ist einfach köstlich«, sagte sie und hoffte, dass diese Schmeichelei sie weiterbrachte.

»Köstlich, ha!«, sagte Frau Katz. Sie schnalzte missbilligend und schüttelte den Kopf, als hätte Marie sie zutiefst beleidigt. »Ich backe Ihnen sofort eine Challah. Die können Sie dann mit nach Hause in die Altstadt nehmen. Sie brauchen nicht zu konvertieren, um unsere Speisen zu essen!« Sie blickte ihren Mann an.

»Frau, lass mich bitte einen Augenblick mit Doktor Karskis Tochter allein.«

Die Frau des Rabbis seufzte und zog sich ins Haus zurück.

»Wie sind Sie hierhergekommen?«, fragte Rabbi Katz, sobald sie allein waren.

»Mit der Straßenbahn, mit der Linie 4«, erwiderte Marie.

Er holte seinen Mantel, der irgendwo gleich hinter der Tür hing, und legte ihn sich um die Schultern. Marie roch einen Duft nach Zedernholz, während er die Arme hineinschob. Der Mantel reichte ihm bis zu den Knöcheln. Er schloss die Haustür und winkte ihr, mit ihm die Straße entlangzugehen.

»Sie sind ein braves Mädchen. Aus gutem Hause«, sagte er, während sie nebeneinander herschritten.

»Danke, Rabbi!« Auf ihrem Weg wurden sie von den Nachbarn in Kazimierz beobachtet. Aus jedem Haus tauchten plötzlich ein oder zwei Bewohner auf und machten sich vor der Tür zu schaffen, vorgeblich, um den Eingang zu fegen oder den Briefkasten zu leeren, während sie Marie und ihren Begleiter genauestens im Auge behielten. Eine Frau flüsterte einer anderen etwas zu, während sie ihre Vortreppe fegte. Es war kein alltäglicher Anblick, dass der Rabbi mit einem Mädchen die Straße entlangkam, dessen Haare so blond waren wie seine schwarz und das ihn um gut einen Viertelmeter überragte.

»Meine Frau redet manchmal ein bisschen hysterisch, aber diesmal hat sie recht«, sagte Rabbi Katz. »Wir fühlen uns geehrt, dass Sie sich so stark für unseren Glauben interessieren, dass Sie übertreten möchten. Tatsächlich würde manch einer sagen, wir wären doch dumm, ein Mädchen mit so guten Beziehungen abzuweisen – hier in unserem Viertel haben wir großen Respekt vor Ihrem Vater! Sie scheinen mir eine intelligente, nachdenkliche junge Frau zu sein. Sie suchen Orientierung, ist es das? Sie haben viele Fragen an dieses verwirrende Leben? Ich sage Ihnen, das Judentum ist keine Antwort darauf. Jedenfalls nicht für Sie. Sosehr wir uns von Ihrem Wunsch geschmeichelt fühlen – dazu wird es nicht kommen.« Sie hatten die Straßenbahnhaltestelle erreicht. Gerade fuhr die Linie 4 ein. »Ah – gut abgepasst!« Der Rabbi gab dem Fahrer ein Zeichen, und ehe Marie sichs versah, hatte er sie bereits am Ellbogen gefasst und ihr wie einem kleinen Kind in den Wagen geholfen. »Auf Wiedersehen, Fräulein. Richten Sie doch bitte Ihrem Vater aus, er möge mich anrufen, wenn er meine Haut auf dieser kleinen Glasplatte ausreichend untersucht hat.«

»Auf Wiedersehen, Rabbi«, erwiderte sie aus Höflichkeit automatisch.

Die Straßenbahn fuhr los. Der Rabbi winkte ihr kurz von der Straße aus zu, dann wandte er sich ab und ging nach Hause.

Etwa eine Woche später, an einem Samstag, passte Marie Rabbi Katz ab, als er aus einer der Synagogen im Zentrum von Kazimierz trat. »Rabbi, bitte hören Sie mich an«, sagte sie.

»Fräulein Karska, Sie haben vielleicht Nerven! Stören mich hier am Heiligen Tag!« Er setzte unbeirrt seinen Weg fort, weg von ihr.

Sie folgte ihm. »Mir blieb keine andere Wahl, Rabbi – Sie öffnen mir ja nicht die Tür, wenn ich bei Ihnen klopfe.« Inzwischen war sie noch zwei weitere Male an seinem Haus gewesen, und jedes Mal war ihr der Eintritt höflich verwehrt worden.

»Tut mir leid, aber ich werde mich nicht umstimmen lassen. Sie sehen nicht aus wie eine Jüdin, Sie klingen nicht wie eine Jüdin, und Sie werden auch nie eine Jüdin *sein*.«

Marie holte tief Luft. Ihre Taktik des Schmeichelns würde nicht funktionieren. Nun blieb ihr nur noch Aufrichtigkeit. »Ich möchte nicht konvertieren, weil ich das Essen mag. Die Küche ist schmackhaft, ja, aber das ist nicht der Grund.«

»Ich gebe zu, dass Sie mir nichts vormachen konnten mit Ihrer angeblichen Liebe für Gefilte Fisch. Also gut, was ist es dann?«

»Ich liebe einen Juden.«

Der Rabbi blieb stehen. »Wen?«

»Spielt das eine Rolle?«

Er verschränkte die Arme. »Das tut es. Sagen Sie mir, wer es ist.«

Sie öffnete den Mund, um etwas zu sagen, musste das aber gar nicht, weil der Mann, um den es ging, gerade das Gebäude verließ und den Rabbi fast umgerannt hätte.

»Oh, du bist's«, sagte sie. Ihr Herz machte einen Satz. Sie hatte Ben nicht mehr gesehen, seit sie in seiner Wohnung gewesen war.

Sein Gesicht leuchtete kurz auf, doch dann runzelte er die Stirn, als sei er aus einem glückseligen Traum erwacht und sich plötzlich wieder der traurigen Realität bewusst geworden.

»Guten Morgen, Marie«, sagte Ben. Dann räusperte er sich verlegen. »Rabbi.«

Der Rabbi sah Ben an, dann wieder Marie. Die Umstehenden starrten neugierig herüber. Der Rabbi ging zu einer kleinen Gasse weiter und winkte den beiden, ihm zu folgen.

»Deswegen möchten Sie also zum Judentum konvertieren.« Er sah Marie mit schräg gelegtem Kopf an. »Warum haben Sie das denn nicht gleich gesagt?«

»Was ist hier los?«, fragte Ben.

»Die junge Dame ist schon mehrfach zu mir gekommen und hat mich gebeten, ihr beim Übertritt zum Judentum zu helfen. Sie hat mir erzählt, dass sie die Religion liebe. Ich habe darüber gelacht. Aber nun sehe ich, was dahintersteckt. Sie liebt *dich*. Die Frage ist, liebst du sie auch?«

»Gehen Sie, Fräulein Karska«, sagte Ben mit einem verzweifelten Unterton in der Stimme. »Das ist keine Lösung.« Marie bemerkte, dass er kein »bitte« hinzufügte und fand die fehlende Höflichkeit geradezu aufregend – in der Rangfolge der Gefühle zog sie Zorn jederzeit kühler Höflichkeit vor.

Der Rabbi schien dem Austausch mit Interesse zu folgen. Er wandte sich an Ben. »Warum bist du nach Krakau zurückgekehrt, Benjamin Rosen?«

»Um polnische Literatur und Geschichte zu unterrichten, Rabbi.«

»Ja, du bist ein guter Pädagoge. Ich kenne dich schon seit deiner Kindheit. Weißt du, was ich immer über dich gedacht habe? Hier ist mal ein netter junger Bursche, den alle Welt mag. Und schau an, was er für einen Narren an der Tochter dieses Goi-Doktors gefressen hat. An dem Mädchen mit den grünen Augen und den blonden Haaren, das ihn rumschickt: Getrocknete Beeren soll er sammeln, um ihr daraus eine Kette zu machen, Blumen soll er pflücken, um ihr eine Krone zu stecken. Benjamin Rosen, der Erbe des Blumfeld-Spielzeugimperiums, der freie Wahl unter den Debütantinnen seines eigenen Glaubens hätte. Warum tut er das nur?«

Marie wartete auf Bens Antwort, doch er reagierte nicht.

Rabbi Katz räusperte sich. »Benjamin Rosen. Liebst du dieses Mädchen? Ich rate dir, gut darüber nachzudenken. Denn wenn du sagst, dass du sie liebst, sei gefasst auf Schande und Kummer, die daraus folgen werden!«

»Ich weiß Bescheid über Schande und Kummer«, meinte Ben. »Was glauben Sie, warum ich nichts sage?« Er warf Marie einen raschen Blick zu.

»Du meine Güte«, sagte der Rabbi. »Du liebst sie wirklich.«

»Nie habe ich etwas so sehr geliebt wie sie.« Er sah Marie entschlossen an.

Marie spürte, wie ein Feuer in ihrer Brust aufloderte.

»Ich muss gehen«, sagte Ben. »Ich werde Krakau heute Abend noch verlassen. Es ist alles mein Fehler, ich hätte nie zurückkommen dürfen.« Er marschierte los, als wollte er unverzüglich zum Hauptbahnhof und abreisen.

»Nein!«, rief Marie.

»Nur die Ruhe. Wo willst du denn hin?«, fragte der Rabbi.

»Zurück nach Berlin.«

Der Rabbi schnaubte. »Aber klar doch! Da wirst du sicherer sein!«

Marie berührte den Rabbi am Arm. »Machen Sie mich zur Jüdin, Rabbi.«

Ben rang die Hände. »Nein, Marie.« Dann hielt er inne. »Das würdest du für mich tun?«

»Ich würde alles für dich tun. Ich liebe dich doch auch«, sagte sie.

Er seufzte und richtete sich auf, als sei er plötzlich von der Stärke der ganzen Welt erfüllt.

»Du hast selbst gesagt, du wirst immer ein Jude sein. Du kannst diesen Glauben niemals ablegen. Aber ich kann mich dir doch anschließen! Für mich ist das etwas anderes. Deshalb werden wir es so machen. Wenn der Rabbi mich konvertieren lässt – wirst du mich dann heiraten?« Sie beobachtete sein Gesicht, um seine Reaktion zu prüfen, und sah den erwarteten Ausdruck, einen Blick, der zugleich betroffen und erstaunt war. Aber nun hatte sie ihn gefragt, und er musste antworten, also wartete sie.

»Rabbi Katz, das können Sie doch nicht ernsthaft in Betracht ziehen«, war seine Antwort.

Ihr Herz machte einen kleinen Hüpfer, immerhin war es kein Nein.

Der Rabbi sah Ben an. »Wenn du ein törichter Mensch wärst, eine Spielernatur, dann würden wir dieses Gespräch nicht führen. Aber du bist kein Narr, du bist ein Mann mit Verstand und Würde. Und auch sie ist nicht töricht. Ehe dein Vater starb, musste ich ihm versprechen, dass ich auf dich aufpassen würde. Wenn es dich glücklich macht, dann werde ich es tun. Ich bin geneigt, sie zu konvertieren, bloß damit sie mich endlich in Ruhe lässt«, fügte er scherzend hinzu. Aber dann wurde seine Stimme wieder ernst. »Wirst du sie heiraten, wenn sie konvertiert?«

Ben wandte sich an Marie. »Verstehst du, in welche Gefahr dich das bringen könnte? Ich will dein Leben nicht auf diese Weise zerstören.«

Sie lächelte. »Nur ich selbst kann mein Leben zerstören. Und es wird sicher nicht zerstört, indem ich jemanden heirate, den ich liebe.«

»Du solltest dich besser schnell entscheiden, Ben«, sagte der Rabbi. »Ich mag dich, aber ich habe auch meinen Stolz – und falls du weiterhin so zögerlich bist, während ich dir dieses großartige Angebot mache, werde ich es wieder zurückziehen! Denk rasch darüber nach, denn ich werde dich jetzt noch einmal fragen und danach nie wieder. Wirst du diese Frau heiraten, wenn ich sie zum Judentum übertreten lasse?«

Marie hielt den Atem an.

»Natürlich werde ich das!«, antwortete Ben bestimmt.

»Damit wäre das erledigt. Ich hoffe, ihr wisst beide, was ihr tut.«

Marie küsste dem Rabbi die Wange. Er errötete und winkte verlegen ab. Sie trat zu Ben und küsste ihn ebenfalls auf die Wange, ein sittsamer Kuss vor dem Gemeindeältesten, aber dennoch hörte sie, wie er die Luft einzog, als ihr Gesicht sich seinem näherte. Er wandte ihr den Kopf zu, als wollten seine Lippen ihre einfangen, als hätten sie einen eigenen Willen. Obwohl er die unbesonnene Bewegung rasch korrigierte und das Gesicht geradeaus richtete, war es zu spät: Marie hatte seine Erregung wahrgenommen, und der Rabbi, nicht auf den Kopf gefallen, hatte es sicherlich auch.

»Ihr dürft euch nun nicht mehr sehen, bis es vollbracht ist«, sagte der Rabbi. »Wir müssen in aller Stille studieren. Niemand darf es wissen. Erst wenn Sie übergetreten sind, werden wir es den Leuten erzählen. Ich will nicht, dass meine eigene Gemeinde mich mit Heugabeln attackiert. Wir missionieren nicht, wir werben niemanden an. Sie müssen wissen, dass es bei uns eher verpönt ist, neue Mitglieder zu werben.«

»Ich bin zu Ihnen gekommen, Rabbi, nicht umgekehrt«, erwiderte Marie.

Er seufzte. »Sagen Sie das bitte auch den Leuten, wenn sie mich auf dem Marktplatz aufknüpfen wollen!«

Am Montag traf der Rabbi Marie in der Synagoge, um sie auf ihren Übertritt vorzubereiten. Zuvor hatte sie noch nie einen jüdischen Tempel von innen gesehen.

»Noch etwas«, sagte der Rabbi, als sie die Synagoge betrat und über die schlichten Wände, die Schriftrollen und die siebenarmigen Leuchter staunte, die so wenig der Kirche ihrer Kindheit glichen. »Sie müssen sich darauf vorbereiten, dass Ihre Familie Sie meiden wird, wenn das herauskommt.«

»Ich habe keine Familie, nur meinen Vater«, erwiderte Marie.

»Das ist noch schlimmer. Wenn Sie nur Ihren Vater haben, werden Sie Ihre gesamte Familie auf einmal verlieren. Vielleicht wird Ihr Vater nie wieder mit Ihnen sprechen. Sind Sie trotzdem bereit?«

Marie schaute ihn an. Sie fragte sich, was ihr Vater wohl gerade tat – vermutlich war er bei der Arbeit angekommen und half jemandem mit schmerzender Brust oder untersuchte Zellen unter dem Mikroskop. Ihre einzige Familie. »Ja«, erwiderte sie.

Dann begannen sie mit der Unterweisung. In den nächsten Wochen führte der Rabbi sie ein in die Bedeutung der Bundeslade, in die Tora und den Talmud. Die biblischen Geschichten ihrer Kindheit waren alle falsch – sie rückten die falsche Person in den Vordergrund. Plötzlich nahmen die älteren Figuren, die in ihrer Vorstellung bisher nur Nebenrollen gespielt hatten, die Hauptrollen ein: Abraham, Moses, David. Die Propheten, die sie bisher nur als altertümlich und belanglos wahrgenommen hatte, waren plötzlich die eigentlichen großen Gestalten und Gott näher als Jesus.

Schon früh bei ihrem Studium hatte Rabbi Katz signalisiert, dass er die Dinge richtig machen wollte, so wie es sich gehörte. Auch wenn sie aus Liebe konvertieren wolle, müsse sie sich trotzdem ordentlich vorbereiten und studieren. Aber er hätte sich gar keine Sorgen zu machen brauchen. Marie widmete sich mit Begeisterung und Leidenschaft ihrer neuen Religion und schwelgte in diesem Jahrtausende alten, fremdartigen und wunderbaren Glauben. Er sprach die beiden gegensätzlichen Teile ihres Charakters an, das Mystische ebenso wie das Pedantische. Sie liebte die Geschichten von Abraham und Isaak, von rituellen Opfern, von Hiob mit seinem immerwährenden Unglück, Jona im Walfischbauch und Lots Frau, die sich in eine Salzsäule verwandelte. Diese seltsamen und zugleich erschreckenden Geschichten voll altertümlicher Magie und geheimnisvollen Wundern rührten sie. Und während ihre spirituelle Seite die Gesänge und Gebete liebte, die Schriftrollen, den Schofar und die verborgenen Rituale, kamen die Lebensregeln ihrer pedantischen Seite entgegen. Es gab sechshundertdreizehn dieser Mitzwot! *Alles, was Flossen und Schuppen hat im Wasser, dürft ihr essen. Alles aber, was nicht Flossen und Schuppen hat, soll euch ein Gräuel sein. Man darf kein Fleisch mit Milch essen. Du sollst dich nicht rächen und nichts nachtragen. Keine Frau darf Männertracht anlegen und kein Mann Frauenkleider.*

Es begeisterte sie, dass alle diese Regeln aus ihrem Alten Testament stammten. Die ganze Zeit hatten sie sich vor ihr verborgen gehalten in den Büchern Genesis, Exodus oder Levitikus. Sie hatte sie zwar schon vorher studiert – gezwungenermaßen, in ihrer Klosterschule, mit dem intellektuellen Blick des Katholizismus. Doch nun erwachten sie zu neuem Leben – keine trockenen Textstellen, die untersucht werden mussten, sondern praktische Hinweise, wie man sein Leben führen sollte; eine Reihe von Vorschriften, wie man sein Leben im Dienste von etwas Größerem lebte. Der Rabbi hatte Marie belehrt, das Judentum sei nicht »wunderbar«, aber nun, wo sie es kennenlernte und erlebte, stimmte sie in diesem Punkt nicht mit ihm überein. Für sie war es wunderbar, und sie liebte alle Facetten.

»Keine Sorge, Rabbi. Ich nehme das sehr ernst«, sagte sie an einem regnerischen Morgen und begann, wie um es zu beweisen, jene sechshundertdreizehn Vorschriften zu zitieren, eine nach der anderen. »*Dass wir erkennen, dass nur ein Gott sei*«, begann sie. »*Dass Gott einig sei.*« Nachdem sie das zwanzigste Gebot aufgesagt hatte, unterbrach Rabbi Katz sie fassungslos: »Haben Sie etwa alle sechshundertdreizehn Mitzwot auswendig gelernt?«

»Bisher nur die ersten hundert«, erwiderte Marie. »Sollte ich das nicht?«

Erst blickte er sie bewundernd an, dann schlich sich ein Ausdruck von Sorge in sein Gesicht.

»Was ist, Rabbi? Ist es nicht zu Ihrer Zufriedenheit?«

»Ganz im Gegenteil«, sagte er. »Womöglich kennen Sie die Tora bald besser als ich!«, scherzte er. »Aus Ihnen wird eine gute Jüdin. Sie haben innerhalb von ein paar Wochen geschafft, wofür die meisten Monate brauchen.«

Marie jubilierte innerlich. »Was ist es dann?«

Er verschränkte die Hände hinter dem Rücken und schritt auf und ab. »Erinnern Sie sich noch, wie meine Frau und ich Sie gewarnt haben, dass die Menschen Sie nicht bedienen werden, wenn Sie Jüdin sind?«

»Ich erinnere mich.«

»Wenn Sie zum Judentum übergetreten sind, werden ein paar Demütigungen durch Ihre Landsleute noch das geringste Problem sein. Ich möchte Ihnen etwas erzählen, was Sie wissen sollten.« Er schwieg einen Moment.

Marie legte ihren Stift zur Seite.

»Ich hatte einen Cousin in Dresden, Walter. Ein netter Mann, mit einer reizenden Familie, hat sich um seine eigenen Angelegenheiten gekümmert und mit niemandem angelegt. Er war ein Eisenbahnliebhaber – er hatte eine wunderbare elektrische Eisenbahn. Quer durch sein Haus hat er Schienen verlegt, und wenn man ihn besuchte, ließ er kleine Züge von der Küche zum Esszimmer fahren. Man konnte dann einen Zettel in einen Waggon legen und einen Wodka bestellen. Am 9. November 1938, ein Datum, das heute beschönigend als »Kristallnacht« bezeichnet wird, haben die Braunhemden Walter um zwei Uhr nachts mit vorgehaltenen Waffen geweckt und runtergeführt. Sie zwangen ihn und seine Frau, sich nackt auszuziehen und sich draußen auf die Straße zu stellen, wo alle Nachbarn sie sehen konnten. Sie haben das Schaufenster seines Juwelierladens zerschmissen und die Auslage leer geräumt, dann haben sie den Laden und die darüberliegende Wohnung in Brand gesetzt. In dieser Nacht hat man ihnen die Einnahmen eines ganzen Jahres gestohlen und einer hundert Jahre alten Firma die Geschäftsgrundlage entzogen. Nicht, dass Walter heute noch Geld brauchen würde. Ehe sie weiterzogen, haben sie ihn zu Boden gestoßen. Seine Frau, eine ehrwürdige Mittfünfzigerin, stand nackt und schreiend auf der Straße und musste zusehen, wie sie mit ihren Stiefeln auf Walters Kopf trampelten, bis sein Gehirn austrat.«

Marie schluckte und senkte den Kopf. »Das tut mir furchtbar leid, Rabbi.«

»Es heißt, dass sie in jener Nacht einundneunzig Juden getötet haben.«

»Aber das war in Deutschland«, stellte Marie fest. »Das würde hier niemals passieren.«

»Ich hoffe nicht. Aber sind Sie bereit, dieses Risiko einzugehen?«

»Das Risiko, irgendwann in der Zukunft von einer rasse-feindlichen Horde getötet zu werden? Rabbi, wenn ich nicht mit Liebe leben darf, dann sehe ich keinen Sinn darin, überhaupt zu leben. Waren Sie je verliebt?«

»Lassen Sie die Liebe aus dem Spiel.« Er seufzte. »Ja, das war ich. Sie haben sie kennengelernt.«

»Und wie wäre Ihr Leben verlaufen, wenn Sie Ihre Frau nie kennengelernt hätten?«

Der Rabbi hob die Augenbrauen und schien ihre Frage abzu-wägen. Er blickte erst nachdenklich vor sich hin, dann überzog ein trauriger Ausdruck sein Gesicht.

Marie lächelte betrübt. »Ihr Gesichtsausdruck gerade eben – dazu würden Sie mich verdammen. Ein Leben lang. Rabbi, ich weiß, dass Sie mich vor Gefahr schützen wollen. Dafür danke ich Ihnen. Aber bitte sehen Sie auch die Gefahr, in die Sie meine Seele bringen würden, wenn Sie mir nicht helfen. Ohne Liebe will ich nicht leben. Ich bin eine erwachsene Frau, und ich weiß, was ich tue.«

Draußen begann es zu regnen. Der Rabbi trat ans Fenster und schloss es. Dann kehrte er zu ihr zurück und seufzte. »Ja, das wissen Sie wohl.«

Das Einzige, was nun noch zu vollziehen blieb, war die Teil-nahme an einer Mikwe, einem rituellen Tauchbad.

Am frühen Abend ging Marie zum Badehaus und wurde dort zu ihrer Überraschung von Abigail Katz in Empfang genommen. Sie erwartete sie vor dem Bad, die kleinen Hände im Schoß ge-faltet. Das schwarze Haar trug sie wieder in dem kugelförmigen Knoten auf dem Kopf.

»Ich werde Sie untersuchen und begleiten«, sagte sie und stand auf. »Sehen Sie mal, ich reiche Ihnen nur bis zur Achsel.« Sie betraten das abgedunkelte Badehaus. Die Fliesen unter Maries nackten Füßen fühlten sich kalt an. In der Ecke befand sich ein Becken, Dampf stieg vom Wasser empor.

»Das Wasser wurde frisch eingelassen, seit die letzte Person es benutzt hat«, erklärte die Frau des Rabbis.

»Oh, vielen Dank«, erwiderte Marie. Das hatte sie gar nicht für erwähnenswert gehalten.

»Die Ehe ist wie das Händewaschen«, sagte Abigail Katz. »Sie sind eine Hand, er ist die andere. Eine Hand kann sich nicht allein waschen. Eine Hand muss die andere waschen und wiederum von dieser gewaschen werden. An manchen Tagen waschen Sie seine Hand, an anderen Tagen wäscht er Ihre. Sehen Sie?« Sie rieb ihre kleinen Hände aneinander. »Jetzt seid ihr eine Gemeinschaft. Eine Hand wäscht die andere.«

Marie lächelte über dieses Bild gegenseitiger Fürsorge. Sie hätte die Frau des Rabbis nicht für eine sentimentale Person gehalten. »Danke, dass Sie gekommen sind, Frau Katz. Ich habe vor, eine gute Ehefrau zu werden.« Sie meinte es ernst.

»Nun ziehen Sie Kleider aus, und ich untersuche Sie.« Marie tat wie befohlen, und sie untersuchte ihren Körper, vergewisserte sich, ob aller Schmuck, Schminke und aller Schmutz entfernt worden waren, und erklärte, sie müsse sichergehen, dass nichts mehr zwischen Maries Haut und dem lebendigen Wasser sei. »Nun werde ich darauf achten, dass Ihr Haar auch vollständig vom Wasser bedeckt ist.«

Marie stieg in das Tauchbad, das warme Wasser berührte ihre Zehen und Schenkel. Sie bewegte sich zur Mitte des kleinen Beckens und tauchte unter, bis ihre Haare unter Wasser waren. Sie genoss jede Einzelheit des Rituals: die Untersuchung, das Eintauchen, die Reinigung im geheiligten Wasser. Sie blieb einen Moment lang unter der Oberfläche, blickte hoch und sah die Frau des Rabbis mit einem Handtuch am Rand des Beckens stehen, unscharf und gebrochen durch das Wasser.

Als Marie dem Wasser entstieg, nun offiziell Jüdin, musste sie an Sarah und Rebecca denken, die jüdischen Ehefrauen, von denen sie gelesen hatte. *Eine Hand wäscht die andere.* Sie lächelte. Dann wanderten ihre Gedanken zu einer anderen Jüdin, der Ehefrau von Rabbi Katz' Cousin Walter. Marie sah Walters Frau vor sich, wie sie nackt und schreiend auf der Straße in Dresden stand, und fragte sich einen Moment lang, was sie da gerade getan hatte.

17

DAS SCHÖNSTE
KOMMT UNERWARTET

Marie bemühte sich, die Ereignisse in Dresden, von denen der Rabbi ihr erzählt hatte, aus ihren Gedanken zu verdrängen, als sie Ben ein paar Tage später zum ersten Mal nach ihrer Konversion wiedertraf. Sie hatte ihr Essen gesegnet und ein Morgengebet gesprochen. Schließlich wollte sie alles tun, um sich den neuen Glauben richtig zu eigen zu machen. Sie hatte ihre Kleidung mit Bedacht gewählt und trug das blaue Kostüm, von dem sie wusste, dass es ihm gefiel. Mehr als eine Stunde hatte sie damit verbracht, ungeschickt den Rocksaum auszulassen, damit er ein gutes Stück über ihre Knie reichte. Anderen wäre es vielleicht als prüde Pflicht erschienen, mehr von sich zu bedecken, doch für sie war es das Gegenteil. Indem sie ihren Körper für ihn verhüllte, dämpfte sie nicht etwa die Erregung, sondern steigerte sie eher. Je mehr sie vor ihm verbarg, desto mehr würde er sehen wollen. Sogar ihre Knie würden aufregend für ihn sein, wenn er sie nicht sehen konnte. Vor lauter Spannung zitterte sie am ganzen Körper – und das verstärkte sich noch, als sie ihn am Marktplatz stehen sah, wo er auf sie wartete. Ben wirkte ebenfalls aufgeregt und sah in seinem grauen Anzug sehr gut aus. Er überreichte ihr einen Strauß Rosen.

Erfreut, aber ein wenig unsicher nahm sie den Strauß entgegen und wusste nicht, was sie damit anfangen sollte – noch nie hatte ihr jemand Blumen geschenkt. Sie fragte sich, ob sie einander umarmen oder küssen sollten. Vielleicht wollte er damit warten, bis sie verheiratet wären? Sie rief sich selbst zur Ordnung, sie war viel zu voreilig.

»Hallo«, sagte sie. Er nickte ein Hallo zurück. Sie überlegte verzweifelt, was sie noch sagen könnte. Da beugte er sich zu ihr, worauf Marie ihm ihre Wange bot, doch dabei wurde ihr peinlich bewusst, dass er nur den Arm ausgestreckt hatte, um ihr die Hand zu küssen. Sie stießen in einer Art versehentlichen Umarmung aneinander, und sie kam sich wie eine Idiotin vor, während ihr Kopf mit seinem Arm zusammenstieß. Vor lauter Verlegenheit wäre sie am liebsten im Erdboden versunken.

»Ich möchte dir etwas zeigen«, sagte er. Sie nickte schweigend, immer noch bemüht, die Fassung wiederzugewinnen. Er führte sie zur Marienkirche in der Mitte des Platzes. Dann nahm er ihre Hand und lenkte sie durch die Seitentür in den Glockenturm.

Marie schaute nach oben. Über ihnen wand sich eine lange Wendeltreppe. »Wohin gehen wir?« Sie stiegen die Stufen empor; es waren bestimmt zweihundert oder mehr. Marie brannte die Lunge, als sie oben angekommen waren. »Warum sind wir hier?«, fragte sie keuchend.

»Du hast mir nicht geglaubt, als ich dir erzählt habe, dass der Trompeter ein Freund von mir ist. Bitte, hier ist er. Marcin, Marie. Marie, Marcin.«

Marie blickte Ben finster an. Der demütigende Moment ihrer ungelenken Begrüßung hing ihr noch nach, und sie war verwirrt. Der Trompeter lächelte Marie freundlich an und streckte ihr die Hand entgegen. Sie schüttelte sie verlegen.

»Entschuldigt mich einen Moment«, sagte Marcin. Er ging

durch den schmalen gewölbten Rundgang und blieb vor einem unverglasten Fenster stehen. Dann hob er die Trompete an die Lippen und blies.

Die traurige, wehklagende Melodie erklang. So laut, dass Marie glaubte, taub zu werden – ein blechernes, markerschütterndes Getöse. Marie hielt sich die Ohren zu, Ben tat es ihr nach. Die Töne gingen weiter, während der Trompeter sein Instrument langsam durch das erbarmungswürdige Klagelied führte, eine pathetische Erinnerung an die militärischen Niederlagen Polens.

»Nicht gerade eine fröhliche Melodie!«, rief Marie über das Geschmetter hinweg.

»Was?«, rief Ben zurück.

Marie schüttelte den Kopf, »Egal.« Sie starrte die Mauer an. Das Gejammer der Trompete ging noch ein paar Takte weiter. »Wann ist das endlich vorbei?«, fragte sie ins Leere, denn sie war sich klar darüber, dass Ben sie nicht verstehen konnte.

»Wie bitte?«, formte er mit den Lippen.

Sie holte tief Luft. »WANN IST DAS«, brüllte sie heiser vor Anstrengung, »ENDLICH VORBEI?!« und beendete den Satz in dem Moment, als das Lied mitten im Takt aufhörte.

Ihr lauter Schrei, nun nicht länger vom Schall der Trompete übertönt, schallte über den Platz. Die Leute, die unten vorbeigingen, sahen nach oben. Eine Frau ließ ihre Einkäufe fallen, und Äpfel rollten über das Kopfsteinpflaster. Erschrocken trat Marie einen Schritt zurück, damit die Leute sie nicht sehen konnten. Ben lachte. Der Trompeter räumte kopfschüttelnd sein Instrument in einen samtbezogenen Kasten. Marie entschuldigte sich mit einem verlegenen Schulterzucken. Er nahm seinen Trompetenkasten, ging die Wendeltreppe hinunter und ließ Ben und sie auf dem Turm allein. Ben lachte noch einmal, woraufhin Marie ihn boxte. Der Nachmittag, der so vielversprechend begonnen hatte, endete in Beschämung und Verlegenheit. So hatte sie sich das Wiedersehen nicht vorgestellt.

»Glaubst du mir jetzt? Was Marcin, den Trompeter, angeht?«

»Musste ich denn erst taub werden, bloß weil du mir das unbedingt beweisen wolltest?«

»Ich fürchte, das war die einzige Möglichkeit.«

»Können wir jetzt wieder runtersteigen?« Sie fühlte sich niedergeschlagen und wollte nur noch nach Hause.

»Ich dachte, es wäre vielleicht schön, erst noch die Aussicht zu genießen«, erwiderte Ben. »Möchtest du das nicht?«

»Ich würde mir lieber Nägel in die Ohren stechen, gegen das Sausen!«

»Nur einen Moment noch.« Er trat zum Fenster und winkte ihr, ihm zu folgen.

»Was soll ich mir denn anschauen?«

Er deutete nach unten. »Da ist das Café, in dem ich drei Jahre lang täglich gesessen und dich gesehen habe, wenn du über den Platz gegangen bist.«

Sie schaute hinunter. Die Bürger Krakaus waren auf dem Nachhauseweg. Männer mit Aktentaschen überquerten den Platz, während die Frau von eben die Äpfel vom Boden aufsammelte. »Die Sonne geht unter. Ist das nicht schön?«

»Es sähe noch schöner aus, wenn ein paar Lichter brennen würden. Dann könnten wir wenigstens was erkennen.«

Die Sonne war am Horizont versunken, und graue Dämmerung senkte sich über den Platz. Nebel hing in der Luft, und die bunten, rosa, grün und gelb gestrichenen Gebäude nahmen alle dieselbe dumpfgraue Farbe an.

»Und wir sind den ganzen Weg hier raufgekommen«, sagte Ben. »Aber warte nur«, fügte er leise hinzu und zeigte wieder nach unten. Marie blickte seinem Finger nach. Im Fenster eines Geschäfts leuchtete ein kleines gelbes Licht auf. Ein weiteres erschien daneben. Der Inhaber eines Cafés trat heraus und machte Feuer in einem Kohlebecken neben der Tür. Nach und nach wurden in den Gebäuden Kerzen entzündet, bis beinahe in jedem Fenster ein kleines Licht brannte. Tausend winzige Flammen, die funkelten und blinkten, während die Sonne ganz unterging und die kleinen Lichter in der Dunkelheit noch heller leuchteten.

»Alle stecken Kerzen an«, sagte Marie. »Warum?«

»Man hat zwar die Straßenbeleuchtung ausgeschaltet, um uns zu schützen, doch die Menschen müssen immer noch essen und arbeiten. Deshalb hat jeder eine Kerze angezündet. Es sieht schön aus, nicht wahr?«

»Wie im Mittelalter«, bemerkte Marie. Während sie die Tausenden kleinen Flammen betrachtete, die hinter den Fenstern tanzten, lächelte sie. »Bei uns zu Hause zünden wir auch Kerzen an. Aber es sieht nicht so aus.«

»Ja, man muss hoch hinaus, um dieses Bild richtig wahrzunehmen.« Er legte ihr den Arm um die Schulter. Das hatte er noch nie getan, nicht einmal, als sie noch Kinder waren. Sie roch den Seifenduft seines Hemdes und noch etwas anderes. Rasierwasser? Ja, es war derselbe frische Duft wie bei der Tanzveranstaltung.

Später sollte sie noch oft darüber nachdenken, dass die schönsten Augenblicke im Leben jene waren, die überraschend kamen. Planen, Wünschen und Wollen waren zwar nützlich. Streben, Hoffen oder Erwarten leiteten einen auf ein Ziel hin, und wenn das Geplante oder Erhoffte dann endlich eintrat, empfand man in der Regel eine große Befriedigung. Doch gleichzeitig stellte sich auch eine Leere ein, als wäre mit der erfüllten Erwartung plötzlich alle eingesetzte Energie verschwunden – und nun blieb einem nichts mehr, als sich die nächste Sache zu suchen, nach der man streben und die man sich erkämpfen musste. Wenn ein Ereignis dagegen überraschend eintrat und von einem anderen Menschen verursacht wurde, gab es auch keine nervöse Erwartung, die am Ende ins Nichts verpuffte. Energie wurde nicht vergeudet, vielmehr entstand neue Energie, mit der man nicht gerechnet hatte.

Und so war es auch, als Ben ihr sagte, dass ihr Übertritt zum Judentum das schönste Geschenk sei, was ihm je jemand gemacht hätte, dann vor ihr auf die Knie ging, einen Ring aus der Tasche zog und ihr einen Heiratsantrag machte. Es war ein weitaus glückseligerer Moment, als sie ihn sich je erträumt hätte. Trotz all ihrer Pläne, Wünsche und Hoffnungen wäre sie am Nachmittag beim Hochsteigen dieser Treppe nie auf den Gedanken gekommen, dass sie mit dem Ring seiner Großmutter am Finger hinuntergehen würde.

Als sie wieder unten vor der Kirche standen, ertappte Marie Ben dabei, wie er sie mit einer Mischung aus dreister Offenheit und Scheu ansah. Sie fragte sich, was er dachte.

»Wir sollten einander nicht berühren«, sagte er.

Ihre Stimmung sank. »Nein. Erst, wenn wir verheiratet sind.« Das war also die Vorschrift. Ben machte ein langes Gesicht. Er sah aus, als wäre er einsam. Sie lachte. »Und wenn wir verheiratet sind? Werden wir uns dann berühren?«

Er schluckte. Eine stille Übereinkunft war zwischen ihnen entstanden. Keiner sprach, aber beide wussten, was kommen würde, beide waren in ihre eigenen Gedanken versunken. Rechts und links gingen die Leute an ihnen vorbei.

»Ich möchte dich überall berühren«, sagte er.

Ihr Mund war plötzlich ganz trocken. Sie erschauerte. Sie konnte kaum glauben, dass er diesen Satz zu ihr gesagt hatte. Als sie ihn schließlich ansah, überzog ein leuchtendes Rot seine Wangen.

Sie trennten sich, nicht ohne sich für den nächsten Tag verabredet zu haben, und Marie ging mit einem Lächeln im Gesicht nach Hause. Sie hatte den Rand des Marktplatzes erreicht, als er hinter ihr hergelaufen kam.

»Das hätte ich fast vergessen. In der Zeit, als wir uns nicht gesehen haben, ist mir etwas eingefallen. Es gibt eine Möglichkeit, wie du den Namen deiner Mutter herausfinden kannst.«

»Oh!« Marie holte tief Luft. Der Themenwechsel brachte sie einen Moment aus dem Konzept, doch dann konzentrierte sie sich darauf, was er ihr mitteilen wollte.

»Dein Vater weiß bestimmt, wie deine Mutter heißt. Du könntest ihn einfach fragen«, sagte er, und es klang fast ein bisschen schnoddrig, denn eigentlich war sein Vorschlag völlig naheliegend, auch wenn dies für Marie keineswegs so einfach war, wie es sich anhörte.

Marie trat einen Schritt zurück. Die Idee klang so vernünftig, aber allein bei der Vorstellung, ihrem Vater eine solche Frage zu stellen, spürte sie einen Kloß in ihrer Kehle. Sie lachte. »Das kann ich nicht.« Sie wusste kaum, wie sie ihrem Vater beibringen sollte, dass sie zum Judentum konvertiert war und sich verlobt hatte, geschweige denn, wie sie ihn nach dem Namen der Frau fragen sollte, die er seit fünfzehn Jahren nicht mehr erwähnt hatte.

»War nur ein Vorschlag«, sagte er schulterzuckend. Sie dankte ihm und versuchte, den Gedanken beiseitezuschieben, während sie weiterging.

18

EIN NEUER NAME

Ein paar Wochen später fuhr Dominik mit der letzten Straßenbahn nach Hause. Er war nach dem Abendessen noch einmal
im Krankenhaus gewesen, um nach einem Patienten zu sehen,
der an einem Darmverschluss litt. Erschöpft, aber zufrieden
hatte er dann die Klinik verlassen – der Patient würde es bis
zum nächsten Morgen schaffen. Kurz vor Mitternacht stieg er
in die Bahn und nickte dem einzigen Fahrgast zu, einer Frau
Anfang dreißig, die am anderen Ende des Wagens saß. Die Frau
nickte zurück und vertiefte sich dann wieder in ihr Buch.

An der nächsten Haltestelle stiegen fünf junge Männer von
etwa Anfang zwanzig in die Bahn und begannen, die Frau dreist
zu belästigen. »Wollen Sie mit mir ins Bett gehen?«, schlug der
eine vor, woraufhin die anderen loswieherten und grunzten. Die
Frau bemühte sich krampfhaft, sie zu ignorieren, und starrte in
ihr Buch, konnte aber diese Taktik kaum mehr beibehalten, als
die jungen Männer sie auch noch anfassten. »Na, was hast du da
drunter? Etwa nichts?«, fragte der Rädelsführer und schob ihren
Rocksaum hoch, sodass Unterrock und Strumpfband sichtbar
wurden. »Ich dachte, Juden wären in dieser Straßenbahn nicht
erlaubt!«

Dominik zuckte zusammen, als er das Wort hörte, das mittlerweile immer häufiger durch Krakau schallte – eher als Beleidigung, denn als Bezeichnung der Religionszugehörigkeit. Der junge Mann sprach das Wort scharf aus, wie eine Beschimpfung. »Zeig mir dein schmutziges Höschen, und du darfst sitzen bleiben! Sonst werfe ich dich aus der Bahn!«, rief er.

Noch machten sich die Jugendlichen einen Spaß daraus, die Frau zu schikanieren, aber Dominik spürte, dass die Situation schnell kippen und Schlimmeres geschehen könnte. So, wie sie bei jeder Bewegung der Bahn hin und her taumelten, war zu vermuten, dass sie genügend Alkohol und Jugend in sich hatten, um noch weiter zu gehen. Dominik blickte sich um zur Fensterscheibe am Ende des Wagens, durch die man die volle Länge der Straßenbahn sehen konnte. Sie war fast leer. Drei Wagen weiter stand der Schaffner und verkaufte einen Fahrschein, der Straßenbahnfahrer saß am selben Ende. Beide waren zu weit weg, um sie rasch zu Hilfe zu holen. Als die jungen Männer die Brüste der Frau sehen wollten und dagegenschnippten, stand Dominik auf und ging ans Ende des Wagens, wo sich die Szene abspielte.

»Guten Abend, Frau Borzdesga«, begrüßte er die Frau mit einem erfundenen Namen. »Gestatten, Doktor Karski. Ich habe letzten Monat Ihren Ehemann behandelt – schön Sie zu treffen. Darf ich mich setzen?«

Die Frau war klug genug – oder vielleicht auch durch schlechte Erfahrungen geprägt –, dass sie nichts zu dem Namen sagte, mit dem Dominik sie angesprochen hatte. Sie nickte und rutschte ein Stück weiter, damit Dominik neben ihr Platz nehmen konnte. Sie wirkte ein bisschen schockiert – allerdings weit weniger als die betrunkenen jungen Männer, die sie umringten. »Verzeihung«, sagte Dominik zu dem Rädelsführer. Dieser öffnete den Mund und wollte etwas sagen, wich dann aber mit verwirrtem Gesichtsausdruck zur Seite. Dominik setzte sich neben die Frau. Die anderen Jugendlichen standen verlegen da und schienen nicht recht zu wissen, was sie tun sollten.

»Schön, Sie wiederzusehen, Herr Doktor«, ging die Frau auf seine Improvisation ein. Dominik deutete auf ihr Buch. »*Die Handschrift von Saragossa*, ist das gut? Meine Tochter hat es gelesen, aber ich muss gestehen, ich bin noch nicht dazu gekommen.«

»Bisher gefällt es mir ganz gut«, erwiderte sie und zwang sich zu einem Lächeln. Die jungen Männer starrten sie weiterhin an. Dominik ignorierte die Burschen und verwickelte die vorgebliche Frau Borzdesga in ein Gespräch.

»Worum geht es denn?«, fragte er.

»Es spielt in Spanien, und es geht um einen jungen Mann, der ein Familiengeheimnis lüften will«, erwiderte sie. Sie sah verstohlen zu den jungen Männern hinüber, die jedoch nichts weiter taten als verwirrt dreinzuschauen. Dann sah sie wieder zu Dominik und beschrieb ihm die Romanfiguren und die Handlung. Dominik hielt den Blick fest auf sie gerichtet und ignorierte die jungen Männer völlig. Während er die Frau über die Themen des Romans ausfragte und sie ihm ausführlich antwortete, wurde das Gespräch immer stärker von mehrsilbigen, komplexen Begriffen geprägt. Einer der jungen Männer gähnte. Schließlich zogen sie ein Stück weiter, setzten sich und witzelten und lachten bald miteinander. An der nächsten Haltestelle stiegen sie aus.

Dominik hätte am liebsten einen Seufzer ausgestoßen, doch er hielt sich zurück, weil er die Frau nicht ängstigen und ihr im Nachhinein nicht noch zeigen wollte, wie schwach seine Taktik gewesen war. Er hatte keine Waffen gehabt, um die jungen Männer abzuwehren – sein ganzes Arsenal hatte darin bestanden, dass er ein Mann war. Allein durch Kleidung und Verhalten hatte er ein Minimum an Macht demonstriert und den jungen

Männern signalisiert, dass es nicht lohnte, sich mit ihm anzulegen. Als Frau wäre ihm das nicht gelungen.

»Vielen Dank, mein Herr, Sie haben mir das Leben gerettet!«, sagte die Frau. Dankbar berührte sie seinen Arm, ihre Hand zitterte noch vor Aufregung. »Ich heiße Cybulska«, fügte sie dann mit einem Lächeln hinzu. »Olga.« Sie bot ihm die Hand, und Dominik schüttelte sie.

Drei Tage später stieg Dominik abends wieder in die letzte Bahn. Zu seiner Überraschung begegnete er der Frau erneut. »Fräulein Olga!«, grüßte er sie. »Schön, Sie zu treffen.«

Sie kam zu seinem Sitzplatz. »Ich wollte Ihnen das schenken. Ich habe es zu Ende gelesen.« Sie hielt ihm ihr Exemplar der *Handschrift von Saragossa* hin. Dominik musterte die junge Frau. Sie war hübsch gekleidet, trug einen hellen Rock und hochhackige Schuhe. Sie hatte Lippenstift aufgelegt und trug das Haar offen. Sie lächelte ihn an. Er nahm das Buch in die Hand. »Warum sind Sie heute Abend noch mit der Straßenbahn unterwegs?«

Das Lächeln verschwand aus ihrem Gesicht, und sie senkte den Kopf. »Ich gebe zu, ich habe Sie gesucht«, sagte sie.

Dominik legte den Kopf schief. »Warum?«

Sie blickte ihn hilfesuchend an. »Ach … ich wollte Ihnen wohl gern das Buch schenken.«

Dominik rückte auf seinem Platz hin und her. Die Straßenbahn rollte über ein holpriges Stück, und der Wagen wackelte. Die Frau, die noch stand, verlor das Gleichgewicht und griff nach der Haltestange, um nicht hinzufallen.

»Alles in Ordnung?«, fragte er.

»Ja, danke«, erwiderte sie verlegen.

Dominiks Station war die nächste. Er lächelte und reichte ihr das Buch zurück.

Sie runzelte die Stirn. »Möchten Sie es denn nicht behalten?«

»Vielen Dank für das Angebot, aber meine Tochter hat, wie gesagt, bereits ein Exemplar, das ich lesen kann, wenn ich die Zeit finde.«

Sie nahm das Buch und nickte. Sie wirkte traurig und gekränkt. Dominik war das unangenehm, und er überlegte, was er noch sagen könnte, aber dann war seine Haltestelle gekommen. Er berührte sie kurz am Arm. »Passen Sie auf sich auf, Fräulein Cybulska«, sagte er und stieg aus.

Als Marie ein kleines Kind war, hatte Dominik eine Haushälterin beschäftigt, eine dralle ältere Frau mit rosigen Wangen, die immer nach Apfelkuchen roch und Tereska hieß. Sie bedeckte Marie über und über mit Küssen und rieb sie im Winter mit Öl ein. Sie folgte dem kleinen Mädchen überallhin, versorgte seine nicht existierenden Schrammen und tröstete es, wenn es weinte. Eines Tages, als Marie ungefähr fünf Jahre alt war, fragte sie ihn, ob er Tereska nicht heiraten wollte, dann könnte sie doch ihre Mutter werden. Dominik hatte sie zornig angestarrt. Obwohl er an ihrer Miene sehen konnte, wie unschuldig ihre Frage gewesen war, musste dieses Thema ein für alle Mal beendet werden. Er hatte seine Worte sorgfältig gewählt und so leise gesprochen, dass Marie näher rücken musste, um ihn zu verstehen. »Frag mich so etwas nie wieder!«, hatte er zu ihr gesagt. »Ich habe nur einen einzigen Menschen geliebt – und werde nie wieder so lieben. Es reicht mir, diesen Menschen für den Rest meines Lebens zu lieben, andere brauche ich nicht. Und du brauchst keine Mutter. Du hast mich.« Ein schmerzlicher Ausdruck war auf Maries Gesicht erschienen, so als wüsste sie, dass sie etwas Schreckliches gesagt hatte.

Nach diesem Vorfall war er einige Tage sehr schweigsam gewesen – das war seine Art, wenn er zornig war –, und Marie hatte noch Monate später beschämt gewirkt.

Seine Reaktion hatte jedoch das gewünschte Ergebnis erzielt – sie hatte sich nie wieder eine neue Mutter gewünscht.

Am nächsten Tag machte sich Dominik nach der Rückkehr von der Arbeit an die Zubereitung des Abendessens für sich und Marie: Bratwürstchen, Gemüse, Kräuter und Brot. Die Würstchen knackten und spritzten in der kleinen Fettpfütze in der Grillpfanne, und Bratdämpfe zogen durch die Küche. Marie kam herein, setzte sich schweigend an den Tisch und redete auch beim Essen nicht mit ihrem Vater. Sie schien entschlossen, ihn nicht anzusehen.

Dominik überlegte, was er ihr erzählen könnte, irgendein Thema, das ihr Interesse wecken würde, doch Marie wollte ihn offenbar ignorieren und starrte an ihm vorbei ins Leere, und ihm fiel nichts ein, was er hätte sagen können. Leise tropfte der Regen gegen das Küchenfenster und rann an der Scheibe herab. Dominik nahm Maries Teller. Sie hatte nur die Hälfte der Mahlzeit verzehrt.

»Fühlst du dich nicht gut?«, fragte er und deutete auf ihren Teller. Gemüse und Brot waren verschwunden, während die Würstchen noch dalagen.

»Mir geht es gut, Papa, danke.«

»Warum hast du dann deine Würstchen liegen lassen? Magst du sie nicht?« Er betrachtete ihren Teller. »Waren sie zu fettig?«

»Nein, gar nicht. Ich mag fettige Würstchen.«

»Hat dir die Zubereitung nicht geschmeckt? Zu viele Kräuter?«

»Die Kräuter waren sehr lecker. Aber die Würstchen enthalten Schweinefleisch. Ich esse kein Schweinefleisch mehr.« Marie holte tief Luft. »Ich bin jetzt Jüdin.«

Dominik hielt bei der Betrachtung der Würstchen inne.

»Aha«, sagte er. Er trat mit dem Teller an die Spüle und

schob die beiden Würstchen auf die ausgebreitete Zeitung zu den anderen Essensabfällen. Dann holte er die beiden Würste, die er zusätzlich gebraten hatte, um sie Marie auf Brot für die Mittagspause am nächsten Tag mitzugeben, und kippte sie ebenfalls auf die Essensreste. Er knüllte die Abendzeitung vom letzten Dienstag zusammen und warf sie auf das Fleisch, dann setzte er sich wieder an den Tisch zurück.

»Du hättest sie nicht wegschmeißen müssen, Papa.«

»Sie werden ja nicht gegessen. Da ist es besser, sie wegzuwerfen, ehe sie verderben und es im ganzen Haus stinkt.«

Er untersuchte seinen Pulloverärmel, auf den beim Braten der Würstchen Fett gespritzt war, das im Ellbogenbereich einen Fleck hinterlassen hatte. Ärgerlich. Er würde den Pullover einweichen müssen; möglicherweise ging der Fleck nicht mehr raus. »Bitte fahr fort. Oder besser gesagt, fang noch mal von vorn an. Ich war ja mit dem Abräumen der Teller beschäftigt und habe vielleicht etwas nicht richtig verstanden.« Er rieb über den Fleck am Ellbogen. »Ich habe dich sagen hören, du seist Jüdin, aber das war wohl ein Missverständnis. Wahrscheinlich habe ich mich verhört, denn das ist unmöglich.«

Seine Tochter biss sich auf die Unterlippe. »Du hast dich nicht verhört, Papa. Ich bin Jüdin.«

»Das kann nicht sein! Du bist katholisch getauft. Ich war dabei, ich kann mich noch sehr gut an den Augenblick erinnern. Wir standen ganz vorn in der Kirche, wo ein Priester dir Wasser über den Kopf gegossen und ein Gebet gesprochen hat. Ich erinnere mich genau, dass es ein Priester war und kein Rabbi, der die Zeremonie durchgeführt hat. Und über uns wachte eine Marienstatue und kein Bild von Moses. Keine Tora war –«

»Ich bin konvertiert«, unterbrach sie ihn.

Sein Herz raste, die Kehle fühlte sich trocken an. »Ich verstehe. Und wer hat diese Konversion vollzogen?«

»Das spielt keine Rolle.«

Hatte sie einen seiner Patienten gefragt? Wie viele Juden kannte sie überhaupt? Das konnte nicht wahr sein, das war eine Katastrophe!

»Wir werden zu dem Rabbi gehen und das Ganze wieder rückgängig machen.«

Marie lachte. »Selbst wenn das möglich wäre, würde ich es nicht tun. Ich will es nicht. In vier Wochen heirate ich Ben Rosen.«

Dominik spürte, wie ihm die Brust eng wurde, und er fragte sich, ob er gleich einen Herzinfarkt erleiden würde. Er lockerte seine Krawatte und ermahnte sich, ganz ruhig zu atmen. Er hatte schon zahllose Patienten in dieser misslichen Lage gesehen – Männer und Frauen, die sich bei einem Myokardinfarkt an die Brust fassten und mit vergeblichem, stummem Schrei um Hilfe flehten, während ihr Herz zuckend krampfte und ihnen die Atmung abzudrücken schien. Nun konnte er die Angst in ihrem Blick verstehen – so musste es sein, wenn der Tod nahte.

»In vier Wochen? Du fackelst ja nicht lange! Noch eher ging es wohl nicht?« Er versuchte, Ruhe zu bewahren, hörte aber selbst, dass seine Stimme gepresst und verzweifelt klang. Wie hatte er das nur geschehen lassen können? Seine akribische Erziehung hatte ihr Sicherheit gegeben – und nun hatte sie darauf reagiert, indem sie etwas ganz und gar Unbesonnenes tat.

Alle Eltern, mit Ausnahme einiger Soziopathen vielleicht, verbrachten die ersten Lebensjahre ihres Kindes in ständiger Angst. Atmete das Baby? War der Brei vielleicht zu heiß? Hatte es sich die Speiseröhre verbrannt? Habe ich geschlafen und das Baby nicht gleich schreien gehört? Habe ich ihm womöglich geschadet, weil ich es zu lange habe schreien lassen? Dominiks Panik hatte die üblichen elterlichen Ängste noch weit überstiegen. Er tat keinen Atemzug, ohne zu überlegen, wie sich dieser auf seine Tochter auswirken könnte. Fast achtzehn Jahre lang war es ihm gelungen, sie sicher zu bewahren – und nun waren all seine Mühen durch einen einzigen unbedachten Schritt von ihr hinfällig geworden.

»Ben hat sich im Gemeindezentrum erkundigt, und man hat ihm zwei Termine angeboten: einen in zehn Monaten und einen in knapp einem Monat. Weil ein Paar abgesagt hat. Und ich wollte keine zehn Monate warten.«

»Gütiger Himmel. Du bist sogar noch dümmer, als ich dachte!«

Marie starrte ihn an. Ihre Augen leuchteten in demselben intensiven Grün, das sie schon seit ihrer Geburt hatten. Diese Augen faszinierten ihn jedes Mal, wenn er sie betrachtete, denn sie hatten genau den gleichen Farbton wie die ihrer Mutter. Marie schien den Tränen nahe, aber Dominik war klar, dass er sie zur Vernunft bringen musste. Er bemühte sich, ruhig zu bleiben. Zorn würde in dieser Situation nicht weiterhelfen. Seine Tochter würde nur davonlaufen, und dann wäre alles verloren. Vielleicht war es noch nicht zu spät.

»Alles Weitere musst du jetzt mir überlassen. Ich sage das nicht, um dir wehzutun. Es ist bloß … Du bist noch so jung, du weißt so wenig von der Welt. Das ist meine Schuld; ich habe dich zu sehr behütet.« Er versuchte, einen versöhnlichen Kurs einzuschlagen. »Sag mir, welcher Rabbi dir das angetan hat, und wir werden es klären.«

»Es ist längst geschehen, Papa.« Sie stand auf und schaute zur Tür, als wollte sie gleich das Haus verlassen.

Am liebsten hätte er sie festgehalten und am Gehen gehindert, doch das entsprach nicht seinem Wesen. Stattdessen griff er nach einem Buch, das er zuvor gelesen hatte, und tat so, als würde er sich hinein vertiefen, als würde alles einfach vorbeigehen, solange er nur Ruhe bewahrte.

»Hast du mich verstanden?«, fragte sie.

»Warum erzählst du mir das überhaupt? Willst du meinen Segen?« Mit leicht zitternder Hand blätterte er eine Buchseite um. Seine Augen glitten über den Text, ohne etwas davon aufzunehmen.

»Nein«, erwiderte Marie. »Du würdest ihn mir sowieso nicht geben.«

»Warum machst du dir dann die Mühe und erzählst es mir?« Er hielt den Blick ins Buch gerichtet, sah aber aus dem Augenwinkel, wie Marie zusammenzuckte.

»Weil ich dachte, du würdest es vielleicht gern erfahren«, erwiderte sie atemlos. »Ich bin deine Tochter, dein einziges Kind, und ich heirate. Ich dachte, du würdest gern erfahren, wann meine Hochzeit ist, damit du mich dem Bräutigam übergeben kannst. Ich habe mit dem Rabbi gesprochen – dass der Vater seine Tochter führt, ist zwar eine christliche Tradition, aber er wird es erlauben.«

Dominik legte sein Buch hin und schaute sie an.

»Und? Würdest du das tun?« Sie hielt offenbar den Atem an, während sie auf seine Antwort wartete.

»Möchtest du das denn?«, fragte er und hielt ebenfalls den Atem an. Er stellte sich vor, wie es wäre, sein Kind bei der Hochzeit zu begleiten und dem Bräutigam zuzuführen. Es könnte wunderbar sein.

»Inzwischen bin ich mir nicht mehr so sicher«, erwiderte sie.

»Solltest du dich entscheiden, dann lass es mich wissen«, sagte er und wandte sich wieder seinem Buch zu.

Marie schluchzte leise auf und starrte zu Boden. »Vielleicht ist es besser, wenn du es nicht tust«, sagte sie dann und hob trotzig den Kopf. »Wahrscheinlich blamierst du mich nur!« Sie verzog das Gesicht, kaum dass der Satz ihren Mund verlassen hatte, als sei sie sich bewusst, wie verletzend er war.

Er schloss die Augen. »Ich habe dich nicht dazu erzogen, dich so zu benehmen!«

»Wie zu benehmen?«

»Wie eine Schlampe«, erwiderte er. In dem Moment, als er es ausgesprochen hatte, wurde ihm klar, dass er zu weit gegangen war. Er verstand, wie verletzend und zerstörerisch dieses Wort war. Man sagte es zu erwachsenen Frauen, um sie herabzusetzen und ihnen Verachtung zu zeigen. Nun hatte er es zu seinem kleinen Mädchen gesagt.

Marie starrte ihn an. Ihre Lippen zitterten.

Er konnte sich nicht erinnern, je einen größeren Schmerz empfunden zu haben als in diesem Moment. Plötzlich sah er in ihrem Frauengesicht wieder das Kind, das sich an seiner Hand festklammerte, um über Steine zu springen, das auf seinem Schoß saß, die kleinen dicken Finger warm und klebrig. Maries Geruch als Baby. Jenen Moment damals, als er Gott angefleht hatte, sie zu verschonen. Alles weg, alles zerstört.

»Marie, verzeih mir. Ich war wütend.«

Irgendetwas in ihr war zerbrochen. Er konnte es an ihrer Miene sehen, als sie aufstand.

»Mich erzogen? Du hast kaum jemals offen mit mir geredet. Du willst mir nicht mal ihren Namen verraten.«

Er fragte nicht, welchen Namen sie meinte. »Fang nicht wieder davon an. Wir sprechen gerade von wichtigen Dingen.«

»*Fang nicht wieder davon an?* Ich habe mein ganzes Leben gelebt, ohne den Namen meiner Mutter zu erfahren. Weißt du, wie das ist? Als hätte ich nicht einmal eine Antwort verdient! Jedes Mal, wenn du dich weigerst, mir zu sagen, wie sie heißt, zeigst du mir deine Verachtung. Du denkst nicht nur, dass ich nichts wert bin, du hältst mich auch für das, als was du mich gerade bezeichnet hast.« Sie stürmte aus der Küche die Treppe hinauf.

Zwei Tage vergingen in beklemmendem Schweigen. Jenes Wort, das er ihr im Zorn an den Kopf geworfen hatte, hatte etwas zerstört. Sie waren keine Freunde mehr wie früher. Er selbst hatte sich von diesem warmen Ort verbannt. Er bereitete das Abendessen zu, und sie verzehrten es schweigend.

Am dritten Tag fragte er sie mit fröhlicher Stimme: »Wie war es heute in der Bibliothek?«, weil er wusste, dass sie dorthin gegangen war. »Was liest du im Augenblick?«

Er erhielt keine Antwort. Er räumte das Geschirr ab und trug es zur Spüle, Marie trank ihren Tee aus und starrte aus dem Küchenfenster.

Dominik dachte oft mit schlechtem Gewissen an das, was er Marie über ihre Mutter erzählt hatte. Er hatte behauptet, Maries Mutter habe sie beide verlassen, was seiner Tochter nicht enden wollenden Kummer bereitete, wie er wusste. Für ein Kind gab es keine grausamere Geschichte als die, dass die Mutter es im Stich gelassen hatte. Für Marie hieß das, dass ihre Mutter sie nicht liebte – eine Folgerung, die nicht weiter von der Wahrheit hätte entfernt sein können.

Ihm fiel nichts mehr ein, was er ihr noch hätte sagen können. Er wusste auch nicht, wie er sie zum Sprechen bringen sollte. Der Streit über ihre bevorstehende Hochzeit mit einem jüdischen Mann erschien ihm plötzlich trivial – verglichen mit dem viel größeren Problem, dass seine Tochter womöglich nie mehr mit ihm reden würde. Er setzte sich wieder an den Tisch und sagte das Einzige, was ihm noch einfiel, um den Abgrund zu überbrücken, der sich zwischen ihnen aufgetan hatte. Eigentlich wollte er es nicht aussprechen, doch er hatte keine andere Wahl. Er sah die junge Frau an, die für ihn die ganze Welt bedeutete.

»Deine Mutter heißt Helena Kolikov.«

19

IM ARCHIV

Fünf Wörter, elf Silben.

Dei-ne Mut-ter heißt He-len-a Ko-li-kov.

Marie wusste nicht, welches Wort in diesem kurzen Satz sie am meisten verzauberte. Zusammen ausgesprochen fesselten die Wörter sie, doch auch jedes für sich genommen enthielt ein Universum von Möglichkeiten.

Deine Mutter.

Die ersten beiden Wörter bildeten eine Kombination aus einem Pronomen und einem Substantiv, die andere Eltern tagtäglich in den Mund nahmen – nicht jedoch ihr Vater. Er hatte die Kombination »*deine Mutter*« ihr gegenüber genau zweimal gebraucht.

Deine Mutter heißt.

»Heißen« – dieses Verb enthielt so viel. Es kündigte eine Zuschreibung an. Es bezog sich auf einen Namen, der gleich folgen würde – auf einen Menschen.

Helena Kolikov.

Die letzten beiden Worte, der eigentliche Name. Marie bewegte die Wörter in ihrem Mund und ließ das *l* in Kolikov über ihre gerollte Zunge gleiten: *lllll.*

Also kam ihre Mutter wohl aus Russland oder vielleicht auch

der Ukraine, eine überraschende Möglichkeit, die ganz neue Perspektiven eröffnete. Stammte ihr eigenes schmales Gesicht mit den hohen Wangenknochen von zaristischen Vorfahren – und nicht von Nordländern? Ihre Gedanken überschlugen sich. Kam sie aus dem Osten?

Am meisten aber beschäftigte sie die Zeitform des Verbs: *Heißt.*

Deine Mutter *heißt* Helena Kolikov.

Nicht »hieß«. »Heißt.«

Sie hatte es immer geglaubt und gehofft. Nun hatte es sich bestätigt.

Ihre Mutter lebte.

Marie betrat das Stadtarchiv auf der Sienna-Straße und bat den Angestellten, der hinter einem staubigen Schreibtisch saß, nachzusehen, welche Unterlagen über Helena Kolikov sie hatten. Er war so darauf konzentriert, eine Comicgeschichte von *Tim und Struppi* zu lesen, dass er gar nicht aufblickte und sie ihre Frage noch einmal wiederholen musste, bis er endlich reagierte. Marie war enttäuscht, dass er nicht die gleiche Begeisterung für ihr Vorhaben zeigte wie sie – allerdings konnte er natürlich nicht wissen, dass sie den Namen ihrer Mutter erst am Vortag erfahren hatte und dass heute der erste Tag in ihrem Leben war, an dem sie überhaupt gezielt nach ihr forschen konnte.

»Was für Informationen suchen Sie denn?«, fragte er sichtlich gelangweilt.

»Geburtsurkunde, Heiratsurkunde. Alles, was Sie haben.«

Der Sekretär seufzte. »Was denn nun? Suchen Sie sich eins davon aus.« Er trug eine Nickelbrille, die aussah, als könnte sie ein Paar neue Gläser gebrauchen. Er schaute Marie mit einem leichten Schielen an.

»Die Geburtsurkunde«, sagte sie.

»Sind Sie eine Verwandte?«

»Ich bin ihre Tochter.«

Er starrte sie an. »Also ist *das* der Name deiner Mutter?«, fragte er, sie plötzlich duzend.

Marie betrachtete ihn genauer. Sie kannte ihn. Er war im Jahrgang über ihr gewesen, auf dem Jungengymnasium, das von dem Kloster betrieben wurde, zu dem auch ihre Mädchenschule gehörte. »Matthias?«

Sie hatte einmal bei einem Debattierwettbewerb gegen ihn gewonnen. Das Thema hieß »Wir sollten die Kühe melken«, und sie war der Gruppe zugeteilt gewesen, die die Pro-Position vertreten sollte. Sie hatte genau überlegt und präzise argumentiert, dass Kühe da waren, um dem Menschen zu dienen. Er dagegen hatte mitten in seiner Argumentation den Faden verloren und seine Notizen fallen lassen. Damals war es ein durchschlagender Erfolg für Marie gewesen, doch nun bedeutete dieser Sieg nichts Gutes. Sie hoffte, er würde ihn ihr nicht nachtragen.

Er verschwand hinter einer Trennwand. Marie kaute nervös auf ihrem Daumennagel herum. Hinter diesen Wänden verbargen sich Informationen über ihre Mutter, das spürte sie. Endlich. Wie einfach es doch war, jemanden zu finden, wenn man seinen Namen kannte! Eine Viertelstunde verstrich, ohne dass Matthias zurückkehrte. Marie kam zu dem Schluss, dass er sich immer noch von ihr gedemütigt fühlte und sie nun dafür bestrafen wollte. Vermutlich hatte er gar nicht gesucht, sondern machte irgendwo eine Zigarettenpause oder war ins Kino gegangen. Endlich kam er, allerdings mit leeren Händen.

»Keine Einträge unter diesem Namen«, sagte er.

»Willst du mich dafür bestrafen, dass ich dich bei der Debatte besiegt habe?«, fragte sie.

Er feixte. »Nein!«

»Das glaube ich dir nicht!«, sagte sie. »Es ist wichtig für

mich. Ich versuche, meine Mutter zu finden. Das ist wichtiger als deine kindischen Probleme mit mir und meinen Debattierfähigkeiten! Du kannst mich doch nicht dafür verantwortlich machen, wenn du das Diskussionsthema nicht richtig eingrenzen konntest! Und überhaupt warst du nicht mal der Schlechteste! Euer zweiter Redner hat es verbockt. Jeder vergisst, wie wichtig der zweite Redner ist, dabei hat er die komplizierteste Aufgabe. Die Einleitung ist einfach und der Schluss ebenfalls – der Mittelteil ist am schwierigsten.«

»Ich schwöre dir – es gibt hier keine Geburtsurkunde von einer Helena Kolikov!« Er buchstabierte den Namen sogar noch einmal, um ihr zu zeigen, dass er genau nachgeschaut hatte. Marie ließ enttäuscht den Kopf hängen.

Matthias blickte sich um. Außer ihnen beiden war niemand in der Nähe. »Eigentlich dürfen wir das nicht erlauben, aber willst du vielleicht selbst mal nachschauen?«

Marie nickte begeistert, und er führte sie hinter die Trennwand. Durch ein geöffnetes Eisenfenster wehte eine leichte Brise in den Raum. Das alte Gebäude stammte aus dem siebzehnten Jahrhundert, die Wände waren einen Meter dick gemauert, um Kanonenkugeln abzuhalten. Archivschränke aus Stahl standen Rücken an Rücken in Zwanzigerreihen, und weitere vierzig reihten sich entlang der Rückwand auf. Matthias führte sie zu einem der Schränke und zog eine Metallschublade auf.

»Hier drin befinden sich die Geburtsurkunden von weiblichen Personen, deren Nachname mit J oder K beginnt, vom Jahre 1870 bis 1910.« Er klopfte auf den Aktenschrank. Das metallische Scheppern hallte durch den höhlenartigen Raum. Trennpappen mit beschrifteten Reitern unterteilten die Hängeregister nach Jahren. »Bitte sehr!«

»Danke!«, erwiderte Marie. Sie ging die erste Abteilung der Hängeregister durch.

Matthias blieb stehen und beobachtete sie. Er neigte den Kopf. »Ist deine Mutter tot?«

»Schlimmer. Verschollen«, erwiderte Marie. Sie blätterte das erste Dutzend Mappen durch.

»Wie kann denn verschollen schlimmer sein als tot?«

»Das können dir nur die beantworten, die jemanden vermissen, der verschwunden ist.«

Er musterte mitleidig ihr Gesicht. »Ich lasse dich dann mal in Ruhe suchen.«

Marie lächelte dankbar, ohne von ihrer Suche aufzublicken. Sie ließ den Finger an den Registern entlanggleiten. In alphabetischer Folge reihte sich eine Urkunde an die andere, viele Urkunden waren aufgrund ihres Alters vergilbt und geknickt. Der Aktenschrank roch nach Lignin und Zellulose. Er enthielt das Leben von mehr als tausend Menschen, ihre Träume und ihr Scheitern. Eine Helena Jankowicz befand sich seit zwanzig Jahren in diesem Schrank. Neben ihrer Geburtsurkunde war ihre Sterbeurkunde – ein ganzes Leben reduziert auf zwei Blatt Papier. Aber Maries Mutter war nicht zu finden. Eine Helena Kolikov enthielt der Aktenschrank nicht.

Marie holte Matthias. »Sie ist nicht da!«

»Hab ich dir doch gesagt«, erwiderte er. »Tut mir leid.«

»Warte. Diese hier sind nicht richtig geordnet!« Marie zeigte ihm zwei Registerordner.

Zwischen Helena Anna Jankowska und Hildegarda Maria Jarewska befand sich eine Sterbeurkunde von Hanna Rzankowicz.

»Was? Oh, wie ist die denn da reingeraten?« Er sah Marie an, als könnte sie ihm eine Antwort darauf geben.

Ihr Herz machte einen kleinen Satz. »Ich werde alle durchgehen«, sagte sie. Matthias starrte sie mit großen Augen an und meinte, dass es mindestens einen Tag dauern würde, alle Geburtsurkunden durchzugehen. Glücklicherweise war sie eine sture, eigensinnige Person, die es gewohnt war, ihren Willen durchzusetzen. Sie versicherte ihm, er müsse ihr nicht helfen. Er könne sie einfach sich selbst überlassen, sie würde die Register schon ganz allein überprüfen. Nachdem klar war, dass er sich an diesem wahnsinnigen Vorhaben nicht zu beteiligen brauchte, gab er ihr nur zu gern die Erlaubnis weiterzumachen, überließ sie ihrer Arbeit und kehrte zu *Tim und Struppi* zurück.

Im Laufe der nächsten sechs Stunden las Marie jede Geburtsurkunde von K bis Z, beginnend bei den Registerschränken der weiblichen Einträge, und ging dann weiter zu denen der Männer. Sie hatte den Eindruck, dass sie die gesamte Geschichte Krakaus erkundet hatte. 1916 war ein Jahr mit besonders vielen Einträgen gewesen. Mindestens zweitausend Sterbeurkunden hatten Eingang in das Archiv gefunden. Für die Angestellten war es sicherlich anstrengend gewesen, die vielen Dokumente zu archivieren. 1917 übertraf das Vorjahr sogar noch mit dreitausend Sterbeurkunden. Sie trugen die Namen von jungen Männern, achtzehn oder zwanzig Jahre alt, einige waren auch erst dreizehn gewesen. Sie fand sogar einen jungen Helden, der im Alter von zwölf Jahren vor Gottes Richterstuhl getreten war. Die Urkunde nannte Przemyśl als seinen Sterbeort, eine Stadt, die ein paar Stunden Zugfahrt östlich von Krakau lag. Marie stellte sich den jungen Polen in seiner österreichisch-ungarischen Uniform vor, wie er gegen die Russen kämpfte, um sie an der Einnahme Krakaus zu hindern. Seine Sterbeurkunde befand sich neben der seines Vaters, der bereits im Winter davor im Süden Russlands gefallen war. Wahrscheinlich hatte man den Sohn geschickt, die Heimat zu verteidigen, nachdem der Vater gestorben war. Sie dachte darüber nach, ob es ein Glücksfall war, als Mädchen geboren zu werden, was es einem ersparte und wovon es einen ausgrenzte.

Aus den Jahren 1919 und 1920 gab es mehrere Tausend Sterbeurkunden. Jede trug den Namen eines ein- oder zweijährigen Kindes. Die Todesursache: Influenza. Bens Geburtsurkunde fand sich dort ebenfalls, er war 1915 geboren. Gleich daneben lag die Sterbeurkunde seines Vaters. Aus dem Dokument ging hervor, dass Moses Abram Rosen im Jahr 1929 gestorben war. Kurz bevor Marie Ben kennengelernt hatte. Ben hatte ein zerrissenes Hemd getragen. Marie konnte sich noch erinnern, dass sie ihn gefragt hatte: »Warum hat niemand deinen Kragen geflickt?« Inzwischen wusste sie, dass es ein jüdischer Brauch war, Trauer zu zeigen, indem man sich die Kleider zerriss.

Am nächsten und übernächsten Tag ging sie wieder ins Archiv und arbeitete sich wie besessen durch die Akten. Jede Urkunde, die falsch eingeordnet war, räumte sie an den richtigen Platz. So arbeitete ihr Verstand nun einmal. Die Aktenschränke, die vorher mit einer Monate alten Staubschicht bedeckt gewesen waren, glänzten nun in der Nachmittagssonne, die durch die Eisenfenster hereinschien. Sie hatte die Schränke zwar nicht abgewischt, doch während ihrer Sortierarbeiten war der Staub von ganz allein verschwunden, als hätte ihre wilde Aktivität ihn aufgescheucht und an eine ruhigere Stelle des Archivs vertrieben. Als sie fertig war, musterte sie die neue Ordnung und lächelte zufrieden.

Sie ging nach vorn und holte Matthias. »Was hast du bloß gemacht?«, keuchte er auf. Mit panischem Gesichtsausdruck ging er einen der Schränke durch. »Die werden mir den Arsch aufreißen, wenn die das sehen!«, sagte er wie ein Gangster in einem amerikanischen Film.

»Tut mir leid. Ich habe nur ein paar Dinge neu geordnet.«

»Ein paar Dinge? Du hast mein ganzes System verändert!«

Marie unterdrückte ein Lachen, denn ein erkennbares System hatte es nicht gegeben. »Das habe ich nicht. Ich habe lediglich ein paar Querverweise eingefügt. Jetzt kann alles entweder nach Namen oder nach Jahr gesucht werden – je nachdem, welche Information man hat. Mehr nicht.«

Er blätterte durch einige Register.

»Ist das so in Ordnung?«, fragte sie.

Er nickte. »Wahrscheinlich schon. Aber ich bin nicht begeistert, dass du mein System verändert hast!« Er gab einen merkwürdigen Ton von sich, den Marie nicht ganz einordnen konnte – vielleicht das Knurren eines Bösewichts aus einem seiner Comics. Doch das alberne Geräusch konnte ihre Stimmung auch nicht wirklich heben. Sie hatte die komplette Sammlung von Geburtsurkunden aus Krakau geordnet und katalogisiert, aber ihre Mutter war darin nicht aufgetaucht. Sie wollte gerade gehen, als ihr plötzlich noch ein Gedanke kam. Auch ihre eigene Geburtsurkunde war ihr nicht begegnet. Sie erzählte es Matthias.

Er zuckte mit den Schultern. »Und?«

»Mein Vater hätte meine Geburt doch sicher gemeldet. Er ist äußerst penibel – er dokumentiert alles.«

»Stimmt«, erwiderte er und legte den Kopf schräg. »Wenn das so ist, dann bist du wohl nicht in Krakau geboren.«

Marie schüttelte den Kopf. Das war unmöglich. »Ich habe meinen Vater gefragt. Er hat mir erzählt, ich sei in dem Krankenhaus geboren, wo er arbeitet.«

»Dann hat er deine Geburt entweder nicht gemeldet … oder er lügt.«

Marie erstarrte. Keine der beiden Erklärungen gefiel ihr.

Die Menschen fragten sich oft, welches der Moment war, in dem man erwachsen wurde. Wann wurde man vom Mädchen zur Frau, vom Jungen zum Mann? Manche sahen körperliche Wegmarken als Antwort: die erste Menstruation, die Hochzeit oder den Moment, wenn man sein Kind zum ersten Mal im Arm hält – alle diese Momente schienen als Markstein geeignet.

Doch Marie war sich sicher, dass ihr Übergang ins Erwachsenendasein in diesem Moment geschah, als sie dahinterkam, dass ihr Vater sie angelogen hatte – nicht etwa mit einer Notlüge, um ihre Gefühle zu schonen, so wie er das schon mal tat, wenn er ein Kompliment über ein hässliches Kleid machte oder eine nicht ganz so gute Schulnote lobte. Nein, dies war eine richtige Lüge, die ihr gesamtes Leben betraf.

»Wenn ich nicht in Krakau geboren bin«, fragte sie den jungen Mann, »wo dann?«

»Keine Ahnung. Irgendwo anders auf der Welt. Ich muss mal eine rauchen«, sagte er. »Hier drin geht das aber nicht – davon werden die Akten brüchig. Kommst du mit raus?«

Marie wunderte sich über sein plötzliches Engagement für die Erhaltung der Dokumente. Sonst ließ er zentimeterdicken Staub liegen, der die Akten sicher noch mehr entfeuchtete, und nun störte er sich plötzlich geradezu pingelig an ein paar Rauchwolken. Trotzdem nahm sie ihren Mantel und folgte ihm nach draußen.

»Weißt du eigentlich, dass dein Vater meinen Daumen gerettet hat?«, fragte er, während er sich die Zigarette anzündete.

Er bot Marie eine an, doch sie lehnte ab. In der Luft hing ein Duft nach Jasmin, und Marie hob dankbar die Nase, um ihn einzuatmen. »Ich hatte mich mit einem Sägeblatt angelegt. Mein Daumen hing nur noch an einem Stückchen Haut – alle meinten, das war's wohl jetzt. Ich solle ihn am besten neben meiner lieben Mama auf dem Friedhof begraben und beten, dass es noch lange dauern würde, bis ich selbst dorthin käme. Und den Rest meines Lebens mit neun Fingern verbringen. Aber Doktor Karski hat einen Blick auf meine Hand geworfen und gefragt, ob er versuchen soll, den Daumen wieder anzunähen. Ich sagte ›Na klar, warum nicht.‹ Er hat sich einen Stuhl geholt und diese große Brille aufgesetzt, mit dem schwarzen Rahmen.«

»Ich weiß, welche du meinst«, sagte Marie und sah die Lupenbrille vor sich, die ihr Vater trug, wenn er kleinere chirurgische Eingriffe durchführte. Damit sah er aus wie eine Fliege. »Er hat die Brille selbst konstruiert.«

»Ich kann dir sagen ... Sieben Stunden musste ich den Arm stillhalten! Es war schrecklich. Ich musste dringend pinkeln, vorher hatte ich noch zwei Liter Bier getrunken. Ich dachte schon, er könnte meine Blase gleich mit reparieren ... Als ich ihm das gesagt habe, hat er die Krankenschwester geschickt, eine Bettpfanne zu holen. Sie hat mir die Hose runtergezogen, wie bei einem Baby. Und ich hab in die Bettpfanne reingepinkelt. Es war mir ganz egal – ich war bloß froh über die Erleichterung. Ich hab mich bei deinem Papa entschuldigt. Aber er hat gar keine große Sache draus gemacht – war wohl auch nichts, was ihm neu war. Er hat einfach weitergenäht, während ich gepinkelt habe. Mein Johannes hing gleich vor ihm – entschuldige, mein ... Du weißt schon.«

»Ja«, sagte Marie. »Erzähl weiter.«

»Dein Papa hat gesagt, jede Sekunde zählt, wenn man Haut und Muskeln wieder annäht.«

»Wegen der Nerven. Das Gewebe stirbt sehr schnell ab. Es ist von Gefäßen durchzogen, verstehst du. Man muss schnell arbeiten, ehe die Nährstoffe verbraucht sind«, sagte sie. »Hat es funktioniert?«

»Das kann man wohl sagen!« Er hob die linke Hand, wackelte mit dem Daumen und ließ ihn im Gelenk kreisen. Er hatte den vollen Bewegungsradius. »So gut wie neu! Dein Vater kann wahre Wunder wirken.« Mit dem angenähten Daumen drückte er die Zigarette aus, und sie gingen wieder ins Archiv.

»Die Geburtsurkunde meines Vaters konnte ich auch nicht finden«, sagte Marie.

Matthias nickte. »Dann ist auch er nicht hier geboren.« Das wusste Marie, schließlich hatte ihr Vater angedeutet, dass er aus dem Norden Polens stammte. »Aber wir haben jede Menge andere Dokumente von ihm. Er ist einer der wichtigen Männer in der Stadt. Er spendet einen Haufen für wohltätige Zwecke und solche Sachen.«

Marie wurde hellhörig, das hatte sie nicht gewusst. »Kann ich diese Dokumente mal sehen?«

»Oh, das glaube ich nicht. Die sind nicht für die Öffentlichkeit. Das wäre nicht richtig.«

»Ich bin seine Tochter«, wandte sie ein.

»Ja, aber er ist ein erwachsener Mann. Und es ist nicht richtig, wenn eine Frau Einblick in seine Geldsachen hat – auch seine Tochter nicht.«

»Ich habe kein Interesse an seinen Finanzen«, erklärte sie. »Aber er ist ein so verschwiegener Mensch. Du hast gesagt, dass er für wohltätige Einrichtungen spendet? Das würde ich gern sehen. Er ist so bescheiden, nie erzählt er etwas davon. Es wäre schön, mehr über seine Mildtätigkeit zu erfahren – all die wunderbaren Sachen, die er unterstützt.«

»Na ja, ein kurzer Blick kann ja nicht schaden«, sagte Matthias. »Hier entlang.«

Er führte Marie ins obere Stockwerk in einen anderen Raum, suchte ein paar Akten heraus und gab sie ihr. »Hier ist die Urkunde über einen Hauskauf, den er 1924 getätigt hat.«

Marie grinste. Gerade eben hatte er noch davon geredet, die Privatsphäre ihres Vaters zu schützen, und nun zeigte er ihr Besitzurkunden von Häusern.

Ihr Vater hatte das Haus in der Grodzka-Straße, in dem sie wohnten, im Jahr 1928 für 24000 Zloty gekauft. Schon damals eine recht hohe Summe. Hanna aus ihrer Klasse, die zu den reichsten Mädchen der Schule gehörte, hatte einmal damit geprahlt, dass ihr Haus 16 000 Zloty gekostet habe. Marie blätterte die Unterlagen durch und entdeckte drei weitere Eigentumsurkunden von Häusern in Krakau. Auf jeder stand der Name Dominik Karski. Ihr Vater besaß also drei weitere Immobilien – nicht nur ein paar alte Schrottbuden, eine hatte sogar 52 000 Zloty gekostet. Sie kam jeden Tag an diesem Gebäude vorbei – einem eleganten Bürohaus in der Nähe des Marktplatzes. Ihrem Vater gehörten drei Stockwerke davon!

Obwohl die Dokumente über das Vermögen ihres Vaters ihre Neugier weckten, war sie nicht sonderlich erschüttert. Als Arzt behandelte er schließlich einige der reichsten Menschen der Stadt. Sie war sogar ein wenig beeindruckt von dem finanziellen Weitblick, den ihr Vater bewies, indem er in Immobilien investierte. Doch als sie die nächsten Akten studierte, richteten sich ihre Nackenhaare auf.

Im Laufe der Jahre hatte ihr Vater 30 000 Zloty für verschiedene wohltätige Zwecke gespendet. 1932 waren mit seinem Geld Reparaturen am Rathaus durchgeführt worden. Für das katholische Waisenhaus auf der Jerzy-Straße hatte ihr Vater die Miete drei Jahre im Voraus bezahlt. Sie war fassungslos. Das Glasfenster des heiligen Bartholomäus, dessen Vollendung ihr Vater begleitet hatte? Er hatte nicht nur an den Besprechungen des Komitees teilgenommen, das die Fertigstellung des Heiligen organisierte – er hatte auch 10 000 Zloty für die Arbeiten gespendet. Zehntausend – das war die Jahresmiete für eine Vierzimmerwohnung! Danach hatten ihm Priester und Kirchenverwaltung bestimmt zu Füßen gelegen!

Marie erinnerte sich an einen Artikel, den sie in der *Gazeta* gelesen hatte. Es ging um einen Mann, der dabei erwischt worden war, wie er Gelder aus der Warschauer Stadtkasse veruntreut hatte. Für eine Dachreparatur, die die Baufirma der Stadt mit 20000 Zloty in Rechnung gestellt hatte, hatte dieser Buchhalter bei der Eingabe die Rechnung auf 30000 geändert und die zusätzlichen 10000 in die eigene Tasche gesteckt. Im Laufe von zehn Jahren hatte er die braven Steuerzahler Warschaus um beinahe eine Million Zloty betrogen. Nachbarn und Kollegen hatten die Vorwürfe nicht wahrhaben wollen und nach seiner Verhaftung kopfschüttelnd seine Freilassung verlangt. »Er war doch immer so ein netter Mensch!«, hatten sie gerufen. »Er wäre zu solchen Dingen gar nicht fähig. Die Polizei hat sich getäuscht!« Aber der Mann war nicht zu Unrecht verhaftet worden – er hatte jedes Verbrechen begangen, dessen er bezichtigt wurde. Wie hatte er alle so täuschen können?

Von jedem gestohlenen Zloty hatte er dreißig Prozent wieder weggegeben.

Er hatte ansehnliche Summen an Schulen, an ein Bildungsprogramm für Kriegsveteranen, an Krankenhäuser und Kirchen gespendet. Jede Wohltätigkeitsorganisation der Stadt hatte von seiner Großzügigkeit profitiert. Wie der Zauberkünstler, der einen täuschte, indem er bunte Blumen aus dem Ärmel zog, während er gleichzeitig unbeobachtet die Spielkarte verschwinden ließ, hatte dieser Mann Geld in die linke Tasche der Menschen gefüllt und zugleich das Doppelte aus der rechten genommen.

Während Marie die Unterlagen über die wohltätigen Zahlungen ihres Vaters las und seine übertriebene Menschenfreundlichkeit gegenüber Kirchen, Schulen und kommunalen Einrichtungen zur Kenntnis nahm, musste sie an den Halunken aus Warschau denken, und ihr wurde ganz kalt.

Legte ihr Vater Krakau etwa auf dieselbe Weise herein? Und, falls ja, von welchem Verbrechen wollte er die Menschen ablenken, während er ihnen die Taschen füllte? Ihr fiel nur ein einziges Vergehen ein, von dem er womöglich ablenken wollte. Der Gedanke ließ sie schaudern.

Sechzehn Jahre lang hatte Marie ihrem Vater geglaubt, dass ihre Mutter eines Tages einfach gegangen war und sie beide verlassen hatte. Sie hatte seine Verschlossenheit für eine Folge der Demütigung gehalten, die er erlitten hatte, für ein gebrochenes Herz. Aber vielleicht hatte er sich gar nicht aus Schmerz geweigert, über das Verschwinden der Mutter zu sprechen, sondern weil er fürchtete, zu viel zu offenbaren. Zum ersten Mal kam ihr der Gedanke, dass ihr Vater am Verschwinden ihrer Mutter womöglich nicht unbeteiligt war.

Sie dachte einen Moment über ihre Mutter nach und versuchte, sich vorzustellen, welches ihre letzten Momente in der Familie gewesen waren. Hatte sie wirklich gehen wollen – oder hatte sie sich gefürchtet? Hatte sie, als sie Marie zum letzten Mal anschaute, Resignation empfunden, oder Freude – oder gar schreckliche Angst? Je näher Marie ihrer Mutter bei der Suche kam, desto mehr tat ihr das Herz weh. Sie hätte ihr Leben gegeben, um diese Frau kennenzulernen, sie zu berühren und ihre Geschichte zu hören. Sie hoffte, dass es nicht zu spät war.

20

DIE DREIFACHE DOSIS

Lemberg, Oktober 1918

Helena Kolikov betrachtete das Gesicht des Mädchens und erwog, ob sie ihrem neuen Arbeitgeber etwas sagen sollte oder nicht. Sie arbeitete erst seit drei Wochen in Karskis Apotheke, es war die erste bezahlte Stelle ihres Lebens. Davor hatten ihre Arbeitserfahrungen darin bestanden, die mageren Kühe auf dem gottverlassenen Hof ihres Vaters zu melken und den unfruchtbaren Boden zu beackern.

Wenn sie versuchte, dem Mädchen auf dem Behandlungsstuhl zu helfen, würde das wie eine Kritik wirken, wie ein Vorwurf an den Apotheker, und sie würde ihre Arbeit und damit auch die vier Zloty Wochenlohn verlieren. Es bestand keinerlei Zweifel: Ohne diese Arbeit würde sie verhungern. Und überhaupt – wer war sie denn? Jedenfalls nicht in der Position, die Stimme zu erheben. Sie war nur ein Bauerntölpel, eine Siebzehnjährige von einem armseligen, schmutzigen Bauernhof im Ansiedlungsrayon. Sie hatte gar nicht die Kompetenz, darauf hinzuweisen, dass das kleine Mädchen gerade vergiftet wurde.

Doch sie hatte gesehen, wie der Apotheker, Herr Karski, dem

Mädchen das Laudanum gab – sorgfältig dosiert und titriert, milligrammgenau, sodass es dem Körpergewicht eines Kindes entsprach, mit Instrumenten, die er vorher auf die präzise Art und Weise sterilisiert hatte, die Helena an der Tätigkeit des Apothekers so faszinierte. Sie hatte beobachtet, wie er die Medikation des Mädchens perfekt vorbereitet und verabreicht hatte, so wie sie es im pharmazeutischen Handbuch gelesen hatte, als es ihr einmal gelungen war, unauffällig einen Blick hineinzuwerfen. Der Apotheker war buchstabengetreu jedem Schritt der Anleitung gefolgt. Das Problem war nur, dass er es zweimal getan hatte.

Helenas Arbeit bestand darin, die Apotheke sauber zu halten. Sie reinigte die Böden, schrubbte die Oberflächen, sammelte den Abfall und verbrannte ihn, leerte die Nachttöpfe und kochte Verbände und Lappen aus. Bechergläser, Kolben und Büretten durfte sie nicht anfassen, die reinigte der Apotheker selbst. Sie liebte es, ihm bei dieser Arbeit zuzusehen, wenn die winzigen Glasgegenstände im Licht glänzten und funkelten. Er hatte eine Schachtel mit kleinen Flaschenbürsten, schmal wie Nadeln mit Borsten wie Mäusehaar, mit denen er die Glaskolben und Büretten reinigte. Dabei arbeitete er mit virtuosem Geschick und geübten Fingern, die diese Tätigkeiten schon Jahrzehnte verrichtet hatten. So etwas bekam man nur selten zu sehen – er war ein Meister seines Fachs, und es bereitete ihr jedes Mal wieder Freude, ihm zuzuschauen, wenn er seine Fertigkeiten zeigte. Doch an diesem Morgen war das kleine Mädchen um zwanzig nach sieben erschienen, hatte seine Dosis des braunen Saftes verabreicht bekommen und dann zusammen mit den anderen Kindern an der Straßenecke auf den Pferdewagen gewartet, der sie zur Schule bringen sollte. Als der Wagen nicht gekommen war, hatte ein Kind oben an der Straße nachgefragt und erfahren, dass eines der Pferde ein Eisen verloren hatte und der Wagen deshalb später käme. Die Kinder hatten vor der Apotheke gewartet und Himmel und Hölle gespielt. Plötzlich hatte Helena zu ihrer Verwunderung gesehen, dass Herr Karski vor die Apotheke trat und das Mädchen hereinholte, um ihm die Medizin noch einmal zu geben.

Die Kleine hatte zuerst protestiert, es habe seine Dosis schon bekommen, aber als Herr Karski darauf bestand und sagte, die Eltern hätten es so angeordnet, beugte sich das Kind und schluckte die Medizin. Danach beteiligte sich das Mädchen wieder an dem Himmel-und-Hölle-Spiel. Es stand zwar noch aufrecht, wirkte aber ausgesprochen schläfrig, verlor die nächste Runde und büßte eine Murmel ein. Das Mädchen litt an einer Krankheit namens Asthma, eine Bezeichnung, die Helena vorher noch nie gehört hatte. Doch sie hatte fasziniert beobachtet, wie die Medizin den Husten des Mädchens linderte. Nun allerdings hatte Herr Karski ihr die Flüssigkeit zweimal gegeben, und sie war neugierig, was eine solche doppelte Dosis bewirken würde.

Bis vor Kurzem hatte Helena Laudanum noch nie wirklich gesehen, auch wenn sie schon davon gehört hatte. In ihrem Heimatdorf gab es keine Medizin, nur einen Tee aus Baumrinde, der verabreicht wurde, wenn jemand zu Kräften kommen sollte. Während der letzten drei Wochen hatte sie Herrn Karski gebannt bei der Zubereitung seiner Arzneien beobachtet und war zu dem Schluss gekommen, er müsse eine Art Zauberer sein. Doch als der Pferdewagen ein paar Minuten später immer noch nicht gekommen war, trat Herr Karski erneut vor den Laden und befahl dem Schulmädchen in einer nahezu identischen Wiederholung der Situation von eben, nun hereinzukommen und seine Medizin einzunehmen – also zum dritten Mal. Er mochte ein Zauberer sein, aber er war auch ein vergesslicher alter Mann.

Helena hatte keine Ahnung von Arzneien, aber sie wusste, dass selbst der Rindentee nach zu reichlichem Genuss krank machen konnte. Und in Helenas Dorf hatten sich die Bauern und ihre Frauen hinter vorgehaltener Hand über die Wirkung von Laudanum unterhalten. Auch wurde über Brüder und Großmütter in weit entfernten Städten geklagt, die dem Laudanum verfallen und schließlich gestorben waren. Zwei Dosen dieser Medizin, und das Mädchen würde heute Abend sehr gut schlafen. Drei Dosen, und es würde vielleicht für immer schlafen.

Helena sah, dass die Fingernägel des Mädchens sorgfältig gereinigt und poliert waren. Man hatte ihm ein seidenes Band in die Haare gebunden und es in eine gute Wolljacke gekleidet. Seine Mutter, die es manchmal zur Apotheke begleitete, trug immer einen Nerzmantel. Selbst das Hausmädchen, das das Kind meistens brachte, trug bessere Kleidung als Helena. Das Mädchen kam offensichtlich aus einer reichen Familie. Falls Herr Karski es vergiftete, würde es einen Skandal geben.

Helena verzog verzweifelt das Gesicht. Was sollte sie nur tun? Während Herr Karski das Mädchen zum Behandlungsstuhl schob, protestierte es noch einmal. Der Apotheker brachte dieselben überzeugenden Argumente vor wie beim letzten Mal: Deine Eltern haben es so befohlen und so weiter. Das Mädchen setzte sich gehorsam auf den Stuhl, wirkte zwar etwas unsicher, würde aber vermutlich den Anordnungen eines respektablen Herrn in einem weißen Kittel trotzdem Folge leisten. Herr Karski bereitete die Dosis genauso präzise und geschickt zu wie beim letzten Mal und wirkte dabei so selbstsicher, wie man nur sein konnte. Helena dagegen konnte nur so viel lesen und rechnen, wie ihr Vater es ihr beigebracht hatte, denn sie hatte die Schule mit zehn Jahren verlassen. Drei Wochenlöhne, ein Paar Schuhe und ein Satz Kleidung waren ihr einziger Besitz.

Sie hatte diese Arbeit nur mit viel Glück bekommen. Niemand würde sie mehr beschäftigen, wenn sich herumsprach, dass sie, eine schmuddelige Waise, sich den Anordnungen des städtischen Apothekers widersetzt hatte, dessen Schuhe mehr kosteten, als sie in einem Jahr verdiente. Sie wog noch ein letztes Mal das Für und Wider ab: Falls das Mädchen starb, würde vielleicht nie jemand erfahren, warum. Man würde annehmen, dass es an dem Husten gelegen hätte. Niemand würde Herrn Karski die Schuld geben, und Helena bräuchte nichts zu sagen.

Doch in dem Moment, als der Apotheker die Spritze zum Mund des Mädchens hob, packten Helenas Arme plötzlich wie von selbst das Kind und zogen es zur Tür. »Der Pferdewagen ist gleich da, Fräulein, Sie sollten sich beeilen«, sagte sie. Sie ignorierte Herrn Karski, der ihr hinterherrief, sie solle sofort zurückkommen. Einmal draußen, zerrte sie das Mädchen die Straße entlang und bog rasch um die nächste Ecke, wo er sie nicht mehr sehen konnte.

»He«, sagte das Mädchen, als sie endlich anhielten. »Ich sollte noch meine Medizin bekommen. Herr Karski hat gesagt, ich muss noch mehr nehmen.« Helena sah, dass die Augen des Mädchens immer wieder zufielen. Die doppelte Dosis schien nun erst richtig zu wirken. Sie trieb das Kind an weiterzulaufen. »Wohin gehen wir?«, fragte das Mädchen undeutlich mit schwerer Zunge.

»Das bleibt unser kleines Geheimnis, einverstanden? Herr Karski hat heute einen Fehler gemacht«, sagte Helena zu dem Kind, während sie es am Arm die Straße entlangführte. »Du brauchst immer nur eine einzige Dosis. Versprich mir, dass du sofort aus der Apotheke rennst, falls er noch mal versucht, dir mehr als diese eine Spritze zu geben.« Das Mädchen starrte sie verwirrt aus einem halb geschlossenen Auge an, das andere Lid war schon zu.

Helena begleitete das Kind den ganzen Weg bis zur Schule und brachte es zum Krankenzimmer. Sie teilte der Schulschwester mit, das Mädchen sei krank, und trug ihr auf, es im Auge zu behalten und seine Atmung zu überwachen. Sollte die Atmung noch langsamer werden, solle sie das Kind zum Aufstehen zwingen und mit ihm nach draußen gehen. Helena hatte keine Ahnung, was der Schulschwester durch den Kopf ging, als sie von einem Bauernmädchen mit durchlöcherten Schuhen solche Anweisungen bekam. Doch ihre Vermutungen über die vermögende und einflussreiche Familie des Mädchens waren anscheinend richtig gewesen, denn nach einem einzigen Blick auf das Kind schenkte die Schwester ihm und seinem Wohlergehen ihre volle Aufmerksamkeit und behielt das Auf und Nieder der Atembewegungen im Auge. Helena kehrte zur Apotheke zurück.

Herr Karski hielt sie am Arm fest, als sie den Laden betrat. »Wo ist die Patientin zu dieser Medizin?«, fragte er, die Spritze noch in der anderen Hand.

Helena betrachtete prüfend sein Gesicht, ob er sie erkannte. »Sie haben ihr das Laudanum schon gegeben, Herr Karski«, sagte sie. Er starrte sie an. Er war ein großer, drahtiger Mann, gut aussehend, aber irgendetwas stimmte nicht mit ihm. Er war nicht rasiert, das war es! Kleine graue Stoppeln sprossen auf seinem Kinn. Er hatte sich bei der Morgentoilette offenbar zu rasieren vergessen und sah nun im Gesicht wie ein Landstreicher aus, ein merkwürdiger Kontrast zu seiner teuren Kleidung. In seinen Augen flackerte ein kurzes Erkennen auf, und ein Moment der Betrübnis überzog seine Miene. Hannah hatte Ähnliches schon vorher beobachtet. Doch dann wurde er wütend.

Erbost und trotzig schrie er sie an: »Wie kannst du dich erdreisten! Für was hältst du dich eigentlich? Raus hier – du arbeitest hier nicht länger!«

Helena nickte. An der Tür hielt sie inne und sagte, was ihr auf dem Herzen lag. Was spielte es noch für eine Rolle? Sie hatte die Arbeit ohnehin verloren. »Sie haben ihr das Laudanum zweimal gegeben und hätten es ihr auch noch ein drittes Mal verabreicht, wenn ich Sie nicht davon abgehalten hätte«, sagte sie. »Sie hätten das Mädchen getötet.« Plötzlich kam ihr eine Idee. »Lassen Sie mich Ihnen helfen.«

Er lachte verächtlich. »Mir helfen? Was weißt du denn von Pharmazie?«

»Gar nichts. Aber Sie könnten mir alles Nötige beibringen. Ich könnte mir Notizen zu den Patienten und ihren Arzneien machen. Ich würde es niemandem erzählen, ich würde Ihr Geheimnis bewahren.«

Er starrte sie derartig wütend an, dass sie das Gefühl hatte, er würde ein Loch in sie brennen.

Sie wich zurück. Sie hätte gar nicht von Fehlern oder Geheimnissen reden dürfen. »Sie sind ein wunderbarer Apotheker«, fügte sie hinzu, was durchaus der Wahrheit entsprach.

»Verschwinde!«, sagte er. Und das tat sie.

Sie lief die drei Kilometer bis zu ihrer Unterkunft – die Straßenbahnfahrt konnte sie sich nicht leisten. Kaum hatte sie die Tür ihres möblierten Zimmers erreicht – der Größe nach eher ein feuchtkalter Wohnschrank als ein Zimmer –, fiel ihr auf, dass sie ihren Mantel in Karskis Apotheke vergessen hatte. Sie schloss die Augen. Wie hatte sie nur so dumm sein können? Lieber hätte sie sich Nadeln in die Augen gestochen, als wieder zurückzugehen, aber sie besaß nur diesen einen Mantel, und draußen wurde es täglich kälter. Bald würde der Frost kommen, und wenn sie dann keinen Mantel hätte, könnte sie der Liste möglicher Todesarten, die sie erwarteten, noch Erfrieren hinzufügen – bis jetzt standen darauf nur Verhungern, Krankheit, ein zufälliger Überfall und Einsamkeit. Sie lief die drei Kilometer zurück zur Apotheke, diesmal ohne Schuhe. Sie hatte sich bereits ein Loch in die Sohle ihres linken Stiefels gelaufen und konnte sich nicht leisten, dass es noch größer wurde. Deshalb ging sie barfuß und erreichte ihr Ziel mit schmerzenden, verschrumpelten Füßen. Im Geiste fügte sie den möglichen Todesarten, die sie erwarteten, noch Fußbrand hinzu.

Sie betete, Herr Karski möge mit einem Kunden beschäftigt sein, sodass sie rasch hineinschlüpfen und ihren Mantel holen könnte, ohne mit ihm zu sprechen, doch als sie die Apotheke betrat, sah sie ihn hinter der Ladentheke stehen. Er starrte sie an, ihren Mantel hielt er in der linken Hand. Sie nickte und nahm ihm den Mantel ab. »Danke«, sagte sie. Sie wartete darauf, dass er noch etwas sagte, aber er schwieg. Erst als sie Richtung Tür ging, sprach er.

»Du hast heute Morgen das Leben dieses Mädchens gerettet.« Helena wandte sich um. Er starrte zu Boden. »Vielen Dank.«

»Gern geschehen«, erwiderte sie.

Er nahm eine Flasche Kampferöl in die Hand und musterte sie. »Ich vergesse die Dinge«, sagte er. »Nein, das stimmt eigentlich nicht. Ich vergesse sie nicht – ich kann mich bloß nicht erinnern. Ich kann die neuen Erinnerungen nicht wiederfinden.« Sie nickte. »An alles von früher kann ich mich aber noch genau erinnern – wie ich Tinkturen anrühren muss, wie man die richtige Dosis titriert. Ich könnte dir noch das ganze Periodensystem aufsagen.«

»Ich habe Sie bei der Arbeit gesehen. Sie sind ein hervorragender Apotheker.«

»Aber an neue Sachen kann ich mich nicht erinnern. Ich weiß gar nicht, was da mit mir geschieht. Manchmal betrete ich ein Zimmer und weiß gar nicht mehr, was ich dort eigentlich will. Das macht mir furchtbare Angst. Wäre das Mädchen gestorben, hätte ich mein Geschäft verloren. Wenn ich keine Arzneien mehr verabreichen kann, muss ich die Apotheke verkaufen. Eigentlich sollte mein Sohn sie übernehmen, aber er ist an der Front. Meine Frau ist seit zehn Jahren tot. Ich habe niemanden.«

»Sie können immer noch mit Arzneien umgehen. Lassen Sie mich Ihnen helfen.«

»Ich wüsste nicht, wie das funktionieren sollte.«

»Ich kann neben Ihnen stehen und jede Arznei aufschreiben, die Sie herstellen, und jede Dosis, die Sie den Leuten geben. Sie behalten alle Ihre alten Erinnerungen, und ich kümmere mich um Ihre neuen.«

Er starrte sie an. »Niemand würde es je herausfinden!«

»Nein, niemand. Wir könnten eine Geheimsprache vereinbaren, die nur wir beide kennen. Ich könnte Sie zum Beispiel kneifen, wenn Gefahr besteht, dass Sie jemanden umbringen.«

Er lächelte. »Aber wie willst du das denn erkennen, Mädchen? Beim letzten Mal war es bloß ein Zufallstreffer. Du hast keine Ahnung von Chemie. Kennst du die Ordnungszahl von Helium?«

»Nein.«

»Eben das meine ich. Du weißt die einfachsten Sachen nicht. Das wird nicht funktionieren.«

»Dann bringen Sie es mir bei!«

Er lachte. »Unmöglich!«

»Lassen Sie es uns eine Woche lang versuchen. Sie bringen mir etwas bei, und am Ende der Woche prüfen Sie mich. Wenn ich die Prüfung bestehe, werde ich Ihr Assistent. Wenn nicht, können Sie mich rauswerfen.«

Er lachte wieder. »Du bist ein Mädchen. Du kannst kein Assistent werden.«

Dieser Aussage konnte Helena nicht widersprechen, aber dann lächelte sie. »Das ist doch das Beste daran«, sagte sie. »Mich wird niemand in Verdacht haben. Niemand wird mich wahrnehmen!«

21

LASS MICH DIR DAS
UNIVERSUM ZEIGEN

Am Nachmittag fingen sie mit dem Unterricht an. »Lektion eins«, sagte Herr Karski, während er sich die Hemdsärmel hochrollte. »Das Erste, was du über die Chemie lernen musst: Alles ist miteinander verbunden. Möchtest du das Universum sehen?« Er legte eine dramatische Pause ein und starrte sie dabei erwartungsvoll an.

Helena zuckte mit den Schultern. »Ja, sicher.«

»Da ist es!« Er deutete auf ein Schaubild an der Wand, auf dem das Periodensystem abgebildet war. Ungefähr hundert Kästchen starrten ihr entgegen, in mehreren Reihen untereinander und jedes mit Zahlen und Buchstaben gefüllt, die sie nicht zuordnen konnte. »Alles, was das Universum enthält, ist hier auf dieser Tabelle abgebildet. Schau mich an. Du siehst mich im Ganzen, meine Arme, Beine, den Kopf, das Gesicht? Falsch! Ich bin keineswegs eine Ganzheit – ich bestehe aus Millionen, nein, Milliarden einzelner Teilchen, die sich zusammengefügt haben. Und jedes dieser Teilchen, das mich bildet, ist hier aufgeführt.« Er deutete wieder auf die Tabelle.

Helena betrachtete die Kästchen und kratzte sich nachdenklich am Kopf.

»Bei dir ist es genauso! Und zwischen uns beiden«, fuhr er fort, »ist nicht etwa leerer Raum – hier sind Milliarden weiterer Teilchen, die in ihren Verbindungen unsere Luft ergeben. Wir können sie nicht erkennen, weil sie so winzig sind, und doch sind sie da. Wenn du dir Wasser anschaust, siehst du eine durchsichtige Flüssigkeit, aber tatsächlich besteht sie aus Milliarden von Wasserstoff- und Sauerstoffteilchen, zwei Elementen, die du auch hier in der Tabelle sehen kannst.« Er deutete darauf. »Die beiden Elemente sind zu einem Molekül zusammengesetzt, H_2O – zwei Wasserstoffatome und ein Sauerstoffatom. Aber wenn man nur ein paar Bausteine bewegt, verändert sich die Substanz vollkommen. Füge zum Beispiel drei Sauerstoffatome und ein Schwefelatom hinzu, und das Wasser wird zu Schwefelsäure, Vitriol. Das eine spendet Leben, das andere kann einen töten. Man kann alles in seine Bestandteile zerlegen, einfach alles! Jeder Stoff auf diesem Planeten setzt sich in irgendeiner Form aus diesen gut hundert Elementen zusammen – nur sind sie immer wieder anders gruppiert. Verstehst du? Von nun an musst du dir die Verbindungen von allen Dingen genau betrachten. Du musst eine neue Sprache erlernen.«

Er deutete auf einen Keks. »Zucker ist nicht mehr Zucker. Er besteht nun aus zwölf Kohlenstoffatomen, zweiundzwanzig Wasserstoffatomen und elf Sauerstoffatomen, die sich immer wiederholen. Wenn du dann weißt, aus welchen Verbindungen eine Sache besteht, wirst du dich fragen: Und wie verhält sie sich? Wie kann ich sie dazu bringen, sich zu verändern? Wir sind aus Staub geboren, aus den Sternen entstanden. Der Staub des Mondes und der Staub, aus dem die Menschen sind, bestehen beide aus denselben Elementen, die du hier im Periodensystem sehen kannst. Bloß in einer anderen Zusammensetzung. Wir alle bestehen aus Teilchen. Wir sind alle miteinander verbunden. Hast du das erst einmal begriffen, dann gehört die Welt dir! Verstehst du?«

Helena starrte das Wandbild an. Ihr drehte sich der Kopf. Falls Herr Karski während seines Vortrags geblinzelt oder Luft geholt hatte, hatte sie nichts davon bemerkt. Er hatte sie gefragt, ob sie ihn verstanden habe, doch sie wusste nicht, ob sie lachen oder sich vor lauter Verwirrung übergeben sollte. Sie schwieg, dachte nach und versuchte, sich auf seine Äußerungen einen Reim zu machen. Nein, ganz verstand sie es nicht – aber sie hatte eine ungefähre Ahnung, was er ihr sagen wollte. Er lächelte sie erwartungsvoll an und wartete auf ihre Reaktion.

»Ich verstehe Sie«, sagte sie, eher aus Höflichkeit denn aus echter Einsicht, und hoffte, dass es eines Tages wirklich so wäre.

Er strahlte übers ganze Gesicht. »Lektion zwei: Wiederhole Lektion eins. Alles ist miteinander verbunden. Hast du noch Fragen?« Er wandte sich ab und begann, ein Becherglas zu polieren.

Helena schluckte. »Mehr wollen Sie mir heute nicht beibringen? Nur eine Lektion?«

»Ich habe dir in dieser einen Stunde beigebracht, wie du das Universum beherrschen kannst! Das reicht für heute. Vielleicht zeige ich dir noch, wie du die Bechergläser reinigen musst. Das ist auch sehr wichtig.«

Er holte seinen Jahreskalender, in den alle Termine eingetragen waren, und blätterte eine Woche vor. Dann schrieb er in den Kalender: *Mädchen, Prüfung, 09:00 Uhr.* Er blickte sie an. »Damit ich es nicht *vergesse*«, sagte er.

Sie unterdrückte ein Lächeln, denn sie wusste nicht, ob er das wirklich scherzhaft gemeint hatte.

Am nächsten Tag entwickelten sie gemeinsam ein System, wie sie in Zukunft mit den Kunden verfahren wollten. Wenn der Kunde sein Rezept abgab, würde Helena es in das Apothekenbuch eintragen. Sie würde die Bestellung an Herrn Karski weiterreichen, dieser würde die Arznei vorbereiten und ihr geben. Dann würde Helena dem Patienten die Arznei aushändigen und sie im Apothekenbuch abstreichen. Falls ein Patient die Medizin direkt in der Apotheke einnehmen sollte, würden sie einen zusätzlichen Schritt einfügen. Helena würde die Milligrammwerte, das Grammgewicht oder die Anzahl der Tabletten kontrollieren, die im Rezept standen, und Herrn Karski mitteilen.

Beim Abmessen der korrekten Dosis brauchte er keinerlei Hilfe. Sie sah gebannt zu, wie er die winzigen Pulverhäufchen auf die Waage schichtete und jedes Mal genau die richtige Menge traf. Er konnte ein Gramm, egal wovon, allein mit seinem Augenmaß abschätzen und wusste immer exakt, wie viel er in die Waagschale füllen musste. Ihre Hilfe wurde erst später erforderlich, wenn er die richtige Dosis abgemessen und dem Patienten genau nach Vorschrift verabreicht hatte. Falls der Patient durch irgendeinen unglücklichen Umstand länger in der Apotheke blieb – sei es, weil er die Fläschchen mit Herrn Karskis Tonikum anschauen wollte oder nur einen Regenschauer abwartete –, versuchte Herr Karski unweigerlich, ihm die Medizin noch einmal zu geben. In diesen Fällen sprach Helena dann den Apotheker auf einen Eintrag in seinem Buch an, den sie angeblich nicht lesen konnte. Er schnaubte, verärgert über die Störung, folgte ihr aber dennoch zum Apothekenbuch, und sie nutzte rasch die Gelegenheit und rettete den örtlichen Metzger oder Milchmann vor der drohenden Vergiftung.

Nach und nach lernte sie die verschiedenen Anwendungsmöglichkeiten der einzelnen Substanzen, indem sie aufmerksam zuschaute und jede Information begierig aufsaugte. Kokain half gegen Zahnschmerzen, Laudanum gegen Hustenanfälle und Asthma. Und das Laudanum wirkte auf den Verdauungstrakt ebenso hemmend wie auf die Lunge. Deshalb konnte man damit auch die Cholera behandeln. Anilinfarbstoff verwandelte nicht bloß ein graues Kleid in tiefes Indigo, sondern konnte auch Fieber senken, wenn er mit den richtigen Flüssigkeiten kombiniert wurde.

Am Helena sich am Ende des vierten Tages in einer Mischung aus Euphorie und totaler Erschöpfung auf ihr Bett fallen ließ, hatte sie das Gefühl, ihr Kopf würde platzen von all den neuen Informationen. Ihre Gedanken kreisten um verschiedene Methoden zur Herstellung von Tinkturen, um Chemikalien und ihre unterschiedlichen Eigenschaften sowie Ideen, wie sie die Apothekerschränke neu ordnen könnte. Sie war von einer Art Ekstase ergriffen. Nie zuvor hatte ihr jemand Aufgaben erteilt, die über das Hüten von Tieren oder das Kehren des Fußbodens hinausgingen. Niemand außer ihrem Vater, und er war inzwischen tot.

Im Laufe der Woche hatte es Tage gegeben, an denen sich Herr Karski an jeden einzelnen Kunden erinnerte, der den Laden betrat. Er begrüßte sie gut gelaunt, erkundigte sich nach den neugeborenen Kindern oder der Ernte und kommentierte das Wetter. An solchen Tagen schien er sich über Helenas Anwesenheit zu ärgern. Dann störte es ihn, dass sie neugierig neben ihm stand und ihm im Weg war. An anderen Tagen dagegen erinnerte er sich an niemanden, bekam keine neuen Ereignisse mit und sprach kaum. Schweigend mixte er achtzig Rezepturen nacheinander an, begrüßte die Kunden lediglich mit einem knappen Nicken und hielt sich in Helenas Nähe auf.

Der Montag kam – und damit Helenas Prüfung. Sie sah den Eintrag im Kalender und fragte sich, ob Herr Karski sich wohl daran erinnern würde. Das tat er. Ohne auch nur auf den Eintrag geblickt zu haben, machte er sie von ganz allein auf die Tatsache aufmerksam: »Deine Prüfung, Mädchen.« Er nannte sie immer »Mädchen«, nie bei ihrem Namen.

Helena brachte nur ein Nicken zustande. Sie war schon aufgeregt gewesen, als sie die Apotheke an diesem Morgen betreten hatte, und jedes Mal hatten ihr die Hände gezittert, wenn sie nach einem Becherglas griff. Sie schluckte.

»Mach mir bitte eine Tinktur gegen Fußpilz.«

Helena atmete tief aus – erleichtert und enttäuscht zugleich. Erleichtert, weil sie wusste, wie man eine solche Tinktur herstellte; die Rezeptur und das Verfahren waren einfach. Sie musste nur ein paar Stoffe zu einer entzündungshemmenden Salbe zusammenrühren und die Prüfung wäre vorbei. Aus dem gleichen Grund war sie auch enttäuscht: Es bestand keinerlei Risiko – selbst wenn sie etwas falsch machte, würde der Empfänger der Salbe keinen Schaden erleiden. Offenbar traute Herr Karski ihr nicht zu, kompliziertere Mixturen herzustellen. Er hielt sie wohl nicht für intelligent genug, um ihr eine wirklich herausfordernde Aufgabe zu stellen. Dennoch, sie würde die Salbe richtig anrühren und ihre Anstellung behalten. Damit konnte sie zufrieden sein.

Während sie die Ingredienzien und Geräte bereitlegte, klingelte das Telefon. Es klingelte nicht oft, denn in der Stadt gab es kaum Menschen, die über ein Telefon verfügten. Der Anrufer musste wohlhabend sein. Herr Karski nahm das Gespräch an und redete mit dem Anrufer, dann hängte er den Hörer wieder auf und kam zu ihr.

»Das war der Butler von Haus Krajczuk. Baron Krajczuk leidet an einem Fieber und braucht Aspirin. Planänderung – du bekommst eine neue Prüfungsaufgabe. Du wirst das Aspirin herstellen, dann wirst du es selbst in Haus Krajczuk vorbeibringen und es dem Baron verabreichen. Wenn du ihn dabei nicht umbringst, kannst du hier weiterarbeiten.«

Helena kniff die Augen zusammen. »Wollen Sie mir nicht dabei helfen?«

Er schüttelte den Kopf. »Du hast mir gesagt, du wüsstest, was du tust.«

»Aber Aspirin? Es enthält so viele Bestandteile – und die Stoffe müssen miteinander reagieren.«

»Dann fängst du am besten sofort an. Er braucht das Medikament schnell!«

Sie wusste, dass die Wirksubstanz von Aspirin Acetylsalicylsäure war, eine Verbindung, die auf die Körpertemperatur einwirkte und gefährliches Fieber senken konnte. Sie suchte in den Regalen nach der Substanz, konnte sie aber nicht entdecken. Sie seufzte, während ihr Blick über die vielen Flaschen, Gläser und Tiegel glitt, aber nichts mit diesem Namen fand.

»Suchst du Acetylsalicylsäure?«, fragte er mit einem Lächeln. Sie nickte. »Wo ist sie denn?«, erkundigte sie sich.

»Hier!«, sagte er und deutete mit der Hand nach links und rechts, auf verschiedenste Stellen in der Apotheke. »In ihren Einzelteilen. Du musst sie herstellen!«

Ihr Mund wurde trocken. Verzweifelt ließ sie ihre Erinnerungen an die letzte Woche Revue passieren. Hatte sie Herrn Karski dabei zugesehen, wie er diese Säure herstellte? Das hatte sie, zum Teil jedenfalls. Wenigstens war *das* etwas, was sie gut konnte – schon als kleines Kind hatte sie ein bemerkenswert gutes Gedächtnis gehabt. Sie brauchte sich eine Seite mit Text nur einmal kurz anzuschauen und sah sie hinterher wieder genauso vor sich. Ihr Vater hatte sich oft über ihr gutes Gedächtnis geäußert, und im Dorf hatte man sie nie betrogen, denn Helena erinnerte sich immer genau an die Bestellungen, die man bei ihnen gemacht hatte. Wer bereits wie viel bezahlt hatte – selbst die Bestellungen aus dem Vorjahr hatte sie noch parat.

In dieser letzten Woche hatte sie ihr Gedächtnis besonders gefordert, während sie Herrn Karski mit Argusaugen beobachtete und in ihrem Hirn so viele seiner Tätigkeiten abspeicherte, wie sie konnte. Den Vorgang der Aspirinherstellung hatte sie nicht von Anfang bis Ende mitbekommen, nur ein paar der Schritte, die Herr Karski durchgeführt hatte. Das musste reichen – den Rest musste sie sich während des Prozesses selbst überlegen. Er hatte Salicylsäure mit Essigsäureanhydrid kombiniert. Aber wie viel davon jeweils? Sie erinnerte sich, wie er die Mengen abgemessen hatte. Drei Gramm von Ersterem und sechs Milliliter von Letzterem. Stimmte das?

Sie holte tief Luft, wahrscheinlich schon, ja. Sie füllte die Säure ins Glas und fügte das Anhydrid zu, bemüht, nicht in Panik zu geraten. Sie wusste, dass noch irgendetwas gebraucht wurde, um das Gemisch auszufällen – Schwefelsäure? Sie hatte beobachtet, wie Herr Karski sie einer ganzen Reihe von Gemischen zugefügt hatte, und es schien ihr richtig zu sein. Mit zitternder Hand zog sie etwas von der Flüssigkeit in eine Pipette. Sie gab fünf Tropfen davon in das Gemisch – und dann zur Sicherheit noch einen mehr. Der Apotheker beobachtete sie die ganze Zeit ungerührt und schien nicht einmal zu blinzeln. Sie holte tief Luft, fuhr mit ihrer Arbeit fort und schwenkte das Glas vorsichtig, um nichts zu verspritzen, bis das Gemisch sich verbunden hatte.

Sie versuchte, die aberwitzige Situation zu verdrängen und nicht daran zu denken, welche gewaltigen Fehler sie womöglich schon begangen hatte. Essigsäureanhydrid konnte sich durch einen Arm brennen, wenn es die Haut berührte. Wie sollte ein Mensch es schlucken, ohne dass dasselbe in seinem Körper geschah? Sie rechnete beinahe damit, dass das Becherglas gleich explodieren würde, doch das geschah nicht. Nachdem sich das Gemisch verbunden hatte, stellte sie daher das Glas in einen Behälter mit warmem Wasser und ließ es zehn Minuten ruhen.

»Habe ich es richtig gemischt?«, fragte sie.

Er zuckte mit den Schultern. »Das werden wir bald herausfinden.«

Sie fügte der Lösung destilliertes Wasser zu, um sie zu verdünnen, und ließ sie dann in kaltem Wasser stehen. Kristalle begannen sich zu formen. Sie hatte gehofft, dass das passieren würde. Sie lächelte, denn das bedeutete, dass sie zumindest etwas richtig gemacht hatte. Sie hätte nicht mit Sicherheit sagen können, ob die Kristalle ein Medikament oder ein Gift enthielten – doch Kristalle waren es.

Sie fügte etwas Ethanol hinzu, um die Kristallbildung zu verstärken, erwärmte dann das Gemisch und kühlte es wieder ab, um die Kristalle auszufällen, alles Dinge, die sie ihn hatte tun sehen. Schließlich goss sie das Gemisch durch einen Trichter und ließ es auf Papier trocknen. Sie traute sich kaum hinzuschauen, doch langsam, aber sicher erschienen winzige gelbliche Kristalle auf dem Papier. Sie blickte Herrn Karski an.

»Nun bringe deine Arznei zu Baron Krajczuk«, sagte er.

»Ist sie denn richtig?«, fragte sie verzweifelt.

»Es gibt nur eine Möglichkeit, das herauszufinden«, erwiderte er. »Du musst sie ihm geben und abwarten, was passiert.«

Sie traute ihren Ohren nicht. Am liebsten hätte sie Herrn Karski für seine spöttische Antwort geohrfeigt. Sie musterte die Kristalle.

»Geh jetzt, du hast keine Zeit mehr. Wenn du noch länger wartest, wird der Patient womöglich von ganz allein sterben, ehe du auch nur die Gelegenheit hattest, ihn mit deiner Medizin umzubringen.«

Helena füllte die Kristalle in ein kleines Porzellangefäß um und lief zum Haus der Krajczuks, einem majestätischen Bau mit weißen Mauern und Säulen. Sie klopfte an eine schwarze Eichentür, und der Butler öffnete. »Bist du Karskis Dienstmädchen?«, erkundigte er sich.

»Ja, mein Herr.«

»Er hat angerufen und gesagt, du wärst unterwegs. Wo ist er? Warum ist er nicht selbst gekommen?«

Helena zitterte und suchte nach einer passenden Ausrede. »Meine Beine sind schneller«, bot sie dann an. »Herr Karski wollte, dass der Baron die Medizin so schnell wie möglich bekommt.«

Der Butler nickte, schob sie ins Haus und führte sie eine große Freitreppe hinauf in den ersten Stock. Gekreuzte Säbel und Porträts adliger Vorfahren schmückten die Wände. Allein der Eingangsbereich war mehr als zehnmal so groß wie Helenas Quartier. Sie war noch nie in einem so prachtvollen, hochherrschaftlichen Haus gewesen. Sie schluckte, als ihr bewusst wurde, dass die Strafe für das Vergiften eines Adligen wahrscheinlich eine schlimmere war als der Tod – vermutlich wurde man gefoltert. Wurden Menschen eigentlich noch gehängt, ausgeweidet und geviertelt? Vielleicht würde diese Strafe für sie wieder eingeführt.

Der Baron lag auf einer Chaiselongue in der Mitte des Zimmers, in einer Körperhaltung, die zugleich starr und schlaff war. Er trug noch seine Reitstiefel, die mit getrocknetem Schlamm überzogen waren. Seine Haut wirkte stumpf und feuchtkalt. Schweiß bedeckte sein Gesicht und hatte sein Hemd vom Hals abwärts in einem Halbkreis durchfeuchtet. Er seufzte und stöhnte leise vor sich hin, schien aber gar nicht zu bemerken, dass sie gekommen war. Dort, wo sie herkam, hatte Helena solches Fieber schon oft gesehen. Es führte immer zum Tod.

»Wo ist die Medizin?«, fragte der Butler und deutete auf den Arzt, der im Zimmer stand. Helena holte das Porzellantöpfchen aus ihrer Tasche. Der Butler riss es ihr förmlich aus der Hand und reichte es dem Arzt. Bevor sie etwas sagen konnte, hatte der Arzt das Medikament schon dem Patienten gegeben, und dieser schluckte es, vom Fieber zitternd, und spülte dann mit einem Glas Wodka nach. Helena schnappte nach Luft – er hatte es tatsächlich eingenommen.

Der Arzt trat zum Fenster, während der Butler bei seinem Herrn neben der Chaiselongue stehen blieb. Helena schlich in eine Zimmerecke und wartete im Schatten einer Standuhr. Am liebsten wäre sie davongerannt und wieder aufs Land zurückgekehrt, wo sie herkam, aber sie konnte den Blick nicht von dem Kranken wenden. Er lag da im Fieberdelirium, irgendwo zwischen Leben und Tod. Vielleicht spürte er auch gar keine Schmerzen. Sie fragte sich, wie lange es dauern würde, bis ihr Gemisch ihn tötete – falls sie etwas falsch gemacht hatte. Es war kaum vorstellbar, was sie an diesem Vormittag erlebt hatte. Sie kam zu dem Schluss, dass der Baron an einer falsch zubereiteten Mixtur wohl unverzüglich sterben würde – die Gefahr lag im Essigsäureanhydrid, dieser leichtflüchtigen, aggressiven Flüssigkeit, die sich selbst durch eine Eisenstange brennen konnte. Falls sie sich bei der Mischung geirrt hatte – zum Beispiel durch eine falsche Menge –, würde sich das Mittel durch seine Kehle fressen, durch die Zunge und den Magentrakt – und alles wäre vorbei.

Sie suchte in seinem fiebernden Gesicht nach Zeichen, ob etwas Derartiges geschah. Eine Minute verstrich, ohne dass er sich an die Kehle gepackt oder einen Schmerzensschrei ausgestoßen hatte. Eine weitere Minute verstrich ebenso ohne Vorkommnisse. Sie stieß erleichtert den Atem aus. Ihr war, als hätte sie ihn die ganze Zeit über angehalten. Sie hatte den Baron nicht umgebracht.

Aber wie kam es, dass sie ihn nicht umgebracht hatte? Sie verzog das Gesicht. Die Kohlenstoff-, Wasserstoff- und Sauerstoffteilchen der Salicylsäure hatten sich mit den Kohlenstoff-, Wasserstoff- und Sauerstoffteilchen des Essigsäureanhydrids zu neuen Kombinationen verbunden, dabei hatte sich das gefährliche Gift des Essigsäureanhydrids in etwas Harmloses, ja, Nützliches verwandelt. Sie hatte zwei gefährliche Stoffe zusammengefügt, die beiden Stoffe hatten sich entsprechend den kosmischen Gesetzen neu gruppiert, und eine Arznei war entstanden.

Plötzlich verstand sie, was Herr Karski gemeint hatte: Alles war miteinander verbunden. Es war nicht so, dass ein Junge neben einem Hund stand, als zwei voneinander getrennte Wesen. Beide bestanden aus denselben Elementen, die nur anders zusammengefügt waren – hier der Hund, dort der Junge. Sie sah das Universum, den Mond und die Sterne, die Bäume und die Salicylsäure – alle bestanden aus denselben Elementen, nur in unterschiedlichen Zusammensetzungen. Im Zimmer sah sie nicht mehr bloß Vorhänge, Sitzmöbel und Kamin, sondern verschiedene Verbindungen aus Kohlenstoff, Wasserstoff, Sauerstoff und Stickstoff. Sie hatte eine neue Sprache entdeckt – die Sprache des Universums –, und nun konnte sie sie sprechen. Sie konnte jeden nur möglichen Stoff verändern, sofern sie wusste, woraus er bestand und wie er sich verhielt.

Sie war so in ihr nachdenkliches Staunen vertieft, dass sie fast nicht bemerkt hätte, wie der Arzt zu seinem Patienten zurückging und ihm ein Thermometer in den Mund schob. Es mussten etwa zwanzig Minuten vergangen sein, in denen sie so dagestanden hatte, versunken in Träume vom Universum. Der Arzt wartete einige Zeit, dann zog er das Glasröhrchen wieder heraus und untersuchte die Quecksilbersäule. Er lächelte.

Helena nickte zufrieden und verließ rasch das Zimmer. Auf dem Rückweg zur Apotheke erkannte sie das Universum in den Bäumen, Menschen und Steinen, die ihr begegneten. Ihr Vater hatte sie vor seinem Tod nie gedrängt zu heiraten. »Du wirst mit deinem Köpfchen auch allein zurechtkommen, meine Tochter«, hatte er stolz gesagt. Er ließ sie die Kohlreihen auf dem Feld zählen, es waren fünfundzwanzig. »Und wie viel Kohlköpfe stehen in jeder Reihe?« Helena hatte sie gezählt. Fünfzehn waren es. »Und wie viel Kohlköpfe macht das dann insgesamt?« Sie hatte mit den Schultern gezuckt und erwidert, sie müssten 375 Stück ernten. Zu dem Zeitpunkt war sie fünf Jahre alt gewesen. Eigentlich hätte ihren Vater die Antwort gar nicht überraschen dürfen – schließlich war er derjenige, der ihr das Multiplizieren beigebracht hatte. Jeden Abend hatten sie gemeinsam gelernt: Mathematik, Philosophie, Literatur. »Du bist zu schlau, um dich auf dem Acker abzuquälen«, sagte er immer. »Geh fort von hier, sobald du die Möglichkeit hast! Geh fort aus diesem Dorf und schau nicht mehr zurück.« Sie hatte nie etwas erwidert, nur genickt und gelächelt, wenn er das sagte, denn wohin hätte sie schon gehen sollen? Und wie hätte sie ihn verlassen können?

Zu ihrem sechzehnten Geburtstag schenkte er ihr so viel Geld, dass sie damit in die nächste Stadt reisen konnte – die immer noch sechs Stunden entfernt war. Er gab ihr eine Adresse, wo sie unterkommen könnte, wenn sie dort hinkam, und zwei Bücher. Sechs Monate hatte er sparen müssen, um das Geld dafür beiseitezulegen.

»Willst du denn, dass ich dich verlasse, Papa?«, hatte sie tieftraurig gefragt.

»Sobald du kannst«, erwiderte er.

Sie legte das Geld beiseite und hoffte, er würde es vergessen. Ein paar Monate später fand sie ihn sterbend im Bett vor. Sie weinte und flehte ihn an, sie nicht alleinzulassen. Er fasste ihren Arm und schaute sie an. »Geh so schnell wie möglich fort von hier. Fang woanders ein neues Leben an. Wenn du hierbleibst, wirst du sterben.«

»Aber was ist mit dem Hof, Papa?«, fragte sie. »Die Menschen hier brauchen mich.« Sie tupfte ihm mit einem Tuch die Stirn ab und weinte.

Er zitterte von dem Fieber, das ihn ergriffen hatte. Sein großer, starker Körper bestand nur noch aus Haut und Knochen. »Die Menschen werden dich überall brauchen, Helena, egal wohin du gehst. Du bist ein solcher Mensch. Die Leute werden deine Güte und Gewissenhaftigkeit ausnutzen. Und deine Akribie. Kennst du das Wort ›Akribie‹?«

Sie schüttelte den Kopf.

Er schnalzte. »Geh fort von hier, und du wirst herausfinden, was es bedeutet. Es tut mir leid, dass ich nicht mehr mit dir lesen konnte.«

Sie lächelte. »Ich kann gut lesen, Papa.«

Da umfasste er sie mit beiden Armen. »Versprich mir, dass du von hier fortgehst. Du musst fortgehen und herausfinden, was die Wörter bedeuten.«

»Welche Wörter, Papa?,« fragte Helena.

Ihr Vater blickte empor. Das Zimmer besaß keine richtige Decke, nur die Balken und Sparren, die das Strohdach stützten. Es regnete. Ein Tropfen fiel durch das undichte Dach und traf Helena am Kopf.

»Alle Wörter«, sagte er. »Finde heraus, was sie alle bedeuten.«

»Wie geht es Baron Krajczuk?«, fragte Herr Karski. Er war darauf konzentriert, ein Becherglas zu polieren, und schaute sie nicht an.

»Sie wussten, dass ich das Aspirin richtig hergestellt habe? Sie wussten, dass es funktionieren würde, oder?«, erwiderte Helena.

»Ja.«

Sie wartete auf ein Lob von ihm.

»Reinige die Gläser neben der Spüle, und dann wisch den Staub von den Fensterbrettern. Danach machen wir uns an die Arbeit.«

22

DAS IMMERGRÜN

Morgens gegen elf Uhr, wenn der erste morgendliche Ansturm vorüber war und bevor die Mittagskundschaft kam, kehrte immer ein wenig Ruhe ein. In dieser Zeit zog sich Herr Karski in den ersten Stock zurück, um ein Nickerchen zu halten, während Helena die Rezepturen des Nachmittags vorbereitete. Danach reinigte sie die Laborgläser und polierte sie, bis sie glänzten. Sie liebte diese Zeit, wenn sie allein in der Apotheke war. Dann fuhr sie mit den Händen über die marmornen Arbeitsplatten, die sich entlang einer Wand erstreckten, polierte die Porzellanbecken, bis sie cremeweiß schimmerten, und staubte die Eichenregale mit den Phiolen, Ampullen, Arzneien und Elixieren ab. Sie roch die Heilkräuter, Kamille, Knoblauch und Fingerhut, die an Haken von der Decke hingen und sanft im Luftzug schaukelten, der durch ein offenes Fenster hereinwehte. Am besten gefielen ihr die rubinroten Flaschen. Herr Karski hatte sie gefärbt, um den Inhalt besser vor dem Verderb zu schützen, und wenn die Sonne auf diese Flaschen fiel, spiegelten sich die orangeroten und rosafarbenen Lichtbrechungen in den Glasvitrinen. Die Apotheke war eine Zauberhöhle, der Schlupfwinkel eines Hexenmeisters. Tagtäglich lernte sie Neues, was sie zum Staunen brachte. Sie öffnete das Glas mit der Salicylsäure und maß eine

273

Portion ab, um daraus Aspirin herzustellen, während sie leise vor sich hin summte.

»Wer sind Sie?«, fragte eine Männerstimme.

Helena blickte auf. Ein junger Mann von Mitte zwanzig stand in der Tür. Er trug eine Uniform der Österreichisch-Ungarischen Armee und musterte sie auf eine Art, die sie nervös machte.

»Ich bin Herrn Karskis Dienstmagd, mein Herr. Ich mache die Apotheke sauber«, erwiderte sie. Auf diese Erklärung hatte sie sich mit Herrn Karski verständigt.

»Und warum haben dann Sie die Salicylsäure herausgeholt? Wollen Sie eine Arznei herstellen?«

»Nein, mein Herr«, sagte sie rasch, und Angst überkam sie. Er wusste offenbar genug über Pharmazie, um die Substanz allein an ihrem Aussehen zu erkennen, denn die Flasche trug kein Etikett. Es würde schwer werden, ihn anzulügen.

»Wollen Sie die Substanz etwa stehlen? Salicylsäure kostet mehr als der Wochenlohn einer Dienstmagd!«

Helena schüttelte den Kopf. »Das würde ich niemals tun.«

»Das glaube ich Ihnen nicht. Sie wollten die Säure stehlen, während mein Vater oben ist. Sie wollen sich bereichern!«

Helena widersprach ihm noch einmal. Das war also Herrn Karskis Sohn, der von der Front heimgekehrt war. Sie konnte ihm unmöglich die Wahrheit sagen und Herrn Karskis Geheimnis offenbaren. Schließlich wusste sie nicht, ob er überhaupt über die Situation informiert war. Also stritt sie lediglich seine Anschuldigung weiter ab – auch wenn das nicht viel nützte.

»Was ist denn hier los?« Herr Karski, der aus seinem Schläfchen erwacht war, stand in der Hintertür.

»Gar nichts, Herr Karski«, erwiderte Helena im Versuch, die Lage zu befrieden.

Herrn Karskis Blick ging an ihr vorbei und blieb an dem

Mann hängen, der in der Ladentür stand. Er schnappte nach Luft. »Dominik«, sagte er und hielt sich an einem Labortisch fest, als könnte er sonst stürzen.

»Hallo, Vater«, erwiderte der Mann. Er kratzte sich am Kopf und starrte den alten Mann an. Helena musterte sein Gesicht. Er ähnelte Herrn Karski. Er war ein bisschen kleiner, hatte aber die gleichen dunkelblauen Augen. »Vater, wusstest du, dass deine Dienstmagd dich bestiehlt? Sie klaut deine Salicylsäure!«

Herr Karski schaute zu Helena hinüber. Sie lächelte ihn erwartungsvoll an und hoffte, dass ihm etwas einfiele, um die Situation zu erklären.

»Ich kenne diese Person nicht«, erwiderte er dann. Helenas Mut sank.

»Na, das ist ja noch schöner!«, meinte Dominik und lachte auf. »Eine Diebin – und sie arbeitet nicht mal hier!«

Helena schloss die Augen und versuchte es noch einmal. »Herr Karski, ich bin Ihre Dienstmagd, Helena Kolikov. Ich helfe Ihnen im Laden.«

Der alte Mann schüttelte heftig den Kopf. »Ich kenne Sie nicht!«

Helena starrte ihn eindringlich an und hoffte, dass er sich wieder erinnern würde. Es war nicht das erste Mal, dass er mittendrin plötzlich vergessen hatte, wer sie war, aber meistens hatte er nach ein paar Stichworten ärgerlich ausgerufen: »Natürlich weiß ich, wer du bist!« Manchmal wusste er tagelang ohne Probleme, wer sie war, dann wieder brauchte er mehrere Stunden, um sich an sie zu erinnern.

»Bitte, Herr Karski, ich bin Helena«, sagte sie.

Hilflos und verwirrt blickte er seinen Sohn an.

»Ich glaube, Sie sollten jetzt besser verschwinden«, sagte Dominik.

»Nein, mein Herr, bitte! Ich schwöre Ihnen, ich arbeite wirklich für Ihren Vater!« Wie gern hätte sie ihm erklärt, in was für einer Lage sich sein Vater befand, doch sie hatte Herrn Karski hoch und heilig versprochen, niemandem gegenüber ein Wort zu verlieren.

»Verschwinden Sie jetzt – oder ich nehme die Dinge selbst in die Hand!« Er klappte seinen Mantel auf und enthüllte den Säbel, den er am Gürtel trug. Das Metall glänzte im Sonnenlicht. Helena war sprachlos. Sie nickte und ging – ihr blieb keine andere Wahl. Immerhin dachte sie diesmal daran, ihren Mantel mitzunehmen.

Den ganzen Heimweg über weinte sie. Sie war verzweifelt. Sie hatte ihren Monatslohn noch nicht bekommen, der wäre erst am nächsten Tag fällig gewesen. Das Geld, das sie sich während der letzten Monate vom Munde abgespart hatte, würde nicht lange reichen. Sie bräuchte sofort eine neue Arbeit, aber sie kannte niemanden, bis auf die Leute, die sie durch die Arbeit in der Apotheke kennengelernt hatte. Die konnte sie aber nicht bitten, für sie zu sprechen und dem Sohn zu erklären, wer sie war, denn das hätte bedeutet, das Geheimnis zu enthüllen, dass sie nicht nur Herrn Karskis Putzhilfe war, sondern sein Gedächtnis. Und das würde sich wie ein Lauffeuer in der ganzen Stadt verbreiten.

Zusätzlich zu dem Kummer darüber, dass sie ihre Arbeit verloren hatte, empfand sie noch etwas anderes. Während ihrer Arbeit in der Apotheke hatte sie in Herrn Karski eine Art Freund gefunden. Er hatte ihr die Zubereitung von Arzneien erklärt, mit ihr gemeinsam gelacht und ihr Mut zugesprochen. Er war der einzige freundliche Mensch, der ihr seit dem Tod ihres Vaters begegnet war. Nun war er fort, und sie fühlte sich so einsam wie nie zuvor. Sie lag im Bett und weinte sich in den Schlaf.

Sie wachte auf, weil sie jemanden an die Haustür klopfen hörte. Wahrscheinlich ein Versehen, denn sie kannte niemanden in dieser Stadt. Trotzdem wischte sie sich die Augen und ging an die Tür. Draußen stand Dominik, Herr Karskis Sohn.

»Was ist mit meinem Vater los?«, fragte er. Aus seinem Blick sprachen Unsicherheit und Angst.

»Ich weiß es nicht, mein Herr«, erwiderte Helena. Sie würde das Geheimnis ihres ehemaligen Arbeitgebers nicht verraten.

»Hören Sie auf, mich ›mein Herr‹ zu nennen. Ich bin vierundzwanzig. Wie alt sind denn Sie überhaupt?« Er musterte sie mit zusammengekniffenen Augen.

»Siebzehn«, erwiderte Helena gereizt.

»Irgendetwas stimmt doch nicht mit ihm – und ich glaube, Sie wissen ganz gut, was los ist. Hat er Sie auf Geheimhaltung eingeschworen?«

Sie sagte nichts.

»Sagen Sie's mir – oder ich erschieße Sie!«

Sie schaute dem jungen Soldaten ins Gesicht und sah, dass er es nicht ernst meinte. Er wirkte eher verunsichert.

»Er vergisst Sachen, oder?«, stellte er fest und starrte verlegen zu Boden.

»Ja«, erwiderte Helena.

»Sie sind keine Diebin, aber Sie sind auch keine Dienstmagd. Sie haben ihm geholfen, damit er die Apotheke weiterführen kann.«

Sie nickte.

»Sie wollten die Salicylsäure nicht stehlen, sondern haben etwas damit vorbereitet.« Er schabte mit der Stiefelsohle über die Türschwelle.

Sie nickte noch einmal – sie war dabei gewesen, noch mehr Aspirin herzustellen, da die Vorräte zur Neige gingen. Es hatte sich herumgesprochen, dass Herr Karski mit dieser Arznei den

Baron geheilt hatte, und nun strömten die Menschen zur Apotheke und wollten alle von diesem Wundermittel profitieren. Es schien nicht nur gegen Fieber zu helfen, sondern auch bei Herzproblemen. Helena hatte Mühe gehabt, die vielen Bestellungen abzuarbeiten.

»Wie steht es um ihn?«, fragte der Sohn.

»An manchen Tagen hält er sich ganz gut«, antwortete Helena.

»Und an den anderen?«

Helena zuckte mit den Schultern. »Tut mir leid. Ich weiß nicht, was ich Ihnen sagen soll.«

»Ich glaube, Sie haben ihm sein Geschäft gerettet!«

Sie musterte den jungen Mann. Die Soldaten, denen sie bisher begegnet war, waren gesichtslose Unmenschen gewesen, Männer, die Dörfer niederbrannten und über die man sich wilde Geschichten von Vergewaltigung und Mord erzählte. Da, wo sie herkam, lernte man diesen Menschenschlag zu fürchten – von Soldaten war nichts Gutes zu erwarten. Doch Herr Karskis Sohn wirkte traurig und zaghaft. Sein Knochenbau war zierlicher, als es zunächst den Anschein gehabt hatte. Er strahlte Sanftmut und Güte aus, die seinem derzeitigen Berufsstand widersprachen.

»Möchten Sie eine Zigarette?«, fragte er und hielt ihr ein kleines goldenes Etui hin.

»Nein, danke«, sagte Helena.

Er nahm sich selbst eine Zigarette und schob sie zwischen die Lippen. Mit schlanken, aber kräftigen Fingern entzündete er ein Streichholz. Unter seinen Fingernägeln war ein feiner Schmutzrand erkennbar.

»Sie kommen doch zurück, oder«, sagte er. Seine Stimme hob sich am Satzende nicht. Es klang eher wie eine Feststellung, nicht wie eine Frage.

»Ich glaube nicht, dass ich noch erwünscht bin«, erwiderte Helena.

Er lächelte und zog an seiner Zigarette. »Wie kommen Sie denn darauf? Er hat den ganzen Nachmittag nach Ihnen gefragt.« Er wandte sich ab und ging die Stufen hinunter.

»Warten Sie!«, rief Helena ihm nach. Er blieb auf halber Treppe stehen und drehte sich zu ihr um. »Was sagt er denn über mich?«, wollte sie wissen.

Er grinste. »Er sagt: ›Wo ist Helena?‹ – immer wieder.«

Es war das erste Mal, dass Herr Karski sie bei ihrem richtigen Namen genannt hatte – und nicht bloß »Mädchen«.

Der Sohn fuhr sich mit der Hand durchs Haar. »Wir sehen uns morgen früh!«

Ein paar Wochen später gab Dominik Karski ihr ein silbernes Namensschild, auf dem in Schreibschrift *Helena* eingraviert war. Er half ihr, es an ihrer Bluse zu befestigen. Sie beobachtete ihn dabei – unter seinen Fingernägeln war kein Dreck mehr. Er hatte die Soldatenuniform abgelegt und trug nun jeden Tag Zivilkleidung, eine braune Hose und ein weißes Hemd. Sie hoffte, dass er ihr Herzklopfen nicht bemerkte, während er das Schild über ihrer rechten Brust befestigte.

War dies womöglich ein romantisches Angebot von seiner Seite? Sie kam sich vor wie eine Hochstaplerin. Ihr Vater hatte sie großgezogen, damit sie ihm beim Pflügen des Ackers half. Damals war sie ein plumpes, grobknochiges Mädchen gewesen, wie geschaffen für schwere körperliche Arbeit. In der kurzen Zeit, in der sie die Schule besucht hatte, hatten die Jungen sie geärgert, ihr festes, drahtiges Haar angezündet und Kot zwischen den Seiten ihrer Schulbücher versteckt. Sie hatte sich durchaus schon nach Männern gesehnt und aus der Ferne für gut aussehende Bauernknechte oder junge Handelsreisende geschwärmt.

Einmal hegte sie eine geheime, tief empfundene Liebe für einen Fischhändler, der ihr Heringe geschenkt hatte, als er beobachtete, wie ihr ein Junge auf dem Marktplatz ein Beinchen stellte. Der Fischhändler war bestimmt vierzig Jahre älter als sie gewesen. Dennoch verzehrte sie sich aus der Ferne nach ihm – und auch nach anderen. In ihrer Fantasie zogen sie gemeinsam los, um einem verletzten Tier zu helfen, oder reisten über die Tatra und retteten eine Prinzessin aus ihrer Not. Im richtigen Leben sprach sie dagegen kein Wort mit diesen Männern. Die Gespräche und die tief empfundene Verbindung existierten nur in ihrem Kopf.

Soweit sie es beurteilen konnte, hatte sie noch in keinem Mann die Art von heftiger Zuneigung ausgelöst, die andere junge Frauen bei Männern hervorriefen. Bestenfalls konnte sie auf anerkennende Bemerkungen über ihre Fähigkeiten bei der Tierhaltung und Lob über die gut bestellten Felder hoffen. Daran gemahnte sie sich immer wieder zu denken, wenn der Sohn des Apothekers sie freundlich begrüßte oder vage in ihre Richtung lächelte – dass sie wohl kaum das Ziel seiner romantischen Absichten sein konnte oder überhaupt irgendeines Mannes. Stattdessen konzentrierte sie all ihre Energie darauf, das Handwerk der Pharmazie zu erlernen, und nutzte den erhöhten Blutfluss durch ihr heftig schlagendes Herz lieber für die Hirnarbeit.

So vergingen drei Monate. Der Winter kam und ging, Helena arbeitete Seite an Seite mit dem Sohn in der Apotheke, und sie fanden zu einer unbeschwerten Routine des täglichen Miteinanders. Sie genoss jede flüchtige Berührung, jeden seiner Blicke und erinnerte sich später an diese Wochen als eine der glücklichsten und aufregendsten Zeiten in ihrem Leben.

Eines Morgens, als das Wetter wärmer wurde, ging Helena noch vor sieben Uhr früh zur Apotheke, weil sie eine Säure kontrollieren wollte, die sie mit Ethanol angesetzt und über Nacht zum Auskristallisieren hatte stehen lassen. Neben dem Hintereingang zur Apotheke fand sie Dominik Karski zusammengesunken am Boden sitzend, an eine Hauswand gelehnt. Zuerst dachte sie, er würde schlafen, aber beim Näherkommen stellte sie fest, dass sein Zustand eher einer tiefen Bewusstlosigkeit ähnelte. Sie betrachtete einen Moment sein entspanntes Gesicht mit den geschlossenen Lidern, doch dann wurde ihr schmachtender Tagtraum jäh unterbrochen, als er sich heftig übergab. Zunächst vermutete sie eine schreckliche Krankheit, aber als sie noch näher kam und den Geruch bemerkte, wurde ihr klar, dass er betrunken war. Er verteilte seinen Mageninhalt über den Mantel und das Kopfsteinpflaster, und als sie ihn stützen wollte, um zu verhindern, dass er vornüberkippte und mit dem Kopf auf den Boden schlug, erbrach er sich auch über sie.

»Leutnant Karski«, sagte sie, »bitte versuchen Sie aufzustehen.« Er reagierte nicht, weder mit Worten noch mit einer Bewegung. Der säuerliche Geruch stieg ihr in die Nase. Sie stellte zu ihrer Überraschung fest, dass sie nicht würgen musste, der Gestank berührte sie gar nicht. Vielleicht machte ihre Zuneigung zu ihm ihre Nase unempfindlich für den ekelhaften Geruch, so wie eine Mutter nicht würgen muss, wenn sie ihrem Kind die Windeln wechselt. Vielleicht war sie im Laufe ihres kurzen Lebens aber auch nur genügend schrecklichen Gerüchen begegnet – verfaulenden Rinder- und Schweinekadavern, menschlichen Exkrementen, vergorenem Getreide und derlei mehr –, sodass sie das vergleichsweise kleine Problem von Mageninhalt und Galle nicht mehr störte.

Es gelang ihr, ihn ein Stück weit aufzurichten, sie schob sich unter seinem rechten Arm hindurch, damit sie ihn stützen konnte, und führte ihn auf diese Weise ins Haus. Immerhin übergab er sich nicht mehr, während sie ihm die Treppen hinaufhalf, sodass keine Schweinerei auf dem Boden des Treppenhauses landete. Beim Erreichen seiner Schlafzimmertür klopfte sie absurderweise erst einmal an – Macht der Gewohnheit –, worüber er in seinem halb bewussten Zustand kichern musste. Sie betraten das Zimmer, und sie beförderte ihn so vorsichtig wie möglich auf das Bett. Er plumpste auf die Überdecke und schien augenblicklich einzuschlafen, deshalb bewegte sie sich wieder Richtung Tür, damit er in Ruhe seinen Rausch ausschlafen konnte.

Zuvor erlaubte sie sich noch einen raschen Blick auf den Raum, in dem sie noch nie gewesen war. Schöne Eichenmöbel. Auf der Kommode stand ein Foto, das vermutlich seine Mutter zeigte. Helena war überrascht, wie ordentlich und aufgeräumt das Zimmer wirkte. Kleidung und Accessoires hatte er akkurat geordnet. Es war ein aufregendes Erlebnis, plötzlich in seinem privatesten Bereich zu stehen, dort, wo er sich an- und auszog, sich wusch und kämmte.

Sie wollte gerade die Tür hinter sich zuziehen, als sie hörte, wie er sich wieder erbrach. Konnte denn überhaupt noch etwas in seinem Magen sein? Da er flach auf dem Rücken lag, übergab er sich jetzt nicht nur, sondern drohte an seinem Erbrochenen zu ersticken. Er hustete und würgte in einer Art gurgelndem Schrei. Sie stürzte zu ihm und verfluchte sich für ihre Gedankenlosigkeit. Gott sei Dank hatte sein Magen sich verkrampft, solange sie noch in der Nähe war und einschreiten konnte.

Mit angestrengt verzogenem Gesicht drehte sie ihn zur Seite, damit das Erbrochene abfließen konnte, und steckte ihm zwei Finger in den Mund, um die Luftwege freizumachen. Sein Würgen ließ nach, und er sackte erschöpft zusammen. Sie schob ihm das Kissen unter den Kopf und setzte sich zu ihm, damit er auf der Seite liegen blieb, den Körper an ihre Hüfte gestützt.

Sie wartete etwa eine Viertelstunde ab, bis sie glaubte, er wäre eingeschlafen. Doch plötzlich sagte er: »Sie müssen mir helfen. Wie spät ist es?«

Sie schaute auf die Wanduhr. »Es ist acht Uhr morgens.«

»Um zehn muss ich mich zum Dienst melden. Heute muss ich an die Front zurück.«

»Oh, ich dachte, der Krieg wäre zu Ende?« Jedenfalls hatte sie das in den Zeitungen gelesen. Österreich-Ungarn war zerfallen, und Frankreich hatte mit Deutschland in einem Eisenbahnwaggon auf einer Waldlichtung bei Compiègne einen Waffenstillstand unterzeichnet.

»Das dachte ich auch.« Er neigte den Kopf. »Der Krieg, der alle Kriege beenden sollte, ist vorbei. Aber ein anderer ist an seine Stelle getreten. Jetzt muss ich für Polen kämpfen.« Er verzog das Gesicht zu einem gequälten Lächeln.

Helena setzte sich stocksteif auf. Das Herz zog sich ihr zusammen. Sie hatte jede Sekunde in seiner Gegenwart genossen – außer vielleicht, als er sich übergeben hatte. »Ich glaube nicht, dass Sie in Ihrem augenblicklichen Zustand dazu in der Lage sind. Sie müssen denen sagen, dass Sie krank sind.«

Er schüttelte den Kopf und verzog dabei das Gesicht. »Man kann sich nicht einfach krank melden wie in einem Versicherungsbüro. Das ist das Militär. Wenn ich nicht zur angeordneten Zeit auftauche, wird man mich als Deserteur anklagen und erschießen.«

Helena fragte sich, wie er die ganze Nacht hatte Alkohol trinken können, wenn er wusste, welche verantwortungsvolle Aufgabe ihn am nächsten Morgen erwartete, aber sie behielt es für sich.

»Sie fragen sich wohl, warum ich mich letzte Nacht so betrunken habe, wenn ich mich an diesem Morgen zurückmelden muss? Hätten Sie gesehen, was ich gesehen habe, würden Sie nicht so denken. Sie haben keine Ahnung, wie es da draußen ist!«

»Wie kann ich Ihnen denn jetzt helfen?«

»Ich darf auf keinen Fall so aussehen, als wäre ich die ganze Nacht unterwegs gewesen. Ich darf doch unsere großartige, edle Nation nicht blamieren!«, sagte er mit einer solchen Verbitterung, dass es sie entsetzte.

Helena wusste nicht, wie er das genau meinte. Aber auch wenn sie an seiner Einstellung nichts ändern konnte, konnte sie zumindest sein äußeres Erscheinungsbild verbessern.

»Darin ist saubere Kleidung«, sagte er und zeigte auf den Kleiderschrank.

Helena öffnete den Schrank und staunte über die fünf tadellos gebügelten olivgrünen Hemden, die in exakt gleichem Abstand aufgereiht an der Kleiderstange hingen. Darunter stand, parallel nebeneinander, ein Paar blank polierte Stiefel. Alles war mit geradezu mathematischer Präzision angeordnet.

In diesem Moment musste er sich wieder übergeben. Die Würgekrämpfe brachten diesmal jedoch nur noch Wasser und Gallenflüssigkeit empor. Sein Magen war leer, aber der Körper fuhr mit den Verrenkungen fort. Die Muskeln würden sich weiter zusammenziehen, in der irrigen Annahme, es würde helfen, das Gift aus dem Körper zu leiten, während es doch tatsächlich nur dazu führen würde, dass der junge Mann sich eine Rippe brach oder an Dehydrierung starb.

Sie holte ein Pulver, das Herr Karski aus Bilsenkraut gewonnen hatte, welches Krämpfe des Verdauungstraktes beruhigte, und verabreichte es ihm aufgelöst in etwas Wasser. Gleich nachdem er es getrunken hatte, sackte er von der Anstrengung erschöpft wieder in sich zusammen.

»Mein Vater darf mich nicht so sehen«, sagte er.

Herr Karski schlief in dem Zimmer am Ende des Flures und

würde bald zum Frühstück herauskommen. Sie half seinem Sohn bis auf die Unterhose aus der Kleidung, zog ihm Hemd, Hose und Unterhemd aus und ersetzte sie durch entsprechende saubere Sachen aus dem Schrank.

Sie behielt ihn weiter im Blick, und als nach zwanzig Minuten die Lösung immer noch dringeblieben war, gab sie ihm noch mehr und drängte ihn, so viel wie möglich zu trinken. »Das ist das Einzige, was gegen Trunkenheit hilft«, sagte sie, während er sich wieder zurücksinken ließ und nun auf ihrer Hand lag.

Er starrte sie mit weit aufgerissenen Augen an. »Eines Tages höre ich auf zu trinken. Ich muss es, ich will es auch. Aber noch kann ich es nicht. Die Dinge, die ich getan habe. Verstehen Sie? Ich will nicht dahin zurück.«

Helena betrachtete ihn und wurde sich bewusst, dass sie seinen Kopf in ihrer Hand hielt. Er sah aus, als würde er gleich zu weinen anfangen. Er blinzelte zweimal.

»Sie gehen nach Osten, richtig?«, fragte sie. Er nickte. »Dann müssen Sie jetzt gehen. Wir haben nämlich fast April, und dann beginnt das Immergrün zu blühen – aber nur im Osten. Haben Sie schon mal Immergrün gesehen?«

Er sah sie stirnrunzelnd an und schien nicht auf ihre absurde Unterhaltung eingehen zu wollen. Sie hatte selbst keine rechte Lust, sie fortzuführen. Trotzdem sprach sie weiter, denn es war das Einzige, was ihr im Moment einfiel. »Immergrün waren die Lieblingsblumen meines Vaters«, erzählte sie. »Er hat sie immer für mich gepflückt – im Osten wachsen sie wild auf den Feldern –, und dann hat er sie in eine Vase an unser Küchenfenster gestellt. Er ist inzwischen tot, und hier in dieser Stadt wächst kein Immergrün, es sind nicht die richtigen Bedingungen dafür. Aber wenn Sie in den Osten kommen, können Sie überall auf den Feldern diese kleinen blauen Blumen sehen. Und sie sind so schön, dass Ihnen die Tränen in die Augen treten werden. Sie müssen dorthin gehen und mir dann berichten, wie es war. Ich bin schon so lange nicht mehr dort gewesen und werde womöglich nie wieder dahin zurückkehren. Aber das Immergrün ist ein lohnenswerter Anblick!«

Sie schluckte und konnte selbst kaum glauben, was sie da gerade erzählt hatte – dass sie einem Fremden so viel von sich enthüllt hatte, derart sentimentale Dinge, und von ihrem Vater gesprochen hatte. Sie kam sich albern vor, weil sie so eine große Sache aus dem Immergrün gemacht hatte. Vermutlich war es eine der unscheinbarsten Blumen, die es gab, und ihr Vater hatte es bloß gepflückt, weil es das Einzige war, was um ihren Hof herum wuchs. Für sie allerdings hatte das Immergrün eine besondere Bedeutung, gerade weil ihr Vater es gepflückt hatte. Doch sie hätte sich gar nicht zu grämen brauchen, denn kaum hatte sie aufgehört zu reden, fielen Dominik die Augen zu, und er begann leise zu schnarchen.

Um halb zehn weckte sie ihn. Er hatte eine Stunde lang friedlich geschlafen. »Leutnant Karski, es ist Zeit. Sie müssen jetzt los, wenn Sie pünktlich am Wehrbüro sein wollen.« Er schoss aus dem Schlaf empor und fasste sich an den Kopf, vermutlich hatte er einen Kater, dann schaute er an seinem Körper hinab und entdeckte mit Verwirrung die saubere Kleidung.

»Ich habe Ihre andere Kleidung gewaschen und in den Rucksack gepackt, zusammen mit Ihren persönlichen Dingen. Ich habe die Sachen, so gut es ging, vor dem Feuer getrocknet, aber da weniger als eine Stunde Zeit war, sind sie noch ein bisschen feucht. Bitte hängen Sie sie noch einmal zum Trocknen auf, wenn Sie in der Kaserne ankommen, sonst fangen sie an zu riechen.« Er nickte. Nach dem makellosen Zustand seines Zimmers zu schließen, hätte er sich wahrscheinlich auch ohne ihre Hinweise ebenso sorgfältig um seine Wäsche gekümmert. »Ich habe Ihr Äußeres wieder hergerichtet, so gut es ging«, fuhr sie fort. »Die Flecken habe ich aus Ihrem Mantel gewaschen.« Sie sah auf die Wanduhr. »Bitte gehen Sie jetzt, oder Sie werden zu spät kommen.«

Er starrte sie mit hilflosem Blick an und öffnete den Mund, um noch etwas zu sagen, aber schloss ihn dann wieder. Er griff nach seinem Feldsack, zog den Mantel über und lief zur Tür hinaus.

Sie wartete, bis sie sicher sein konnte, dass Herr Karski unten in der Apotheke war und nicht sah, wie sie aus dem Schlafzimmer seines Sohnes trat, und verließ dann den Raum.

Sie hatte Dominik Karski nicht erzählt, was sie alles für ihn getan hatte. Sie hatte ihm das Haar gekämmt und mit Pomade frisiert, ihn gewaschen und ihm das Gesicht vorsichtig mit einem Rasiermesser rasiert, wobei sie sich große Mühe gegeben hatte, ihn nicht zu schneiden. Es störte sie nicht, dass er sich weder dafür bedankt noch richtig verabschiedet hatte. Sie wollte ihn nicht noch mehr in Verlegenheit bringen. Ein Dank hätte bedeutet anzuerkennen, was passiert war, dass sie ihn in diesem ungeschützten Moment gesehen hatte, und sie wollte ihm nicht noch mehr Schmerz zufügen.

Sechs Wochen später kam ein Brief für Helena in der Apotheke an. Zuerst wusste sie nicht, was sie damit anfangen sollte, denn sie hatte noch nie einen Brief erhalten. Auf der Vorderseite standen in großer, ordentlicher Handschrift ihr Name und die Adresse der Apotheke.

Sie öffnete den Umschlag. Darin befand sich ein Papier. Als sie es auseinanderfaltete, stand kein Wort darauf – stattdessen lag ein Immergrün darin. Jemand hatte die Blume sorgfältig gepresst und getrocknet. Obwohl die Blütenblätter inzwischen trocken und staubig waren, ließ sich immer noch das tiefe Blau erahnen, in dem sie einmal geleuchtet hatten.

23

ELTERNLIEBE IST
SELBSTLOSE LIEBE

Krakau, Juni 1939

Vier Tage, nachdem Dominik Marie den Namen ihrer Mutter
verraten hatte, erhielt er eine Einladung zur Hochzeit seiner
Tochter. Sie kam mit der Morgenpost, eine cremeweiße Büt-
tenkarte, die alle Informationen enthielt, die man von einer
solchen Mitteilung erwartete: Datum und Zeit der Zeremonie
in der alten Synagoge von Kazimierz, gefolgt von einem Empfang im Gemeindezentrum. Jemand hatte oben auf der Karte in
der dafür reservierten Zeile Dominiks Namen handschriftlich
eingetragen. Dominik betrachtete die Handschrift und stellte
fest, dass sie nicht von Marie stammte, sondern von jemand anderem – Ben vielleicht. Seine Tochter hatte ihn nicht zu ihrer
Hochzeit eingeladen.

Ein paar Tage später gratulierte ihm eine Patientin, die er
wegen einer Blinddarmentzündung behandelte, zur bevor-
stehenden Hochzeit seiner Tochter. »Sie heiratet einen Juden,
oder?«, erkundigte sich die Frau, während Dominik ihren Unterleib abtastete.

Dominik senkte den Kopf. »Ja, das stimmt.« Er machte sich

auf einen ernsten Vortrag über die Gefahren einer Mischehe gefasst.

»Tja, man kann nicht alles haben. Und wie sieht das Kleid
Ihrer Tochter aus?« Die Frau krümmte sich zu diesem Zeitpunkt schon vor Schmerzen. Trotzdem reichte ihre Kraft noch,
um ihm den Arm zu tätscheln und nach dem Hochzeitskleid zu
fragen. Sie wolle gar keine Details zu Stoff oder Spitzenbesatz
wissen, eine grobe Beschreibung des Schnitts würde ihr schon
reichen, um sich ein ungefähres Bild zu machen. Vielleicht habe
er ja etwas Ähnliches schon in einer Zeitschrift gesehen?

Dominik erwiderte, dass er Maries Kleid nicht gesehen habe
und auch nicht vorhabe, es zu sehen, und schickte die Frau in
den Operationssaal 2 weiter. Als er wenig später den Unterleib
der Frau öffnete und das entzündete rudimentäre Organ ab-
band und entfernte, fragte er Oberschwester Skorupska, die ihm
bei der Operation assistierte, wie viele Leute eigentlich über die
Hochzeit seiner Tochter Bescheid wüssten.

»Die ganze Stadt weiß es. Aufregend, nicht wahr?«, antwortete sie. Sie hatte ebenfalls eine Einladung erhalten. Dominik
verkniff sich, nach ihrer Einladungskarte zu fragen. Zu gern
hätte er überprüft, ob Maries Handschrift die Karte zierte oder
eine andere. Stattdessen verzog er das Gesicht und nähte die Patientin wieder zu.

Am Abend ging er nach Hause und warf die Einladung in
den Papierkorb. Er bereitete das Abendessen für sich und Marie
vor und ließ Maries Portion auf dem Küchentisch stehen, mit einer Anweisung, wie sie das Essen aufwärmen solle. Dann kehrte
er ins Krankenhaus zurück. Es warteten zwar keine Patienten
mehr auf ihn, aber die Unterlagen im Büro mussten dringend
mal wieder abgearbeitet werden. Als er um Mitternacht nach
Hause kam, war Maries Essen verzehrt, der Teller abgewaschen
und weggeräumt, und seine Tochter lag längst im Bett.

Am nächsten Morgen stand er früh auf und verließ das Haus um sechs Uhr, bevor sie aufgewacht war. Diesen Ablauf behielt er während der nächsten vier Wochen bei. Er kam nur nach Hause, um die Mahlzeiten vorzubereiten, sich umzuziehen und zu schlafen. Marie sah er in der ganzen Zeit kein einziges Mal.

Am Tag der Hochzeit klopfte es an Dominiks Haustür. Draußen stand Johnny in einem blauen Anzug. Er hatte das Haar mit Pomade zurückgekämmt und sah ebenso lässig elegant wie verrucht aus.

»Hallo, Johnny«, begrüßte Dominik ihn mit einem flüchtigen Nicken.

»Sind Sie fertig? Sie sind noch gar nicht angezogen«, meinte Johnny.

»Angezogen wofür?«, fragte er, wohl wissend, dass seine Frage ziemlich albern klang.

»Für die Hochzeit Ihrer Tochter, mein Freund! Sie beginnt in zwanzig Minuten, wie Sie sicher wissen.«

»Ach so, das«, erwiderte Dominik. Er bemerkte einen abblätternden Holzspan am Türrahmen. Der Rahmen konnte mal wieder einen neuen Anstrich vertragen, vielleicht würde er sich an diesem Nachmittag darum kümmern. »Ich gehe nicht hin. Aber amüsieren Sie sich ruhig.« Er schenkte ihm ein gezwungenes Lächeln, ausreichend höflich und dem Anlass angemessen, wie er meinte. Johnny dagegen fand seine Reaktion möglicherweise nicht passend, denn er lachte. Dominik strich mit dem Finger über den Rahmen. Hatte er überhaupt noch genügend rote Farbe im Vorratsschrank unter der Treppe, oder würde er erst welche kaufen müssen? »Gehen Sie denn hin?«, fragte er Johnny beiläufig, während er immer noch dabei war, den Zustand der Tür zu inspizieren.

»Natürlich«, erwiderte Johnny und warf sich in die Brust, als

wolle er Dominiks Aufmerksamkeit auf seinen festlichen Anzug lenken und deutlich machen, dass es gar keinen anderen
Grund geben konnte, ein solches Ensemble an einem Sonntag-
nachmittag zu tragen. »Ich wurde eingeladen, alter Knabe!« Er
hielt seine Einladung hoch, und Dominik konnte nicht anders,
als sie genauer zu betrachten. Die Karte sah genau aus wie jene,
die Dominik bekommen hatte, und enthielt die gleichen Informationen – doch die Handschrift in der Zeile für die Anrede
war die seiner Tochter. Da konnte man mal sehen! Marie hatte
Johnny zu ihrer Hochzeit eingeladen und auch Oberschwester
Skorupska. Aber Dominiks Einladungskarte hatte jemand anders geschrieben und abgeschickt, entweder aus Mitleid oder als
friedenstiftenden Olivenzweig.

»Ich gehe nicht hin«, sagte Dominik, diesmal deutlich ener-
gischer.

»Aber Sie müssen doch Ihre Tochter dem Bräutigam übergeben«, sagte Johnny fassungslos.

»Ich muss gar nichts, Johnny. Auf Wiedersehen.« Er wollte
ihm die Tür vor der Nase zuschlagen. Derart melodramatisch
hatte er in seinem ganzen Leben noch nicht gehandelt, und er
hoffte, dass dabei immerhin seine Entschiedenheit zum Ausdruck kommen würde. Johnny begegnete ihm mit einer noch
dramatischeren Geste und, wie Dominik zugeben musste, auch
mit mehr Stil. Denn als Dominik die Tür zudrücken wollte,
schob Johnny den Fuß dazwischen.

Dominik verdrehte die Augen und zog die Tür wieder auf. Er
fühlte sich in seiner Situation zwar ungerecht behandelt, wollte
aber nicht so weit gehen und einem Kollegen den Mittelfuß brechen, nur um seinen Standpunkt deutlich zu machen.

»U. A. w. g. stand in der Karte – und ich habe keine Antwort
geschickt«, sagte er. »Ich kann da jetzt nicht einfach auftauchen,
das würde die ganze Sitzordnung durcheinanderbringen. Man

wird längst jemand anderen gefunden haben, der die Braut führt. Aber amüsieren Sie sich ruhig, Sie und die Krankenschwestern. Ich muss noch ein paar Studien durcharbeiten – und dieses Gespräch hält mich von der Arbeit ab. Ich muss Sie jetzt bitten, mich in Ruhe zu lassen.« Mit einem Mal konnte er nicht mehr anders, als verlegen zu Boden zu starren.

Johnny tätschelte ihm den Arm und sagte leise: »Ich weiß, dass Sie aufgebracht sind, alter Knabe. Ihre Tochter heiratet einen Mann, der ... ähem ... mit dem Sie nicht gerechnet haben. Aber sie ist ein wunderbares Mädchen, und wenn Sie nicht zu ihrer Hochzeit gehen, werden Sie es auf ewig bereuen. Kommen Sie, mein Freund. Das ist nicht Ihre Art! Meine Frau war Jüdin, wussten Sie das? Und mein Sohn infolgedessen auch.«

Dominik schüttelte den Kopf. »Hat Ihr Vater Sie deshalb verstoßen?«

»Ha! Er hat mich verstoßen, weil ich durch meine Depression die Herrenrasse verraten habe. Aber ja, tatsächlich war er auch nicht allzu glücklich darüber, dass ich Sarah geheiratet habe.«

»Ich habe nichts gegen den jungen Mann und auch nicht gegen seine Religion«, sagte Dominik.

»Ich weiß.«

»Sie könnte wegen dieser Heirat ihr Leben verlieren. Das kann ich nicht hinnehmen. Sie macht einen schrecklichen Fehler«, sagte er leise.

»Das tut sie bestimmt.« Johnny zündete sich eine Zigarette an. »Verliebte tun merkwürdige Dinge. Wenn Sie mich jetzt ins Haus lassen würden, kann ich Ihnen vielleicht helfen, einen Anzug auszuwählen.«

Dominik seufzte und holte von der Garderobe im Flur einen schwarzen Anzug, der immer noch im Kleidersack der Schneiderei verpackt war. »Ich habe einen«, gab er zu.

Johnny öffnete den Anzugsack und begutachtete das Oberteil, ein schwarzes Smokingjackett aus Wolle-Seide-Gemisch, in Schnitt und Farbe dem Anlass angemessen, der in Maries neuer Glaubensgemeinschaft stattfand. »Ein toller Anzug«, sagte er und strich mit den Fingern über den Stoff des Revers. Dominik nickte und kaschierte seine Freude mit einem Schulterzucken.

»Ziehen Sie ihn an, und dann gehen wir.«

Dominik kleidete sich um, und sie machten sich auf den Weg zur Synagoge. Er schaute auf seine Uhr. »Es ist schon zu spät! Die Hochzeit hat um Viertel nach drei begonnen – das war vor zwei Minuten!«

Johnny sah ebenfalls auf seine Uhr. »Verdammt!«, rief er. »Ich renne vor und sage, sie sollen noch warten!« Er flitzte los.

Dominik rannte hinter ihm her. Rabbi Katz war für seine Pünktlichkeit bekannt, und die Alte Synagoge etwas mehr als einen Kilometer entfernt. Selbst wenn Johnny sprintete, würde er immer noch fünf Minuten brauchen, um dorthin zu gelangen. Ihnen blieb nur eine Chance: dass Marie vielleicht darum bat, mit der Zeremonie noch etwas zu warten, in der Hoffnung, dass ihr Vater auf dem Weg war. Das hätte allerdings vorausgesetzt, dass sie sich seine Begleitung als Brautführer tatsächlich wünschte. Da sie seit ihrem Streit nicht mehr miteinander gesprochen hatten und sie es anscheinend nicht einmal für nötig hielt, seine Hochzeitseinladung selbst zu adressieren, bezweifelte er das. Plötzlich kam er sich in seiner Eile töricht vor. Vielleicht wusste Marie nicht einmal, dass Ben ihm eine Einladung geschickt hatte. Dominik würde in seinem pompösen Anzug schnaufend und schwitzend in der Synagoge auftauchen und wäre nicht einmal wirklich eingeladen. Er setzte sich japsend auf den Boden.

Johnny wandte sich um und kam dann zurückgerannt. »Was machen Sie denn da, Domek?«, rief er mit panischer Stimme.

»Gehen Sie nur ohne mich – es ist schon zu spät! Die Hochzeit hat schon angefangen. Jemand anders hat meinen Platz eingenommen.«

»Das wissen Sie doch gar nicht«, sagte Johnny. Er schaute
hektisch die Straße entlang, nach links und rechts.

Dominik überlegte, was Marie wohl gerade tat. Blickte sie
zur Tür der Synagoge und hoffte, er würde gleich eintreten?
Oder war sie, pünktlich auf die Minute, durch den Mittelgang
geschritten, begleitet von einem Gemeindeältesten oder einem
Onkel des Bräutigams?

Johnny setzte sich neben ihn an den Straßenrand. »Was ich
jetzt sage, wird Ihnen nicht gefallen.« Er räusperte sich. »Heute
geht es nicht um Sie. Es geht um Ihre Tochter. Und besser, Sie
kommen zu spät als gar nicht – dann können Sie ihr wenigstens zeigen, dass Sie es versucht haben. Elternliebe ist selbstlose
Liebe – erst wenn wir selbst Eltern werden, verstehen wir wirklich, was Liebe ist. Ich würde alles dafür geben, noch einen Tag
mit meinem Sohn verbringen zu können.« Er lächelte traurig.

Dominik nickte. »Wir sind so spät dran. Was soll ich zu ihr
sagen? Was soll ich als Entschuldigung vorbringen?«

»Suchen Sie nicht nach einer Entschuldigung«, erwiderte
Johnny. »Falls Sie zu spät kommen, sagen Sie, dass es Ihnen
leidtut. Und dann sagen Sie ihr die Wahrheit. Dass Sie erst nicht
kommen wollten, weil Sie sich geärgert haben. Und dann sagen
Sie ihr, dass sie wunderschön aussieht und Sie die Verspätung
bedauern – aber dass Sie furchtbar froh sind, sie am Tag ihrer
Hochzeit zu sehen!«

Dominik nickte noch einmal, dann liefen sie weiter. Sie würden sich hinten hinstellen, und er würde sich entschuldigen,
wenn er die Gelegenheit dazu hätte.

Je näher sie dem Gebäude kamen, desto schneller lief er.
Schweiß stand ihm auf der Stirn, und die polierten Lederschuhe

scheuerten an seinen Knöcheln, während er über das Kopfstein-pflaster rannte. Er kam sich nun wie ein Idiot vor und hoffte inständig, dass sie gewartet hatte, dass sie sich geweigert hätte, ohne ihren Vater die Synagoge zu betreten. Er versuchte, eine Art telepathischer Verbindung zu ihr herzustellen, und flehte sie stumm an, auf ihn zu warten. *Bitte, Marie,* sagte er zu sich selbst. *Bitte.* Trauer und Reue überkamen ihn – er allein hatte mit seiner Sturheit alles verdorben! Er wurde noch schneller und hastete wie ein Verrückter weiter.

An der Rückseite des Gebäudes angekommen, drückte er die schwere Eichentür auf. Hinter sich konnte er immer noch Johnny die Gasse hinaufrennen hören. Dominik hatte mit sei-ner Sprinteinlage einen ziemlichen Vorsprung herausgelaufen. Drinnen, nicht weit von der Tür, sah er eine Frau ganz in Weiß, eine schlanke, elegante Gestalt. Sie hatte ihm den Rücken zuge-kehrt und sprach mit einem jungen Mann in einem schwarzen Anzug. Er wirkte missmutig, als hätte man ihm eine Aufgabe zugewiesen, mit der er nicht zufrieden war. »Der Rabbi sagt, wir müssen anfangen. Ich soll Sie nach vorn führen«, brummte er.

Dominik blieb in der Tür stehen, um zu hören, was sie ant-wortete. »Er wird kommen. Eine Minute noch!« Sein Herz machte einen Satz. Der junge Mann entdeckte Dominik und Johnny, der gerade hinter ihm eingetroffen war. Marie folgte dem Blick des Jungen und wandte sich um – und Dominik er-blickte das Schönste, was er je gesehen hatte.

Sie trug ein elfenbeinfarbenes Kleid mit Ärmeln bis zu den Handgelenken und hatte ihr Haar zu einem Chignon zurück-gesteckt. Ein weißes Band krönte ihren Kopf und ging in einen Schleier über. Sie trug weder Perlen noch Juwelen – nur die Halskette, die Dominik ihr zu ihrem sechzehnten Geburtstag geschenkt hatte.

Er wollte etwas sagen, doch sie schlang bereits ihre Arme um ihn. Sie hatte ihn nicht mehr umarmt, seit sie acht Jahre alt war. Dominik konnte sich noch lebhaft an den Moment erinnern: Damals hatte sie sich den Arm gebrochen, aber trotzdem nicht geweint. Nachdem er die Fraktur eingegipst hatte, schmiegte sie sich an ihn und hielt ihn fest. Man hatte ihr angesehen, dass sie Schmerzen litt. Danach hatte sie ihn nie wieder umarmt. Im Alter von acht Jahren war sie zur Frau geworden, und seitdem hatte sie ihn nicht mehr gebraucht. Aber jetzt hielt sie ihn im Arm, und Dominik konnte die feinen, starken Knochen ihrer Wirbelsäule spüren.

Am Ende wechselten sie gar keine Worte. Sie hielt ihn so fest, dass er ihren Atem am Kragen fühlen konnte und spürte, wie sie zitterte und leise schluchzte. Sein Herz pochte vor Erleichterung, dass er noch rechtzeitig gekommen war, dass Johnny ihn überredet hatte und dass Marie dem Rabbi gegenüber darauf bestanden hatte zu warten.

»Können wir jetzt anfangen?«, fragte der junge Mann, der offensichtlich die Dinge beschleunigen wollte.

»Ja«, antwortete Marie. Sie hielt einen Strauß weißer Rosen in der Hand. Als die Blumen ihren Schleier berührten, stieg Dominik ein honigsüßer Duft in die Nase. Marie trat an seine linke Seite und hakte sich bei ihm unter. Er ertappte sich, wie er die Schultern zurückzog und sich stolz aufrichtete.

Gerade als sie eintreten wollten, kam Rabbi Katz von der Vorderseite der Synagoge auf sie zugeschlurft. »Hier, bitte, ziehen Sie das an«, sagte er zu Dominik, während er ihm eine Kippa reichte.

Dominik bedankte sich und setzte sich die kreisförmige Kappe auf den Hinterkopf. »Darf ich sie überhaupt nach vorn führen?«, fragte er. »Ich bin kein Jude. Ich möchte niemanden beleidigen.«

»Bah!«, erwiderte der Rabbi und winkte ab. »Glauben Sie

etwa, Gott wird Sie hier sehen und einen Blitz vom Himmel herabsenden? Ich glaube, er hat heute andere Sorgen. Führen Sie sie nach vorn – ich habe es erlaubt. Also, los geht's! Ich habe heute Nachmittag noch drei weitere Hochzeiten!« Er lief durch den Mittelgang zurück und wischte sich dabei über die Stirn.

Von irgendwoher erklangen die klagenden Töne einer Fidel und hallten durch die Synagoge. Dominik geleitete Marie durch den Gang nach vorn. Der Innenraum mit der Gemeinde bot einen eigenartigen Anblick. Die Gäste des Bräutigams gingen in die Hunderte, während die der Braut keine zwanzig Personen waren. Doch obwohl Letztere einen zahlenmäßig geringen Anteil hatten, waren sie für Dominik – und sicher auch für Marie – umso wichtiger. Johnny und Lolek standen in der ersten Reihe, Professor Maklewski und seine Frau daneben. Oberschwester Skorupska und Schwester Emilia waren beide erschienen, tupften sich die Augen und lächelten, ebenso wie einige andere Schwestern aus dem Krankenhaus. In der nächsten Reihe saßen ein paar Schulfreundinnen von Marie. Alle trugen ihre besten Kleider und winkten Dominik und Marie strahlend zu, während sie vorüberschritten. Er spürte, wie ihm die Brust vor Stolz schwoll, und dankte Gott, dass er noch gekommen war.

»Ich wusste gar nicht, dass Ben so viele Leute kennt«, flüsterte er Marie zu, während sie weiterschritten.

Sie gluckste. »Das tut er auch nicht. Die Leute sind extra aus Warschau angereist, um das Spektakel zu sehen. Eine Nichtjüdin konvertiert, um einen Juden zu heiraten. Manche würden es wohl allzu leichtsinnig nennen, wenn man bedenkt, was noch kommen könnte.«

»Ich bin geneigt, diesen Leuten zuzustimmen«, sagte Dominik. Er führte Marie bis zum Ende des Mittelganges vor einen weißen Seidenbaldachin. Dort blieben sie stehen und warteten.

Der Rabbiner wandte sich an die Gemeinde.

»Wer übergibt die Braut?«

»I-ich«, stammelte Dominik. Er musterte Maries zukünftigen Ehemann, der unter dem Baldachin hervortrat. Ben trug einen Anzug, der seinem eigenen ähnlich war, gut geschnitten und aus bester schwarzer Wolle, vermutlich hatte er ihn im gleichen Geschäft gekauft. Er war sehr attraktiv. Schon in seiner Jugend hatte Ben gut ausgesehen, und das tat er bis heute. Als Kind hatte er Marie vergöttert, sie vor Rabauken gerettet und geduldig ihren Geschichten zugehört. So wie er sie jetzt anblickte, vergötterte er sie immer noch. Er würde ein großartiger Ehemann sein. Dennoch würde Dominik diese Ehe niemals gutheißen. Marie hatte einen unüberlegten und verantwortungslosen Schritt getan, doch an ihrer Wahl des Ehepartners konnte er nichts bemängeln.

Eigentlich war er fest entschlossen gewesen, dem Mann, der ihm die Tochter genommen hatte, nicht in die Augen zu schauen. Nun aber, als er direkt neben ihm stand, sagte ihm das Herz etwas anderes. Er blickte ihm ins Gesicht und streckte ihm die Hand entgegen. Ben zögerte einen Moment, vermutlich vor Überraschung, dann nahm er die dargebotene Hand freundlich an und schüttelte sie. Überall unter den Gästen hörte man zufriedenes Aufatmen. Ben nahm den Schleier, der mit Haarnadeln an Maries Hinterkopf befestigt war, legte ihn nach vorn über ihr Gesicht und führte sie unter den Traubaldachin.

24

DIE SCHWIEGERMUTTER

Ben entstammte dem reformierten Judentum, er praktizierte einen ebenso angepassten wie säkularen Glauben, orthodox war er nicht.

Dennoch wahrte die Hochzeitszeremonie viele der alten Traditionen. Sie wurden unter einem Baldachin getraut, den vier Männer hielten. Der Rabbi segnete einen mit Wein gefüllten Becher, aus dem Marie und Ben tranken. Zum Schluss zertrat der Bräutigam ein Glas. Dominik hatte seine Tochter die ganze Zeit ehrfürchtig angestarrt. Sie wirkte so souverän und erwachsen und wusste genau, wo sie stehen und was sie sagen musste.

Danach waren alle in den Gemeindesaal weitergezogen, und nun war die Feier in vollem Gange. Vierundzwanzig runde Tische waren mit weißen Tischtüchern eingedeckt, auf denen ein Vier-Gänge-Menü mit geräuchertem Lachs und Kapern serviert wurde, gefolgt von feinster Rinderbrust und Gans.

»Bens Familie hat dafür bestimmt mit Blut bezahlen müssen«, hatte Johnny gewitzelt, als sie den prächtig mit Seidenstoffen und Kerzen geschmückten Saal betraten. Dominik nickte nur und sagte nichts.

Braut und Bräutigam hatten ein riesiges Challah gebrochen und auf jeden Tisch eine Portion gestellt. Zum Nachtisch gab es

mit Pastete gefüllte, zuckerbestreute Krapfen und eine präch-
tige Hochzeitstorte. Der beste Koch Polens hatte das Festmahl
zubereitet, und man hatte keine Kosten gescheut. Die Torte war
auf Porzellanteller verteilt worden, und nun konnte der Tanz
beginnen.

Dominik hatte das Essen genossen und saß nun allein mit
vollem Bauch da und betrachtete die Tanzenden. Er fühlte sich
beinahe entspannt und amüsierte sich sogar ein bisschen – nur
ein ganz leichtes Unbehagen ließ ihn krumm auf seinem Stuhl
sitzen.

Eine kleine Frau kam am Rand der Tanzfläche entlang und
musterte die Gäste. Sie trug ein bodenlanges Kleid aus rosa-
farbener Seide. Die modische, feminine Silhouette des Kleides
stand in krassem Widerspruch zu der strengen, unerbittlichen
Miene der Frau. Sie war spindeldürr, sah aber durchaus elegant
aus – so elegant jedenfalls, wie ein Skelett aussehen konnte. Sie
ging nicht, sondern pirschte sich an, während sie an ihrer Zigarettenspitze aus Elfenbein sog. Dominik verfolgte sie unauffällig
aus den Augenwinkeln, bemüht, keinen Blickkontakt herzustellen. Er fragte sich, ob es ihm gelingen würde, die Hochzeitsfeier
hinter sich zu bringen, ohne mit dieser Frau zu reden.

Sie hieß Rachel Rosen und war Bens Mutter. Dominik hatte
zuletzt vor elf Jahren mit ihr gesprochen, als die Rosens noch
im Nachbarhaus wohnten. Schon damals hatte er sie gefürchtet, und heute erschien sie ihm noch Furcht einflößender. Sie
schaute zu Dominik herüber und durchbohrte ihn mit ihren
stahlblauen Augen. Er schluckte.

Er erinnerte sich noch, wie er einmal aus seinem Küchenfenster gesehen hatte, von dem aus man direkt auf das Arbeitszimmer der Rosens schauen konnte. Frau Rosen hatte mit
spitzen Fingern wütend auf die Tasten einer riesigen Schreibmaschine eingestochen. Ihr glänzendes schwarzes Haar war

zu einem todschicken strammen Knoten aufgesteckt, und aus ihrem Mundwinkel hatte – genau wie jetzt auch – eine Zigarettenspitze gehangen, die damals gehorsam im Rhythmus der Schreibmaschinenanschläge auf und nieder wippte. Dominik hatte Mitleid mit der Schreibmaschine gehabt. Er wusste nicht, was sie da schrieb – es hätte ebenso gut ein Liebesgedicht sein können wie ein Kündigungsschreiben an einen Lieferanten. Aus ihrer Haltung konnte man das nicht lesen. Sie hatte kurz von der Schreibmaschine aufgeblickt – und als sich ihre Blicke trafen, hatte sie ihn so dämonisch angeschaut, dass Dominik sich vor Schreck hinter dem Küchenvorhang versteckt hatte. Sie hatte ihn nie darauf angesprochen, doch von jenem Tag an hatte sie ihn jedes Mal böse angestarrt, wenn sie einander begegneten, und seitdem fürchtete er sie.

Dominik war noch dabei, die traumatische Erinnerung abzuschütteln, als Johnny sich neben ihn setzte. »Warum sitzen Sie hier rum, Domek? Stehen Sie auf, und tanzen Sie!«

Johnny hatte Jackett und Krawatte bereits abgelegt und die Hemdsärmel bis zu den Ellbogen hochgekrempelt. Er hatte den ganzen Abend wie wild mit den männlichen Hochzeitsgästen getanzt und sich drei Stunden lang im Kreis gedreht. Sie hatten ihn sofort in ihrer Gemeinschaft willkommen geheißen, ihn Yohan getauft und zu einer Art Bruder ehrenhalber erkoren.

Dominik schüttelte den Kopf. »Nein, danke.«

»Wollen Sie sich vor jemandem verstecken?«, fragte Johnny.

»Ich habe Angst vor Bens Mutter«, antwortete Dominik unumwunden und nickte unauffällig mit dem Kinn in Richtung Rachel Rosens, die immer noch wie ein Jaguar an der Tanzfläche entlangpirschte.

»Du meine Güte!« Johnnys Augen weiteten sich. »Ich wette, sie verhaut gerne Männer! Nur ruhig, mein Herz! Warum hat sie die Haare so streng zurückgebunden? Vielleicht ist sie eine dieser gestrengen Zuchtmeisterinnen – gestärktes Kostüm und lederne Unterhose!«

»Sie ist eine ziemlich kultivierte Frau, Johnny. Hochgebildet. Eine Denkerin.«

Er schnaubte. »Ja, diese Denkerinnen sind mir die liebsten! Und böse Buben wie mich mögen sie besonders gern! Sie sieht ständig hier rüber, als würde sie Sie schon kennen.«

»Die Rosens haben früher nebenan gewohnt. Bens Vater stammte aus einer alten Krakauer Familie. Er starb an Bauchspeicheldrüsenkrebs, als der Junge etwa dreizehn war. Bens Mutter kommt aus Berlin – sie ist eine Deutsche.«

»Das sieht man!« Johnny grinste.

»Oje, sie kommt auf uns zu!« Dominiks Herz wurde von Angst gepackt.

»Ich mache das schon«, sagte Johnny.

»Nein, lieber nicht!« Dominik wollte ihn noch bremsen, doch es war zu spät. Johnny war bereits aufgestanden und ging schnurstracks auf Rachel zu. Dominik wand sich auf seinem Stuhl und bereitete sich innerlich auf das vor, was man sich bei einer Hochzeit am wenigsten wünschte: eine Szene.

»Frau Rosen, gestatten, Doktor Jan Grüner. Wollen Sie mich zum glücklichsten Mann in diesem Saal machen?«

Frau Rosen erstarrte und musterte Johnny von oben bis unten. Dominik hatte Mitleid mit ihm, wenngleich er auch ein wenig Schadenfreude empfand. Schließlich hatte er den Kollegen vorgewarnt, und dieser hatte die Warnung ignoriert.

Sie inhalierte den Rauch ihrer Zigarette. »Wie bitte?«

»Ich muss unbedingt mit Ihnen tanzen!«, rief Johnny. »Sonst bricht mir das Herz!«

Dominik betrachtete die Miene der Frau, während sie Johnny mit ihren furchterregenden azurblauen Augen taxierte. Diese Augen kamen ihm irgendwie bekannt vor. Wo hatte er schon einmal solche Augen gesehen – wie zwei klare, kalte Bergseen mit tiefblauem Wasser?

»Wissen Sie eigentlich, mit wem Sie es zu tun haben?«, schnappte sie.

»Mit der Mutter des Bräutigams. Man kann deutlich erkennen, woher er sein gutes Aussehen hat!«

Sie blickte ihn finster an und tat dann etwas völlig Unerwartetes. Sie nickte. Johnny verbeugte sich, reichte ihr den Arm, und sie ergriff ihn. Er führte sie auf die Tanzfläche.

Die Kapelle stimmte die ersten Takte eines Charlestons an. Johnny bewegte sich geschmeidig und gekonnt durch die Schrittfolgen. Frau Rosen blieb steif wie ein Brett, hielt aber den Takt, bewegte sich vor und zurück, schlenkerte mit den Armen und schwang die Beine, eher zackig als schwungvoll, wobei sie die ganze Zeit ihr strenges, verkniffenes Gesicht beibehielt. Sie schien sich sehr zu konzentrieren. Ob sie wohl Spaß daran hatte? Schwer zu sagen. Aber als der nächste Tanz begann – ausgerechnet ein Lindy Hop –, streckte Johnny ihr wieder die Hände entgegen, und zu Dominiks freudiger Überraschung nahm sie sie auch. Danach tanzten sie einen Tango. Akkordeon und Geige spielten eine mitreißende Melodie, und die beiden bewegten sich mit äußerster Präzision durch die Schrittfolgen des leidenschaftlichen Tanzes.

Sie tanzten noch fünf weitere Tänze. Jedes Mal, wenn ein neues Stück begann, wartete sie geduldig darauf, dass Johnny wieder ihre Hand nahm, auch wenn sie sich nicht anmerken ließ, ob ihr das Tanzen wirklich Freude machte. Sie hörten erst auf zu tanzen, als die Kapelle eine Pause einlegte. Johnny führte sie von der Tanzfläche. Er wirkte erschöpft, Schweißperlen liefen ihm über die Stirn.

Dominik lächelte immer noch still vor sich hin, als Rachel Rosen sich neben ihn setzte.

»Was wussten Sie eigentlich von dieser Sache, Dominik?«, fragte sie ihn – ohne jede Begrüßung oder irgendwelche Glückwünsche, obwohl sie seit elf Jahren nicht mehr miteinander gesprochen hatten. Sie sprach Polnisch mit dem feinen Trällern des Hochdeutschen.

»Nichts, das kann ich Ihnen versichern, gnädige Frau«, erwiderte er und rückte seine Brille zurecht.

»Unfug! Sie sind doch ein kluger Mann. Und nun wollen Sie mir weismachen, Sie hätten nichts davon gewusst?«

Dominik runzelte die Stirn. »Ich hatte so eine Ahnung.«

Ihre blauen Augen durchbohrten ihn. »Und wie lange hatten Sie diese Ahnung?«

»Etwa seit zehn Jahren.« Er machte sich auf eine Tracht Prügel gefasst, zumindest in verbaler Form.

Sie zog an ihrer Zigarette. »Ich auch«, sagte sie. »Ich habe mir Sorgen gemacht, als er in diese rußige Stadt zurückgekehrt ist. Ich wusste, warum er es getan hat. Er hat sich schon in Ihre Tochter verliebt, als er sie zum ersten Mal gesehen hat. Eine hoffnungslose Liebe. Er war immer ein so sensibler Junge.«

»Bedenken Sie, gnädige Frau, dass ich eine Tochter verloren habe«, erwiderte Dominik.

»Und Sie haben einen Sohn gewonnen. Als wir 1930 fortgezogen sind, hatte jemand einen hilfreichen Ratschlag auf unser Haus gepinselt. Wissen Sie noch, was dort stand?«

Dominik schluckte. »*Juden raus*, stand da.«

Sie drückte die Zigarette aus, zündete sich eine neue an und tat einen langen bedächtigen Zug. »Von Freunden habe ich erfahren, dass Sie und Ihre Tochter das Geschmiere übermalt haben. Das war unnötig. Was hatte das für einen Sinn? Wir waren längst fort. Und wären wir zurückgekommen, hätte man uns weitere derartige Ratschläge erteilt!«

Dominik blickte zu seinem neuen Schwiegersohn hinüber,

der Maries Hand hielt und sie einigen Gästen vorstellte. »Dann hätte ich es wieder übermalt!«, antwortete er. »Wie stehen die Dinge in Berlin?«

Sie schnippte die Asche von ihrer Zigarette. »Meinen Sie geschäftlich? Oder meinen Sie unsere Freizeitgestaltung? Oder möchten Sie wissen, wie es ist, in einem Haus zu leben, in dem neunzig Prozent der Bewohner NSDAP-Mitglieder sind? Was möchten Sie mit Ihrer Frage erfahren?«

»Verzeihen Sie, gnädige Frau.« Dominik schluckte. »Ich wollte nicht neugierig sein oder Sie kränken.«

»Papperlapapp. Sie sind neugierig – und ich bin durchaus gewillt, Ihnen zu antworten. Meine sechsjährige Nachbarin, ein reizendes Mädchen mit blonden Zöpfen, hat mich letzte Woche als ›dreckige Jüdin‹ beschimpft, und bei meinem Lieblingshändler darf ich keine Äpfel und Orangen mehr kaufen. Man lässt mich den Laden nicht mehr betreten, obwohl ich im Laufe der Jahre einen Haufen Geld dort gelassen habe!«

»Haben Sie letzten November Verluste erlitten?« Er erinnerte sich an die Zeitungsbilder von eingeschlagenen Fensterscheiben und Menschen, die jüdische Geschäfte plünderten.

»Sie brauchen gar nicht so um den heißen Brei herumzureden, Dominik. Ich vermute, Sie meinen die Gewaltorgie, die von den Zeitungen heute so vornehm als ›Kristallnacht‹ bezeichnet wird. Als die Braunhemden mitten in der Nacht ihre deutschen Mitbürger aus den Betten gezerrt und ihnen den Schädel eingeschlagen haben?«

Dominik räusperte sich verlegen. »Ja, genau.«

Sie lachte bitter. »In dieser Nacht haben sie eine unserer Spielzeugfabriken niedergebrannt. Das Gebäude gehörte uns gar nicht, wir hatten es nur gemietet, von einem arischen Geschäftspartner. Dem armen Mann gehörten auch alle Maschinen. In dem Fall haben sie also ihre eigenen Gebäude abgefackelt und ihr eigenes Inventar zerstört. Das Innenministerium hat unserem Partner eine Entschädigung für die finanziellen Verluste gezahlt – doppelt so viel, wie ihm eigentlich zugestanden hätte. Wer zuletzt lacht … In diesem Falle waren wir das, fürs Erste jedenfalls.« Sie drückte eine weitere Zigarette aus. War das ihre zweite oder schon die dritte in der kurzen Zeit, in der sie sich unterhalten hatten?

»Ironischerweise erlebt das Unternehmen meines Vaters gerade eine der am besten florierenden Phasen überhaupt. Die Engländer und Amerikaner lieben Spielzeug von Blumfeld. Letzten Monat haben wir zwanzigtausend Schaukelpferde nach New York verschifft. Jedes Kind in Großbritannien will unseren Nikki-Bären mit den weichen Ohren! Die Kunden vertrauen nur dem Namen Blumfeld – auch wenn der Name meines Vaters irgendwelchen Gesetzen von 1933 zufolge nicht arisch ist. Das ist der einzige Grund, warum die Regierung uns bisher in Ruhe lässt. Wir tragen mehr zu ihrem Bruttoinlandsprodukt bei als Krupp!« Sie ließ ihren Blick durch den Saal schweifen. »Ich hätte nie gedacht, dass ich noch mal nach Krakau zurückkommen würde, aber die nichtarische Bevölkerung hier versteht es immer noch, ein gutes Festessen zu veranstalten!« Sie lehnte sich in ihren Stuhl zurück und musterte Dominik. »Es ist gar nicht ihr Festessen, oder?«

Dominik schwieg.

»*Sie* haben diese Hochzeitsfeier bezahlt, nicht wahr?«, fragte sie.

»Ja, ich gebe es zu.«

»Und dabei habe ich gehört, dass Sie die Hochzeit nicht einmal gutheißen.«

»Ich habe nichts gegen Ihren Sohn«, erwiderte er. »Und auch nicht gegen Ihren Glauben.«

»Sie brauchen sich nicht vor mir zu erklären. Ich heiße diese

Ehe genauso wenig gut wie Sie. Aber die beiden lieben einander – und das war schon immer so. Warum also dagegen ankämpfen und sich die eigenen Kinder zu Feinden machen?«

Dominik antwortete nicht.

Sie lächelte, vielleicht zum ersten Mal überhaupt. »Weiß Ihre Tochter eigentlich, dass Sie das alles bezahlt haben?«

»Ich glaube nicht.« Er hatte sich bemüht, es geheim zu halten.

»Meine Güte. Sie sind ein guter Mensch«, erwiderte sie. Sie tippte sich an die Lippen. »Bitte, lassen Sie mich meinen Anteil zahlen.«

»Vielen Dank, aber das kann ich nicht annehmen«, sagte er. »Die Familie der Braut sollte die Hochzeitsfeier bezahlen.«

»Sie haben sich erkundigt.«

Er zuckte mit den Schultern. »In katholischen Kreisen ist es genauso. Die Familie der Braut richtet die Hochzeit aus.«

»Ja, aber ich vermute, Sie werden sich ganz genau erkundigt haben. Dann dürften Sie wissen, dass die Familie des Mannes auch einen Teil beitragen darf. Bitte erlauben Sie mir, das zu tun.«

»Nein, bitte, gnädige Frau. Das kann ich nicht annehmen«, protestierte er.

»Ach, seien Sie still, Dominik! Sie wissen genau, dass ich nicht arm bin. Sie haben doch gehört, was ich Ihnen von den Schaukelpferden erzählt habe. Wahrscheinlich habe ich mehr Geld als Sie. Wir wollten, dass Ben ins Spielwarengeschäft einsteigt. Aber er weigerte sich, er wollte lieber Lehrer werden. Dann sagte er, er würde für ein oder zwei Jahre nach Krakau zurückkehren. Wir hielten ihn für verrückt. Ich wusste natürlich, wieso er dorthin wollte. Und wenn ich ihn mir jetzt anschaue, muss ich sagen, dass ich ihn in den vierundzwanzig Jahren, die ich ihn kenne, noch nie so glücklich erlebt habe wie heute! Also tun Sie mir bitte den Gefallen und schicken mir eine Aufstellung über meinen Anteil!«

»Also gut.«

»Und sollten Sie es aus irgendeinem Grund vergessen, werde ich mit dem Gastronomen Rücksprache halten und Ihnen eine angemessene Summe vorbeibringen. Und jetzt nichts mehr über dieses Thema!«

Da Rachel eine neue Zigarette in ihren Halter steckte und aufstand, dachte Dominik, das Gespräch sei beendet und sie würde weitergehen, doch dann blieb sie stehen, zündete sich die Zigarette an und setzte sich wieder. Dominik hob eine Augenbraue, dann die zweite, und schließlich stellte Frau Rosen ihm eine unerwartete Frage: »Kennen Sie meinen Nachnamen?«

»Rosen«, erwiderte Dominik und wunderte sich über diese Selbstverständlichkeit.

»Das ist der Name, den ich bei meiner Hochzeit angenommen habe. Ich meinte meinen Geburtsnamen.« Dominik schüttelte den Kopf. »Blumfeld«, erwiderte sie und blies einen Rauchkringel in die Luft.

»Ach, ja. Natürlich«, erwiderte Dominik. »Blumfeld Spielzeuge.« Er überlegte krampfhaft, wo er diesen Namen noch gehört hatte – und das nicht im Zusammenhang mit Schaukelpferden. Es dauerte einen Moment, bis es ihm wieder einfiel. Das Arztgeheimnis verbot ihm, darüber zu sprechen, aber Frau Rosen lieferte ihm die Antwort selbst.

»Anfang des Jahres haben Sie Daniel Blumfeld in Ihrem Krankenhaus behandelt. Wegen einer Lungenentzündung.«

»Wenn Sie das sagen.«

»Sieht er mir ähnlich?«

Dominik starrte sie an. »Wie bitte?«

Sie wiederholte ihre Frage und blickte ihn an. Feine Züge und leicht gebräunte Haut umrahmten ihre blauen Augen. Sie sagte nichts weiter, und Dominik schwieg, deshalb blieb die Frage unbeantwortet in der Luft hängen, wie der Rauch, den sie ausgeatmet hatte.

Er versuchte, einen Hustenreiz zu unterdrücken, doch es gelang ihm nicht. »Dazu kann ich nichts sagen«, erwiderte er zwischen zwei Hustenattacken.

»Warum? Wissen Sie nicht mehr, wie der Junge ausgesehen hat?«

Dominik hatte einmal die Zahl der Patienten ausgerechnet, die er in den fast zwanzig Jahren seiner ärztlichen Tätigkeit gesehen hatte. Selbst wenn er nur sechs Patienten pro Tag behandelt hätte – und es waren ja in der Regel mehr –, aber der Einfachheit halber angenommen, dass es sechs pro Tag waren, an zweihundertvierzig Tagen im Jahr, zwanzig Jahre lang, dann kam er auf 288000 Menschen. Wenn er noch berücksichtigte, dass er dieselben Patienten gelegentlich zwei-, drei- oder sogar viermal sah – was allerdings selten vorkam, da er in erster Linie als Chirurg und Internist tätig war und den meisten Patienten nur einmal begegnete –, wären es, wenn er die Zahl durch vier teilte, immerhin noch 7200 Patienten. Konnte er sich an jedes Gesicht dieser 7200 Menschen erinnern? Er würde sein Leben nicht darauf verwetten wollen, doch er war stolz auf sein gutes Gedächtnis und konnte es vermutlich wirklich. Und von diesen gut siebentausend Gesichtern hatte ihn keines so intensiv angestarrt wie das von Daniel Blumfeld. Kein Blick war ihm so tief in die Seele gedrungen wie der des kleinen Jungen, der sich zu sterben geweigert hatte, obwohl der Sensenmann schon gekommen war, um ihn zu holen. Er erinnerte sich an jede Wimper im Gesicht des Jungen, an jedes Haar auf seinem Kopf – vor allem aber an diese tiefblauen Augen.

»Sie können sich dazu nicht äußern – wegen der ärztlichen Schweigepflicht?«, fragte Frau Rosen.

Dominik nickte, ohne etwas zu sagen.

»Ich respektiere Ihre Skrupel, Doktor. Schön, dass Sie sie in diesen aufregenden Zeiten noch haben.«

»Sie haben sich Ihre auch bewahrt, Frau Rosen.«

»Nennen Sie mich bitte Rachel. Wir sind doch jetzt eine Familie.«

»Gut.«

»Ich werde Ihnen erzählen, warum ich nach diesem Kind frage. Und dann sehen wir, ob Sie danach immer noch eine so hohe Meinung von meinen Prinzipien haben. Ich habe einen Bruder. Hatte, besser gesagt. Er hieß Jakob Blumfeld. Jakob und ich sind die Erben der bescheidenen Spielzeugfirma meines Vaters.«

Dominik nippte an seinem Wasserglas. Rachel hielt in ihrer Erzählung inne und schaute in Richtung Saalmitte. Er folgte ihrem Blick. Die Kapelle spielte eine Klezmer-Melodie, zu der Männer und Frauen in großen Kreisen tanzten. Dabei berührten sie einander nicht unmittelbar, sondern die kleinen Leinenservietten, die vorher auf den Tischen gelegen hatten, dienten ihnen nun als eine Art Brücke zum Tanznachbarn, während sie sich drehten. Johnny stand juchzend in der Mitte des Kreises und schleuderte die Beine. Dominik runzelte die Stirn – er konnte Marie nicht entdecken.

»Die Frauen haben sie mitgenommen«, erklärte Rachel, als könnte sie seine Gedanken lesen. »Sie werden sie nachher wieder zurückbringen.« Sie nickte zu einer Tür hinüber, hinter der seine Tochter sich vermutlich befand. »Ich erzähle Ihnen nun meine Geschichte weiter. Mein Bruder, Jakob Blumfeld, kam einmal im Monat nach Krakau, um sich hier mit unseren Lieferanten zu treffen. Er hat seine Frau betrogen und hatte eine Affäre mit einer Frau hier aus der Stadt.« Dominik neigte das Ohr zu Rachel, während sein Blick auf die Tänzer gerichtet blieb.

»Für meine Eltern war das ein Skandal. Sie hofften, dass man es vertuschen könnte, so wie das normalerweise geschieht, aber die besagte Frau, die Verführerin, wollte nicht schweigen. Ein hinterhältiges, gerissenes Ding, wenn Sie mich fragen. Aber Sie haben sie ja selbst kennengelernt und können mir sagen, was Sie von ihr halten.«

Dominik wandte seine Aufmerksamkeit von den Tänzern ab und drehte sich zu ihr. Er dachte an die bedauernswerte Frau in der zerrissenen Jacke.

»Erinnern Sie sich noch an ihren Nachnamen?«, fragte Rachel.

»Nein«, erwiderte Dominik. »Ich habe sie auch nie danach gefragt. Wegen der Patientenakte des Sohnes nahm ich an, dass sie ebenfalls Blumfeld hieß.«

»Eine durchaus berechtigte Annahme aufgrund der wenigen Informationen, die Sie damals hatten. Allerdings eine falsche. Sie heißt Ruth Landau. Sie hat meinen Bruder in eine Affäre verstrickt. Dann behauptete sie, sie sei mit dem Kind meines Bruders schwanger geworden und habe ihm einen Sohn geschenkt.«

»Verstehe. Das wäre dann Daniel?«

»Der Junge, den Sie wegen einer Lungenentzündung behandelt haben.«

»Dann wäre er Ihr Neffe.«

»Das wäre er – aber Ruth ist berüchtigt als Lügnerin und Hure. Überall, wo sie auftaucht, gibt es Ärger. Mein Bruder war zwanzig Jahre älter als sie. Seit ihrem sechzehnten Lebensjahr schenkt sie ihren Körper jedem, der sie anlächelt.« Rachel deutete mit der Zigarettenspitze in die Luft. »In ganz Krakau gibt es keine größere Schlampe. Sie hat den Metzger verführt, Knechte – praktisch jeden Mann im engeren Umkreis.«

Dominik starrte Rachel während ihrer hasserfüllten Äußerungen an. Ihre Worte schockierten ihn – eine Frau, die eine andere für Entscheidungen verurteilte, die vermutlich aus der Not der Verzweiflung geboren waren. Er hatte das Gefühl, er müsse die Frau verteidigen, deren Kind er gerettet hatte und die ihm zum Dank den schützenden Anhänger geschenkt hatte. Allerdings kam es ihm fast so vor, als glaubte Rachel ihre Schmähungen selbst nicht alle. »Das entspricht nicht dem Eindruck, den ich von ihr hatte. Aber womöglich kennen Sie sie besser als ich …«

Sie blinzelte. »Das tue ich nicht. Andere haben mir versichert, sie sei ein lüsterner Dämon. Da Sie nun meine Meinung kennen und vielleicht verstehen können, wie sehr ich das hurenhafte Treiben verurteile, möchte ich Ihnen eine Frage stellen. Mein Bruder Jakob ist vor zwei Jahren verstorben. Ohne seinen Schutz sind Ruth und ihr Bastard so weit abgerutscht, dass nicht einmal der jüdische Krämer sie mehr bedienen will. Man sollte meinen, sie hätte ihre Lektion gelernt. Aber nein – nach Jakobs Tod erzählte sie noch viel lauter von ihrer außergewöhnlichen Liebesbeziehung und dem schönen Sohn, der daraus angeblich entstanden ist. *Können Sie die Ähnlichkeit nicht erkennen?*, hat sie den Leuten auf der Straße zugerufen. *Mein Sohn und sein Vater haben doch genau die gleichen Augen!* Natürlich hat ihr niemand geglaubt, schließlich hat sie es mit jedem Mann der Stadt getrieben, und mein Bruder als gehätschelter Erbe des Blumfeld-Spielzeugimperiums wäre doch nie so dumm und leichtfertig, einer anderen als der eigenen Ehefrau einen Sohn zu machen.«

Dominik wagte nicht, Rachels Augen genauer zu betrachten, aus Angst, sie könnte ihn dabei erwischen. Stattdessen durchforstete er die Bilder in seinem Kopf, die er von der Familie hatte – darunter auch die von Ben –, und suchte nach jeder noch so flüchtigen Ähnlichkeit mit dem mageren, schwächlichen Jungen, den er vor Wolanski und der Lungenentzündung gerettet hatte.

»Wie fanden Sie ihn? Wie war sein Charakter?«

»Sein Charakter, gnädige Frau?«

»Erschien er Ihnen als ein starker Junge, mit gutem morali-schen Gerüst? Gesegnet mit Talenten, Intelligenz oder Durch-haltevermögen? Vermutlich eher nicht, oder?«

Dominik betrachtete die Tänzer, die um die Tanzfläche wir-belten. Der Klezmer steigerte sich zu einem Crescendo, eine eindringliche Flötenmelodie in Moll, irgendein altes Lied aus den Karpaten. Er stellte sich das Gesicht von Daniel Blumfeld vor, wie er im Krankenhaus gelegen und mit dem Tod gerun-gen hatte. Er versuchte, sich an den Charakter des Jungen zu erinnern. War er hinterlistig und berechnend gewesen wie seine Mutter? Schwer zu sagen. Er hatte den Jungen in keiner Situa-tion erlebt, die ihm etwas über seine moralische Veranlagung hätte verraten können. Dominik hatte keinen Zloty zu Boden fallen lassen, um zu prüfen, ob der Junge ihn einstecken oder zurückgeben würde. Er hatte den Jungen auch nicht beim Lü-gen erwischt. Er hatte ihm keine Aufgabe übertragen – außer der einen, nicht zu sterben, und diese Bitte hatte ihm der Junge erfüllt. Die meisten Menschen gingen ruhig, ja, sogar glück-lich. Auch wenn sie im Leben verzweifelt und zornig gekämpft hatten, akzeptierte die Mehrzahl den Tod willig. Dieser Junge dagegen hatte sich geweigert, und inzwischen verstand Domi-nik auch, warum. Er hatte seine Mutter nicht verlassen wol-len, weil er sich so sehr um sie sorgte. *Er* kümmerte sich um *sie*, nicht umgekehrt. Während er im Krankenbett lag, an der Schwelle des Todes, hatte er sie angefleht zu essen und ihr seine zusätzliche Decke angeboten. Er hatte ihr das Essen von seinem Tablett aufgedrängt und selbst erst etwas genommen, wenn sie auch gegessen hatte. Er war am Leben geblieben, um sich um sie zu kümmern. Dominik konnte zwar nicht für die Ehrlichkeit oder Charakterstärke des Jungen bürgen – aber er konnte mit Sicherheit bezeugen, dass er leben wollte und dass er seine Mutter liebte.

»Ich habe ihn als einen ganz außergewöhnlichen Jungen empfunden, Rachel«, sagte er. »Ich hätte nicht damit gerechnet, dass er überlebt, aber das hat er.«

Sie schien über seine Äußerung nachzudenken und abzuwägen, ob er ihr gegenüber aufrichtig war. »Man muss Ihnen und Ihrer Kunst wirklich Anerkennung zollen, Dominik. Ich habe schon allerlei über Ihre wagemutigen Taten in diesem Krankenhaus gehört. Sie haben diesem Kind einen Schimmelpilz injiziert und ihm damit das Leben gerettet, hat man mir erzählt.«

»Ich habe bloß ein bisschen geholfen. Den Großteil dieser Heldentat hat der Junge durch seinen eigenen Willen vollbracht.«

»Und nun sagen Sie mir bitte Ihre ehrliche Meinung als Arzt. War es richtig von mir, dieses Kind abzuweisen und die Briefe seiner Mutter nicht zu öffnen? Alle ihre Bitten auszuschlagen, mir den Jungen einmal anzusehen, weil ich annahm, dass diese Frau nur auf finanzielle Unterstützung und das ansehnliche Erbe aus war, die ihr zugestanden hätten, wenn ich das Kind anerkannt hätte? Bitte sagen Sie mir, dass es richtig war, sie vor den Kopf zu stoßen. Sagen Sie mir, dass Daniel Blumfeld nicht mein Neffe ist.«

Die Klezmer-Melodie war zu Ende, und die Musiker machten eine Pause. Klatschen und aufgeregtes Geplapper setzten ein, während die Gäste zu Wodka und Hochzeitstorte an ihre Tische zurückkehrten. Ein Kellner stellte einen Teller mit Torte vor Dominik und einen vor Rachel hin. Sie lehnte ab. Dominik betrachtete sehnsüchtig das Dessert, während ihm das Wasser im Mund zusammenlief.

»Bitte lassen Sie sich durch mich bloß nicht abhalten«, sagte Rachel. »Lassen Sie sich die Torte schmecken – schließlich haben Sie auch dafür bezahlt!«

Dominik nahm die Gabel, teilte ein Dreieck von der Spitze des Tortenstücks ab und schob es in den Mund. Augenblicklich breitete sich ein buttriger, honigsüßer Geschmack auf seiner Zunge aus und verteilte sich dann über Zähne und Gaumen. Er kaute und schluckte den herrlich süßen Bissen hinunter.

»Gut, nicht wahr?« Sie nickte in Richtung der Torte. »Sie haben bei Mendel bestellt, oder?«

»Ich habe alles genommen, was Rabbi Katz empfohlen hat.«

»Er hat bestimmt zu Mendel geraten. Das ist die beste Konditorei der Stadt!«

»Dann bin ich froh.« Und er war wirklich zufrieden, Rabbi Katz schien alles perfekt organisiert zu haben. Als er Dominik um einen Blankoscheck gebeten hatte, war Dominik zunächst verständlicherweise zurückgeschreckt, doch als er jetzt die Kapelle, das Essen, die Tischdekoration, die zahllosen zufriedenen Gäste und vor allem das Lächeln auf dem Gesicht seiner Tochter sah, war er glücklich, dass er in den Vorschlag des Rabbis eingewilligt hatte.

Rachel ließ nicht locker und kehrte wieder zu ihrem eigentlichen Anliegen zurück. »Haben Sie mich gerade gehört? Ist er nun mein Neffe oder nicht?« Ihre Zigarette brannte vor sich hin, aber weil sie nicht mehr daran gezogen hatte, bildete sich schon ein Aschezylinder.

Da sie ihn so hartnäckig anstarrte, konnte auch er ihr endlich ungestört in die Augen sehen und seine Neugier befriedigen. Eine solche Irisfarbe, wie Rachel sie hatte, von einem unverwechselbaren Blauton, hatte er in seinem Leben erst zweimal gesehen: einmal bei dem jungen Mann, der jetzt sein Schwiegersohn war, und das andere Mal bei dem abgemagerten Jungen, den er mithilfe des Penicillium-Schimmels von der Lungenentzündung kuriert hatte.

»In meiner Funktion als Arzt kann ich Ihnen mit Gewissheit sagen, dass dieser Junge Ihr Neffe ist.«

Rachel Rosen seufzte und blickte auf ihre Zigarette hinab. »Ich verstehe.« Sie nahm einen langen Zug. »Würden Sie etwas für mich tun?«, fragte sie. »Würden Sie den Jungen besuchen und mir sagen, wie es ihm geht?«

»Das kann ich nicht – das Arztgeheimnis lässt das nicht zu. Wenn es stimmt, was Sie mir erzählt haben, wenn Daniels Mutter von allen schlechtgemacht wird, dann möchte ich die arme Frau nicht noch mehr belästigen, indem ich bei ihr zu Hause auftauche.«

»Das Gegenteil wäre der Fall. Dass Sie den Jungen gerettet haben, hat das Ansehen seiner Mutter sogar ein Stück weit rehabilitiert. Wenn sich der stadtbekannte Nichtjude Dominik Karski zu einem Besuch herablässt – Retter der unehelichen Kinder und Gastgeber der besten nichtarischen Hochzeit des Jahrhunderts ... Sie können doch gar nichts falsch machen!«

»Ich versuche, nach ihm zu schauen. Aber ich kann Ihnen nichts versprechen.«

»Danke«, erwiderte sie.

»Wonach soll ich Ausschau halten? Was möchten Sie über ihn erfahren?«

Rachel zuckte mit den Schultern. »Ich würde gern wissen, wie es ihnen geht.« Stirnrunzelnd fügte sie hinzu: »Man sagt, Ruth sei eine schlechte Mutter. Rachsüchtig und nachlässig. Ich hätte gern, dass Sie die Wahrheit herausfinden. Vielleicht können Sie dem Jungen auch ausrichten, dass seine Tante ihn grüßen lässt.« Sie biss sich auf die Unterlippe.

Nun begaben sich die Musiker wieder an ihre Instrumente, und die Kapelle stimmte ein neues Lied an. Die Gäste, die sich die Bäuche mit Wodka und der besten Hochzeitstorte der Stadt vollgeschlagen hatten, kehrten voller Elan auf die Tanzfläche zurück.

Die Männer sammelten sich in zwei großen Kreisen, und mit viel Tamtam, Geschrei und Diskussionen drängten sie sich um- und übereinander und erteilten einander Anweisungen. Dominik kniff die Augen zusammen und versuchte zu erkennen, was sie dort taten, konnte aber außer einem großen Gedränge nichts sehen, nur dass Johnny mitten unter ihnen war und sich mit lautem Schreien und Gesten an dem Auflauf beteiligte. Doch dann rief einer der Tänzer: »Eins, zwei – und hoch!«, und vier Männer hoben Dominiks frischgebackenen Schwiegersohn, auf einem Stuhl sitzend, hoch über ihre Köpfe und drehten ihn unter dem Jubel der Menge im Kreis. Gleich darauf hob ein weiteres Männerquartett einen zweiten Stuhl empor. Darauf saß seine Tochter – sie sah ein bisschen ängstlich aus, aber auch glücklich. Er kannte jeden Gesichtsausdruck Maries, vom kleinen Mädchen bis jetzt – doch so hatte er sie noch nie gesehen. Sie schaute zu ihrem Mann hinüber, der ihr ein Ende einer weißen Serviette reichte. Sie nahm es, während er das andere hielt. Und dann hoben die Männer unter ihnen die beiden Stühle im Takt der Musik auf und nieder, während um sie herum bestimmt hundert Menschen zwischen acht und achtzig klatschend, jubelnd und singend im Kreis tanzten.

Dominik erlaubte sich die leise Andeutung eines Lächelns und wandte sich wieder zu Rachel um, nur um festzustellen, dass der Stuhl neben ihm leer war. Die einzige Spur, die sie hinterlassen hatte, war ein Zigarettenstummel, der im Aschenbecher vor sich hin glomm.

25

EIN VERPASSTES
FRÜHSTÜCK

Sieben Stunden waren wie im Flug vergangen. Marie hatte gefühlt jedem Einwohner Krakaus die Hand geschüttelt. Sie hatte getanzt und war mit dem Stuhl emporgehoben worden. Außer ein wenig Hühnersuppe hatte sie kaum etwas gegessen, nachdem sie zuvor vierundzwanzig Stunden lang gefastet hatte, wie es die jüdische Tradition verlangt. Die Frauen hatten sie beiseitegenommen und waren mit ihr in einen Nebenraum gegangen – nicht die jungen Frauen in ihrem Alter, nein, die beäugten sie misstrauisch: Was hatte sie unter ihnen verloren – sich einfach einen der ihren zu krallen, noch dazu einen reichen jungen Mann aus guter Familie? Ben hätte doch besser eine aus ihren Kreisen geheiratet … Die Mütter und Großmütter schienen dagegen nachsichtiger zu sein und hießen sie willkommen, lobten das Hochzeitskleid, strichen ihr über das blonde Haar, bewunderten ihre schmale Taille und gaben ihr lachend Ratschläge für die Hochzeitsnacht, worüber sie errötete.

Und dann war es vorbei. Die Frauen führten sie zum Umziehen in einen Nebenraum, und sie trat in ihrer Kleidung für die Hochzeitsreise wieder heraus – ein Kostüm aus cremefarbener Seide mit einem roten Anstecksträußchen. Die Frauen gackerten und schnalzten mit der Zunge: »Er wird die Hände nicht von dir lassen können. Er ist ein Glückspilz!«, sagten sie.

Marie schluckte. Ben stand nervös lächelnd an der Tür. Draußen wartete schon ein Wagen auf sie. Die Kapelle stimmte ein Abschiedslied an, während die Gäste klatschten und die Braut zu ihrem Bräutigam schoben. Marie blickte sich um, konnte ihren Vater aber nirgendwo entdecken. Seit dem Beginn der Hochzeitszeremonie hatte sie nicht mehr mit ihm gesprochen, und in den letzten vier Wochen hatten sie es geschafft, unter einem Dach zu leben, ohne einander auch nur ein einziges Mal zu begegnen – ein ziemliches Kunststück, wenn man überlegte, dass ihre Schlafzimmer gegenüberlagen und sie in derselben Küche aßen.

Als ihr Vater sie zur Trauung führte, hatten sie zwar ein paar Worte gewechselt, doch umgeben von der gesamten Gemeinde hatten sie nicht über wirklich Wichtiges reden können. Sie hätte ihren Vater gern mit ihren Entdeckungen aus dem Archiv konfrontiert und ihn auf die Dokumente seiner Spenden an wohltätige Einrichtungen und die anderen merkwürdigen finanziellen Transaktionen angesprochen. Andererseits wäre sie ihm am liebsten ganz aus dem Wege gegangen, denn sie war sich nicht sicher, ob sie die Antwort auf ihre Fragen überhaupt hören wollte. Vielleicht könnte sie die Feier verlassen, ohne ihm noch einmal zu begegnen, und wenn sie von der Hochzeitsreise zurückkehrte, wäre der Drang womöglich vergangen, ihn nach seinem Doppelleben als Wohltäter von Krakau zu fragen.

Marie suchte den Saal noch einmal mit den Augen ab und war insgeheim dankbar, als sie ihren Vater nicht sah. Sie unternahm keine weiteren Anstrengungen, ihn zu finden. Stattdessen ging sie zu Ben, neben dem nun seine Mutter stand. Frau Rosen reichte ihr die Hand, und Marie gab ihr einen pflichtbewussten Kuss auf die Wange.

»Ich will mir mal die Frau genauer anschauen, die meinen einzigen Sohn umgarnt hat«, sagte Bens Mutter. Auch sie hatten den ganzen Abend noch nicht miteinander gesprochen.

»Sie hatten doch früher schon reichlich Gelegenheit, mich anzuschauen, Frau Rosen«, sagte Marie und hob das Kinn.

»Ja – und falls das überhaupt möglich ist, bist du inzwischen noch schöner geworden! Du musst mich nun Rachel nennen. Mein Junge hatte gar keine Chance, nicht wahr?«

Marie errötete und schwieg.

»Der Wagen wartet«, sagte Ben und winkte sie nach draußen. Marie nickte, wandte den Blick noch einmal in den Saal zurück und suchte in der Menge nach dem Gesicht ihres Vaters. Sie konnte ihn nicht entdecken. Ben nahm sie am Arm und führte sie nach draußen. Die Gäste folgten ihnen, und unter großem Jubel stiegen die frisch Vermählten in den Wagen, worauf dieser sich in Bewegung setzte. Marie atmete erleichtert auf.

Der Fahrer brachte sie zum Bahnhof, wo sie in den Zug nach Zakopane stiegen. Um halb zwei in der Früh hatten sie das Hotel in den Bergen erreicht.

Während Ben mit dem Concierge sprach, um einzuchecken, berührte Marie seinen nackten Unterarm und spürte, wie er erschauderte. Es machte sie froh, dass sie diesem erwachsenen Mann, dem ein Bart wuchs und der mit seiner Körperkraft ein Auto anschieben konnte, eine solche Reaktion entlocken konnte. Als ihm klar wurde, dass sie sein Zittern gespürt hatte, hob sich sein Mundwinkel in einem angedeuteten Lächeln.

Nachdem sie das Hotelzimmer betreten hatten, entschuldigte sich Marie und verschwand im Badezimmer, wo sie badete, sich das Haar frisch frisierte, den Lippenstift auffrischte, sich Achselhöhlen und Leisten puderte und schließlich ein neues seidenes Nachthemd anzog, das sie extra für diesen Anlass gekauft hatte. Der Stoff glitt weich an ihrem Körper herab, und sie zitterte ein bisschen. Noch nie hatte sie ein so erwachsenes Negligé getragen, und sie fragte sich, wie Ben es wohl finden würde. Sie hörte ihren frischgebackenen Ehemann nebenan im Zimmer auf und ab gehen. Irgendwann ließ er vor Nervosität ein Buch fallen. Dann hörte sie, wie er das Fenster öffnete und wieder schloss, nur um dann zu seinem ursprünglichen Vorhaben zurückzukehren und es wieder zu öffnen. Sie musste lächeln, als sie sich den angespannten Ausdruck in seinem Gesicht vorstellte, seine unruhige Erwartung, und fuhr fort, sich zu pudern. Als sie schließlich aus dem Badezimmer trat, fand sie Ben tief und fest schlafend auf einem Sessel vor.

Sie starrte ihn ungläubig an. Dann schaute sie auf die Uhr. Es war schon nach drei – sie war über eine Stunde lang im Badezimmer gewesen. Hätte seine Erregung ihn nicht dennoch wachhalten müssen? Aber seine Augen blieben tatsächlich geschlossen, die Gesichtszüge vollkommen entspannt, während er zusammengesunken im Sessel hing. Das konnte ja wohl nicht wahr sein! Nach all ihren Bemühungen, sich für ihn schön zu machen, belohnte er sie so? Sie überlegte, ihm etwas an den Kopf zu werfen – ein Buch vielleicht oder einen Dekorationsgegenstand – oder zumindest die Tür laut zuzuschlagen, um ihn zu wecken. Und wenn er dann aufwachte? Was dann? Wenn er so mir nichts, dir nichts eingenickt war, fand er sie vermutlich gar nicht attraktiv. Anders ließ es sich wohl nicht erklären, dass er in ihrer Hochzeitsnacht eingeschlafen war. Wenn sie ihn nun weckte und er daraufhin irgendeine Ausrede murmelte und sich ins Bett verkroch? Sterben würde sie vor lauter Beschämung! Also ließ sie ihn lieber im Sessel weiterschlafen und deckte ihn zu. Sie küsste ihn nicht auf die Stirn, sondern tätschelte ihm nur die Schulter, wie man es vielleicht unter Arbeitskollegen tat, dann legte sie sich ins Bett und weinte.

»Marie«, sagte er leise und kam zu ihr. Sie wischte sich rasch die Tränen ab, in der Hoffnung, er würde es nicht bemerken.

»Mit geht's gut, danke. Gute Nacht.«

Er legte eine Hand auf ihre Schulter. »Ach, Marie!«, sagte er dann und setzte sich zu ihr aufs Bett. Er schien darauf zu warten, dass sie etwas sagte, und als das nicht geschah, ging er zurück zu seinem Sessel und setzte sich wieder.

»Du bist eingeschlafen!«, sagte sie vorwurfsvoll. »Wie konntest du nur?«

»Es ist drei Uhr morgens. Ich bin gestern um sechs Uhr früh aufgestanden, war den ganzen Tag auf den Beinen, habe kaum gegessen und getrunken und habe gefühlt jedem in Krakau die Hand geschüttelt. Ich konnte die Augen nicht mehr offen halten.«

»Es ist unsere Hochzeitsnacht!«

»Du bist im Bad verschwunden und erst nach einer Stunde und dreiundzwanzig Minuten wieder aufgetaucht.« Er lachte.

Am liebsten hätte sie ihn geschlagen. »Moment mal. Woher wusstest du, dass ich eine Stunde und dreiundzwanzig Minuten im Bad war?«

Er schaute sie an, antwortete aber nicht sofort. Sie wartete. »Ich habe einfach willkürlich irgendeine Zeit gesagt.«

»Nein, du hast es so gesagt, als hättest du ganz genau auf die Uhr geschaut. Es kommt mir auch ziemlich realistisch vor.«

Er lachte wieder, als hätte sie etwas besonders Albernes gesagt. »Nein, das stimmt nicht«, protestierte er, konnte ihr aber immer noch nicht in die Augen schauen.

Da wusste sie, dass sie ihn bei einer Lüge ertappt hatte. Schließlich kannte sie ihn seit zehn Jahren – abgesehen von der längeren Pause, in der sie einander nicht gesehen hatten. Was sie bei ihrer Wiederbegegnung am meisten gefesselt hatte, waren nicht seine Veränderungen, sondern das, was trotz seiner

Entwicklung vom Jungen zum Mann gleichgeblieben war: Er pustete sich immer noch auf dieselbe Weise die Haare aus dem Gesicht, mit vorgeschobener Unterlippe aus einem Mundwinkel. Er lachte immer noch genauso wie früher, leise, indem er die Luft ausstieß, und hob dabei die Schultern, wie er das schon als Kind getan hatte. Sein Lachen und das Zurückpusten der Haare konnten simple Angewohnheiten sein – waren sie das? Vielleicht sagten sie ja alles aus, aber auch seine Reaktionen waren dieselben wie früher: Er konnte sie immer noch nicht ansehen, wenn er log. Er schwieg immer noch, wenn er verletzt war.

»Ich habe so getan, als ob ich schlafe.«

Marie setzte sich im Bett auf. »Aber warum?«

Er verzog das Gesicht zu einer traurigen Grimasse und kniff die Augen zusammen. Er sah so angespannt aus, wie sie ihn noch nie gesehen hatte, weder als Kind noch als Erwachsenen. »Warst du jemals mit einem Mann zusammen?«, fragte er schließlich.

»Nein«, erwiderte Marie und spürte, wie ihre Wangen heiß wurden. Sie kam sich vor wie ein Kind, das dabei erwischt wird, wie es heimlich den Lippenstift der Mutter aufträgt, um erwachsen zu wirken, und statt schön geschminkter Lippen im Spiegel plötzlich einen verschmierten Clownsmund entdeckt. »Du hältst mich wohl für ein Kind. Ich kann dir versichern, das bin ich nicht«, sagte sie und versuchte, nicht bockig zu klingen, was schwierig war, da sie zugleich mit einem Fuß auf die Matratze gestampft hatte.

Er lächelte. »Ich halte dich nicht für ein Kind.« Er blickte sie kurz an, dann schaute er wieder weg. »Du hast so lange im Badezimmer gebraucht, dass ich dachte, du hättest Angst und wolltest gar nicht wieder rauskommen. Ich könnte es nicht ertragen, dir Angst zu machen oder dir wehzutun. Deshalb wollte ich, dass du mich weckst. Ich dachte mir: ›Wenn sie aus dem

Bad kommt und mich weckt, dann ist alles gut ...‹ Aber dann bist du zu Bett gegangen.«

»Ich habe dich zugedeckt.«

Er nickte. »Und ich konnte dein Parfüm riechen, als du dich über mich gebeugt hast – und ich dachte, ich würde vor Aufregung sterben. Aber du bist nicht nur eine Freundin für mich, du bist auch nicht bloß meine Braut. Du bist Marie, das einzige Mädchen, das ich je geliebt habe und für immer lieben werde. Ich würde dich niemals anrühren, wenn du mich nicht darum bittest.«

»Oh«, sagte sie. »Das hättest du ruhig ein bisschen deutlicher ausdrücken können.«

Er lächelte wieder. »Das sehe ich jetzt auch ein. Tut mir leid.«

»Ich verspreche dir, ich habe keine Angst. Oder doch ein kleines bisschen – aber auf schöne Art und Weise.«

»Ich auch«, gestand Ben.

Da spürte Marie, wie alles sich veränderte. Es war nach drei Uhr früh, und sie hatte damit gerechnet, dass sie sich in den Schlaf würde weinen müssen. Stattdessen würde es jetzt geschehen. Also gut!

In den folgenden Jahren dachte sie noch oft zurück an jenen Moment, bevor es geschah, und sie erinnerte sich an ein glückliches Intermezzo zärtlicher Freude, einen einzigartigen Augenblick in ihrem Leben, der sich mit nichts anderem vergleichen ließ. Sie saßen da, sie aufrecht im Bett, er im Sessel, in gespannter Erwartung der Dinge, die da kommen sollten. Die Zeit schien langsamer zu vergehen, doch Maries Glücksgefühl dehnte sich mit. Sie hatte es nicht eilig. Nun, da sie wusste, dass es heute Nacht passieren würde, fühlte sie einen wunderbar verzweifelten Drang, dorthin zu kommen, war aber zugleich zufrieden, es noch hinauszuzögern. Nach seinen Blicken, dem

Lächeln und Schweigen zu schließen, schien er ihre Gefühle zu teilen, obwohl man nie wirklich wissen konnte, was im Kopf eines anderen vorging. Sie hoffte um seinetwillen, dass er das gleiche Glücksgefühl empfand wie sie – jeder Mensch hatte es verdient, ein solches Gefühl einmal zu erleben. Während der folgenden Monate und der Ereignisse, die noch kommen sollten, erinnerte sie sich oft sehnsüchtig an diesen Moment der Unschuld, als ihre einzige Sorge darin bestanden hatte, den richtigen Zeitpunkt für das Liebesspiel abzupassen.

»Ich glaube, ich geh noch mal ins Badezimmer«, sagte Marie. »Aber diesmal nur ganz kurz«, fügte sie hinzu. Im Bad prüfte sie ihre Frisur und den Lippenstift. Als sie heraustrat, fand sie Ben wieder schlafend im Sessel vor. Gereiztheit stieg in ihr auf – schlief er etwa schon wieder? –, aber dann legte sich ihr Ärger, als sie sein angedeutetes Lächeln sah.

Sie zog ihre Pantoffeln aus und schlich zu ihm hinüber. Sein Lächeln wurde breiter. Sie riss ihm die Decke weg – und noch immer hielt er die Augen geschlossen, doch seine Lider zuckten und verrieten ihn. Sie hob eine zitternde Hand – was war bloß über sie gekommen? – und knöpfte den obersten Knopf seines Hemdes auf. Er schluckte, aber seine Augen blieben zu, er stellte sich immer noch schlafend. Sie öffnete einen zweiten Knopf, dann einen dritten. Die schwarzen Knöpfe glitten durch ihre Finger. Sie löste einen weiteren Knopf und zog das Hemd auseinander. Seine Brust kam zum Vorschein – Haut, die sie schon vorher gesehen hatte, aber nur in ihrer jungenhaften Form. Nun wuchsen dort Haare, womit sie nicht gerechnet hatte. Allerdings hatte sie sich auch keine glatte Knabenbrust vorgestellt. Ihr wurde bewusst, dass sie seltsamerweise gar keine besonderen Erwartungen gehabt hatte. In all ihren Tagträumen von ihm hatte sie sich nie ausgemalt, wie seine Brust aussehen könnte, aber da war sie nun. Die Haare gefielen ihr, zeigten sie doch seine Männlichkeit. Sie betrachtete seine Brust, dann schaute sie auf und stellte fest, dass er sie beobachtete. Seine Augen waren jetzt geöffnet, und sein Blick hatte einen Ausdruck, den sie noch nie an ihm gesehen hatte. Sie hatte wohl verpasst, wie er die Augen aufgeschlagen hatte, denn es schien, als hätte er sie schon eine ganze Weile beobachtet. Sie sah ihn ebenfalls an, dann kehrte sie zu ihrer Aufgabe zurück, zog ihm das Hemd aus, dann die Schuhe, Socken, die Hose.

Er berührte sie nicht, sondern beobachtete sie nur und half ihr bei ihren Handgriffen, wo es nötig war, hob den Arm an oder die Hüften. Während sie sich über ihn beugte, berührte ihr Gesicht einmal das seine, und sie meinte, seine Lippen in einem Kuss auf ihrer Wange zu spüren, aber als sie ihn anschaute, war seine Miene ganz ruhig – vielleicht hatte sie es sich nur eingebildet.

Schließlich war das Werk getan, und sie trat einen Schritt zurück. Er saß nackt vor ihr im Sessel, während sie immer noch voll bekleidet war. Sie studierte jeden Zentimeter seines Körpers. Er blieb sitzen und betrachtete sie mit einem ganz eigenartigen Ausdruck.

Sie spürte, dass er sie jetzt begehrte, hatte aber Angst, etwas zu überstürzen. Sie wollte alles richtig machen und das erste Mal nicht durch Hast verderben oder mit einem dahingesprochenen Klischee oder unpassenden Scherz entwerten. Allerdings wurde ihr in den nächsten Minuten klar, dass man manches im Leben einfach nicht falsch machen kann, egal wie nervös man ist. Die wirklich richtigen Dinge passieren von ganz allein.

Sie erinnerte sich, dass er sie nur berühren würde, wenn sie ihn darum bat, deshalb tat sie das nun. »Willst du mich anfassen?«, fragte sie. Er nickte und berührte sie. Mehr wurde nicht gesprochen, weitere Worte waren nicht nötig. Er stand auf und schob den Morgenmantel von ihren Schultern, dann zog er ihr das Nachthemd über den Kopf. Er fuhr mit der Unterwäsche fort, und als er sie schließlich entkleidet hatte, sah sie, dass er sie betrachtete und seine Wangen dabei erröteten. Ihr schöner Ben, nun gehörte er ganz ihr - wahrscheinlich war das immer schon so gewesen. Dieser Mensch, mit dem sie im Fluss gebadet und Verstecken gespielt hatte, drückte sich jetzt an sie. Es war immer noch sein Körper. In Form und Proportionen war vieles gleich geblieben, bis hin zum Schwung seines Ohrläppchens, aber manches hatte sich auch verändert. Seine Arme waren immer noch die gleichen, aber sehniger und muskulöser; und nun hielten diese Arme sie, liebevoll und begehrlich.

Er legte eine Hand auf ihre Schulter und berührte dabei leicht ihre Brust, die andere auf ihre Hüfte, knapp neben ihren Hintern, als wäre es zu viel gewesen, diese Stellen direkt zu berühren, als könnte sie sich durch zu schnelle und unbedachte Berührungen an den falschen Stellen in Luft auflösen. Dann aber berührte er sie doch dort, mit sanftem, aber männlichem Griff, und sie löste sich nicht etwa in Luft auf, sondern entflammte wie ein Feuer, gab sich seinen Berührungen hin und schob ihm Hüfte und Beine entgegen. Ihre Lippen wurden trocken - was für ein Klischee, dachte sie noch -, aber es war eine ganz natürliche Reaktion, also fuhr sie sich mit der Zunge darüber. Nun war sie an der Reihe, ihn zu berühren, mit forschenden Fingern strich sie ihm über die Beine und ließ dann ihre Hand dazwischen ruhen und spürte seine Härte. Er stöhnte auf, leise und heftig zugleich, so heiß und drängend, dass dieses Stöhnen für sie fortan zum Inbegriff aller Leidenschaft wurde.

Ihre Umarmung war eine Mischung aus Zärtlichkeit und Verlangen. Die Hitze zwischen ihren Beinen war beinahe schmerzhaft geworden. Plötzlich sehnte sie sich nach etwas, was sie nie zuvor gekannt hatte - dass er sich endlich auf sie legen möge. Er willigte ein und ließ sich auf sie gleiten. Es tat weh, auf die beste Art und Weise. Sie legte die Hand auf seinen Hinterkopf, zog an seinen Haaren, zog ihn dichter an sich, obwohl sie einander schon küssten. Sie schlang ein Bein um ihn, wollte ihn tiefer pressen, der Schmerz war köstlich und ließ nach. Er stöhnte, als sie sich bewegte.

»Ich liebe dich«, sagte er.

»Und ich liebe dich«, erwiderte sie.

Unnötige Worte zwar, aber trotzdem musste sie ein bisschen weinen. Als er sich in ihr zu bewegen begann, erkannte sie sich selbst nicht wieder, blühend und wollüstig, lasziv und erregt. Das ganze Zimmer wurde ein Pfuhl der Lust – der Schrank in seiner drallen Üppigkeit, das erdige, fruchtbare Regal. Der Halbmond vor dem Fenster erschien ihr rund und glühend. Und dann starb sie den kleinen Tod und starrte an die Decke, erfüllt von Süße und sengendem Feuer.

Beim Blick auf ihn erkannte sie, dass er sich zurückgehalten und auf sie gewartet hatte. Dafür liebte sie ihn umso mehr. Nun wollte sie, dass auch er den wunderbaren Übergang ins Nichts spürte, und umklammerte ihn noch fester mit dem Bein, ermutigte ihn zu tun, was er wollte. Das tat er auch, und er bewegte sich mit noch mehr Kraft und Hingabe, was sie beinahe wieder vergehen ließ. Dann überkam es auch ihn, er konnte es nicht mehr halten und sackte mit dem Gesicht auf ihren Hals. Als er wieder zu Atem gekommen war, schob er zärtlich ihr Bein von sich hinunter. Er sah völlig erschöpft aus, ausgelaugt. Es hatte ihm genauso viel bedeutet wie ihr. Auch ihn hatte es verschlungen.

Er liebte sie, nicht, weil sie ihm zuliebe zum Judentum konvertiert war. Er hatte sie schon lange vor der Zeit geliebt. Es stand in den Sternen und war sein Schicksal. Doch weil sie seinen Glauben angenommen hatte, konnten sie nun auch leibhaftig zusammen sein. Ihre Körper konnten sich verbinden, so wie vorher nur ihre Seelen verbunden gewesen waren.

Sie schafften es nicht zum Frühstück nach unten. Auch das Mittagessen verpassten sie. Als sie sich noch einmal hinlegten und er seine Lippen auf ihre presste, kam ihr der Gedanke, dass sie sich am liebsten aus dem übrigen Leben zurückziehen würde und ihre Zeit nur so verbringen wollte, für immer und ewig.

26

DER VERLORENE SOHN

Lemberg, November 1920

Fast zwei Jahre waren vergangen, seit Helena Dominik Karski zum letzten Mal gesehen hatte. Der Große Krieg war vorbei, und Österreich-Ungarn hatte sich aufgelöst. Polen war in neue Kriege eingetreten, zuerst mit der Ukraine, dann mit den Sowjets. Sie hoffte, dass Dominik sich nur nicht meldete, weil er für die neue polnische Armee verpflichtet worden war, um in diesen anderen Kriegen zu kämpfen, und dass die Tatsache, dass sie nichts von ihm hörte, dem desolaten Zustand der polnischen Post geschuldet war und nicht einer Kanonenkugel, die ihn womöglich getroffen hatte. Sie bewahrte immer noch die Blume auf, die er ihr geschickt hatte, doch inzwischen rügte sie sich dafür, diese Erinnerung an einen Mann behalten zu haben, den sie nur flüchtig kannte und der sie vermutlich nur deshalb schätzte, weil sie sich während seines Brechanfalls um ihn gekümmert hatte. Dennoch suchte sie täglich in der Zeitung nach neuen Meldungen über die wechselnden Frontlinien und versuchte, die Einzelheiten zu verstehen, nicht nur für sich, sondern auch für Herrn Karski. Die Berichte waren wenig aussagekräftig, meist machten sie sich über die chaotische Regierung Russlands lustig. Dort hatte man 1917 den Zaren und seine Familie gestürzt, und seitdem wurde das Land von einfachen Leuten, Schneidern und Anwälten regiert.

Herr Karski fragte inzwischen täglich nach seinem Sohn. »Wenn der Krieg vorbei ist, wird Dominik Medizin studieren«, erzählte er ihr. Helena nickte freundlich, denn Herr Karski erzählte ihr jeden Tag dasselbe. Er berichtete dann über die beiden Universitäten, zwischen denen sie sich entscheiden müssten, eine in Lemberg, die andere in Krakau. Die eine habe einen besseren Ruf für Organische Chemie, in der anderen seien Laborausstattung und anatomische Präparate besser. Man munkelte, dass die Lemberger Universität kurz davor stand, einen Impfstoff gegen Typhus zu entwickeln. Herr Karski wog die jeweiligen Vorzüge für seinen Sohn ab, während Helena jeden Tag von Neuem höflich nickte und lächelte. Herrn Karskis Zustand schien sich zu verschlechtern. Er erkannte kaum einen Kunden wieder und befand sich zunehmend in seiner eigenen vernebelten Welt. Manchmal nannte er sie Irena – so hatte seine verstorbene Frau geheißen. Manchmal sprach er über seinen Sohn, als sei dieser noch ein kleiner Junge. Dann wollte er Dominiks kaputte Spielzeugeisenbahn reparieren und suchte überall nach Ersatzteilen. Helena hoffte, dass Dominik, falls er noch lebte, bald zurückkommen würde – bevor der Vater, den er kannte, sich ganz aufgelöst hatte.

Helena erklärte Herrn Karski die Situation, so gut sie konnte, und er wartete jeden Tag hinter der Ladentheke auf seinen Sohn und behielt die Tür im Auge, wenn heimkehrende Frontsoldaten vorbeiliefen.

Dann, an einem kühlen Dienstagmorgen im November, kam Dominik ohne Ankündigung und ohne ersichtlichen Grund nach Hause.

Er umarmte seinen Vater lange, dann nickte er Helena zur Begrüßung zu. Sie konnte nicht erkennen, was er für sie empfand. Sie stellte nur fest, dass er dünner geworden war und eingefallene Wangen hatte. Sie beendete ihr Tagespensum, räumte auf, was aufgeräumt werden musste, und entschuldigte sich dann, um Vater und Sohn miteinander allein zu lassen, nachdem sie sich so lange nicht mehr gesehen hatten. Auf dem Heimweg kamen ihr wegen Dominiks gleichgültiger Begrüßung die Tränen und brannten ihr auf den Wangen wie Eis, weil es so kalt und windig war. Sie verwünschte sich für ihre Sentimentalität. Sie allein war verantwortlich für ihr vergebliches Schmachten. Sie hatte sich alles selbst zuzuschreiben. Neunzehn Monate war er fortgewesen, ohne sich auch nur einmal zu melden – was hatte sie denn erwartet? Ein romantisches Wiedersehen mit Blumen und Liebeserklärungen? Sie konnte froh sein, dass er sich überhaupt noch an ihren Namen erinnerte.

In ihrem möblierten Zimmer im dritten Stock kochte sie sich auf dem Ofen eine Roggensuppe und beobachtete durch das Fenster, wie sich ein Gewitter zusammenbraute. Die Dachsparren knackten unter dem Druck. Ein violetter Blitz zuckte über den Himmel wie eine Ader, und Sekunden später krachte der Donner so laut, dass sie sich die Ohren zuhalten musste. Durch ein Loch im Dach tropfte der Regen auf ihr Bett und hinterließ eine Pfütze auf dem Laken. Sie holte rasch einen Topf zum Auffangen und stellte ihn dorthin. Noch nie hatte sie sich so einsam gefühlt. Dann klopfte es plötzlich an der Tür, und er stand da.

Sie schaute ihn einen Moment an, unsicher, was sie sagen sollte. »Feiern Sie denn nicht mit Ihren Landsleuten?«, fragte sie ihn schließlich. Schon seit dem Nachmittag hallte krawalliges Treiben durch das Mietshaus. Soldaten füllten die Straßen, tanzten, tranken und küssten die Frauen. Sie feierten irgendeine

Vertragsunterzeichnung – Helena wusste nicht genau, worum es ging. Die Einheimischen hatten sich den Soldaten angeschlossen, schüttelten sich wegen des glorreichen Siegs die Hände und klopften einander begeistert auf die Schultern.

Sie starrte ihn an. Sollte sie ihn hereinbitten? Er war doch da, oder etwa nicht?

»Darf ich reinkommen?«, fragte er. Sie nickte, aber mehr als die Kopfbewegung brachte sie nicht zustande, denn ihr Mund verweigerte ihr plötzlich den Dienst.

Er trat ein und legte seinen Mantel ab. Die Messingknöpfe der Manschette klirrten, als er ihn über den Garderobenständen hängte. Er zog seine Stiefel aus, stellte sie neben der Tür ab und setzte sich auf ihren einzigen Stuhl. Sie betrachtete seine Wollsocken. Es war merkwürdig, ihn ohne Schuhe zu sehen. Fast zwei Jahre lang hatte er nur in ihrer Fantasie existiert, und nun saß er in ihrem Zimmer auf ihrem kleinen Stuhl, ein Bein ausgestreckt, das andere seitlich abgewinkelt. Da er ihre einzige Sitzgelegenheit eingenommen hatte, setzte sie sich auf das Bett, gleich neben die Pfütze.

»Möchten Sie Suppe?«, fragte sie.

»Darf ich dich küssen?«, fragte er zurück.

Zum ersten Mal seit seiner Ankunft sah er sie richtig an, und sie blickten einander in die Augen. Sie hätte ihn gern gefragt: *Sollen wir nicht erst zum Abendessen ausgehen? Sollten wir uns nicht erst einmal verabreden und uns besser kennenlernen?* Oder vielleicht auch nur: *Bist du sicher, dass du dich nicht irrst?* Doch sie sagte nichts, denn ihr war klar, dass er sich nicht irrte, und sie gehörte nicht zu den Menschen, die leicht die Nerven verlieren und damit jede großartige Gelegenheit sabotieren, die sich ihnen bietet. Er war aus eigenem Antrieb zu ihrer Wohnung gekommen. Er schien nicht betrunken zu sein. Und wenn er sie küssen wollte, weil sie ihn an seine tote Mutter oder ein früheres

Kindermädchen erinnerte, war ihr das egal. In wen sie sich verliebte, war allein ihre Sache.

»Ja«, erwiderte sie.

Er stand rasch auf und kam auf sie zu. Sie erhob sich ebenfalls, während ihr einfiel, dass noch niemand sie geküsst hatte. Sie hätte gern vorher ein bisschen Unterricht gehabt, aber nun war dafür keine Zeit. Er hielt sanft ihre Ellenbogen und drückte seine Lippen auf die ihren. Es war ein warmes, schönes Gefühl, und ihr wurde sofort klar, dass sie keinen Unterricht brauchte, denn sie wusste instinktiv, was zu tun war. Sie erwiderte den Kuss und schob ihre Zunge in seinen Mund. Er stöhnte leise auf, was sie freute. Vielleicht hätte sie sich in diesem Moment geehrt fühlen sollen, dass er ihr so große Aufmerksamkeit schenkte, aber über solche Dinge dachte sie gerade gar nicht nach, dafür genoss sie den Augenblick viel zu sehr. Als er sich das Hemd aufzuknöpfen begann, half sie ihm und zog auch ihre eigene Bluse aus. Falls ihre große, stämmige Figur ihn störte, zeigte er es nicht.

Sie hatte ihn schon einmal so gut wie nackt gesehen, aber nicht so – in diesem Moment war alles anders. Damals, als sie sich um ihn gekümmert hatte, hatte sie seine Arme und Beine bewegt und seinen Kopf vorsichtig zur Seite gedreht, um ihm das Haar zu kämmen. Nun bewegte er sich von ganz allein. Auch sein Körper sah jetzt anders aus. Die Schlüsselbeine ragten hervor, seine Rippen zeichneten sich unter der Haut ab, und der Schatten zwischen den Rippenbögen verdunkelte sich bei jedem Einatmen.

Hinterher fiel ihr auf, dass sie die Suppe ganz vergessen hatte. Sie war jedoch nicht angebrannt, sondern lediglich zu einem Brei eingekocht. Sie strich die Paste zusammen mit ein wenig aufgesparter Butter auf zwei dicke Scheiben Roggenbrot.

Sie aßen die Brote im Bett, während es draußen immer noch stürmte. Vermutlich war das die köstlichste Mahlzeit ihres Lebens.

Am nächsten Tag arbeitete sie wieder in der Apotheke. Dominik redete nicht mit ihr, sondern verbrachte den Vormittag damit, Vorräte umherzutragen, Brennholz zu hacken und einige Möbel aus dem Hinterzimmer zu räumen, die dort zu viel Platz beanspruchten. Jedes Mal, wenn er den Ladenbereich betrat, wo sie die Kunden bedienten und Arzneien zubereiteten, schaute Helena zu ihm hinüber, aber er begegnete ihrem Blick nicht und blieb ganz auf seine Aufgaben konzentriert.

Ein paar Stunden lang war sie traurig und verzweifelt, doch am Nachmittag hatte sie sich mit dem Gedanken abgefunden, dass es wohl eine einmalige Sache gewesen war. Vielleicht bedauerte er es inzwischen und wollte das Geschehene vergessen. Schulterzuckend fügte sie sich in eine gewisse Resignation und war dankbar, dass sie überhaupt eine so schöne Zeit gehabt hatte. Diese Erinnerung jedenfalls konnte ihr niemand mehr nehmen, egal was in ihrem Leben noch geschehen mochte. Geschmack, Geruch und Töne jenes Abends würden immer bei ihr bleiben, sorgfältig gehütet in einem kleinen Päckchen in ihrem Kopf. Erinnerungen an das Gefühl seiner Haut, den Duft des Regens und das Donnergrollen. Selbst wenn ihr Gehirn denselben Weg nehmen sollte wie das von Herrn Karski und sie eines Tages keine neuen Erinnerungen mehr bilden könnte, bliebe ihr immer noch diese eine, so wie Herr Karski sich oft in Träume von seiner toten Frau und seinem kleinen Sohn zurückzog.

Aber sie hätte sich gar keine Sorgen zu machen brauchen, dass ihr nur eine einzige Erinnerung bleiben würde, denn an diesem Abend klopfte es wieder an ihre Tür, und er stand da. Es war Punkt acht Uhr, und wären ihre Gedanken nicht mit anderen Dingen beschäftigt gewesen, hätte sie vermutlich über seine Pünktlichkeit gelacht. Falls überhaupt möglich, war es dieses Mal sogar noch besser als beim letzten Mal.

Da sie gar nicht damit rechnete, dass er sie in irgendeiner Weise begehrenswert, zart oder hübsch finden könnte, fühlte sie sich auch nicht gezwungen, ihre Figur in irgendwelchen vorteilhaften Formen oder Winkeln zu präsentieren. Herr Karski besaß einen Stapel Frauenzeitschriften aus Wien, die mindestens zehn Jahre alt waren und die er auf der Theke ausliegen hatte, damit seine Kundinnen darin blättern konnten, während sie auf die Zubereitung ihrer Wässerchen warteten. Die zerlesenen Blättchen kündeten von besseren Zeiten, bevor der Krieg die Stadt lahmgelegt hatte, und zwischen Werbeanzeigen für Seifenflocken und Büstenhalter beschäftigten sich etliche Artikel mit der Frage, wie man am besten die Aufmerksamkeit des männlichen Geschlechts auf sich ziehen konnte. Helena hatte die Beiträge mit Interesse gelesen und wusste daher, dass es unerlässlich war, den Rücken in einer Art Hohlkreuz zu wölben, wenn man die Zuneigung der Männer gewinnen wollte: Das machte einen flachen Bauch und brachte den Busen vorteilhaft zur Geltung. Auch eine Standposition mit abgewinkeltem Bein, im Kontrapost wie bei Michelangelos David, ließ laut den Zeitschriften die Figur in einem vorteilhaften Licht erscheinen. Als sie jedoch versuchte, ihren Rücken vor dem Spiegel zu wölben, musste sie feststellen, dass es den Bauch nicht in der erwarteten Weise einzog. Ihr flacher, rechteckiger Bauch blieb, wie er war, so breit wie ihre Hüften. Und wenn sie im Kontrapost stand, tat ihr bloß das Knie weh. Wenn sie mit Dominik zusammen war, machte sie also lieber keine dieser Verrenkungen, sondern konzentrierte ihre Energie darauf, den Moment zu genießen und sich an dem Körper neben sich zu erfreuen.

Falls ihm das fehlende In-Pose-Setzen missfiel, zeigte er es nicht. Im Gegenteil schien es ihm zu gefallen, dass sie nichts zu verbergen versuchte. Ihre natürliche, unverstellte Hingabe steigerte sein Verlangen eher noch, und er fühlte sich offenbar viel männlicher, als wenn sie nur dagelegen und eine gezierte Haltung eingenommen hätte.

Von da an kam er jeden Abend zu ihr. Schlag acht Uhr stand er vor ihrer Zimmertür, kein einziges Mal war er zu spät. Meist schliefen sie miteinander, kaum dass er durch die Tür getreten war, dann noch einmal vor der Schlafenszeit und ein drittes Mal am Morgen. Hinterher beobachtete sie ihn manchmal, während er schlief. Es war die einzige Zeit, in der sein Gesicht wirklich entspannt war. Furchen und Falten verschwanden, und seine Stirn glättete sich. Es schmeichelte ihr, dass er zu ihr kam, um die Dämonen zu vertreiben, die ihn sonst beherrschten. Sollte sie dafür in der Hölle landen, war es ihr egal – sie würde sogar freiwillig ihre Tasche für die Reise dorthin packen. Doch dann, am 23. Dezember, lagen sie in enger Umarmung im Bett, als er aufstand und sich anzukleiden begann.

»Gehst du schon?«, fragte sie.

»Ja.«

Sie wurde traurig und unsicher. Dass er ging, unterbrach ihre Routine mit ihm, aber sie versuchte, es zu akzeptieren. Vielleicht war ihre gemeinsame Zeit an ihr Ende gekommen, so wie sie es immer schon erwartet hatte. Doch dann reichte er ihr die Hand und forderte sie auf, sich ebenfalls anzuziehen.

»Du kommst mit mir.«

Sie setzte sich unsicher auf, rührte sich jedoch nicht vom Fleck. Er suchte ihre Kleidung zusammen, die sie vorher auf den Boden geworfen hatten. Er half ihr in Unterwäsche, Bluse und Rock. Dann griff er nach ihren Wollstrümpfen und kniete sich vor sie hin. Er streifte erst den einen Strumpf über ihr rechtes Bein, dann den anderen über das linke. Schweigend zog er die

Strümpfe hoch. Schließlich hob er ihren Rock an, um sie an den Strumpfhaltern zu befestigen. Sie hatten einander inzwischen in jeder erdenklichen Stellung nackt gesehen, doch die Bewegungen, mit denen er die Hände unter ihren Rock schob, kamen ihr beinahe erotischer vor als das Entkleiden.

Er zog sie fertig an und führte sie zur Tür hinaus. Dann nahm er sie mit zum Schlittschuhlaufen auf den zugefrorenen Teich hinter dem Bahnhof. Die Menschen der Stadt litten Hunger, und dennoch wollte niemand das Weihnachtsfest vergessen. Ein Mann hatte eine kleine Holzbude aufgebaut, wo er Schlittschuhe verlieh.

Helena wünschte, die Zeit auf dem Eis würde gar nicht mehr enden, und genoss jeden Augenblick: das Knirschen der Kufen auf dem Eis und das Gefühl, wie Dominik ihre Hand hielt, während sie eine Pause einlegten. Es war das erste Mal, dass er sie irgendwohin ausgeführt hatte. Selbst wenn es zugleich das letzte Mal sein sollte, so dachte sie, könnte sie nun glücklich sterben.

Am nächsten Tag, dem Heiligen Abend, schlossen sie die Apotheke um vier Uhr nachmittags. Sie sangen Weihnachtslieder und gingen um Mitternacht zur Christmette. Danach verabschiedete Helena sich von den Männern und wünschte ihnen frohe Feiertage, aber an der Apothekentür hielt Dominik sie auf und sagte, sie solle lieber bleiben, draußen drohe ein Schneesturm. Herr Karski stimmte fröhlich zu – am besten solle sie gleich den ganzen Winter über bei ihnen bleiben. Es sei doch unnötig, bei dem schlechten Wetter jeden Tag in ihr Zimmer zurückzulaufen – außerdem hätten sie reichlich Platz.

Sie musterte Herrn Karskis Miene und suchte nach seinen wahren Absichten. Vielleicht wusste er ja längst von ihrer Liaison mit seinem Sohn. Aber er sah sie mit demselben ausdruckslosen Lächeln an, das er in diesen Tagen immer häufiger im Gesicht trug. Dominik und sie hatten mittlerweile den Großteil des Apothekenbetriebs übernommen. Dominik erwies sich als ebenso kompetenter Apotheker wie sein Vater. Er kannte alle Rezepturen, für Aspirin ebenso wie für diverse Salben und Tinkturen. Mit flinken, geschickten Händen öffnete er Flaschen und Tiegel und mischte die Bestandteile für die Arzneien zusammen. Die richtigen Mengen konnte er genauso exakt abschätzen wie sein Vater. Er füllte ein Häufchen Kokain auf die Waagschale und schaute schon weg, bevor die Arme der Waage ganz ausbalanciert waren, weil er genau wusste, dass er ein Gramm getroffen hatte. Doch in einem Punkt unterschieden sich Herr Karski und sein Sohn: Beide führten die Apotheke gleichermaßen mit Geschick und Tüchtigkeit, aber nur einer schien Freude daran zu haben. Herr Karski mischte jede Arznei so hingebungsvoll, als sei es das erste Mal, und betrachtete mit ehrfürchtigem Staunen, wie sich die Pulver auflösten und veränderten. Dominik dagegen führte jede Aufgabe mit einem gelangweilten, ja, toten Ausdruck im Gesicht durch. Statt mit Freude zu beobachten, wie sich Kristalle bildeten, wandte er sich zum Fenster und starrte ins Leere. Helena führte das auf seine Jugenderfahrungen zurück. Vermutlich hatte der Vater Dominik seit frühester Kindheit in Pharmazie und der Zubereitung von Arzneien gedrillt. Von daher war es vielleicht nicht verwunderlich, dass es ihn langweilte. Eines Tages würde er bestimmt die Liebe zur Chemie wiederentdecken – und sie könnte ihm dabei helfen.

Ab diesem Weihnachtstag blieb sie in der Wohnung der Karskis über der Apotheke und schlief nicht mehr in ihrem gemieteten Zimmer. Nur einmal kehrte sie dorthin zurück, um ihre Kleidung und die beiden Bücher zu holen, die ihr Vater ihr vor seinem Tod geschenkt hatte.

So verging der Winter mit Tagen voller Glück. Im Februar erhielt Leutnant Karski Nachricht von seinem Regiment. Der Krieg mit der Ukraine war längst vorüber, doch der Krieg gegen die Sowjets ging weiter. Sein Gesicht wurde ganz grau vor Schreck, als er das Telegramm las, und in der folgenden Nacht lagen sie wach nebeneinander, ohne zu sprechen, unsicher, was sie sagen sollten.

»Ich weiß nicht, ob ich es diesmal schaffe«, sagte er schließlich in die Dunkelheit.

Am Morgen zog er sich an und machte sich auf den Weg.

Helena weinte eine Woche lang. Sie wartete auf einen Brief von ihm, erhielt aber keinen. Ein paar Wochen später wurde sie von Magenschmerzen und Übelkeit geplagt, gefolgt von Erbrechen. Sie hatte nichts Ungewöhnliches gegessen und überlegte schon, ob eines der neuen Stärkungselixiere, die sie entwickelt hatten, die Beschwerden verursachte. Sie wollte das *Merck Handbuch für Diagnose und Therapie* konsultieren, das Herr Karski in seinem Bücherschrank aufbewahrte, und hätte sich beinahe noch einmal übergeben, als sie die Leiter hochstieg, um es aus einem der oberen Regalfächer zu holen. Das Handbuch enthielt Informationen über Vergiftungen, Krebserkrankungen, Rheuma, Fieber und jedes andere Leiden der Menschheit – abgesehen von dem einen, das sie plagte.

Sie brauchte auch kein Handbuch, um ihren Zustand zu diagnostizieren. Es reichte schon, wenn sie sich an die vielen Frauen aus ihrem Dorf erinnerte, die Ähnliches erlitten hatten. Helena berührte ihren Bauch und ahnte, dass dort ein neues Leben wuchs. Sie wunderte sich. Eigentlich hätte diese Tatsache sie kaum überraschen dürfen, so wie sie es mit dem Sohn des Apothekers getrieben hatte, aber sie hatte bisher nie einen regelmäßigen Zyklus gehabt. Tatsächlich kam ihre Menstruation, seit sie eingesetzt hatte, nur ein- oder zweimal im Jahr. Dieselbe hormonelle Störung führte dazu, dass ihr seit der Pubertät feine dunkle Haare auf der Oberlippe und an den Seiten des Gesichts wuchsen, und sie hatte daraus immer geschlossen, dass etwas mit ihr nicht stimmte – und dass sie vermutlich keine Chance hatte, jemals ein Kind zu bekommen. Der kleine Mensch, der jetzt in ihr heranwuchs, musste wie durch ein Wunder entstanden sein.

Ein paar Tage später saß sie still vor sich hin lächelnd in der Apotheke, als eine Frau aus der Stadt, Frau Janko, den Laden betrat und nach einem Tonikum verlangte. Während Herr Karski die Flasche im hinteren Bereich vorbereite, fing Frau Janko an der Ladentheke ein Gespräch mit Helena an.

»Sie haben's gut angetroffen hier, muss man sagen!« Sie musterte Helena eindringlich.

Helena nickte und zwang sich zu einem Lächeln. »Oh ja, das habe ich.«

Frau Janko sah sie vorwurfsvoll an. »Eingeschmeichelt haben Sie sich bei dieser alteingesessenen Familie – Sie, ein Bauerntölpel von irgendwo!«

Helena schluckte und schüttelte den Kopf. »Nein, gnädige Frau«, sagte sie. »So ist es nicht.«

Die Frau bedachte sie mit einem verkniffenen Lächeln. »Ist ja auch egal. Sie brauchen gar nichts zu leugnen – denn Ihr Glück wird sich sowieso früher oder später umkehren! Dominik Karski ist nicht ganz richtig im Kopf.« Sie hielt inne und strich sich über den Fuchspelz an ihrem Mantelkragen. Sie schien darauf zu warten, dass Helena etwas sagte, und als das nicht geschah, fuhr sie fort. »Er hatte eine Art Zusammenbruch an der russischen Front – nicht bei diesem Scharmützel jetzt, sondern schon vor längerer Zeit, während des Großen Krieges. Man hat versucht, es zu vertuschen, aber es ist dann doch rausgekommen. Sie haben ihn jetzt bloß wieder einberufen, weil nicht genügend Männer da sind. Sie nehmen jetzt jeden, egal wie verrückt er ist. Der Krieg hat ihn verrückt gemacht.« Frau Janko streifte ihre Handschuhe über. »Ich an Ihrer Stelle würde schleunigst weggehen und mir etwas anderes suchen. Es gibt genügend Hotels und Büros in dieser Stadt, die kräftige Mädchen wie Sie als Putzfrau suchen.«

Herr Karski kehrte mit dem Tonikum zurück. Frau Janko lächelte verkniffen und ging.

Helena versuchte, nicht an die Momente zu denken, in denen Dominik darüber gescherzt hatte, dass er keine Freunde mehr habe, oder mit solcher Verbitterung über die Armee sprach, dass sie Angst bekam. Sie verdrängte die Erinnerungen daran, wie sie ihn dabei ertappt hatte, dass er ins Leere starrte, das Gesicht reglos vor Angst und Anspannung, Momente, in denen sie ihn nicht erreichen konnte, bis er von selbst aus seiner Trance erwachte. Sie verdrängte auch jenes Mal, als Herr Karski sie in einem lichten Moment beiseitegenommen und vor seinem Sohn gewarnt hatte. Er hatte ihr erzählt, Dominik habe sich seit Beginn des Krieges verändert und würde ihm manchmal Angst machen. Sein Sohn würde seitdem ständig trinken. Dann überkäme ihn eine Düsterkeit, und schlimme Dinge geschähen.

Doch keiner der Menschen, die Helena vor Dominik warnten, vor seinen Ängsten und den Skandalen, die in der Armee geschehen waren, begriff, dass dies die Eigenschaften waren, die Helena an ihm am meisten liebte. Dieser Mann, der sich vordergründig so gut hielt, der präzise und pünktlich war, der täglich auf die Sekunde genau vor ihrer Tür stand, der ihr eine Blume vom Schlachtfeld geschickt hatte und dann jahrelang nichts mehr von sich hören ließ – dieser Mann hatte eine dunkle Seite, die eines Tages hervortreten könnte, und dieser Gedanke erregte sie. Sie wusste nie, woran sie bei ihm war, und auch wenn sie das vor sich selbst nur ungern zugab, rief das eine heftige Leidenschaft in ihr hervor, die sie nur schwer unterdrücken konnte. Sie sehnte sich danach, die Dunkelheit kennenzulernen, die irgendwo hinter seinem zugeknöpften Äußeren lauerte. Dass sie dabei den Tod finden könnte, war ihr bewusst, aber umhüllt von Ekstase würde sie bereitwillig in den Tod gehen.

27

DIE BESTE CHEMIKERIN
DER WELT

Im März 1921 war Helenas Schwangerschaft deutlich zu sehen, und sie sorgte sich, was wohl Herr Karski sagen würde, wenn er ihren Zustand bemerkte. Eines Tages dann, als die Sonne durch die Fenster der Apotheke schien, fasste er an ihren Bauch und rief begeistert: »Wir werden ein Brüderchen für Dominik bekommen!« Mit feuchten Augen zeigte er ihr eine Kiste, in der sie Dominiks Babysachen aufbewahrt hatten, und reichte ihr Strampelanzüge und Spielzeugeisenbahnen. Fortan nannte er sie ständig Irena, sodass sie, um ihn nicht weiter zu verwirren, irgendwann das Namensschild abnahm, das Dominik für sie gemacht hatte. Es war wunderbar zu spüren, wie das Baby in ihrem Bauch strampelte, eine ganz eigenartige Empfindung, und sie lächelte versonnen mit ein paar Tränen in den Augen, wenn sie daran dachte, wie gern ihr eigener Vater sein Enkelkind kennengelernt hätte. Sie überlegte sich Namen für das Kind, begann eine Kollektion kleiner Sachen zusammenzusuchen und strickte ihm ein Paar Schühchen und eine Jacke aus gelber Wolle.

Frauen klagten entweder über ihre Schwangerschaften, über Rückenschmerzen und Gewichtszunahme, oder sie sprachen gar nicht darüber, als sei es eine Sünde, diesen körperlichen

Vorgang auch nur zu erwähnen. Helena dagegen empfand alles, selbst die verschiedenen Unbequemlichkeiten, als Quell der Freude. Einmal trat eine große Ader an der Oberfläche ihrer Vulva hervor und verschwand nach einiger Zeit wieder. Sie untersuchte die Stelle mithilfe eines Spiegels und staunte über die Veränderungen. Ihr Gesicht wurde voller, ihre Brüste venös und schwer, die Brustwarzen vergrößerten sich. Ein ungeheures Gewicht drückte auf ihr Becken. Sie fühlte sich voller Leben, prall und erfüllt wie eine reife Melone. Anfangs hatte sie noch befürchtet, sie könnte wegen der urteilenden Blicke der Leute Scham empfinden, weil sie ein uneheliches Kind in sich trug. Doch während ihr Bauch wuchs und das Kind sich bewegte, überkam sie ein solches Glucksgefühl, dass ihr die Meinung der anderen gleichgültig war.

Die neue polnische Regierung reiste nach Riga und unterzeichnete einen unangenehmen Vertrag mit den Anwälten und Lehrern, die inzwischen Russland regierten, wodurch der Krieg mit den Sowjets endlich beendet wurde. Dennoch verging der Sommer ohne eine Nachricht von Dominik, und irgendwann war der Herbst da. Polen war nun zum ersten Mal seit 1795 tatsächlich ein freies Land und eine Republik.

Helena hatte stets die Tür im Auge und wartete auf Dominiks Rückkehr. Sie wollte ihm endlich zeigen, dass sie sein Kind trug. Aber er kam nicht. Ihre Gefühle wechselten zwischen Unruhe und Wut. Wo blieb er nur? Es gab keinen Grund, dass er so lange fortblieb. Täglich kehrten Soldaten in die Heimat zurück, betraten die umliegenden Häuser und wurden erleichtert und überglücklich von weinenden Müttern und Freunden in Empfang genommen – nur durch ihre Tür trat niemand. Manchmal flehte sie ihn im Stillen an und versuchte ihm eine telepathische Botschaft durch den Äther zu schicken: *Bitte komm doch endlich nach Hause. Ich will dir etwas zeigen.*

Helena arbeitete weiter in der Apotheke und hielt sich überwiegend hinter dem Tresen auf. Sie trug ein langes schweres Wollkleid, in dem sie zwar in der Sommerhitze schwitzte, das aber ihren Zustand gut kaschierte. Die meisten Kunden bemerkten ihn entweder nicht, oder es war ihnen gleich. Falls sie draußen vor der Apotheke über sie herzogen, bekam Helena zumindest nichts davon mit. Die Leute hielten sie immer noch für Herrn Karskis Dienstmädchen, und einmal hörte sie, wie eine Dame ihn dafür lobte, dass er Helena aufgenommen habe. Herr Karski nickte mit leerem Lächeln. Inzwischen konnte er sich an neue Dinge gar nicht mehr erinnern.

Eines Abends klopfte er an Helenas Schlafzimmertür und bat, dass sie ihn einließ. »Ich will dich in deinem empfindlichen Zustand gar nicht anrühren, Irenka«, sprach er durch die Tür, wobei er dem Namen ein zärtliches K hinzufügte, um seine Zuneigung zu demonstrieren. »Ich will nur ein bisschen mit dir schmusen.« Entsetzt und gerührt zugleich brachte sie daraufhin einen Riegel an der Tür an und wehrte ihn ab, so gut es ging. Sie klagte über Durchfall, Magenbeschwerden, eine Lungenentzündung – alles nur, um ihn von sich fernzuhalten.

In der fünfunddreißigsten Schwangerschaftswoche wurde es erforderlich, einem Schmied, der am Stadtrand wohnte, etwas Aspirin zu bringen. Sie wäre lieber nicht selbst gegangen, fürchtete jedoch, dass Herr Karski unterwegs den Zweck seines Gangs wieder vergessen würde. Deshalb blieb ihr nichts anderes übrig, als sich selbst auf den Weg zu machen.

»Es wird nicht lange dauern«, sagte sie zu ihm.

Obwohl sie sich ein wenig unwohl fühlte und schon den ganzen Tag lang Rückenschmerzen gehabt hatte, stapfte sie los. Sie würde froh sein, wenn sie wieder zu Hause war und die Beine hochlegen konnte. An der angegebenen Adresse traf sie niemanden an. Sie entdeckte einen Schuppen, ging zur Tür und rief laut, um auf sich aufmerksam zu machen. Plötzlich spürte sie einen heftigen Schmerz in ihrem Unterleib, so stark, dass sie sich krümmen musste. Sie schaffte es nicht weiterzugehen, denn ein brennend heißer Schmerz zog ihr durch den unteren Rücken und Unterleib bis ins Bein hinunter. Sie presste die Hände auf ihren Bauch und hörte sich selbst keuchen. Sie würde nirgendwo mehr hingehen.

Sie rief um Hilfe, aber es kam niemand. Um zum Hof des Schmieds zu gelangen, hatte sie eine kleine Brücke überqueren müssen, und plötzlich kam es ihr vor, als sei sie am entlegensten Ort der Welt gelandet. Sie schaute sich um. Eine Zange lag auf einem Schmelztiegel, und der Kopf des Werkzeugs glühte noch orange. Der Schmied musste mitten bei der Arbeit verschwunden sein und sein Werkzeug hier liegen gelassen haben. Die Esse brannte noch. Von der Hitze trat ihr der Schweiß auf die Stirn. Womöglich rührte ihr Schweißausbruch aber auch von dem Schmerz in ihrem Leib her, der so stark war, dass ihr übel wurde.

Noch eine qualvolle Welle durchfuhr sie. Es war doch sicher zu früh für das Baby? Sie spürte, wie ihr ein Schwall Wasser zwischen den Beinen herauslief. Also gut, ihre Fruchtblase war geplatzt. Sie würde ihr Kind wohl noch an diesem Tag kennenlernen – und vermutlich gleich hier im Schuppen des Schmieds.

Sie dachte einen Moment über den Schmerz nach, den sie nun zweifellos als Wehen erkannte. Als Kind hatte sie sich einmal beim Sturz von einem Zaun auf dem Bauernhof den Arm gebrochen. Ihr Vater hatte den Bruch mit einem Stock und ein paar Stofflappen geschient. Es hatte so schrecklich wehgetan, dass sie das Gefühl gehabt hatte, ihr Kopf würde platzen. Aber dieser zehrende, reißende Schmerz jetzt war anders – es war, als würde man ihr wieder und wieder den Arm brechen, alle zwei Minuten. Doch es war nicht ihr Arm, der brach, sondern etwas tief in ihr, das wie ein Rammbock durch ihre Eingeweide fuhr. Wie ein Fleischhammer, der immer weiter auf eine flach geklopfte Roulade einschlug, um sie mürbe zu machen. Mit jeder Kontraktion wurden die Muskeln ihres gepeinigten Unterleibs müder, und sie fürchtete, dass ihr die Ausdauer fehlen würde, um noch weitere Wehen zu ertragen. Sie war unfähig, den Blick auf irgendetwas zu richten, sie konnte weder sprechen noch hören, nur leise schreien. Sie entdeckte einen Strohhalm auf dem Boden und starrte ihn an, doch selbst das tat nach einer Weile weh, also starrte sie ins Leere. Schmerz – was war das eigentlich? Eine heikle Frage. Wenn man zu lange darüber nachdachte, ging er weg. Was war es genau? Ein Stechen, ein Brennen? Wenn man die Patienten in der Apotheke aufforderte, ihren Schmerz zu beschreiben, taten sie sich immer schwer. Helena versuchte nun, ihn zu bestimmen. Schmerz war die Unfähigkeit, den gegenwärtigen Moment zu genießen, der Wunsch, dass dieser Moment endlich aufhören würde. Herzschmerzen, Muskelschmerzen, Kopfschmerzen: Letzten Endes war alles dasselbe – das Verlangen, der gegenwärtige Augenblick möge vorübergehen. Glück wiederum war das Gegenteil: der Wunsch, die Gegenwart möge ewig dauern.

Ihre eigene Mutter war bei ihrer Geburt gestorben, und nun konnte sie sich gut vorstellen, warum. Sie zog ihren Hut vor jeder Frau in der Menschheitsgeschichte, die diese Tortur hinter sich gebracht hatte. Sie dachte an die vielen Frauen aus dem Dorf ihrer Kindheit, denen die Ehemänner und Priester nach der Niederkunft wohlwollend den Kopf tätschelten, als wären sie eine Kuh. Daran, wie die Männer stolz und selbstgefällig gelacht hatten, aber dem Ganzen lieber großräumig aus dem Wege gingen und in der Küche oder am Kamin warteten, während ihre Frauen irgendwo in einem versteckten Hinterzimmer schrien und spuckten.

Die Hälfte der Bevölkerung würde dieses Gefühl nie ken- nenlernen. Sie hingegen trat nun dem Geheimbund des zerrissenen Fleisches bei. Während der Geburt begaben sich die Frauen in einen Wald aus Schmerzen. Helena wurde von einer heißen, schwindelerregenden Übelkeit gepackt, während sich ihr Unterleib zusammenkrampfte.

Eine schwarze Substanz fiel zwischen Helenas Beinen auf den Boden. Sie starrte darauf und schluckte. Von den Frauen aus ihrem Dorf wusste sie, dass diese teerähnliche Masse der erste Stuhlgang eines Neugeborenen war – und nicht kommen sollte, solange das Kind sich noch im Mutterleib befand. Es war ein Zeichen dafür, dass sich das Ungeborene in einem kritischen Zustand befand.

Sie legte die Hand zwischen ihre Beine und fühlte dort einen langen, schleimigen Fortsatz, wie eine Schlange. Stirnrunzelnd suchte sie in ihrer Handtasche nach dem kleinen Spiegel, weil sie zuerst nicht begriff, was das war. Sie hockte sich hin und hielt den Spiegel zwischen ihre Beine, um zu sehen, was dort war. Sie liebte die schönen Lehrbücher, die Herr Karski in seiner kleinen Bibliothek im hinteren Teil der Apotheke aufbewahrte, blätterte darin herum, wann immer sie einen Moment Zeit fand, und betrachtete die detaillierten Zeichnungen des menschlichen Körpers, des Herzens, der Lunge und der Arterien. Es verblüffte sie immer wieder, dass all diese wundersamen Dinge auch unter ihrer Haut verborgen lagen.

Nun musste sie an ein Buch denken, das sie besonders interessiert hatte. *A Sett of Anatomical Tables,* eine Sammlung anatomischer Tafeln eines gewissen William Smellie. Der Arzt hatte verschiedene Zustände der Schwangerschaft und Geburtshilfe gezeichnet, über die sie vor allem während der letzten Monate ihrer Schwangerschaft gestaunt hatte. Doch in diesem Moment war ihr nicht mehr nach wundersamem Staunen zumute – tatsächlich gefror ihr das Blut in den Adern, als sie sich an eine Illustration im Besonderen erinnerte – nämlich die eines Nabelschnurvorfalls. Spielte sich das etwa auch gerade in ihrem Körper ab? Ja. Die Schlange, die sie gefühlt hatte, war die Nabelschnur; die Lebensader des Babys. Aus der Beschreibung des Schotten wusste sie, dass die Nabelschnur den Fötus mit Sauerstoff versorgte, bevor er auf die Welt kam. Und der unerwünschte Austritt der Nabelschnur bedeutete, dass das Baby gerade seine Lebensader im Geburtskanal abquetschte und dadurch seine eigene Sauerstoffversorgung abschnitt.

Das Baby drohte zu ersticken.

Sie rief erneut um Hilfe, dieses Mal lauter. Zu ihrem Erstaunen antwortete jemand auf ihr Rufen. Ein Junge von etwa zwölf Jahren schob seinen Kopf durch die Tür und spähte in den Schuppen.

»Hilf mir!«, schrie sie wieder. Er eilte zu ihr. »Wo ist der Schmied?«

»Ich bin Artur, sein Lehrling«, erwiderte der Junge. »Herr Lipinski ist zur Apotheke gegangen, um Aspirin zu holen.«

»Aber ich habe es ihm doch gebracht!« Helena hielt ihm die kleine Flasche hin. Irgendwie war es zu einem Missverständnis gekommen. Der Schmied würde inzwischen fast an der Apotheke sein. »Du musst ihn suchen!«, sagte sie. »Nein, besser noch: Geh den Apotheker holen, Herrn Karski. Er soll hierher zu mir kommen. Kennst du ihn?«

Der Junge nickte. »Geht es Ihnen gut?«

»Ich bekomme ein Baby«, sagte sie. »Herr Karski wird wissen, was zu tun ist.« Der Junge starrte sie in einer Mischung aus Entsetzen und Faszination an. Seine runden Wangen und Hände ließen darauf schließen, dass er eher zehn Jahre alt war als zwölf – vielleicht auch erst acht. Dann zog sich ihre Gebärmutter wieder zusammen, sie sog scharf Luft ein und krümmte sich.

Der Junge sah verängstigt aus. »Ich laufe schon, ich kenne eine Abkürzung!« Er ging zur Tür und spähte hinaus.

»Warte«, rief sie. Er drehte sich um. »Sag Herrn Karski, er soll seine Arzttasche mitbringen. Kommt nicht ohne die Arzttasche wieder! Wahrscheinlich musst du sie tragen. Herr Karski ist sehr vergesslich, er wird vielleicht nicht mit dir kommen wollen.« Sie blickte zu Boden und überlegte. »Sag ihm, Irena bekommt das Baby!«

»Ja, Frau Irena«, erwiderte der Junge. Er lächelte ihr zu und wandte sich zur Tür.

Sie tastete wieder ihren Unterleib ab, und ihre Gebärmutter zog sich noch einmal zusammen. Zuvor hatte das Baby sie getreten, etwa alle zehn Sekunden, immer wieder, aber nun stellte sie fest, dass sie seit einer Minute keinen Tritt mehr gespürt hatte. Sie wartete eine weitere Minute – das Kind trat überhaupt nicht mehr.

Panisch legte sie die Hände zwischen die Beine. Sie konnte den Scheitel des Babys fühlen. Es war unvorstellbar, dass Mund und Nase des Kindes so nah lagen, aber dennoch nicht erreichbar waren. Es erstickte, während es nur noch ein paar Millimeter von der rettenden Luft entfernt lag. Sie schätzte, dass ihr etwa sechzig Sekunden blieben, bis das Baby aufgeben würde. Bis die Zellen, die für jede Bewegung und jede chemische Reaktion Sauerstoff benötigten, aufhörten zu arbeiten. Sie presste mit aller Kraft nach unten und hatte das Gefühl, dass ihr die Augen vor lauter Anstrengung aus dem Kopf sprangen.

Ihre Muskeln verkrampften sich, und sie dachte über die Funktionsweise der menschlichen Wehen nach. Auf den Bildern hatte sie die jeweiligen Formen und Abmessungen betrachtet und festgestellt, dass sie nicht zusammenpassten. Schädel und Schultern eines Babys waren breiter als das menschliche Becken, vor allem breiter als ein junges, schmales Becken wie das ihre. Von allen Geburten im Tierreich war die menschliche die brutalste. Knochen mussten sich biegen und Muskeln reißen, um genügend Platz zu schaffen. Um ein neues Leben hervorzubringen, musste man ein Stück weit sterben.

Sie fragte sich, ob der Kopf des Babys vielleicht in die falsche Richtung zeigte. Aus ihrer Lektüre wusste sie, dass das Gesicht nach hinten zeigen musste, um den Austritt aus dem Geburtskanal zu ermöglichen. War es eingeklemmt? Sie presste und presste, aber das Baby bewegte sich nicht. Sie blickte verzweifelt zur Tür und hoffte, dass Herr Karski endlich kommen würde. Wo blieb er nur? Vielleicht hatte der Junge es gar nicht bis zur Apotheke geschafft, um ihn zu holen?

Eine Minute verstrich. Sie presste erneut mit aller Kraft, ohne sich darum zu kümmern, ob es sie in zwei Teile spaltete. Sie tastete zwischen ihren Beinen, ob sich etwas bewegte, fühlte aber keine Veränderung. Sie wartete wieder, weinte und bettelte. *Das kann nicht sein. Komm schon, mein Schatz.* Sie spürte keine Tritte, keine kräuselnde Bewegung. Sie wartete noch zehn Sekunden, dann zwanzig. Sie spürte, wie ihr das Baby entglitt, und sie wütete und schrie mit stoßweisem Atem. Sie betete zu wem auch immer, der gerade zuhörte. Sie beschwor jeden Gott und Teufel, der ihr einfiel, und hätte mit jedem von ihnen verhandelt. Sie rief die Dämonin Lamaschtu an, die mesopotamische Göttin, die Frauen im Kindbett bedrohte, ein weibliches Monster mit Löwenkopf, Eselszähnen und einem behaarten Körper. Sie sah die böse Frau irre lächelnd auf ihrem dornenbewachsenen Thron sitzen, eine Schlange in der einen Hand und ein Schwein an der Brust säugend. Sie bedachte die Dämonin mit allen Schimpfwörtern, die ihr einfielen, beleidigte sie und schrie sie an. Sie schloss eine Vereinbarung mit ihr: *Lass mein Kind leben, und ich werde es mein Leben lang beschützen.*

Dann vergaß sie Götter und Teufel, wischte sich die Augen

und sprach stattdessen mit ihrem Kind: »Kleines, wenn du mich hören kannst, halte bitte durch. Ich hole dich da raus. Wenn du noch da bist, zeig es mir bitte. Mein tapferes Kind, mein kleines Wunder, es tut mir so leid, dass ich es nicht besser kann. Wenn du da drin bist, dann kämpfe bitte!«

Sie erinnerte sich an die vielen Menschen, die in die Apotheke kamen, an die Lebenden und jene, die gestorben waren. Manche kämpften, andere gaben auf. Sie konnte diesem Kind nicht verdenken, dass es nicht weiterkämpfte. Es war ja noch so klein. Sie konnte es ihm nicht verübeln, dass es ging, wenn es gehen wollte.

Sie keuchte und wartete eine weitere Minute, stumm. Jede Sekunde kam ihr vor wie eine Stunde, während sie als einziges Geräusch das Knistern der Flammen in der Esse hörte. Schließlich schrie sie auf. Es hatte schon zu lange gedauert. Das Baby musste tot sein.

Sie hörte sich selbst aufheulen – der Urschrei einer zerstörten Seele. Eine verzweifelte Trauer überkam sie. Sie befahl sich, ruhig zu bleiben. Täglich starben Kinder bei der Geburt. Sie war da keine Ausnahme. Sie starrte in das Feuer, das der Schmied hinterlassen hatte, und fragte sich, was nun passieren würde. Irgendwie würde sie das tote Kind zur Welt bringen müssen. Könnte sie vielleicht zur Apotheke zurückgehen, wo Herr Karski ihr helfen würde? Sie taumelte zur Tür und merkte plötzlich, wie ihr Unterleib zuckte. Zuerst ignorierte sie es, doch dann geschah es wieder. Es war kein Zucken, sondern ein Tritt.

Sie wartete auf einen weiteren Tritt, der dann auch kam. Drei reichten ihr zur Bestätigung, und sie erlaubte sich ein winziges Lächeln. Dann biss sie die Zähne zusammen und stieß ein stöhnendes Knurren aus. Das Kind hatte offenbar seinen Teil der Abmachung eingehalten, nun würde sie auch ihren einhalten. Sie bewegte sich zur Werkbank und suchte nach einem Werkzeug, irgendetwas, das ihr weiterhelfen konnte. Sie fand ein kleines Messer, das der Schmied vermutlich zum Zurechtschneiden von Leder benutzte, und wankte zur Esse, wo sie die scharfe Klinge über die glühenden Kohlen hielt. Sie nahm ein Stück Leder zwischen die Zähne. Sie gönnte sich eine Millisekunde, um sich geistig auf das vorzubereiten, was sie gleich tun würde, dann griff sie das Messer, atmete tief ein und zog die Klinge entschlossen nach hinten unten. Sie tastete an der Klinge vorbei in den neu geschaffenen Raum und schob den Finger hinein, drehte ihn suchend, spürte Flüssigkeit und Glitschiges, suchte weiter und zuckte dann zusammen. Sie hakte ihren Fingernagel unter einen winzigen dreieckigen Höcker und hoffte, dass es die Schulter des Kindes war. Ja. Sie grub ihren Nagel tiefer ein, wartete darauf, dass die Wehe zunahm. Sie schrie, damit es schneller ging, und dann zog sie.

Sie machte einen größeren Schnitt mit dem Messer. Es musste noch mehr Platz geschaffen werden. Schreiend grub sie die Klinge tiefer, und der Riss wurde größer. Das Baby bewegte sich. Sie zog wieder, und noch einmal, und endlich war der Kopf des Kindes frei. Sie wartete auf die nächste Presswehe, dann zog sie erneut an dem Kind. Jetzt kamen die Schultern zum Vorschein. Noch einmal. Ein Schwall strömte aus ihr heraus und mit ihm das Baby.

Ein Mädchen. Sie nahm es auf den Arm.

Die Augen des Babys waren geschlossen. Es weinte nicht. Seine Haut war lilienblass, und die Gliedmaßen hingen schlaff herab. Helena hatte zu lange gebraucht. Sie gab dem Kind einen sanften Klaps auf das Gesicht und die Brust. »Bitte, mein Schatz.« Sie rieb das Brustbein des Babys. Immer noch nichts. Sie setzte ihren Mund auf Mund und Nase des Babys und saugte den Schleim ab. Sie spuckte die Flüssigkeit aus, dann wiederholte sie das Ganze noch einmal. Das Kind zuckte. *Ja*. Sie rieb das Kind wieder. *Weitermachen*. Ein schwacher Schrei war zu hören. Wieder rieb sie das Brustbein und kniff dem Baby in die Beine.

Sie konnte sich noch an einen wunderschönen Klang erinnern, den sie im Spätsommer im Wald oberhalb ihres Dorfes gehört hatte. Die Vögel waren zum Abendkonzert herausgekommen. Ein Vogel hatte eine kleine Melodie gezwitschert, die ihr in den Ohren klang und sie mehr als alles andere erfreute. Sie hatte minutenlang innegehalten und einfach nur diesem Gesang zugehört, obwohl sie nasse Füße bekam, weil sie in einem Bach stand und es nicht einmal gemerkt hatte. Auch das Rauschen des Regens liebte sie, vor allem, wenn sie nachts im Bett lag. Besonders schön hatte das Prasseln des Regens auf dem verwitterten Strohdach im Haus ihres Vaters geklungen.

Doch die schönen Klänge von Vogelgezwitscher und Regen erschienen ihr jetzt so hässlich wie das Kratzen von Kreide auf einer Tafel, verglichen mit dem, was sie jetzt hörte: den himmlischen Ton ihrer kleinen Tochter, die wie am Spieß schrie, schrill, durchdringend und lebendig.

Helena blickte auf das Baby hinab. Ihre Tochter schaute zu ihr auf und blinzelte. Zwei jadegrüne Seen starrten sie zwischen feuchten Wimpern an. Ihre Augen waren genau wie die Helenas.

Nun war Helena für den Rest der Welt verloren. Obwohl das Kind mit Blut, Käseschmiere und schwarzem Kindspech überzogen war, erschien ihr dieses schleimbeschmierte Wesen schöner als alles, was sie je gesehen hatte. Sie entschuldigte sich im Voraus bei allen Menschen, die ihr vielleicht noch begegnen würden, denn nichts und niemand konnte je diesem Geschöpf gleichkommen, das sie in ihren Armen wiegte. Sie wischte das Baby, so gut es ging, mit den Falten ihres Rocks sauber und legte es sich auf die Brust. Unter der Schmierschicht kamen rosige Haut und blondes Haar zum Vorschein. Das Baby entspannte sich, und sein Mund verwandelte sich von einem offenen Schrei in eine Rosenknospe. Helena erinnerte sich an den Schwur, den sie inmitten ihrer Qualen geleistet hatte: den Pakt mit dem Teufel, dieses Kind immer zu beschützen. Ihr war bereits klar, dass sie diese Abmachung einhalten würde, koste es, was es wolle.

»Irena, was hast du getan?« Sie hob den Kopf und sah den Apotheker in der Tür stehen. Neben ihm stand der Junge mit der Arzttasche in der Hand, den Mund sperrangelweit aufgerissen vor lauter Staunen.

»Irgendwas stimmt nicht mit ihm«, sagte der Junge und nickte zu Herrn Karski. Er wusste gar nicht, wo er hinschauen sollte, auf die blutende, schwitzende Helena mit dem Neugeborenen im Arm oder den dementen Herrn Karski, der an der Türschwelle herumlamentierte und vor sich hin brummelte.

»Ich habe versucht, schneller zu kommen, aber er ist immer wieder stehen geblieben und hat vergessen, wo wir hinwollten. Jedes Mal, wenn wir ein Stück gegangen waren, wollte er wieder zurück in die Apotheke. Er lief erst weiter, wenn ich sagte: ›Irena bekommt das Baby.‹ Fünfmal sind wir unterwegs umgedreht.«

Helena schloss die Augen und öffnete sie dann wieder. Große Schweißtropfen rannen ihr über die Stirn. Sie zitterte vor Erschöpfung. »Du hast deinen Auftrag perfekt ausgeführt, Artur. Du hast mein Leben und das des Babys gerettet. Du kannst stolz auf dich sein, heute hast du dich als Mann erwiesen!« Der Junge hob den Kopf. Helena lächelte sie beide an.

Herr Karski nahm die Tasche und untersuchte sie. »Was für eine Schweinerei, Irenka!«, sagte er, während er ihr zwischen die Beine schaute.

»Können Sie das wieder hinbekommen?«, fragte sie, obwohl ihr die Antwort ziemlich egal war.

»Ich kann es versuchen«, sagte er. Er betrachtete das Neugeborene und küsste dann Helena auf die Stirn. »Meine wunderbare Irenka, du bist die Beste!«

Helena wischte sich eine Träne weg.

»Komm mal her«, sagte er zu dem Jungen.

Artur starrte wie gelähmt auf den Säugling und Helena. Doch dann nickte er, und der Apotheker ernannte ihn zum Assistenten, der die Werkzeuge und den Faden halten und anreichen musste. Herr Karski setzte ein paar saubere Stiche – nichts Ausgefallenes, schließlich war er kein Chirurg, aber sie erfüllten ihren Zweck.

»Wie sollen wir sie nennen, Irenka?«, fragte er.

Helena hatte schon eine Idee. »Marie«, sagte sie.

»Maria?«

»Nicht Maria. Marie.«

»Ah. Nach der Sklodowska?«, fragte Herr Karski und meinte die Polin, die nicht nur einen, sondern gleich zwei Nobelpreise gewonnen hatte. »Oder Madame Curie, wie sie inzwischen heißt. Perfekt.«

»Ja, nach ihr«, erwiderte Helena. »Nach der besten Chemikerin der Welt!«

28

DOMINIKS NEUE
ASSISTENTIN

Krakau, Juli 1939

Dominik holte sich die Patientenakte von Daniel Blumfeld und suchte das Mietshaus auf, das als seine Adresse angegeben war. Er klopfte an eine Wohnungstür im zweiten Stock – niemand antwortete. Die Farbe blätterte von der Tür ab.

Eine Frau hängte Strümpfe an einer Leine auf, die quer über den Hof reichte, und Dominik erkundigte sich bei ihr nach den Mietern. »Die sind weg«, erwiderte die Frau mit einem Nicken in Richtung der Tür der Blumfelds.

»Wo sind sie denn hin?«

»Tot«, sagte die Frau und nahm einen weiteren Strumpf aus ihrem Wäschekorb. Das Wasser tropfte von den Strümpfen auf den Beton. Sie hatte die Wäsche nicht gut ausgespült. Eine Seifenspur zog sich über ein Bein und glitzerte in der Sonne.

»Der Junge und seine Mutter? Sind beide tot?«

Sie zuckte mit den Schultern. »Natürlich.«

»Aber woran sind sie gestorben?«

»Keine Ahnung. War nicht dabei.« Sie wischte eine seifige Hand an ihrer Schürze ab.

Dominik drang weiter in sie – wann waren sie gestorben, wer hatte sie gekannt, wo hatte man die Leichen hingebracht –, doch die Frau wusste nichts. »Wir waren nicht befreundet«, sagte sie, als sei das eine hinreichende Antwort auf alles.

Auf der Suche nach Informationen klopfte er noch an eine Reihe weiterer Türen. Nur wenige wurden geöffnet, und die Leute, die ihm aufmachten, konnten ihm auch nur wenig erzählen. »Man mochte sie hier nicht besonders«, antwortete eine Frau und fügte dann rasch hinzu: »Es ist natürlich trotzdem traurig, dass sie tot ist.« Dann schlug sie Dominik sanft, aber bestimmt die Tür vor der Nase zu.

Er klopfte an eine weitere Wohnungstür und erhielt keine Antwort. Beim Betrachten des Namensschilds wurde ihm klar, dass er den Bewohner kannte: Wojtila – so hieß Maries Freund Lolek, der Bibliothekar, der auch als Messdiener in Dominiks Kirche diente. Er erinnerte sich, wie Marie einmal erwähnt hatte, dass Lolek in einem dieser Mietshäuser wohnte. Der fleißige und höfliche junge Mann war nicht zu Hause, aber Dominik wusste, wo er ihn finden konnte. Er lief zur Bibliothek.

»Was ist mit deinen Nachbarn geschehen, Lolek?«, fragte er den jungen Mann. »Die Mutter mit dem Jungen?«

Lolek war gerade dabei, die zurückgegebenen Bücher in die Regale zu räumen. Die Bücherstapel rochen nach Tinte und Pergament und irgendeinem anderen muffigen Geruch, den Dominik nicht zuordnen konnte. »Seien Sie gegrüßt, Dominik. Wie geht es Ihnen?« Lolek redete ihn stets mit Dominik, niemals mit Doktor Karski an, obwohl Dominik sehr viel älter war als der neunzehnjährige Lolek. Doch seltsamerweise wirkte das nie unhöflich oder unpassend, eher ein bisschen onkelhaft, denn der Bibliothekar war wie ein weiser alter Mann im Körper eines jungen. »Ruth ist vor zwei Tagen gestorben – eine traurige Geschichte!«, sagte Lolek. Er stellte sich auf die Zehenspitzen, um ein Buch auf eines der oberen Regalbretter zu räumen.

»Und der Junge, Daniel Blumfeld?«

»Auch tot.« Lolek schluckte und blickte zur Seite.

Dominik sah ihn scharf an. »Woran sind sie gestorben?«

»Soweit ich weiß, hat Ruth am Mittwoch Fieber bekommen, und am Freitag ist sie dann gestorben.«

»Fieber? Hatte sie eine Lungenentzündung?«

»Das weiß ich nicht.«

Dominik wurde zunehmend frustriert. Normalerweise äußerte sich Lolek ausführlich über jedes Thema. »Und der Sohn, Daniel. Hatte er auch eine Lungenentzündung?«

Lolek zuckte mit den Schultern. »Ich weiß es nicht.«

Dominik überließ Lolek seinen Büchern und kehrte in sein Büro zurück, um zu telefonieren. Ihm graute davor, Rachel Rosen die Neuigkeiten mitteilen zu müssen. Mit einer solchen Nachricht hatte er nicht gerechnet. Ein Fieber kam für niemanden überraschend. Ruth, dieses vogelähnliche Wesen, hatte nicht gut auf sich aufgepasst, und die Nachbarn hatten sich auch nicht um sie gekümmert. Ihren Tod sah er als bedauerlich, aber nachvollziehbar an. Wahrscheinlich war es nur eine Frage der Zeit gewesen. Aber der Junge … Er hatte vorher so hart ums Überleben gekämpft!

Er rief Rabbi Katz an und erkundigte sich, wo Mutter und Sohn auf ihre Beerdigung warteten beziehungsweise wo diese stattfinden würde. Der Kirchenälteste hatte die Nachricht noch gar nicht gehört, bot aber an, selbst ein paar Anrufe zu tätigen. Zu Beginn des Telefonats hatte der Rabbi ganz begeistert geklungen, noch unter dem Eindruck des rauschenden Hochzeitsfestes, aber angesichts des traurigen Themas sank auch die Stimmung des Rabbis rasch.

Nach einer Stunde rief der Rabbi ihn zurück. »Sie ist nicht

beerdigt worden«, sagte er. Das war nicht koscher, aber der Rabbi erklärte: »Sie war nicht viel in der Gemeinde.«

Dominik bedankte sich, dann rief er die anderen Krankenhäuser der Stadt an, um sich zu erkundigen, ob Ruth Landau dort noch irgendwo im Leichensaal lag. Die Mühe hätte er sich sparen können, denn es stellte sich heraus, dass Ruth sich tatsächlich in seinem Krankenhaus befand.

»Sie ist hier, Doktor Karski«, berichtete Oberschwester Skorupska ihm. »In unserem Leichenkeller.« Ruth Landau hatte die ganze Zeit über in seinem Krankenhaus gelegen, wohin man sie vor zwei Tagen gebracht hatte.

Dominik begab sich in die Leichenhalle und holte den Leichnam der winzigen Frau, die ihm den Anhänger geschenkt hatte, aus der Kühlzelle. Doch von Daniel Blumfeld gab es keine Spur.

»Vielleicht hat man ihn woanders hingebracht!«, meinte die Oberschwester.

Wahrscheinlich hatte sie recht. Er wies sie an, die anderen Krankenhäuser noch einmal abzutelefonieren und sich zu vergewissern, ob das Kind nicht irgendwo anders aufgetaucht war. In der Zwischenzeit würde er versuchen herauszufinden, woran die Mutter gestorben war und ob wieder einmal sein alter Freund Streptococcus daran Schuld hatte.

Es war ein Sonntag. Johnny hatte keinen Dienst, und Dominik wollte ihn hierfür auch nicht extra ins Krankenhaus bitten. Er würde die Autopsie allein durchführen. Das würde zwar etwas länger dauern, aber er hatte es schon mehrfach allein gemacht. Ruth war klein und leicht und wäre leicht zu drehen, auch wenn es immer von Vorteil war, noch ein zweites Paar Augen dabei zu haben und mit jemandem reden zu können. Wenn sich zwei Körper, aber nur eine Seele in einem Raum befanden, konnte schnell eine ungemütliche Stimmung aufkommen. Doch im Moment ließ sich das nicht ändern, also machte er sich an die Arbeit, hob ihren Körper auf den Seziertisch, positionierte ihre Beine und legte sanft ihren kalten Kopf ab. Die Gliedmaßen fühlten sich kühl und unnachgiebig an. Obwohl die Totenstarre bereits nachgelassen hatte, war der Körper durch die Kühlung immer noch steif.

»Doktor Karski, Ihre Tochter ist hier, um Sie zu besuchen«, sagte die Oberschwester von der Tür aus. Er erschrak, damit hatte er nicht gerechnet. Er legte das Messer ab, das er an den Leichnam gehalten hatte. »Sie ist von ihrer Hochzeitsreise zurück!« Die Oberschwester lächelte.

Dominik verließ die Leichenhalle und traf Marie auf dem Flur. Sie trug das cremefarbene Kostüm, in dem sie die Hochzeitsfeier verlassen hatte, und sah sehr gut aus. »Hallo, Papa!«

»Wie war es?«, fragte er.

Sie nickte und lächelte zur Antwort. »Hier, für dich!«, sagte sie und hielt ihm eine Kiste mit geräuchertem Schafskäse hin. »Aus Zakopane.«

Dominik bedankte sich und äußerte den Wunsch, den Käse bald zu verzehren. Er öffnete die Kiste und fand darin sechs kleine geräucherte Hochlandkäse, die wie Schafe geformt waren. Plötzlich wurde ihm klar, dass er sie wohl allein würde essen müssen, denn Marie lebte nun bei ihrem Mann. Also würde es wohl ein bisschen dauern.

»Was machst du hier?«, fragte sie und erklärte, dass sie ihn schon vergeblich zu Hause gesucht habe und dann hierhergekommen sei. Wo sonst sollte er schließlich an einem Sonntag sein?

Dominik berichtete ihr von der Verstorbenen und dass er ihre Todesursache ermitteln wolle. Dass ihr Sohn, Daniel Blumfeld, wahrscheinlich Bens Cousin war, erwähnte er nicht.

»Darf ich dir helfen?«, fragte Marie plötzlich.

Dominik starrte seine Tochter an. »Autopsien sind kein

schöner Anblick, Marie. Geh lieber, und amüsiere dich mit deinem Mann.«

»Ich komme damit klar. Bitte, ich würde gern helfen!«

Dominik protestierte noch ein bisschen, aber es fiel ihm kein triftiger Grund ein, ihr die Anwesenheit zu verwehren. Außerdem würde es der Sache dienen, wenn ihm jemand die Werkzeuge anreichte. Er führte sie in die Leichenhalle. Sie wurde ganz still, als sie den aufgebahrten Körper auf dem Seziertisch sah. Vielleicht hatte sie auch kurz nach Luft geschnappt.

»Du musst das nicht machen, Marie«, sagte er mit einem Blick auf ihr grünliches Gesicht.

»Mir geht's gut.«

Sie schien sich in Richtung der Leiche zu zwingen. Er beobachtete sie, während sie das blaugraue Fleisch, die steifen Gliedmaßen und das Blut musterte, das sich unter Ellenbogen und Knien gesammelt hatte. Er erinnerte sich noch daran, wie er als Student zum ersten Mal eine Leiche gesehen hatte, an das Erschrecken, das ihn gepackt hatte. Dieser chemische Geruch, vermischt mit dem Gestank von altem Fleisch. Doch sein Ekel hatte sich bald in Faszination verwandelt – ein Körper, ein menschliches Wesen ohne Seele; der Geist war entwichen, das Fleisch jedoch geblieben. Er erinnerte sich noch an seine ekstatische Begeisterung beim Lesen von *De Sedibus et Causis Morborum per Anatomen Indagatis*, Morgagnis Meisterwerk über die Autopsie. Als er Marie betrachtete, sah er deutlich, dass sie ganz Kind ihrer Eltern war: Neben dem Abscheu vor dem Anblick eines verwesenden Leichnams hatte sie denselben wissbegierigen Ausdruck in den Augen, das Bedürfnis, zu erfahren, woran dieser Mensch gestorben war. Sie hielt sich immer noch verlegen die Hand vor die Nase. Es war ihr offenbar peinlich, dass sie den Geruch nicht anders ertragen konnte.

»Für die menschliche Nase gibt es keinen schlimmeren Geruch als verwesendes Fleisch und tierische Abfälle«, sagte Dominik. »Der Geruch berührt einen unserer Urinstinkte – wir wollen möglichst schnell davor fliehen, damit der Tod uns nicht selbst berührt. Hast du schon mal von sensorischer Anpassung gehört?« Marie schüttelte den Kopf. »Männer auf dem Schlachthof und Fischweiber auf dem Markt, Gerber und Kanalarbeiter – weißt du, wie sie es schaffen, jeden Tag ihre Arbeit zu verrichten trotz der abscheulichen Gerüche, die aus der Hölle selbst stammen könnten? Irgendwann gewöhnen wir uns an Fischdärme, Tierabfälle und Ausscheidungen. Eigentlich benötigen wir dafür nur eine Viertelstunde. So lange brauchen unsere Riechzellen, um sich anzupassen. Hunde besitzen diese Fähigkeit, sich dem Geruch anzupassen und ihn zu vergessen, nicht in gleicher Weise. Deshalb können sie einem Geruch stunden-, ja, tagelang folgen. Aber wir Menschen verlieren innerhalb von fünfzehn Minuten die Fähigkeit zu riechen – schlecht, falls wir jemanden verfolgen müssten, aber großartig für unsere Zwecke hier.« Er deutete auf die Leiche. »In einer Viertelstunde wirst du es nicht mehr riechen.«

Marie nickte und nahm die Hand von der Nase. Sie betrachtete den Leichnam. »Sie ist nicht besonders alt. Wie ist sie gestorben?«

»Das wollen wir herausfinden«, sagte Dominik. »Ich vermute, an einer Lungenentzündung.«

»Einer bakteriellen Pneumonie?«

Dominik zeigte zwar nach außen keine Regung, doch innerlich strahlte er vor Stolz. »Ja.« Instinktiv setzte er das Gespräch so fort, wie er es mit einem Famulanten tun würde, als eine Art Unterrichtsgespräch, gespickt mit Fragen. »Und die Ursache dafür?«

»Eine bakterielle Infektion«, erwiderte Marie, sein Stichwort aufnehmend, »Staphylokokken oder Streptokokken.«

»Wie sollen wir die genaue Todesursache feststellen? Wo können Streptokokken vorkommen?«

»Im Blut und im Gewebe?«

»Ja.« Innerlich schwoll er vor Stolz. Er hob das Messer, dann senkte er es wieder. »Ich werde hier einen Schnitt setzen.« Er errötete und wurde sich zum ersten Mal der Tatsache bewusst, dass er gemeinsam mit seiner Tochter vor einer nackten Frauenleiche stand, deren Brüste und Genitalien entblößt waren und die er gleich aufschneiden würde.

Falls Marie peinlich berührt war, zeigte sie es nicht. »Zwischen der vierten und fünften Rippe?«, fragte sie.

»Ja, um Lungengewebe zu entnehmen.« Er setzte das Skalpell an und machte den Schnitt. Dabei trat Marie leise näher, und nachdem er ein Stück Lunge entnommen hatte, streckte sie ihm die Hand entgegen. Er reichte ihr das Skalpell, sie legte es auf dem Tablett ab. Sie half ihm, die Gewebeprobe vorzubereiten, und stand dann neben ihm, während er die Probe unter das Mikroskop legte.

»Was kannst du sehen?«, fragte sie höflich, aber drängend. Ihre inquisitorische Neugier war Dominik nicht fremd.

»Gar nichts, fürchte ich«, erwiderte er. »Keine Streptokokken.« Er verzog enttäuscht das Gesicht. Er war sich so sicher gewesen, dass derselbe Erreger, der vor einiger Zeit den Sohn befallen hatte, nun zum Tod der Mutter geführt hatte. Jetzt galt es, zu den Grundprinzipien zurückzukehren und mit dem Diagnostizieren ganz von vorn zu beginnen. »Sie hatte vor ihrem Tod Fieber.« Er betrachtete seine Tochter. »Was kann Fieber hervorrufen?«

»Eine Infektion?«

Ja, eine Infektion war die wahrscheinlichste Ursache. Sie war meistens der Hauptschuldige, wenn die Körperkerntemperatur über den zuträglichen Bereich hinaus anstieg, infolgedessen

Zellen und Gewebe zu heiß wurden und, unbehandelt, irreparable Schäden entstanden. Doch es gab noch andere Ursachen für Fieber, und Dominik war ein wenig enttäuscht, dass sie nichts weiter genannt hatte. Ein guter Kliniker nahm nichts als gegeben an. Er hatte natürlich die häufigste Diagnose im Kopf, schloss aber nichts aus.

»Auch Erkrankungen des Bindegewebes, eine Entzündung der Blutgefäße, ein Blutgerinnsel in den tiefen Venen, Krebs, Malaria«, fügte sie hinzu.

Er starrte sie an. Malaria war unwahrscheinlich, aber genau genommen war sie natürlich eine Infektionskrankheit.

»Malaria ist natürlich ziemlich unwahrscheinlich, es sei denn, die Frau wäre kürzlich in Afrika oder im Dschungel Südostasiens gewesen«, sagte sie.

Dominik schluckte und rückte beeindruckt seine Brille zurecht. »Wie sollen wir das entscheiden?«, fragte er. »Wie können wir die Ursache eingrenzen?«

»Ich weiß es nicht.« Ihr Gesichtsausdruck war ehrlich. »Untersuchen wir die Organe, eines nach dem anderen, um den Ort zu finden, wo die Krankheit begonnen hat?«

»Dazu müssen wir einen großen Schnitt machen und die Organe einzeln entnehmen, sie wiegen und untersuchen. Bist du darauf vorbereitet?«

»Das bin ich«, erwiderte sie.

Sie machten sich an die Arbeit. Dominik öffnete Ruth Landaus Leichnam und entfernte Herz, Lunge, Leber und den Verdauungstrakt. Marie würgte weder, noch erbrach sie sich, sondern half ihm, alles zu wiegen und zu untersuchen. Während er die Organe prüfte, wurde er immer frustrierter, denn er fand als Quelle der Krankheit kein einzelnes Organ – weder hatte die Leber versagt, noch war das Herz wegen eines Muskelschadens stehen geblieben. Etwas ganz anderes und Verwirrendes war der

Grund: »*Alles* hat versagt«, erklärte er. »Sie hatte keine Chance.«
Marie wartete darauf, dass er fortfuhr. »Es gibt nicht ein einzelnes entzündetes Organ, sondern *alles* ist größer, als es sein
sollte. Der ganze Körper ist entzündet.«

»Sepsis«, stellte Marie fest.

Dominik nickte und vergaß einen Moment lang, dass sie
sein Kind war, noch nicht ganz achtzehn Jahre alt, ohne medizinische Ausbildung. Er hatte all das vergessen und sprach mit ihr
wie mit einem Fachkollegen. »Aber wo hat es angefangen? Wir
haben die lebenswichtigen Organe untersucht. Alle sind entzündet, aber keines zeigt sich als eigentlicher Ursprung. Herz,
Lunge, Leber, Verdauungstrakt – alle haben versagt, aber die
Infektion hat nicht dort begonnen. Es scheint, als habe sie nirgendwo richtig angefangen.«

Es war ihm wirklich ein Rätsel. Er empfand Enttäuschung
und Ungeduld. Er ärgerte sich, dass es keine Pneumonie war,
wie er vermutet hatte, war aber immer noch begierig, die Wahrheit herauszufinden. Er musterte die verbliebene Haut, Gliedmaßen und Achselhöhlen, suchte nach einem Riss oder einer
Schürfwunde; vielleicht war die Infektion auf diesem Wege in
den Körper gelangt. Dann untersuchte er Zehen, Finger, den
Hals, fand aber nichts, nicht einen Kratzer.

»Wir haben noch nicht überall nachgesehen«, meinte Marie.

Er blickte auf. »Das Gehirn. Ja, natürlich. Meningitis ist zwar
selten, aber möglich.« Er machte sich auf die Suche nach einer
Säge.

»Nicht im Gehirn!«, rief Marie ihm nach. »Wir können dort
natürlich nachschauen, aber ich würde vorschlagen, dass wir
erst woanders suchen.«

»Und wo?«, erkundigte sich Dominik.

»In den Fortpflanzungsorganen. Vielleicht hat die Infektion
dort begonnen.«

Er legte den Kopf schief. »Ich würde das Gehirn überprüfen.«

»Die Gebärmutter wäre aber einfacher.«

Dominik kniff den Mund zusammen. Er wollte immer noch den Schädel untersuchen, aber dann wurde ihm klar, dass seine Tochter tatsächlich ein gutes Argument vorgebracht hatte. Sie entnahmen die Geschlechtsorgane und untersuchten sie. Beginnend in der Gebärmutter, über die Eileiter, die Gebärmutterschleimhaut und bis in die Bauchhöhle hinein entdeckten sie Verunreinigungen mit Exsudat, kennzeichnend für eine Infektion. Dominik blickte seine Tochter stolz an. »Gut erkannt!«, lobte er sie.

Marie strahlte über das ganze Gesicht. Doch dann verdüsterten sich ihre Züge. »Was ist das denn?«, fragte sie und zeigte auf die Gebärmutterwand, über die sich dünne, gezackte Einkerbungen zogen.

Dominik musterte sie genauer. »Kratzer«, erwiderte er. »Jemand – oder etwas – hat die Gebärmutter ausgeschabt.« Er starrte einen Moment nachdenklich auf die Gebärmutterwand und empfand tiefes Mitleid mit dieser Frau, die einen solchen Tod hatte erleiden müssen. Er stellte sich Ruth Landaus letzte Tage vor, ihren verzweifelten Besuch in irgendeinem dubiosen Hinterzimmer. Hatte sie sich auf einen neuen Liebhaber eingelassen, der sie ebenso schlecht behandelt hatte wie der letzte? Oder hatte sie sich gegen Essen und Geld den Liebkosungen eines verschwitzten, trägen Partners hingegeben, der sie dann verließ, als sie mit seinem Kind schwanger war? Er sah zu Marie hinüber und fragte sich, ob diese Entdeckung sie schockiert hatte, aber es schien nicht so. Sie betrachtete den Vorgang mit den Augen eines Arztes. Er war ungeheuer stolz auf sie und musste nun fraglos anerkennen, was er schon lange vermutet hatte: Sie war außergewöhnlich. Wie konnte es sein, dass sie die Aufnahmeprüfung nicht bestanden hatte?

Doch er hoffte, dass sie nun endlich auch ihn verstand: Genau das war der Grund, warum Frauen heiraten mussten.

29

SIE HABEN
ES GESCHAFFT!

Dominik ging noch einmal zu Lolek Wojtyła.

»Hatte Ruth Landau einen Freund?«, fragte er ihn.

Lolek zuckte mit den Schultern, während er hinter der Aus-
leihtheke Bücher abstempelte. »Woher sollte ich das wissen?«

Sein Tonfall klang ungewöhnlich abweisend. Fühlte er sich
etwa angegriffen? Einen Augenblick überlegte Dominik, ob Lolek der betreffende Mann sein könnte. »Warst du ihr Geliebter?«

»Nein«, erwiderte Lolek und schaute Dominik dabei offen
und ehrlich an.

Dominik glaubte ihm. »Ich vermute, sie ist schwanger geworden und hat die Schwangerschaft abgebrochen«, sagte er.
»Irgendjemand hat den Eingriff bei ihr durchgeführt, oder vielleicht war sie es auch selbst. Wer auch immer es war, er oder
sie hat unsauberes Werkzeug benutzt – und sie ist infolgedessen
gestorben.«

Lolek sah aus, als würde er gleich anfangen zu weinen. »Mir
bricht das Herz, wenn ich so was höre!«

Dominik betrachtete den gepeinigten Gesichtsausdruck des
jungen Mannes und entschuldigte sich dafür, das Thema aufgebracht zu haben. »Ich habe es dir nur erzählt, weil du sie kann-

test. Ich habe mich über sie erkundigt, um jemandem einen Gefallen zu tun. Und deshalb muss ich dich auch noch einmal fragen: Hast du eine Ahnung, was mit dem Jungen passiert ist? Nachdem ich jetzt weiß, wie Ruth gestorben ist, kann er unmöglich an derselben Infektion erkrankt sein wie seine Mutter, verstehst du? Sie hätte ihn mit ihrer Krankheit nicht anstecken können.«

»Der Junge ist tot. Tut mir leid«, sagte Lolek und wich Dominiks Blick aus. Er nahm einen weiteren Stapel Bücher von der Theke und stempelte die inneren Umschlagseiten ab.

Dominik erkannte, dass er mit jemandem sprach, dem das Lügen nicht gegeben war. Lolek schien darin nicht sehr geübt zu sein. »Mir würde alles weiterhelfen«, sagte er behutsam, »selbst, wenn ich nur das Grab des Kindes finden könnte. Weißt du, ob es eine Beerdigung gab? Ich würde die Informationen gern weitergeben, auch wenn es schlechte Nachrichten sind. Um wenigstens zu zeigen, dass ich Nachforschungen angestellt und alles getan habe, um ihn zu finden.«

»Ich weiß es nicht, Dominik. Tut mir leid.«

»Ich bin zu deinem Wohnhaus gegangen. Ich habe überall rumgefragt. Es scheint, dass Ruth nicht besonders beliebt war.«

»Ich mochte sie.«

»Andere mochten sie nicht.« Dominik studierte das Gesicht des jungen Mannes. Loleks Wangenknochen waren breit, aber zart; ein typisch polnisches Gesicht mit einer spitzen Nase. Er war ein erwachsener Mann, schlank und hübsch. Merkwürdig, dass seine Stimme so tief klang. Ein dunkler Bass, so wie man sich vielleicht die Stimme des Grafen Dracula vorstellte – wäre dieser Vampir Messdiener in Krakau.

»Die Nachbarn mochten ihren Umgang nicht. Ja, sie hatte einen neuen Freund.«

»Einen neuen Freund? War er Daniels Vater?«

Er schüttelte den Kopf. »Ich habe ihn erst seit ein paar Monaten dort gesehen.«

»Weißt du, wer Daniels Vater ist?«

»Er ist inzwischen gestorben.«

»Ich erkundige mich im Auftrag seiner Familie nach dem Kind. Die Verwandten des Vaters haben nach ihm gefragt. Es ist sehr schade, dass ich ihnen nun mitteilen muss, dass der Junge nicht mehr am Leben ist, aber dann wissen sie wenigstens Bescheid.« Dominik wurde klar, dass er mehr preisgeben musste als ursprünglich gedacht, um an sein Ziel zu kommen. »Die Verwandten des Vaters haben den Jungen zuerst abgelehnt – aber das tut ihnen nun leid, und sie möchten es wiedergutmachen.«

»Sie sprechen von der neuen Schwiegermutter Ihrer Tochter, nicht wahr?«, fragte Lolek und blickte Dominik prüfend an.

»Ja«, gab Dominik gezwungenermaßen zu, denn der Bibliothekar wusste viel mehr über die Geschichte, als er angenommen hatte.

»Sie kommt zu spät. Die Gemeinschaft hat den Jungen verstoßen. Vielleicht hätten sie ihn irgendwann wieder zurückkommen lassen, doch das viel größere Problem liegt in der Zukunft. Ein Waisenkind hat keine Chance. Für ihn selbst ist es besser, dass er fort ist.«

Dominik senkte den Kopf.

»Sind Sie traurig über die Nachricht?«, fragte Lolek.

»In meinem Beruf ist kein Platz für Sentimentalität«, erwiderte Dominik mit gespielter Beiläufigkeit. Dann kam ihm seine Verstellung allzu unehrlich vor, und er ließ den Kopf wieder sinken. Der Tod eines Kindes ging nie ohne Trauer und Verzweiflung an einem vorüber und dieses Kind … nun … »Ja, ich bin traurig«, gab er zu. »Ich mochte den kleinen Jungen.« Lolek legte tröstend die Hand auf Dominiks Arm. Dominik fragte sich, wie er Rachel Rosen die traurige Nachricht beibringen sollte.

»Es tut mir leid«, sagte Lolek. »Ich wusste nicht, dass er Ihnen so viel bedeutet.«

Dominik bedankte sich bei ihm und wollte sich auf den Weg machen. Als er die Tür noch nicht ganz erreicht hatte, fragte Lolek: »Sind Sie manchmal in Podgórze?«

Dominik verzog das Gesicht, verwundert über den plötzlichen Themenwechsel. »Selten.«

»Wenn Sie das nächste Mal dort sind, gehen Sie mal an Sankt Marta vorbei. Vor dem Gebäude wächst ein prächtiger Kirschbaum – den sollten Sie sich mal anschauen. Zur Mittagszeit, dann sieht man ihn am besten.«

Dominik blickte Lolek aufmerksam an und sah, wie der junge Mann langsam nickte. Offenbar wollte der hübsche Bibliothekar ihm etwas zu verstehen geben. Er würde dem legendären Kirschbaum so bald wie möglich einen Besuch abstatten.

Gleich am nächsten Tag fuhr er nach Podgórze. Sankt Marta war ein Waisenhaus, das von einer Ordensgemeinschaft betrieben wurde. Er erkundigte sich nach dem Weg und kam rechtzeitig zur Mittagszeit dort an, um den Kirschbaum zu betrachten. Der Baum war schön, aber nicht so spektakulär, wie Lolek es beschrieben hatte. Vielleicht war Dominik auch ein zu gestrenger Richter, doch er hatte im Laufe seines Lebens schon einige schöne Kirschbäume gesehen. Um die Mittagszeit spielten anscheinend auch die Kinder des Waisenhauses draußen im Garten. Die Jungen und Mädchen beschäftigten sich mit Seilspringen, rannten um den Baum und pflückten Kirschen, während zwei Nonnen, eine junge und eine alte, die Kinder ermahnten, nicht allzu wild zu sein. Mitten unter den Kindern sah er eines mit leuchtend tiefblauen Augen, die er überall wiedererkannt hätte.

Die jüngere Nonne rief die Kinder mit warmer Singsang-stimme zu sich: »Irena, Paweł, Weronika!«, worauf die Kinder zu ihr rannten. »Jetzt ab nach drinnen. Gleich gibt es Mittages-sen. Krystian, es ist Zeit reinzugehen!«

Der Junge, den sie Krystian gerufen hatte, ließ sein Spring-seil fallen und lief zu der Nonne, was Dominik höchst seltsam vorkam, denn er wusste, dass der Junge nicht Krystian, sondern Daniel hieß. Als Dominik ihn zum letzten Mal gesehen hatte, war sein sandfarbenes Haar lang und lockig gewesen, und zwei besonders lange, vor die Ohren gekämmte Stirnlocken hatten ihm bis fast zu den Schultern gereicht. Nun hatte er das Haar ganz kurz rasiert, und ein feiner weicher Flaum bedeckte seinen Kopf wie bei einem Entenküken.

Während Krystian zurücklief, um sein Springseil aufzusam-meln, musste er unweigerlich in Dominiks Richtung blicken. Dominik duckte sich hinter seinem Auto am Straßenrand. Er war zu weit entfernt, als dass der Junge ihn deutlich hätte erken-nen können, aber Daniel hatte so gut auf den Namen Krystian reagiert, dass Dominik diese perfekt eingefädelte und durchge-spielte Tarnung keinesfalls gefährden wollte. Während er neben dem Vorderrad seines Autos kauerte und sich an der Radkappe festhielt, tat Dominik etwas, was er nur noch ganz selten tat: Er lächelte.

Ende Juli traf sich der Krankenhausvorstand, um über den neuen Medizinischen Leiter zu entscheiden. Als Dominik he-reinkam und seine Absicht zur Kandidatur ankündigte, schien Igor Wolanski einem Schlaganfall so nahe, dass Dominik später behauptete, er habe förmlich sehen können, wie das Blutgerinn-sel den Hals des Mannes entlangwanderte. Aber Wolanski riss sich zusammen. Es folgte lediglich eine kurze Unterbrechung, als Dominiks illustrer Kollege offiziell protestierte, weil Doktor

Karski bereits vor Monaten seine Kandidatur für den Posten des Chefarztes zurückgezogen habe und deshalb nicht mehr antreten könne. Doch dieser Protest wurde abgelehnt. Einer der Vorstände versicherte, Dominik habe sich am Vortag erneut beworben, das sei nach den Statuten des Krankenhauses ausreichend früh, und beide Männer erhielten das Wort für ihre Bewerbungsvorträge.

Wolanski begann mit einer anschaulichen und mitreißenden Rede über seinen Plan, dreißig Prozent der Einwohner der Stadt – mit anderen Worten: alle jüdischen Bürger Krakaus – vom Besuch des Krankenhauses auszuschließen, ebenso alles fahrende Volk, falls einer oder eine von ihnen jemals die Absicht hätte, sich für eine Behandlung ins Krankenhaus zu begeben. Er fügte eine gekürzte Version seines inzwischen berühmten Diavortrags *Meine Reisen durch Deutschland* an, wobei er das Licht löschen ließ, um dem Vorstand seine Bilder zu zeigen. Um seine Position zu untermauern, präsentierte er noch eine zweifelhafte Grafik, die zeigen sollte, wie die Infektionsrate unter seiner »Nur für Arier«-Strategie sinken würde und wie man die Ressourcen, die dadurch eingespart wurden, für würdigere Patienten einsetzen könnte. Er beendete seinen Vortrag mit dem dreimaligen pathetischen Ruf: »Erfolg, Erfolg, Erfolg!« – ein krönender Abschluss seines theatralischen Auftritts.

Der Vorstand dankte ihm und forderte Dominik auf, seine Kandidatur zu begründen.

Dominiks Vortrag kam ohne den Pomp und die Theatralik Wolanskis aus. Er präsentierte weder Grafiken noch Dias, noch stieß er pathetische Rufe aus. Stattdessen trat er ruhig vor sein Publikum und erinnerte den Vorstand ohne jede Einleitung daran, dass sich auch die Einnahmen des Krankenhauses um dreißig Prozent reduzieren würden, falls man dreißig Prozent der Patienten abweise. Unter den Patienten, denen man eine

Krankenhausbehandlung verwehren würde, befänden sich viele der wohlhabendsten Familien der Stadt – ebenso wie einige Mitglieder des Krankenhausvorstands. Im Hinblick auf die hohe Infektionsrate in der Bevölkerung erwähnte Dominik ein von ihm entwickeltes Medikament, das bakterielle Infektionen bekämpfte, ein sogenanntes Antibiotikum. Er würde es gern im Namen des Krankenhauses patentieren lassen. An bakteriellen Infektionen durch Staphylokokken oder Streptokokken erkrankten jedes Jahr fünfzig Prozent der polnischen Bevölkerung – und auch fünfzig Prozent der Weltbevölkerung. Wäre das Krankenhaus im Besitz dieses neuartigen Medikaments, könnte es eine Dosis an jeden zweiten Menschen verkaufen, der durch die Tür kam. Die Klinik könnte das Medikament auch selbst produzieren lassen und an andere Krankenhäuser im Land weiterverkaufen.

Jan Grüner, der rauchend in der letzten Reihe saß, verkündete, dass sein Vater gute Kontakte zur IG Farben habe, die dieses Antibiotikum gern in großem Rahmen produzieren würde, sobald es fertig entwickelt sei. Das Krankenhaus könne damit rechnen, dadurch eine Milliarde Zloty zu verdienen. Falls sie jedoch Wolanskis Ansatz favorisierten, würde Dominik seine Entdeckung bestimmt woanders unterbringen, und dann würde das Krankenhaus eben seine Einnahmen um dreißig Prozent senken, statt diese tausendfach zu steigern.

Der Vorstand nahm sich eine angemessene Bedenkzeit – ungefähr zwei Minuten –, bedankte sich dann bei Igor Wolanski für seine interessante und souverän vorgetragene Präsentation und ernannte Dominik zum Chefarzt.

Danach bestand Johnny darauf, dies zu feiern. Er holte von irgendwoher eine Flasche Champagner und schenkte Dominik ein halbes Glas ein, wobei er ihm versicherte, dass er es nicht trinken müsse. Es sei nur zum Anstoßen auf diesen wunderbaren Anlass gedacht. Dominik nahm das Glas höflich entgegen und trank einen Schluck. Dann entschuldigte er sich und stahl sich, so schnell er konnte, in sein Büro. Er erzählte niemandem von seiner Beförderung, informierte weder den Professor, noch sagte er es Marie. Allerdings schwieg er nicht aus Bescheidenheit, sondern weil er die Situation nicht noch zusätzlich anheizen wollte. Sein Instinkt bestätigte sich, denn kurz darauf erhielt er in seinem Büro Besuch von Wolanski.

»Sie haben es geschafft, Doktor Karski!«, sagte sein verärgerter Kollege. »Ich habe Sie gewarnt, Sie sollten sich aus dem Rennen zurückziehen. Sie hatten dem auch zugestimmt. Ich dachte, wir hätten eine Abmachung!« Wolanski hatte die Hände zu fleischigen Fäusten geballt, und es hätte Dominik nicht verwundert, wenn ihm zusätzlich Rauch aus den Ohren gequollen wäre.

Er wich zurück und erwartete beinahe, dass sein Kollege zuschlug. »Bringen Sie es hinter sich, Doktor Wolanski, falls Sie vorhaben, mich zu schlagen!«

»Ha! Sie glauben wohl, dass ich mit schlichter Gewalt reagiere? Ich habe etwas viel Gefährlicheres vor. Sie wollten Ihre Bewerbung als Klinikchef zurückziehen, und im Gegenzug habe ich eingewilligt, meinen Freund in Lemberg nicht anzurufen. Nun, da Sie Ihren Teil der Abmachung nicht eingehalten haben, werde ich es Ihnen gleichtun. Ich werde meinen Freund anrufen, sobald ich hier raus bin. Ich habe keine Ahnung, was ich über Sie herausfinden werde, aber ich kann Ihnen versichern, dass ich schon sehr gespannt darauf bin! So wie Sie sich verhalten, bin ich sicher, dass ich etwas Abnormes und Schreckliches entdecken werde, das mir sehr zupasskommen wird! Genießen Sie Ihre Position als Chefarzt, solange Sie können – ich glaube nicht, dass Sie sie noch lange innehaben werden! Wer weiß – vielleicht sind Sie ja auch gar nicht mehr als Arzt tätig, wenn ich meine Nachforschungen abgeschlossen habe.«

Ehe Dominik etwas erwidern konnte, war Wolanski verschwunden.

Dominik ließ sich auf seinen Stuhl sinken und starrte die Wand an. Er versuchte, sich mit einer Patientenakte auf dem Schreibtisch zu beschäftigen, konnte sich aber nicht auf die Worte konzentrieren. Schließlich schaltete er die Lampe aus und saß in der Dunkelheit. Irgendwann würde er sein Büro verlassen müssen, doch im Augenblick blieb er erst einmal hier, verborgen vor der Welt. Er hatte seine Spuren in Lemberg so gut wie möglich verwischt, aber es gab noch einige ungeklärte Probleme, die sich nicht lösen ließen und die ihn zu Fall bringen könnten. Er hoffte, dass Wolanski nur bluffte, was diesen ominösen Freund anging, oder dass er, wie immer, zu faul war, um die Dinge richtig zu überprüfen. Dominiks einzige Hoffnung blieb, dass Wolanski einfach zu dumm war, um ihm auf die Schliche zu kommen. Solange nur ein derart dummer Mensch in seiner Vergangenheit herumstocherte, würde schon alles gut gehen.

30

KOMM, WIR SPIELEN FANGEN

In der Woche nach der Autopsie ging Marie zur Universität und bat darum, Herrn Strawiński sehen zu dürfen. Sie wartete vierzig Minuten im Empfangsbereich der Zulassungsstelle, bevor eine Sekretärin sie durchließ. Marie hatte ein paar Sätze vorbereitet, die sie herunterspulte, sobald sie das Büro betreten hatte, denn sie wusste nicht, wie viel Zeit man ihr gewähren würde.

»Herr Strawiński, erlauben Sie mir, die Prüfung zu wiederholen. Für die Zulassung zum Medizinstudium. Ich werde mir Nachhilfe organisieren, ich werde meinen Vater, Doktor Karski, bitten, mir bei der Vorbereitung zu helfen. Ich habe beim letzten Mal wohl die falschen Themen vorbereitet, denn für das Studium geeignet bin ich bestimmt. Mein Vater wird mich in die richtige Richtung lenken. Ich werde eine ausgezeichnete Studentin sein und Sie nicht enttäuschen.« Sie erinnerte sich daran, wie sie ihrem Vater bei der Autopsie assistiert hatte. Dieses herrliche Gefühl, das sie durchströmt hatte, während sie das Gewebe untersuchten, Hypothesen erwogen und eine Diagnose stellten! *So werde ich mein Leben verbringen*, hatte sie gedacht.

Strawiński legte das Kreuzworträtsel beiseite, mit dem er sich beschäftigt hatte, und schraubte die Kappe wieder auf seinen Füllfederhalter. »Bitte gehen Sie jetzt, bevor Sie sich noch weiter blamieren«, sagte er. »Sie haben die Aufnahmeprüfung nicht bestanden.«

»Ich weiß. Aber mein Vater wird mir bei der Vorbereitung helfen. Lassen Sie mich die Prüfung noch einmal machen.« Sie fand, dass diese Beteuerung ausreichen sollte, schließlich hatte Strawiński selbst ihren Vater als den klügsten Mann der Stadt bezeichnet.

Er seufzte. »Ich hatte gehofft, Ihnen diese Peinlichkeit zu ersparen, aber mir scheint, ich muss deutlicher werden. Ich dachte, das wäre die einfachste Lösung für Sie, Fräulein Karska – oder sollte ich lieber Frau Rosen sagen –, aber Sie scheinen es nicht zu begreifen. Hören Sie gut zu: Sie werden an dieser Universität weder Medizin noch irgendein anderes Fach studieren.«

Marie betrachtete Strawińskis Gesicht. Ein Krümel unklarer Herkunft hing in seinem Schnurrbart, vielleicht von einem Stück Kuchen. Spucke oder irgendeine andere Feuchtigkeit ließ ihn an den Haaren des Schnurrbarts haften. Marie überlegte, ob sie ihn darauf hinweisen sollte, sagte aber nichts, sondern beobachtete nur, wie der Krümel sich auf und ab bewegte, während Strawiński sprach, und wartete, ob er von allein abfiel.

»Ich sage das nicht, um gemein zu Ihnen zu sein, Frau Rosen. Ich möchte bloß fair sein. Selbst wenn wir für das nächste Semester noch ein paar Studienplätze für Juden frei hätten – meinen Sie wirklich, ich würde Ihnen einen Studienplatz geben, um *Arzt* zu werden? Und damit einem Mann diesen Platz wegnehmen, der die Arbeit am Ende doppelt so gut erledigen würde?« Er schnaubte.

Marie erkannte das Argument wieder – Ähnliches hatte sie schon aus dem Munde ihres Vaters gehört. »Ich weiß es nicht. Ja, ich denke schon.«

»Und was passiert, wenn Sie Kinder bekommen? Sie sind

jetzt verheiratet. Werden Sie dann auch noch arbeiten? Wollen Sie Ihre Kinder zu Hause sich selbst überlassen? Oder wollen Sie sie mit zur Arbeit nehmen?« Er lachte spöttisch. »Wollen Sie sie auf dem Rücken tragen, während Sie Patienten behandeln? Nein, das werden Sie nicht. Sie werden den Beruf aufgeben, um die Kinder großzuziehen, so wie es sich gehört. Babys brauchen ihre Mutter. Und selbst wenn Sie keine Kinder bekommen, wenn Sie unfruchtbar sein sollten – welcher Patient möchte sich schon von einem *weiblichen* Arzt behandeln lassen?« Er lachte schallend. »Wer würde einer Frau zutrauen, sich das umfangreiche Wissen und die Kenntnisse und Fähigkeiten anzueignen, die man braucht, um Krankheiten zu diagnostizieren, Anatomie und Physiologie zu verstehen und eine Behandlung in die Wege zu leiten? Das sind schwierige Dinge, die eine gewisse geistige Größe erfordern, stimmen Sie mir da nicht zu?«

»Ich stimme Ihnen zu«, erwiderte Marie. »Aber ich glaube, ich besitze diese geistige Größe.« Sie blickte zu Boden.

Strawiński lächelte herablassend und sagte begütigend: »Natürlich glauben Sie das. Ihr Vater hat Ihnen das immer eingeredet, aber er sieht Sie mit den liebevollen Augen eines Vaters. In der echten Welt dagegen sind Sie immer noch eine Frau, und selbst wenn *Sie* meinen, eine gewisse Intelligenz zu besitzen, denken andere nicht so. Niemand wird sich Ihnen anvertrauen. Niemand wird sich von Ihnen behandeln lassen. Sie werden sich in dem Beruf nie so einsetzen können wie ein Mann. Und wessen Schuld wird das dann sein? Meine, wenn ich Ihnen aus lauter Mitleid einen Studienplatz an der Universität anbieten würde, der für einen zukünftigen Arzt bestimmt ist, und stattdessen einer *Frau* erlaubte, sich hier ausbilden zu lassen.«

Marie starrte beschämt zu Boden und schüttelte den Kopf.

Er sprach jetzt leiser, als wollte er sie trösten. »Ich schlage vor, dass Sie Ihr Versagen bei der Prüfung als ein glückliches

Geschenk betrachten, denn das ist es letztendlich. Sie sind eine junge Frau, die vergessen hat, wo sie hingehört. Oder vielleicht haben Sie es auch nie gewusst. Die Welt ist nicht dazu da, um Ihren Fantasien und Wünschen zu dienen. Ihr Wert für die Gesellschaft liegt in ganz bestimmten Bereichen – und eben nicht in anderen. Sie müssen einsehen, wo Ihr Platz ist – je eher, desto besser!« Er beugte sich vor. »Frauen verfügen nicht über die Intelligenz von Männern. So ist es von der Natur vorgesehen. Versuchen Sie nicht, etwas zu erzwingen, das Ihnen nicht natürlich gegeben ist, meine Liebe. Dabei machen Sie sich nur kaputt.« Er warf die Arme in die Höhe, als sei mit diesem letzten Satz der Höhepunkt seiner Argumentation erreicht.

Marie schaute aus dem Fenster. Es hatte angefangen zu regnen, ein Sommergewitter. Dicke Tropfen platschten gegen die Scheiben, und durch ein geöffnetes Fenster drang der herrliche Duft von frischem Regenwasser. Strawiński stand von seinem Schreibtisch auf, schloss das Fenster, und sofort war der angenehme Geruch aus dem Büro verschwunden.

»Ich kann für uns alle nur hoffen, dass ich so dumm bin, wie Sie sagen«, meinte sie.

Er setzte sich wieder und lächelte sie an. »Tut mir leid, ich kann Ihnen nicht folgen.«

»Ich hoffe, dass ich so dumm bin wie Bohnenstroh, denn wenn ich das nicht bin, wenn ich so intelligent bin, wie ich glaube, dann könnte ich in dieser Welt etwas zum Besseren verändern, dann könnte ich Menschen helfen – und Sie würden mir die Möglichkeit nehmen, das zu tun. Wie viele Menschen auf dieser Welt haben unnötig gelitten, obwohl eine Frau ihnen doch hätte helfen können? Wie viele sind bereits gestorben? Welchen Verlust haben wir der Menschheit zugefügt durch die Annahme, dass die nützlichsten Fähigkeiten der Frauen zwischen ihren Beinen liegen?«

Marie wandte sich zum Fenster und betrachtete den Regen, aber vorher erhaschte sie noch einen Blick auf die entsetzte Miene des Zulassungsbeauftragten. Irgendwann in der Zwischenzeit hatte sich der Krümel von seinem Schnurrbart gelöst. Nach ein paar Schrecksekunden wandte Strawiński sich noch einmal in strengem Tonfall an Marie: »Lassen Sie es gut sein, Kindchen! Mit der nicht bestandenen Prüfung haben Sie eine gute Ausrede – Ihr Vater hat das sicher akzeptiert, und andere werden es auch tun. Und jetzt lassen Sie es gut sein, sonst werden Sie es noch bereuen.«

Marie begab sich Richtung Tür, doch dann hielt sie inne und drehte sich noch einmal zu Herrn Strawiński um. »Ihr Vater hat Krebs, nicht wahr?«

Er lächelte. »Er *hatte* Krebs. Jetzt ist er geheilt.«

»Wie schön. Wodurch wurde er geheilt?«

»Papa bekam eine Strahlentherapie, in dem Krankenhaus, in dem Ihr Vater arbeitet.« Er grinste selbstzufrieden.

»Ist Ihnen bewusst, dass die Strahlentherapie, die Ihren Vater geheilt hat, von einer Frau erfunden wurde?«

»Na, ich weiß nicht …«, sagte er, während er unbehaglich auf seinem Stuhl hin und her rutschte.

»Das wurde sie aber. Von Marie Curie. Ihre Entdeckung wurde für so bedeutend gehalten, dass man ihr dafür den Nobelpreis verliehen hat.« Sie blickte ihn eindringlich an. »Ihr Vater wäre gestorben, wenn man dieser Frau das Studium verwehrt hätte. Schönen Tag noch.«

Strawiński starrte sie wortlos an, und Marie verließ das Büro. Im Treppenhaus kam ihr eine Frau entgegen, in der sie die Sekretärin der Zulassungsstelle wiedererkannte.

»Guten Tag, Frau Sadka«, begrüßte Marie sie. »Schön, Sie zu sehen.« Sie wollte weitergehen, doch die Sekretärin nahm Marie am Arm und führte sie in einen Korridor.

Sie schaute erst nach rechts und links, als wollte sie sich vergewissern, dass niemand in der Nähe war, und sagte dann: »Sie haben in der Chemieprüfung achtunddreißig Punkte bekommen.« Sie schaute Richtung Treppenhaus und zog Marie noch ein Stück weiter in eine Nische.

Marie nickte dankbar. »Ich kannte meine Punktzahl bisher nicht. Achtunddreißig von wie viel insgesamt, wenn ich fragen darf?«

»Achtunddreißig von vierzig«, erwiderte die Sekretärin.

Marie hob die Augenbrauen. »Anscheinend nicht gut genug, um zu bestehen. Ich nehme an, man muss die volle Punktzahl erreichen?«

Die Sekretärin lachte. »Achtunddreißig ist sehr gut. Die Durchschnittsnote bei dieser Prüfung liegt bei zweiundzwanzig von vierzig Punkten!«

»Man hat mir gesagt, ich sei durchgefallen.«

»Ja.« Die Sekretärin berührte Marie kurz am Arm, dann eilte sie die Treppe hinauf.

Eigentlich hätte diese Auskunft Marie trösten sollen. Stattdessen stürzte die Mitteilung der Sekretärin sie in eine derartige Verzweiflung, dass sie sich eine halbe Stunde lang nicht in der Lage fühlte, die staubige Nische zu verlassen.

Später an diesem Tag war Marie mit ihren Einkäufen unterwegs zu Bens Wohnung, die nun auch ihr Zuhause war. Sie war nach der Rückkehr aus den Flitterwochen dort eingezogen und hatte seither Zeit gehabt, ihren Ehemann und seine Eigenheiten kennenzulernen. Sie wusste nun, wie er sich die Zähne putzte, wie er aussah, wenn er die Zeitung las, und wie er sich im Bett umdrehte. Seit Tagen hatte sie diese intimen, ungeschützten Momente genießen können. Wie versprochen hatte er sie in die köstliche jüdische Küche eingeführt. Kugel, dieser herrliche

Nudelauflauf, war ihr Lieblingsgericht. Sie lächelte, während sie auf dem Heimweg daran dachte. Sie hatte auf dem Marktplatz eingekauft und ging nun die Grodzka-Straße hinunter Richtung Kazimierz. Es war August, der Abend dämmerte herauf, und vom Park wehte ein herrlicher Blütenduft herüber, was sie auf die Idee brachte, einen kleinen Umweg durch die Grünanlage zu machen, die am Rande der Altstadt lag.

Sie hatte die Hauptstraße noch nicht lange verlassen, als sie merkte, dass ihr jemand folgte, denn ein Stück hinter ihr klapperten Schritte über das Kopfsteinpflaster. Zuerst sagte sie sich, dass die Person vermutlich bloß zufällig dort langging, aber als Marie ihre Schritte beschleunigte, wurden die Schritte hinter ihr ebenfalls schneller und kamen näher. Marie spürte ihr Herz klopfen. Sie überquerte die Straße, aber auch das hielt die Person nicht davon ab, ihr zu folgen, denn Marie hörte, wie sie ebenfalls die Straße überquerte und noch schneller wurde. Marie überlegte, ob sie schreien sollte, doch dann warf sie einen raschen Blick über die Schulter und atmete erleichtert auf. »Oh, hallo, Tobias!«

Es war der jüngere Bruder von Jozef Kowalski, dem jungen Mann, dem sie bei der Tanzveranstaltung einen Korb gegeben hatte. Tobias war vierzehn Jahre alt, wenn sie es recht in Erinnerung hatte, und sie kannte ihn schon fast sein ganzes Leben lang. »Wie geht es dir?«, fragte sie.

Der Junge antwortete nicht, sondern grinste Marie nur seltsam an.

»Kann ich dir irgendwie helfen?«, fragte sie.

Der Junge grinste weiter und schwieg. Schließlich sagte er: »Wollen wir Fangen spielen?«

Marie musterte ihn. Er starrte sie dreist an, frech und unhöflich, und er schwankte ein bisschen. Sie fragte sich, ob er Alkohol getrunken hatte. »Nein, danke«, erwiderte sie. »Ich muss nach Hause.« Sie entschied sich trotz des schönen Abends, nicht durch den Park zu gehen; lieber würde sie zurück zur Hauptstraße laufen. Sie wandte sich um und marschierte an dem Jungen vorbei, doch ein Stück weiter versperrte ihr ein Auto den Weg. Der Fahrer schaltete die Scheinwerfer an und blendete sie für einen Moment. Als sich ihre Augen an das Licht gewöhnt hatten, stellte sie fest, dass Jozef am Steuer saß und sie durch die Windschutzscheibe anstierte.

Der jüngere Bruder war wieder hinter ihr. »Komm, wir spielen Fangen«, forderte er sie auf.

»Ich möchte aber nicht spielen«, erwiderte Marie. Ihre Stimme klang schrill.

»Schade. Folgende Regeln: Du läufst los, während ich bis zehn zähle. Dann versuche ich, dich zu fangen. Wenn ich es schaffe, darf ich dich hiermit schlagen.« Er hielt eine Holzstange von etwa einem Meter Länge in die Höhe. An einem Ende war ein langer Nagel nur zur Hälfte eingeschlagen, sodass er rechtwinklig aus der Stange ragte.

Marie hätte am liebsten über diese Ungeheuerlichkeit gelacht. Stattdessen stellte sie sich vor, wie der Stock nach ihr geschwungen wurde und der Nagel sich in ihre Haut grub, ihren Schenkel, Rücken und ihr Gesicht traf. »Tobias, das kann doch nicht dein Ernst sein. Wir sind Nachbarn«, sagte sie mit flehentlicher Stimme.

»Jetzt nicht mehr«, antwortete er. »Du bist jetzt eine dreckige Jüdin!« Er schaute sie mit flackerndem Blick an.

Maries Kehle wurde trocken. Sie schaute sich um. Sie befanden sich in einer Gasse, rechts und links waren nur die Rückseiten von Gebäuden, keine Wohnhäuser, nur Büros, in denen sich um diese Zeit niemand mehr aufhielt. Es gab keine Türen, an die sie klopfen und um Hilfe hätte bitten können, und die Straße war menschenleer. Schreien würde ihr auch nicht weiterhelfen. Sie schaute an dem Jungen mit der Stange vorbei zu seinem Bruder Jozef, der immer noch im Auto saß. Würde er ihr helfen? Er hatte einmal für sie geschwärmt, sie begehrt – vielleicht hatte er noch etwas für sie übrig, und sie konnte an sein Gewissen appellieren? Doch zu ihrem Entsetzen war sein Blick keineswegs freundlicher als der seines Bruders, sondern eher noch härter. Während Tobias ein bisschen Gewalt suchte, las sie in den Augen des älteren Bruders verletzte Eitelkeit. Sie hatte ihm bei dem Tanz einen Korb gegeben, ihn vor seiner Familie und seinen Freunden blamiert, und nun würde sie dafür bezahlen müssen.

Sie konnte nicht zurück zur Grodzka-Straße rennen, denn das Auto versperrte ihr den Weg.

»Sollen wir anfangen?«, sagte Tobias und schwang seine Holzwaffe.

Sie wandte sich Richtung Park. Ihr blieb keine Wahl – sie rannte los.

Der Junge hinter ihr zählte begeistert: »Eins, zwei, drei …«

Marie ließ die Einkaufstaschen fallen und rannte, so schnell sie konnte. Hinter ihr ließ Jozef den Motor seines Coupés aufheulen. Der Junge war bei zehn angekommen. »Die Zeit ist um. Ich komme!«

Marie schaute nach vorn. Ihre einzige Hoffnung bestand darin, die beiden zwischen den Büschen und Bäumen im Park abzuhängen. Tobias beschleunigte seine Schritte und holte auf. Marie zwang sich, noch schneller zu laufen. Ihre Lunge brannte von der Anstrengung, und ihre Beine waren bleischwer. Sie hörte den Atem des Jungen hinter sich, aufgeregt hechelnd wie eine junge Bulldogge. Er holte auf, war knapp hinter ihr und wollte mit seinem Stock ihren Knöchel bremsen, um sie zum Stolpern zu bringen. Sie strauchelte, konnte sich aber gerade noch fangen und rannte weiter.

Er holte wieder auf, jetzt noch wütender. Er schwang den Stock und traf sie an der Hüfte, wobei er den dünnen Stoff ihres Sommerkleides einriss und auch ein Stück Haut und Fleisch erwischte. Marie schrie vor Schmerz auf.

»Hab dich!«, rief der Junge im Siegesrausch und jubelte, als hätte er ein Tor beim Fußball erzielt.

Sie war entsetzt über seine Reaktion. Wie konnte ein so junger Mensch sich ohne Scham und Schuldgefühle darüber freuen, dass er einen anderen verletzt hatte? Sie weinte, nicht nur, weil ihr die Verletzung wehtat, sondern auch über die verlorene Unschuld des Jungen. Sie erreichte den Rand des Parks und rannte auf eine Buschgruppe zu, in der Hoffnung, sich dort verstecken zu können, aber er hatte sie schon wieder eingeholt. Diesmal schwang er seinen Stock tiefer und traf sie am Knie. Der Nagel riss ihr ein weiteres Stück Fleisch ab, während sie stolperte und zu Boden fiel. Tobias stürzte sich auf sie und setzte sich rittlings auf ihren Rücken. Sie bewegte die Arme nach hinten und versuchte, ihn zu packen oder zu kratzen, doch aus dem Winkel gelang ihr das nicht. Sie wollte ihn abschütteln, aber er war zu schwer; selbst mit seinen vierzehn Jahren wog er weit mehr als sie. Es kam ihr wie ein böser Traum vor, als sie merkte, wie er mit dem Stock über ihrem Kopf ausholte, um sie noch einmal zu treffen. Sie verschränkte die Hände hinter dem Hinterkopf und bereitete sich auf den Schlag und den Schmerz vor.

»Genug, Tobias«, sagte der ältere Bruder.

»Das ist unfair, ich hab sie gefangen«, jammerte der Jüngere, als hätte man ihn bei einem Kartenspiel übervorteilt.

Marie seufzte erleichtert auf, als er von ihrem Rücken herunterstieg. Sie stand auf. Ihre Vorderseite war mit Gras und Dreck beschmiert. »Danke«, sagte sie zu Jozef.

»Schau dich bloß an!«, sagte der ältere Bruder voller Verachtung. »Judensau!«

Marie zuckte zusammen bei dieser Beschimpfung, die so grausam wie formelhaft war. Sie hatte schon gehört, wie andere Menschen mit diesem Wort beleidigt wurden, und war über die Wut, mit der es ausgestoßen wurden, schockiert gewesen – aber dass sie nun selbst so bezeichnet wurde, kam ihr beinahe lächerlich vor.

»Du ekelst mich an«, stieß Jozef hervor und deutete auf ihre blutende Hüfte, an die Stelle, wo ihr Kleid zerrissen war. Auch ihre Unterhose war zerrissen, und ihr weiches Fleisch war offen zu sehen. Er schloss mit einer letzten Schmähung. »Nutte«, höhnte er.

Marie zuckte wieder zusammen, doch diesmal noch mehr. Die rassistische Beschimpfung hatte nicht ganz echt geklungen, so erschütternd sie auch war, aber nun erkannte sie den wahren Grund, aus dem die beiden sie attackiert hatten. Jozef hasste sie, weil sie ihn verschmäht hatte. Innerhalb weniger Monate war sie als »Jüdin«, »Schlampe« und »Nutte« bezeichnet worden, Ausdrücke, die sie sich in den siebzehn Jahren zuvor nie hatte anhören müssen. Sie trauerte um die kleinen Stücke ihres Wesens, die diese Beschimpfungen von ihr abgerissen hatten. Sie fragte sich, welches Verbrechen sie begangen hatte, um so bezeichnet zu werden: Sie war doch derselbe Mensch wie vorher – was hatte sich geändert? Das war es. Sie war erwachsen geworden, eine Frau, und jetzt musste sie dafür bezahlen.

»Danke, dass du dem ein Ende gesetzt hast, Jozef«, sagte sie und hoffte, damit an seine edlere Natur zu appellieren.

Er zuckte mit den Schultern. »Du bist jetzt ein Nichts. Nicht für alles Gold der Welt würde ich dich noch haben wollen. Warte nur, bis die Deutschen kommen!«

Es sollte lange dauern, bis die Erinnerung an den fanatischen Blick des Jungen sie wieder losließ. Marie rannte durch den Park davon; die Brüder verfolgten sie nicht mehr. Sie schlug einen

Kreis zurück zur Grodzka-Straße und kam ein Stückchen weiter oben heraus. Dann lief sie zum nächsten vertrauten Haus.

Ihr Vater öffnete ihr die Tür und führte sie ins Wohnzimmer. Sie erzählte ihm, was passiert war, während er ihr die Wunden versorgte. Sie hatte damit gerechnet, dass er sie trösten würde, dass er ankündigen würde, zu Kowalski zu gehen und ihm die Meinung zu sagen, oder zur Polizei, um Anzeige zu erstatten. Stattdessen schüttelte er nur den Kopf.

»Also, was sollen wir jetzt tun?«, fragte sie.

»Ich wünschte, du hättest diesen Jungen nie geheiratet, Marie. Du hast dir das selbst eingebrockt.«

»Das hatte nichts mit meiner neuen Religion zu tun, Papa! Das lag nur an Jozef Kowalskis verletztem Stolz.«

»Erwartest du etwa, dass jeder so glücklich über deinen Übertritt zum Judentum ist wie du?«

Marie schnappte nach Luft und blitzte ihn wütend an. »Ich dachte, du würdest dich aufregen, dass man deine Tochter so behandelt hat!«

»Was ist nur in dich gefahren, dass du dir das Leben so schwer machst?«, erwiderte er. »Die Welt ist grausam genug, und nun hast du sie noch grausamer gemacht. Erwartest du von mir, dass ich glücklich darüber bin, was du getan hast?«

»Sollten wir nicht wenigstens zur Polizei gehen?«

Er hatte die Wunde an ihrer Hüfte gesäubert und widmete sich nun ihrem Knie. Der tiefe Schnitt hatte sich nicht richtig geschlossen, und immer noch sickerte Blut heraus.

»Was soll die Polizei denn machen? Du bist eine junge jüdische Frau, die allein durch einen katholischen Park spaziert ist. Was hast du dir dabei gedacht? Du hättest einfach mit dem Jungen tanzen sollen, Marie. Dann wäre das alles nicht passiert. Ich meine es bloß gut, wenn ich dir das sage!«

Marie räusperte sich. »Er hat zu mir gesagt: ›Warte nur, bis die Deutschen kommen!‹«

Sie meinte, ihren Vater schaudern zu sehen. »Damit liegt er gar nicht falsch. Verstehst du jetzt, wie sehr du dein Leben in Gefahr gebracht hast?«

Marie blickte ihn betroffen an. »Ich dachte, du würdest mich beschützen!«

»Wie kann ich das, wenn du dich sehenden Auges in Gefahr begibst? Du begreifst so wenig, wie die Leute über dich denken, jetzt, wo du die Umgebung verlassen hast, in der du aufgewachsen bist. Du hast zwar geheiratet, aber du bist und bleibst ein Kind!«

»Wusstest du, dass ich die Aufnahmeprüfung bestanden habe?«, fragte sie, seinen letzten Satz ignorierend.

»Wie bitte?«

Sie erzählte ihm von ihrem Besuch bei der Zulassungsstelle und der Auskunft der Sekretärin Sadka. »Wahrscheinlich denkst du, dass ich lüge«, sagte Marie. »Oder du wirst mir erklären, dass die Sekretärin mir das bloß erzählt hat, um mich zu trösten – dass ich die Prüfung gar nicht wirklich bestanden habe.«

Dominik seufzte. »Ganz im Gegenteil. Ich glaube dir jedes Wort.« Sein Gesicht nahm einen seltsamen Ausdruck an. Eine Zeit lang schien er in seine eigenen Gedanken versunken, doch dann wirkte er plötzlich beinahe stolz. »Ich habe keinen Zweifel daran, dass der Kerl deine Prüfungsergebnisse gefälscht hat.«

Marie strahlte und freute sich über die Reaktion, die sie nicht erwartet hatte. »Was können wir dagegen tun?«

»Dagegen tun? Gar nichts«, erwiderte er. »Wir müssen es hinnehmen. Ich freue mich, dass du endlich lernst, wie es in der Welt zugeht, meine Tochter.« Er sprach in einem oberflächlich scherzhaften Tonfall, aber tatsächlich klang seine Stimme so verbittert, wie sie es nur selten bei ihm gehört hatte. Die Verbitterung schien sich jedoch nicht gegen sie zu richten, sondern gegen irgendeine andere unbekannte Macht. »Ich hoffe, dass du nun endlich auf mich hören wirst«, sagte er. »Einen jüdischen Mann heiraten, dich auf der Universität bewerben – ich habe dir nicht aus Spaß von diesen riskanten Dingen abgeraten. Ich habe dir davon abgeraten, weil ich dich schützen wollte, Marie. Siehst du das jetzt endlich ein?«

Wut überkam sie, und sie schluckte. »Ich sehe es ein.« Sie holte tief Luft. »Du hast das nicht gesagt, um mich zu schützen, sondern um mich einzuengen. Du erstickst mich! Was nützt es, mich vor der Welt zu schützen, wenn ich doch in ihr leben muss? Du hast mir geschadet!«

Ihr Vater schüttelte den Kopf. »Du benimmst dich schon wieder wie ein Kind.«

Marie schnaubte. »Wenn ich mich wie ein Kind benehme, dann nur, weil du mich immer wie ein Kind behandelt hast! Dir habe ich zu verdanken, was ich bin!« Sie sprang auf und riss ihm das Verbandstuch aus der Hand. Sie würde die Wunde selbst versorgen. Sie holte ihren Mantel und wollte gehen, aber dann hielt sie inne.: »Wie alt war ich, als ich getauft wurde?«

Ihr Vater zuckte mit den Schultern. »Wie bitte? Ich weiß es nicht.«

»Doch, das weißt du«, entgegnete sie. Sie legte den Mantel über dem Arm zusammen. »Du warst dabei, das hast du mir selbst erzählt. Du hast dich an den Priester erinnert, du hast mir erzählt, welche Gebete gesprochen wurden – du hast mir die ganze Geschichte erzählt. Und mir versichert, dass es eine katholische Zeremonie war und keine jüdische. Oder erinnerst du dich nicht mehr daran, wie du mir das erzählt hast?«

»Doch. Aber wieso fragst du mich das jetzt?«, sagte er, obwohl seine Miene verriet, dass er die Antwort kannte.

»Wie alt war ich?«, fragte sie wieder.

»Vier Monate, denke ich«, sagte er leise.

Marie funkelte ihn wütend an. »Du hast mir erzählt, dass ich schon ein Jahr alt war, als du mich zum ersten Mal gesehen hast.«

Er starrte sie an und schluckte. Sein Verhalten erschreckte sie. Er sah aus, als sei ihm äußerst unbehaglich zumute. So hatte sie ihn noch nie gesehen.

»Wie kannst du dich an meine Taufe erinnern, die stattfand, als ich vier Monate alt war, wenn du mich zum ersten Mal mit einem Jahr gesehen hast?«

»Ich kann das erklären …«

Marie lachte triumphierend auf und stürmte aus dem Haus. Jede Hoffnung auf eine Versöhnung war nun dahin. Im Archiv hatte sie Belege seiner seltsamen Großzügigkeit entdeckt, verdächtige Spenden für zahllose wohltätige Zwecke, und nun hatte sie ihn auch noch bei einer Lüge ertappt. Das war der Tropfen, der das Fass zum Überlaufen brachte. Ihre Mutter war nicht einfach fortgegangen, wie er es ihr immer erzählt hatte. Irgendetwas anderes war geschehen, und ihr Vater wusste genau, was.

Bisher hatte sie gezögert, weitere Nachforschungen anzustellen, und sich geschämt, noch tiefer im Privatleben und in der Vergangenheit ihres Vaters herumzuschnüffeln. Jetzt nicht mehr. Er hatte gezeigt, dass er die Achtung, die sie ihm entgegenbrachte, nicht verdient hatte. Sie schob ihre Skrupel beiseite. Nun würde sie seine Vergangenheit ohne weitere Umwege untersuchen, und sie würde ihre Mutter finden.

31

DER ZUGFAHRPLAN NACH LEMBERG

Nachdem sie die Schule beendet hatte, hatte Marie reichlich freie Zeit. Abends kochte sie für ihren Mann. Ben lachte und bot an, sich beim nächsten Mal selbst um das Essen zu kümmern, aber was sollte sie sonst mit ihrer Zeit anfangen? Sie langweilte sich bei der Hausarbeit, einer reichlich sinnlosen Plackerei, wie sie fand: die Toilette schrubben, Kleidung waschen; ein Hemd aufhängen, nur um dabei festzustellen, dass ein Fleck nicht richtig herausgegangen war, sodass sie es noch einmal waschen musste; den Boden fegen, um gleich am nächsten Tag schon wieder neue Krümel zu finden. Während sie staubige Ecken kehrte oder Socken zusammenlegte, hatte sie das Gefühl, immer weiter zu verdummen. Ben war den ganzen Tag bei der Arbeit, weil er ein Ferienprogramm für die Schüler leitete, also konnte sie all ihre überschüssige Energie auf ihren Vater richten. Er hätte sie nicht so gegen sich aufbringen dürfen, denn jetzt hielt auch sie es nicht mehr für nötig, seine Gefühle zu schonen. Sie würde sich nun ganz darauf konzentrieren, seine Vergangenheit aufzudecken und ihre Mutter zu finden – sollte ihr Vater doch zur Hölle fahren!

Am nächsten Tag ging sie ins Krankenhaus und gab vor, dort

auf ihn zu warten. Sie wusste genau, dass er an diesem Vormittag bei einer Konferenz war, aber Schwester Emilia ließ sie in seinem Büro warten, sagte ihr, wie schön sie bei der Hochzeit ausgesehen habe, und äußerte den Wunsch, bald Fotos zu sehen. Marie versprach, ihr beim nächsten Besuch welche mitzubringen. Sie holte einen Roman aus ihrer Tasche und tat, als würde sie lesen, aber kaum hatte die Schwester die Tür hinter sich geschlossen, legte sie das Buch beiseite und sah sich stattdessen im Büro ihres Vaters um.

Marie verbrachte eine Stunde damit, seine Unterlagen zu sichten. Sie las etliche Schriftstücke: den Autopsiebericht von Frau Blumfeld, in dem Tod durch Sepsis festgestellt wurde, und seine Forschungsprotokolle über Bakterizide. Auch wenn die Autopsie zunächst nicht schön anzuschauen gewesen war, hatte sie es sehr spannend gefunden, mit ihrem Vater zusammenzuarbeiten und ihm zu assistieren. Fasziniert las sie seinen Bericht und die sorgfältigen Notizen. Doch zugleich brodelte in ihr die Wut auf ihn, und auch wenn sie ihn neidvoll als exzellenten Arzt anerkennen musste, fuhr sie mit ihrer Suche fort. Sie war sicher, früher oder später auf irgendetwas Ungewöhnliches zu stoßen. Nach einer Stunde hatte sie allerdings immer noch nichts gefunden, und sie begann allmählich zu verzweifeln, als sie von einer Männerstimme überrascht wurde.

»Oh, ich bitte um Entschuldigung«, sagte die Stimme.

Sie drehte sich um und sah, wie ein übergewichtiger Mann in einem weißen Kittel das Büro ihres Vaters betrat. Er war hereingekommen, ohne anzuklopfen. Marie legte schuldbewusst ein paar Unterlagen wieder auf den Tisch. Der Mann war groß und vermutlich früher einmal muskulös gewesen, aber nun war seine Figur erschlafft wie bei einem zu dick gewordenen Athleten. Backen und Kinnpartie seines ehemals hübschen Gesichts hatten ebenso ihre Spannkraft verloren und waren abgesackt.

»Ich bin Doktor Karskis Tochter. Er hat mich geschickt, um eine Studie für ihn herauszusuchen«, log sie und hoffte nur, dass der Mann nichts von ihrer Suche mitbekommen hatte. Doch dann bemerkte sie auch auf seinem Gesicht einen Anflug von Panik, den er deutlich schlechter verbarg als sie ihr Erschrecken. Er stellte sich nicht vor, aber auf seinem Kittel stand *Dr. Igor P. Wolanski* – ein Kollege ihres Vaters, den dieser nicht besonders mochte, zumindest nach seiner Miene zu schließen, wenn er ihn mal erwähnt hatte.

»Ich bin nur kurz reingekommen, um eine Patientenakte zu holen«, erklärte Wolanski. »Wir haben ein paar gemeinsame Patienten, Ihr Vater und ich. Das kommt gelegentlich vor.«

Marie musste lächeln. Er war ein weitaus schlechterer Lügner als sie, obwohl er den Eindruck machte, oft zu lügen. Er hatte etwas Unaufrichtiges an sich, und hinter dem albernen Gehabe sah man ihm seine Gefühle deutlich an.

»Sind Sie mit meinem Vater befreundet?«, fragte sie, um seine Reaktion zu testen.

»Wir sind ganz großartige Freunde!«, sagte er schnell. »Ihr Vater ist ein ausgezeichneter Arzt!«

Marie hätte über den unaufrichtigen Klang seiner Stimme beinahe gelacht. Sie fragte sich, was dieser Mann von ihrem Vater wollte. »Sie verbringen vermutlich sehr viel mehr Zeit mit ihm als ich«, sagte sie und beobachtete seine Miene.

»Ja, das wage ich zu behaupten. Wir sind gute Kameraden! Aber manchmal tut er seltsame Dinge. Wussten Sie, dass er der neue Chefarzt ist?«

Marie nickte. Sie hatte keine Ahnung davon gehabt, wollte das aber nicht zugeben. Sie wartete ab, was als Nächstes kommen würde.

»Ich hatte ihn überzeugt, sich aus dem Rennen zurückzuziehen – es wäre viel zu viel Arbeit für ihn geworden, und ich sorge mich um sein Wohlergehen. Er hat erst zugestimmt, die Bewerbung zurückzuziehen, aber dann erschien er aus heiterem Himmel bei der Sitzung und hat sich doch noch beworben. Der Krankenhausvorstand hat ihm den Posten gegeben, eine sehr unüberlegte Entscheidung.« Er schüttelte den Kopf.

Marie hatte keine Ahnung, wovon er sprach – Bewerbungen, Chefarzt, Krankenhausvorstand –, und sie hatte nicht das geringste Interesse an den Niederungen der Krankenhauspolitik. An der Art, wie dieser Arzt redete, konnte sie erkennen, dass er ihrem Vater keineswegs aus Sorge um sein Wohlergehen zum Rückzug geraten hatte. Sie überlegte, wie sie die Situation zu ihrem Vorteil nutzen konnte. Wolanski hatte eindeutig keinen guten Grund für sein Auftauchen in diesem Büro – sie hatte ihn auf frischer Tat ertappt. Was könnte diesen Trottel wohl dazu verleiten, Informationen preiszugeben? Was lockte ihn am meisten? Mochte er Frauen? Männer? Geld? Macht?

Sie musterte seinen nervösen Gesichtsausdruck, das Blinzeln. Auf dem weißen Arztkittel stand sein Name in geschwungener Kursivschrift, so groß, dass er die halbe Vordertasche einnahm. Eine Näherin oder vielleicht auch seine arme Ehefrau mussten Stunden damit verbracht haben, die lächerlich verschnörkelten Buchstaben mit goldenem Faden einzusticken. Der Arztkittel ihres Vaters hatte eine schlichte Stickerei in Druckbuchstaben, *Dominik Karski*, ohne Titel oder mittlere Initialen, keine kalligrafischen Exzesse.

Prestige. Unverdienter Aufstieg. Das war es, was er wollte. Ihr wurde klar, dass er sich ebenfalls um diesen Posten als Chefarzt beworben haben musste, doch ihr Vater hatte ihn übertrumpft, was Wolanskis Ego vermutlich einen Schlag versetzt hatte. Er war nicht ins Büro ihres Vaters gekommen, um eine Patientenakte zu holen. Er hatte ein ganz anderes Motiv. Sie musste nur herausfinden, welches. Möglicherweise war dieser Mann für sie gar kein Gegner, sondern ein Verbündeter. Mit Schmeicheleien war ihm sicher gut beizukommen.

»Mein Vater hält große Stücke auf Sie«, sagte sie. Seine Miene hellte sich auf. Er nahm das Kompliment bereitwillig, ohne jede Skepsis entgegen. Mit Speichelleckerei kam sie hier bestimmt weiter. »Ich habe gehört, viele der Ärzte und Schwestern haben großen Respekt vor Ihren Leistungen.«

»Freut mich zu hören, dass man meine Bemühungen anerkennt.« Er strahlte über das ganze Gesicht wie ein kleiner Junge, der gerade gelernt hat, seine Schnürsenkel allein zu binden, und nun meint, etwas ganz Großartiges vollbracht zu haben, während die Klassenkameraden das schon seit drei Jahren konnten.

»Vielleicht haben Sie recht, dass er für die Position des Chefarztes nicht geeignet ist«, fuhr sie fort. »Vielleicht wären Sie die bessere Wahl gewesen. Mein Vater scheint in letzter Zeit ein wenig aus dem Gleichgewicht geraten zu sein. Ich sage das nicht aus Böswilligkeit, sondern aus Sorge um ihn. Ich mache mir ernstliche Sorgen um seine Gesundheit – so wie Sie vermutlich auch.«

»Ja, genau«, erwiderte der Arzt.

»Wissen Sie, mein Vater ist immer so verschlossen. Er erzählt mir nie etwas. Ich wünschte, ich wüsste mehr über ihn, damit ich ihm helfen könnte. Er ist mir manchmal ein großes Rätsel.« Marie wartete auf Wolanskis Reaktion.

»Ihr Vater ist nicht der Mann, der er zu sein vorgibt.«

Marie erstarrte. »Tatsächlich?«

»Auch ich sage das nur aus Sorge um ihn.«

»Natürlich.« Sie lächelte ihm ermutigend zu und hoffte, er würde weiterreden.

»Er erzählt zum Beispiel überall, dass er aus dem Norden käme. Aber er stammt nicht aus dem Norden«, sagte der Arzt mit einem Grinsen.

Marie wandte sich ab, in der Hoffnung, dass Wolanski nicht sehen konnte, wie unbehaglich ihr plötzlich zumute war. Sie hatte bisher nur wenige Menschen aus dem Norden des Landes kennengelernt und die Behauptung ihres Vaters, er stamme von dort, immer fraglos akzeptiert.

»Woher kommt er denn?«

»Aus Lemberg«, behauptete er rundheraus.

Marie blinzelte. »Woher wissen Sie das?«

»Ich habe selbst eine Zeit lang in Lemberg gelebt. Dort wohnten Russen, Kosaken – alle möglichen Volksstämme. Ich habe ein paar Telefonate geführt und mich erkundigt. Ihr Vater hat dort als junger Mann in einer Apotheke gearbeitet. Wussten Sie das nicht? Die Apotheke hat seinem Vater gehört, Ihrem Großvater, nehme ich an. Karskis Apotheke hieß sie damals und lag im Stadtzentrum. Die Apotheke lief sehr gut, bis der alte Mann starb.«

Marie schob beiläufig ein paar Laborberichte auf dem Tisch hin und her und tat so, als würden sie diese unglaublichen Enthüllungen über ihren Vater gar nicht berühren. Eine Apotheke, ein Großvater! Sie war völlig verblüfft über diese verwirrenden Neuigkeiten. Eine knisternde Erregung durchströmte sie wie ein trockener Blitz. *Lemberg.*

»Aus Lemberg, sagen Sie?« Sie hatte von der Stadt gehört, war aber noch nie dort gewesen. Ihr Vater war mit ihr nach Norden, Süden und Westen gereist, aber nie nach Osten. Sie sah die Karte Polens vor sich. Lemberg war eine der letzten großen Städte, bevor die Landkarte im russischen Nirwana endete.

»Ich hatte gehofft, noch mehr über ihn zu erfahren. Leider wusste mein Freund am Telefon nur, dass Ihr Vater in einer Apotheke gearbeitet hat, und konnte mir eine mögliche letzte Adresse nennen.«

Marie nickte. Sie konnte Wolanski keinen Vorwurf machen;

bei einem Telefonat konnte man nur begrenzte Informationen erhalten. Doch während der Kollege ihres Vaters mit dem zufrieden schien, was er am Telefon herausgefunden hatte, war Marie klar, dass sie es nicht dabei belassen würde. Während sie sich von dem merkwürdigen Arzt verabschiedete, sah sie im Geiste bereits den Zugfahrplan nach Lemberg vor sich.

32

EIN DRAMA, DAS SATAN HÖCHSTPERSÖNLICH ENTSETZEN WÜRDE

Krakau, 26. August 1939

Das Verteidigungsministerium rief alle Männer der Stadt zwischen vierzehn und sechzig Jahren dazu auf, sich an diesem Samstag um sieben Uhr im Rathaus einzufinden.

Die schwüle Luft des heißen Sommerabends stand über dem aufgeheizten Kopfsteinpflaster, während Dominik und Lolek zum Versammlungsort gingen. Es schienen Ferien zu sein, und einige Männer betraten das Gebäude in Freizeitkleidung, mit Baumwollhemden und Sonnenhüten. Dominik trug noch seinen Arbeitsanzug. Er hatte bis fünf Uhr Wochenenddienst gehabt, war dann um sechs in der Messe gewesen und im Anschluss von St. Peter und Paul zum Rathaus gelaufen. Pater Wiktor hatte in seiner Predigt alle anwesenden Männer darüber informiert, dass es ihre Pflicht als gute Polen sei, dem Aufruf ins Rathaus zu folgen. Wenn sie es nicht täten, so sagte er mit einem Lächeln, würden sie schnurstracks in der Hölle landen.

Lolek war seinen Messdienerpflichten beim Gottesdienst

nachgekommen, und Dominik hatte gewartet, bis er sich umgezogen hatte, damit sie gemeinsam zum Rathaus gehen konnten. Der große Versammlungsraum war bereits gut gefüllt. Es schien, als wäre jeder einzelne Mann aus Dominiks Nachbarschaft gekommen. Offenbar wusste keiner genau, was sie hier eigentlich sollten. Dominik blickte sich um und entdeckte Johnny, der auf ihn zukam.

»Wie geht's Ihnen, Domek?«, begrüßte Johnny ihn mit einem breiten Lächeln. »Wir haben schon einen Platz für Sie auf den besseren Stühlen freigehalten – die mit den Polstern! Die andern stechen einem in den Hintern wie Folterinstrumente.« Er deutete auf eine Gruppe von Stühlen im hinteren Bereich des Versammlungsraums.

Dominik wollte partout nicht in der Nähe von irgendwelchen Bekannten sitzen, aber da Johnny ihm nun mal einen Platz reserviert hatte, schlossen Lolek und er sich der Gruppe an. Wenigstens würde er ganz hinten sitzen, außer Sichtweite. Ein Mann in einer Militäruniform rief zur Ruhe auf, und alle nahmen ihre Plätze ein.

»Ich bin Major Tadeusz Marenski«, stellte er sich vor und salutierte mit einer kurzen Berührung seiner Uniformmütze. »Deutschland und Russland haben einen Pakt geschlossen, um Polen unter sich aufzuteilen. Sie verkünden es nicht öffentlich, aber wir wissen, dass sie es getan haben.«

Gemurmel ging durch die Menge. Dominik hatte die gleichen Meldungen gehört: Wjateschlaw Molotow und Joachim von Ribbentrop hatten sich Anfang der Woche getroffen. Er stellte sich vor, wie die beiden Erzfeinde bei Bratwurst und Borschtsch Polen unter sich aufteilten, wobei Deutschland den Westen mitsamt dem Juwel Krakau beanspruchte und Russland den Osten nahm.

»Was sollen wir dagegen unternehmen?«, rief jemand.

Das Gemurmel wurde lauter. Dominik spürte, wie eine dunkle Beklemmung ihn überfiel. Er wollte nicht hier sein. Er beugte sich zu Lolek hinüber und fragte: »Worum geht es bei diesem Treffen? Meinst du nicht, wir können bald gehen?« Er sah auf seine Uhr und fügte mit gespielter Beiläufigkeit hinzu: »Ich muss mich noch um eine Bakterienkultur kümmern.«

Lolek zuckte mit den Schultern. »Ich vermute, wir werden noch eine Weile hier sein.«

Dominik musterte die Anwesenden. Einige der älteren Männer trugen ihre Uniformen aus dem Sowjetkrieg. Die mittlerweile fadenscheinige Kleidung mit der ausgestellten Reithose wirkte lächerlich. Sie war für die Kavallerie gemacht worden, nicht für einen Panzerkrieg. Die Uniformen waren genau wie ihre ältlichen Träger rührend eingestaubt. Dominik empfand Mitleid mit ihnen und wandte den Blick wieder ab.

Der Major fuhr mit seiner Ansprache fort. »Wir möchten, dass sich jeder Mann zwischen sechzehn und fünfundvierzig zur militärischen Ausbildung meldet. Vorn im Saal sitzen unsere Offiziere, Reservisten, bei denen Sie sich bitte registrieren. Jeder erhält eine Uniform und eine Einweisung. Die verpflichtende Militärübung findet am Dienstag auf den Feldern neben der Kolna-Straße statt. Appell ist um acht Uhr.«

Hektisches Stimmengewirr erhob sich.

»Sind wir nicht zu voreilig?«, sagte Dominik zu Johnny und versuchte ein unbeschwertes Lachen, das jedoch eher wie ein Würgen herauskam. »Fordert es nicht vielmehr erst recht zu einem Angriff heraus, wenn wir uns bewaffnen? Sollten wir nicht lieber den Kopf einziehen und uns um unser täglich Brot kümmern? Wir sind Ärzte und Bauern – was wissen wir schon vom Krieg? Sollte nicht besser die Armee eingreifen?«

»Welche Armee?«, erwiderte Johnny.

Dominik schluckte, als ihm die Bedeutung dieser Frage klar

wurde. *Sie* waren die Armee – die Ärzte und Bauern. Krakaus eigene Bevölkerung würde die Stadt verteidigen müssen.

Ein junger Mann aus der ersten Reihe war bereits aufgestanden und ging nach vorn, um sich für die Übung zu registrieren.

»Wer meldet sich noch freiwillig, um Polen zu verteidigen?«, rief Major Marenski in die Menge.

Ein Mann in einem blauen Hemd stand auf. »Ich!«

»Ich auch!«, sagte ein anderer und ging nach vorn.

Bald hallte es von allen Seiten »Ja, ich!«, »Ich auch!« und »Es lebe Polen!« durch den Saal. Nahezu alle Männer waren aufgestanden und reihten sich hintereinander auf, um sich zu melden. Dominik blieb gar keine andere Wahl, als ebenfalls zu folgen. Er stellte sich an eine der Schlangen an. Gleich hinter ihm reihte sich Johnny ein.

»Müssen wir uns wirklich hier registrieren lassen? Können wir nicht einfach verschwinden?«, fragte Dominik ihn.

Johnny schüttelte lachend den Kopf. »Alle haben uns längst gesehen!«

Furcht ballte sich über Dominik zusammen wie eine dunkle Wolke. Die schwüle Feuchtigkeit des Tages zusammen mit den Schweißausdünstungen der Männer im Saal bewirkte ein drückendes, feuchtwarmes Raumklima. Der Mann vor ihnen roch unangenehm aus dem Mund, und als er den Arm hob, entstieg seiner Achselhöhle ein scharfer Schweißgeruch. Dominik waren die Ausdünstungen des menschlichen Körpers beileibe nicht fremd, doch heute kam es ihm so vor, als würde er jeden Schweißtropfen, jeden Atemzug und jeden ungewaschenen Unterleib riechen.

Marek Nowakowski, ein junger Assistenzarzt aus dem Krankenhaus, stand hinter Johnny in der Schlange. »Meinst du, die Deutschen werden einmarschieren, Johnny?«, fragte er.

»Ja, mein Junge«, erwiderte Johnny, während er sich eine

Zigarette anzündete. »Hast du's denn noch nicht gehört? Hitler hält uns für Ungeziefer!« Er wandte sich an Dominik. »Haben wir hier irgendwelche großartigen Kämpfer?«

Dominik zuckte mit den Schultern. »Pawel Kaminski hat schon mal mit seinem Mähdrescher gekämpft«, erwiderte er. »Dabei hat er den Arm verloren.«

Johnny hob eine Augenbraue und blies den Rauch seitlich aus dem Mundwinkel.

»Polen hat hervorragende Piloten!«, bemerkte Marek.

»Stimmt!«, rief Johnny. »Schade nur, dass wir keine Flugzeuge haben!«

Ein anderer Mann in der Reihe, derjenige im blauen Hemd, drehte sich um und schaltete sich in ihr Gespräch ein. »Die Engländer und die Franzosen werden schon kommen!«

»Wir brauchen ihre Hilfe nicht!«, erklärte Marek voller Überzeugung.

»Doch, brauchen wir«, widersprach Dominik.

Die Männer nickten, ohne weiter auf seinen Widerspruch einzugehen. Mit dieser Reaktion hatte Dominik gerechnet. Als Arzt genoss er zwar großen Respekt in der Stadt, er rettete Leben und kämpfte gegen Krankheiten, aber wenn es darum ging, ein Bajonett zu schwingen, würde man kaum seinen Rat suchen.

Während die Versammlung sich allmählich auflöste, bewegten sich immer mehr Leute zu den Schafhirten hinüber, die aus dem Hochland hergekommen waren, und wollten sie um Rat fragen, wie man kämpfen sollte. In Wahrheit wurden diese knorrigen Männer an Schultern, Knien und Hüften von Arthrose geplagt, und nur wenige wussten überhaupt, wo bei einem Gewehr vorn und wo hinten war. Dominik hatte etliche von ihnen wegen Kreuzbandrissen, Hämorrhoiden oder Frostbeulen behandelt, ebenso wie wegen zahlreicher anderer Leiden, die von einem Leben mit schwerer körperlicher Arbeit herrührten. Diese Männer waren in einer weitaus schlechteren Verfassung als Dominik und die anderen Schreibtischtäter seiner Gesellschaftsklasse, die Sport und Bewegung nur als Freizeitbeschäftigung betrieben.

Dennoch waren so viele Bergbauern und Hirten gekommen, dass sie zahlenmäßig alle anderen Gruppen übertrafen und allein deshalb Eindruck machten. Das passte Dominik gut, denn er wollte keine solche Aufmerksamkeit.

Langsam waren sie in der Schlange vorgerückt und standen nun ganz vorn. Der Major begrüßte sie.

»Wo werden Sie uns hinschicken?«, erkundigte sich Johnny bei Marenski und schüttelte ihm die Hand.

»Sie werden die Stadt verteidigen und noch andere Aufgaben erfüllen«, antwortete er.

»Wird es Verstärkung geben?«, fragte Dominik.

»Natürlich«, schnaubte der Major. »Auf jeden Fall.« Allerdings sagte er nicht, woher diese Verstärkung kommen sollte.

Nun war Dominik an der Reihe, sich bei dem bebrillten Mann in Uniform zu registrieren, der hinter einem Tisch saß und die Daten der Männer aufnahm. Er lächelte Dominik an und fragte ihn nach seinem Namen.

»Karski, Dominik, Doktor«, sagte er.

»Noch weitere Vornamen?«

Dominik rückte seine Brille zurecht. »Henryk. Ich bin Chirurg. Vielleicht kann ich der Gemeinschaft in meinem Beruf besser dienen?«

»Das hieße, einen Mann weniger an der Front zu haben«, antwortete der bebrillte Soldat.

»Natürlich. Aber ich habe viel Erfahrung mit Infektionen. Im Feld sind das größte Problem nicht die Schusswunden, sondern die Mikroben, die sich dort einnisten. Vielleicht haben Sie meine Abhandlung über dieses Thema gelesen?«

Der bebrillte Mann musterte ihn. »Habe ich nicht. Haben Sie schon mal in der Armee gedient?«

»Das habe ich«, erwiderte Dominik mit leiser Stimme und starrte zu Boden. Er fürchtete sich vor den Fragen, die als Nächstes gestellt würden. Er würde Informationen preisgeben müssen, die er lieber für sich behalten hätte.

»Wo haben Sie gedient, Herr Karski?«

Dominik seufzte. »Ich habe in der Schlacht von Lemberg gekämpft, auf polnischer Seite.«

»Gut. Haben Sie auch im Großen Krieg gekämpft, Doktor Karski?«

Dominik zögerte und blickte sich um.

»Herr Doktor?«

»Entschuldigung, was haben Sie gefragt?«

»Wo haben Sie im Großen Krieg gekämpft?«

Dominik sah in Richtung Tür. »Ich habe für Österreich-Ungarn gekämpft.« Er räusperte sich. »Im Polnischen Hilfskorps. Ich habe in Russland gekämpft, in Italien und in der Schlacht von Łowczówek.«

Major Marenski rückte näher. »Sie haben in Łowczówek gekämpft? Ich auch!«, sagte er strahlend. »Welche Division?«

»Fünftes Bataillon.« Dominik schloss die Augen. Er hatte keine Ahnung, wie viel dieser Mann wusste.

»Ah! Ich habe im Ersten gedient. Wie heißen Sie?«

Dominik antwortete nicht; das brauchte er auch nicht, denn der bebrillte Militärgehilfe tat es für ihn. »Das ist Dominik Karski, Major.«

Der Major wandte sich langsam zu Dominik um. Als Dominik den Ausdruck auf seinem Gesicht sah, sank ihm das Herz. »Sie sind Dominik Karski? Man nennt Sie den Schlächter von Lemberg! Das sind Sie?«

»Ich bin sicher, dass es in Polen viele Männer gibt, die Dominik Karski heißen.« Dominik zuckte mit den Schultern. »Einige von ihnen haben bestimmt auch in der Armee gedient.«

»Sicher. Aber es gibt nur einen Dominik Karski, der den Virtuti Militari bekommen hat. Sind das etwa Sie?«

Er hatte keine andere Wahl, als das zu bestätigen, denn es stimmte. »Ja.«

Major Marenski lachte begeistert. »Sehen Sie nur, Korporal, wir stehen hier vor einer Legende!« Er strahlte Dominik bewundernd an.

»Das ist lange her«, sagte Dominik.

Der Major trat nach vorn in den Saal. »Alle mal herhören!«, rief er laut. »Wer hat schon vom Virtuti Militari gehört?«

Die Menge wandte sich ihm zu, ein paar Männer nickten, andere zuckten mit den Schultern.

»Es ist eine militärische Auszeichnung – ein Orden für besondere Verdienste! So bedeutend wie der Rotbannerorden oder das Eiserne Kreuz, aber noch viel glanzvoller, weil es ein polnisches Ordenszeichen ist! Der Virtuti Militari ist selten, er wird nur für außergewöhnlich tapfere Leistungen verliehen. Ich weiß nur von einer Handvoll dieser Orden, die während des gesamten Großen Krieges an der Ostfront verliehen wurden. Und hier ist einer dieser Männer! Seine Taten halfen, Russland zu Fall zu bringen. Meine Herren, Sie brauchen keine Angst mehr zu haben, denn ein Träger des Virtuti Militari befindet sich unter Ihnen!«

Eine Welle der Aufregung ging durch die Menge. Jeder schaute sich um, um den potenziellen Ordensträger zu lokalisieren, der die Stadt retten könnte. Viele sahen hinüber zu den Hochlandbauern, die sich in einer Gruppe am Rande des Saals versammelt hatten. Ein riesiger Hirte, gut zwei Meter groß und kräftig gebaut, zog die meisten Blicke auf sich, doch er schüttelte den Kopf und rief lachend: »Ich bin's nicht!«

Auch der Major lachte. »Ihr schaut alle in die falsche Richtung, Männer! Der Gesuchte steht direkt vor euch. Seht her, Major Dominik Karski, Träger des Virtuti-Militari-Ordens!«

Überraschte »Ah!«- und »Oh!«-Rufe gingen durch den Saal, dann folgte Jubel und Beifall. Dominik schluckte, während ihm die ersten Hände entgegengestreckt wurden, die er schütteln sollte.

»Doktor Karski, wir hatten ja keine Ahnung!«, rief der Assistenzarzt Marek. »Herr Hitler sollte sich besser in Acht nehmen!«

»Ich wünschte, Sie hätten das nicht erwähnt«, sagte Dominik zum Major. Er sah zum Fenster und hätte sich am liebsten hinausgestürzt. Schon wurde er mit den ersten Fragen bombardiert.

»Was sollen wir am besten tun, Doktor Karski?«, erkundigte sich Marek.

»Ja, wie besiegen wir die Deutschen?«, fragte der Mann im blauen Hemd.

Zu Dominiks Erleichterung schritt der Major nun ein. »Genug jetzt, gönnen Sie dem Mann eine Pause. Alle Freiwilligen melden sich Dienstag um acht zur Übung.«

Dominik machte sich mit pochendem Herzen auf den Weg nach draußen. An der Tür holte ihn Johnny ein.

»Domek, Sie schlauer Fuchs! Das haben Sie aber gut verschwiegen!«

»Ja, ja.« Dominik konnte ihm nicht in die Augen blicken. Johnny lächelte ihn an, aber er sagte nichts weiter.

»Ich wusste doch die ganze Zeit, dass Sie etwas verheimlichen!«, meinte Johnny. Dominik schluckte wieder. »Polen könnte nicht in besseren Händen sein!«, fügte Johnny hinzu.

Dominik machte sich rasch aus dem Staub. An diesem Abend bereitete er sich ein einfaches Essen zu. Das einzig Gute an Maries Abwesenheit war, dass er nun nicht länger den Schein wahren musste. Er tat zwar alles noch genauso wie sonst, für den Fall, dass irgendein Nachbar unverhofft an die Tür klopfte und medizinischen Rat suchte, aber jetzt konnte er wenigstens in aller Ruhe seine Gedanken schweifen lassen. Er beendete das Essen, wusch das Geschirr ab und zog sich dann in sein Schlafzimmer zurück. Er setzte sich an den Schreibtisch und vertiefte sich in die Bücher *Die drei Königreiche Polens*, die *Jahrbücher der Militärgeschichte* und alle militärischen Berichte, die er in der Bibliothek finden konnte. Er studierte sie alle, schlief nicht, sondern las, bis ihm die Augen schmerzten und er kaum mehr blinzeln konnte. Er las über jede einzelne Schlacht nach, in der Dominik Karski gekämpft hatte, studierte die Heldentaten des Fünften Bataillons und die Kampfhandlungen, an denen er angeblich teilgenommen hatte.

Am nächsten Morgen suchte Dominik Lolek in seiner Wohnung auf. Lolek führte ihn in die Küche. »Möchten Sie einen Tee? Oder vielleicht Kaffee. Sie sehen ja furchtbar aus!«

»Nein, danke«, antwortete Dominik.

Lolek füllte den Kessel trotzdem. »Was treibt Sie zu mir, Dominik?«

»Ich brauche falsche Papiere. Zweimal, für mich und für Marie. Damit wir Polen verlassen können.«

Lolek stellte den Wasserkessel ab und lachte. »Darf ich fragen, wieso?«

»Das weißt du längst. Es wird Krieg geben. Und ich kann meine Tochter hier nicht länger beschützen. Wir müssen fortgehen.«

»Wohin wollen Sie denn?«

»Egal wohin.« Dominik zuckte mit den Schultern. »Nur nicht in Europa. Irgendwo weit weg.« Er nickte. »Am besten an den entferntesten Ort, den man sich vorstellen kann.«

»Sie wollen, dass ich Ihnen falsche Pässe organisiere?«, sagte Lolek. »Wie kommen Sie darauf, dass ich das kann?« Er bereitete zwei Kaffee auf türkische Art zu und reichte einen davon Dominik.

Dominik nippte an der bitteren Flüssigkeit und verzog das Gesicht.

»Möchten Sie Zucker?« Lolek bot ihm die Schale an.

Dominik schüttelte den Kopf. »Ich nehme nie Zucker.«

»Das überrascht mich nicht.« Lolek schaufelte sich zwei Löffel in die eigene Tasse.

»Hast du diesen jüdischen Jungen in dem katholischen Waisenhaus untergebracht?«

Lolek stellte die Tasse ab. Sein freundliches Gesicht nahm einen gequälten Ausdruck an.

»Kein Grund zur Sorge, mein Junge. Ich bin nicht hier, um dich anzuzeigen. Ich möchte bloß deine Dienste in Anspruch nehmen. Die ganze Zeit über habe ich dich für einen Chorknaben gehalten – und jetzt sehe ich, dass du ein Rebell bist.«

Loleks junges, aber weltweises Gesicht nahm plötzlich einen ganz anderen Ausdruck an; ein wissender Blick flackerte auf, als hätte er sich mit Jesus und Beelzebub unterhalten und sich von keinem der beiden einschüchtern lassen.

»Du hast den Jungen im Waisenhaus untergebracht. Du weißt anscheinend, wie man solche Dinge anstellt ... Du kennst die entsprechenden Leute.«

Lolek nickte. »Ich kenne jemanden, der Ihnen wahrscheinlich helfen könnte. Aber ich warne Sie, er hat keine Skrupel!«

»Genau so einen suche ich!«

»Es wird eine Menge Geld kosten«, sagte Lolek.

»Das ist kein Problem.«

»Und was ist mit Ben?«, fragte Lolek und nippte an seinem Kaffee. »Wird er mitgehen?«

Dominik schaute zum Fenster hinaus. Ben war ein liebenswerter Mann. Aber eine dritte Person würde nur hinderlich sein. »Für mich ist das Wichtigste die Sicherheit meiner Tochter. Ich kann mich um niemand anderen kümmern, tut mir leid. Nur zwei Pässe.«

»Marie würde Polen niemals ohne ihren Mann verlassen.«

»Doch, das wird sie. Wenn ich es ihr sage.«

»Sie ist kein Kind mehr, Dominik.«

»In der Tat. Aber ich werde mit dem jungen Mann sprechen. Ich werde ihm erklären, dass es so für Marie sicherer ist. Ben wird mir zustimmen, und gemeinsam werden wir sie überzeugen, das Land ohne ihn zu verlassen.«

»Ja, vielleicht wird er dagegen keine Einwände vorbringen können.«

Dominik leerte seine Kaffeetasse und stand auf.

»Ich gebe zu, ich habe dafür gesorgt, dass Daniel Blumfeld ins Waisenhaus kommt«, sagte Lolek. »Ich habe seinen Namen geändert.«

Dominik wandte sich zu ihm um. Der junge Mann räumte die Kaffeetassen ab und spülte sie über dem Waschtisch. Ein Luftzug, der durch das offene Fenster hereinwehte, trug den Seifenduft zu Dominik hinüber. Es war die gleiche Seife, die er in einem früheren Leben benutzt hatte, ein altmodischer Duft.

»Ich musste seiner Mutter versprechen, mich um ihn zu kümmern. Ich habe ihn in einem katholischen Heim untergebracht, weil er sonst in Gefahr gewesen wäre. Ich habe nicht seine eigenen Leute gefürchtet. Sondern die, die demnächst kommen werden.«

Dominik nickte.

Lolek blickte ihn an, während er sich auf der Spüle abstützte. »Deutsch ist eine interessante Sprache, nicht wahr? Können Sie Deutsch?«

»Ja, etwas.«

»Dann haben Sie bestimmt auch schon das Wort *Vernichtung* gehört?«

»Ja, das habe ich.« Dominik kratzte sich am Kopf.

»Und haben Sie auch gehört, in welchem Zusammenhang Hitler das Wort gebraucht?«

Dominik schüttelte den Kopf.

»Er hat von der *Vernichtung der jüdischen Rasse in Europa* gesprochen. Dieses Jahr im Januar im Reichstag. Genau das hat er von seinen Ministern und Politikern gefordert. Wussten Sie das?«

Dominik schüttelte wieder den Kopf.

»Die meisten Leute wissen es nicht. Es stand nicht in den polnischen Zeitungen. Durch meine Arbeit in der Bibliothek habe ich das Glück, Hitlers Reden in seiner Muttersprache lesen zu können, denn wir bekommen auch deutschsprachige Zeitungen. *Vernichtung* – wirklich ein gewaltiges Wort. Für ein so ordnungsliebendes Volk sind die Deutschen geradezu ausschweifend in ihrer Wortwahl.«

Dominik setzte sich wieder an den Küchentisch. »Warum stand darüber nichts in unseren Zeitungen?«

»Weil niemand wahrhaben will, dass so etwas passieren könnte.«

Dominik suchte nach einer vernünftigen Begründung. »Vielleicht aus gutem Grund. Hitler ist ein Schwachkopf und Demagoge. Er kann von der Auslöschung eines Volkes schwärmen, so viel er will, aber er hat gar nicht das Zeug dazu, ein solches Vorhaben tatsächlich auszuführen.«

»Ich glaube, dass Sie im tiefsten Innern längst wissen, dass so etwas möglich ist. Warum waren Sie sonst dagegen, dass Marie zum Judentum konvertiert und einen Juden heiratet?«

Dominik zuckte mit den Schultern. »Weil sie es dadurch im

Leben immer schwer haben wird. Man wird sie in keiner der beiden Kulturen richtig akzeptieren.«

»Ja«, erwiderte Lolek. »Aber Sie haben noch etwas anderes, viel Schlimmeres vorausgesehen. Ich bin mit Ihnen einer Meinung, dass Hitler allein unfähig wäre, diese Vernichtungspolitik umzusetzen. Er scheint weder geschickt noch klug zu sein, wenn Sie mich fragen. Er kann gut schreien, aber nur schlecht planen. Doch er hat die effizienteste Bürokratie der Welt zur Verfügung, und alle wollen ihn beeindrucken. Das macht mir Angst. Diese Bürokraten werden einen Weg finden, seine Pläne auszuführen. Auf der Straße schütteln alle den Kopf über ihn, Juden wie Christen, und meinen, das wird schon nicht passieren. Wenn Hitler kommt, so glauben sie, wird er die Juden aus unseren Schwimmbädern verbannen, sie den Davidstern tragen lassen, ihnen die Arbeitsstellen im öffentlichen Dienst wegnehmen und Ähnliches – die gleichen Schikanen, unter denen unsere Glaubensbrüder seit Jahrhunderten leiden. Das alles wird er auch tun. Aber dann wird der Krieg einen Strudel erzeugen, in dem plötzlich alles möglich wird. Animalische Instinkte werden hervorbrechen, und wir werden ein furchtbares Schauspiel zu sehen bekommen.« Lolek trocknete sich die Hände ab und wandte sich zu Dominik um. »Denken Sie an meine Worte: Wenn die Deutschen hier einmarschieren, dann werden sie die Vernichtung auch durchführen. Und was unsere jüdischen Mitbürger angeht, werden wir ein Drama erleben, das Satan höchstpersönlich entsetzen würde!«

Dominik betrachtete die unverändert düstere Miene des jungen Mannes.

»Ein interessantes Werk, der Talmud«, sagte Lolek dann plötzlich, während sich sein Gesicht aufhellte. Ich erinnere mich noch an eine Stelle, die mir gut gefallen hat. Verzeihen Sie, wenn ich etwas paraphrasiere: *Lass dich nicht vom Leid der Welt ent-*

mutigen. Handle gerecht. Liebe und zeige Erbarmen. Nicht liegt es an dir, das Werk zu vollenden, aber du bist auch nicht frei, von ihm abzulassen. Er warf sich das Geschirrtuch über die Schulter. »Wenn Sie es sich leisten können, auch den Ehemann Ihrer Tochter hier rauszubringen, bitte ich Sie inständig, das zu tun.«

Die Worte verfolgten Dominik auf dem gesamten Heimweg. Die Sonne schien ihm sanft auf die Schultern, ganz anders als die unangenehme Schwüle des Vortags. Er schritt durch Kazimierz, die Nachbarschaft seiner Tochter und ihres Mannes. Er wünschte Rabbi Katz einen guten Morgen und schüttelte dem alten Mann die Hand. Als er zu Hause angekommen war, rief er Lolek an und bat ihn, noch einen dritten Pass für seinen Schwiegersohn zu organisieren.

33

NIEMAND HAT
GRÖSSERE LIEBE ...

Am Dienstag fand Dominik sich auf dem Übungsplatz ein, wo er und vierhundert weitere Krakauer Zivilisten eine Einweisung erhalten sollten, wie man in einem Krieg kämpfte. Er schloss sich der Gruppe an, der er zugewiesen worden war. Ein Soldat, Feldwebel Maczko, händigte ihnen Uniformen aus und zeigte ihnen, wie man einen Marschrucksack packt und eine Waffe lädt. Als es darum ging, das Gewehr zu laden, hielt Feldwebel Maczko sein Gewehr hoch und erklärte die einzelnen Teile: Lauf, Abzug, Patronenlager. Er wollte die Waffe laden, hielt dann aber inne und sprach Dominik an. »Major Karski, würden Sie uns die Ehre erweisen?«

Alle drehten sich zu Dominik um. Er schreckte vor dem militärischen Titel zurück. Er hatte sie gebeten, ihn mit Doktor anzusprechen, so wie immer, oder sogar mit »Dominik«, doch niemand hörte auf ihn; alle bestanden darauf, ihn mit »Major« anzureden, eine militärische Bezeichnung, die für ihn in Verbindung mit seinem Namen lächerlich klang.

Ihre Gruppe bestand aus etwa zwanzig Männern. Er kannte sie alle, und sie kannten ihn. Sieben der Männer hatte er schon wegen irgendwelcher Infektionen behandelt und einen wegen eines Darmverschlusses. Mindestens fünf weitere hatte er an Kopf, Armen oder Beinen genäht und vier ihrer Ehefrauen von Kindern entbunden, soweit er sich erinnern konnte. Den letzten Mann der Gruppe kannte er genau genommen nicht als Patienten, obwohl er ihm schon einmal den Kopf genäht hatte. Dieser Mann war Johnny.

Die zwanzig Krakauer blickten Dominik allesamt erwartungsvoll an. Er sah, wie Johnny ihm aufmunternd zulächelte.

»Ich habe seit zwanzig Jahren kein Gewehr mehr geladen«, sagte er zu dem jungen Feldwebel. »Und ein solches Gewehr habe ich noch nie gesehen.« Er deutete auf die lange Waffe, die so gemütlich im Arm des jungen Unteroffiziers lag, als würde er ein Baby tragen.

»Keine Sorge, Major Karski«, erwiderte der Feldwebel aufmunternd. »Dieses Gewehr ist fast dasselbe wie die Waffen, die Sie im Großen Krieg benutzt haben. Es ist bloß ein Stückchen kürzer – Sie werden den Unterschied gar nicht bemerken.« Der junge Soldat lachte, und die anderen stimmten ein. Feldwebel Maczko war groß und dünn wie eine Bohnenstange, und als Gott Kinne verteilt hatte, war er anscheinend leer ausgegangen, was ihm einen etwas stupiden Ausdruck verlieh. Da der junge Mann eine Waffe in der Hand hielt, machte seine scheinbare Dummheit Dominik jedoch noch mehr Angst, als wenn er ein strammer, militärisch geschulter Faschist gewesen wäre.

Wieder waren alle Blicke auf Dominik gerichtet. Er spürte die Erwartungshaltung hinter jedem Augenpaar, vor allem, da die Bürger Krakaus nun von seinen militärischen Erfolgen wussten. Wenn er sich an diesem Morgen blamierte, würde sich die Nachricht von seinem Versagen auf dem Übungsplatz wie ein Lauffeuer im Krankenhaus und in der ganzen Stadt verbreiten.

Ihm blieb keine andere Wahl, als das Gewehr zu nehmen

und zu laden. Er hatte über dieses spezielle Gewehr gelesen. Es handelte sich um das Standardgewehr der polnischen Armee, das einem deutschen Modell nachgebaut war, mit ähnlichen Bauteilen. Er hatte auch nachgelesen, wie man es lud und damit schoss. Gegen zwei Uhr in der Nacht hatte er sich sogar selbst eine kleine Prüfung gestellt, obwohl er in Wahrheit noch nie ein Gewehr in der Hand gehalten hatte. Als er die Waffe jetzt nahm, erschrak er über ihr Gewicht. Sie war viel schwerer und klobiger, als er es sich vorgestellt hatte. Feldwebel Maczko gab ihm fünf Patronen. Dominik öffnete das Magazin an der Oberseite des Gewehrs und legte die Patronen in die Schlitze, wobei er insgeheim noch einmal überprüfte, ob er sie überhaupt richtig herum eingelegt hatte. Als er fertig war, schloss er das Magazin und drehte den Verschluss, um die erste Patrone zu laden. »Magazin«, »Verschluss«, »Patronen« – alles Wörter, die ihm bis gestern Abend nie in den Sinn gekommen wären. Er holte tief Luft und wandte sich zu dem Feldwebel um, darauf eingestellt, dass dieser ihn auslachen würde, weil er irgendetwas falsch gemacht hatte.

»Sehr gut, Major Karski. Als hätten Sie erst gestern ein Gewehr geladen!« Die Bohnenstange grinste und nahm das Gewehr entgegen.

»Danke«, erwiderte Dominik und versuchte, sich die Erleichterung nicht allzu deutlich anmerken zu lassen.

»Wollen Sie mal schießen?«, fragte der junge Offizier und deutete auf eine Zielscheibe am anderen Ende des Übungsplatzes, vielleicht hundert Meter entfernt.

Dominik schüttelte den Kopf. »Nicht nötig, danke.«

»Doch, bitte, Major. Zeigen Sie uns, wie man es richtig macht.«

Dominik sah das vergnügte Gesicht des jungen Mannes und die strahlenden Mienen seiner Patienten und Kollegen und wäre am liebsten davongelaufen. Er nahm das Gewehr wieder. Man hatte im Gras ein hölzernes Viereck ausgelegt, von dem aus der Schütze zielen konnte.

Mit dem Gewehr legte sich Dominik auf den Boden, die Arme aufgestützt, den Oberkörper auf dem Holz. Das Gras unter ihm, dort, wo sich kein Holzbrett befand, war feucht vom Morgentau, und die Feuchtigkeit bildete nasse Kreise um seine Knie. Er starrte auf das Ziel in der Ferne und richtete das Gewehr aus, indem er den Kolben im Brustbereich neben seiner rechten Achselhöhle fixierte, so wie er es gelesen hatte.

Die Männer wurden still. Dominik schaute auf die Wiese vor sich und sah, wie ein paar Wildblumen in der morgendlichen Brise schwankten. Er bewegte das Gewehr leicht zur Seite: Der Wind, egal wie schwach er auch war, würde die Kugel versetzen. Er richtete seinen Blick in die Ferne, auf den Kopf der Zielfigur. An diesem Morgen hatten die Männer noch geflüstert, dass sie auf Bilder Hitlers schießen würden, aber die polnische Armee hätte mehr Selbstvertrauen und Organisationstalent gebraucht, um solche Bilder aufzustellen. Stattdessen hatte man eilig eine Figur auf eine Stellwand gezeichnet – nur grobe Umrisse von Kopf und Schultern.

Was würde geschehen, wenn er mit seinem Schuss nicht traf? Man würde ihm auf die Schliche kommen, so viel war klar. Aber welchen Schaden würde daraus für Marie entstehen? Was passierte mit seinen Patienten? Er würde sein Haus und sein Vermögen verlieren. Das Gefängnis wäre wahrscheinlich noch das geringste Übel; vermutlich würde man ihn lynchen. Der Fehlschuss würde ihn vor der ganzen Welt bloßstellen. Mit einem weiteren tiefen Atemzug richtete er das Gewehr aus und drückte ab.

Die Kugel trat aus dem Lauf, während ein donnerndes Krachen ertönte und der Gewehrkolben mit einem so heftigen

Rückstoß in sein Fleisch schlug, dass er sich kaum auf dem Holzquadrat halten konnte. Davon hatte in keinem der Handbücher etwas gestanden. Der Rückstoß hatte ihn mit solcher Wucht getroffen, dass er nur mit Mühe ein Keuchen unterdrücken konnte und hoffte, dass es niemand bemerkt hatte. Doch niemand nahm Notiz von ihm, denn alle blickten der Kugel nach auf das hundert Meter entfernte Ziel. Es dauerte nur den Bruchteil einer Sekunde, bis sie ihr Ziel erreicht hatte, doch Dominik erschien es wie eine Ewigkeit. Er konnte kaum hinsehen, stellte aber schließlich fest, dass die Kugel das Brett mit der gezeichneten Figur getroffen hatte. Aus der Entfernung erkannte er nicht, wohin genau, aber immerhin hatte sie das Brett getroffen und war nicht irgendwo weit daneben in die Felder geflogen.

Die Männer reagierten mit höflichem Applaus. Sie waren anscheinend überrascht, Dominik plötzlich in einem ganz anderen Licht zu sehen – der höfliche, zurückhaltende Arzt bediente ein Werkzeug, das zum Zerstören von Körpern konstruiert war, während er diese doch sonst, in seinem anderen Leben, reparierte.

»Sie können gern noch mal, Major Karski«, sagte Feldwebel Maczko.

Dominik erhob sich und bot ihm das Gewehr an. »Einer reicht mir. Jetzt hat jemand anders einen Versuch.«

»Unfug«, erwiderte der junge Mann. »Wir haben genug Munition für alle.« Er deutete auf eine Kiste mit Patronen zu seiner Linken.

Dominik hätte am liebsten laut geseufzt. »Wie viel Schuss soll ich denn abfeuern?«

»Machen Sie das Magazin ruhig leer«, forderte der Feldwebel ihn mit einem breiten, ermunternden Lächeln auf.

Dominik holte tief Luft und bemühte sich, nicht nervös zu wirken. Der erste Schuss hatte immerhin das Brett getroffen, aber dieses Kunststück zu wiederholen, und das nicht nur einmal, sondern gleich viermal, schien ihm fast unmöglich.

Er legte sich wieder auf das hölzerne Viereck und betätigte den Verschluss, um die nächste Patrone zu laden. Der Offizier rief die Gruppe zur Ruhe auf, während Dominik das Gewehr ausrichtete und die Position des Kolbens etwas veränderte, um den Rückstoß auszugleichen. Beim letzten Mal hatte er ihn ein bisschen zu nah an der Achselhöhle fixiert. Er drückte den Abzug, und die Kugel flog aus dem Lauf. Die Metallhülse, die die Kugel umgeben hatte, löste sich aus der Patronenkammer, trat seitlich aus dem Gewehr und glitzerte im Sonnenlicht, während sie neben ihm ins Gras fiel. Damit hatte er nicht gerechnet. Das musste auch schon beim vorherigen Schuss passiert sein. Auch diesen Teil hatte keines der Handbücher erwähnt.

Er betätigte den Verschluss und lud die nächste Patrone, nicht überstürzt, aber auch nicht langsam. Inzwischen hatte er etwas Übung und wusste, was er tat. Er hatte die unterschiedlichen Einflüsse von Wind, Rückstoß und Schusskraft erlebt. Es gab nichts mehr zu korrigieren oder zu ändern, also konnte er genauso gut weitermachen. Er feuerte das Gewehr erneut ab, dann noch zwei weitere Male, indem er in schneller Folge lud und schoss.

Als er fertig war, applaudierte die Gruppe wieder höflich. Sie wirkten weniger enthusiastisch als bei seinem ersten Schuss und schienen geradezu schockiert von der Geschwindigkeit, mit der er nachlud und schoss, wieder und wieder, ohne mit der Wimper zu zucken. Wie auch sonst bei seinen Tätigkeiten war er in den Automatikmodus verfallen. Sobald er das Gefühl hatte, etwas zu beherrschen, richtete er seine Konzentration nur noch nach vorn, ohne Zeit auf überflüssiges Zaudern oder Grübeln zu verschwenden. Den anderen Männern erschien das womöglich kaltblütig. Ein lebensfeindlicher Mann, der seine innere

Grausamkeit geschickt hinter der Fassade ärztlichen Tuns verborgen hielt und nun zu seinem natürlichen gewalttätigen Trieb
zurückgefunden hatte. Er fragte sich, welche ihrer Einschätzun-
gen ihm lieber war – für den Zweck dieser militärischen Übung
wahrscheinlich Letztere. Es kam ihm nur entgegen, wenn sie
ihn für einen kaltblütigen Kämpfer hielten.

»Sollen wir die Zielscheibe überprüfen?«, fragte Feldwebel
Maczko die Männer. Ehe Dominik etwas einwenden konnte,
machte sich die Gruppe auf den Weg über das Feld zu der Stellwand mit der Zielfigur.

Dominik hatte keine andere Wahl, als ihnen zu folgen. Dabei
ließ er die Schüsse in seinem Kopf Revue passieren und schätzte
ab, wie nah er dem Ziel wohl gekommen war. Johnny ließ sich
ein Stück zurückfallen und ging in stiller Solidarität neben ihm
her. Dominik hoffte, dass er dem Ziel zumindest nahe gekommen war. Der junge Offizier hatte ihm befohlen, den Kopf zu
treffen, und er hatte darauf gezielt. Doch irgendwo innerhalb
der vorgemalten Körperlinie wäre auch noch ein respektables
Ergebnis, an dem niemand etwas kritisieren könnte.

Die ersten Männer hatten die Zielscheibe bereits erreicht,
schnappten nach Luft und zeigten auf ihn. Als Dominik mit
Johnny ebenfalls ankam, sah er auch, warum. Er hatte den Hals
der aufgemalten Figur fünfmal getroffen. Er war ein bisschen
enttäuscht, dass er nicht den Kopf erwischt hatte, aber dann
spannte Feldwebel Maczko ein Maßband über die Einschuss-
löcher.

»Du meine Güte!«, rief er aus. »Alle Schüsse liegen eng zusammen, nicht weiter als sechzig Millimeter auseinander!«

»Ich bin aus der Übung. Ich habe den Kopf nicht getroffen.«

»Ja, aber es ist noch viel wichtiger, dass sie so dicht beieinan-
derliegen! Sie treffen immer wieder die gleiche Stelle. Das sind
die Schüsse eines Scharfschützen!«

Die Umstehenden klopften Dominik auf den Rücken und schlugen ihm unter Jubel und Gelächter auf die Schultern.

»Gut gemacht, Major Karski!«, bemerkte Feldwebel Maczko und klatschte Beifall. Die anderen fielen in den Applaus ein. »Deshalb nennt man Sie auch den Schlächter von Lemberg.« Das war zwar nicht der Grund, aber Dominik sagte nichts. Johnny zwinkerte ihm zu, und Dominik musste sich abwenden.

Er nickte der Gruppe zu. Er hatte sich nicht blamiert. Nachdem er das Gewehr angehoben und das Gewicht und die Ausmaße gespürt hatte, war ihm klar geworden, dass der Schlüssel zur richtigen Bedienung darin lag, ruhig und fokussiert zu bleiben. Ruhe besaß er reichlich. Er war dafür bekannt, dass er nie ins Schwitzen kam, er konnte zwischen den Herzschlägen des Patienten eine Aorta nähen. Und sein eigenes Herz pochte gewissenhaft mit einer Ruhefrequenz von sechzig Schlägen pro Minute; langsam genug, um zwischen den einzelnen Schlägen ganz in Ruhe den Abzug zu betätigen, sodass die Störungen in der Flugbahn des Geschosses auf ein vernachlässigbares Maß reduziert wurden. Fokussierung, der zweite wichtige Punkt, bedeutete Fokussierung des Geistes ebenso wie des Blicks, wobei Letzteres am allerwichtigsten war. Um ein Ziel zu treffen, musste man es anschauen. So einfach das klingen mochte, es stimmte – und war für die meisten Menschen leider schwierig. Er jedoch hatte schon früh im Leben bemerkt, dass er ein ausgezeichnetes, weit überdurchschnittliches Sehvermögen besaß. Alle, die gut zielen konnten, verfügten über Adleraugen.

Dominik wünschte, er hätte vor dem Schießen die Brille abnehmen können. Er trug sie zur Zierde und Tarnung. Die Gläser waren aus einfachem Fensterglas, das nichts vergrößerte, aber alles verbarg – eine weitere Schicht, um die Wahrheit zu verdecken und jene zu verwirren, die sonst womöglich Verdacht geschöpft hätten. Allerdings schöpfte nie jemand Verdacht, was wohl bedeutete, dass die falsche Brille entweder ihren Zweck erfüllte oder aber er selbst sich so gekonnt verstellte, dass er die Brille gar nicht hätte tragen brauchen. Allerdings trug er sie inzwischen schon so lange, dass es Aufmerksamkeit erregt hätte, sie nun abzunehmen. Hätte er sie heute Morgen abgelegt, hätte er vielleicht auch den Kopf der Zielfigur getroffen.

Im Laufe des Vormittags kam jeder einmal mit dem Gewehr an die Reihe. Viele wussten bereits, wie man damit umging, besonders die Rinder- und Schafzüchter, aber niemand hatte seine Treffer so dicht beieinander wie Dominik. Johnny kam ihm am nächsten: Seine Schüsse trafen alle Kopf und Hals der aufgemalten Zielfigur, aber nicht dicht nebeneinander. Da Johnny den Männern aus ihrer Gruppe ein Bier für jeden Schuss versprochen hatte, mit dem er weder sich selbst noch die anderen verletzte, wurde seine Leistung von viel Jubel und Gejohle begleitet.

Als auch im Laufe des Tages niemand an Dominiks Treffer heranreichte, wuchs sein Ansehen und sprach sich beim Mittagessen, das die Armee zur Verfügung gestellt hatte, auch in den anderen Gruppen herum. Während er in dem eilig errichteten Zelt saß, sprachen Dutzende Männer ihn an, schüttelten ihm die Hand und fragten ihn über seine Zeit im Großen Krieg aus. Dominik antwortete mit höflicher Geduld auf ihre Fragen und behauptete, dass er ein paar glückliche Treffer gelandet habe. Nach dem Essen bemerkte er, dass die Männer aus seiner Gruppe ihn mit anderen Augen betrachteten, und am Ende des Tages sammelten sie sich mit flehenden Blicken um ihn.

»Was sollen wir tun, Doktor Karski?«, fragten sie und meinten damit den drohenden Krieg. Einer aus der Gruppe, derjenige, den er von seinem Darmverschluss befreit hatte, sprach über ihre schlechten Chancen und meinte, dass die deutsche Armee über etwa vier Millionen Soldaten verfüge, Polen habe bestenfalls eine Million. Adolf Hitler habe zweitausend neue

Panzer bauen lassen, während Polen nur zweihundert, meist winzige dieser Fahrzeuge zur Verfügung hatte.

Während Dominik die Männer betrachtete, graute ihm vor der Verantwortung, die ihm sein frisch erlangter Ruhm als Scharfschütze eingebracht hatte. Plötzlich sahen die Männer in ihm eine Art Anführer. Er musste ihre hohen Erwartungen unbedingt dämpfen. Er versicherte ihnen, dass diese Statistiken bestimmt bloß Gerüchte seien. Ein derartiges Ungleichgewicht käme bei militärischen Auseinandersetzungen nicht vor.

Doch dann stieß Feldwebel Maczko zu der Gruppe und bestätigte den Wahrheitsgehalt der Vermutungen. »Ich habe die Generäle reden hören«, berichtete er. »Die Deutschen sind zahlenmäßig viermal so stark wie wir. Und Panzer haben sie zehnmal so viele. Sie werden uns abschlachten.«

Dominik warf dem jungen Mann einen finsteren Blick zu, erstens, weil er so indiskret war, vor den Rekruten seine Bedenken über die Zahl der Streitkräfte kundzutun, und zweitens – was noch viel unangenehmer war –, weil er Dominik dadurch weiter in die Diskussion gezogen hatte und die Männer sich nun hilfesuchend an ihn wenden würden. Er wollte damit nichts zu tun haben. Er schaute in die Gesichter der Umstehenden. Sobald Loleks skrupelloser Freund ihm die falschen Pässe besorgt hätte, würde er das Land verlassen. Er würde dieses Ungleichgewicht der Kräfte zwischen dem tapferen jungen Polen und dem mächtigen, kriegshungrigen Deutschland nicht mehr miterleben müssen. Er würde weder die Verwüstungen zu spüren bekommen noch das Blutvergießen mitansehen müssen. Diese Männer aber würden das alles erleben, und als er ihre verängstigten Mienen sah, wurde ihm klar, dass er irgendetwas sagen musste, um sie zu beruhigen und ihnen die Angst zu nehmen.

»Ihr braucht euch keine Sorgen zu machen«, begann er. »Die

Deutschen sind niederträchtig und gut organisiert, ja, aber wir sind hier zu Hause. Sie haben nur einen Ruf zu verlieren, sie kämpfen für ihren Stolz und einen Traum. Wir dagegen verteidigen unsere Frauen und Kinder – und wir werden sie bis zum bitteren Tod verteidigen!« Er versuchte ein Lächeln und war zufrieden mit seiner aufrüttelnden Ansprache. Das würde vermutlich genügen, um sie zu trösten und aufzumuntern.

Er wollte sich gerade auf den Weg zu seinem Wagen machen, den er hinter dem Übungsplatz geparkt hatte, als ihn jemand am Arm packte.

»Sie sagen also, dass wir alle sterben werden?«, fragte Maczko. Der Feldwebel hatte ihn eingeholt, und ihm waren weitere Männer gefolgt. Aus dem Blick des jungen Soldaten sprach die nackte Angst. Die anderen Männer hatten ähnlich panische Gesichter. Eine Horde erwachsener Männer, die alle das Ende ihres Lebens vor Augen hatten. Ich werde Polen bald verlassen, mahnte Dominik sich im Stillen.

»Ja, wir werden alle sterben«, sagte er.

»Was können wir bloß tun?«, fragte ein anderer Mann. Wieder richteten sich alle Augen auf Dominik, ängstlich und hoffnungsvoll zugleich.

Dominik erkannte zu seiner Enttäuschung, dass er wohl noch mehr sagen musste. Er legte sich einige Sätze zurecht und sprach sie dann aus. »Wir können nichts tun, außer uns zu wehren«, sagte er. »Nicht, weil wir gewinnen werden – das werden wir nicht. Aber wir müssen kämpfen, weil wir unsere Heimat verteidigen und unser Volk schützen und keine andere Wahl haben. In dieser Welt wird es immer Dunkelheit geben, egal was wir tun. Aber es wird auch immer Licht sein. Die Kunst besteht darin, dem Licht den größeren Raum zu geben und alles dafür zu tun. Deshalb werden wir bleiben und kämpfen, auch wenn wir vielleicht verlieren. Und deshalb, allein wegen unseres

Einsatzes, wird die Welt ein kleines bisschen heller sein. Kein Mächtiger wird sich an unsere Namen erinnern, und niemand außerhalb Polens wird erfahren, wie wir gehandelt haben. Aber wir werden es wissen. Und unsere Familien werden es wissen. Die Menschen, die wirklich wichtig sind, werden es wissen. Sie werden wissen, dass wir nicht geflohen sind, als es darauf ankam. Dass wir zu den Waffen gegriffen haben, uns den Panzern in den Weg stellten und laut und vernehmlich *Nein* gesagt haben.«

Er war an das Ende seiner Rede gelangt. Die Männer nickten ernst und feierlich. Johnny lächelte hinter tränenverhangenen Augen, und Dominik neigte gequält den Kopf. Er hatte nicht bloß eine Rede gehalten, sondern glaubte auch, was er da gesagt hatte. Er ging weiter zu seinem Auto und wünschte sich, er hätte lieber den Mund gehalten.

Am nächsten Morgen erschien Johnny bei Dominik zu Hause. Dominik bat ihn herein und setzte Teewasser auf. Er legte ein Stück Mohnstollen auf einen Teller – Johnnys Lieblingsgebäck – und betrachtete seinen Freund. »Irgendwas an Ihnen ist anders.«

»Ich bin nicht verkatert«, erwiderte Johnny. »Seit einem Monat habe ich keinen Alkohol mehr getrunken.«

»Das freut mich für Sie«, sagte Dominik. »Sie sehen gut aus!« Das entsprach der Wahrheit – Johnny hatte nie besser ausgesehen. Er war etwas fülliger geworden und lächelte auch mehr – nicht das manische Grinsen, das er früher immer im Gesicht hatte, sondern ein ruhiges, erfülltes Lächeln, das auch seine Augen erreichte, ein Ausdruck echter Zufriedenheit.

»Es ist wirklich ein furchtbarer Zustand«, sagte Johnny. »Und daran gebe ich natürlich Ihnen die Schuld.«

Dominik runzelte die Stirn. »Was habe ich denn getan?«

Wieder überzog ein echtes, tief empfundenes Lächeln Johnnys Miene. »Als ich hier in Krakau angefangen habe, war ich ein Wrack. Ich wollte nicht mehr weiterleben. Aber dann haben Sie mich in Ihr Haus eingeladen und mir Ihr wunderbares Heim und Ihre Familie gezeigt. Das hat mich mit Wärme erfüllt, und zum ersten Mal seit Monaten habe ich mich wieder lebendig gefühlt. Ich habe Ihre reizende Tochter kennengelernt und Ihr gemütliches, heilsames Zuhause – und das hat mich daran erinnert, wie es mit meiner Familie war. Es hat mich zwar traurig gemacht – aber auf eine schöne Weise, denn ich sah, dass andere Menschen in anderen Häusern auch das Glück haben, das ich einmal hatte. Und dass ich es vielleicht wieder einmal haben könnte. Daran gebe ich allein Ihnen die Schuld, Domek! Hätte ich nicht diese wunderbare Bratwurst gerochen und Ihre herrlichen Marmeladen zu essen bekommen, würde ich wohl immer noch an der Flasche hängen. Wären Sie und Ihr verdammt glückliches Heim nicht gewesen, wäre ich wahrscheinlich längst tot!«

Johnny sah Dominik an, mit einem Ausdruck, der so zufrieden und hoffnungsvoll war, dass es ihn erschreckte. Einen Moment spielte er tatsächlich mit dem Gedanken, Johnny alles zu gestehen. Wie schön wäre es, sich jemandem zu offenbaren, nur ein einziges Mal. Doch dann wandte er den Blick ab und beschäftigte sich mit der Zubereitung des Tees, in der Hoffnung, der schwache Moment würde rasch vorübergehen, was auch geschah. Er seufzte erleichtert. Ihm wurde klar, wie töricht es gewesen wäre, sein Geheimnis zu offenbaren, und er dankte Gott, dass er seine Zunge vernünftigerweise im Zaum gehalten hatte.

Doppelt froh war er, als Johnny ihm seine eigenen Neuigkeiten mitteilte. »Mein Vater hat mir für den Krieg eine Stelle beim Militär besorgt, alter Knabe«, sagte er. »Sieht allerdings so aus, als würde ich nicht hier mit Ihnen kämpfen. Ich soll in den

Norden – Schreibtischarbeit. Ich soll für einen fetten alten General die Protokolle schreiben. Ich bin untröstlich, dass ich den ganzen Spaß hier verpassen werde!«

Der Wasserkessel kochte. »Oh!« Dominik goss das heiße Wasser in die Kanne und überlegte vergeblich, was er noch sagen könnte. Schließlich seufzte er und erinnerte sich daran, dass er sich für seinen Freund freute und froh sein konnte, dass Johnny bald außerhalb jeder Gefahr war. »Protokolle schreiben, sagen Sie? Wissen die denn dort oben, dass Sie gar nicht Schreibmaschine schreiben können? Vielleicht sollten Sie lieber Oberschwester Skorupska mitnehmen. Sie macht gern Ihren Papierkram!«

»Hab sie schon gefragt«, antwortete Johnny wie aus der Pistole geschossen. »Sie packt gerade ihre Koffer.«

Dominik hätte beinahe gelächelt, aber dann runzelte er die Stirn. »Moment. Auf welcher Seite werden Sie denn kämpfen?«

Johnny schien seine Gedanken lesen zu können. »Die Nazis werden wohl auf meine Fähigkeiten als Scharfschütze verzichten müssen. Ich werde für Polen kämpfen. Mein Vater ist zwar fanatischer Anhänger von Hitlers Ideologie – aber zuallererst ist er dann doch Pole. Die Nazis mag er nur, wenn sie in ihrem eigenen Land bleiben. Ich freue mich jedenfalls schon darauf, Sie mit zahllosen Briefen über meine Schreibtischabenteuer zu langweilen!«

Dominik nickte. »Wann reisen Sie ab?«

»In zwei Wochen. Am vierzehnten September.«

Das Gespräch drehte sich nun darum, wohin genau Johnny gehen und wie lange der Krieg wohl dauern würde. Dominik nickte, aber hörte nicht wirklich zu. Er bemühte sich, so auszusehen, als würde er sich für seinen Freund freuen, und wollte ihm nicht zeigen, wie einsam er sich bereits jetzt fühlte. Er fragte sich, ob dies das allerletzte Mal war, dass er ihn sehen würde; wahrscheinlich schon. Schließlich, als die Teekanne leer und der Kuchen aufgegessen war, wurde es für Johnny Zeit, sich zu verabschieden. Er holte seinen Mantel, und Dominik begleitete ihn zur Tür.

An der Tür blieb Johnny stehen, ohne hinauszugehen.

»Haben Sie noch etwas vergessen?«, fragte Dominik.

Johnny nickte. »Ich will Sie zum Abschied umarmen, alter Knabe!«

»Oh, nein danke«, erwiderte Dominik so höflich wie entschieden.

»Das war kein Angebot«, sagte Johnny. »Sondern eine Forderung. Ich werde sterben, und Sie ebenfalls. Na ja, vielleicht werde ich nicht mal sterben, wenn ich demnächst für Oberst Fettwanst arbeite, vierhundert Kilometer hinter der Front. Aber Sie werden mit ziemlicher Sicherheit ins Gras beißen. Hitler wird sich in Krakau breitmachen – Sie werden schon sehen. Diese schöne Stadt wird er sich nicht entgehen lassen.«

Er beugte sich vor, und ehe Dominik weiter protestieren konnte, umarmten sie einander. »Pass gut auf dich auf, mein Freund«, sagte Johnny ihm ins Ohr. »Sieh zu, dass du nach Möglichkeit nicht stirbst!«

Dominik schluckte und versuchte seiner zitternden Stimme Herr zu werden. »Ich tue mein Bestes. Und du bitte auch!«

Die Umarmung war vorbei, und Johnny verschwand nach draußen in den Sonnenschein.

An diesem Abend rief Lolek bei Dominik an und sagte mit panischer Stimme: »Ich kann nur zwei Pässe besorgen.«

Dominik hörte ihn am anderen Ende der Leitung atmen und versuchte, die Bedeutung des Satzes zu verstehen. Er hatte wegen der Hitze ein Fenster geöffnet, und von draußen erklang eine hitzige Diskussion. Männer und Frauen gruben in der

kleinen Grünanlage hinter dem Haus ein Loch, um einen Luft-
schutzraum zu errichten. Die Stadtverwaltung hatte die Menschen dazu aufgefordert. Zwei Männer stritten sich, weil der
eine breiter, der andere aber tiefer graben wollte. Es ging eine
Weile hin und her, bis eine der Frauen die beiden anwies, endlich ruhig zu sein und beides zu tun.

»Das verstehe ich nicht«, sagte Dominik. »Ich habe doch genug Geld für drei Pässe.«

»Ja, aber der Mann, der bei der Britischen Botschaft arbeitet,
der, der die falschen Dokumente besorgt hat, ist abgehauen. Jemand hat ihn angezeigt, und jetzt ist er nicht mehr auffindbar.
Er hatte meinem Kontaktmann bereits zwei Blankopässe gegeben, aber das war's. Zwei – mehr können wir nicht bekommen.«

Dominik fehlten die Worte.

»Wie wollen wir es machen? Welche Namen soll mein Kontaktmann in die Pässe schreiben? Wer soll das Land verlassen?
Marie und Ben? Oder Marie und Sie? Dominik? Sind Sie noch
da?«

»Ich weiß es wirklich nicht.«

Lolek seufzte am anderen Ende der Leitung. »Wollen Sie
wissen, was ich denke?«

»Nicht unbedingt, nein.«

»Geben Sie die Pässe Ihrer Tochter und Ihrem Schwiegersohn. Das wäre richtig.«

»Das will ich aber nicht.«

»Mir ist klar, dass Sie das nicht wollen.«

Draußen vor dem Fenster wurde weiter gegraben. In der
Nacht zuvor hatte es geregnet, und nun wehte der Geruch von
frischer, feuchter Erde und nassem Gras ins Zimmer. Dominik
spürte plötzlich wieder die Herzbeschwerden, die ihn schon vor
ein paar Wochen geplagt hatten.

»Du verstehst das nicht, Lolek. Es ist die Pflicht der Eltern, ihr Kind zu beschützen. Wie kann ich das, wenn ich nicht bei ihr bin?«

»Welchen Schaden wird sie erleiden, wenn sie ständig neben Ihnen leben muss wie eine Art Auswuchs von Ihnen, und nicht als eigenständiger Mensch? Wenn Sie sie immer wie ein Kind behandeln?«

Dominik erinnerte sich noch daran, wie seine Tochter schon mit acht Jahren den Verstand und den Willen einer erwachsenen Frau gezeigt hatte. Wie konnte er überhaupt in Erwägung ziehen, sie zu verlassen? Beinahe achtzehn Jahre lang hatte er nur für sie gelebt. Und nun sollte er das alles einfach zerstören – und sie allen Gefahren überlassen, vor denen er sie immer geschützt hatte?

»Sie haben Wunderbares geleistet,«, sagte Lolek. »Sie haben eine starke und intelligente Frau großgezogen, gütig und mit moralischen Grundsätzen gesegnet. Und nun müssen Sie sie gehen lassen. Menschen müssen frei sein, ihr eigenes Leben zu führen, Dominik. Der größte Schutz, den Sie ihr gewähren können, ist ihr zu erlauben, auf eigenen Füßen zu stehen. Lassen Sie sie ihre eigenen Fehler machen. Andernfalls werden Sie sie immer klein halten. Sie wird an den Boden gefesselt durchs Leben gehen, wo sie doch mit weiten Schritten ausholen und Großes leisten könnte.«

Dominik verzog das Gesicht. »Ich muss auch dringend hier weg, verstehst du? Ich kann dir nicht erklären, warum.«

»Ist es wirklich wichtiger, dass Sie vor Ben von hier verschwinden, vor einem Juden, dessen Leben in Gefahr ist?«

Dominik atmete tief ein. Im Chaos des Krieges würden die Menschen nach allem suchen, was anders war, und es niederschlagen, nur um sich selbst zu retten. Wenn er blieb, würde man ihn zweifellos aufspüren. Sein Geheimnis war zu düster, zu absonderlich. Man würde ihn töten. »Natürlich ist Ben stärker gefährdet«, sagte er fröhlich. »Er soll den zweiten Pass bekommen. Bitte lass die Pässe auf Marie und meinen Schwiegersohn ausstellen.« Kaum hatte er es ausgesprochen, spürte er seltsamerweise, wie sich sein Körper entspannte. Nun war es entschieden: Er würde sterben – und damit hatte er Freiheit erlangt.

Lolek seufzte. »Ach, Dominik. Sie handeln gut und großherzig! Ich danke Ihnen!«

»Gern geschehen«, sagte er. In der Leitung blieb es still. »Ich habe das Gefühl, dass du gleich eine Rede halten wirst, Lolek. Aber bitte nimm dabei nicht Gottes Namen in den Mund!«

»Ich verspreche Ihnen, das werde ich nicht. Wenn Sie gestatten, will ich allerdings seinen Sohn zitieren.«

Dominik seufzte. »Also gut.«

»Niemand hat größere Liebe denn die, dass er sein Leben lässt für seine Freunde. Gott segne Sie, Dominik.«

Erst nachdem er aufgelegt hatte, wurde es ihm klar: Sobald die gefälschten Pässe ankamen, würden Marie und Ben mit dem nächsten Zug die Stadt verlassen. Zu diesem Zeitpunkt hätte Dominik sich bereits bei seinem Regiment gemeldet. Ihre Wege würden sich nicht kreuzen. Er würde seine Tochter nie mehr wiedersehen.

34

DIE FOTOGRAFIE

Während Dominik gemeinsam mit den anderen Männern im wehrfähigen Alter an der militärischen Übung am Rande Krakaus teilnahm, wartete Marie darauf, dass Ben zur Arbeit ging. Dann packte sie einen Koffer und hinterließ ihm eine Nachricht, ehe sie in den Neun-Uhr-Zug nach Lemberg stieg. Sobald ihr Mann entdeckte, dass sie weggefahren war, würde er zunächst vor sich hin schimpfen, dann aber resigniert mit den Schultern zucken, da er inzwischen wusste, wie seine Frau war. Ohnehin wäre Marie bald wieder zurück, doch nun musste sie erst einmal ihren Plan verfolgen.

Die Zugfahrt nach Osten dauerte acht Stunden. Sie vertrieb sich die Zeit mit unruhigen Träumereien und versuchte, einen Schundroman zu lesen, den jemand auf dem Platz neben ihr liegen gelassen hatte, aber sie konnte sich nicht darauf konzentrieren. Irgendwann rutschte sie nur noch auf ihrem Sitz hin und her und begnügte sich damit, aus dem Fenster zu starren. Sie war dankbar, als der Zug endlich Lemberg erreichte – die Zeit war ihr doppelt so lang vorgekommen wie angegeben. Beim Aussteigen sah sie auf dem Hauptbahnhof mit Befremden die Menschenmassen, die sich auf dem gegenüberliegenden Bahnsteig drängten, in einen Zug, der in Gegenrichtung aus der Stadt

abfahren sollte. Die Leute hatten es immer eilig, Züge zu erreichen, doch die große Anzahl war ungewöhnlich: Hunderte,
vielleicht Tausende schoben sich voran, um in diesen Zug zu
steigen. Sie schätzte, dass der Zug vielleicht sechshundert Plätze
hatte, aber es wollten weit mehr Menschen einsteigen. Sie trugen Reisekleidung und hatten etliche Koffer dabei. Der Anblick
beunruhigte Marie. Warum hatten so viele Menschen es derart eilig, die Stadt zu verlassen? Welche Neuigkeiten wussten
sie, von denen Marie noch nichts gehört hatte? Aber sie wollte
nicht länger am Bahnhof bleiben, um das herauszufinden, und
schwor sich stattdessen, ihren Aufenthalt in Lemberg so kurz
wie möglich zu halten.

Beim Verlassen des Bahnhofs musste sie feststellen, dass es
in dieser Stadt sogar noch feuchter war als in Krakau. Warmer
Dunst hing in der Luft, als sie die Straße zum Stadtzentrum hi-
nunterlief, sodass sich ihre Oberlippe und ihr Hals bald feucht
anfühlten. Von Wolanski hatte Marie zwei Adressen bekommen. Die erste war die Adresse der Apotheke, in der ihr Vater
gearbeitet hatte, die zweite die eines Hauses, in dem er möglicherweise gewohnt hatte.

Zuerst begab sie sich zur Apotheke. Sie machte sich direkt
vom Bahnhof dorthin auf, in der Hand einen Stadtplan von
Lemberg. Als sie bei der Adresse ankam, befand sich dort zwar
eine Apotheke, sie trug aber nicht den Namen Karski, sondern
hieß »Apotheke zum Goldenen Bären«. Marie trat ein und erkundigte sich bei dem Verkäufer, ob er schon einmal von Karskis
Apotheke gehört habe. Der junge Mann schüttelte den Kopf
und bot ihr an, seinen Chef zu fragen. Daraufhin verschwand er
im Hinterzimmer und kehrte mit einem älteren Herrn zurück.
Marie wiederholte ihre Frage: Hatte diese Apotheke früher einmal den Karskis gehört? Ja, sie habe früher »Karskis Apotheke«
geheißen, antwortete der Mann, aber er würde diese Leute nicht

kennen. Marie hatte den Eindruck, dass er sie unauffällig musterte, aber dann rasch wegschaute, als sie ihn anblickte. »Wie heißen Sie, Fräulein?«

»Marie Rosen«, erwiderte sie. »Frau.«

»Ich verstehe.« Er sah sie wieder forschend an. Dann trat eine Kundin in den Laden und fragte nach einem Hustensaft, und der Mann verabschiedete sich rasch von Marie. »Ich weiß nichts über die Karskis«, sagte er und wünschte ihr noch einen schönen Tag.

Marie trat aus dem Laden und kniff die Augen gegen die grelle Nachmittagssonne zusammen. Sie zog den Hut in die Stirn und klappte die Krempe herunter, um ihr Gesicht zu schützen. Ihre Finger schwitzten in den Handschuhen. Sie fühlte sich lustlos und ernüchtert – die Apotheke war ihre meistversprechende Option gewesen. Sie hatte immer noch die andere Adresse, doch das war nur eine sehr dünne Spur: einen Wohnblock aufsuchen und wildfremde Leute befragen, ob sie zufällig jemanden kannten, der vor zwei Jahrzehnten dort gelebt hatte? Im Bewusstsein, sich wahrscheinlich auf einen Irrweg zu begeben, klappte sie den Stadtplan auf und marschierte los.

Der Karte folgend kam sie zu einem heruntergekommenen Häuserkomplex und trat in einen Hof, der auf allen Seiten von mehrstöckigen Gebäuden umgeben war. Der ganze Wohnblock wirkte verfallen. Farbe blätterte von den verwitterten Mauern, und die verblassten schmiedeeisernen Balkongitter hatten auch schon bessere Tage gesehen. Auf einem Balkon welkten einige Pflanzen vor sich hin. Vielleicht hatte einer der früheren Bewohner einen grünen Daumen gehabt – oder vielleicht war der letzte Bewohner erst kürzlich gestorben. In jedem Fall gaben die verwelkten Pflanzen in ihren rissigen Tontöpfen ein trauriges Bild ab.

Sie begann mit ihren Nachforschungen bei der Wohnung 1 a und klopfte an die Tür. Ein Kind öffnete ihr.

»Guten Tag, kann ich bitte mit deinen Eltern sprechen?«, fragte Marie.

Das etwa fünfjährige Mädchen starrte sie an. Dann drehte es sich um und rief etwas in den Flur, in einer Sprache, die Marie zwar irgendwie bekannt vorkam, die sie aber nicht verstand. Marie sprach Polnisch, Französisch, Deutsch und inzwischen auch etwas Jiddisch, doch der Sprache dieses Kindes war sie nicht mächtig.

Eine Frau kam zur Tür und redete sie in derselben Sprache an, die auch das Mädchen gesprochen hatte. An Haltung, Intonation und den vagen Ähnlichkeiten mit ihrer eigenen Sprache konnte Marie ablesen, dass sie vermutlich so etwas wie »Ja, was möchtest du?« fragte.

Marie sagte langsam auf Polnisch. »Kennen ... Sie ... Dominik ... Karski?«

Die Frau starrte sie ausdruckslos an, und Marie kam zu dem Schluss, dass sie sie wohl nicht verstanden hatte. Sie wollte es gerade mit Zeichensprache versuchen, als die Frau ihr antwortete.

»Bitte, kommen Sie rein!«, sagte sie auf Polnisch, allerdings mit starkem Akzent. Maries Herz machte einen Satz. Die Frau führte Marie in ihre Küche und bot ihr einen Platz an. Sie schenkte Marie und sich selbst einen Wodka ein, stieß dann mit Marie an und setzte sich zu ihr. Da Marie nicht unhöflich erscheinen wollte, trank sie den Wodka. Er brannte ihr in der Kehle, und sie fühlte sich leicht benommen. Als Nächstes bot die Frau ihr Kuchen an, eine Art Rosinenbrot, das Marie gern annahm, allein schon, um dem Alkohol, der in ihrem Magen schwappte, eine Grundlage zu geben. Das Telefon klingelte, und die Frau entschuldigte sich.

Das kleine Mädchen hielt eine Puppe in der Hand und stellte sie Marie in der vage vertrauten slawischen Sprache vor. Marie vermutete, dass es sich um Ukrainisch handelte, die zweite Sprache, die neben Polnisch in Lemberg gesprochen wurde und die entfernt mit ihrer eigenen Muttersprache verwandt war. Der Wodka machte sich in ihrem Körper breit. Marie spürte eine angenehme Wärme und ließ sich in den Stuhl zurücksinken, während sie der Frau beim Telefonieren lauschte. Überwiegend hörte sie fremde Laute, aber gelegentlich auch ein bekanntes Wort. Sie überlegte, was diese Frau ihr wohl über ihren Vater erzählen könnte.

Die Frau hängte den Hörer ein und kehrte in die Küche zurück. »Jetzt. Bitte. Sagen Sie noch einmal Namen!«

»Dominik Karski«, wiederholte Marie.

Die Frau schüttelte den Kopf. »Nie gehört von ihm.«

Marie hielt das zunächst für einen Scherz, aber nein, die Frau versicherte ihr mehrmals, dass sie von ihrem Vater noch nie gehört habe. Marie bedankte sich bei ihr und versuchte, sich zügig mit der Entschuldigung zu verabschieden, sie habe noch weitere Termine. Irgendwann ließ die Frau sie auch gehen, aber erst, nachdem sie ein weiteres Gläschen Wodka getrunken, noch mehr Rosinenkuchen gegessen und einer Hochzeitszeremonie zwischen der Puppe des Mädchens und einem Teddybären beigewohnt hatte. Als sie aus der Wohnung in die schwüle Nachmittagshitze trat, fühlte sie sich ein wenig benebelt.

Marie klopfte an die Tür von 1 b und wurde ähnlich herzlich von einer jungen Familie empfangen, die sie freundlich hereinbat. Marie hatte ihre Lektion gelernt, nahm diesmal nur ein Glas Wodka an und trank es ganz langsam, während sie so rasch wie möglich, ohne unhöflich zu wirken, herauszufinden versuchte, ob die Familie Dominik Karski kannte. Auch hier hatte man noch nie von ihm gehört. Sie klopfte an die Türen der übrigen Wohnungen im ersten Stock, von 1 c bis 1 g, und erlebte das gleiche wie vorher: junge Ukrainer, die ihr fröhlich lächelnd Wodka und Kuchen anboten, aber rein gar nichts über einen Dominik Karski wussten.

In 2 b hatte sie einen kleinen Erfolg – eine Frau, deren Muttersprache Polnisch war. Sie bat Marie in die Wohnung, und nachdem der obligatorische Wodka höflich angeboten und pflichtbewusst getrunken worden war, erzählte sie Marie ein wenig über die Geschichte des Wohnblocks. Marie fragte aufgeregt, ob sie denn Dominik Karski kennen würde. Die Frau schüttelte den Kopf. Diesen Namen habe sie noch nie gehört, aber sie sei auch erst vor fünf Jahren hier eingezogen.

Marie sackte enttäuscht auf ihrem Stuhl zusammen, doch nun wusste sie wenigstens, wonach sie suchen musste: nach jemandem, der schon lange in diesem Mietshaus lebte, mindestens seit dem Großen Krieg. Sie bedankte sich bei der Frau und klopfte an die nächsten Türen. Der Rest der zweiten Etage war entweder nicht zu Hause oder wusste ebenfalls nichts. Beim Erreichen der dritten und letzten Etage musste sie rülpsen und stellte fest, dass sie betrunken war. Vorsichtig ging sie an dem umlaufenden Balkon entlang und bemühte sich, nicht zu stolpern. Hier oben wurde überhaupt nur in zwei Wohnungen auf ihr Klopfen geantwortet, beide Male mit dem gleichen Ergebnis: Nichts bekannt über einen Dominik Karski.

Marie machte sich Vorwürfe, wie dumm und leichtfertig sie bei ihrer Mission vorgegangen war. Was hatte sie sich eigentlich gedacht – wollte sie an jede Tür in ganz Lemberg klopfen? Doktor Wolanski, der dämliche Kollege ihres Vaters, hatte ihr die Adressen eines Mietshauses und einer Apotheke gegeben. Weitere Orientierungshilfen hatte er nicht angeboten. Allein aufgrund der dubiosen Hinweise dieses intriganten, aufgeblasenen Mannes war sie nun acht Stunden mit dem Zug gefahren. In diesem Haus kannte niemand Dominik Karski. Vermutlich hatte er nicht einmal hier oder irgendwo in der Nähe gewohnt. Das Einzige, was dieser Ausflug Marie gebracht hatte, war eine vergrößerte Leber.

Sie schaute auf ihre Uhr. So betrunken, wie sie war, verschwamm ihr alles vor den Augen, und sie konnte das Zifferblatt kaum erkennen. Mit einem zugekniffenen Auge stellte sie schließlich fest, dass die Zeiger auf Viertel nach sieben deuteten. Um acht Uhr fuhr ein Nachtzug ab, mit dem sie in den frühen Morgenstunden in Krakau ankommen würde. Wenn sie sich beeilte, konnte sie es noch schaffen. Als sie vorhin an eine der Türen geklopft hatte, hatte sie eine Familie beim Packen ihrer Habseligkeiten angetroffen. Sie stopften Kleider in ihre Koffer, aber auch Kerzenständer und Fotos, als wollten sie für längere Zeit fortgehen. Das hatte sie unangenehm an die Szene erinnert, die sie am Bahnhof beobachtet hatte. Würde sie an diesem Abend immer noch ein ähnliches Gedränge am Bahnsteig erleben? Hinderte ein Schaffner sie womöglich daran, in einen übervollen Zug einzusteigen, sodass sie in dieser schwülen, rattengeplagten Stadt festsitzen würde?

Sie beschloss, nicht noch länger zu warten. Als sie den Fuß der Treppe erreichte, rief eine Frau ihr vom Hof aus zu. »Warten Sie!« Marie drehte sich um und sah die Frau aus 2 b auf sich zukommen. »Ich dachte, Sie wären schon weg!«, sagte die Frau und lächelte. »Zum Glück sind Sie noch hier. Mir ist eine Nachbarin eingefallen, die Ihnen weiterhelfen könnte, aber sie ist heute nicht da. Sie kommt erst morgen früh wieder.«

»Vielen Dank, aber mein Zug fährt heute Abend ab. So lange kann ich nicht mehr hierbleiben. Ich muss jetzt los.« Sie wollte sich auf den Weg machen.

»Schade«, erwiderte die Frau aus 2 b. »Frau Bronowska

kennt viele Geschichten von früher. Sie wohnt schon seit dreißig Jahren hier.«

Marie blieb stehen und blickte auf die Uhr; die Zeiger standen auf zwanzig nach sieben. Sie stellte sich die Menschenschlangen vor, die sich bereits auf dem Bahnsteig formierten. Wenn sie auch nur eine Chance haben wollte, in den Zug zu steigen, musste sie jetzt sofort gehen. »Sagen Sie – warum waren vorhin so viele Leute am Bahnhof und wollten in den Zug steigen?«

»Sie wollen die Stadt verlassen«, sagte die Frau aus 2 b. »Sie denken, dass es Krieg gibt.«

Marie schluckte. »Wann? Morgen?«

»Vielleicht. Vielleicht in einer Woche, vielleicht in zwei. Die Stadt ist ein leichtes Ziel. Beide Seiten werden Lemberg angreifen. Gemeinsam werden sie die Stadt auslöschen.«

In ihrem betrunkenen Zustand hätte Marie beinahe losgelacht. »Warum gehen Sie nicht auch?«

Die Frau lachte. »Ich glaube den Leuten nicht. Und eher friert die Hölle zu, als dass ich meine Wohnung verlasse! Ich hasse Umzüge.«

Marie ging in den Innenhof zurück. Der Geruch von Zwiebeln und Kartoffeln wehte ihr um die Nase, und sie hörte Töpfe und Pfannen klirren: Die Ukrainer bereiteten das Abendessen zu. Offenbar war auch das Wodkatrinken weitergegangen, denn sie konnte fröhlichen Gesang hören. Ein Kind lachte, ein anderes weinte. Sie schaute vom Innenhof auf zum Himmel. Die Abendsonne schimmerte durch die Wäsche, die zwischen den Häusern zum Trocknen aufgehängt war. »Also gut, ich komme morgen noch mal wieder«, rief sie der Frau zu und seufzte.

Die Frau lächelte. »Kommen Sie um zehn. Dann wird sie zurück sein.«

Die Nacht verbrachte sie in einem Hotel, das ein paar Straßen entfernt war. Der Mann an der Rezeption nahm ihr Geld entgegen, ohne weitere Fragen zu stellen, und verlangte auch nicht nach ihren Papieren. Als allein reisende junge Frau, noch dazu offensichtlich betrunken, hatte Marie mit irgendwelchen Schikanen gerechnet, auch wenn sie einen Ehering trug. Doch der Mann an der Rezeption hatte bereitwillig das Geld genommen und ihr einen Zimmerschlüssel gegeben. Beim Blick auf das Schlüsselbord stellte sie fest, dass fast alle anderen Zimmerschlüssel noch dort hingen. Vielleicht war sie der einzige Gast – Lemberg schien an diesem Abend bei Reisenden nicht besonders beliebt zu sein. Sie betrat ihr Hotelzimmer und fragte sich, ob es so klug gewesen war, noch eine weitere Nacht in dieser Stadt zu verbringen, die als leichte Beute dem Angriff zweier Mächte harrte.

Am nächsten Morgen frühstückte sie, noch benebelt vom gestrigen Wodkakonsum, im Speisesaal des Hotels. Abgesehen von einem einzigen weiteren Gast war sie allein. Im Anschluss lief sie zu dem Mietshaus zurück. Um Punkt zehn Uhr klopfte sie an die Tür der Wohnung 2 c, aber es öffnete niemand. Sie wartete eine Viertelstunde und klopfte dann noch einmal. Immer noch keine Antwort. Sie fragte sich, wann der nächste Zug nach Krakau abfuhr. Dann klopfte sie an die Tür von 2 b. »Sie haben gesagt, dass Ihre Nachbarin jetzt schon zurück sein würde«, sagte sie, als die Bewohnerin ihr die Tür öffnete.

Die Frau schob den Kopf aus ihrer Wohnung und schaute zu der geschlossenen Tür von 2 c hinüber, als würde sie sich dadurch öffnen. Doch die Tür blieb weiterhin geschlossen. Schulterzuckend meinte die Frau zu Marie: »Vielleicht kommt sie ja heute auch gar nicht zurück.«

Marie riss die Augen auf. »Aber Sie haben doch gesagt, dass sie hier sein würde! Ich habe extra ein Hotelzimmer genommen und bin über Nacht geblieben, nur um sie zu treffen.«

Die Frau aus 2 b sah Marie empört an und sagte trotzig: »Tut mir leid – aber was kann ich dafür! Was kann ich daran ändern?«

Marie fiel auf, dass die Frau dasselbe Kleid trug wie am Vortag. Das war vielleicht nicht ungewöhnlich, weil es nur ein einfaches Hauskleid war, aber auch ihr Haar sah aus, als hätte sie es nicht gekämmt. War sie etwa dem Ratschlag einer Verrückten gefolgt, einer Frau, die sich und ihr Leben nicht im Griff hatte? Sie verfluchte sich innerlich für ihre Naivität, als die Frau plötzlich sagte: »Ach, da kommt sie ja!«, und auf den Treppenabsatz deutete. Eine alte Dame von etwa siebzig Jahren kam schnaufend und keuchend mit einem Koffer in der Hand die Treppe hinauf. »Das ist Frau Bronowska!«

Marie eilte der alten Frau entgegen. »Kann ich Ihnen helfen?«, fragte sie mit einem Blick auf das Gepäckstück.

Die Frau nickte mit hochrotem Gesicht. »Danke«, sagte sie keuchend. Marie nahm ihr den Koffer ab und trug ihn die verbleibenden Treppenstufen hinauf.

»Weronika, diese junge Dame möchte sich mit dir unterhalten«, sagte die Frau aus 2 b.

»Worüber denn?«, fragte Frau Bronowska und sah Marie verwirrt an.

»Ach, es ist eigentlich nichts«, erwiderte Marie mit einem verlegenen Lächeln. »Ich wollte Informationen über jemanden, der hier mal gelebt hat. Vielleicht haben Sie ihn gekannt.«

Frau Bronowska ging weiter zu ihrer Wohnungstür. »Über wen denn?«

»Dominik Karski«, antwortete Marie.

Die alte Dame wandte sich zu ihr um. »Wer will das wissen? Und warum wollen Sie Informationen über ihn?«

»Ich bin seine Tochter«, erwiderte Marie.

Frau Bronowska runzelte die Stirn, kniff die Augen zusammen und musterte Marie von oben bis unten. Schließlich entspannten sich ihre Gesichtszüge. »Ja, das sind Sie!«

Maries Herz klopfte so laut, dass sie befürchtete, die alte Frau könne es hören. »Sie haben meinen Vater gekannt?«

Frau Bronowska lächelte. »Kommen Sie herein.«

Sie führte Marie in die Küche. Während sie den Flur entlanggingen, warf Marie einen Blick in die anderen Zimmer. Eine einfache, altmodisch eingerichtete Wohnung, aber alles war sauber und penibel aufgeräumt. Fotografien auf dem Kaminsims zeigten die Bewohnerin in verschiedenen Posen: in Reitkleidung neben einem Pferd, im Sonntagskleid mit einem Baby auf dem Arm vor einem Auto, im Hochzeitskleid vor einer Kirche. Frau Bronowska öffnete einen Küchenschrank und sagte dann enttäuscht: »Tut mir furchtbar leid. Aber mir ist der Wodka ausgegangen. Möchten Sie stattdessen vielleicht eine Tasse Tee?«

Marie atmete erleichtert auf und hätte Frau Bronowska am liebsten umarmt. »Wie schade«, sagte sie dann. »Aber nicht so schlimm, ein Tee ist auch gut, vielen Dank!« Sie half ihr, den Tee zuzubereiten, und trug dann das Tablett zu dem kleinen Küchentisch hinüber, an den sie sich setzten.

»Ich habe auf Sie aufgepasst, als Sie ein Baby waren«, sagte Frau Bronowska.

Marie, die gerade an ihrem Tee nippte, hätte sich fast verschluckt und den Tee in die Tasse zurückgespuckt. »Wirklich?«

»Sie haben einen Stock höher in 3 c gewohnt. Ich bin Ihrem Vater oft begegnet. Er hat in der Apotheke gearbeitet, wenn er von der Front kam.«

So viele neue Informationen stürmten auf Marie ein, dass sie gar nicht wusste, welche sie zuerst verarbeiten sollte. »In Karskis Apotheke?«

Frau Bronowska trank einen Schluck Tee. »Ja, in Karskis

Apotheke, zwei oder drei Kilometer von hier. Sie hat Ihrem Großvater gehört.«

Frau Bronowska nahm einen Keks von einem kleinen Teller und bot dann Marie ebenfalls Kekse an. Doch Marie schüttelte den Kopf. Ihr war vor lauter Aufregung der Appetit vergangen. Frau Bronowska dagegen biss genüsslich von dem Gebäck ab und kaute munter vor sich hin. »Ich bin richtig ausgehungert nach der langen Reise. Ich habe meinen Sohn und seine Familie in Zólkiew besucht. Schöne Stadt, aber es regnet dort viel zu viel. Waren Sie schon mal da?«

»Nein«, erwiderte Marie und hoffte, dass sie nicht schroff klang. »Herr Karski, mein Großvater, war Apotheker. Und mein Vater, Dominik Karski?«

»Er hat Ihrem Großvater assistiert. Wollte eigentlich Arzt werden. Aber dann wurde er zum Militär eingezogen. Er war erst Leutnant, dann Major. Ein ziemlich schneidiger Kerl in seiner Uniform!«

Marie unterdrückte ein Lächeln. Obwohl sie von den neuen Informationen überwältigt war, blieb sie nüchtern genug, um diese ungewöhnliche Beschreibung anzusprechen. »Sie sind sehr freundlich, Frau Bronowska. Aber ich kann mir beim besten Willen nicht vorstellen, dass mein Vater schneidig ausgesehen hat – egal in was für einer Kleidung!«

»Ich kann Ihnen versichern, dass er in seiner Paradeuniform sehr gut ausgesehen hat. In Zivilkleidung im Übrigen auch.«

»Vielleicht besaß er damals noch den Charme der Jugend.«

Frau Bronowska nahm noch einen Keks und lehnte sich in ihrem Stuhl zurück. »Ja, vielleicht.« Sie nahm eine professorale Haltung ein und hielt den Keks in die Höhe, als wolle sie eine wichtige philosophische Betrachtung anstellen. »Ihre Mutter hat Sie also mit nach Krakau genommen, das haben Sie doch gesagt? Und dort leben Sie beide jetzt?«

»Meine Mutter?« Marie richtete sich kerzengerade auf. Es war das erste Mal, dass jemand ihre Mutter erwähnt hatte. »Ich lebe in Krakau, meine Mutter aber nicht. Vielleicht hat sie mal dort gewohnt, aber jetzt nicht mehr. Sie ging fort, als ich ein Baby war. Deshalb bin ich hier. Ich versuche, sie zu finden.«

»Das klingt mir gar nicht nach Helena«, erwiderte Frau Bronowska. Marie erschauerte, als sie den Vornamen ihrer Mutter ausgesprochen hörte. »Ich hätte nicht gedacht, dass Helena Sie verlassen würde. Sie hat sich immer so großartig um Sie gekümmert. Ich bin kein besonders sentimentaler Mensch, und das ist meine ganz unsentimentale Einschätzung: Sie waren ihr Ein und Alles.«

Marie blickte zum Fenster. Die Morgensonne fiel durch die Spitzengardinen herein. »Sie hat mich verlassen«, sagte sie. »Aber vielleicht nicht mit Absicht. Vielleicht ist ihr etwas zugestoßen.« Sie dachte an ihren Vater daheim in Krakau und fragte sich, ob Wolanski ihm wohl von dem Gespräch zwischen ihnen erzählt hatte. »Vielleicht hatte mein Vater etwas damit zu tun.«

Frau Bronowska lachte. »Ihr Vater? Sie meinen Dominik Karski?«

»Ja«, erwiderte Marie.

»Rein theoretisch betrachtet wäre das vielleicht möglich«, sagte Frau Bronowska. »Ihr Vater war ein Mann des Militärs und insofern prädestiniert für gewaltsames Vorgehen. Und ich habe ihn mehr als einmal schreien gehört. Aber niemals mit Helena oder Ihnen. Eine solche Vermutung, die man vielleicht aus seinem Charakter ableiten könnte, ist allerdings wirklich rein theoretisch. Praktisch hingegen ist das überhaupt nicht möglich! Wie könnte er etwas damit zu tun haben? Er starb, noch bevor Ihre Mutter mit Ihnen Lemberg verlassen hat.«

Nun musste Marie ihrerseits lachen. »Mein Vater ist quicklebendig! Er lebt in Krakau. Sie müssen sich irren.«

Frau Bronowska legte ihren Keks ab. »Dominik Karski hat kurze Zeit in der Wohnung über uns gewohnt, zusammen mit Ihnen und Ihrer Mutter. Nachdem er erst im Großen Krieg, dann in den ukrainischen Kriegen und den Kriegen mit den Sowjets gekämpft hat, bekam er die Grippe. Er starb auf dem Boden der Wohnung über uns, ungefähr drei Meter von hier, wo wir jetzt sitzen. Ich irre mich bestimmt nicht. Ich habe gesehen, wie man seine Leiche fortgetragen hat. Und ich weiß auch, wo er begraben ist.«

35

DER NORDFRIEDHOF

Der Friedhof war eine Viertelstunde zu Fuß vom Mietshaus entfernt. Immer noch aufgewühlt suchte Marie sich ihren Weg durch die Straßen Lembergs. Die alte Frau musste sich irren. Sie würde die Gräber absuchen und dann die Frau von ihrem Irrtum überzeugen. Marie betrat den Friedhof aus Richtung Nordwesten. Das Gelände erstreckte sich entlang eines ganzen Häuserblocks, und sie schätzte, dass dort etwa dreihundert Gräber lagen. Einige Steine waren kunstvoll gestaltet, und es gab Familiengrüfte aus längst vergangenen Zeiten mit eigenen Eingängen und Treppen, mit steinernen Engeln und Marmortöpfen. Andere Gräber waren schmuckloser und hatten lediglich dünne Grabplatten aus Granit.

Sie schritt methodisch die Reihen ab und las jede Inschrift zweimal. Je weiter sie in den hinteren Bereich vordrang, desto mehr wurden die modernen, penibel gepflegten Grabstätten von überwucherten Gräbern mit abgesackten, moosbewachsenen Steinen abgelöst. Überall wuchsen riesige Birken, die mit ihren Wurzeln die Grabeinfassungen und Steinplatten hochdrückten. Viele Steine waren gesprungen oder umgekippt und dem Vergessen anheimgegeben. Marie rechnete beinahe damit, dass gleich eine Hand aus dem Erdboden emporschießen und sie packen würde. Irgendwann hatte sie die letzte Reihe erreicht und war auf keinen Grabstein mit dem Namen Dominik Karski gestoßen. Sie seufzte und schüttelte den Kopf. Obwohl sie mit diesem Ergebnis gerechnet hatte, war sie seltsamerweise enttäuscht, dass sie den Namen nicht gefunden hatte. Sie fing noch einmal von vorn an, diesmal begann sie in der mittleren Reihe, markierte ihren Ausgangspunkt mit einem weißen Stein und suchte die Gräber dann in der entgegengesetzten Richtung ab, in der Hoffnung, aus einem anderen Blickwinkel vielleicht etwas zu finden. Doch nachdem sie das ganze Gebiet noch einmal abgeschritten hatte, kam sie zu dem gleichen Ergebnis: kein Stein mit dem Namen Dominik Karski.

Also hatte die alte Frau sich getäuscht. Natürlich hatte sie das.

Sie seufzte und begab sich in Richtung Ausgang. Am Friedhofstor begegnete ihr ein Mann mittleren Alters, der eine Karre schob. Er tippte sich an die Mütze und wünschte ihr auf Polnisch einen guten Tag.

»Arbeiten Sie hier?«, fragte Marie und merkte, kaum dass sie den Mund aufgemacht hatte, wie offensichtlich die Antwort war.

»Ja, Fräulein«, erwiderte er. Er hob eine Schaufel aus der Schubkarre und begann zu graben.

Marie dachte über den seltsamen Beruf des Mannes nach, der ihn jeden Tag mit Tod und Verwesung in Kontakt brachte. Stellte er sich beim Ausheben der Gräber Fragen über den Lauf des Universums? Fragte er nach dem Warum, nach dem Sinn des großen Ganzen, wieso wir geboren werden, nur um dann wieder zu sterben? Falls solche Gedanken ihn beschäftigten, so beeinträchtigten sie ihn jedenfalls nicht bei der zügigen Ausführung seiner Arbeit. In der kurzen Zeit, in der Marie neben ihm gestanden hatte, war das Loch rasch einen halben Meter breiter geworden.

Sie deutete auf den Boden. »Für wen heben Sie dieses Grab aus?«

»Das weiß ich noch nicht«, erwiderte er. »Man hat mir bloß gesagt, ich soll schon mal ein paar ausheben.«

Marie verzog das Gesicht. »Ich suche ein Grab, das angeblich hier sein soll, aber kann es nicht finden.«

»Wie ist der Name?«, fragte der Totengräber.

»Dominik Karski«, sagte sie.

Er schaufelte zügig weiter, während er ihr antwortete. »In der westlichen Ecke. Vierte Reihe von oben. Viertes – nein, fünftes in Querrichtung.«

Marie bedankte sich und begab sich kopfschüttelnd zum westlichen Ende des Friedhofs. Sie bildete sich viel auf ihren scharfen, aufmerksamen Blick ein, und sie hatte jedes Grab zweimal überprüft, ohne den Namen ihres Vaters zu entdecken. Bei der vierten Reihe von oben angekommen, bog sie ab und schritt die Reihe langsam ab. Der Stein des vierten Grabes trug einen Frauennamen, eine gewisse Helga Branczowa, die 1915 gestorben war. Marie ging zum nächsten Grab weiter, dann fluchte sie leise, weil es ihr vorher nicht aufgefallen war: Auf dem Grabstein stand nicht der Name Dominik Karskis. Auf dem Stein stand gar kein Name.

Der Stein zeigte Geburts- und Sterbedaten an; derjenige, der hier lag, war am 15. September 1894 geboren und am 7. November 1922 gestorben. Das erste Datum entsprach tatsächlich dem Geburtstag ihres Vaters, denn sie feierten jeden 15. September mit einem kleinen Kuchen, eine winzige Zeremonie, zu der Marie ihn jedes Jahr überreden musste. Das zweite Datum konnte natürlich nicht der Todestag ihres Vaters sein, egal was dort stand, schließlich war er sehr lebendig. Doch nicht das Datum seines vermeintlichen Ablebens war das Seltsamste an diesem Stein. Über den Angaben zu Geburts- und Todesdatum, dort wo normalerweise der Name des Verblichenen stand, waren keine Buchstaben, sondern nur ein paar Furchen und Kratzer im Granit, als hätte jemand den Namen mit Hammer und Meißel abgeschlagen.

Marie marschierte zum Friedhofstor, um noch einmal mit dem Totengräber zu sprechen. Inzwischen hatte er einen halben Meter in die Tiefe gegraben, stand in dem Loch und verbreitete die Seiten, damit ein Sarg hineinpasste. »Warum steht auf dem Grab kein Name?«

»Jemand hat den Namen vom Grabstein abgeschlagen«, antwortete er.

»Wissen Sie, warum? Waren das Grabräuber?«

Er schüttelte den Kopf. »Das kommt leider öfter vor, als man denkt. Jeder, der hier von seinen Angehörigen dummerweise mitsamt Schmuck beigesetzt wurde, ist schon mal ausgebuddelt worden. Auf diesem Hektar Land haben wohl an die achtzig Goldzähne gelegen – alle weg. Einer hat sogar mal einen stinkenden Pelzmantel ausgegraben und mitgenommen. Aber wer auch immer diesen Grabstein abgeklopft hat, hat die Grabruhe selbst nicht gestört. Der Boden war unberührt und mit Gras bewachsen, als ich den kaputten Stein fand.«

»Sind Sie sicher, dass auf dem Stein ›Dominik Karski‹ stand?«

Er hörte auf zu graben und stützte sich auf die Schaufel. »Ganz sicher. Ich hab das Grab damals selbst ausgehoben.« Maries Gedanken wirbelten durcheinander, während der Totengräber weitersprach. Sie nickte und lächelte ihn höflich an, konnte seine Worte jedoch gar nicht richtig aufnehmen. »Ich hab das damals nicht verstanden. Er war ein Kriegsheld, wussten Sie das? Wieso sollte jemand einem unserer Helden so etwas antun? Seine Beerdigung war ohnehin ziemlich seltsam.«

»Inwiefern seltsam?«, fragte Marie.

»Waren bloß zwei Leute da. Eine junge Frau und ein Baby. Nur zwei Menschen bei einem mit dem Virtuti Militari. Sehr traurig!«

Marie dankte ihm und kehrte in die Stadt zurück. Inzwischen waren weniger Menschen auf den Straßen. Die verbliebenen Bewohner bewegten sich hastig, holten geflickte Mäntel ab und kauften Koffer. Marie beobachtete die Leute besorgt, aber sie musste ihr Vorhaben erst zu Ende bringen. Beim Erreichen des Mietshauses stieg sie die Treppe zu Frau Bronowska so schnell hoch, dass sie ins Schwitzen kam.

»Ich hab das Grab gesehen«, keuchte sie beim Eintreten in die Wohnung. »Irgendjemand hat den Namen abgeschlagen. Waren Sie das?«, fragte sie die alte Frau.

Frau Bronowska lachte. »Nicht, dass ich wüsste. Ich hatte keine Ahnung, dass so was passiert ist. Aber glauben Sie mir jetzt, dass Ihr Vater tot ist?«

»Aber er ist nicht tot! Vor vier Tagen habe ich ihn zum letzten Mal gesehen. Er hat fünfzehn Jahre lang in einem Krakauer Krankenhaus gearbeitet. Tausende seiner Patienten können Ihnen versichern, dass er quicklebendig ist.« Plötzlich kam ihr eine Idee. »Haben Sie vielleicht ein Foto von ihm?«

»Ich glaube nicht«, erwiderte Frau Bronowska.

Maries Herz sank. Ein Foto hätte ihr Problem ein für alle Mal gelöst, denn selbst auf einem zwanzig Jahre alten Bild hätte sie das Gesicht ihres Vaters erkennen können.

Frau Bronowska blickte sie entschuldigend an, dann lächelte sie. »Aber ich habe ein Foto von Ihrer Mutter!«, sagte sie versöhnlich. »Zumindest glaube ich das. Soll ich mal nachschauen, ob ich es finde?«

Marie schlug das Herz bis zum Hals. »Das würde ich gern sehen!«, rief sie aufgeregt.

Frau Bronowska verschwand durch den Flur in eines der

Schlafzimmer. »Das war wirklich merkwürdig!«, rief sie Marie zu. »Ich habe es damals bei Ihrer Mutter im Ofen gefunden. Ich bin in ihre Wohnung raufgegangen, nachdem sie mit Ihnen weggegangen ist. Eines Tages ist sie einfach verschwunden, ohne irgendjemandem zu sagen, wohin. Na ja, wie auch immer. Als sie weg war, hat mich der Vermieter jedenfalls gefragt, ob ich noch irgendwas aus der Wohnung haben wollte, bevor er die Sachen wegwirft. Ich glaube, er wollte bloß, dass ich die Wohnung ausräume, damit er nicht alles die Treppe runtertragen muss. Es war sowieso nicht mehr viel da – aber im Ofen hab ich das Foto gefunden. Sie hat wohl versucht, es zu verbrennen, aber die Flammen sind ausgegangen, ehe das Bild richtig verbrannt war, deshalb ist das meiste noch übrig. Ja! Hier ist es!« Ihre Stimme wurde lauter, während sie wieder über den Flur zurückkam. »Wie schön! Das hatte ich ganz vergessen. Es ist nicht nur ein Bild von ihr – Sie sind auch mit drauf!«

Marie spürte das Herz wieder in der Brust hämmern. Frau Bronowska reichte Marie das Bild. Die linken Ecken des sepiafarbenen Fotos waren versengt, aber der Rest des Bildes war unbeschadet geblieben. Eine Mutter und ihr Kleinkind posierten in einer Art Atelier. Keine der beiden lächelte. Vermutlich hatte der Fotograf ihnen befohlen, wegen der langen Belichtungszeit ganz still zu sitzen. Beim Betrachten des Kindes, das sicherlich noch jünger als ein Jahr war, stockte Marie der Atem, denn sie erkannte ihre eigene Nase, ihre Augen und Ohren wieder. Noch nie hatte sie ein Foto von sich gesehen, auf dem sie so jung war. Doch der Schock darüber, sich selbst zu erkennen, war nichts verglichen mit dem Gefühl, zum ersten Mal ihrer Mutter ins Gesicht zu sehen.

Nun konnte sie die Gesichtszüge ausfüllen, die all die Jahre als Leerstelle in ihrem Kopf existiert hatten. Sie konnte der schemenhaften Figur aus ihrer Erinnerung Augen, Nase und einen

Mund geben. Sie musterte dieses Gesicht und erkannte es sofort wieder. Natürlich war das ihre Mutter. Jene Erinnerung, die so lange unerreichbar verschüttet gewesen war, materialisierte sich in ihrem Kopf und verschmolz mit dem Gesicht auf dem Foto zu einem Ganzen. Es war ein Gesicht, das sie immer schon gekannt hatte.

Sie betrachtete das Haar ihrer Mutter – auch diese Haare hatte sie schon einmal gesehen. Das monochrome Bild bestand nur aus Abstufungen von Braun und Weiß, aber sie konnte erkennen, dass ihre Mutter blonde Haare hatte. Für das Foto hatte sie sich das Haar zu einem Zopf geflochten und ihn über die linke Schulter gelegt. Marie hatte dieses Haar schon einmal gesehen, den dicken Zopf. Sie hatte ihn in einem Kästchen gefunden, versteckt unter den Bodendielen im Schlafzimmer ihres Vaters.

36

DER SCHLÄCHTER
VON LEMBERG

Lemberg, August 1922

Die kleine Marie war schon elf Monate alt und hatte ihren Vater noch nicht kennengelernt. Dominik war nicht von der Front heimgekehrt, obwohl der Krieg mit der Ukraine schon seit drei Jahren vorbei war. Weder Helena noch Herr Karski hatten einen Brief von ihm erhalten und keinerlei Hinweis, wo er sich aufhalten könnte. Doch im Osten des Landes und in Teilen der Ukraine gingen die Kämpfe mit den Sowjets weiter; vermutlich war er dort irgendwo.

Helena arbeitete nach wie vor für Herrn Karski in der Apotheke. Sie kümmerte sich um das Apothekenbuch, während das Baby schlief, und zog sich ins Hinterzimmer zurück, um das Kind zu stillen. Herr Karski driftete täglich weiter in jenen Zustand, den der Arzt Alois Alzheimer über ein Jahrzehnt zuvor in seinem Aufsatz beschrieben hatte. Er hielt Helena immer noch für seine Frau. Nach Maries Geburt hatte er versucht, eine Amme für sie zu organisieren, aber es ließ sich keine finden. Die Stadt litt immer noch unter den Auswirkungen des Krieges.

»Ich habe Frau Biala gefragt, aber sie hat mir gesagt, sie

würde das nicht mehr machen. Und sie hat mich angeschaut, als ob ich verrückt sei, Irenka!«, sagte Herr Karski empört zu Helena.

Helena fand heraus, dass Frau Biala zwar früher durchaus Amme gewesen war und Dominik vor achtundzwanzig Jahren gestillt hatte, aber mittlerweile ging sie auf die sechzig zu. Helena machte es nichts aus, das Kind selbst zu stillen, auch wenn das als Kennzeichen armer Leute galt. Das Baby nahm ihre Brust gierig an und saugte zufrieden, während sie sich lächelnd mit geschlossenen Augen im Schaukelstuhl zurücklehnte.

An einem frischen Septembermorgen erschienen zwei gut gekleidete Männer in der Apotheke und boten Herrn Karski an, das Geschäft zu kaufen. »Wir können Ihnen in diesen unsicheren Zeiten einen guten Preis bieten«, sagte der größere der beiden. Herr Karski bedankte sich freundlich, versicherte jedoch, dass er nicht vorhabe, die Apotheke zu verkaufen.

Helena wischte gerade eine Bank ab und hörte unauffällig zu. Sie erkannte den größeren Mann: Er besaß zwei Apotheken auf der anderen Seite der Stadt. Gern hätte sie etwas gesagt, sie wusste aber, wie ungehörig es gewirkt hätte, wenn sich die vermeintliche Putzkraft in eine geschäftliche Angelegenheit einmischte. Mit einem Blick auf Herrn Karski versuchte sie abzuschätzen, ob er sich unbehaglich fühlte. Fürs Erste blieb der Austausch noch höflich.

Doch dann beugte einer der Männer sich vor. »Wir wissen, dass es Ihnen nicht gut geht«, sagte er zu Herrn Karski. »Sie haben schon erste Kunden verloren, und wenn sich Ihr Zustand herumspricht, werden Sie noch mehr verlieren.« Er bedachte Herrn Karski mit einem zufriedenen Grinsen. Die Farbe wich aus Herrn Karskis Gesicht. Helena zog die Luft ein. Wie hatten sie das herausgefunden? »Seien Sie vernünftig, alter Mann. Bis jetzt haben Sie ein gutes Geschäft gemacht und einen Haufen

Geld verdient. Nun ist es Zeit, sich zur Ruhe zu setzen, ehe Sie noch jemanden umbringen. Wir bieten Ihnen die einzigartige Gelegenheit, sich zurückzuziehen, ohne dass Ihr Ruf Schaden nimmt.«

Herr Karski wich einen Schritt zurück und stützte sich am Tresen ab. Helena verschwand ins Hinterzimmer, zählte langsam bis dreißig und ging dann in den Laden zurück. »Herr Karski, hinten in der Gasse ist eine Kohlenlieferung gekommen. Der Mann will mit Ihnen sprechen«, sagte sie.

Die Männer fielen auf die Finte herein und nahmen ihre Mäntel. »Wir kommen am Freitag wieder«, kündigte der Größere an. Der kleinere Mann starrte zu Boden, er hatte während der ganzen Unterhaltung nichts gesagt. Helena erinnerte sich, dass er als Apotheker in einer der Filialen des anderen arbeitete.

Beide Männer verließen den Laden, und Herr Karski folgte Helena durch den Hintereingang zur Gasse. Es spielte gar keine Rolle, dass dort weder eine Kohlenlieferung gekommen war noch ein Mann, der Herrn Karski sprechen wollte, denn als sie raustraten, hatte Herr Karski längst vergessen, weswegen sie dorthin gegangen waren. Sie kehrten wieder in den Laden zurück, und Herr Karski hatte auch den Besuch der beiden Männer vergessen, obwohl er den ganzen restlichen Tag unruhig und unzufrieden wirkte. Es war schlimm mitanzusehen, und alle Bemühungen Helenas, ihn zu beruhigen, hielten nicht lange vor. Immer wieder stieß er plötzlich und unvermutet einen verärgerten Schrei aus oder warf, nachdem er minutenlang still vor sich hin gearbeitet hatte, ein Becherglas in die Spüle. Helena empfand vor allen Dingen Mitleid, wenn sie ihn so gefangen in seiner Dunkelheit und Verwirrung sah. Was war das nur für eine schreckliche Krankheit – dieser fortschreitende Verlust der Erinnerung? Schließlich machte den Menschen vor allem die Summe seiner Erinnerungen aus – ohne sie war er nicht mehr als ein Tier.

Der Preis, den die Männer Herrn Karski für seine Apotheke geboten hatten, war unanständig niedrig – er deckte nicht einmal den Wert der Ware in den Regalen. Doch welche Wahl hatte er? Wenn er ablehnte, würden die Männer seinen Zustand publik machen. Man würde ihn womöglich aus der Stadt vertreiben. Nicht ohne ein gewisses Schuldbewusstsein wurde Helena klar, dass sie sich vor allem Sorgen um sich und ihre Tochter machte. Seit Monaten hatte sie sich keinen Lohn mehr ausgezahlt – unter den gegebenen Umständen war das auch nicht nötig gewesen. Wenn Herr Karski nun aber das Geschäft verlor, würden Helena und Marie verhungern, es sei denn, sie fand rasch eine andere Arbeit. Doch wer würde sie einstellen und ihr gestatten, ein Kind mit zur Arbeit zu bringen, so wie Herr Karski es getan hatte? Sie flehte stumm, dass Dominik endlich zurückkehren möge.

Am Freitag tauchten die beiden Männer wie angekündigt wieder in der Apotheke auf, aber Herr Karski erinnerte sich gar nicht an den Grund ihres Kommens. Sie formulierten wieder den Wunsch, die Apotheke zu kaufen, und boten denselben lächerlichen Preis. Herr Karski blickte sie panisch an, und sie drohten erneut, ihn bloßzustellen, wenn er nicht einwilligte. Diesmal mischte sich Helena ein.

»Herr Karski, verzeihen Sie, aber soll Ihr Sohn Dominik nicht die Apotheke übernehmen, sobald er von der Front heimkehrt?«

Glücklicherweise sprang Herr Karski sofort auf dieses Stichwort an. »Mein Sohn Dominik wird diese Apotheke übernehmen. Er ist ein sehr intelligenter Bursche und wird das Geschäft führen, sobald er aus dem Krieg heimkehrt.«

Die Männer schauten beide ziemlich überrascht drein. Mit dieser Komplikation hatten sie offenbar nicht gerechnet. Der Größere bedachte Hannah mit einem wütendem Blick, dann

gingen sie, nicht ohne das Versprechen, bald wieder vorbeizukommen.

Sie schrieb einen verzweifelten Brief an Dominik und sendete ihn an seinen letzten bekannten Aufenthaltsort, in der
Hoffnung, dass die Nachricht ihn erreichen würde, obwohl sie
auch auf die anderen Briefe, die sie geschickt hatte, nie Antwort
bekommen hatte. Er war nun ihre einzige Hoffnung. Der Brief
wurde nie beantwortet – und am Ende spielte es keine Rolle,
denn zwei Wochen später starb Herr Karski.

Helena fand ihn in seinem Schlafzimmer, noch im Pyjama.
Er war eiskalt. Sie hatte schon zwei Stunden unten in der Apotheke gearbeitet, ehe sie nach ihm geschaut hatte. Er schlief
morgens öfter länger und erschien auch nicht immer um Punkt
neun unten im Laden, deshalb hatte sie sich keine Sorgen gemacht. Erst als ein Kunde kam und nach einem Hustensaft
fragte, der speziell angemischt werden musste, sah Helena sich
gezwungen, Herrn Karski zu holen. Sie betrachtete sein graues
Gesicht und schloss ihm vorsichtig die Augenlider. Er war ganz
ohne Zweifel tot. Vermutlich hatte er einen Herzinfarkt erlitten.
Sie setzte sich auf die Bettkante und weinte leise vor sich hin.
Dieser sanfte, freundliche Mann, der sie aufgenommen und ihr
so viel beigebracht hatte. Nach dem Tod ihres eigenen Vaters
hatte sie sich unendlich einsam gefühlt, und Herr Karski hatte
ihr geholfen. Sie weinte um seine gütige Seele und dachte daran, wie verängstigt er immer ausgesehen hatte, wenn die De-
menz ihn überkam, an seine Verwirrung und Traurigkeit, die
ihn täglich bei Sonnenuntergang befielen. Auch um sich selbst
weinte sie – war es ihr denn bestimmt, dass jeder Mensch, den
sie liebte, sie verlassen musste?

Doch bald riss sie sich wieder zusammen und wischte die
Tränen ab, denn unten wartete immer noch der Kunde. Sie
teilte ihm mit, dass die Bestandteile für seinen Hustensaft leider

gerade ausgegangen seien, woraufhin er die Apotheke verließ. Hinter ihm verschloss sie die Eingangstür und hängte das »Geschlossen«-Schild ins Fenster. Sie musste jetzt rasch handeln. In Herrn Karskis Schlafzimmer fand sie in einer Zigarrenkiste in seiner Kommode etwas Geld. Danach ging sie zum Tresor und öffnete ihn. Sie kannte die Zahlenkombination, weil sie Herrn Karski mehrfach heimlich und nicht ohne schlechtes Gewissen dabei beobachtet hatte, wie er ihn bediente. Sie holte die Einnahmen der letzten Tage heraus und versteckte das Geld in ihrem Koffer.

Noch am selben Nachmittag kehrten die beiden Männer in die Apotheke zurück und erkundigten sich nach Herrn Karskis Wohlergehen in einer Art und Weise, die Helena frösteln ließ. Ihr blieb nichts anderes übrig, als ihnen mitzuteilen, dass Herr Karski verstorben sei. In Gedanken flehte sie Dominik an, endlich durch die Tür zu treten, doch er kam nicht.

Die beiden Männer erklärten die Apotheke für aufgegeben und Dominik für verschollen, vermutlich tot, und nahmen das Geschäft in Besitz, ohne auch nur eine Polnische Mark zu zahlen. Helena kehrte in ihr altes Mietshaus zurück und bezog eine kleine Wohnung, die gerade frei geworden war. Die Miete war fast doppelt so hoch wie in ihrem früheren Zimmer, aber ihr blieb keine andere Wahl. Sie hatte jetzt ein kleines Kind und konnte nicht auf der Straße leben. In der Tasche trug sie, so dankbar wie schuldbewusst, die Scheine aus Tresor und Zigarrenkiste und ihre eigenen bescheidenen Ersparnisse. Wegen der galoppierenden Inflation gab es nur Papiergeld, keine Münzen.

Am nächsten Tag kam ein Mann aus der Kirchengemeinde zu ihrer Wohnung und fragte, was mit der Leiche von Herrn Karski geschehen solle. Er stand in ihrer winzigen Küche und drehte verlegen den Hut in der Hand, während er ihr erklärte, dass sie für das Begräbnis aufkommen müsse. Da sich kein Angehöriger gemeldet habe, würde Herr Karski ansonsten in einem anonymen Grab verscharrt. Das konnte sie auf keinen Fall zulassen, daher willigte sie traurig ein, das Begräbnis zu übernehmen. Sie bezahlte eine Grabstelle, den Sarg und die Trauerfeier, was zusammen mehr als die Hälfte der Summe verschlang, die sie besaß. Die Beerdigung fand am Samstag statt. Am folgenden Montag hatten der große Mann und sein kleiner Begleiter bereits die Apotheke übernommen und sie in »Apotheke zum Goldenen Bären« umbenannt, so wie auch ihre anderen Niederlassungen in der Stadt hießen.

Marie bot dort ihre Dienste an und brachte allerlei überzeugende Argumente vor: Sie kannte das Geschäft gut, hatte über ein Jahr lang die Rezepte kontrolliert, kannte die Kunden, Lagerbestände und Bestellvorgänge. In Wahrheit hatte sie im Hinterzimmer auch Arzneien gemischt, Dosierungen titriert, Chemikalien verfeinert und Alkohole destilliert. Sie konnte das Periodensystem vorwärts und rückwärts aufsagen und mit geschlossenen Augen Aspirin herstellen. Ihre Fähigkeiten standen denen eines jungen Mannes mit einem Abschluss in Chemie in nichts nach. Doch das behielt sie für sich und bot lediglich an, als Apothekenhelferin zu arbeiten.

Selbst das war zu viel für die Männer. Der Kleinere lachte sie aus. »Ich glaub nicht, Mädchen. Aber eine Putzfrau und Haushaltshilfe könnten wir gebrauchen.«

»Wie ist die Bezahlung?«, fragte Helena.

Als er die Summe nannte, schnaubte Helena leise. »Herr Karski hat mir das Doppelte gezahlt. Als Putzhilfe.«

»Die Zeiten haben sich geändert«, erwiderte der Mann schulterzuckend. »Es gibt nur wenige Stellen, und jeder will sie haben. Ich kann bezahlen, was ich möchte, und finde problemlos jemanden, der die Arbeit machen wird.«

»Aber das reicht gerade mal für meine Miete. Wovon soll ich dann essen und mein Kind kleiden?«

Er hob die Hände in einer Geste gespielter Ratlosigkeit. »Zusammen mit dem Lohn Ihres Mannes werden Sie das schon schaffen.« Helena dankte ihm höflich und ging. Sie verfasste einen weiteren Brief an Dominik, in dem sie ihm berichtete, was passiert war. Und es erstaunte sie nicht wirklich, als sie wieder keine Antwort erhielt.

An diesem Punkt akzeptierte sie schließlich, dass Dominik wohl nicht zurückkehren würde. Er war zwei Jahre lang fort gewesen, ohne sich zu melden. Sie musste ihm in dieser Zeit an die fünfzig Briefe geschickt haben, hatte aber weder Antwort erhalten, als sie ihm von der Geburt seines Kindes schrieb, noch als sie ihm den Tod seines Vaters und den Verlust des Familienunternehmens mitteilte. Er war und blieb verschwunden.

Deshalb war ihr beinahe zu einem bitteren Lachen zumute, als er ein paar Wochen später ohne Vorwarnung und ohne ersichtlichen Grund im Morgengrauen vor ihrer Wohnung auftauchte und sie mit einem dumpfen Klopfen an die Tür weckte. Er stand in ihrem heruntergekommenen Zimmer und sah noch dünner aus als früher. Sein Hals war schlank wie ein Ofenrohr, und wenn er den Kopf drehte, traten die Sehnen an den Seiten hervor. Eine Ader pochte mitten auf seiner Stirn und drückte sich durch seine Haut wie ein Y, während er Marie betrachtete. Er trug einen seltsamen Mischmasch aus Zivilkleidung und Uniform, obenherum seinen Militärmantel mit den Schulterklappen und Rangabzeichen, an den Beinen dagegen eine ganz normale schwarze Hose, als hätte er die Hälfte seiner Uniform irgendwo verloren. An den Füßen hatte er schwere wollene Armeesocken, die sich über den zivilen Lederschuhen grotesk bauschten. Er sah komisch, aber auch irgendwie bedrohlich aus. Dennoch fiel sie ihm sehnsüchtig um den Hals. Sie versuchte, ihn zu küssen, aber er wandte den Kopf ab. Seine Kälte beunruhigte sie noch mehr, doch im Moment wollte sie darüber nicht weiter nachgrübeln. Irgendwann würde Zeit sein, alles wieder in Ordnung zu bringen.

»Wo bist du nur gewesen?«, fragte sie liebevoll.

Er blinzelte langsam. War er etwa betrunken? »Was ist mit der Apotheke passiert?«, fragte er. »Warum hast du sie nicht gerettet?«

Sie erklärte ihm atemlos, was passiert war und dass ihr keine andere Wahl geblieben war.

Er nickte und starrte aus dem Fenster. Marie wachte in ihrem Bettchen auf und begann zu schreien. »Das ist dann wohl das Baby?«

Helena lächelte. Sie konnte kaum glauben, dass sie fast vergessen hätte, ihm Marie zu zeigen. »Deine Tochter.« Sie hob Marie aus dem Bettchen und hielt sie Dominik hin. Er zögerte einen Moment, dann nahm er das Kind auf den Arm und betrachtete sein Gesicht.

»Meine Tochter Marie«, sagte er. Also hatte er offenbar doch einige ihrer Briefe erhalten.

Helena war überglücklich. Endlich war er zu Hause. Nun würde alles gut werden. Sie fragte, was er nun arbeiten wolle, da die Armee ihn nicht mehr brauchte. Er wehrte die Frage ab, indem er ihren einzigen Stuhl an die Wand schleuderte.

Sie fuhr zusammen. Der Stuhl lag zerbrochen am Boden, ein zersplittertes Bein lehnte noch an der Wand. Wenn sie in Zukunft ein Bild dafür brauchte, wie Verzweiflung jemanden dazu bringen konnte, sich selbst zu vergessen, dann erinnerte sie sich immer daran, wie sein Gesicht in jenem Augenblick ausgesehen hatte – wutverzerrt wie die Miene eines Wahnsinnigen. Sie überlegte, ob sie rasch mit Marie verschwinden sollte. Sie schätzte die Schritte bis zur Tür ab, und ihr wurde klar, dass er

nah genug stand, um sie festhalten zu können, wenn sie vorbei-
lief. Früher einmal war sie in jugendlicher Naivität von seiner
nur mühsam verborgenen Unbeherrschtheit fasziniert gewesen,
und beschämt gestand sie sich ein, dass sie diese Wildheit immer noch erregend fand. Aber nun hatte sie Marie – und da
blieb kein Raum mehr für solche Fantasien, nur der Wunsch,
ihre Tochter möge ein langes, gesundes Leben haben, weit weg
von einem Vater, der sie womöglich beide eines Tages totschla-
gen würde.

Helena versuchte, ruhig mit ihm zu reden, und erklärte ihm,
dass er sicher ein Anrecht auf den Nachlass seines Vaters habe.
Die Apotheke war weg, aber Dominik könnte zu den neuen Be-
sitzern gehen und ihnen erklären, wer er war. Sie könnten auch
die Polizei einschalten oder vor Gericht ziehen, denn schließlich war Dominik der Erbe von Herrn Karski, und die Männer
hatten die Apotheke unter falschen Voraussetzungen übernommen. Sie beschwor Dominik freundlich, aber bestimmt, um die
Apotheke zu kämpfen.

Er schaute sie kalt an. Er wolle nicht in einer Apotheke arbeiten. Er wolle gar nichts tun.

Darum ginge es jetzt aber nicht, versuchte Helena, ihm zu
sagen, und wollte ihn zur Einsicht bringen.

Sie brauchten Geld, sie brauchten eine Lebensgrundlage für
ihre Tochter. Doch das schien Dominik nicht zu interessieren.
Jeden Abend verließ er sie, ohne zu sagen, wohin er ging, und er
kehrte erst in den frühen Morgenstunden nach Wodka stinkend
zurück.

Eines Tages kam ein Soldat zu ihrer Wohnung und suchte
nach ihm. »Major Karski war gestern nicht bei der Zeremonie«,
sagte er. Dominik hatte ihr gegenüber nichts von einer Zeremonie erwähnt, was sie dem Soldaten auch mitteilte. »Und er ist
kein Major, sondern Leutnant«, fügte sie hinzu.

»Er ist befördert worden«, erwiderte der Soldat »Jetzt ist er Major. Und bei der Zeremonie sollte er seinen Orden überreicht bekommen. Man hat ihm das Goldene Kreuz des Virtuti Militari verliehen.«

Als Dominik schließlich nach Wodka stinkend und mit einem violetten Bluterguss über dem Auge in die Wohnung zurückkehrte, erzählte sie ihm von der Beförderung und dem Orden. Der Soldat lasse ihm ausrichten, er möge ins Militärbüro gehen, um den Orden dort abzuholen. Dominik lachte nur bitter und ging wieder. Darauf blieb er vier Tage verschwunden, ohne sich zu melden, und kam so betrunken zurück, wie sie ihn noch nie gesehen hatte. Er lallte, stolperte und erleichterte sich in eine Ecke der Wohnung.

Das würde sie nicht länger dulden. Tage und Wochen des sanften Flehens und der ermutigenden Worte wichen blanker Wut. Es war ihr egal, ob er sie für ihren Zornesausbruch schlagen würde. Sie war zu müde und zu arm. Wenn Dominik sich nicht zusammenriss, würden sie ohnehin bald tot sein. Während sie seinen Urin vom Boden wischte, brüllte sie ihn an: »Du brauchst eine Arbeit, du musst deinen Orden abholen, was ist eigentlich los mit dir?« Sie schrie so laut, dass sie von sich selbst überrascht war. Dominik fuhr in seinem Stuhl zusammen. Er stand auf und ging langsam zum Fenster. Während er an ihr vorüberging, zog Helena der Gestank nach abgestandenem Alkohol in die Nase, dieser Geruch war noch schlimmer als der Urin, den sie gerade wegschrubbte, eine ekelhafte Mischung aus verschwitzten Kneipenschlägereien und Erbrochenem. Nur mit Mühe konnte sie ein Würgen unterdrücken. Er starrte durch die Scheibe nach draußen, und sie betrachtete seine knochigen Schultern, die sich beim Atmen hoben und senkten. Seine Wirbel zeichneten sich unter dem Hemd ab wie eine Reihe Kieselsteine.

Er wandte sich zu Helena um. »Ich werde dir erzählen, warum ich diesen Orden nicht will.«

Helena hörte auf, den Boden zu bearbeiten, und ging in die Hocke.

»Es war 1918. Der Große Krieg war gerade zu Ende, wie du weißt. Nachdem der Waffenstillstand ausgerufen wurde, kehrten wir in die Heimat zurück. Die Ukrainer hatten Lemberg eingenommen. Sie beanspruchten die Stadt für sich und wollten sie Polen wegnehmen. Ein neuer Krieg war ausgebrochen.« Er fuhr sich durch Haar. »Als ich am 21. November nach Hause kam, hatten die Polen die Stadt wieder unter ihre Kontrolle gebracht. Ich war plötzlich ein ranghoher Offizier in der neuformierten polnischen Armee. Die Männer, die gekämpft hatten, kamen zu mir und baten mich, ihnen achtundvierzig Stunden zu geben, ›um die Stadt aufzuräumen‹. Während der Kämpfe waren auch Geschäfte beschädigt worden. Sie wollten nun das Geld und die übrig gebliebenen Waren einsammeln, um sie vor den Ukrainern zu retten.«

»Sie wollten plündern?«

Er nickte. »Ja, aber die Läden wären so oder so geplündert worden. Da war es mir lieber, dass die Polen die Sachen bekamen. Ich wollte, dass die Männer, die so tapfer im Großen Krieg gekämpft hatten, zur Abwechslung mal ein bisschen Freude hatten, ein paar Momente des Glücks. In meiner Einheit war ein Junge aus meiner Nachbarschaft gewesen. Er hatte sich freiwillig gemeldet und sich für sechzehn ausgegeben, obwohl er in Wahrheit erst zwölf war. Ich habe miterlebt, wie sein Kopf von einer Kanonenkugel weggerissen wurde. Ich habe auch zusehen müssen, wie mein früherer Chemielehrer von Pferden zu Tode getrampelt wurde. Als wir am Morgen kamen, um seine Leiche zu begraben, war sein Gesicht von Ratten zerfressen. Die halbe Wange war weg, sodass man darunter die Zähne und Kieferknochen sehen konnte. Es sah aus, als würde er durch die Seite seines Gesichts grinsen. Nachdem ich solche Dinge erlebt hatte, fand ich es nicht schlimm wegzuschauen, wenn die Soldaten ein paar Pelzmäntel und Schmuck nahmen. Ich wusste allerdings nicht, dass die Österreicher während ihres Rückzugs im Großen Krieg die Gefängnisse geöffnet hatten. Die freigelassenen Verbrecher hatten sich der polnischen Armee angeschlossen und sich freiwillig zum Kampf gegen die Ukrainer gemeldet. Diese Banditen setzten sich nun an die Spitze der plündernden Meute. Einige der Ladenbesitzer wehrten sich.«

Helenas Blick verdüsterte sich, und sie stieß einen kleinen Laut des Entsetzens aus. Sie hatte schon von dem Ereignis gehört, über das er sprach. Draußen heulte ein böiger Wind, und es wurde langsam dunkel. Sie zündete eine Lampe an, die das Zimmer in einen gelblichen Schein tauchte. Marie spielte auf dem Boden mit ihrem Ball. Ein süßlicher Gestank stieg von ihr auf – Helena musste ihr die Windel wechseln.

Dominik nahm den Geruch gar nicht wahr. Er starrte ins Leere und legte sich die nächsten Sätze zurecht. »Ich bin in die Stadt gegangen und wollte schauen, was da los war. Mir wurde klar, dass ich die Situation völlig falsch eingeschätzt hatte. Juden, die nur ihre Geschäfte vor polnischen Plünderern verteidigen wollten, erschienen plötzlich als Feinde Polens. Eine Gruppe Männer behauptete, die Juden der Stadt zu vertreten, und erklärte sich in dem Konflikt für neutral. Aber uns wurde erzählt, dass die Juden die Polen mit Äxten angegriffen hätten. Viele glaubten das auch. Und dann traten die schlechtesten menschlichen Eigenschaften zum Vorschein. Ich sah, wie ein Soldat ein jüdisches Baby von vielleicht vier Wochen an einem Bein schwang. Er drohte, den Säugling gegen einen Baum zu schlagen, falls seine Mutter nicht das gesamte Gold des Hauses herausgab. Andere Männer zwangen eine Gruppe orthodoxer

Juden dazu, auf allen vieren den Fußweg mit Zahnbürsten zu schrubben. Ein Soldat versuchte, einem Rabbiner die Stirnlocken abzuschneiden, und als der sich wehrte, erschoss er ihn und brach dem Toten anschließend noch die Goldzähne heraus. Ich stieß auf eine Gruppe Jungen, die ein jüdisches Mädchen, etwa in meinem Alter, mit Stöcken jagten. Das Mädchen sah hoch und entdeckte mich in der Menge. Sie lächelte mich zaghaft an – das war so seltsam in der Situation. Und dann sprach sie mich an.«

Helena stieß den Atem aus. »Was hat sie gesagt?«

Er zündete sich mit zitternden Fingern eine Zigarette an. »Sie sagte ›Dominik‹.«

Helena hielt die Luft an.

»Ich habe sie genauer angeschaut. Ich kannte sie. Sie hieß Mila. Als wir Kinder waren, hat sie zwei Häuser weiter gewohnt. Ich kannte sie schon seit zwanzig Jahren. Ihre Eltern besaßen einen kleinen Laden. Da bin ich oft nach der Schule hingegangen. Mila arbeitete hinter der Theke und steckte mir heimlich Bonbons zu, wenn ihr Vater nicht hinsah. Ich glaube, sie war heimlich in mich verliebt. Sie hat mich immer so nett angelächelt, warm und freundlich. ›Kopf hoch, Dominik‹, sagte sie oft. Sie sah immer so glücklich aus. Aber an diesem Tag schaute sie mich nur flehend an und sagte: ›Hilf mir‹.«

»Und was hast du getan?«

»Ich habe sie angeschaut und mich dann abgewandt.«

»Warum?«, rief Helena. »Warum hast du ihr nicht geholfen?«

Er ignorierte ihre Frage. »Ich werde nie ihren Blick vergessen, als ich mich noch mal zu ihr umdrehte. Als sie merkte, dass ich ihr nicht helfen würde, verlor sie alle Hoffnung. Sie hörte auf sich zu wehren. Die Männer rissen ihr die Kleider vom Leib. Nun trug sie nur noch ihren Hüftgürtel und Strumpfhalter, einen Strumpf, der nur ein Bein bedeckte. Es war eigenartig, sie unbekleidet zu sehen. Sie hatte immer so gepflegt ausgesehen, so kultiviert, aber jetzt sah sie aus wie ein Tier, mit Haaren am falschen Platz, mit ihrer nackten, hellen Haut. Man sah die Haare auf ihren Beinen, und ihre Zehennägel krümmten sich im Straßenstaub.«

»Was ist mit ihr passiert?«

»Sie ist in den Himmel gekommen.«

Helena erinnerte sich noch später daran, wie die abgedroschene Phrase sie schockiert hatte. Sie schlug sich die Hand vor den Mund. »Warum hast du dem nicht Einhalt geboten?«

Dominik zog an seiner Zigarette und blies den Rauch aus, seine Hand zitterte. Er starrte auf einen Riss in der Wand. »Das kannst du nicht verstehen. Du warst nicht dabei. Ich hatte es ihnen versprochen. Ich dachte, wir könnten auf diese Weise Frieden bekommen. Ich hatte recht. Die Moral ist nicht gerade eine solide Sache«, sagte er. »Sobald sie die ersten Risse bekommt, fällt sie auseinander. Die Ukrainer verloren danach jeden Kampfgeist. Die Polen eroberten die Stadt zurück und gewannen den Krieg. Von diesem Tag an war ich überall als der Schlächter von Lemberg bekannt. Ich hasste diesen Titel – was hatte ich denn getan? Ich hatte niemanden umgebracht. Warum war ich der Schlächter?«

»Du warst der Schlächter, weil du der Anführer warst. Und du hast dabeigestanden, als dein eigenes Volk vergewaltigt und ermordet wurde.«

Er blinzelte. »Ich habe im Großen Krieg Schlachten gewonnen. Aber in Erinnerung behalten wird man mich wohl immer für dieses Ereignis.«

Jetzt wurde ihr klar, dass er jene Gräueltaten bereits miterlebt hatte, als sie ihm zum ersten Mal begegnet war. Während sie lernte, Aspirin herzustellen, hatte er die Oberaufsicht über die Vergewaltigungen und brutalen Morde an seinen Mitbürgern.

»Jetzt haben wir auch die Russen vertrieben und eine glorreiche neue Nation gegründet«, fuhr er fort. »Jeder wird für seine vergangenen Taten belohnt, die die Gründung unserer Republik befördert haben. Alle Männer unserer Einheit haben eine schönes Anerkennungsschreiben für ihre Kämpfe an der Ostfront erhalten. Diese netten polnischen Männer haben mir den Virtuti Militari verliehen. Sie halten mich für einen Helden.« Er kniff die Augen zusammen.

Sein letzter Satz blieb in der Luft hängen. Helena stellte sich vor, wie er mit den grausamen Ausschreitungen konfrontiert war und überlegt hatte, ob er gegen die Männer im Kriegsrausch einschreiten sollte. Doch dann hatte er sich dagegen entschieden.

»Es gibt einen jüdischen Spruch«, sagte er. »*Wer ein Leben rettet, rettet die ganze Welt*. Wie schön wäre es gewesen, ihr Leben zu retten.«

»Aber das hast du nicht.«

Er hustete. »Nein.«

»Ich habe so getan, als würde ich sie nicht kennen«, sagte er leise. Er sank in sich zusammen wie ein kleines Bündel. Dann glitt er vom Stuhl zu Boden und rollte sich winselnd zusammen. Ein wimmernder Haufen Kleider, Haare, ein paar Fingernägel und Zähne, das war alles, was noch von ihm übrig war – die Seele hatte ihn verlassen. Helena ließ ihn dort liegen.

Marie weinte laut, und Dominik zuckte zusammen. Helena nahm sie auf den Arm, trug das Kind zum Bett und setzte sich. Das war auch nötig, denn im Stehen wäre sie wohl ohnmächtig geworden.

37

WÜRDE

Dominik bat Helena, ins Bett zu kommen, doch sie weigerte sich. Er nahm eine Decke von der Matratze und legte sie auf den Boden, dann schlief er darauf ein. Nachts hörte sie ihn wimmern, tröstete ihn aber nicht. Irgendwann nach Mitternacht verließ er die Wohnung und verschwand für mehrere Stunden. Am frühen Morgen klopfte dann ein Nachbar an die Tür und teilte ihr mit, dass Dominik unten auf der Straße sei. Nach Helenas Meinung konnte er ruhig dort bleiben.

Um die Mittagszeit ging sie nach unten. Es hatte den ganzen Morgen geregnet. Zwischendurch waren Graupelschauer gegen die Fenster und aufs Dach geschlagen. Er lag besinnungslos in der Gasse hinter dem Mietshaus, und das eiskalte Regenwasser rann ihm über das Gesicht. Er sah erbärmlich aus, ein zitternder, zerlumpter Haufen aus Haut und Knochen hinter einem Mülleimer. Als sie ihn berührte, fühlten sich seine Wangen eiskalt und starr an, wie nasse Steine. Nun bekam sie doch Mitleid, rieb ihm sanft die Stirn und versuchte, ihn zu wecken und ihm auf die Beine zu helfen.

»Lass mich hier liegen«, murmelte er, nachdem er endlich wach wurde. Sie ignorierte seine Bitte und half ihm die Treppen hinauf ins Bett. Seine Stirn war ganz heiß. Helena sprach die

Frau an, die in der Wohnung unter ihr lebte, eine Witwe namens Bronowska. »Mein Mann hat Fieber. Haben Sie vielleicht Aspirin da?«

»Natürlich nicht«, erwiderte Frau Bronowska. »Und wenn ich welches hätte, würde ich es für mich behalten.« Sie wich einen Schritt zurück. »Kommen Sie mir bloß nicht zu nahe mit Ihrer Grippe!«

Helena ärgerte sich über die Unterstellung der Nachbarin, aber als sie in die Wohnung zurückkehrte und den blassen, kaltschweißigen Dominik sah, erkannte sie mit Schrecken, dass Frau Bronowska wohl die richtige Diagnose gestellt hatte.

Die Grippe hatte Polen erstmals 1918 erreicht, dann war sie eine Zeit lang verschwunden, doch nun war sie wieder da und hatte offenbar auch Dominik befallen. Am Abend hatte er vierzig Grad Fieber.

»Du darfst nicht sterben«, sagte Helena. »Du hast ein kleines Kind.«

Er hob unter großer Anstrengung den Kopf und deutete auf Marie. »Manchmal ist es besser zu sterben!«

»Mir wäre lieber, wenn du das nicht tust«, flehte Helena ihn an. »Sonst sterben wir gleich alle drei! Du bist der Einzige von uns, der die Chance hat, einen ordentlichen Lohn zu verdienen. Ohne dich werden wir bald kein Geld mehr haben! Wenn du stirbst, werden wir alle sterben!« Sie hörte die Panik in ihrer Stimme und versuchte es auf einem anderen Weg. »Lass uns woanders hingehen!«, schlug sie vor. »Wir könnten in eine andere Stadt ziehen, wo dich niemand kennt. Zum Beispiel nach Krakau. Dein Vater hat so oft darüber gesprochen. Dort könnten wir noch einmal neu anfangen!«

Er packte Helenas Arm, und sie schnappte nach Luft, so stark war sein Griff trotz des Fiebers. »Ich werde sterben, damit sie leben kann!« Er nickte in Richtung Marie, die in der Zimmerecke vor sich hin brabbelte. Helena schaute das Kind an und dann Dominik. »Ich muss für meine Verbrechen büßen. Ich gebe mein Leben hin, um wiedergutzumachen, was ich getan habe. Dies ist mein Geschenk an meine Tochter. Ich werfe eine Seele in die Waagschale, damit sie leben darf. Lasst mich sterben, und dann vergesst mich! Lebt euer Leben weiter, und sprecht nie wieder von mir!«

Sie hatte das Fenster einen Spalt offen gelassen, damit frische Luft hereinkam, aber der Regen nahm zu und fiel schräg von draußen ins Zimmer auf den Teppich. Damit der Läufer nicht nass wurde und nicht zu stinken begann, trat sie zum Fenster und schloss es wieder. Dann ging sie zurück an Dominiks Bett und wollte ihm noch einmal gut zureden. Doch er war tot. Seine leeren blauen Augen starrten zur Decke empor.

Sie dachte daran, wie das Leben nicht erst jetzt, sondern schon vor einigen Jahren aus seinem Blick verschwunden war.

Der Friedhof, auf dem man Herrn Karski beerdigt hatte, war mittlerweile voll. Deshalb begrub sie Dominik auf einem neueren Friedhof im Norden der Stadt. Das Grab und der Sarg kosteten sie zusammen zwei Drittel des Geldes, das sie noch besaß. Zwei Wochen lang weinte sie jeden Tag und wartete ängstlich die Inkubationszeit ab, weil sie befürchtete, selbst an der Grippe zu erkranken, was aber nicht geschah. Auch Marie blieb verschont.

Länger als zwei Wochen Trauerzeit konnte sie sich nicht erlauben, denn sie brauchten etwas zu essen. Sie musste sich auf Arbeitssuche begeben. Zusammen mit Marie fuhr sie zu einer Apotheke am anderen Ende der Stadt. Die Fahrt dauerte eine Stunde, und sie mussten dreimal umsteigen. Sie hatte ihr bestes Kleid angezogen und nahm ein paar Proben der Arzneien mit, die sie selbst hergestellt hatte. Sie passte einen ruhigen Moment ab und stellte sich dann dem Apotheker vor.

»In den letzten vier Jahren habe ich in Karskis Apotheke als Assistentin von Herrn Karski gearbeitet«, erklärte sie. »Ich habe das Rezeptbuch geführt und Arzneien vorbereitet und verabreicht. Ich habe die Warenbestände kontrolliert. Ich weiß, wie man Arzneimittel richtig lagert. Ich kann das alles«, sagte sie.

Der Apotheker klemmte sich ein Monokel vor das linke Auge und starrte sie an. Er stand hinter einer dicken Marmortheke, die weitaus opulenter wirkte als die bei Herrn Karski, aber die Medikamentenfläschchen hinter ihm waren schlechter geordnet und mit einer Staubschicht bedeckt. »Ich fürchte, das glaube ich Ihnen nicht«, sagte er.

»Aber ich …« Sie wollte sich weiter erklären, doch er hob die Hand, um sie zum Schweigen zu bringen.

»Jetzt rede ich! Wollen Sie mir etwa weismachen, dass Herr Karski Ihnen gestattet hat, selbst Medikamente herzustellen? Falls das so ist, wäre ich sehr besorgt!«

»Ich wollte nicht …«

Er unterbrach sie wieder. »Sie haben keinen Abschluss, keinerlei Qualifikationen, richtig?«

Helena schluckte. »Ja.«

»Und trotzdem haben Sie sich unterstanden, ahnungslosen Menschen Medikamente zu verabreichen, die Sie damit hätten töten können?«

»So war das nicht. Ich habe vielen Menschen geholfen!«

»Verschwinden Sie, ehe ich die Polizei rufe!«

Sie schluckte und unterdrückte ein Aufschluchzen. »Bitte. Ich werde alles tun. Ich muss nicht als Ihre Assistentin arbeiten. Ich kann auch Böden wischen, die Latrine putzen, alles! Ich habe fast kein Geld mehr. Und ich habe ein kleines Kind.« Sie deutete aus dem Fenster auf Marie, die draußen auf einer Bank saß und mit ihrem Ball spielte. Ursprünglich hatte sie keine Aufmerksamkeit auf Marie lenken und lieber verschweigen wollen, dass sie ein Kind hatte, doch nun würde es vielleicht helfen. Vielleicht würde sein Mitleid ihr eine Anstellung verschaffen?

Er schaute aus dem Fenster und betrachtete das Mädchen. »Wo ist der Vater des Kindes?«, fragte er Helena dann.

»Er ist tot«, erwiderte Helena. »Er war Soldat.«

Der Apotheker lächelte. »Na, sehen Sie. Alles wird gut. Gehen Sie zum Veteranenamt – die werden Ihnen helfen. Sie haben Anspruch auf Kriegswitwenrente.«

Helena senkte verlegen den Kopf. »Ich bin keine Kriegswitwe. Wir waren nie verheiratet.«

Er starrte sie mit einem Blick an, den Helena nur als Verachtung deuten konnte. »Das Kind ist ein Bastard?«

»Bitte, mein Herr, was sollen wir nur tun? Wovon sollen wir leben? Was sollen wir essen?«

Er lachte grausam. »Daran hättest du denken sollen, ehe du dich mit diesem Soldaten eingelassen hast, Mädel! Nun hast du dich selbst überflüssig gemacht und noch ein weiteres hungriges Maul produziert! Erwartest du, dass ich für deine Fehler bezahle?« Er sprach betont langsam und schien jedes Wort auszukosten. »Zu dumm, dass der Soldat, der dich angeblich geschwängert hat, nicht mehr am Leben ist. Er hätte nämlich Anspruch auf Studiengeld gehabt, wusstest du das? Wohltätige Organisationen vergeben Stipendien an Kriegsheimkehrer, damit sie einen Abschluss machen können. Man muss nur dorthin schreiben und einen Antrag stellen. Wenn er noch leben würde und das Kind als seines anerkannt hätte, hättet ihr davon profitieren können.«

Helena wischte sich eine Träne ab. »Aber er ist tot. Was soll ich denn tun?«

Seine Miene durchlief eine Reihe verschiedener Ausdrücke: erst Mitleid, dann Unglaube und schließlich Hohn, als hätte ein loses Mädchen mit einem unehelichen Kind ihn hinters Licht führen wollen. Als Helena nun wirklich zu weinen anfing und ihr Tränen der Verzweiflung übers Gesicht liefen, gab er ihr noch einen knappen Hinweis. Jede Spur von Höflichkeit war aus seiner Stimme verschwunden, aber immerhin sagte er noch etwas: »Geh in die Straße auf der Südseite vom Marktplatz. Kennst du die Straße?«

Helena nickte verwirrt.

»Dort gibt es drei oder vier Kneipen. Da treffen sich die Kriegsheimkehrer. Schau dich nach dem besten Soldaten um.« Er sah kurz hinaus zu Marie draußen vor dem Fenster und nickte. »Und jetzt verlass meine Apotheke.«

Am nächsten Tag ging Helena mit Marie auf dem Arm zum Marktplatz hinunter. Es war erst drei Uhr nachmittags, doch in den Kneipen drängten sich bereits die Männer, die meisten in Uniform und alle in verschiedenen Stadien der Trunkenheit. Gelächter und Gejohle drangen bis nach draußen auf die Straße, und von Tischen und Teppichen zog scharfer Wodkageruch herüber und drang in ihre Nase, ebenso wie der Geruch von Erbrochenem.

Hier fand ein nicht enden wollendes Zechgelage statt, das ganz im Gegensatz stand zu den Bildern von Hunger und Not, die sich in der übrigen Stadt boten. Männer unterschiedlicher Gestalt und Größe saßen an den Tischen, dicke und dünne, gut aussehende und hässliche. Frauen standen in kleinen Grüppchen neben den Türen und behielten die Männer im Blick. Ein Mann öffnete eine Wodkaflasche, setzte sie gierig an den Mund und trank. Dabei spuckte er etwas Flüssigkeit auf die Umstehenden, die lachten und ihn schubsten. Eine Frau in einem lilafarbenen Kleid mit rot geschminkten Lippen trat zu ihm und sprach ihn an. Sie flüsterte ihm etwas ins Ohr; er legte ihr den Arm um die Taille und führte sie irgendwohin, wo Helena sie nicht mehr sehen konnte. Marie fing an zu weinen, worauf die Männer zu ihr hinüberblickten. Helena schaukelte das Kind hin und her und ging weiter. Sie hatte genug gesehen, um zu verstehen, was der Apotheker gemeint hatte.

Sie kehrte in ihren Wohnblock zurück und klopfte an Frau Bronowskas Tür. Die Nachbarin hatte ihr einmal angeboten, gegen Bezahlung auf Marie aufzupassen. Helena hatte sich bedankt, aber höflich abgelehnt, woraufhin die Nachbarin beleidigt gegangen war.

»Haben Sie vielleicht ein Kleid, das ich mir ausleihen könnte?«, fragte sie, als Frau Bronowska ihr die Tür öffnete. »Ein schönes Kleid zum Ausgehen?«

Frau Bronowskas Gesicht leuchtete auf. »Kommen Sie rein!« Sie führte Helena durch den Korridor in ihr Schlafzimmer, wo sie den Kleiderschrank öffnete und einen Blick auf den Inhalt warf. Sechs oder sieben altmodische Kleider hingen an einer Stange, daneben zwei Mäntel, beide dünn und abgetragen, bei einem fehlten Knöpfe. Eine Motte entfleuchte aus dem Schrankinneren und flatterte in Frau Bronowskas Gesicht. Schimpfend schlug sie das Insekt mit der Hand weg. Dann betrachtete sie Helenas Figur, musterte sie von oben bis unten und strich sich nachdenklich mit der Hand über das Kinn, als würde sie ein seltenes Exemplar aus dem Tierreich begutachten. »Das hier könnte Ihnen passen«, sagte sie schließlich zufrieden, während sie eines der Kleider von der Stange nahm und Helena reichte.

Helena zog es vom Bügel. Das Kleid wirkte verstaubt. Es lief an der Taille schmaler zu, ein Schnitt, der eigentlich verlangte, dass man darunter ein Korsett trug. »Das ist doch bestimmt dreißig Jahre alt«, meinte Helena enttäuscht.

Frau Bronowska sah sie beleidigt an. »Sie wollen einen Mann auf sich aufmerksam machen, oder?«, fragte sie. Helena nickte zaghaft. »Männer machen sich nichts aus Mode. Schicke Kragen und der neueste Spitzenbesatz – das interessiert die Männer alles nicht. Die interessiert bloß, wie Ihre Brust aussieht.« Sie stemmte die Hände in die Hüften.

»Ich denke, ich brauche ein Korsett, das ich darunter tragen kann,« sagte Helena. »Um dem Ganzen etwas Form zu geben.«

Frau Bronowska schüttelte den Kopf. »Nicht nötig. Junge Frauen tragen heutzutage keine Korsetts mehr. Das ist altmodisch!« Helena hätte beinahe losgelacht. »Was haben Sie mit Ihrem Gesicht vor? Haben Sie einen Lippenstift?«

Helena verneinte.

Frau Bronowska runzelte die Stirn. »Die anderen Frauen tragen bestimmt Lippenstift. Ich kann Ihnen einen geben.« Sie lieh Helena noch einen Mantel und einen Hut. Auch Schuhe wollte sie ihr geben, aber Helenas Füße waren viel zu groß, um in eines ihrer Paare zu passen. Frau Bronowska schüttelte energisch den Kopf. »Macht nichts. Männer schauen nicht auf Schuhe«, sagte sie dann.

Helena nahm die Sachen und bedankte sich.

»Gern geschehen«, entgegnete Frau Bronowska. »Was wollen Sie mir dafür geben?«

Helena sah sie überrascht an. »Ich dachte, Sie leihen mir die Sachen. Ich bringe sie doch wieder zurück.«

»Ich möchte eine Leihgebühr«, sagte Frau Bronowska und verschränkte die Arme. »Und Sie brauchen doch auch jemanden, der auf die Kleine aufpasst.«

Helena gab ihr das Geld und brachte ihr das Kind. Es war das erste Mal, dass sie das Haus ohne Marie verließ. Als sie gehen wollte, fing die Kleine an zu schreien und streckte die Arme nach ihr aus. Helena wischte sich eine Träne weg und musste sich zum Gehen zwingen.

Oben in ihrer Wohnung machte sie Wasser auf dem Herd heiß, dann wusch sie sich mit einem Lappen, sorgsam bemüht, dass der Wasserdampf Frau Bronowskas Lippenstift nicht zum Verlaufen brachte. Die Nachbarin hatte Helena nicht gestattet, den Lippenstift mitzunehmen, sondern ihr nur eine Schicht auf die Lippen gemalt und dann die Schminke wieder in ihre Kommode geräumt. Helena trocknete sich ab, trug Talkumpuder auf und zog sich Frau Bronowskas Kleid an. Da sie keinen Spiegel besaß, musste sie mit dem Spiegelbild im Fenster vorliebnehmen. Das Kleid schien an der Taille nicht gut zu sitzen, aber vielleicht sah es auch nur durch das Fensterglas so verzerrt aus.

Sie lief zum Marktplatz. Die Kneipen waren immer noch geöffnet und sogar noch voller als vorher. Helena betrat das erste Lokal. Als sie durch die Tür kam, blickten die Männer nur kurz von ihren Gesprächen auf, nahmen jedoch keine weitere Notiz von ihr. Sie setzte sich auf einen freien Hocker an der Bar. Der Mann hinter dem Tresen hatte alle Hände voll zu tun. Er schenkte Getränke ein, lief dann durch den Gastraum und verteilte Gläser und Wodkaflaschen an den Tischen. Am Tresen drängten sich die Männer in mehreren Reihen hintereinander und riefen ihm ihre Getränkewünsche zu. Als er einmal kurz innehielt und sich den Schweiß von der Stirn wischte, gab Helena ihm ein Handzeichen, dass sie etwas bestellen wollte, aber er ignorierte sie und bediente stattdessen zwei Männer.

»Hier bestellen Männer die Getränke«, sagte ein Mann, der neben ihr stand. Er trug die Uniform eines Leutnants und hatte ein hübsches Gesicht. »Frauen sollten eigentlich gar nicht hier sein.«

»Verstehe«, entschuldigte Helena sich. »Vielen Dank.« Dann blickte sie ihn mit einem erwartungsvollen Lächeln an. Doch er bot nicht an, ihr ein Getränk auszugeben. Vielmehr bestellte er zwei für sich selbst, zahlte und ging dann mit den beiden Gläsern weg.

Ständig stießen Männer gegen ihren Rücken, wenn sie an ihr

vorbeigingen. Hinter ihr hatte sich eine Art informeller Durchgang zum Tresen gebildet, und jedes Mal, wenn jemand zur Bar wollte, wurde sie in die eine oder andere Richtung geschubst. Auf diese Weise vergingen zwei Stunden, ohne dass irgendjemand ihr ein Getränk anbot. Schließlich gab sie auf und kehrte nach Hause zurück. Sie erzählte Frau Bronowska von ihrem Misserfolg, und diese drängte sie, am folgenden Abend noch einmal ihr Glück zu versuchen.

»Dem Kindchen geht es gut bei mir. Wir hatten es sehr schön miteinander«, sagte sie. »Morgen haben Sie bestimmt mehr Glück. Sie müssen sich ein bisschen mehr anstrengen! Sie sind doch schon mal mit Männern zusammen gewesen, oder?« Sie lachte. »Schließlich muss das Kindchen ja irgendwoher gekommen sein! Also lassen Sie Ihren Charme spielen, lächeln Sie, und fangen Sie ein Gespräch an. Machen Sie einem Mann klar, dass er sich gut fühlen wird, wenn er die Zeit mit Ihnen verbringt!«

Am folgenden Abend besuchte sie noch einmal die gleiche Kneipe, in der sie schon gewesen war. Tatsächlich erschien ihr die Situation dort diesmal noch ungünstiger als beim letzten Mal: Da Sonntag war, bevölkerte nicht einmal ein Viertel der Männer das Lokal. Sie setzte sich an die Bar und schaute sich um. Der gleiche Mann wie am Vortag stand wieder hinter dem Tresen. Diesmal kam er zu ihr und fragte, was sie trinken wolle.

»Ich dachte, Frauen dürften hier gar nicht bestellen?«

Er zuckte mit den Schultern. »Heute Abend geht das. Willst du jetzt was, oder nicht?«

Sie bestellte einen Aprikosenwodka. »Ich hab dich gestern Abend schon hier gesehen«, sagte plötzlich eine Frauenstimme hinter ihr, während sie an ihrem Getränk nippte. Sie wandte sich um. Vor ihr stand eine junge Frau in einem modischen grünen Seidenkleid. Sie trug die Haare aufreizend kurz, der Frisör hatte sie knapp auf Nackenhöhe abgeschnitten. Helenas Haare reichten ihr immer noch bis zur Taille, und sie trug sie zu einem dicken Zopf geflochten. »Du suchst wohl einen Ehemann, was?«

Helena funkelte sie empört an. »Das geht Sie gar nichts an!«

Die Frau lachte, nahm eine Zigarette aus einem Silberetui und zündete sie an. »Ruhig Blut! Ich bin nicht deine Feindin! Ich will mich bloß ein bisschen unterhalten.« Helena zuckte mit den Schultern. Die Frau im grünen Kleid zog an der Zigarette und blies den Rauch aus.

Helena seufzte. »Helfen Sie mir. Ich muss unbedingt heiraten – ich habe eine kleine Tochter. Ich finde keine Arbeit, und ohne Geld werden wir bald verhungern.«

Die Frau lachte. »Du liebe Güte. Sagst du das etwa auch zu den Männern? Ich wette, die stehen Schlange bei dir!«

Helena wollte aufstehen und gehen, aber die Frau hielt sie am Arm fest, deshalb setzte sie sich wieder. »Lass dir einen Rat geben. Schau dich mal um. Nicht auf die Männer – schau dir die Frauen hier an. Sie sind alle aus demselben Grund da wie du. Wie alt ist deine Tochter?

»Vierzehn Monate.«

»Erzähl bloß keinem Mann von ihr!«

Helena schnaubte. »Er würde es irgendwann doch herausfinden. Wie soll ich das denn verschweigen?«

Die Frau drückte ihre Zigarette in einem Blechaschenbecher aus. »Keine der Frauen hier hat ein Baby oder Kinder. Und diese Frauen sind deine Konkurrentinnen, verstehst du? Kein Mann wird sich für dich entscheiden – eine Frau, die keine Jungfrau mehr ist und noch ein Maul zu stopfen hat –, wenn er eines dieser hübschen jungen Dinger haben kann!«

Helena starrte zu Boden.

»Ich sage das nur, um dir zu helfen. Es gibt viel zu viele

Frauen für die wenigen verbliebenen Männer, nicht nur in dieser Kneipe, sondern in ganz Polen. Ein Viertel der jungen Männer ist im Krieg gefallen, ein weiteres Viertel ist an der Grippe gestorben. Obwohl du so ein komisches unmodisches Kleid trägst, bist du doch bestimmt nicht auf den Kopf gefallen. Du kannst doch sicher rechnen? Es gibt nur noch halb so viele junge Männer wie früher, aber die gleiche Anzahl Frauen. Das macht zwei Frauen für jeden Mann. Nimm's mir nicht übel, aber du bist keine Schönheit. Also wird dich wohl keiner dieser Männer heiraten. Macht aber nichts – du kannst immer noch was klarmachen. Zum Beispiel könnte dich ein Mann bitten, mit ihm nach hinten in die Gasse zu gehen. Du schaust ihm in die Augen und nennst ihm deinen Preis. Aber lass dir das Geld im Voraus geben!«

Helena wäre fast von ihrem Barhocker gefallen. Die Grammophonnadel blieb in einer Rille hängen und spielte den gleichen Takt wieder und wieder ab. Der Mann hinter der Theke fluchte und behob den Fehler, indem er die Platte vom Grammophon riss. Helena war übel. Sie stellte sich vor, wie sie das, was sie einmal mit Dominik getan hatte, mit völlig Fremden tat. Das Geld. Sie dachte an Marie zu Hause und an ihre glänzenden grünen Augen, während Frau Bronowska sie mit Brei fütterte. Maries Strahlen, wenn sie mit ihrem Holzball spielte und wenn sie miteinander Lieder sangen. Dann sah sie die Frau wieder an. Sie war eine richtige Schönheit. Ihr blondes Haar glänzte im künstlichen Licht. Sie hielt sich anmutig, war gertenschlank und geschmeidig wie eine Gazelle. Neben ihr fühlte Helena sich wie ein pummeliges Kind.

Sie schaute sich wieder in der Bar um und bemerkte die weniger eleganten Frauen, diejenigen, die mehr wie sie selbst aussahen. Sie hatten sich die Lippen stark geschminkt und ließen unter ihren Röcken Strumpfbänder und Unterhose aufblitzen. Zwei Gruppen von Frauen, die eine wurde geheiratet, die andere bezahlt. Helena dachte über jene heikle, seltsam unbestimmte Eigenschaft nach, die man als »Würde« bezeichnete. Niemals könnte sie sich so weit erniedrigen. Und das sagte sie der Frau auch.

Diese hob die Hände in einer Geste der Kapitulation. »Ich wollte bloß helfen!«, meinte sie. »Einen schönen Abend noch.« Damit stand sie auf und ging. Helena blickte ihr nach und sah, wie der glänzend grüne Seidenstoff über ihrem Hintern hin und her glitt und im Licht schimmerte.

Ein paar Minuten vergingen, in denen Helena allein dasaß. Dann kam ein Mann zu ihr, einer derjenigen, die hinter der Theke arbeiteten. Er wischte den Tresen ab und flüsterte ihr dabei zu: »In zehn Minuten hinten in der Gasse!« Helena starrte ihn wütend an. »Valentina, im grünen Kleid«, fuhr er fort. »Sie hat gesagt, dass du mir das ein oder andere zeigen würdest.«

Helena sah quer durch die Kneipe zu der Frau hinüber, mit der sie gesprochen hatte. Sie zwinkerte Helena zu, als hätte sie ihr einen besonderen Gefallen getan. »Hol deinen Mantel, und dann treffen wir uns draußen«, raunte der Barmann Helena zu.

Helena blieb einige Minuten trotzig sitzen. Ihr Mut sank immer weiter, und sie bestellte noch ein Glas Wodka. Sie kippte es herunter; die Flüssigkeit brannte ihr in Wangen und Kehle. Dann verließ sie die Kneipe. Am nächsten Tag kehrte sie in die »Apotheke zum Goldenen Bären« zurück, um die Stelle als Putzfrau und Haushaltshilfe anzunehmen.

38

DAS SCHRUMPFENDE KIND

Der Apotheker, der Herr Panczow hieß, lächelte, als sie eintrat. »Natürlich kannst du hier die Böden wischen, Kindchen.« Er nannte als Lohn eine noch niedrigere Summe als zuvor.

Helena schluckte. So viel betrug schon die Miete für ihre kleine Wohnung »Davon kann ich nicht leben.«

Er lächelte. »Gestern war hier noch eine andere Frau, die Arbeit suchte. Wenn du die Stelle nicht annimmst, bekommt sie sie.« Er zuckte mit den Schultern und verschränkte selbstzufrieden die Arme. Einen Moment lang überlegte sie zu gehen, bloß um ihn nie wieder sehen zu müssen. »Aber wenn du dich gut anstellst, werde ich deinen Lohn vielleicht aufbessern.«

Am nächsten Tag begann sie mit der Arbeit und ließ Marie bei Frau Bronowska. Sie willigte ein, der alten Nachbarin etwas Geld für die Betreuung des Kindes zu geben, obwohl sie nicht wusste, woher sie es nehmen sollte, wenn ihre Ersparnisse einmal aufgebraucht waren. Sie musste sich darauf verlassen, dass Herr Panczow ihr mehr zahlen würde. Sie erschien früh und reinigte die Apotheke, schrubbte die Tischplatten mit Kalk und wusch und polierte alle Gläser. Sie putzte die Fenster und wischte die Regale ab. Anders als bei ihrem früheren Arbeitgeber machte es ihr keinen Spaß, Herrn Panczow bei der Arbeit zuzusehen. Herr Karski war mit Leib und Seele Chemiker gewesen und hatte jede Arznei mit derselben andächtigen Konzentration und präzisen Bewegungen zubereitet. Herr Panczow dagegen war in erster Linie Geschäftsmann. Kam ein Kunde und klagte über Husten, gab er ihm Laudanum und verlangte fast das Doppelte von dem, was Herr Karski berechnet hatte. Zusätzlich ermutigte er die Kunden, verschiedene andere Brustsalben und Mittelchen für die Atemwege zu kaufen, von denen Helena wusste, dass sie nutzlos waren. Außerdem kontrollierte und kritisierte er ihre Arbeit.

»Zum Polieren der Gläser solltest du ein Seidentuch verwenden«, sagte er einmal.

»Ich konnte keine Seidentücher finden. Baumwolle tut's auch«, erwiderte sie, was auch stimmte.

Daraufhin packte er sie mit grobem Griff am Arm und drückte die Finger in ihr Fleisch. Sie erschrak über seine Brutalität. »Nimm ein Seidentuch, oder du kannst verschwinden! Du glaubst wohl, du weißt alles, aber nicht du bist hier der Fachmann, sondern ich. Du weißt gar nichts. Ich kenne genug andere, die bloß darauf warten, deine Arbeit zu übernehmen.«

Helena wandte erschrocken den Blick ab. Sein Griff hatte einen Abdruck auf ihrem Arm hinterlassen, der erst rot, in den folgenden Tagen dann violett und schwarz wurde und schließlich gelb verblasste. Noch eine Woche später tat ihr die Stelle jedes Mal weh, wenn sie Marie auf den Arm nahm.

»Da ist noch Staub auf dem Fensterbrett!«, sagte er am nächsten Tag und deutete auf das Fenster. »Soll ich in diesem Saustall etwa Kunden bedienen? Dummes Mädchen!« Helena ging zum Fensterbrett hinüber und untersuchte es. Nirgendwo auf dem Holz lag auch nur ein Staubkörnchen – bis auf einen kleinen Fussel, der so aussah, als wäre er extra dort hingelegt worden. Helena wischte den Fussel weg und entschuldigte sich.

»Verstehst du nicht, wie wichtig Hygiene in einer Apotheke ist?«, sagte er. »Aber du verstehst ja sowieso nicht viel, oder?«

Sie mied ihn, wo sie nur konnte. Als sie am folgenden Tag auf seine Anweisung das Lager aufräumte und sich nach unten beugte, spürte sie plötzlich, wie sich seine Hände auf ihre Hüften drückten. Sie fuhr zusammen und schrie auf.

»Stell dich nicht so an, dummes Mädchen«, sagte er finster. »Geh mal aus dem Weg. Ich muss hier nur was rausholen.« Er packte ihren Hintern und schob sie zur Seite, holte eine Flasche aus dem Regal und ging wieder.

Am Ende ihrer ersten Woche wartete sie an der Tür, nachdem die Apotheke geschlossen hatte. Er war in sein Rechnungsbuch vertieft. »Ist was?«, sagte er schließlich.

Sie räusperte sich. »Ich wollte meinen Lohn abholen.«

Er schnaubte spöttisch und ging zur Kasse. Dann holte er eine Handvoll Scheine heraus, zählte sie und warf ein paar auf den Tresen.

Helena hob sie auf. »So wenig?«

»Das war der Betrag, den wir vereinbart hatten.« Er lehnte sich an den Tresen.

»Sie sagten, dass ich mehr bekomme, wenn ich mich gut anstelle.«

»Wenn du das sagst.«

»Habe ich etwa nicht gut gearbeitet?«

»Du warst eher genügend als gut.« Er zuckte mit den Schultern. »Ich musste dir noch bei etlichen Dingen helfen.«

Das war eine Lüge. Helena wusste genau, dass sie jede einzelne Oberfläche so sauber gehalten hatte, dass man davon hätte essen können. Sie hatte die Waren geordnet und die Fenster geputzt. Das listete sie Herrn Panczow auch alles auf.

Er lächelte. »Vielleicht bedeutet ›sich gut anstellen‹ für dich etwas anderes als für mich.« Dann tat er etwas, was Helena zusammenzucken ließ. Er entblößte die obere Zahnreihe und biss sich damit auf die Unterlippe. Die mädchenhafte Geste war abstoßend.

»Ich kann Ihnen nicht ganz folgen«, sagte sie und hoffte, dass sie etwas missverstanden hatte.

»Ich denke, du kannst mir ganz gut folgen – oder du bist noch einfältiger, als ich dachte. Wenn du diese Arbeit behalten willst, solltest du mal überlegen, was ›sich gut anstellen‹ bedeutet.«

Helena steckte das Geld ein und ging.

In der nächsten Woche arbeitete sie jeden Tag und mied Herrn Panczow, wo es nur ging. Ihr Erspartes und das magere Einkommen würden vielleicht noch drei Wochen reichen, um die Miete zu zahlen, Essen zu kaufen und Frau Bronowska dafür zu entlohnen, dass sie Marie hütete.

Am folgenden Montag berührte Herr Panczow ihre Brust, während sie sich vorbeugte, um ihm Suppe aufzutun. Helena tat so, als habe sie es nicht bemerkt, obwohl er sie so fest kniff, dass sie zusammenzuckte und dabei etwas Suppe auf die Tischdecke kleckerte.

»Dummes Mädchen«, sagte er und deutete anklagend auf die verschüttete Suppe.

»Es tut mir leid«, erwiderte sie, machte einen Lappen nass und tupfte damit das Tischtuch ab.

»Das wird einen Flecken hinterlassen. Den Betrag für die neue Tischdecke werde ich dir vom Lohn abziehen.«

Sie stellte das Geschirr auf den Beistelltisch und nahm das Tischtuch herunter. »Das wird keinen Fleck geben, ich kümmere mich gleich darum.« Sie eilte mit dem Tischtuch in die Waschküche und tauchte es in den Waschzuber, seifte den

Fleck ein und rieb die Stelle über dem Waschbrett. Der Spritzer bestand aus Fett und Gemüsebrühe, und sie wusste, dass er mithilfe der Wäscheseife leicht herausgehen würde. Trotzdem rieb sie das Tischtuch über das Waschbrett, als hinge ihr Leben davon ab. Auf keinen Fall durfte eine Spur zurückbleiben. Sie würde ihm keine Gelegenheit geben, ihren Lohn zu kürzen.

»Schsch, immer mit der Ruhe!«, säuselte seine Stimme, als er plötzlich hinter ihr in der Waschküche erschien. Sie schrubbte weiter und ignorierte ihn. Er schob seine Hand zwischen ihre Beine. Sie erstarrte. Sie wollte sich zwingen, das Tuch weiter zu reiben, aber ihre Hände gehorchten ihr nicht.

»Verstehst du denn nicht?«, flüsterte er ihr ins Ohr. »Du machst es dir nur selbst schwer, wobei das gar nicht nötig wäre. Es geht doch auch einfacher – wir beide könnten ein bisschen lieb zueinander sein. Andere Männer würden dich nicht wollen, aber bei mir kannst du dich gut fühlen. Und ich würde dir etwas mehr Geld pro Woche geben.«

»Was ist mit Frau Panczow?«, fragte sie in der Hoffnung, dass der Hinweis auf seine Frau ihn dazu bringen würde, von ihr abzulassen.

»Mach dir ihretwegen keine Sorgen. Sie besucht gerade ihre Mutter in Lublin.«

Sie spürte, wie sich von hinten etwas Steifes gegen sie presste, und hörte seinen Atem schneller werden, als ob der Gedanke an seine abwesende Frau alles noch viel erregender werden ließ. Sie zog das Tischtuch aus dem Wäschebottich und sagte: »Entschuldigung. Ich muss das zum Trocknen aufhängen.« Er rührte sich nicht. Helena drehte sich mit der klitschnassen Tischdecke in der Hand um, sodass ihm das Wasser auf Hose und Stiefel tropfte. Er sprang zur Seite, und sie entkam.

Von da an betrat sie den hinteren Bereich nur noch, wenn Herr Panczow mit einem Kunden beschäftigt war. Waren nur sie beide in der Apotheke, hielt sie sich im vorderen Teil des Ladens in Fensternähe auf und putzte oder ordnete Gläser und Zubehör in Sichtweite der Straße. Dabei kam ihr seine Geldgier zugute, denn er ließ keine Gelegenheit aus, einem Kunden eines seiner Wundermittelchen zu verkaufen. Diese Momente, wenn er mit der Beratung einer leichtgläubigen alten Dame oder eines wohlhabenden, hypochondrisch veranlagten jungen Mannes beschäftigt war, nutzte sie dann, um die gefährlichen Missionen zu erledigen, die sie an jene Orte führten, wo sie ihm am ehesten in die Falle gehen würde, in den hinteren Teil des Lagers und die dunkle Waschküche, die nur einen einzigen Zugang hatte. Drei Wochen gelang es ihr, ihm so aus dem Weg zu gehen, ohne dass es zu einem weiteren Vorfall kam.

Dann ging ihr das Geld aus. An einem Donnerstagabend holte sie ihren Lohn und fuhr nach Hause. Vor ihrer Wohnungstür stand ein Vertreter des Vermieters, um die Miete zu kassieren. Sie bezahlte und merkte erst dann, dass es das einzige Geld war, das sie noch hatte – nicht nur in ihrer Börse, sondern überhaupt. Alles andere war bereits verbraucht.

Eine Woche später erlebte sie den nächsten Schrecken, als sie morgens Marie anzog. Der grüne Pullover, der normalerweise eng um den Bauch des Kindes spannte, hing nun locker herab. Derselbe Pullover, der vor einem Monat zu klein geworden war, war nun zu groß für Marie. Helena starrte das Kind in dem weiten Pullover an, und Tränen stiegen ihr in die Augen. Normal war es, dass Kinder aus ihren Anziehsachen herauswuchsen – es durfte doch nicht sein, dass die Kleidung ihnen zu groß wurde! Sie hatte kein Essen mehr im Haus. In letzter Zeit hatten sie sich von den Resten aus dem Pfarrhaus ernährt, aber die gab es nur sonntags, und heute war erst Freitag. Also hob sie ihr Kleid und drückte sich das Kind an die Brust. Gierig riss Marie den Mund auf, fand die Brustwarze und saugte daran. Dabei stellte Helena mit Entsetzen fest, dass ihre Tochter am Hinterkopf eine kahle Stelle hatte, wo ihr die Haare ausgefallen waren. Nach etwa zwanzig Sekunden blickte das Mädchen Helena mit großen Augen anklagend an und begann zu weinen. Helena überprüfte ihre Brust und holte tief Luft, als sie die Ursache erkannte: Ihre Milch war versiegt.

Helena hatte immer geahnt, dass ihr das Muttersein gefallen würde, doch sie hätte nie vermutet, wie glücklich es sie tatsächlich machte. Sie fragte sich, ob alle Mütter so empfanden – wahrscheinlich schon –, aber sie hielt ihr Kind für etwas ganz Besonderes. Marie war ein wunderhübsches, verspieltes Mädchen, für das sie überall Komplimente bekam. Vor allem war ihre Tochter kess. Wenn man ihr verbot, etwas anzufassen, machte sie einfach weiter und schaute einen dabei mit Unschuldsmiene an. Gleich nach ihrer Geburt hatte Helena bemerkt, wie verletzlich sie durch die Mutterschaft wurde: Sie liebte ihr Kind so sehr, dass ihr Leben sinnlos würde, wenn sie es verlöre. Ihr Herz war gleichermaßen von Liebe und Angst erfüllt, dass diesem Bündel, diesem himmlischen Geschöpf, etwas zustoßen könnte. Jetzt verstand sie, warum ihr Vater sie immer voller Sorge angeschaut hatte, verstand den Herzschmerz, den er empfunden haben musste. Ein Kind zu haben bedeutete in ständiger Freude und ständiger Angst zu leben, sich über jede Minute zu freuen, in der es einem wimmernd und schniefend auf dem Arm lag, und sich im gleichen Atemzug vorstellen zu müssen, wie furchtbar es wäre, das Kind zu verlieren. Nun sah Helena auf ihre Tochter hinab und spürte eine Qual ohnegleichen bei der Vorstellung, dass sie den einzigen Menschen, der ihr etwas bedeutete, verhungern ließ. Sie rannte die Treppe hinunter und klopfte an Frau Bronowskas Tür, um sie um Hilfe zu bitten.

Die Nachbarin schaute sie vorwurfsvoll an. »Sie haben mich

seit zwei Wochen nicht für die Betreuung des Kindes bezahlt«, sagte sie. Es stimmte. Helena versprach, sie bald zu entlohnen, und flehte sie an, ihr etwas zu essen für Marie zu geben. Frau Bronowska gab ihr eine Kartoffel. »Mehr habe ich selbst nicht. Das Kind hat Rachitis«, fügte sie hinzu und deutete anklagend auf Marie. Helena erkannte, dass die Nachbarin vermutlich recht hatte, und stellte sich vor, wie die spröden Knochen ihrer perfekten kleinen Tochter knackend zerbrachen wie dürre Äste. In ihrem ganzen Leben hatte sie sich noch nicht so elend gefühlt.

Am nächsten Tag ging Helena mit neuer Entschlossenheit zur Arbeit in der Apotheke. Sie hatte Frau Bronowska anflehen müssen, noch einmal auf Marie aufzupassen. Die Nachbarin beäugte sie misstrauisch und lehnte zunächst ab. Doch Helena schwor ihr, dass sie das Geld beschaffen würde.

Wie üblich säuberte sie vor dem Öffnen der Apotheke die Arbeitsflächen, zog die Vorhänge zurück und füllte Flaschen und Gläser auf. Mittags servierte sie Herrn Panczow sein Essen in der Wohnung über der Apotheke, und als er sich an den Tisch setzte, berührte sie ihn am Arm.

Er schaute auf ihre Hand, die auf seinem Ellbogen lag.

Dann schluckte er, und sein Gesicht nahm einen erregten Ausdruck an. Helena legte die Hand auf seinen Schritt und spürte, dass er schon hart geworden war. Sie schauderte. Er hatte etwas Rinderbrühe auf sein Hemd gekleckert; ein brauner Fleck hatte sich dort gebildet. Zudem hatte er reichlich von einem billigen Parfum aufgetragen, einen Duft, der eigentlich eher jüngeren Männern anstand, und dieser Geruch ließ ihn noch schäbiger und bedürftiger wirken.

»Leg dich hin«, sagte er.

»Erst das Geld«, erwiderte sie. Er nickte und verschwand im Nachbarzimmer. Sie hörte, wie der Tresor geöffnet wurde. Normalerweise machte er ihn nie auf, wenn sie in der Nähe war. Sie schlich zur Tür und versuchte die Zahlenkombination zu erkennen, die er eingestellt hatte, aber bevor ihr das gelang, drehte er sich um, und sie wandte rasch den Kopf ab. Er gab ihr die Scheine, die sie in die Tasche steckte. Sie wollte sich auf den Boden legen, doch er hielt sie auf. »Nein, auf den Tisch.« Er drehte sie um, drückte ihren Oberkörper auf den Esstisch und hob ihren Rock. Sie zuckte instinktiv zusammen. Ihre Arme und Beine verkrampften, und ihr ganzer Körper schien zu sagen: *Nein! Halt! Was passiert da?*, während ihr Verstand die Abmachung genau kannte, die sie getroffen hatte, und sie ausharren ließ.

Als er in sie eindrang, versuchte sie das Ganze mit wissenschaftlichem Blick zu betrachten und dachte an ihre eigene Unbedeutsamkeit im Universum. Verglichen mit der Gesamtheit der menschlichen Erfahrungen, der Unendlichkeit der Zeit und der Sterne war sie nur ein winziges Nichts, ein kleiner Punkt, ein kurzes Flackern – und ihr Unbehagen und ihre Scham in diesem Augenblick spielten im kosmischen Gedächtnis keine Rolle. Sie erinnerte sich an das Geld in ihrer Tasche und dachte darüber nach, dass es niemals den Geruch seines Parfüms aus ihrem Gedächtnis löschen würde oder den Hauch seines Suppenatems, während er in sie hineinstieß. Doch es würde ihrer Tochter etwas zu essen verschaffen. Von diesem Tag an löste der Geruch von Rindfleischsuppe bei ihr stets einen Würgereiz aus.

Mit dem kühlen Verstand der Wissenschaftlerin überlegte sie, wie eigenartig es war, dass dieser Höhepunkt menschlicher Liebe und Verbundenheit zu einem beschämenden Tiefpunkt werden konnte, je nachdem, mit wem man den Akt ausführte. Sie spürte keinen körperlichen Schmerz. Während des Vorgangs blieb er einigermaßen sanft – und als seine Atmung immer schneller und die Stöße immer drängender wurden, fragte sie sich mit Schrecken, wann sie zum letzten Mal ihre Periode gehabt hatte. Sie zählte die Tage und stellte fest, dass sie sich nicht mehr an das genaue Datum erinnern konnte, aber es mussten drei Wochen oder mehr gewesen sein. Bei ihrem unregelmäßigen Zyklus konnte sie unmöglich wissen, ob ihr Körper in diesem Monat bereits ein Ei zur Befruchtung produziert hatte oder kurz davorstand. Ehe sie jedoch ihren Gedanken zu Ende gebracht hatte, zog sich Herr Panczow aus ihr zurück und kam auf der Hinterseite ihres Rocks zum Höhepunkt. Sie war dankbar für dieses Minimum an Rücksichtnahme. Auch wenn er es nur aus Eigeninteresse getan hatte, würde es ihr zugutekommen.

»Mach dich sauber, und geh wieder an die Arbeit«, sagte er und tätschelte ihr den Kopf. »Und glaub nicht, dass du dich jetzt vor deinen anderen Pflichten drücken kannst.«

Die mittägliche Zusammenkunft wurde nun fester Bestandteil ihrer täglichen Routine. Anfangs graute Helena davor, sie blickte alle paar Minuten auf die Uhr, um mit Schrecken festzustellen, wie der Zeiger immer weiter vorrückte und der Mittag näherkam. Aber Herr Panczow zahlte ihr weiterhin jede Woche die vereinbarte Summe, und der glückliche Ausdruck auf den Gesichtern von Marie und Frau Bronowska trug dazu bei, ihre Qual zu lindern. Sie konnte Frau Bronowska sogar etwas mehr für Maries Betreuung bezahlen.

Herr Panczow zeigte eine neue Großzügigkeit. Er schenkte ihr Geld, damit sie sich ein neues Kleid kaufen konnte, und gab ihr zusätzliches Essen »für die Kleine« mit nach Hause. Zunächst empfand Helena beinahe eine Art zärtliche Dankbarkeit angesichts dieser Gesten, doch bald wurde ihr klar, dass er auch dafür eine Gegenleistung verlangte. Für jeden zusätzlichen Schein, den er ihr zusteckte, befingerte er ihre Brust, während sie eine Flasche aus dem Regal holte. Für jedes Stück Fleisch griff er ihr unter die Röcke, während sie die Bechergläser polierte, und fummelte dort herum, so lange er wollte. Nie hatte sie einen ruhigen Moment, sondern sie verbrachte ihre Arbeitszeit in einem Zustand dauerhafter Anspannung, weil sie ständig damit rechnen musste, dass er irgendwo auftauchte.

39

VIRTUTI MILITARI

Sie hatten gerade ihren mittäglichen Koitus beendet. Helena lag auf dem Boden, den Rock bis zur Taille hochgezogen, Herr Panczow auf ihr, als eine großgewachsene Frau in einem Pelzmantel und roten Lederhandschuhen die Küche betrat. Helena erkannte gleich, dass es sich um Herrn Panczows Gattin handelte, denn sie hatte ein Foto von ihr in einem silbernen Rahmen in seinem Büro gesehen. Sie gab Herrn Panczow ein warnendes Zeichen. Er sah sie verwirrt an, verstand aber nicht, was sie wollte, bis seine Ehefrau ihn selbst ansprach.

»Guten Tag, Henryk!«, sagte sie spitz und marschierte an ihnen vorbei in die Küche.

Herr Panczow schien sichtlich zu schrumpfen, als er die Stimme seiner Frau hörte. Helena hatte gar nicht gewusst, dass er sich so rasch bewegen konnte. Im Nu war er aufgesprungen und hatte seine Hose wieder zugeknöpft, als würde Schnelligkeit in dieser Situation noch irgendetwas retten können.

»Meine liebe Karolina, ich dachte, du wärst noch eine Woche bei deiner Mutter«, sagte er in einem unpassend förmlichen Tonfall und zog sich hastig die Schuhe an.

»Wie du siehst, bin ich eher nach Hause gekommen«, erwiderte seine Frau. »Mama und ich haben uns gestritten.«

»Liebling, es ist nicht so, wie es aussieht«, sagte er. Helena war inzwischen ebenfalls vom Boden aufgestanden und ging zur Tür. »Diese Frau hat mich verführt. Sie ist eine Hexe!« Er deutete auf Helena. Helena musste über die absurde Aussage lachen.

Frau Panczow zog sich langsam die Lederhandschuhe aus, einen Finger nach dem anderen. »Das weiß ich«, sagte sie. »Sie hat dich um den Finger gewickelt.«

»So … So ist es nicht, Frau Panczow«, stotterte Helena ungläubig.

Frau Panczow musterte sie mit hartem Blick an. »Ich kenne Sie«, sagte sie. »Sie haben für den alten Apotheker, den Vorgänger meines Mannes, die Böden geputzt. Er hat Ihnen ein Kind gemacht. Alle sagen, dass Sie eine Hexe sind. Sie mischen Zaubertränke und gefährliche Arzneien an. Nun habe ich es mit eigenen Augen gesehen. Sie sind eine Hexe und eine Hure!«

»Nein, gnädige Frau, das stimmt nicht.«

»Schauen Sie sich nur an! Eine Hexe, wie sie im Buche steht! Verschwinden Sie, ehe ich es allen erzähle!«

Helena nahm ihren Mantel und verließ fluchtartig die Apotheke. Es war ein Mittwoch, und sie hatte seit dem vorangehenden Donnerstag keinen Lohn mehr erhalten, doch es wäre wohl vergebliche Mühe, wenn sie nun noch versuchte, das Geld einzufordern. Sie kehrte nach Hause zurück.

Am nächsten Tag ging sie los, um sich eine neue Arbeit zu suchen. Sie begann im Westen der Stadt und erkundigte sich nach einer Stelle als Reinigungskraft, wobei sie ihre bisherigen Erfahrungen hervorhob. Als Erstes versuchte sie es im Hotel Stieglitz, fragte nach dem Geschäftsführer und gab ihre Referenzen an.

»Ja, ich kenne Sie«, sagte dieser mit einem spöttischen Lachen. »Die Panczows sind gute Kunden von uns. Bitte gehen Sie jetzt.«

Sie versuchte es in einem anderen Hotel um die Ecke und erhielt die gleiche Antwort, nur dass der Mann sie diesmal auch noch als diebische Hure bezeichnete. Zuerst lachte sie noch über die unverschämte Bemerkung. Frau Panczow hatte bestimmt noch nicht mit jedem gesprochen. Aber auch im nächsten Geschäft, einem Frisörsalon, wo sie anbot, Haare aufzufegen, nannte man sie Hure und Hexe und schickte sie fort. Sie versuchte gefühlt, in jedem Geschäft Lembergs Arbeit zu finden. Die meisten stellten niemanden ein, und der Rest waren Freunde von Frau Panczow.

Nach drei Wochen ging ihr das Geld aus. Sie suchte eine andere Kirche auf, etliche Straßen von ihrer Wohnung entfernt, und bettelte dort um Küchenabfälle. Montags und donnerstags gab es Kartoffelschalen, manchmal auch Knochen und Knorpel oder altes Brot. Alles, was sie bekam, gab sie Marie. In der vierten Woche sah sie in einem Fenster ihr Spiegelbild und schnappte nach Luft. Man sah ihr inzwischen an, dass sie nicht mehr aß. Sie schätzte, dass sie ein Drittel ihres Gewichts verloren hatte. Ihre Rippen ragten deutlich hervor. Wenn sie stand, konnte sie die Form ihres Beckens erkennen, und beim Sitzen spürte sie die spitzen Gesäßknochen unter sich, was alle Stühle unbequem machte.

Eine Hungersnot war über die Region hereingebrochen. Vögel und Ratten waren aus dem Straßenbild verschwunden, und Helena hatte Gerüchte gehört, dass sich die Menschen auf dem Land gegenseitig umbrachten und dann die Leichen aßen. Ihr war klar, welches Schicksal sie erwartete – sie hatte genug Bücher aus Herrn Karskis Bibliothek gelesen. Nachdem sich ihr Körperfett auf weniger als zehn Prozent reduziert hatte, brauchte sie sich um ihren Zyklus keine Sorgen mehr zu machen. Ihr Körper verbrannte nun Muskelmasse, um zu funktionieren. Sobald diese Vorräte erschöpft wären, würde sie sich eine Infektion zuziehen – egal, was gerade im Umlauf war –, und ihre Organe würden versagen. Wenn sie starb, würde auch Marie sterben.

Doch ehe sie diesen Punkt erreicht hatten, wurde das Kind selbst krank. Helena war am Nachmittag auf der Suche nach Küchenabfällen gewesen und kehrte nach Hause zurück. Sie hatte Marie eine Stunde bei Frau Bronowska gelassen und der Nachbarin versprochen, Essen für alle mitzubringen. Nachdem sie die Kleine abgeholt hatte, legte sie es zum Schlafen hin. Als sie eine Stunde später nach ihr sah, fand sie Marie auf dem Rücken liegend in ihrem Bettchen. Sie bewegte sich kaum, und die Arme hingen ihr schlaff an der Seite herunter. Sie war wach, hatte aber nicht geweint. Das war seltsam, denn normalerweise schrie sie gleich nach dem Aufwachen wie eine Verrückte nach Helena, damit diese sie aus dem Bettchen holte. Stattdessen lag sie nur da und starrte ins Leere. Zuerst fragte Helena sich, ob sie vielleicht von einem Insekt gestochen worden war, aber sie fand keinen Hinweis darauf. Maries Wangen waren hochrot, sie atmete langsam und stöhnte dabei vor Anstrengung. Helena legte die Hand auf ihre Stirn und erschrak. Der Kopf des Kindes war glühend heiß.

Sie zwang sich, ruhig zu bleiben, tränkte einen Lappen mit kaltem Wasser und legte ihn auf Maries Kopf. Die Kleine zerrte den Lappen nicht fort, obwohl sie unter normalen Umständen nichts auf ihrem Kopf geduldet hätte. Jetzt schien ihr jede Energie zu fehlen, und das machte Helena noch mehr Angst als das Fieber selbst. Sie zog das Mädchen aus und schob ihr feuchte Tücher unter die Arme, um das Fieber zu senken. Das tat sie zwei Stunden lang, und sie wechselte die Tücher, sobald sie sich erwärmten. Sie erinnerte sich noch an das Fieberdelirium des

Barons, dem sie das Aspirin gebracht hatte. Das Fieber hatte diesen ausgewachsenen Mann in eine Zwischenwelt befördert, und sie wusste, dass die Folgen für ein kleines Kind noch weit schlimmer waren. Babys konnten ihre Körpertemperatur nicht so gut regulieren wie Erwachsene, und ein unbehandeltes Fieber würde zu bleibenden Schäden an Blutgefäßen, Organen und Gehirn führen.

Sie nahm das nasse Tuch von Maries Stirn und stellte fest, dass die Haut darunter noch heißer war als zuvor. Am liebsten hätte sie geweint. Sie lief ein Stockwerk tiefer, klopfte an Frau Bronowskas Tür und wollte sie bitten, auf Marie aufzupassen, während sie selbst Hilfe holte. Die Schritte der Nachbarin kamen den Flur entlanggeschlurft, viel langsamer als sonst. Als Frau Bronowska die Tür aufmachte, zog Helena vor Schreck die Luft ein.

»Mir ist, als würde ich brennen«, sagte Frau Bronowska zu Helena. Rote Flecken umgaben ihre Nase, und ihre Wangen leuchteten fast so rot wie die Maries.

»Sie haben die Grippe«, sagte Helena. »Legen Sie sich wieder ins Bett. Ich hole Hilfe.« Helena trat einen Schritt zurück, sorgsam bedacht, sich nicht von Frau Bronowskas Atem infizieren zu lassen. Nun wusste sie, was Marie fehlte, und auch, wo sie sich vermutlich angesteckt hatte. Wenn Helena sich jetzt auch noch ansteckte, würden sie alle sterben. Sie wusch sich die Hände mit Karbolseife und seifte sich auch den Mund damit aus. Vermutlich hatte Marie sie längst mit der Grippe infiziert, aber es konnte nichts schaden, sich gründlich zu waschen. Sie erklärte Marie, dass sie gleich wieder zurücksein würde, doch während sie zur Tür hinausging, hörte sie Marie – nicht etwa weinen, sondern sprechen.

»Mama«, sagte sie.

Helena seufzte. Hatte sie richtig gehört? Ja, sie war sich sicher. Es war das erste Mal, dass das Kind gesprochen hatte. Helena wischte sich eine Träne ab und ging noch einmal zum Kinderbett.

»Das bin ich«, sagte sie zu ihrer Tochter. »Ich verspreche dir, ich bin bald wieder da.« Sie flehte Gott an, Marie in der Zwischenzeit nicht sterben zu lassen. Falls das geschehen sollte, würde Helena Maries kleinen Leichnam nehmen und sich mit ihr aus dem Fenster im dritten Stock stürzen.

Sie rannte zur Apotheke zum Goldenen Bären und hämmerte an die Hintertür. Als sie Herrn Panczow von drinnen »Verschwinde!« rufen hörte, klopfte sie noch lauter. Endlich machte er die Tür auf. Seine Miene zeigte eine Mischung aus Angst und Freude. »Helena«, sagte er. »Meine Frau ist hier.«

»Gut«, erwiderte Helena. »Mit ihr will ich auch sprechen.«

Sie schob sich an Herrn Panczow vorbei in die Apotheke und ging zu dem Schrank, in dem die Säuren gelagert wurden.

Der Apotheker folgte ihr und hielt sie am Arm fest. »Was fällt dir ein? Was machst du denn da?«

Frau Panczow kam die Treppe herunter und kreischte entsetzt auf. »Schaff die Hure hier raus!«

»Ich habe keine Zeit, mit Ihnen zu diskutieren«, erwiderte Helena. »Meine Tochter hat die Grippe, und sie wird sterben, wenn ich ihr kein Aspirin gebe. Ich nehme mir eine ausreichende Menge, und dann werde ich gehen.«

»Sie werden nichts dergleichen tun!«, schrie Frau Panczow.

»Wollen Sie mein Kind etwa sterben lassen, gnädige Frau? Wenn ich ihr kein Aspirin gebe, wird das nämlich geschehen. Ich bezahle auch«, fügte sie noch hinzu. Warum sie das gesagt hatte, wusste sie nicht. Sie hatte gar kein Geld.

»Ihr Bankert ist mir egal!«, sagte Frau Panczow. »Ein nutzloses Balg weniger auf dieser Welt!«

Helena wollte ihr eine Ohrfeige geben, doch Herr Panczow

stellte sich vor seine Frau. »Vorsicht, mein Schatz«, meinte er. »Sie sagt, ihr Kind hat die Grippe. Wahrscheinlich hat sie sie auch. Wir lassen sie lieber nehmen, was sie will, und ziehen uns zurück, ehe sie uns auch noch ansteckt!«

Helena schenkte Herrn Panczow ein grimmiges Dankeslächeln. Da Frau Panczow nichts mehr sagte, ging Helena entschlossen zu dem entsprechenden Apothekenschrank und holte eine Spritze und fünf fertig vorbereitete Fläschchen mit Aspirin heraus. Eine ließ sie für den Fall zurück, dass ein Kunde es an diesem Morgen noch dringend benötigte. Sie marschierte an den Panczows vorbei zur Hintertür und dann hinaus in die Nachtluft. Mit den Fläschchen in der Hand rannte sie zurück zu ihrer Wohnung, sprang über das Kopfsteinpflaster und schlängelte sich durch die Menschen in den Gassen, während sie inständig hoffte, dass ihre Tochter noch lebte. Hatten kleine Kinder hohes Fieber, konnten schon wenige Minuten den Unterschied zwischen Leben und Tod ausmachen. Sie zwang ihre Beine zu einem noch schnelleren Tempo. Seit zwei Tagen hatte sie nichts mehr gegessen, und sie fühlte sich, als würde sie gleich in Ohnmacht fallen. Weiße Punkte tanzten ihr vor den Augen wie Sterne.

Endlich hatte sie das Mietshaus erreicht und rannte die Treppen hinauf. Ihr war, als würde sie gleich einen Herzinfarkt bekommen. Auf ihrer Etage angekommen, eilte sie in die Wohnung weiter. Marie gab keinen Laut von sich. Sie rannte zum Kinderbett. Maries Augen waren geschlossen.

Helena wimmerte auf, legte das Ohr über den Mund des Kindes und betete. Ein ganz leichter Atemhauch war zu spüren. Sie hob Marie aus dem Bettchen und versuchte, sie zu wecken, rieb ihr die Brust, kniff ihr in die Beine und setzte sie sich auf den Schoß. Sie zog eine für Kinder geeignete Dosis Aspirin in die Spritze auf und träufelte sie Marie in den Mund. Sie legte frische feuchte Tücher auf ihre Stirn und wiegte das Kind vorsichtig auf ihren Schoß. Nach zwanzig Minuten befühlte sie den Kopf des Mädchens. Er war nur noch so warm wie ihre Hand. Sie schickte ein Dankgebet zum Himmel. Dann ging sie ein Stockwerk tiefer, gab Frau Bronowska eines der Fläschchen und wies sie an, alle vier Stunden einen Löffel der Medizin zu nehmen. Sie kehrte in ihre Wohnung zurück und schlief mit dem Kind auf dem Arm ein.

Sie hatte es geschafft, das Fieber zu senken, und fürs Erste blieb Marie am Leben. Doch hohes Fieber war nur eines der Grippesymptome. Es gab noch viele andere – und ein Mittel gab es dagegen nicht. Maries Lunge füllte sich mit Flüssigkeit, und sie entwickelte einen üblen trockenen Husten, der Helena die Tränen in die Augen trieb. Noch schlimmer war das Geräusch ihres rasselnden Atems, ihre Anstrengung bei jedem Atemzug. Helena brachte Wasser zum Kochen, legte Marie ein Tuch über den Kopf und ließ sie den heißen Wasserdampf einatmen, um den Schleim zu lösen. Marie wehrte sich, weinte und versuchte, sich das Handtuch vom Kopf zu ziehen, aber Helena redete ihr gut zu, dass es notwendig sei. Es brach ihr das Herz mitanzusehen, wie ihre Tochter sich quälte. Sie nahm das Tuch weg und sah das kleine Gesicht, ganz rot und tränenüberströmt. Sie hasste sich dafür.

Zehn Nächte hintereinander schlief sie im Sitzen, den Rücken an die kalte Ziegelwand gelehnt, hielt Marie an ihrer Brust, klopfte und strich ihr den Rücken, lauschte auf ihren angestrengten, pfeifenden Atem und betete, dass sie es bis zum nächsten Morgen schaffen möge. Helenas Wirbelsäule wurde krumm und schmerzte, während sie das Kind aufrecht hielt. Ihr Nacken verkrampfte sich, doch sie wollte Marie auf keinen Fall flach hinlegen, damit sie nicht an dem Schleim in ihrer Lunge erstickte. Vor lauter Erschöpfung begann Helena zu halluzinieren. Sie sah in ihrer Wohnung bunte Flecken und Clowns und sogar einen Tanzbären, der früher einmal in ihr Dorf gekommen war und, angetrieben von seinem Besitzer, seine Kunststücke gemacht hatte. Am elften Tag, nach zehn fürchterlichen Tagen, waren Maries Atemwege endlich frei. Sie schlief ruhig und normal atmend auf Helenas Arm ein, und Helena konnte sie wieder in ihr Bettchen legen. Danach fiel Helena selbst wie betäubt auf ihr Bett, die Arme von sich gestreckt.

Nach ein paar Stunden unruhigen Schlafs wachte sie auf und schaute sich in der verwahrlosten Wohnung um. Ein Topf, zwei Decken, ein paar Kleider, ein Foto und ein paar Küchenabfälle – das waren ihre einzigen Besitztümer. Sie lebten von Essensresten der Kirche – Knochen, Knorpel und Kartoffelschalen – und dem, was sie beim Betteln bekommen konnte. Marie trug keine Schuhe, weil sie aus ihren alten herausgewachsen war und Helena es sich nicht leisten konnte, ihr neue zu kaufen. Helena schaute nach, wie es Marie in ihrem Bettchen ging, dann setzte sie sich auf den Boden und weinte.

So würde es immer bleiben.

Helena sah die nächsten zwanzig Jahre von Maries Leben vor sich. Selbst wenn sie diese Hungerperiode überstanden und sie eine neue Arbeit fand, würde sie als Wäscherin, Putzfrau oder Haushaltshilfe arbeiten müssen; für andere Tätigkeiten war sie nicht qualifiziert. Keine Frau war das. Sie würde vierzehn Stunden am Tag arbeiten, sieben Tage die Woche, und immer nur so viel verdienen, dass es gerade knapp für Miete und Essen reichte. Für Marie würde sie gebrauchte Schuhe und Kleidung bei den Klöstern erbetteln müssen. Falls Marie bis zum Schulalter überlebte, würde sie die Schule nur besuchen, bis sie sechs oder acht Jahre alt war. Danach war für arme Mädchen keine Schulbildung vorgesehen. Mit spätestens neun Jahren würde Marie ebenfalls anfangen müssen zu arbeiten. Vielleicht würde sie Helena in der Wäscherei helfen – und Helena würde versuchen, Marie von den gierigen Blicken und Berührungen gewissenloser Männer fernzuhalten. Mit etwas Glück würde sie mit sechzehn oder siebzehn einen Mann finden und heiraten, einen Fabrikarbeiter oder Hotelpagen. Er wäre zwar nicht reich, im besten Falle aber wenigstens gütig. Noch bevor Marie achtzehn war, würde sie ihr erstes Kind bekommen, und sechs oder sieben weitere, bevor sie dreißig wurde.

Helena erinnerte sich an das Versprechen, das sie bei Maries Geburt gegeben hatte: dass sie ihr Kind ein Leben lang beschützen würde. Bei einem Leben, wie es ihnen vorgezeichnet war, würde sie dieses Versprechen täglich brechen.

In dieser Nacht fand sie kaum Ruhe, obwohl sie seit fast zwei Wochen Tag und Nacht nicht geschlafen hatte. Sie wurde von lebhaften Träumen geplagt und wachte im Morgengrauen auf. Eine Sache, die ihr schon vor einiger Zeit in den Sinn gekommen war, formte sich nun deutlicher vor ihrem inneren Auge. Vorher war es ihr nur wie eine alberne Idee erschienen, doch jetzt nicht mehr. Sie suchte Stift und Papier aus der Zeit, als sie Dominik noch Briefe an die Front geschickt hatte, und verfasste ein Schreiben an die Universität zu Krakau, jene, von der Herr Karski so oft gesprochen hatte. Sie adressierte den Brief an die Zulassungsstelle. Nach der Begrüßungsformel und einem kurzen, höflichen Einleitungssatz kam sie direkt zur Sache.

Mein Name ist Dominik Karski, schrieb sie, *Major und Träger des Virtuti-Militari-Ordens. Ich möchte an Ihrer Universität Medizin studieren.*

40

DAS LEICHTESTE OPFER

Drei Wochen später kam eine Antwort. Sie hatte sich mit Marie bei der Kirche für Essensreste angestellt – sie bekam immer mehr, wenn das Kind sie begleitete – und hatte Knorpel und Knochen bekommen, aber dann begann es zu regnen. Da Helena nicht riskieren konnte, dass Marie wieder krank wurde, waren sie rasch nach Hause zurückgekehrt. Auf dem Weg nach oben hatte Helena geistesabwesend in den Briefkasten geschaut. Darin lag ein cremeweißer Umschlag mit eingeprägtem Wappen der Universität von Krakau.

Ungläubig nahm sie den Umschlag aus dem Briefkasten. Sie hatte ihren Bewerbungsbrief in einem Ausnahmezustand geschrieben, eher als eine Art wütenden Scherz, und hatte gar nicht mit einer Antwort gerechnet. Zurück in ihrer Wohnung setzte sie Marie auf den Boden und rollte ihr den kleinen Holzball zum Spielen zu, den Marie zu greifen versuchte. Helena legte die Knochen in den Kochtopf und fügte Wasser und Kartoffelschalen hinzu, um daraus eine Brühe zu kochen. Dann öffnete sie den Umschlag und las das Schreiben. In dem Brief wurde ein Vollstipendium für ein Medizinstudium an der Universität angeboten, eben jenes Studium, das Herr Karski für seinen Sohn vorgesehen hatte, wie er Helena in seinem dementen Zustand allabendlich wieder und wieder erzählt hatte. Das Stipendium umfasste nicht nur die Studiengebühren, sondern auch Unterkunft mit Vollverpflegung und zusätzliche Lebenshaltungskosten.

Das Angebot erstaunte sie. Sie lächelte freudig überrascht, doch dann erinnerte sie sich, dass es nicht ihr galt, Helena Kolikov, der ungelernten, bettelarmen Mutter eines unehelichen Kindes, sondern Major Dominik Karski, dem Kriegshelden und Träger des Tapferkeitsordens Virtuti Militari, der auf einem Friedhof im Norden der Stadt begraben lag.

Sie hörte jemanden an ihre Tür hämmern. Draußen stand Herr Dubrowski, der Geldeintreiber des Vermieters, und sagte barsch: »Sie sind drei Wochen im Rückstand mit der Miete.«

»Ich kann sie morgen zahlen«, log sie. Hinter ihr auf dem Boden gluckste Marie vor sich hin, während sie dabei war, die Holzkugel zu fangen. Helena trat zur Seite, damit Herr Dubrowski einen Blick auf Marie werfen konnte, und hoffte, dass das niedliche Kind ihn dazu bringen würde, noch einmal Gnade walten zu lassen.

Er schaute auf das Kind und dann wieder zu Helena. »Den vollen Mietrückstand bis heute Abend! Um sechs komme ich wieder. Ich habe eine neue Familie, die nur darauf wartet, hier einzuziehen. Entweder bezahlen Sie dann, oder ich werde Sie höchstpersönlich auf die Straße setzen!« Er machte eine Armbewegung, die unterstreichen sollte, wie er sein Vorhaben auszuführen gedachte.

Helena betrachtete den Brief der Krakauer Universität, dann sah sie Marie an. Sie hatte keine Möglichkeit, bis sechs Uhr abends das Geld zu beschaffen. Sie suchte ihre Habseligkeiten zusammen – Kleidung, ein paar Bücher und den einzigen Kochtopf – und packte alles in ihren Koffer, denselben, mit dem sie schon aus ihrem Heimatdorf nach Lemberg gekommen war.

Sie würden nach Krakau fahren, sie hatten nichts mehr zu verlieren. Helena rechnete damit, dass die Leute an der Universität sie auslachen und wieder wegschicken würden, aber vielleicht konnte sie den Schwindel wenigstens ein oder zwei Tage aufrechterhalten, so lange, bis sie den ersten monatlichen Scheck bekäme und sich – wenigstens für kurze Zeit – etwas zu essen kaufen und vielleicht sogar eine Unterkunft verschaffen könnte. Sobald man sie enttarnte, würde sie sich wieder eine Arbeit als Putzhilfe suchen. Vielleicht hätte sie mehr Glück in dieser neuen Stadt, wo die Leute sie nicht mehr als Hure bezeichnen würden.

Marie wollte nicht zur Ruhe kommen, also las Helena ihr etwas aus einem Märchenbuch vor, das sie in einer Mülltonne gefunden hatte. Bei einem ganz bestimmten Märchen schaute Marie sie mit wachen grünen Augen an und lächelte. Helena freute sich so sehr über diese Reaktion, über das erste Anzeichen von Freude, das das Kind seit Wochen erkennen ließ, dass sie die Geschichte direkt noch einmal vorlas – und dann noch einmal. Als sie zum vierten Mal das Ende erreicht hatte, erklärte sie Marie, wohin sie beide gehen würden und warum. Dann befahl sie Marie: »Von nun an musst du mich Papa nennen.«

Mit zitternden Händen holte sie Dominiks Kleidung aus dem Schrank und zog sie an. Sie schnitt ihren hüftlangen geflochtenen Zopf im Nacken ab und glättete die übrig gebliebenen kurzen Haare mit etwas Fett aus dem Ofen. Den Zopf legte sie in ein Kästchen – sie wusste selbst nicht, warum sie ihn aufbewahren wollte. Schließlich setzte sie noch Dominiks Brille auf, auch wenn sie selbst keine Brille brauchte. Ihr war klar, dass sie auf Dauer Kopfschmerzen bekommen würde, wenn sie durch diese geschliffenen Gläser schaute. Dann nahm sie Marie auf den Arm und ergriff den Koffer.

Beim Verlassen der Wohnung erinnerte sie sich daran, dass

unter ihren wenigen Habseligkeiten im Koffer auch ein Foto war, das sie mit Marie zeigte. Herr Karski hatte das Bild ein paar Wochen vor seinem Tod bei einem Fotografen machen lassen und stolz gesagt, er wolle ein Porträt seiner beiden hübschen Mädchen haben. Sie holte das Foto hervor und strich mit der Hand darüber. Sie hatten dafür in einem Atelier unweit der Apotheke posiert, sie auf einem Stuhl und Marie auf ihrem Schoß. Ihr fiel auf, wie idyllisch das Foto wirkte. Es stammte noch aus einer Zeit, in der sie froh und unbeschwert waren. Doch in ihrem Besitz würde das Bild nur eine unnötige Gefahr darstellen, deshalb warf Helena es in die schwelende Glut des Kohleofens, ehe sie die Wohnung für immer verließ.

Auf dem Weg zum Bahnhof, mit Marie auf einem Arm und dem Koffer in der anderen Hand, beobachtete sie genau, wie die Menschen auf ihre Verkleidung reagierten. Eine alte Frau kniff misstrauisch die Augen zusammen, und ein kleiner Junge deutete mit dem Finger auf sie. Nervös ging sie schneller. Sie würde wohl an ihrer Erscheinung arbeiten müssen. Am Bahnhof angekommen überprüfte sie in einer Toilette ihr Spiegelbild. Was ihr dort entgegenblickte, war weniger entmutigend, als sie befürchtet hatte. Ihre buschigen Augenbrauen erinnerten an zwei Raupen. Sie hatte sie nie zu schmalen Bögen gezupft, wie es die Frauen heutzutage taten, sondern in ihrem natürlichen, widerspenstigen Zustand gelassen. Ihre Kieferknochen waren markanter als bei den meisten Frauen. Schon von Natur aus wirkten ihre Gesichtszüge ein wenig maskulin. Auch die dunklen Haare, die ihr über der Lippe und an den Schläfen sprossen und die ihr immer peinlich gewesen waren, kamen ihr nun zugute. Zwar war dieser Haarwuchs von einem richtigen Bart weit entfernt, aber wenn sie die Haare mit einem stumpfen Rasiermesser stutzte, würde das Ergebnis vielleicht nach Bartstoppeln aussehen.

Sie stiegen in den Zug nach Krakau. Geld für die Fahrkarte

hatte Helena nicht. Deshalb versteckte sie sich im Vorraum, während der Schaffner seinen Kontrollgang machte. Ein Zeitung lesender Mann im Seidenhemd bot ihr Brot und Wurst an. Helena nahm das Essen dankbar entgegen und teilte es mit Marie. Während der folgenden zehn Stunden, in denen der Zug schnurgerade nach Westen fuhr und dabei Städte passierte, von denen sie nur entfernt gehört hatte – Rzeszów, Dębica, Tarnów –, schaute sie nicht aus dem Fenster, sondern betrachtete die Männer in ihrem Waggon genauestens, jeden Mann, der vorüberging, in der Nähe saß oder sich eine Zigarette anzündete. Sie studierte, wie sie gingen und standen, wie sie in den Zug ein- und ausstiegen und wie sie mit dem Schaffner sprachen. Sie verglich dies mit ihren eigenen Bewegungen und den Bewegungen der Frauen, die ihr begegneten. Die Männer nahmen beim Gehen die Schultern zurück und richteten sich auf, während die Frauen eher einen höflichen Buckel machten. Männer husteten und schnäuzten sich laut, Frauen hielten sich beim Essen den Mund zu und tupften sich geziert die Lippen ab. Männer spreizten im Sitzen die Beine und lehnten sich in die Sitze zurück, während Frauen ihre Gliedmaßen möglichst eng am Körper hielten, sich so klein wie möglich machten und ganz still saßen.

Das galt natürlich nicht für alle Exemplare eines Geschlechts: Manche Frauen schritten mit großer Selbstsicherheit einher und lümmelten sich auf Stühlen, während manche Männer sich leise entschuldigten, wenn sie niesen mussten, und für sich blieben. Aber für ihren Zweck, das Studium männlicher Verhaltensweisen, um sich später selbst ein glaubwürdiges Repertoire anzueignen, reichte Helena eine allgemeine Wahrheit über den Unterschied zwischen Männern und Frauen: Während Frauen in der Welt möglichst wenig Raum einnahmen, beanspruchten die Männer so viel Raum wie nur möglich.

Einmal war sie einer Frau begegnet, die als Mann lebte. Daher wusste sie, dass so etwas durchaus möglich war. In dem abgelegenen Dorf, aus dem ihr Vater stammte, gab es eine Tradition: Frauen, die weder männliche Geschwister noch Erben hatten und in den Besitz eines Familienhofes gelangten, konnten beim Dorfrat beantragen, den Hof selbst zu führen, die Schafe und Ziegen zu hüten und die Felder zu bestellen. Wenn sie die Erlaubnis erhielten, verwandelten sie sich in einen Mann und lebten fortan als solcher. So war es einfacher – einem Mann trauten die Menschen eher zu, einen Hof zu führen, als einer Frau, und deshalb machte man es so. Einer dieser »Männer« hatte ihren Vater einmal auf seinem Hof besucht. Der zwölfjährigen Helena hatte sich dieses Erlebnis tief eingeprägt. Erst nachdem der vermeintliche Mann wieder weg war, hatte ihr Vater ihr den Hintergrund offenbart. In jener Nacht hatte Helena lange in ihrem Bett gelegen, an die Decke gestarrt und nachträglich versucht, in dem stämmigen Menschen, der ihrem Vater beim Holzhacken geholfen und die Ziegen von einem Pferch zum anderen getrieben hatte, Anzeichen von Weiblichkeit zu erkennen. Sie hatte nirgendwo eine Frau gesehen – weder in den Bewegungen des Mannes noch in seiner Art zu sprechen. Er hatte das Gesicht eines Mannes gehabt, den Kiefer eines Mannes, er war gegangen wie ein Mann und hatte so gesprochen. Keine Sekunde hatte sie vermutet, er könne etwas anderes sein als ein alter Bauer aus den Bergen. Schließlich, nachdem Helena mehrere Stunden wach gelegen hatte, begriff sie, wie es diesem Menschen gelungen war, sie zu täuschen.

Die Menschen sahen nur, was sie sehen wollten.

Niemand sah das, wonach er nicht suchte. Helena hatte nicht nach einer Frau Ausschau gehalten, die sich als Mann verkleidete – wieso sollte sie auch? Der Bauer aus dem Heimatdorf ihres Vaters war wie ein Mann gegangen, hatte sich wie ein Mann gekleidet und wie ein Mann gesprochen, er *war* ein Mann.

Diesem Grundsatz würde auch Helena folgen.

Der Zug fuhr in den Bahnhof von Krakau ein, und sie erkundigte sich nach dem Weg zur Universität. Sie ging durch das mittelalterliche Stadttor, mit Marie auf dem Arm und dem Koffer in der anderen Hand, und befand sich plötzlich in der schönsten Stadt, die sie je gesehen hatte. Prachtvolle alte Gebäude umgaben einen riesigen Platz, in dessen Mitte sich eine historische Markthalle befand. Händler und Kunden gingen beladen mit Gewürzen oder Stoffen ein und aus. Marie zappelte und wollte von ihrem Arm herunter. Helena setzte sie ab, das Kind umklammerte Helenas Finger, und gemeinsam gingen sie langsam zu einem Brunnen weiter. Vergnügt patschte Marie mit den Händen ins Wasser und quiekte über die Kälte.

Helena betrat in ihrer männlichen Verkleidung das Universitätsgebäude und meldete sich bei der Zulassungsstelle mit tiefer Stimme als Major Dominik Karski an. Die Sekretärin schnappte nach Luft. Helena schluckte und machte sich darauf gefasst, augenblicklich enttarnt zu werden, doch die Sekretärin hatte nicht wegen ihr die Luft angehalten, sondern wegen ihrer Begleitung.

»So ein süßes Mädchen!«, schwärmte sie und sah begeistert zu Marie, die sofort herzallerliebst lächelte, als sei sie darauf dressiert worden. »Darf ich sie mal nehmen?«

Helena gab sie ihr auf den Arm. Die Sekretärin gurrte und schäkerte in einer erfundenen Babysprache mit Marie. Marie betrachtete sie mit einer Art höflichem Misstrauen, dann lächelte sie und bot ihr das Taschentuch, das sie seit der Abfahrt in Lemberg umklammert hielt, als eine Art Tauschobjekt an.

»Wo ist denn ihre Mama?«, erkundigte sich die Sekretärin.

»Sie ist verstorben«, erwiderte Helena mit möglichst tiefer Stimme.

Die Sekretärin presste sich eine Hand aufs Herz und seufzte: »Was für eine Tragödie! Sie Armer!« Sie musterte die als Dominik verkleidete Helena in einer Mischung aus Mitleid und Verlangen. Helena starrte zu Boden und versuchte ihre Aufregung zu verbergen. Diese Frau hatte sie offenbar wirklich als Mann akzeptiert. »Wird die Kleine denn bei Ihnen im Zimmer wohnen?«

»Ach ja, ich denke schon«, erwiderte Helena, während ihr klar wurde, dass sie darüber noch gar nicht nachgedacht hatte. Sie hatte nicht damit gerechnet, überhaupt so weit zu kommen. »Ist das ein Problem? Wir haben uns noch nicht nach einer anderen Unterkunft umgeschaut.«

»Nein, das wird schon gehen!«, erwiderte die Sekretärin. »Wir haben zwar noch nie ein kleines Kind im Studentenwohnheim gehabt, aber wenn irgendjemand damit ein Problem hat, muss er sich mit mir anlegen!« Sie stemmte mit gespielter Entschlossenheit die Hände in die Hüften und lächelte breit. Dann führte sie die beiden zu ihrem Zimmer. Auf dem ganzen Weg von der Zulassungsstelle durch die Grünanlage bis zu den Studentenunterkünften gurrte und gluckste sie auf Marie ein und warf zwischendurch immer wieder bewundernde Blicke zu Dominik hinüber – oder besser gesagt zu Helena, die als Dominik verkleidet war.

Die Vorlesungen würden in der folgenden Woche beginnen. Die Frau von der Zulassungsstelle überreichte Helena Essensgutscheine, die sie in der Mensa des Wohnheims einlösen konnte. Die erste Rate des Stipendiums würde sie zum Monatsersten erhalten, also erst in einer Woche. Die Frau von der Zulassungsstelle entschuldigte sich tausendfach dafür, aber das war Helena vollkommen egal: Sie hatten Unterkunft und Essen für eine Woche, und das war weitaus besser als ihre bisherige Situation.

Da sie keine andere Möglichkeit hatten, nahmen »Dominik« und seine Tochter Frühstück, Mittag- und Abendessen in der Mensa ein. Dort gab es hauptsächlich graues, verkochtes Rindfleisch und gedämpfte Möhren von einer Konsistenz wie nasses

Zeitungspapier, doch beides erschien Helena so schmackhaft und reichhaltig, als wäre es gebratene Ente. Zuerst machte sie sich Sorgen, irgendjemand könne bemerken, dass sie ständig in der Mensa aßen, und daraufhin misstrauisch werden. Nur wenige andere Studenten nutzten die Mensa. Da das Semester noch nicht begonnen hatte, hatten sich die meisten vermutlich noch gar nicht an der Universität eingefunden. Meistens saßen Marie und sie ganz allein in der geräumigen, mit Holztischen ausgestatteten Gewölbehalle. Vor allem eine Köchin, eine mollige Frau um die fünfzig, nickte ihnen jedes Mal zu, wenn sie den Raum betraten, und beobachtete sie beim Essen. Nach drei Tagen kam sie zu ihrem Tisch, und Helena machte sich darauf gefasst, dass nun ihre Verkleidung auffliegen würde.

»Wie heißt sie?«, fragte die Köchin und deutete auf das Kind, das gerade einen Teller mit Kartoffelsuppe aß. Marie hatte darauf bestanden, den Löffel ganz allein zu halten, und dabei Suppe auf Tisch, Stuhl und sich selbst gekleckert, wirkte aber höchst zufrieden mit sich, als hätte sie die Aufgabe mit der Anmut einer Prinzessin erledigt.

»Marie«, erwiderte Helena als Dominik.

Die Köchin lächelte. »Wo ist denn ihre Mutter?«

Helena erzählte dieselbe Geschichte wie der Sekretärin: die Mutter verstorben, der Vater Witwer.

Die Köchin starrte sie beide in mitleidigem Entsetzen an. Sie hob ihre Schürze und wischte vorsichtig die Suppenreste aus Maries Gesicht. »So ein braves Mädchen! Du bist aber schlau – du kannst schon ganz allein essen und hilfst deinem Papa!« Sie lachte und reinigte den Tisch von den Suppenklecksen.

Marie schüttelte den Kopf, sagte: »Mama!« und löffelte ihre Suppe weiter. Helena erstarrte, während sie darauf wartete, dass die Köchin nun die Wahrheit erschloss.

Die Köchin hielt beim Wischen inne und schlug sich die

Hand vor den Mund. »Das arme Häschen«, flüsterte sie dann Helena zu. »Sie vermisst ihre Mama!«

Helena atmete tief aus und konnte ihr Glück kaum fassen – erst recht nicht bei dem, was noch folgen sollte.

»Wer kümmert sich denn um das Mädchen, wenn Sie studieren?«

»Darüber habe ich noch gar nicht nachgedacht«, erwiderte Helena als Dominik. Das stimmte. Sie hatte nicht weitergedacht als diese erste Woche, in der sie freie Kost und Logis genossen. Sie hatte nicht damit gerechnet, dass sie ihre Täuschung lange genug aufrechterhalten könnte, um überhaupt mit dem Medizinstudium in diesen heiligen Hallen zu beginnen – die Vorstellung war aberwitzig. Sie hatte ihren Koffer nicht ausgepackt, stets bereit zu einer schnellen Flucht, falls ein Zimmermädchen oder ein Universitätsmitarbeiter sie enttarnen sollte. »Ich denke, sie wird mit mir zu den Vorlesungen kommen«, sagte Helena als Dominik.

»Unsinn! Sie müssen sich ganz aufs Lernen konzentrieren. Man kann von einem jungen Mann nicht erwarten, dass er studiert und sich zugleich um ein Kind kümmert. Das ist doch lächerlich. Ich werde es machen!«, sagte die Köchin. »Bitte lassen Sie mich das übernehmen. Ich bin diese Woche nur für eine Freundin eingesprungen, normalerweise arbeite ich gar nicht hier. Mein Arbeitsleben ist beendet. Ich bin normalerweise immer zu Hause, nur einen Katzensprung von hier. Ich könnte Marie zu mir nehmen und auf sie aufpassen, während Sie studieren!«

»Oh, aber ich könnte Ihnen nicht viel zahlen.«

»Ich erwarte auch nicht viel.« Sie streichelte Maries Wange und machte dazu ein gurrendes Geräusch. Inzwischen nahm sie kaum mehr Notiz von Helena, sondern hatte ihre ganze Aufmerksamkeit auf Marie gerichtet, tupfte ihr die Suppe aus dem

Mundwinkel, schob ihren Stuhl näher an den Tisch heran und lobte sie, wenn es ihr gelungen war, einen Löffel Suppe in den Mund zu befördern, ohne die Hälfte über dem Tisch zu verkleckern. Marie lächelte strahlend und ließ sich Aufmerksamkeit und Lob mit Freude gefallen. In dieser Hinsicht kam sie ganz nach ihrem Vater – ihrem echten Vater. Wenn sich Major Karski nicht gerade in einem seiner düsteren Zustände befand, hatte er begeistert jede Zärtlichkeit genossen, ob man ihm nun den Rücken streichelte oder über das Haar strich. Helena hatte darüber immer gelächelt.

Zurück in ihrem Zimmer setzte Helena Marie aufs Bett und hielt sie an den Schultern fest. »Du musst mich jetzt Papa nennen«, sagte sie zu ihr. Marie schaute sie neugierig an. Helena fragte sich, wie viel sie verstand. Sie war jetzt sechzehn Monate alt – wie ordnete sie diese Person ein, die vor ihr stand, wie ein Mann gekleidet war und einen Männerhaarschnitt hatte?

Marie schaute aus dem Fenster und zeigte auf einen Finken, der auf dem Ast einer Birke saß. »Vogel«, sagte sie. Helena drehte Marie zurück, sodass das Kind sie anschauen musste, deutete dann auf ihre eigene Brust und sagte noch einmal, diesmal etwas lauter: »Papa«.

»Mama«, sagte Marie genauso laut. Helena ging zu ihrem neuen Schreibtisch hinüber und setzte sich mit dem Rücken zu Marie an den Tisch.

»Mama, Mama!«, sagte Marie. Helena ignorierte ihre Tochter und tat so, als würde sie etwas auf ein Blatt Papier schreiben, das die Universität ihr für ihre Vorlesungen gegeben hatte.

»Mama«, sagte Marie wieder. Diesmal hörte Helena die Anspannung in der Stimme ihrer Tochter, und gleich darauf schrie diese noch einmal lauter: »Mama!«

Helena drehte sich zu ihr um und fauchte sie an: »Nicht Mama! Ich bin jetzt *Papa*!«

Marie fing an zu weinen, große Tränen kullerten ihr über das Gesicht auf den kleinen Hals hinab. In Helena zog sich alles zusammen. Am liebsten wäre sie zu ihr gegangen, doch stattdessen wandte sie sich wieder dem Schreibtisch zu, schloss die Augen und versuchte, das Schluchzen zu ignorieren, das vom Bett kam.

»Mama, Mama, Mama!«, rief ihre Tochter und wiederholte das Wort immer wieder, bis schließlich die einzelnen Worte verschwammen und zu einem einzigen langen wurden: »Mamamamamamamamamamama.« Ihre Stimme klang kummervoll und tränenschwer. Helena biss die Zähne zusammen, drehte sich aber nicht um, obwohl ihr fast das Herz brach. Nach ein, zwei weiteren Minuten hörte sie, wie die heulende Marie in emotionaler Erschöpfung auf dem Bett zusammensackte. Sie sprach nicht mehr, auch das Schluchzen war nicht mehr zu hören, und Helena fragte sich, ob sie sich vielleicht in den Schlaf geweint hatte. Sie wollte sich gerade umdrehen, als Marie noch einmal sprach.

»Papa?«, fragte sie.

Helena ging das Herz auf, doch zugleich empfand sie ein tiefes Schuldgefühl. Sie wandte sich zu ihrer Tochter und umarmte sie. In den nächsten Tagen vertat sich Marie noch ein paarmal und rief sie mit »Mama«, aber meist, wenn sie aufgeregt war und ihr unbedingt etwas zeigen wollte, ein paar Enten in einem Teich oder einen Stock am Boden. Helena reagierte jedes Mal mit der gleichen Bestrafung: Sie ignorierte Marie und entzog ihr jegliche Aufmerksamkeit, bis sich das Kind korrigierte. Nach ein paar Tagen nannte ihre Tochter sie nie mehr Mama.

Die Geschwindigkeit, mit der Marie sich an die Lüge gewöhnt hatte, verblüffte Helena und betrübte sie zugleich. Sie freute sich über die Intelligenz ihrer Tochter und ihre Fähigkeit, diese grundlegende Regel zu befolgen, aber sie hatte Marie damit alle Unschuld und Unbedarftheit genommen.

Als Zwei- und später Dreijährige hatte Marie keinerlei offensichtliche Erinnerung mehr an das, was geschehen war. Nie sprach sie darüber oder machte irgendeine Andeutung. Auch rief sie sie nie mehr zufällig Mama, nicht einmal, wenn sie abgelenkt war. Stattdessen trat etwas anderes an die Stelle der Versprecher – ein diffuses Unbehagen, das tief in dem kleinen Mädchen zu sitzen schien. Oftmals wachte sie nachts schreiend auf. Wenn Dominik sich nach ihrem Albtraum erkundigte, konnte Marie nie genau erklären, was sie gesehen hatte. Wiederholt behauptete sie, dass im Schrank ein Monster sei, und wenn ihr Vater ihr den Inhalt des Schranks zeigte und erklärte, dass dort nichts außer Kleidung war, nickte sie, ohne ihm wirklich zu glauben.

In seinem ersten Studienjahr wurde Dominik fünftbester von einhundertzwanzig Medizinstudenten. In den folgenden vier Jahren war er jeweils der Beste.

Bis zum Ende des ersten Studienjahres war Helena in ihrem Handeln, ihren Worten und Gedanken ganz zu Dominik Karski geworden. Sie hatte sich ohnehin nie als Inbegriff der Weiblichkeit betrachtet – jedenfalls nicht als das, was die Welt im Allgemeinen darunter verstand. Es überraschte sie, was als weiblich angesehen wurde – ein geschminktes Gesicht, frisierte Haare und bunte Kleider –, denn auch das war letztlich nur ein Kostüm.

Sie probierte erste Präparate mit synthetischem Testosteron aus, die ihrem Kieferknochen zu mehr Calcium und Phosphat verhalfen. Aber da die Männer der Region ohnehin runde, breite Gesichter besaßen und ihr eigener Kiefer von Natur aus markant und eckig war, kam Helena ihnen mit diesem männlichen Merkmal schon entgegen. Nach einer Weile hörte sie auf, die Hormone einzunehmen, weil sie gelesen hatte, dass diese

Krebs begünstigten. Sie trug immer ein Stützkorsett – wegen ihrer Skoliose, wie sie den Leuten sagte. In Wahrheit hatte sie eine pfeilgerade Wirbelsäule, aber das Korsett drückte ihre ohnehin kleinen Brüste flach und verstärkte den tonnenförmigen Brustkorb, den sie von Natur aus besaß. Doch eigentlich hätte sie sich die Energie sparen können, ihrer Figur zusätzliche Männlichkeit zu verleihen.

In sechzehn Jahren war nie jemand ihrem Geheimnis wirklich nahegekommen. Sie konnte an einer Hand abzählen, wie oft jemand sie schräg angeschaut hatte, und selbst wenn diese Leute einen Verdacht hatten, äußerten sie ihn nie laut. Der Gedanke, dass Doktor Karski eine Frau sein könnte, war nicht nur abwegig – nein, er kam den Leuten überhaupt nicht in den Sinn. Die Menschen sahen nur das, was sie sehen wollten, und wenn sie Dominik Karski anschauten, wollten sie einen Mann sehen, der ihnen das Leben rettete, ihre Krankheiten heilte und der Kirche großzügig spendete. Helena erinnerte sich an das Versprechen, das sie ihrer Tochter bei der Geburt gegeben hatte. Sie würde sich immer für ihre Tochter aufopfern. Es war eine leicht verbüßte Zeit – sie bereute nichts. Sechzehn Jahre als Mann zu leben war nur ein geringer Preis dafür gewesen, jeden wunderbaren Tag dieser Zeit in Gesellschaft ihrer Tochter zu verbringen.

41

DIE GEHEIMNISSE
IHRES VATERS

Lemberg, 31. August 1939

Marie rief ihren Vater von der Telefonzelle am Bahnhof an. »Ich bin in Lemberg«, teilte sie ihm ohne weitere Erklärungen mit. Sie wartete auf eine Antwort, hörte aber nur das Geräusch seines Atems. »Papa, bist du da?« Es war eigenartig, ihn »Papa« zu nennen, nach allem, was sie nun wusste, aber was hätte sie sonst sagen sollen? Sie kannte ihn nur als »Papa«.

»Ich bin da«, sagte er schließlich.

»Bitte erkläre dich«, sagte sie. Er reagierte immer noch nicht.

Marie wusste kaum, wo sie anfangen sollte. Von wütenden Schluchzern unterbrochen stieß sie hervor: »All die Jahre … Die ganze Zeit über hast du gewusst, wo meine Mutter ist …« Sie blickte auf das Foto ihrer Mutter, das sie in der Hand hielt. »Du hast sie mir vorenthalten!«

Dominik seufzte am anderen Ende der Leitung. »Bitte versteh doch. Das alles habe ich für dich getan.«

»Ich will meine Mutter sehen«, sagte Marie.

»Das ist nicht möglich«, erwiderte er rasch.

Marie biss die Zähne zusammen. »Ich komme heute Abend

aus Lemberg zurück. Ich werde zu dir nach Hause kommen. Wenn du nicht da bist und mir alles erklären kannst, werde ich allen dein Geheimnis verraten. Ich erzähle es dem Pfarrer, deinem Freund Doktor Wolanski im Krankenhaus, der Zeitung …«

Er unterbrach sie. »Bitte, tu das nicht Marie. Du würdest dich dadurch nur noch mehr in Gefahr bringen.«

Marie schluchzte wütend und verzweifelt. Er schien ihrem Weinen zu lauschen, sagte aber nichts mehr.

»Sei da, wenn ich komme!«, sagte sie und hängte den Hörer ein. Dann ging sie zu ihrem Zug. Gestern hatte sie sich Sorgen über die große Menschenmenge gemacht und befürchtet, dass sie gar nicht in den Zug würde einsteigen können, doch heute wurde ihr klar, dass sie sich bei ihrer Beobachtung getäuscht hatte. Zwar wollten immer noch viele Menschen die Stadt verlassen, aber sie waren in eine ganz andere Richtung unterwegs. Die Leute, die sich am Vortag auf dem Bahnsteig gedrängt hatten, wollten nach Südosten reisen, in freundlichere Länder wie Rumänien oder Bulgarien oder aufs Land. Niemand war so dumm, nach Westen zu fahren, nach Warschau oder Krakau, in Städte, die bald von den Deutschen eingenommen würden.

Es gelang ihr problemlos, einen Platz im Zug Richtung Westen zu bekommen – der Bahnsteig war verlassen gewesen, und der Waggon war halb leer. Die einzigen Menschen, die mit ihr im Zug saßen, waren nervöse Arbeiter auf dem Weg in die Nachbarstädte und Leute, die in die umliegenden Dörfer zu ihren Familien zurückfuhren. Alle wirkten verstört vor Sorge, kauten auf den Nägeln oder krallten sich an den Armlehnen fest, bis ihre Knöchel weiß hervortraten. Marie musterte die Mitreisenden nur flüchtig, dann wandte sie sich wieder ihren eigenen Gedanken zu und starrte aus dem Fenster, während die Lokomotive den Bahnhof verließ. Graue Mietskasernen und baufällige Häuser rauschten vorüber.

Ihr Vater war weder ein stalinistischer Agent noch ein Satanist, wie sie es sich vorgestellt hatte, als sie in sein Schlafzimmer eingebrochen war. Er verbarg ein Geheimnis, das noch viel schlimmer war. In ihr brodelte es. Am liebsten hätte sie auf den Sitz vor sich eingeschlagen und laut geschrien. Sie konnte kaum glauben, was sich ihr offenbart hatte – das Gesicht, das ihr von dem Foto entgegengeschaut hatte. Nun ging sie jedes Gespräch, das sie im Laufe des Sommers geführt hatten, noch einmal in Gedanken durch und sah plötzlich alles mit anderen Augen. Ihr Vater hatte nicht aus Böswilligkeit oder Bigotterie versucht, ihre Heirat mit Ben zu verhindern, sondern weil er genau wusste, was es bedeutete, wenn man anders war als die anderen. Dass er ihr davon abgeraten hatte, als Frau an der Universität zu studieren, war nicht in Rückständigkeit oder Vorurteilen begründet, sondern in seiner eigenen Erfahrung. Bestürzt stellte Marie fest, dass sie nun etwas mehr darüber gelernt hatte, wie es in der Welt zuging: Frauen wurden von allem, was sie gern tun wollten, von vornherein ausgeschlossen.

Sie erinnerte sich an eine Bemerkung, die Frau Bronowska vor ihrer Abreise gemacht hatte. »Als ich dich das letzte Mal gesehen habe, warst du so ein mageres Baby«, sagte sie und steckte sich einen Keks in den Mund. »Alle waren dünn, die ganze Stadt litt Hunger. Aber deine Mutter war bei Weitem die Dünnste. Ein wandelndes Skelett. Sie gab dir jedes bisschen Essen, das sie hatte – sie selbst gönnte sich nichts. Um dich am Leben zu halten, ließ sie zu, dass dieser Mann im Goldenen Bären ihr schreckliche Dinge antat.«

Marie dachte über die Tatsache nach, dass ihr Vater keine Freunde hatte. Sie hatte ihn deswegen immer aufgezogen, doch nun wurde ihr klar, was der eigentliche Grund war: Er konnte seine Lüge nur aufrechterhalten, wenn er niemanden an sich heranließ. Jetzt begriff sie auch, warum er seine Tür immer abgeschlossen hielt. Nicht, um seinen Körper vor ihr zu verbergen, sondern aus einem viel einfacheren Grund: Er verschloss sie, um sich dahinter wenigstens für kurze Zeit von einer Welt abzuschotten, in der er nur als Lüge existierte. Um wenigstens ein paar Minuten lang ganz er selbst sein zu können. Nur hinter einer verschlossenen Tür konnte er sich entspannen. Sein echtes Selbst konnte er mit niemandem teilen, nicht einmal mit seiner Tochter. Wie einsam musste es gewesen sein, immer nur auf den Namen eines anderen Menschen zu reagieren!

Als der Zug in Rzeszów anhielt, wurde Marie bewusst, dass sie schon seit vier Stunden dagesessen und ins Leere gestarrt hatte. Sie spürte Nässe auf ihren Wangen – sie hatte geweint, ohne es zu merken. Ihre Wut war längst verflogen, nun empfand sie nur noch Traurigkeit. Den Rest der Heimreise weinte sie.

Nach der Ankunft in Krakau begab sie sich direkt zum Haus ihres Vaters, schloss auf und trat ein.

Er war nicht da.

Sie ging in jedes Zimmer und rief nach ihm. Sie schaute in seinen Kleiderschrank, nachdem sie sich noch einmal Zutritt zu seinem Schlafzimmer verschafft hatte. Es spielte zwar keine Rolle mehr, aber sie brach das Schloss ganz vorsichtig auf. Nicht etwa, weil er es nicht entdecken sollte, sondern weil sie vorsichtig mit seinen Sachen umgehen und so wenig wie möglich durcheinanderbringen wollte. Beim Öffnen des Schrankes stellte sie fest, dass einige Kleidungsstücke fehlten. Sie durchsuchte vorsichtig seine Schubladen und räumte die Sachen dann so ordentlich wie möglich wieder zurück. Beide Stützkorsetts waren verschwunden. Sie kehrte in den sonnigen Salon zurück, setzte sich im schwindenden Licht der Dämmerung in seinen Sessel und starrte die Wand an. Sie wartete eine Stunde ab, wohl wissend, dass es vergeblich war, und verließ das Haus schließlich wieder.

Auf dem Weg zurück nach Kazimierz begegnete sie in der Grodzka-Straße Igor Wolanski, der sofort zu ihr herüberkam.

»Wie war Ihre Reise nach Lemberg, junge Dame?«, fragte er gespannt und voller Vorfreude. »Sind Sie fündig geworden?« Er war ganz zappelig vor Aufregung.

Der Moment war gekommen. Nun würde ihr Vater für seine Verbrechen büßen müssen. Sie legte sich die Worte im Geist zurecht und öffnete den Mund. »Ich habe nichts herausgefunden«, sagte sie dann.

Wolanski sackte enttäuscht in sich zusammen. »Falls Sie doch noch auf irgendwas stoßen sollten, sagen Sie es mir bitte!«

Marie verabschiedete sich von ihm und ging weiter, vorbei an der Kirche, in der Pater Wiktor sich wahrscheinlich gerade auf die Messe vorbereitete. Er war ein sehr indiskreter Mann. Niemand beichtete ihm eine echte Sünde, es sei denn, die ganze Stadt sollte sie erfahren. Hier bot sich eine weitere Gelegenheit, ihren Vater zu enttarnen. Aber sie trat nicht in die Kirche, um mit dem Pfarrer zu sprechen, sondern ging weiter. Sie wusste jetzt, dass sie niemandem die Geheimnisse ihres Vaters offenbaren würde.

Krakau, 1. September 1939

Am nächsten Morgen klopfte es an Maries Tür. Draußen stand Lolek, und sie bat ihn herein. Gleich hinter der offenen Tür im Flur der Wohnung blieb er stehen.

»Ich bleibe nicht lange. Hier habe ich zwei Pässe, einen für dich und einen für Ben. Ihr müsst Krakau heute noch verlassen.« Er sah sie ernst an. »Ihr werdet nach Australien reisen. Das ist ein Land auf der Südhalbkugel. Schon mal davon gehört?«

Marie betrachtete die beiden Dokumente, die er in der Hand

hielt. Sie waren in einer Sprache ausgestellt, die sie nicht verstand, aber als Englisch erkannte. »Australien, ja, davon habe ich gehört.« Sie starrte ihn verwirrt an. »Was ist denn los, mein Freund?«

»Der Krieg kommt näher. Dein Vater will, dass ihr so schnell wie möglich aus Polen verschwindet. Das ist euer Freifahrtschein.«

Maries Gedanken überschlugen sich. »Wo ist er? Ich muss ihn sehen.« Sie ging ins Wohnzimmer und wollte ihren Vater anrufen.

Lolek folgte ihr nicht. »Du kannst ihn nicht anrufen«, rief er ihr hinterher. »Er ist schon zu seinem Bataillon unterwegs.«

Marie kam zurück. »Aber ich *muss* mit ihm sprechen!«, sagte sie verzweifelt. Sie wollte sein Geheimnis niemandem verraten, auch Lolek nicht, sie wollte nur ihren Vater sehen. Lolek antwortete nicht. »Was denkt er denn? Dass ich einfach einen Koffer packe und das Land verlasse, ohne mich von ihm zu verabschieden?«

Loleks Miene blieb ernst. »Ja, genau das. Und ich bitte dich inständig, dass ihr euch schnell auf den Weg macht! Womöglich ist es schon zu spät.« Ein Krachen erklang aus dem Innenhof. Lolek fuhr zusammen und blickte nach oben, als rechne er mit einer Bombe, aber Marie erkannte das Geräusch als das, was es war: Eine Katze hatte den Mülleimer umgeworfen.

Sie schüttelte den Kopf. »Wir haben die Nachrichten im Radio verfolgt. Es heißt, Polen habe einen Sieg nach dem anderen errungen und die Deutschen seien nicht ins Land eingedrungen. Es wird doch auch noch jede Stunde das Hejnał auf dem Marktplatz gespielt!«

»Im Radio werden Lügen erzählt«, sagte Lolek unumwunden. »Man will keine Panik verursachen. Hast du heute Morgen das laute Krachen in der Stadt gehört?«

Marie zuckte mit den Schultern. »Im Radio wurde eine Explosion in der Bäckerei gemeldet. Ein Brand durch einen Kurzschluss.«

»Noch eine Lüge. Das war kein Kurzschluss in einer Bäckerei. Die Deutschen haben das Gebäude der Barmherzigen Schwestern in der Warszawa-Straße getroffen.«

Marie wurde eiskalt. »Mein Gott!« Das war ihre Klosterschule gewesen. Sie hörte entsetzt zu, was Lolek erzählte, und schüttelte ungläubig den Kopf.

»Die Deutschen haben auch die Landebahn außerhalb der Stadt bombardiert«, fuhr er fort, »und eines der wenigen Flugzeuge abgeschossen, die Krakau schützen sollten. Der Hauptmann der hiesigen Luftabwehr ist tot, heute früh bei einem Luftkampf erschossen. Auch die Armeegebäude an der Rakowicka-Straße haben sie gesprengt und den Bahnhof bombardiert. Noch fahren Züge, aber wahrscheinlich nicht mehr lange. Ihre Flugzeuge werden ein paar Stunden brauchen, um nach Deutschland zu fliegen, aufzutanken und wieder zurückzukommen. Deshalb müsst ihr jetzt gehen, so schnell wie möglich. Es kann sein, dass es heute Abend keinen Bahnhof mehr gibt!«

In Maries Kopf drehte sich alles. »Ich kann das nicht«, sagte sie und zeigte auf die Dokumente. »Danke, dass du dir so viel Mühe gemacht hast. Aber ich werde Polen nicht einfach verlassen.« Sie hörte selbst, wie schrill ihre Stimme klang.

»Wenn du es nicht für dich tust, dann tu es für Ben«, drängte Lolek. »Für Juden gibt es wahrscheinlich keine Zukunft mehr in Polen!«

Marie starrte ihn an.

Er beugte sich näher zu ihr. »Dein Tod ist möglich, aber seiner ist ganz sicher. Du könntest noch als Nichtjüdin davonkommen – er nicht. So einfach ist das. Tu deinem Vater den Gefallen, dich in Sicherheit zu bringen – und tu dir selbst den

Gefallen, und bring deinen Mann von hier fort! Es ist deine Chance, Ben das Leben zu retten!«

Sie schluckte. Frau Kranz, die in der Nachbarwohnung lebte, kam vom Markt nach Hause, beladen mit genügend Rindfleischkonserven für mehrere Wochen. Sie grüßte Marie freundlich und reckte den Hals, um das Gespräch zu belauschen. Marie nickte ihr höflich zu und wartete, bis Frau Kranz in ihrer Wohnung verschwunden war. »Und mein Vater? Kommt er nicht mit uns?«

»Nur ihr beide. Er wird bleiben und kämpfen.«

Sie konnte es nicht fassen. »Ich muss aber unbedingt mit ihm reden«, flüsterte sie Lolek zu.

Er zuckte mit den Schultern. »Du kannst ihm schreiben.«

»Ben muss erst noch überzeugt werden. Er wird nicht so einfach gehen!«

»Das wird er, denn du wirst ihm sagen, dass er damit dein Leben rettet. Auch wenn es eigentlich umgekehrt ist.« Lolek gab ihr die Pässe. »Australien gehört zum Britischen Empire. Dort wird Englisch gesprochen. Eine sehr eigenartige Sprache. Ein merkwürdiges Gemisch aus Normannisch, Germanisch, Keltisch und Altnordisch. Ein Wirrwarr von Rechtschreibvarianten, ohne jede Logik. Kannst du ein bisschen Englisch?«

»*How do you do, Mickey Mouse? May I have one Coca-Cola?*«, sagte sie in ihrem besten Englisch und lächelte stolz.

Lolek hob die Augenbraue. »Immerhin ein Anfang«, meinte er. »Versuch, noch mehr zu lernen, für den Fall, dass euch jemand anhält.«

Marie runzelte die Stirn. »Wer sollte uns anhalten?«

Er berührte sie am Arm. »Nehmt den Zug nach Lemberg. Dann überquert die Grenze nach Rumänien, dort mag man die Polen. Durch Rumänien reist ihr über Land nach Griechenland oder Italien, dann mit dem Schiff bis Port Said. Von dort könnt ihr die Überfahrt nach Australien antreten.« Er nahm einen Umschlag aus dem Mantel und reichte ihn Marie. Sie wollte ihn öffnen, aber er hielt ihre Hand fest. »Mach ihn erst später auf.« Sie nickte und betrachtete den Umschlag. »Ach, übrigens, herzlichen Glückwunsch zum Geburtstag, Marie!«

Sie schaute auf. »Wie bitte?«

»Heute ist der erste September. Das ist doch dein Geburtstag, oder?«

»Oh!« In dem ganzen Chaos des Vormittags hatte sie das nicht einmal bemerkt. »Ja, heute werde ich achtzehn!«

»Alles Gute!« Er tätschelte ihr die Schulter und lächelte.

»Werde ich dich jemals wiedersehen, Lolek?«

»Ich glaube nicht.« Seine Miene wurde traurig. »Aber du wirst immer hier in meinem Herzen sein. Hab keine Angst! Ich habe im Gespür, dass du alles, was kommt, gut überstehen wirst! Leb wohl, Marie!«

Am Ende war es gar nicht nötig, Ben lange zu überzeugen. Marie zeigte ihm die Dokumente und erzählte ihm von dem absurden Plan. Er stimmte ihr zwar zu, dass alles ein wenig übertrieben klinge, erklärte dann aber, sie würden Polen auf der Stelle verlassen. Marie schüttelte den Kopf und lachte ihn aus.

»Wie kannst du einen solchen Plan einfach gutheißen?

Ben zuckte mit den Schultern. »Dein Vater hat mich gestern besucht, während du nicht da warst. Er ließ mich hoch und heilig versprechen, dass ich sofort und ohne weitere Fragen zu stellen, die Stadt mit dir verlasse, falls er mich jemals darum bitten würde. Er sagte, er würde mich nur dann bitten, wenn er glaubt, dein Leben sei in Gefahr.«

Ben bestand jedoch darauf, erst noch seine Mutter anzurufen. Marie hörte zu, während er ihr von dem Plan erzählte. Sie hörte Rachel Rosen am anderen Ende der Leitung nach

Luft schnappen, dann blieb es länger still. Einen Moment lang dachte sie, ihre Schwiegermutter würde ihn womöglich auffordern zu bleiben.

»Du musst nach Australien gehen«, sagte Bens Mutter schließlich. »Du hast jetzt eine Verantwortung deiner Frau gegenüber.«

»Kannst du nicht mit uns kommen?«, fragte Ben.

»Ich muss hier erst noch ein paar Dinge erledigen«, erwiderte sie fröhlich. »Ich komme später nach.«

Diese Antwort machte Marie stutzig. Sie fragte sich, ob Rachel die Wahrheit sagte.

»Ich liebe dich, Mama!«, sagte Ben ins Telefon.

Rasch packten sie ihre Koffer und gingen zum Bahnhof. Auf dem Weg dorthin besuchten sie auf Maries Drängen noch einmal das Haus ihres Vaters. Sie misstraute zwar keineswegs Loleks Aussage, dass er bereits abgereist war, aber wollte sicherheitshalber noch einmal nachsehen, falls er durch einen glücklichen Zufall oder eine Planänderung doch dorthin zurückgekehrt war. Es brannten keine Lampen, dennoch ging Marie ins Haus und sah in jedem Zimmer nach. Aber die Zeit drängte, denn der einzige Zug Richtung Osten fuhr bald ab. Widerwillig stieg sie die Treppen hinunter und ging nach draußen zu Ben.

Auf dem Weg kamen sie an Frau Nowak vorbei, Maries alter Nachbarin, die wie immer ihren Wall aus Sandsäcken baute. Sie nickte Marie einen Gruß zu – vielleicht würde sich ihre Barrikade ja heute als nützlich erweisen. Seit drei Jahren behauptete die Nachbarin, dass die Deutschen bald einmarschieren würden, und jeder hatte sie für verrückt erklärt. Nun, wo die Leute mit Schaufeln und Wassereimern vorüberhuschten, verzweifelt Gräben aushoben und Namensschilder in die Kleidung ihrer Kinder nähten, um im Falle eines Bombenangriffs die zerfetzten kleinen Körper identifizieren zu können, erschien Frau Nowak plötzlich als der einzig vernünftige Mensch in der Stadt.

Marie spürte, wie ihr der Schweiß über den Rücken lief, während sie den Marktplatz überquerten. Cafés und Bars waren menschenleer. Eine angespannte, erschöpfte Stimmung hatte die Bewohner der Stadt überkommen. Die Häuser selbst wirkten abweisend und leer, als bereiteten auch sie sich auf einen Angriff vor. Die wenigen verbliebenen Menschen blickten sich rastlos um und musterten die anderen auf dem Platz, Marie und Ben eingeschlossen. Mit erschütterten Mienen diskutierten sie nervös über die Ereignisse des Vormittags. Der Wind wehte wie ein heißer Atem über den Markt. Der Spätsommer hatte der Stadt noch einmal einen wolkenlosen, aber dunstigen heißen Tag beschert. Die Sonne stand tief und flammendrot am Himmel, jeder bemerkte den auffälligen Feuerball und zeigte darauf. Marie würde sich für immer daran erinnern, wie die Sonne an jenem 1. September 1939 ausgesehen hatte: eine blutige Kugel über der Stadt Krakau.

Sie verließen den Platz und gingen die Warszawska-Straße entlang. Marie starrte auf das, was noch vom Kloster der Barmherzigen Schwestern übrig war: Dort, wo einst ihre Schule gestanden hatte, befand sich nun ein tiefer Krater. Das Klassenzimmer, in dem sie Mathematik gelernt hatte, war ein Haufen Ziegelschutt. Die Wucht der Bombe hatte die Glasscheiben gesprengt; nur die Betonumrahmungen der Fenster waren noch übrig. Ein Dutzend rechteckiger Löcher klaffte in der Fassade wie körperlose schreiende Münder. Schwester Paulina stand weinend vor dem Gebäude. Die Nonnen hätten den Angriff alle überlebt, erzählte sie Marie, ein kleines Geschenk Gottes. Sie hoffte, dass die Gnade des Herrn sie auch in den nächsten Tagen begleiten würde. Sie wünschte Marie alles Gute und drängte sie, sich zu beeilen, wenn sie den Zug noch erreichen wollte.

Am Bahnhof verstand Marie, was die Schwester meinte. Dort herrschte das reinste Chaos. Kaum einen Tag zuvor war Marie hier gewesen, doch nun hatte sich alles verändert. Wo ein schmuckes Backsteingebäude gestanden hatte, lagen nun Trümmerhaufen und verbogene Metallträger. Die Deutschen hatten den Eingang des Bahnhofs bombardiert, sodass man über Berge aus Ziegeln und Schutt klettern musste, um hineinzugelangen. Erstaunlicherweise fuhren die Züge noch – die Deutschen hatten die Gleise verfehlt, nur das Bahnhofsgebäude selbst war getroffen worden. Menschen, beladen mit Koffern und Kindern an der Hand, eilten vorbei und drängten in die Züge. Ben lief zu der Ruine des Schalterhäuschens und löste zwei Fahrkarten nach Lemberg. Marie konnte sich nur ungefähr vorstellen, wie es inzwischen dort aussehen mochte. Falls sie so weit kämen, würden sie dort umsteigen und Richtung Süden nach Bukarest weiterfahren.

Als Ben zwanzig Zloty für die Fahrkarten bezahlte, wurde Marie mit Schrecken klar, wie viel Geld sie für ihre Reise brauchen würden. Es konnte einige Wochen dauern, bis sie Europa über mehrere Länder mit dem Zug durchquert hätten. Dann würden sie noch eine Schiffspassage nach Australien buchen müssen, die bestimmt sechs Wochen dauern würde. Der Fahrkartenverkäufer wies sie darauf hin, dass der Zug nach Osten in fünf Minuten abfahren würde. Ihnen blieb nur noch, so rasch wie möglich einzusteigen.

Sie fanden ein Abteil, in dem es noch freie Plätze gab, und setzten sich. Ben beschäftigte sich mit einer Landkarte von Galizien, die Lolek ihnen gegeben hatte. Es war eine touristische Karte, auf der landschaftlich interessante Punkte markiert und mit Illustrationen versehen waren. Marie machte Ben darauf aufmerksam, dass sie Bargeld brauchen würden. Ben schluckte. Sie durchsuchten ihre Geldbörsen und Mäntel, um alle verfügbaren Münzen und Scheine zu sammeln. Beim Zusammenzählen des Geldes kamen sie nur auf etwas mehr als vierhundert Zloty. Mit diesem Betrag könnten sie in Polen vielleicht einen Monat überleben.

Marie starrte verzweifelt aus dem Fenster. »Wie konnten wir nur so dumm sein?«, stöhnte sie.

Sie besprachen, was sie tun konnten. Sie könnten wieder nach Krakau zurückkehren und ihre Bankkonten auflösen. Doch es war Freitagnachmittag. Bei ihrer Rückkehr in die Stadt wären die Banken längst geschlossen; sie würden erst am Montag wieder öffnen. Wenn sie überhaupt noch einmal aufmachten.

Marie erstarrte. »Der Umschlag!« Sie hatte ihn ganz vergessen, kramte ihn nun aus ihrer Tasche hervor und machte ihn auf. Der Inhalt verschlug ihr fast den Atem – ein dickes Geldbündel in einer Währung, die sie noch nie gesehen hatte. Sie drehte sich Richtung Fenster, damit die Mitreisenden das Geld nicht sahen, und zog eine Banknote heraus, um sie genauer zu betrachten. Sie erkannte, dass sie von der Bank of England ausgestellt worden war; auf dem Schein stand eine Zwanzig. Sie steckte den einzelnen Schein wieder in den Umschlag und zählte mit dem Daumen die verbleibenden Banknoten ab. Es waren insgesamt einhundert. Eine zweite Zählung bestätigte die Summe. Der Umschlag enthielt 2000 Britische Pfund. Marie kniff die Augen zusammen. Das Geld reichte aus, um davon in Polen fünf oder vielleicht sogar zehn Jahre zu leben.

»Wo hat denn Lolek dieses Geld her?«, flüsterte Ben ihr zu. Sie wollte ihm gerade antworten, aber dann wurde ihr klar, dass das nicht nötig war. Das Geld kam nicht von Lolek, sondern von ihrem Vater. 2000 Pfund würde man wohl mit dem Verkauf einer Wohnung in bester Innenstadtlage am Markt erzielen.

Marie ließ den Kopf an Bens Schulter sinken und schluchzte leise. Er streichelte ihr über das Haar und wischte ihr die Augen.

Das Verlangen, ihren Vater bloßzustellen, war längst verflogen. Das Letzte, was sie wollte, war, ihn zu denunzieren. Sie wollte ihn nur sehen und mit ihm reden. Es gab noch so viel zu sagen. »Was ist, wenn ich ihn nie wiedersehe?«, fragte sie Ben schluchzend.

Ihr Mann schwieg eine Zeit lang, dann antwortete er: »Du wirst ihn wiedersehen.«

Egal wie sehr sie sich auch etwas anderes wünschte, der Zug setzte seinen Weg unaufhaltsam nach Osten fort und entfernte sich immer weiter von Krakau. An diesem Tag waren andere Passagiere unterwegs als sonst. Während sie durch den Waggon gelaufen waren, um nach freien Plätzen Ausschau zu halten, hatte Marie einen Blick in die Abteile geworfen. Normalerweise reisten zu dieser Jahreszeit aufgeregte Kinder und ihre arbeitsmüden Eltern zu den Seen, zum Wandern und anderen Sommervergnügen. Doch heute war niemand in die Ferien unterwegs. Die Passagiere stammten aus den Städten östlich von Krakau und versuchten verzweifelt, den Deutschen zu entkommen. Niemand war in Urlaubskleidung, keiner trug einen Leinenanzug oder ein gestreiftes Kleid und Sandalen. Die Menschen waren für den Arbeitsalltag gekleidet, trugen graue Flanellanzüge oder praktische Viskosekleider, dazu Filzhüte und Lederschuhe. Sie hatten sich innerlich auf das vorbereitet, was geschehen würde – und warteten nun, dass es endlich passierte. Das letzte Jahr über hatten sie die Entwicklungen nicht wahrhaben wollen und geleugnet. Nun fügten sie sich in das Unvermeidliche und warteten beinahe ungeduldig, dass es losging, dass die Deutschen endlich in ihre Heimat einmarschierten. Einige hatten das schon einmal durchgemacht und nicht damit gerechnet, dass es so schnell wieder passieren könnte – doch nun kam schon wieder ein neuer Krieg. Wieder einmal hatte Polen in diesem Kampf keine Favoritenrolle, war nicht einmal ein echter Mitspieler, sondern lediglich gezwungen, diesem Wettkampf zwischen ungebetenen Gästen einen Austragungsort zur Verfügung zu stellen.

Zwei Männer, die in einer Ecke des Abteils saßen, sahen aus wie Hochlandhirten, unterwegs, um sich bei einem ländlichen Regiment oder Posten zu melden. Beide trugen das Haar so lang, dass sie es hinter die Ohren stecken konnten – der Armeefriseur war nicht mehr rechtzeitig gekommen. Ohne ihre traditionelle Hirtentracht, in Militäruniform, schienen sie sich unbehaglich zu führen. Der eine rückte sich ständig die Schultern des Uniformjacketts zurecht, und beide umklammerten ihre Gewehre, als hätten sie noch nie eine Waffe in der Hand gehabt. Der eine hielt das Gewehr aufrecht wie einen Hirtenstab. Sie sprachen leise über ihre Herden. Offenbar war dies eine äußerst ungünstige Zeit, um eine Uniform anzuziehen und die Tiere in der Obhut eines kaum zwölfjährigen Hütejungen zu lassen. Sie hatten mit einer Jahrtausende alten Tradition gebrochen und waren vorzeitig aus den Bergen heruntergekommen, um ihre Uniformen zu holen und zu den Waffen zu greifen. Sie machten einen verlorenen Eindruck, während sie ihre Gewehre mit ehrfürchtigen, beinahe ängstlichen Blicken betrachteten. Wer wusste schon, welches Schicksal sie erwartete, wenn das Dritte Reich sich bis zu ihren Bauerndörfern ausdehnte?

Der Zug hielt in Wieliczka, und weitere Menschen stiegen ein. Eine Frau kam den Gang entlang, trat in ihr Abteil und stellte sich vor den freien Sitz ihnen gegenüber. »Darf ich mich setzen?«, fragte sie.

Marie nickte, schob ihre Tasche auf den Boden und starrte weiter aus dem Fenster. Draußen rauschten gelbe Haferfelder vorbei, das Korn war reif. Man würde es bald ernten müssen, sonst würde es verderben. Sie blickte wieder zu der Frau hinüber. Irgendetwas an ihrer Stimme hatte Marie befremdet. Die Frau trug ein kastenförmiges, unmodernes Kleid und schien sich darin nicht recht wohlzufühlen. Sie trug ihr Haar kurz geschnitten wie ein Mann und hatte Lippenstift aufgelegt, allerdings ein wenig schief, wie bei einem Kind, das zum ersten Mal das Schminken ausprobiert hat. Das Kleid hing lose um ihren kräftigen, aber flachen Körper. Sie schob es immer wieder zurecht, als sei es ein Kleidungsstück, das sie sonst nicht trug. Sie fummelte an den Ärmeln herum, zog sie herunter und schob sie wieder herauf und zupfte mehrfach an ihrem Ausschnitt. Der starke Kontrast zwischen ihrem gebräunten Hals und dem hellen Brustansatz, der im Ausschnitt sichtbar wurde, deutete darauf hin, dass sie das Kleid normalerweise nicht trug.

Was zuerst nur als verschwommene Ahnung in Maries Hirn existiert hatte, rückte plötzlich scharf in den Fokus. Vor Kurzem hatte sie ihre Mutter zum ersten Mal auf einem Foto gesehen, und nun hatte sie sie leibhaftig in diesem Zugabteil vor sich.

»Reisen Sie nach Australien?«, erkundigte sich die Frau. Marie zwang sich zu einem Nicken, was ihr beinahe nicht gelang, denn ihre Nackenmuskulatur war zu verkrampft, um ihr die Bewegung zu ermöglichen. »Wenn Sie dort sind, sollten Sie die Universität von Melbourne in Betracht ziehen. Dort gibt es eine ausgezeichnete Medizinische Fakultät. Man nimmt dort auch weibliche Studenten auf.«

Marie starrte sie schweigend an.

»Ich heiße Helena Kolikov«, sagte die Frau.

»Marie Rosen«, erwiderte Marie. Sie gaben sich die Hand. Marie kannte diese Hände gut. Sie waren lang und feingliedrig. Sie hatte die Hände ihres Vaters immer schön gefunden, schmal und geschickt. Nun sah sie zum ersten Mal, wie schön diese

Hände auch an einem weiblichen Körper aussahen. Sie waren etwas länger und größer als ihre eigenen Hände, aber dennoch zierlich. Fein und edel – das traf es wohl am besten.

Helena streckte Ben die Hand entgegen. »Helena Kolikov.«

Ben starrte sie verblüfft an, dann küsste er ihr die Hand, mit der Ehrerbietung, die ein jüngerer Mann einer älteren Frau zollt. »Benjamin Rosen,«, krächzte er ehrfürchtig.

Marie schaute sich im Abteil um, ob jemand sie beobachtete, ob irgendjemand ahnte, dass hier etwas Gewaltiges stattfand, doch alle schienen in ihre eigenen Angelegenheiten vertieft. Keiner beachtete Marie und Ben oder die Frau, die ihnen gegenübersaß.

»Kennen Sie die Geschichte vom Glasberg?«, fragte Marie.

Helena nickte. »Das ist ein Märchen. Ich habe es meiner Tochter vorgelesen, als sie noch klein war. Es war ihr Lieblingsmärchen.«

Es gab so vieles, was Marie sagen wollte – sie wusste gar nicht, wo sie anfangen sollte und wie viel Zeit ihr dafür blieb. Sie strich sich das Haar aus dem Gesicht und kaute auf ihrer Unterlippe herum, unfähig, die nächsten Worte zu finden. Aber das musste sie auch nicht, denn die Frau ergriff das Wort.

»Du siehst traurig aus – warum?«, fragte Helena.

»Ich konnte mich nicht von meinem Vater verabschieden. Wir gehen fort, und ich habe ihn nicht mehr gesehen, bevor wir abgereist sind. Ich wollte ihm so vieles sagen.«

Helena nickte. »Was wolltest du ihm denn sagen?«

Marie spürte Tränen über ihre Wangen laufen. »Ich habe ihm nie gesagt, wie sehr ich ihn bewundere. Ich wollte Ärztin werden, schon immer. Ich habe ihm nie gesagt, warum – aber es war vor allem, weil ich so sein wollte wie er. Jahrelang habe ich so gedacht und es ihm nie erzählt. Und die ganze Zeit über war mir nicht klar, was er hat ertragen müssen …« Ihre Stimme brach, und sie verstummte kopfschüttelnd. »Ich habe ihm nie gesagt, wie sehr ich ihn liebe«, fügte sie leise hinzu.

Helena blickte sie an und sprach mit sanfter Stimme. »Er wusste es.«

Marie hörte sich selbst schluchzen und versuchte, sich zusammenzureißen. Auf keinen Fall wollte sie die Aufmerksamkeit der Leute auf sich ziehen. »Darf ich eine Frage stellen?« Sie wartete die Antwort gar nicht ab, sondern sprach weiter. »Mein Vater kam jeden Abend um sechs Uhr nach Hause und hat mir das Abendessen gekocht. Auch noch, als ich siebzehn war und mich längst hätte selbst versorgen können. Er hat meine Sachen gewaschen, meine Socken gestopft und war geradezu besessen davon, dass ich mich gesund ernähre. Warum hat er das alles getan?«

Helena schüttelte den Kopf. »Ich kann nur über meine eigene Besessenheit sprechen, als mein Kind geboren wurde. Das kleine Bündel war so schön – noch nie hatte ich ein derartiges Gefühl erlebt. Fast hätte ich es bei der Geburt verloren. Danach hat sich meine Welt von Grund auf verändert. Alles, mein ganzes Leben, war nur noch für meine Tochter bestimmt.« Sie zuckte mit den Schultern. »Vielleicht wollte dein Vater bloß, dass du immer weißt, dass er für dich da ist. Für den Fall, dass du etwas brauchen solltest. Vielleicht bedeutete ihm sein Leben nichts, wenn du nicht sicher und glücklich warst.«

Marie blickte aus dem Fenster.

»Weißt du, was ich an meiner Tochter am meisten liebe?«, fragte Helena. »Ihre Beharrlichkeit. Sie würde niemals aufgeben. Das ist ein Zeichen für wahre Intelligenz. Ich war in meinem Studium immer gut, aber schon früh habe ich erkannt, dass meine Tochter noch klüger ist als ich. Das zu sehen war die größte Freude meines Lebens. Lange Zeit dachte ich, der beste Weg, sie zu beschützen, sei, sie immer in meiner Nähe zu halten. Doch nun weiß ich, dass es besser ist, sie freizulassen und zuzusehen, wie sie fortfliegt. Auch aus egoistischen Gründen wollte ich sie nahe bei mir haben. Ich wollte jeden Tag mit ihr zusammen sein. Du solltest wissen, dass sie unendliche Freude in mein Leben gebracht hat!« Sie schluckte, räusperte sich und schwieg eine Weile. »Ich wünsche dir, dass du eines Tages das gleiche Glück erlebst wie ich«, fügte sie dann hinzu.

Marie wandte sich wieder zu Helena und holte tief Luft. Sie rief sich die Erinnerung ins Gedächtnis, die ihr Leben begleitet hatte, seit sie denken konnte: wie ihre Mutter ihr damals vorlas. »Als ich meine Mutter zum letzten Mal gesehen habe, hat sie etwas zu mir gesagt. Es verfolgt mich seitdem, und ich wünschte bei Gott, ich könnte mich noch erinnern, was sie gesagt hat. Seit sechzehn Jahren versuche ich, mich zu erinnern.«

Helena räusperte sich. »Vielleicht misst du dem mehr Bedeutung zu, als es verdient. Ich habe gerade über die ganz eigene Besessenheit von Eltern gesprochen. Wahrscheinlich hat sich eine ziemlich übereilte, dahingesagte Äußerung in deinem Kopf festgesetzt. Aber ich kann mir vorstellen, dass deine Mutter etwas gesagt hat wie: ›Du bedeutest mir mehr als die aufgehende Sonne. Ich möchte nicht auf einer Erde leben, auf der es dich nicht gibt. Ich lebe nur für dich. Ich werde mein Leben damit verbringen, dich zu beschützen. Ich muss jetzt gehen, aber ich werde immer bei dir sein. Von nun an musst du mich Papa nennen.‹ Irgendwas Dummes in der Art wird es gewesen sein.«

Marie bemühte sich nach Kräften, ihr Schluchzen zu unterdrücken. Leise sagte sie: »Ich dachte immer, meine Mutter hätte mich verlassen.«

»Das hat sie nicht. Sie war immer bei dir.« Helena lächelte.

Marie kämpfte gegen die Tränen an. Ein Schaffner kam durch den Waggon und kündigte den nächsten Halt an.

»Hier werde ich aussteigen«, sagte Helena.

Marie schüttelte verzweifelt den Kopf. »Kannst du nicht noch ein bisschen bleiben?«

»Leider muss ich gehen. Aber vorher will ich dir noch alles Gute zum Geburtstag wünschen.« Sie flüsterte: »Zu Hause habe ich Geschenke für dich, einen Hut und ein paar Bücher ... Ich habe sie nicht mitgebracht, weil ich dich damit auf der Reise nicht zusätzlich belasten wollte. Tut mir leid.«

Marie lachte durch ihre Tränen. »Es sei dir verziehen!«

»Ein kleines Geschenk will ich dir aber trotzdem hierlassen.« Sie wandte sich an Ben. »Los, junger Mann«, sagte sie. »Gründe eine neue Generation – und schenke Dominik ein paar Enkelkinder!« Sie zwinkerte ihm zu.

Er wurde rot und nickte. »Auf Wiedersehen, Helena. Danke.«

»Auf Wiedersehen, Marie«, sagte sie. Sie nahm die Hand ihrer Tochter und drückte sie.

»Auf Wiedersehen«, erwiderte Marie mit tränenerstickter Stimme.

Während Helena an den beiden Hirten vorüberging, berührte sie den einen an der Schulter. »Gott segne euch«, sagte sie zu den Männern. »Polen ist euch zu großem Dank verpflichtet.«

»Danke, gnädige Frau, Gott segne Sie«, sagte der eine, der dichter bei ihr saß. Dann wandten sie sich wieder ihren Gewehren zu.

Quietschend kam der Zug im Bahnhof zum Stehen. Sie sahen, wie Helena aus dem Waggon stieg und den Bahnsteig überquerte, um auf den nächsten Zug zurück nach Krakau zu warten. Dann fuhr der Zug wieder los.

Marie schluchzte, denn ihr wurde klar, dass sie Helena vielleicht nie wiedersehen würde. Doch dann wandte sie sich um und schaute sie an. Ihre Mutter hielt ihren Blick, bis der Zug sich so weit entfernt hatte, dass sie einander nicht mehr sehen konnten.

Erst lange nachdem ihre Mutter ganz außer Sicht war, wandte Marie sich wieder zum Abteil zurück und vergrub den Kopf an Bens Brust.

»Sieh mal, Marie«, sagte er. Sie hob den Kopf. Er deutete auf den gegenüberliegenden Platz, wo ihre Mutter gesessen hatte. Dort lag nun ein kleiner Schmuckkasten, bezogen mit verblichenem kastanienbraunen Samt. Marie nahm ihn in die Hand, der Samt fühlte sich kühl und weich an. Sie musste die Schatulle nicht öffnen. Sie wusste, was sich darin befand.

DANK

Ich danke Zbigniew Borzdynski. Du hast dieses Buch mehrmals gelesen und mir hervorragende Anregungen gegeben. Polen haben den Ruf, außerordentlich gastfreundlich zu sein. Du hast mir diese Gastfreundschaft gezeigt, und dafür bin ich ewig dankbar. *Dziękuję bardzo.*

Irena Borzdynska danke ich für die vielen polnischen Namen, die jetzt auf diesen Seiten stehen, und dafür, dass sie mir über viele Wochen und Monate hinweg geduldig Polnisch beigebracht hat.

Mein Dank geht an Monika Dzierba, meine erste Polnischlehrerin, und auch an die Sprachschüler der Polish Language School 4 Today in Melbourne für die vielen wunderbaren Abende, an denen wir gemeinsam diese schöne und anspruchsvolle Sprache gelernt haben.

Ich danke Meital Miselevich für das Lesen dieses Buches und für sein wertvolles Feedback, einschließlich der Überprüfung des Talmuds im hebräischen Original.

Mein Dank gilt Henry Buch. Sie haben mich durch das Jewish Holocaust Centre in Elsternwick geführt, und Ihre Geschichte hat mich seither nicht mehr losgelassen. Danke, dass Sie sie mit mir geteilt haben.

Dank an Beverley Cousins für das Formen und Straffen dieses Romans und die vielen wertvollen Vorschläge.

Mein Dank geht auch an Amanda Martin. Sie hat jede Seite des Textes auf den Punkt gebracht, meine Stimme gelenkt und sich bemüht, alles aufzunehmen, was ich mitteilen wollte. Penelope Goodes danke ich für die brillante Recherche zu dieser geschichtlich komplexen Zeit.

Und wie immer möchte ich Jeanne Ryckmans danken, dass sie sich für meine Arbeit einsetzt und mir unschätzbare Ratschläge gegeben hat.

Madeline Burns und Charlotte Laurence, danke für das Lesen des Buches, die Begeisterung und Ermutigung, und Lucy McGinley, die wieder einmal tolle Vorschläge zur Pointierung der Geschichte gemacht hat. Danke, Dominic Givney und Jane Givney, die Realismus in die medizinischen Szenen und Wahrheit in das Anfangskapitel brachten. Eloise Givney danke ich für ihr durchdachtes Feedback zu den Themen, die in diesem Buch angesprochen werden. Und euch allen dreien, dass ihr mir und Fin in einigen entscheidenden Momenten beigestanden habt. David Givney, vielen Dank, dass du mich jede Woche anrufst und in meiner Karriere unterstützt.

Margaret und Laurie O'Donnell möchte ich danken, dass sie mich in ihrem Haus willkommen hießen und sich so wunderbar um ihren Enkel kümmerten. Ihr habt mir sehr geholfen, die Überarbeitung dieses Romans abzuschließen.

Danke, Finley, ich habe auf diesen Seiten versucht zu beschreiben, wie es ist, ein Kind zu gebären, und bin dabei glorreich gescheitert: Worte können diese Liebe einfach nicht wiedergeben.

Und meinem Ehemann David danke ich dafür, dass er mit mir nach Polen reiste, dass er dieses Buch unzählige Male mit nicht nachlassender Energie gelesen hat und dass er an meiner Seite war, als ich die erste und die letzte Zeile schrieb.